CONTEMPORÁNEA

Ernest Hemingway, nacido en 1899 en Oak Park, Illinois, forma parte ya de la mitología de este siglo, no solo gracias a su obra literaria sino también a la leyenda que se formó en torno a su azarosa vida y a su trágica muerte. Hombre aventurero y amante del riesgo, a los diecinueve años se enroló en la Primera Guerra Mundial como miembro de la Cruz Roja. Participó en la guerra civil española y otros conflictos bélicos en calidad de corresponsal. Estas experiencias, así como sus viajes por África, se reflejan en varias de sus obras. En la década de los años veinte se instaló en París, donde conoció los ambientes literarios de vanguardia. Más tarde vivió también en lugares retirados de Cuba o Estados Unidos, donde pudo no solo escribir sino también dedicarse a una de sus grandes aficiones, un tema recurrente en su producción literaria: la pesca. En 1954 obtuvo el Premio Nobel. Siete años más tarde, sumido en una profunda depresión, se quitó la vida. Entre sus novelas destacan *Adiós a las armas*, *Por quién doblan las campanas* o *Fiesta*. A raíz de un encargo de la revista *Life* escribió *El viejo y el mar*, por la que recibió el Premio Pulitzer en 1953.

Biblioteca

Ernest Hemingway

Por quién doblan las campanas

Prólogo de
Juan Villoro

Traducción de
Lola de Aguado

DeBOLS!LLO

Título original: *For Whom the Bell Tolls*
Diseño de la portada: Departamento de diseño de Random
  House Mondadori
Fotografía de la portada: © Robert Capa/Contacto

Segunda edición en U.S.A.: abril, 2005

© Hemingway Foreign Rights Trust
© 2003, Juan Villoro, por el prólogo
© 2004, Random House Mondadori, S. A.
  Travessera de Gràcia, 47-49. 08021 Barcelona
© 1969, Lola de Aguado, por la traducción,
  cedida por Editorial Planeta, S. A.

Printed in Spain – Impreso en España

ISBN: 0-30727-378-4

Distributed by Random House, Inc.

Prólogo

Al acercarse a los cuarenta años, Ernest Hemingway se había transformado en una peculiar figura pública, un experto en caza mayor, un consumidor récord de whisky, un aficionado a los deportes sanguinarios que sólo escribía cuando una tarde de lluvia le impedía ir a los toros. Esta imagen algo caricaturesca era alimentada por el propio autor. Enemigo del intelectualismo, participaba muy poco en la vida literaria. En parte para evitar un terreno en el que se sentía autodidacta y en parte por genuino repudio al esnobismo, Hemingway luchó para ser visto como alguien que acaba de descender de un helicóptero de combate o de un empapado esquife.

El robusto hombre que se acercaba a la cuarentena había recibido las enseñanzas de Gertrude Stein, James Joyce y Ezra Pound en el París de los años veinte, pero prefería ser recordado por sus esforzadas proezas al aire libre. En 1937 su reputación dependía en buena medida del periodismo y las fotos de sus safaris. Desde 1929, cuando publicó *Adiós a las armas*, no había tenido un auténtico éxito de librerías, algo insoportable en su competitivo código de vida. Además, pasaba por una severa crisis sentimental; seguía casado con Pauline Pfeiffer, su segunda esposa, pero había iniciado una apasionada relación con Martha Gellhorn. En cierta forma, las mujeres (por lo general mayores que él) lo guiaban a sus temas literarios. La protectora y campechana Hadley fue la compañía ideal cuando escribió los cuentos de Nick Adams, situados en parajes

7

silvestres; la sofisticada Pauline, que usaba el pelo al estilo *garçon* y escribía divertidos artículos para *Vogue*, fue la acompañante perfecta para el París de la era del jazz que aparecería en *Fiesta* en 1926; por su parte, Martha representaba un insólito complemento del aventurero politizado: se parecía a Marlene Dietrich y trabajaba de corresponsal de guerra. Si Hemingway hubiera descrito a alguien como Martha en una novela, la crítica habría pensado en una idealización femenina del propio autor. Asombrosamente, eso y más fue Martha Gellhorn. Inteligente, alegre, informada, dueña de un sagaz estilo periodístico, compartió cada uno de los peculiares gustos de Hemingway. Cuando la revista *Life* dedicó un reportaje a la publicación de *Por quién doblan las campanas*, lo singular no eran las fotos de cacería, sino un pie de foto que informaba que la bolsa de cuero que el autor llevaba al hombro había sido comprada en Finlandia por Martha Gellhorn mientras cubría la guerra finorrusa. Ernest no estaba en condiciones de prescindir de una rubia que escribía estupenda prosa de combate mientras encontraba alforjas de cacería. En 1937, el gran tema de Martha era la guerra de España, y en buena medida a ella se debe que el escritor se involucrara tanto en la contienda.

Hemingway llegó a la guerra civil con el corazón dividido por sus amoríos, el afán casi desesperado de encontrar un tema literario y el temor de que sus facultades empezaran a mermar. Nada de esto se transparentaba en su apariencia. El novelista se presentó en el frente como si posara para la metralla de luces de Robert Capa, el joven fotógrafo húngaro que ganaría celebridad en la contienda y consideraría a Hemingway como a un segundo padre.

En su abrigo de campaña, el escritor llevaba cebollas a modo de golosina; y en sus ratos libres, visitaba a los heridos con una sonrisa solidaria. Esta mezcla de aventurero duro y testigo conmovido consolidó su leyenda y acentuó algunas enemistades. Desde Estados Unidos, Sinclair Lewis le pidió que dejara de salvar a España y tratara de salvarse a sí mismo.

Abundan los testimonios que acreditan el valor y la entereza de Hemingway en el frente de guerra. En su autobiografía, *Slightly Out of Focus*, Capa habla del aplomo con que el novelista cruzó el Ebro en un bote que alquiló por unos cigarrillos cuando todos los puentes habían sido volados.

Cada acto de Hemingway fue una mezcla de folclore y seriedad; de acuerdo con el historiador Hugh Thomas, «desempeñó un papel activo en la guerra, en el bando republicano, excediendo los deberes de un simple corresponsal: por ejemplo, instruyó a jóvenes españoles en el manejo del fusil. La primera visita de Hemingway a la 12.ª Brigada Internacional fue un acontecimiento: el general húngaro Lukacs envió una invitación al pueblo vecino para que las muchachas asistieran al banquete».

Admirador de las habilidades prácticas (desde el método para desmontar un motor hasta el dominio de un idioma), Hemingway sólo podía escribir de aquello que conocía a fondo. A diferencia de quien imagina emociones que no ha experimentado y busca explorarse a sí mismo en la página, el autor de *Adiós a las armas* prefería la mirada del testigo de cargo, que narra la guerra con la mano torcida por las esquirlas de un mortero. En *Hemingway en España*, Edward F. Stanton ha relatado los obsesivos procedimientos del escritor para trasladar a su literatura el clima, la geografía, las intrigas y las escaramuzas de la guerra civil. Hemingway proclamó de tal forma su pasión por los datos, que ha creado el subgénero de los críticos que recorren sus paisajes, calculan el número de bombas que aparecen en sus páginas y concluyen, como Stanton, que aunque la trama sería igual de buena si fuese imaginaria, se encuentra maniáticamente documentada.

Mucho antes de la guerra civil, España ya representaba para Hemingway una tierra de elección. Los encierros de Pamplona determinaron los ritos de supervivencia de *Fiesta*, su primera gran novela; algunos de sus mejores cuentos fueron escritos en pensiones madrileñas, y su afición al toreo lo llevó al testimonio de *Muerte en la tarde*. En 1937 estaba mucho más al tanto de la política y la cultura de España que del mundo norteamericano. Animado por Martha Gellhorn, corrigió a toda prisa las pruebas de imprenta de *Tener y no tener* y se alistó como corresponsal para la agencia NANA, que le publicaría treinta y un despachos sobre la guerra civil.

El descarriado teatro de las batallas fue un estímulo central para Hemingway. En una carta a Francis Scott Fitzgerald, con quien libraría una larga contienda fratricida, escribió: «La guerra es el mejor tema: ofrece el máximo de material en combinación con el máximo de acción. Todo se acelera allí, y el escritor que ha participado unos días en combate obtiene una masa de experiencia que no conseguirá en toda una vida». Conviene tomar en cuenta que esta épica fanfarria iba dirigida a un romántico que sólo atesoraba las oportunidades perdidas. El autor de *Adiós a las armas* sin duda exageró los méritos literarios de las batallas para desafiar a Fitzgerald, que sólo combatía contra sí mismo.

La guerra no fue el mejor ni el único tema literario de Hemingway, pero le brindó estímulos para una desigual cosecha literaria. El saldo de su aventura española fue la obra de teatro *La quinta columna*, la narración para el documental *La tierra española*, dirigido por Joris Ivens, y la novela *Por quién doblan las campanas*.

De modo elocuente, Lionel Trilling escribió en 1939 a propósito de Hemingway: «La conciencia de haber construido una moda y haberse transformado en una leyenda debe de representar una gratificación, pero también una carga pesada y deprimente». Antes de llegar a los cuarenta, Hemingway debía luchar contra su propio mito. En febrero de ese año, revisó sus notas sobre la guerra civil y comenzó *Por quién doblan las campanas*. Diecisiete meses después el libro le brindaría otro tipo de problema. Para los temperamentos competitivos el sabor de la victoria va acompañado de la ansiedad de que ése sea el fin de una racha. Con una sinceridad a veces conmovedora y a veces pueril, Hemingway se veía a sí mismo como un héroe de las canchas obligado a romper un nuevo récord. Hasta 1952, cuando publicó *El viejo y el mar*, viviría bajo la sombra de *Por quién doblan las campanas*, la novela que le dio lo mejor y lo peor que puede recibir alguien con mentalidad de atleta: un triunfo insuperable.

Por quién doblan las campanas narra tres días en mayo de 1937. En ese tiempo Hemingway estaba en Nueva York, pero conocía bien el terreno. El protagonista, Robert Jordan, se basa en el profesor norteamericano Robert Merriman, que no sobrevivió a la guerra y a quien Ernest y su compañera conocieron en Valencia. Martha Gellhorn escribió que Merriman les habló del frente de Aragón ante un mapa extendido en el suelo «como si impartiera una clase de economía en la Universidad de California». Otros rasgos del protagonista provienen del propio Hemingway: Jordan ha escrito un libro sobre España, busca en la guerra una forma menos inútil de la muerte y está obsesionado con el suicidio de su padre (desde 1928, Hemingway trataba de explicarse la decisión de su padre de morir sin luchar y, una y otra vez, llegaba a la neurótica conclusión de que su madre tenía la culpa).

En su biografía de Hemingway, Michael Reynolds se ocupa con agudeza del abundante material que el novelista descartó en *Por quién doblan las campanas*. Pocas veces dispuso de tanta información sobre un tema. Su reto decisivo consistía en ceñirse a unos cuantos días y lograr que un puñado de personajes resumieran los intrincados dilemas de la gesta.

Novela circular, *Por quién doblan las campanas* comienza y termina con Robert Jordan pecho a tierra, sintiendo en su cuerpo las agujas de pino del bosque español. En forma paralela, Hemingway reconstruye el amplio mural de la guerra civil.

La anécdota básica depende de una restringida tensión: Jordan debe volar un puente en la sierra de Guadarrama y en la víspera convive con un grupo de gitanos y guerrilleros. Si *Adiós a las armas* traza el movimiento panorámico de los ejércitos en la Primera Guerra Mundial, *Por quién doblan las campanas* se ocupa de los afanes individuales de los guerrilleros. «¿Le gusta a usted la palabra *partizan*?», pregunta un general a Jordan. «Suena a aire libre», responde el experto en dinamita. El guerrillero tiene algo de cazador furtivo; la naturaleza puede darle cobijo o vencerlo con peligros más próximos que la guerra. El héroe típico de Hemingway, que prueba su valor al margen de la sociedad, encarna a la perfección el guerrillero que muestra el compromiso con su época desde la agreste lejanía del monte.

Robert Jordan cae en un grupo de irregulares metidos a combatientes, una cuadrilla de forajidos pintada por Velázquez. Pablo, el líder, ha perdido el respeto de los suyos; fue valiente pero la guerra ha minado sus nervios y su afición a la bebida lo convierte en un borracho de alto riesgo. Su mujer, Pilar, ex amante de «tres de los toreros peor pagados del mundo», especialista en el insulto y la blasfemia, es la verdadera dirigente del ruinoso comando. A través de esta inolvidable mujer de pésimo carácter, el novelista trata de reproducir en inglés la rica capacidad de injuria que sólo había encontrado entre los españoles.

Un sombrío presagio rodea la empresa de volar el puente. Jordan llega para sustituir a un dinamitero que cayó en combate; Pilar lee las líneas de su mano y se niega a decirle su fortuna. En la sierra de Guadarrama, el puente vincula dos tiempos, el pasado que cobró la vida de un hombre y el futuro que amenaza a su sucesor.

Por quién doblan las campanas está narrada por un fervoroso simpatizante de la causa republicana, pero evade la simpleza de la novela militante y brinda uno de los primeros documentos sobre las traiciones y la inoperancia que liquidaron a quienes defendían al gobierno legítimo de España. Edmund Wilson, que había acusado a Hemingway de ser esquemático en sus análisis históricos, celebró la complejidad ideológica de *Por quién doblan las campanas*. Rodeado del bosque, Jordan se transforma, de un comunista puro y duro, en un escéptico que atestigua dobleces y confusiones. En octubre de 1940, apenas publicada la novela, Wilson escribió con voz tronante: «El deportista de caza mayor, el *superman* marino, el estalinista del hotel Florida, el hombre de posturas limitadas y febriles se ha evaporado como las fantasías del alcohol. Hemingway, el artista, ha regresado, algo que equivale a recuperar a un viejo amigo».

Las ideas de Jordan estallan antes que sus cargas de dinamita: «¿Hubo jamás un pueblo como éste, cuyos dirigentes hubieran sido hasta tal punto sus propios enemigos?», se pregunta. En el prefacio a *La gran cruzada*, del escritor alemán Gustav Regler, quien también siguió apasionadamente la contienda, Hemingway escribió: «La guerra civil española fue la etapa más feliz de nuestras vidas. Éramos enteramente felices porque cuando la gente moría parecía que su muerte tenía importancia y justificación». *Por quién doblan las campanas* registra la época en que los ideales estaban intactos y el doloroso atardecer en que fueron acribillados.

La guerra de España confirmó a Hemingway en su postura antifascista, pero también le sirvió de revulsivo contra las certezas ideológicas: «Me gustan los comunistas como soldados pero no como sacerdotes», le dijo a Joseph North. *Por quién doblan las campanas* indaga las muchas causas de una derrota. Los hombres de Pablo desean matar a su líder o, de preferencia, que alguien lo mate por ellos; casi siempre actúan movidos por la ignorancia o un primario afán vengativo; además, son víctimas de las reyertas de los políticos, la impericia de los generales, un ambiente de desorden y descalabro moral donde la intriga prospera mejor que la lealtad. El diagnóstico de Jordan es progresivamente amargo: «En aquella guerra, no había visto un solo genio militar». De acuerdo con su primer gran biógrafo, Carlos Baker, Hemingway repudió «el carnaval de traición y podredumbre de ambos bandos». Una decisión esencial del novelista consistió en situar la escena más salvaje del libro en el bando republicano, al que él apoyaba. Con una mirada adiestrada en los encierros de toros en Pamplona y los hospitales de la primera guerra, Hemingway crea en el capítulo 10 una escena goyesca donde los enemigos de los *rojos* son asesinados con instrumentos de labranza. Stanton y Thomas consideran que el suceso se basa en una masacre ocurrida en Ronda. Al borde de un peñasco, los vecinos matan a gente que conocen de toda la vida, con una crueldad enfatizada por la falta de armas (unos mueren a palos, otros son despeñados). Pablo es quien ordena la matanza y no sobrevive a los efectos psicológicos de su crueldad. En esa plaza cayeron el Don Juan del pueblo que siempre llevaba un peine en el bolsillo y el comerciante que vendía los bieldos improvisados como armas; cada cuerpo tenía una historia conocida. Al recrear la secuencia bárbara, Pilar define el horror de esta manera: lo peor de la guerra es «lo que nosotros hemos hecho. No lo que han hecho los otros». Ahí se cifra la ética de la novela; lo más dañino de esos actos es que son propios. Hemingway, que tantas veces cedió al primitivismo del héroe viril, logró en el capítulo 10 un devastador alegato contra la violencia, incluso la de quienes tienen razones para luchar.

Horrorizado ante las manipulaciones políticas, el novelista descubrió que «cuanto más cerca se está del frente, mejores son las personas». Lejos de los hoteles madrileños que fungen como pervertidos recintos del poder, está el sitio donde hay pocas posibilidades de sobrevivir pero donde aún es posible salvarse como hombre. Educados por el miedo, los combatientes entregan su mejor faceta y son capaces de una solidaridad última y definitiva. Pilar, que ha vivido con toreros, conoce el cortejo de la muerte y se siente autorizada a describir el aroma de la muerte: el más allá huele a tierra húmeda, flores marchitas y semen, como el Jardín Botánico donde copulan las prostitutas callejeras de Madrid. La vida y la descomposición se trenzan en una ronda animada por la misma energía.

En *España y los españoles*, Juan Goytisolo comenta que Hemingway destaca el fundamento místico del toreo sin asociar su «frenesí esencial» con el sexo. A diferencia de Bataille, el autor de *Muerte en la tarde* no relaciona la destrucción de la vida con una forma de la posesión. En *Fiesta*, los matadores cautivan a las mujeres por su valentía y su apostura, no por la sexualidad implícita en los lances.

No fue en la fiesta brava donde Hemingway encontró un pacto de sangre entre el sexo y la muerte sino en la guerra. Ahí, el amor es una intensidad amenazada. Los encuentros eróticos de Robert y María semejan un ritual pánico; al entregar sus cuerpos, sienten que la tierra tiembla; se integran a la convulsa naturaleza en un anticipo de su destino final.

Por quién doblan las campanas se convirtió en el éxito rotundo que Hemingway anhelaba desde hacía casi una década. En un año vendió casi un millón de ejemplares y la crítica le dedicó elogios que aspiraban a agotar los superlativos: «El mejor libro que ha escrito Hemingway; el más completo, el más profundo, el más auténtico», exclamó el *New York Times*.

El 21 de diciembre de 1940, mientras la república de las letras comentaba este retorno triunfal, el antiguo amigo y mentor de Hemingway, Francis Scott Fitzgerald, murió de un infarto en Hollywood. En su mesa de noche tenía un ejemplar de *Por quién doblan las campanas*, dedicado por el autor «con afecto y estima».

A través de amigos comunes, Ernest y Scott se seguían la pista con un interés no desprovisto de morbo. El épico Hemingway competía para ganar y el melancólico Fitzgerald, para perder. Ambos fueron fieles a su estrella, pero no dejaron de comparar sus trayectorias ni de mezclar la envidia con la creencia de que el otro había equivocado el camino. En lo que toca a *Por quién doblan las campanas*, los comentarios públicos de Fitzgerald fueron tan cuidadosos como los que dirigió al autor («Te envidio en forma endiablada y lo digo sin ironía»); sin embargo, en su cuaderno de notas escribió que se trataba de «un libro absolutamente superficial, con toda la profundidad de *Rebeca*». En una llamada telefónica al escritor Budd Schulberg, Fitzgerald dedicó cuarenta y cinco minutos a criticar el personaje de María.

Hemingway no asistió al funeral del colega que le consiguió su primer editor de importancia y sugirió cambios decisivos en *Fiesta*. La relación se había quebrado muchos años antes. Ernest boxeaba con la sombra de Scott para cerciorarse de sus méritos y Scott requería del ultraje para cerciorarse de que sólo podía hablar en nombre de los caídos, con «la autoridad del fracaso».

A pesar de la perdurable vitalidad de *Por quién doblan las campanas*, el lector contemporáneo puede compartir algunos reparos de Fitzgerald, el lector más sagaz que tuvo Hemingway. Una de las piezas endebles de la novela es el personaje de María. Jordan se enamora de una chica ultrajada y primitiva, una especie de Carmen de la montaña a la que debe proteger. El protagonista padece otro tipo de simplificación; sus virtudes son tantas que se acumulan en su contra; el autor pierde la oportunidad de enriquecerlo con debilidades o defectos. Edward F. Stanton, autor de *Hemingway en España*, escribe con acierto que Jordan es el único personaje de la vasta nómina de Hemingway que sabe más que su autor. El dinamitero revela «su conocimiento impecable de la táctica militar, los explosivos, las armas, España, el español, el francés, los caballos, los vinos y otras bebidas … el amor, la puntería, la historia antigua, americana y española, la política y los toros». Esta perfección lastra los monólogos interiores en los que Jordan se instruye con obvia pedagogía: «Estoy cansado y quizá no tenga la cabeza despejada; pero mi misión es el puente y para llevar a cabo esta misión no debo correr riesgos inútiles». A pesar de su admiración por Joyce, Hemingway rara vez fue capaz de mostrar el desorden de la conciencia. Curiosamente, el desafío de interiorizar los mismos hechos representó un notable estímulo para otro novelista. Por esos años, Malcolm Lowry escribía la enésima versión de *Bajo el volcán*, obra maestra del monólogo interior y los abismos de la mente, cuya acción (o inacción) ocurre lejos de España, pero donde la guerra civil aparece como el fragmentario espíritu de la época que rasga el inconsciente.

El color local otorga una misteriosa ilusión de realidad y suele mantener una inestable relación con el tiempo. Que Jordan fume cigarros rusos por ser republicano confiere verosimilitud al mundo de la novela; en cambio, la estampa arquetípica del torero Finito, el papel de Pilar como Celestina, el hecho de que un personaje goyesco lleve el apodo del Sordo, los toques de gitanería y los mismos nombres de Pilar y María pueden parecer brotes folclóricos para el lector de hoy, incluido el norteamericano.

Hemingway se arriesgó a explorar las grandes contiendas de su tiempo. En este sentido, su legado depende no sólo de su excepcional técnica narrativa, sino de la percepción que tenemos de la historia. Conviene recordar que en 1940 *Por quién doblan las campanas* contribuyó de manera decisiva a crear un clima en contra del fascismo. Amigos cercanos de Hemingway, como el poeta Archibald Mac Leish, habían criticado *Adiós a las armas* por demeritar la voluntad de resistencia al concentrarse en los horrores de la guerra. En cambio, *Por quién doblan las campanas* tuvo un impacto movilizador en la lucha antifascista. Obviamente, la novela carece hoy de la reveladora fuerza testimonial con que actuó en las conciencias de 1940. Como las catedrales lastimadas por el tiempo y las palomas, algunos grandes libros tienen rincones poco vistosos. *Por quién doblan las campanas* ya no opera como insólita denuncia, y algunos pasajes, entonces raros, hoy son turísticos. De cualquier forma, el eterno combatiente que fue Hemingway sigue en pie.

En la sierra de Guadarrama un puñado de resistentes ve pasar los cuervos y los aviones como presagios ominosos. Hombres abandonados que deben luchar por los otros hasta el fin. Un pasaje cancelado de la novela decía: «Uno no es como acaba sino como es en el mejor momento de su vida». Para Jordan esta oportunidad llega en el desenlace del libro. Resulta difícil pensar en otra escena de Hemingway que refleje con tal fuerza el sentido moral de la destreza práctica: contra la adversidad, un hombre se juega su destino en hacer bien una cosa. Herido y maltrecho, Robert Jordan apunta con cuidado en el último párrafo del libro. Su paso por el mundo depende de un disparo que el narrador omite con maestría. La novela representa ese estallido.

JUAN VILLORO

POR QUIÉN DOBLAN LAS CAMPANAS

Dedico este libro a Martha Gellhorn

Nadie es una isla, completo en sí mismo; cada hombre es un pedazo del continente, una parte de la tierra; si el mar se lleva una porción de tierra, toda Europa queda disminuida, al igual que si fuera un promontorio, o la casa de uno de tus amigos, o la tuya propia; la muerte de cualquier hombre me disminuye, porque estoy ligado a la humanidad; y, por consiguiente, nunca hagas preguntar por quién doblan las campanas; doblan por ti.

JOHN DONNE

Capítulo 1

Estaba tumbado boca abajo, sobre una capa de agujas de pino de color castaño, con la barbilla apoyada en los brazos cruzados, mientras el viento, en lo alto, soplaba entre las copas. La ladera de la montaña hacía un suave declive por aquella parte, pero más abajo se convertía en una pendiente escarpada, de modo que desde donde se hallaba tumbado podía ver la cinta oscura de la carretera embreada serpenteando en torno al puerto. Había un arroyo que corría junto a la carretera y, más abajo, a orillas del arroyo, se veía un aserradero y la cascada que se derramaba de la represa, blanca a la luz del sol veraniego.

—¿Es ése el aserradero? —preguntó.

—Ése es.

—No lo recuerdo.

—Se hizo después de marcharse usted. El aserradero viejo está abajo, mucho más abajo del puerto.

Sobre las agujas de pino desplegó la copia fotográfica de un mapa militar y lo estudió cuidadosamente. El viejo observaba por encima de su hombro. Era un tipo pequeño y robusto que llevaba una blusa negra al estilo de los campesinos, pantalones grises de pana y alpargatas de suela de cáñamo. Resollaba con fuerza a causa de la escalada y tenía la mano apoyada en uno de los pesados bultos que habían subido hasta allí.

—Entonces desde aquí no se ve el puente.

—No —dijo el viejo—. Ésta es la parte más abierta del puerto, donde el arroyo corre más despacio. Más abajo, por donde la carretera se pierde entre los árboles, se hace más pendiente y forma una estrecha garganta...

—Lo recuerdo.

—El puente atraviesa esa garganta.

—¿Y dónde tienen los puestos de guardia?

—Hay un puesto en el aserradero que ve usted ahí.

El joven que estaba estudiando el terreno sacó unos gemelos del bolsillo de su camisa, una camisa de lanilla de color indeciso, limpió los cristales con un pañuelo y ajustó las roscas hasta que los tablones del aserradero aparecieron netamente dibujados, hasta el punto que pudo distinguir el banco de madera que había junto a la puerta, la pila de serrín junto al cobertizo, donde estaba la sierra circular, y la pista por donde los troncos bajaban deslizándose por la pendiente de la montaña, al otro lado del arroyo. El arroyo aparecía claro y límpido en los gemelos y, bajo la cabellera de agua de la cascada, el viento hacía volar la espuma.

—No hay ningún centinela.

—Se ve humo que sale del aserradero —dijo el viejo—. Y hay ropa tendida en una cuerda.

—Lo veo, pero no veo ningún centinela.

—Quizá quede en la sombra —observó el viejo—. Hace calor a estas horas. Debe de estar a la sombra, al otro lado, donde no alcanzamos a ver.

—Es probable. ¿Dónde está el otro puesto?

—Más allá del puente. Está en la casilla del peón caminero, a cinco kilómetros de la cumbre del puerto.

—¿Cuántos hombres hay allí? —preguntó el joven, señalando hacia el aserradero.

—Quizá haya cuatro y un cabo.

—¿Y más abajo?

—Más. Ya me enteraré.

—¿Y en el puente?

—Hay siempre dos, uno a cada extremo.

—Necesitaremos cierto número de hombres —dijo el joven—. ¿Cuántos podría conseguirme?

—Puedo proporcionarle los que quiera —dijo el viejo—. Hay ahora muchos en estas montañas.

—¿Cuántos exactamente?

—Más de un centenar, aunque están desperdigados en pequeñas bandas. ¿Cuántos hombres necesitará?

—Se lo diré cuando hayamos estudiado el puente.

—¿Quiere usted estudiarlo ahora?

—No. Ahora quisiera ir a donde pudiéramos esconder estos explosivos hasta que llegue el momento. Querría esconderlos en un lugar muy seguro y a una distancia no mayor de una media hora del puente, si es posible.

—Es posible —contestó el viejo—. Desde el sitio hacia donde vamos, será todo cuesta abajo hasta el puente. Pero tenemos que trepar un poco para llegar allí. ¿Tiene usted hambre?

—Sí —dijo el joven—; pero comeremos luego. ¿Cómo se llama usted? Lo he olvidado. —Era una mala señal, a su juicio, el haberlo olvidado.

—Anselmo —contestó el viejo—. Me llamo Anselmo y soy de El Barco de Ávila. Déjeme que le ayude a llevar ese bulto.

El joven, que era alto y esbelto, con mechones de pelo rubio, clareado por el sol, y una cara curtida por la intemperie, llevaba, además de la camisa de lana descolorida, pantalones de campesino y alpargatas. Se inclinó hacia el suelo, pasó el brazo bajo una de las correas que sujetaban el fardo y lo levantó sobre su espalda. Pasó luego el brazo bajo la otra correa y se colocó el fardo a la altura de los hombros. Llevaba la camisa mojada por la parte donde el fardo había estado poco antes.

—Ya lo tengo —dijo—. ¿Nos vamos?

—Tenemos que trepar —dijo Anselmo.

Inclinados bajo el peso de los bultos, sudando y resollando, treparon por el pinar que cubría el flanco de la montaña. No había ningún camino que el joven pudiera distinguir, pero se abrieron paso zigzagueando. Atravesaron un pequeño riachuelo y el viejo siguió montaña arriba, bordeando el lecho rocoso del arroyuelo. El camino era cada vez más escarpado y dificultoso, hasta que llegaron finalmente a un lugar donde de una arista de granito limpia se veía brotar el torrente. El viejo se detuvo al pie de la arista para dar tiempo al joven a que llegase hasta allí.

—¿Qué tal va la cosa?

—Muy bien —contestó el joven. Sudaba por todos sus poros y le dolían los músculos por lo empinado de la subida.

—Espere aquí un momento hasta que yo vuelva. Voy a adelantarme para avisarles. No querrá usted que le peguen un tiro llevando encima esa mercancía.

—Ni en broma —contestó el joven—. ¿Está muy lejos?

—Está muy cerca. Dígame cómo se llama.

—Roberto —contestó el joven. Había dejado escurrir el bulto, depositándolo suavemente entre dos grandes guijarros, junto al lecho del riachuelo.

—Espere aquí, Roberto; enseguida vuelvo a buscarle.

—Está bien —dijo el joven—. Pero ¿tiene la intención de bajar al puente por este camino?

—No, cuando vayamos al puente será por otro camino. Mucho más corto y más fácil.

—No quisiera guardar todo este material lejos del puente.

—Ya lo verá. Si no le gusta el sitio elegido, buscaremos otro.

—Ya veremos —respondió el joven.

Se sentó junto a los bultos y miró al viejo trepando por las rocas. Lo hacía con facilidad, y por la manera de encontrar los puntos de apoyo, sin vacilaciones, el joven dedujo que lo habría hecho otras muchas veces. No obstante, cualquiera que fuese el que estuviera arriba, había tenido mucho cuidado para no dejar ninguna huella.

El joven, cuyo nombre era Robert Jordan, se sentía extremadamente hambriento e inquieto. Tenía hambre con frecuencia, pero habitualmente no se notaba preocupado, porque no le daba importancia a lo que pudiera ocurrirle a él mismo y conocía por experiencia lo fácil que era moverse detrás de las líneas del enemigo en toda aquella región. Era tan fácil moverse detrás de las líneas del enemigo como cruzarlas, si se contaba con un buen guía. Sólo el dar importancia a lo que pudiera sucederle a uno, si era atrapado, era lo que hacía la cosa arriesgada; eso y el saber en quién confiar. Había que confiar enteramente en la gente con la cual se trabajaba o no confiar para nada, y era preciso saber por uno mismo en quién se podía confiar. No le preocupaba nada de eso. Pero había otras cosas que sí le preocupaban.

Aquel Anselmo había sido un buen guía y era un montañero considerable. Robert Jordan también se las arreglaba bien y se había dado cuenta desde que salieron aquella mañana, antes del alba, de que el viejo le aventajaba. Hasta ahora Robert Jordan confiaba mucho en el viejo, en todo salvo en su juicio: no había tenido ocasión de saber lo que pensaba, y, en todo caso, el averiguar si se podía o no tener confianza en él era de su incumbencia. No, no se sentía inquieto por Anselmo, y el asunto del puente no era más difícil que cualquier otro. Sabía cómo hacer volar cualquier clase de puente que hubiera sobre la faz de la tierra, y había volado puentes de todos los tipos y de todos los tamaños. Tenía suficientes explosivos y equipo repartidos entre las dos mochilas como para volar el puente de manera apropiada, incluso aunque fuera dos veces mayor de lo que Anselmo le había dicho; tan grande como él recordaba que era cuando lo cruzó yendo a La Granja en una excursión a pie el año de 1933, tan grande como Golz se lo había descrito aquella noche, dos días antes, en el cuarto de arriba de la casa de los alrededores de El Escorial.

—Volar el puente no es nada —había dicho Golz, señalando con un lápiz sobre el gran mapa, con la cabeza inclinada; su cabeza afeitada, repleta de cicatrices, brillando bajo la lámpara—. ¿Comprende usted?

—Sí, lo comprendo.

—Absolutamente ninguna. Limitarse a hacerlo saltar sería un fracaso.

—Sí, camarada general.

—Lo que importa es volar el puente a una hora determinada, señalada, cuando se desencadene la ofensiva. Eso es lo importante. Y eso es lo que tiene usted que hacer con absoluta limpieza y en el momento justo. ¿Se da usted cuenta?

Golz contempló pensativo la punta del lápiz y luego se golpeó con él, suavemente, en los dientes.

Robert Jordan no dijo nada.

—Es usted el que tiene que saber cuándo ha llegado el momento de hacerlo —insistió Golz, levantando la vista hacia él y haciéndole una indicación con la cabeza. Golpeó en el mapa con el lápiz—. Es usted quien tiene que decidirlo. Nosotros no podemos hacerlo.

—¿Por qué, camarada general?

—¿Por qué? —preguntó Golz iracundo—. ¿Cuántas ofensivas ha visto usted? ¿Y todavía me pregunta por qué? ¿Quién me garantiza que mis órdenes no serán cambiadas? ¿Quién me garantiza que la ofensiva no será anulada? ¿Quién me garantiza que la ofensiva no va a ser retrasada? ¿Quién me garantiza que la ofensiva no empezará seis horas después del momento fijado? ¿Se ha hecho alguna vez *una* sola ofensiva como estaba previsto?

—Empezará en el momento previsto si la ofensiva es su ofensiva —dijo Jordan.

—Nunca son mis ofensivas —dijo Golz—. Yo las preparo. Pero nunca son mías. La artillería no es mía. Tengo que contentarme con lo que me dan. Nunca me dan lo que pido, ni siquiera cuando pueden dármelo. Y eso no es todo. Hay otras cosas. Usted sabe cómo es esta gente. No hace falta que se lo diga. Siempre ocurre algo. Siempre hay alguien que interfiere. Asegúrese, pues, de haberlo comprendido.

—¿Cuándo ha de volar el puente? —preguntó Jordan.

—En cuanto empiece la ofensiva. Tan pronto como la ofensiva haya comenzado, pero no antes. Es preciso que no les lleguen refuerzos por esa carretera. —Señaló un punto con su lápiz—. Tengo que estar seguro de que no puede llegar nada por esta carretera.

—¿Y cuándo es la ofensiva?

—Se lo diré. Pero utilice usted la fecha y la hora sólo como una indicación de probabilidad. Tiene usted que estar listo para ese momento. Volará usted el puente después de que la ofensiva haya empezado. ¿Se da usted cuenta? —Y volvió a señalar con el lápiz—. Ésta es la única carretera por la que pueden llegarles refuerzos. Ésta es la única carretera por la que pueden llegarles tanques o artillería, o sencillamente un simple camión hasta el puerto que yo ataco. Tengo que saber que el puente ha volado. Pero no antes, porque podrían repararlo si la ofensiva se retrasa. No. Tiene que volar cuando haya empezado la ofensiva, y tengo que saber que ha volado. Hay sólo dos centinelas. El hombre que va a acompañarle acaba de llegar de allí. Es hombre de confianza, según dicen ellos. Usted verá si lo es. Tienen gente en las montañas. Hágase con todos los hombres que necesite. Utilice los menos que pueda, pero utilícelos. No tengo necesidad de explicarle estas cosas.

—¿Y cómo sabré yo que ha comenzado la ofensiva?

—La ofensiva se hará con una división completa. Habrá un bombardeo como medida de preparación. No es usted sordo, ¿no?

—Entonces, ¿podré deducir, cuando los aviones comiencen a descargar bombas, que el ataque ha comenzado?

—No puede decirse siempre eso —comentó Golz, negando con la cabeza—; pero en este caso puede hacerlo. Es mi ofensiva.

—Comprendo —dijo Jordan—; pero no puedo decir que la cosa me guste demasiado.

—Tampoco me gusta a mí. Si no quiere encargarse de este cometido, dígalo ahora. Si cree que no puede hacerlo, dígalo ahora mismo.

—Lo haré —contestó Jordan—. Lo haré como es debido.

—Eso es todo lo que quiero saber —concluyó Golz—. Quiero saber que nada puede pasar por ese puente. Absolutamente nada.

—Entendido.

—No me gusta pedir a la gente que haga estas cosas en semejantes condiciones —prosiguió Golz—. No puedo ordenárselo a usted. Comprendo que puede usted verse obligado a ciertas cosas dadas estas condiciones. Por eso tengo interés en explicárselo todo en detalle, para que se haga cargo de todas las dificultades y de la importancia del trabajo.

—¿Y cómo avanzará usted hacia La Granja, cuando el puente haya volado?

—Estamos preparados para repararlo en cuanto hayamos ocupado el puerto. Es una operación complicada y bonita. Tan complicada y tan bonita como siempre. El plan ha sido preparado en Madrid. Es otro de los planes de Vicente Rojo, el profesor que no tiene suerte con sus obras maestras. Soy yo quien tiene que llevar a cabo la ofensiva y quien tiene que llevarla a cabo, como siempre, con fuerzas insuficientes. A pesar de todo, es una operación con muchas probabilidades. Me siento más optimista de lo que suelo sentirme. Puede tener éxito, si se elimina el puente. Podemos tomar Segovia. Mire, le explicaré cómo se han preparado las cosas. ¿Ve usted este punto? No es por la parte más alta del puerto por donde atacaremos. Ya está dominado. Mucho más abajo. Mire. Por aquí…

—Prefiero no saberlo —repuso Jordan.

—Como quiera —accedió Golz—. Así tiene usted menos equipaje que llevar al otro lado.

—Prefiero no enterarme. De ese modo, ocurra lo que ocurra, no fui yo quien habló.

—Es mejor no saber nada —asintió Golz, acariciándose la frente con el lápiz—. A veces querría no saberlo yo mismo. Pero ¿se ha enterado usted de lo que tiene que enterarse respecto al puente?

—Sí, estoy enterado.

—Lo creo —dijo Golz—. Y no quiero soltarle un discurso. Vamos a tomar una copa. El hablar tanto me deja la boca seca, camarada Hordan. ¿Sabe que su nombre es muy cómico en español, camarada Hordown?

—¿Cómo se pronuncia Golz en español, camarada general?

—Jotze —dijo Golz, riendo y pronunciando el sonido con una voz gutural, como si tuviese enfriamiento—. Jotze —aulló—, camarada general Jotze. De haber sabido cómo pronunciaban Golz en español, me hubiera buscado otro nombre antes de venir a hacer la guerra aquí. Cuando pienso que vine a mandar una división y que pude haber elegido el nombre que me hubiese gustado y que elegí Jotze... General Jotze. Ahora es demasiado tarde para cambiarlo. ¿Le gusta a usted la palabra *partizan*?

Era la palabra rusa para designar las guerrillas que actuaban al otro lado de las líneas.

—Me gusta mucho —dijo Jordan. Y se echó a reír—. Suena saludable, a aire libre.

—A mí también me gustaba cuando tenía su edad —dijo Golz—. Me dicen que vuela usted puentes a la perfección. De una manera muy científica. Es lo que se dice. Pero nunca le he visto hacerlo a usted. Quizá, en el fondo, no ocurra nada. ¿Consigue volarlos realmente? —Se veía que bromeaba—. Beba esto —añadió, tendiéndole una copa de coñac—. ¿Consigue volarlos *realmente*?

—Algunas veces.

—Más le vale que no sea «algunas veces» con éste. Bueno, no hablemos más de ese maldito puente. Ya sabe usted todo lo que tiene que saber. Nosotros somos gente seria, y por eso tenemos ganas de bromear. ¿Qué, tiene usted muchas chicas al otro lado de las líneas?

—No, no tengo tiempo para chicas.

—No lo creo; cuanto más irregular es el servicio, más irregular es la vida. Tiene usted un servicio muy irregular. También necesita usted un corte de pelo.

—Voy a la peluquería cuando me hace falta —contestó Jordan. Estaría bonito que me dejase pelar como Golz, pensó—. Bastante tengo en que pensar como para ocuparme de chicas —dijo con acento duro, como si quisiera cortar la conversación—. ¿Qué clase de uniforme tengo que llevar? —preguntó.

—Ninguno —dijo Golz—. Su corte de pelo es perfecto. Sólo quería gastarle una broma. Es usted muy diferente de nosotros —dijo Golz, y volvió a llenarle la copa—. Usted no piensa en las chicas. Yo tampoco. Nunca pienso en nada de nada. ¿Cree usted que podría? Soy un *général soviétique*. Nunca pienso. No intente hacerme pensar.

Alguien de su equipo, que se encontraba sentado en una silla próxima, trabajando sobre un mapa en un tablero, murmuró algo que Jordan no logró entender.

—Cierra el pico —dijo Golz en inglés—. Bromeo cuando quiero. Soy tan serio, que puedo bromear. Vamos, bébase esto y lárguese. Ha comprendido, ¿no?

—Sí —dijo Jordan—; lo he comprendido.

Se estrecharon las manos, se saludaron y Jordan salió hacia el coche, donde le aguardaba el viejo dormido. En aquel mismo coche llegaron a Guadarrama, con el viejo siempre dormido, y subieron por la carretera de Navacerrada hasta el club Alpino, donde Jordan descansó tres horas antes de proseguir la marcha.

Ésa era la última vez que había visto a Golz, con su extraña cara blanquecina que nunca se bronceaba, con sus ojos de lechuza, con su enorme nariz y sus finos labios, con su cabeza afeitada, surcada de cicatrices y arrugas. Al día siguiente por la noche estarían todos preparados, en los alrededores de El Escorial, a lo largo de la oscura carretera: las largas líneas de camiones cargando a los soldados en la oscuridad; los hombres, pesadamente cargados, subiendo a los camiones; las secciones de ametralladoras izando sus máquinas hasta los camiones; los tanques trepando por las rampas a los alargados camiones; toda una división se lanzaría aquella noche al frente para atacar el puerto. Pero no quería pensar en eso. No era asunto suyo. Era de la incumbencia de Golz. Él sólo tenía una cosa que hacer, y en eso tenía que pensar. Y tenía que pensar en ello claramente, aceptar las cosas según venían y no inquietarse. Inquietarse era tan malo como tener miedo. Hacía las cosas más difíciles.

Se sentó junto al arroyo, contemplando el agua clara que se deslizaba entre las rocas, y descubrió al otro lado del riachuelo una mata espesa de berros. Saltó sobre el agua, cogió todo lo que podía coger con las manos, lavó en la corriente las enlodadas raíces y volvió a sentarse junto a su mochila, para devorar las frescas y limpias hojas y los pequeños tallos enhiestos y ligeramente picantes. Luego se arrodilló junto al agua, y haciendo correr el cinturón al que estaba sujeta la pistola, de modo que no se mojase, se inclinó, sujetándose con una y otra mano sobre los pedruscos del borde y bebió a morro. El agua estaba tan fría, que hacía daño.

Se irguió, volvió la cabeza al oír pasos y vio al viejo que bajaba por los peñascos. Con él iba otro hombre, vestido también con la blusa negra de campesino y con los pantalones grises de pana, que eran casi un uniforme en aquella provincia; iba calzado con alpargatas y con una carabina cargada al hombro. Llevaba la cabeza descubierta. Los dos hombres bajaban saltando por las rocas como cabras.

Cuando llegaron hasta él, Robert Jordan se puso de pie.

—*¡Salud, camarada!**—dijo al hombre de la carabina, sonriendo.

—*¡Salud!* —dijo el otro, de mala gana. Robert Jordan estudió el rostro burdo, cubierto por un principio de barba, del recién llegado. Era una faz casi redonda; la cabeza era también redonda, y parecía salir directamente de los hombros. Tenía los ojos pequeños y muy separados, y las orejas eran también pequeñas y muy pegadas a la cabeza. Era un hombre recio, de cerca de un metro ochen-

* A lo largo de la obra figurarán en cursiva aquellas palabras que aparecen en castellano en el original inglés. (*N. del T.*)

ta de estatura, con las manos y los pies muy grandes. Tenía la nariz rota y los labios hendidos en una de las comisuras; una cicatriz le cruzaba el labio de arriba hasta la mandíbula, abriéndose paso entre las barbas mal rasuradas.

El viejo señaló con la cabeza a su acompañante y sonrió.

—Es el jefe aquí —dijo satisfecho, y con un ademán hinchó los músculos mientras miraba al hombre de la carabina con una admiración un tanto irrespetuosa—. Un hombre muy fuerte.

—Ya lo veo —dijo Robert Jordan, sonriendo otra vez.

No le gustó la manera que tenía el hombre de mirar, y por dentro no sonreía.

—¿Qué tiene usted para justificar su identidad? —preguntó el hombre de la carabina.

Robert Jordan abrió el imperdible que cerraba el bolsillo de su camisa y sacó un papel doblado que entregó al hombre; éste lo abrió, lo miró con aire de duda y le dio varias vueltas entre las manos.

De manera que no sabe leer, advirtió Jordan.

—Mire el sello —dijo en voz alta.

El viejo señaló el sello y el hombre de la carabina lo estudió, dando vueltas de nuevo al papel entre sus manos.

—¿Qué sello es éste?

—¿No lo ha visto usted nunca?

—No.

—Hay dos sellos —dijo Robert Jordan—: uno es del SIM, el Servicio de Información Militar. El otro es del Estado Mayor.

—He visto ese sello otras veces. Pero aquí no manda nadie más que yo —dijo el hombre de la carabina, muy hosco—. ¿Qué es lo que lleva en esos bultos?

—Dinamita —dijo el viejo orgullosamente—. Esta noche hemos cruzado las líneas en medio de la oscuridad y hemos subido estos bultos montaña arriba.

—Dinamita —dijo el hombre de la carabina—. Está bien. Me

sirve. —Tendió el papel a Robert Jordan y le miró a la cara—. Me sirve; ¿cuánta me han traído?

—Yo no le he traído a usted dinamita —dijo Robert Jordan, hablando tranquilamente—. La dinamita es para otro objetivo. ¿Cómo se llama usted?

—¿Y a usted qué le importa?

—Se llama Pablo —dijo el viejo. El hombre de la carabina miró a los dos ceñudamente.

—Bueno, he oído hablar muy bien de usted —dijo Robert Jordan.

—¿Qué es lo que ha oído usted de mí? —preguntó Pablo.

—He oído decir que es usted un guerrillero excelente, que es usted leal a la República y que prueba su lealtad con sus actos. He oído decir que es usted un hombre serio y valiente. Le traigo saludos del Estado Mayor.

—¿Dónde ha oído usted todo eso? —preguntó Pablo.

Jordan se percató de que no se había tragado ni una sola palabra de sus lisonjas.

—Lo he oído decir desde Buitrago hasta El Escorial —respondió, nombrando todos los lugares de una región al otro lado de las líneas.

—No conozco a nadie en Buitrago ni en El Escorial —dijo Pablo.

—Hay muchas gentes al otro lado de los montes que no estaban antes allí. ¿De dónde es usted?

—De Ávila. ¿Qué es lo que va a hacer con la dinamita?

—Volar un puente.

—¿Qué puente?

—Eso es asunto mío.

—Si es en esta región, es asunto mío. No se permite volar puentes cerca de donde uno vive. Hay que vivir en un sitio y operar en otro. Conozco el trabajo. Uno que sigue vivo, como yo, después de un año, es porque conoce su trabajo.

—Eso es asunto mío —insistió Jordan—. Pero podemos discutirlo más tarde. ¿Quiere ayudarnos a llevar los bultos?

—No —dijo Pablo, negando con la cabeza.

El viejo se volvió hacia él de repente, y empezó a hablarle con gran rapidez y en tono furioso, de manera que Jordan apenas podía seguirle. Le parecía que era como si leyese a Quevedo. Anselmo hablaba un castellano viejo, y le decía algo como esto: «Eres un bruto, ¿no? Eres una bestia, ¿no? No tienes seso. Ni pizca. Venimos nosotros para un asunto de mucha importancia, y tú, con el cuento de que te dejen tranquilo, pones tu zorrería por encima de los intereses de la humanidad. Por encima de los intereses de tu pueblo. Me cago en esto y en lo otro y en tu padre y en toda tu familia. Coge ese bulto».

Pablo miraba al suelo.

—Cada cual tiene que hacer lo que puede —dijo—. Yo vivo aquí y opero más allá de Segovia. Si busca uno jaleo aquí, nos echarán de estas montañas. Sólo quedándonos aquí quietos podremos vivir en estas montañas. Es lo que hacen los zorros.

—Sí —dijo Anselmo con acritud—, es lo que hacen los zorros; pero nosotros necesitamos lobos.

—Tengo más de lobo que tú —dijo Pablo. Pero Jordan se dio cuenta de que acabaría por coger el bulto.

—¡Ja, ja! —dijo Anselmo, mirándole—; eres más lobo que yo. Eres más lobo que yo, pero yo tengo sesenta y ocho años.

Escupió en el suelo, meneando la cabeza.

—¿Tiene usted tantos años? —preguntó Jordan, dándose cuenta de que, por el momento, las cosas volverían a ir bien y tratando de facilitarlas.

—Sesenta y ocho, en el mes de julio.

—Si llegamos a ver el mes de julio —dijo Pablo—. Deje que le ayude con el bulto —dijo, dirigiéndose a Jordan—. Deje el otro al viejo. —Hablaba sin hostilidad, pero con tristeza—. Es un viejo con mucha fuerza.

—Yo llevaré el bulto —dijo Jordan.

—No —contestó el viejo—. Deje eso a este hombretón.

—Yo lo llevaré —dijo Pablo, y su hostilidad se había convertido en una tristeza que conturbó a Jordan. Sabía lo que era esa tristeza y el descubrirla le preocupaba.

—Deme entonces la carabina —dijo.

Y cuando Pablo se la alargó, se la colgó del hombro y se unió a los dos hombres que trepaban delante de él, y agarrándose y trepando dificultosamente por la pared de granito llegaron hasta el borde superior, donde había un claro de hierba en medio del bosque.

Bordearon un pequeño prado y Jordan, que se movía con agilidad sin ningún lastre, llevando con gusto la carabina enhiesta sobre su hombro, después del pesado fardo que le había hecho sudar, vio que la hierba estaba segada en varios lugares y que en otros había huellas de que se habían clavado estacas en el suelo. Vio el rastro en la hierba del paso de los caballos hasta el arroyo, adonde los habían conducido a abrevar, y había excrementos frescos de varios de ellos. Sin duda los traían aquí de noche a que pastasen y durante el día los ocultaban entre los árboles. ¿Cuántos caballos tendría Pablo?

Se acordaba de haberse fijado, sin reparar mucho, en que los pantalones de Pablo estaban gastados y lustrosos entre las rodillas y los muslos. Se preguntó si tendría botas de montar o montaría con *alpargatas*. Debe de tener todo un equipo, se dijo. Pero no me gusta esa tristeza. Esa tristeza es mala cosa, pensó. Es el sentimiento que se adueña de los hombres cuando están a punto de abandonar o de traicionar; es el sentimiento que precede a la capitulación.

Un caballo relinchó detrás de los árboles y un poco de sol que se filtraba por entre las altas copas que casi se unían en la cima permitió a Jordan distinguir entre los oscuros troncos de los pinos el cercado hecho con cuerdas atadas a los árboles. Los caballos levantaron la cabeza al acercarse los hombres. Fuera del cercado, al pie de un árbol, había varias sillas de montar apiladas bajo una lona encerada.

Los dos hombres que llevaban los fardos se detuvieron y Robert Jordan comprendió que lo habían hecho a propósito, para que admirase los caballos.

—Sí —dijo—, son muy hermosos. —Y se volvió hacia Pablo—: Tiene usted hasta caballería propia.

Había cinco caballos en el cercado: tres bayos, una yegua alazana y un caballo castaño. Después de haberlos observado en conjunto, Robert Jordan los examinó uno a uno. Pablo y Anselmo sabían que eran buenos caballos, y mientras Pablo se crecía, orgulloso y menos triste, mirando a los caballos con amor, el viejo se comportaba como si se tratara de una sorpresa que acabase él mismo de inventar.

—¿Qué le parecen? —preguntó a Jordan.

—Todos ésos los he cogido yo —dijo Pablo, y Robert Jordan experimentó cierto placer oyéndole hablar de esa manera.

—Ése —dijo Jordan, señalando a uno de los bayos, un gran semental con una mancha blanca en la frente y otra en una pata— es mucho caballo.

Era en efecto un caballo magnífico, que parecía surgido de un cuadro de Velázquez.

—Todos son buenos —dijo Pablo—. ¿Entiende de caballos?

—Entiendo.

—Tanto mejor —dijo Pablo—. ¿Ve algún defecto en alguno de ellos?

Robert Jordan comprendió que en aquellos momentos el hombre que no sabía leer estaba examinando sus credenciales.

Los caballos estaban tranquilos, y habían levantado la cabeza para mirarlos. Robert Jordan se deslizó entre las dobles cuerdas del cercado y golpeó en el anca al caballo castaño. Se apoyó luego en las cuerdas y vio dar vueltas a los caballos en el cercado; siguió estudiándolos al quedarse quietos y luego se agachó, volviendo a salirse del cercado.

—La yegua alazana cojea de la pata trasera —dijo a Pablo, sin mirarle—. La herradura está rota. Eso no tiene importancia, si se la hierra convenientemente; pero puede caerse si se la hace andar mucho por un suelo duro.

—La herradura estaba así cuando la cogimos —dijo Pablo.

—El mejor de esos caballos, el semental de la mancha blanca, tiene en lo alto del garrón una inflamación que no me gusta nada.

—No es nada —dijo Pablo—; se dio un golpe hace tres días. Si fuese grave, ya se habría visto.

Tiró de la lona y le enseñó las sillas de montar. Había tres sillas de estilo vaquero, dos sencillas y una muy lujosa, de cuero trabajado a mano y estribos gruesos; también había dos sillas militares de cuero negro.

—Matamos un par de *guardias civiles* —dijo Pablo, señalándolas.

—Vaya, eso es caza mayor.

—Se habían bajado de los caballos en la carretera, entre Segovia y Santa María del Real. Habían desmontado para pedir los papeles a un carretero. Conseguimos matarlos sin lastimar a los caballos.

—¿Ha matado usted a muchos guardias civiles? —preguntó Jordan.

—A varios —contestó Pablo—; pero sólo a esos dos sin herir a los caballos.

—Fue Pablo quien voló el tren de Arévalo —explicó Anselmo—. Fue Pablo el que lo hizo.

—Había un forastero con nosotros que fue quien preparó la explosión —dijo Pablo—. ¿Le conoce usted?

—¿Cómo se llamaba?

—No me acuerdo. Era un nombre muy raro.

—¿Cómo era?

—Era rubio, como usted; pero no tan alto, con las manos grandes y la nariz rota.

—Kashkin —dijo Jordan—. Debía de ser Kashkin.

—Sí —respondió Pablo—; era un nombre muy raro. Algo parecido. ¿Qué ha sido de él?

—Murió en abril.

—Eso es lo que le sucede a todo el mundo —sentenció Pablo sombríamente—. Así acabaremos todos.

—Así acaban todos los hombres —dijo Anselmo—. Así han acabado siempre todos los hombres de este mundo. ¿Qué es lo que te pasa, hombre? ¿Qué les pasa a tus tripas?

—*Ellos* son muy fuertes —dijo Pablo. Hablaba como si se hablara a sí mismo. Miró a los caballos con tristeza—. Usted no sabe lo fuertes que son. Son cada vez más fuertes, y están cada vez mejor armados. Tienen cada vez más material. Y yo, aquí, con caballos como éstos. ¿Y qué es lo me que espera? Que me cacen y me maten. Nada más.

—Tú también cazas —le dijo Anselmo.

—No —contestó Pablo—. Ya no cazo. Y si nos vamos de estas montañas, ¿adónde podemos ir? Contéstame: ¿adónde iremos?

—En España hay muchas montañas. Está la sierra de Gredos, si hay que irse de aquí.

—Yo no —respondió Pablo—. Estoy harto de que me den caza. Aquí estamos bien. Pero si usted hace volar el puente, nos darán caza. Si saben que estamos aquí, nos darán caza con aviones, y nos encontrarán. Nos enviarán a los moros para darnos caza, y nos encontrarán y tendremos que irnos. Estoy cansado de todo esto, ¿me has oído? —Y se volvió hacia Jordan—: ¿Qué derecho tiene usted, que es forastero, para venir a mí a decirme lo que tengo que hacer?

—Yo no le he dicho a usted lo que tiene que hacer —le respondió Jordan.

—Ya me lo dirá —concluyó Pablo—. Eso, eso es lo malo.

Señaló hacia los dos pesados fardos que habían dejado en el suelo mientras miraban los caballos. La visión de los caballos parecía que hubiese traído todo aquello a su imaginación, y al comprender que Robert Jordan entendía de caballos se le había soltado la lengua. Los tres hombres se quedaron pegados a las cuerdas mirando cómo el resplandor del sol proyectaba manchas en la piel del semental bayo. Pablo miró a Jordan y, golpeando con el pie contra el pesado bulto, insistió:

—Eso es lo malo.

—He venido solamente a cumplir con mi deber —dijo Jordan—. He venido con órdenes de los que dirigen esta guerra. Si le pido a usted que me ayude y usted se niega, puedo encontrar a otros que me ayudarán. Pero ni siquiera le he pedido ayuda. Haré lo que se me ha mandado y puedo asegurarle que es asunto de importancia. El que yo sea extranjero no es culpa mía. Hubiera preferido nacer aquí.

—Para mí, lo más importante ahora es que no se nos moleste —dijo Pablo—. Para mí, la obligación ahora consiste en conservar a los que están conmigo y a mí mismo.

—A ti mismo, sí —terció Anselmo—. Te preocupas mucho de ti mismo desde hace algún tiempo. De ti y de tus caballos. Mientras no tuviste caballos, estabas con nosotros. Pero ahora eres un capitalista, como los demás.

—No es verdad —contestó Pablo—. Me ocupo de los caballos por la causa.

—Muy pocas veces —respondió Anselmo secamente—. Muy pocas veces, a mi juicio. Robar te gusta. Comer bien te gusta. Asesinar te gusta. Combatir, no.

—Eres un viejo que va a buscarse un disgusto por hablar demasiado.

—Soy un viejo que no tiene miedo a nadie —replicó Anselmo—. Soy un viejo que no tiene caballos.

—Eres un viejo que no va a vivir mucho tiempo.

—Soy un viejo que vivirá hasta que se muera —concluyó Anselmo—. Y no me dan miedo los zorros.

Pablo no añadió nada, pero cogió otra vez el bulto.

—Ni los lobos tampoco —siguió Anselmo, cogiendo su fardo—, en el caso de que fueras un lobo.

—Cierra el pico —ordenó Pablo—. Eres un viejo que habla demasiado.

—Y que hará lo que dice que va a hacer —repuso Anselmo, inclinado bajo el peso—. Y que ahora está muerto de hambre. Y de sed. Vamos, jefe de cara triste, llévanos a algún sitio donde nos den de comer.

La cosa ha empezado bastante mal, pensó Robert Jordan. Pero Anselmo es un hombre. Esta gente es maravillosa cuando es buena. No hay gente como ésta cuando es buena, y cuando es mala no hay gente peor en el mundo. Anselmo debía de saber lo que hacía cuando me trajo aquí. Pero no me gusta este asunto. No me gusta nada de nada, pensó.

El único aspecto bueno de la cosa era que Pablo seguía llevando el bulto y que le había dado a él la carabina. Quizá se comporte siempre así, siguió pensando Robert Jordan. Quizá sea simplemente uno de esos tipos hoscos como hay muchos.

No, se dijo enseguida. No te engañes. No sabes cómo era antes; pero sabes que este hombre está echándose a perder rápidamente y que no se molesta en disimularlo. Cuando empiece a disimularlo será porque ha tomado una decisión. Acuérdate de esto, pensó. El primer gesto amistoso que tenga contigo querrá decir que ya ha tomado una decisión. Los caballos son estupendos; son caballos preciosos. Me pregunto si esos caballos podrían hacerme sentir a mí lo que hacen sentir a Pablo. El viejo tiene razón. Los caballos le hacen sentirse rico, y en cuanto uno se siente rico quiere disfrutar de la vida. Pronto se sentirá desgraciado por no poder inscribirse en el club Jockey. *Pauvre Pablo. Il a manqué son Jockey.*

Esta idea le hizo sentirse mejor. Sonrió viendo las dos figuras inclinadas y los grandes bultos que se movían delante de él entre los árboles. No se había gastado a sí mismo ninguna broma en todo el día, y ahora que bromeaba se sentía aliviado. Estás empezando a ser como los demás, se dijo. Estás empezando a ponerte sombrío, muchacho. Se había mostrado sombrío y protocolario con Golz. La misión le había abrumado un poco. Un poco, pensó; le había abrumado un poco. O, más bien, le había abrumado mucho. Golz se mostró alegre y quiso que él se mostrase también alegre antes de despedirse, pero no lo había conseguido.

La gente buena, si se piensa un poco en ello, ha sido siempre gente alegre. Era mejor mostrarse alegre, y ello era una buena señal. Algo así como hacerse inmortal mientras uno está vivo todavía. Era una idea un poco complicada. Lo malo era que ya no quedaban con vida muchos de buen humor. Quedaban condenadamente pocos. Y si sigues pensando así, muchacho, acabarás por largarte tú también, se dijo. Cambia de disco, muchacho; cambia de disco, camarada. Ahora eres tú el que va a volar el puente. Un dinamitero, no un pensador. Muchacho, tengo hambre, pensó. Espero que Pablo nos dé bien de comer.

Capítulo 2

Habían llegado a través de la espesa arboleda hasta la parte alta en que acababa el valle, un valle en forma de cubeta, y Jordan supuso que el campamento tenía que estar al otro lado de la pared rocosa que se levantaba detrás de los árboles.

Allí estaba efectivamente el campamento, y era de primera. No se podía ver hasta que no estaba uno encima, y desde el aire no podía ser localizado. Desde arriba no podía verse nada. Estaba tan bien escondido como una cueva de oso. Y, más o menos, igual de poco guardado. Jordan lo observó cuidadosamente a medida que se iban acercando.

Había una gran cueva en la pared rocosa y, al pie de la entrada de la cueva, un hombre sentado con la espalda apoyada contra la roca y las piernas extendidas en el suelo. El hombre había dejado la carabina apoyada en la pared y estaba tallando un palo con un cuchillo. Al verlos llegar se quedó mirándolos un momento y luego prosiguió con su trabajo.

—¡*Hola!* —dijo—. ¿Quién viene?

—El viejo y un dinamitero —dijo Pablo, depositando su bulto junto a la entrada de la cueva.

Anselmo se quitó el peso de las espaldas y Jordan se descolgó la carabina y la dejó apoyada contra la roca.

—No dejen eso tan cerca de la cueva —dijo el hombre que estaba tallando el palo. Era un gitano de buena presencia, de rostro aceitunado y ojos azules que formaban vivo contraste en aquella cara oscura—. Hay fuego dentro.

—Levántate y colócalos tú mismo —dijo Pablo—. Ponlos ahí, al pie de ese árbol.

El gitano no se movió; pero dijo algo que no puede escribirse, y añadió:

—Déjalos donde están, y así revientes; con eso se curarán todos tus males.

—¿Qué está usted haciendo? —preguntó Jordan, sentándose al lado del gitano, que se lo mostró. Era una trampa en forma de rectángulo y estaba tallando el travesaño.

—Es para los zorros —dijo—. Este palo los mata. Les rompe el espinazo. —Hizo un guiño a Jordan—. Mire usted; así. —Hizo funcionar la trampa de manera que el palo se hundiera; luego movió la cabeza y abrió los brazos para advertir cómo quedaba el zorro con el espinazo roto—. Muy práctico —aseguró.

—Lo único que caza son conejos —dijo Anselmo—. Es gitano. Si caza conejos, dice que son zorros. Si cazara un zorro por casualidad, diría que era un elefante.

—¿Y si cazara un elefante? —preguntó el gitano y, enseñando otra vez su blanca dentadura, hizo un guiño a Jordan.

—Dirías que era un tanque —dijo Anselmo.

—Ya me haré con el tanque —replicó el gitano—; me haré con el tanque, y podrá usted darle el nombre que le guste.

—Los gitanos hablan mucho y matan poco —le dijo Anselmo.

El gitano guiñó el ojo a Jordan y siguió tallando su palo.

Pablo había desaparecido dentro de la cueva y Jordan confió en que habría ido por comida. Sentado en el suelo, junto al gitano, dejaba que el sol de la tarde, colándose a través de las copas de los árboles, le calentara las piernas, que tenía extendidas. De la cueva llegaba olor a comida, olor a cebolla y a aceite y a carne frita, y su estómago se estremecía de necesidad.

—Podemos atrapar un tanque —dijo Jordan al gitano—. No es muy difícil.

—¿Con eso? —preguntó el gitano, señalando los dos bultos.

—Sí —contestó Jordan—. Yo se lo enseñaré. Hay que hacer una trampa, pero no es muy difícil.

—¿Usted y yo?

—Claro —dijo Jordan—. ¿Por qué no?

—¡Eh! —dijo el gitano a Anselmo—. Pon esos dos sacos donde estén a buen recaudo, haz el favor. Tienen mucho valor.

Anselmo rezongó:

—Voy a buscar vino.

Jordan se levantó, apartó los bultos de la entrada de la cueva, dejándolos uno a cada lado del tronco de un árbol. Sabía lo que había en ellos y no le gustaba que estuvieran demasiado juntos.

—Trae un jarro para mí —dijo el gitano.

—¿Hay vino? —preguntó Jordan, sentándose otra vez al lado del gitano.

—¿Vino? Que si hay. Un pellejo lleno. Medio pellejo por lo menos.

—¿Y hay algo de comer?

—Todo lo que quieras, hombre —contestó el gitano—. Aquí comemos como generales.

—¿Y qué hacen los gitanos en tiempo de guerra? —le preguntó Jordan.

—Siguen siendo gitanos.

—No es mal trabajo.

—El mejor de todos —dijo el gitano—. ¿Cómo te llamas?

—Roberto. ¿Y tú?

—Rafael. Eso que dices del tanque, ¿es en serio?

—Naturalmente que es en serio. ¿Por qué no iba a serlo?

Anselmo salió de la cueva con un recipiente de piedra lleno hasta arriba de vino tinto, llevando con una sola mano tres tazas sujetas por las asas.

—Aquí está —dijo—; tienen tazas y todo.

Pablo salió detrás de él.

—Enseguida viene la comida —anunció—. ¿Tiene usted tabaco?

Jordan se levantó, se fue hacia los sacos y, abriendo uno de ellos, palpó con la mano hasta llegar a un bolsillo interior, de donde sacó una de las cajas metálicas de cigarrillos que los rusos le habían regalado en el cuartel general de Golz. Hizo correr la uña del pulgar por el borde de la tapa y, abriendo la caja, le ofreció a Pablo, que cogió media docena de cigarrillos. Sosteniendo los cigarrillos en la palma de una de sus enormes manos, Pablo levantó uno al aire y lo miró a contraluz. Eran cigarrillos largos y delgados, con boquilla de cartón.

—Mucho aire y poco tabaco —dijo—. Los conozco. El otro, el del nombre raro, también los tenía.

—Kashkin —precisó Jordan, y ofreció cigarrillos al gitano y a Anselmo, que tomaron uno cada uno—. Cojan más —les dijo, y cogieron otro. Jordan dio cuatro más a cada uno y entonces ellos, con los cigarrillos en la mano, hicieron un saludo, dando las gracias como si esgrimieran un sable.

—Sí —dijo Pablo—, era un nombre muy raro.

—Aquí está el vino —recordó Anselmo.

Metió una de las tazas en el recipiente y se la tendió a Jordan. Luego llenó otra para el gitano y otra más para sí.

—¿No hay vino para mí? —preguntó Pablo. Estaban sentados uno junto al otro, a la entrada de la cueva.

Anselmo le ofreció su taza y fue a la cueva a buscar otra para él. Al volver se inclinó sobre el recipiente, llenó su taza y brindaron todos entonces entrechocando los bordes.

El vino era bueno; sabía ligeramente a resina, a causa de la piel del odre, pero era fresco y excelente al paladar. Jordan bebió despacio, paladeándolo y notando cómo corría por todo su cuerpo, aligerando su cansancio.

—La comida viene enseguida —insistió Pablo—. Y aquel extranjero de nombre tan raro, ¿cómo murió?

—Le atraparon y se suicidó.

—¿Cómo ocurrió eso?

—Fue herido y no quiso que le hicieran prisionero.

—Pero ¿cómo fueron los detalles?

—No lo sé —dijo Jordan, mintiendo. Conocía perfectamente los detalles, pero sabía que en ese momento no haría ningún bien hablar de ello.

—Nos pidió que le prometiéramos matarle en caso de que fuera herido, cuando lo del tren, y no pudiese escapar —dijo Pablo—. Hablaba de una manera muy extraña.

Debía de estar por entonces muy agitado, pensó Jordan. ¡Pobre Kashkin!

—Tenía no sé qué escrúpulo de suicidarse —explicó Pablo—. Me lo dijo así. Tenía también mucho miedo de que le torturasen.

—¿Le dijo a usted eso? —preguntó Jordan.

—Sí —confirmó el gitano—. Hablaba de eso con todos nosotros.

—¿Estuviste también tú en lo del tren?

—Sí, todos nosotros estuvimos en lo del tren.

—Hablaba de una manera muy rara —insistió Pablo—. Pero era muy valiente.

¡Pobre Kashkin!, pensó Jordan. Debió de hacer más daño que otra cosa por aquí. Ojalá hubiera sabido entonces que estaba tan nervioso. Debieron haberle sacado de aquí. No se puede consentir a la gente que hace esta clase de trabajos que hable así. No se debe hablar así. Aunque lleve a cabo su misión, esta clase de gente hace más daño que otra cosa hablando de ese modo.

—Era un poco extraño —confesó Jordan—. Creo que estaba algo chiflado.

—Pero era muy diestro armando explosiones —dijo el gitano—. Y muy valiente.

—Pero algo chiflado —dijo Jordan—. En este asunto hay que tener mucha cabeza y nervios de acero. No se debe hablar así, como lo hacía él.

—Y usted —dijo Pablo—, si cayera usted herido en lo del puente, ¿querría que le dejásemos atrás?

—Oiga —dijo Robert Jordan, inclinándose hacia él, mientras metía la taza en el recipiente para servirse otra vez vino—. Oiga, si tengo que pedir alguna vez un favor a alguien, se lo pediré cuando llegue el momento.

—¡Olé! —dijo el gitano—. Así es como hablan los buenos. ¡Ah! Aquí está la comida.

—Tú ya has comido —dijo Pablo.

—Pero podría comer otras dos veces más —dijo el gitano—. Mira quién la trae.

La muchacha se detuvo al salir de la cueva. Llevaba en la mano una cazuela plana de hierro con dos asas y Robert Jordan vio que volvía la cara, como si se avergonzase de algo, y enseguida comprendió lo que le ocurría. La chica sonrió y dijo: «*Hola*, camarada», y Jordan contestó: «*Salud*», y puso cuidado en no mirarla con fijeza ni tampoco apartar de ella su vista. La muchacha dejó en el suelo la paellera de hierro, frente a él, y Jordan vio que tenía bonitas manos de piel bronceada. Entonces ella le miró a la cara y sonrió. Tenía los dientes blancos, que contrastaban con su tez oscura, y la piel y los ojos eran del mismo color castaño dorado. Tenía pómulos salientes, ojos alegres y una boca llena, no muy dibujada. Su pelo era del mismo castaño dorado que un campo de trigo quemado por el sol del verano, pero lo llevaba tan corto, que hacía pensar en el pelaje de un castor. La muchacha sonrió, mirando a Jordan, y levantó su mano morena para pasársela por la cabeza, intentando alisar los cabellos, que se volvieron a erguir enseguida. Tiene una cara bonita, pensó Jordan, y sería muy guapa si no la hubieran rapado.

—Así es como me peino —dijo la chica a Jordan, y se echó a reír—. Bueno, coman ustedes. No se queden mirando. Me cortaron el pelo en Valladolid. Ahora ya me ha crecido.

Se sentó frente a él y se quedó mirándole. Él la miró también. Ella sonrió y cruzó sus manos sobre las rodillas. Sus piernas aparecían largas y limpias, sobresaliendo del pantalón de hombre que llevaba, y, mientras ella permanecía así, con las manos cruzadas sobre las rodillas, Jordan vio la forma de sus pequeños senos torneados, bajo su camisa gris. Cada vez que Jordan la miraba sentía que una especie de bola se le formaba en la garganta.

—No tenemos platos —dijo Anselmo—; emplee el cuchillo. —La muchacha había dejado cuatro tenedores, con las púas hacia abajo, en el reborde de la paellera de hierro.

Comieron todos del mismo plato, sin hablar, según es costumbre en España. La comida consistía en conejo, aderezado con mucha cebolla y pimientos verdes, y había garbanzos en la salsa, oscura, hecha con vino tinto. Estaba muy bien guisado; la carne se desprendía sola de los huesos y la salsa era deliciosa. Jordan se bebió otra taza de vino con la comida. La muchacha no le quitaba el ojo de encima. Todos los demás estaban atentos a su comida.

Jordan rebañó con un trozo de pan la salsa restante, amontonó cuidadosamente a un lado los huesos del conejo, aprovechó el jugo que quedaba en ese espacio, limpió el tenedor con otro pedazo de pan, limpió también su cuchillo y lo guardó, y se comió luego el pan que le había servido para limpiarlo todo. Echándose hacia delante, se llenó una nueva taza mientras la muchacha seguía observándole.

Jordan se bebió la mitad de la taza, pero vio que seguía teniendo la bola en la garganta cuando quiso hablar a la muchacha.

—¿Cómo te llamas? —preguntó. Pablo volvió inmediatamente la cara hacia él al oír aquel tono de voz. Enseguida se levantó y se fue.

—María, ¿y tú?

—Roberto. ¿Hace mucho tiempo que estás por aquí?

—Tres meses.

—¿Tres meses? —preguntó Jordan, mirando su cabeza, el cabello espeso y corto que ella trataba de aplastar, pasando y repasando su mano, cosa que hacía ahora con cierta vergüenza y sin conseguirlo, porque inmediatamente volvía a erguirse el cabello como un campo de trigo azotado por el viento en la ladera de una colina.

—Me lo afeitaron —explicó—; me afeitaban la cabeza de cuando en cuando en la cárcel de Valladolid. Me ha costado tres meses que me creciera como ahora. Yo estaba en el tren. Me llevaban para el sur. A muchos de los detenidos que íbamos en el tren que voló los atraparon después de la explosión; pero a mí no. Yo me vine con éstos.

—Me la encontré escondida entre las rocas —explicó el gitano—. Estaba allí cuando íbamos a marcharnos. Chico, ¡qué fea era! Nos la trajimos con nosotros, pero en el camino pensé varias veces que íbamos a tener que abandonarla.

—¿Y el otro que estuvo en lo del tren con ellos? —preguntó María—. El otro, el rubio, el extranjero. ¿Dónde está?

—Murió —dijo Jordan—. Murió en abril.

—¿En abril? Lo del tren fue en abril.

—Sí —dijo Jordan—; murió diez días después de lo del tren.

—Pobre —dijo la muchacha—; era muy valiente. ¿Y tú haces el mismo trabajo?

—Sí.

—¿Has volado trenes también?

—Sí, tres trenes.

—¿Aquí?

—En Extremadura —dijo Jordan—. He estado en Extremadura antes de venir aquí. Hemos hecho mucho en Extremadura. Tenemos mucha gente trabajando en Extremadura.

—¿Y por qué has venido ahora a estas sierras?

—Vengo a sustituir al otro, al rubio. Además, conozco esta región de antes del Movimiento.

—¿La conoces bien?

—No, no muy bien. Pero aprendo enseguida. Tengo un mapa muy bueno y un buen guía.

—Ah, el viejo —afirmó ella, asintiendo con la cabeza—; el viejo es muy bueno.

—Gracias —dijo Anselmo, y Jordan se dio cuenta de repente de que la muchacha y él no estaban solos, y se dio también cuenta de que le resultaba difícil mirarla, porque enseguida cambiaba el tono de su voz. Estaba violando el segundo mandamiento de los dos que rigen cuando se trata con españoles: hay que dar tabaco a los hombres y dejar tranquilas a las mujeres. Pero también vio que no le importaba nada. Había muchas cosas que le tenían sin cuidado; ¿por qué iba a preocuparse de aquélla?

—Eres muy bonita —dijo a María—. Me hubiera gustado tener la suerte de ver cómo eras antes de que te cortasen el pelo.

—El pelo crecerá —dijo ella—. Dentro de seis meses ya lo tendré largo.

—Tenía usted que haberla visto cuando la trajimos. Era tan fea, que revolvía las tripas.

—¿De quién eres mujer? —preguntó Jordan, queriendo dar a su voz un tono normal—. ¿De Pablo?

La muchacha le miró a los ojos y se echó a reír. Luego le dio un golpe en la rodilla.

—¿De Pablo? ¿Has visto a Pablo?

—Bueno, entonces quizá de Rafael. He visto a Rafael.

—Tampoco de Rafael.

—No es de nadie —aclaró el gitano—. Es una mujer muy extraña. No es de nadie. Pero guisa bien.

—¿De nadie? —preguntó Jordan.

—De nadie. De nadie. Ni en broma ni en serio. Ni de ti tampoco.

—¿No? —preguntó Jordan, y vio que la bola se le hacía de nuevo en la garganta—. Bueno, yo no tengo tiempo para mujeres. Ésa es la verdad.

—¿Ni siquiera quince minutos? —le preguntó el gitano irónicamente—. ¿Ni siquiera un cuarto de hora?

Jordan no contestó. Miró a la muchacha, a María, y notó que tenía la garganta demasiado oprimida para tratar de aventurarse a hablar.

María le miró y rompió a reír. Luego enrojeció de repente, pero siguió mirándole.

—Te has puesto colorada —dijo Jordan—. ¿Te pones colorada con frecuencia?

—Nunca.

—Pues ahora estás colorada.

—Bueno, me iré a la cueva.

—Quédate aquí, María.

—No —dijo ella, y no volvió a sonreírle—. Me voy ahora mismo a la cueva.

Cogió la paellera de hierro en que habían comido y los cuatro tenedores. Se movía con torpeza, como un potro recién nacido, pero con toda la gracia de un animal joven.

—¿Os quedáis con las tazas? —preguntó. Jordan seguía mirándola y ella enrojeció otra vez—. No me mires —dijo ella—; no me gusta que me mires así.

—Deja las tazas —dijo el gitano—. Déjalas aquí.

Metió en el barreño una taza y se la ofreció a Jordan, que vio cómo la muchacha bajaba la cabeza para entrar en la cueva, llevando en las manos la paellera de hierro.

—Gracias —dijo Jordan. Su voz había recuperado el tono normal desde el momento en que ella había desaparecido—. Es la última. Ya hemos bebido bastante.

—Vamos a acabar con el barreño —dijo el gitano—; hay más de medio pellejo. Lo trajimos en uno de los caballos.

—Fue el último trabajo de Pablo —dijo Anselmo—. Desde entonces no ha hecho nada.

—¿Cuántos son ustedes? —preguntó Jordan.

—Somos siete y dos mujeres.

—¿Dos?

—Sí, la muchacha y la *mujer* de Pablo.

—¿Dónde está la mujer de Pablo?

—En la cueva. La muchacha sabe guisar un poco. Dije que

guisaba bien para halagarla. Pero lo único que hace es ayudar a la *mujer* de Pablo.

—¿Y cómo es esa mujer, la *mujer* de Pablo?

—Algo bárbaro —dijo el gitano sonriendo—. Verdaderamente bárbaro. Si crees que Pablo es feo, tendrías que ver a su mujer. Pero muy valiente. Mucho más valiente que Pablo. Algo bárbaro.

—Pablo era valiente al principio —dijo Anselmo—. Pablo antes era muy valiente.

—Ha matado más gente que el cólera —dijo el gitano—. Al principio del Movimiento, Pablo mató más gente que el tifus.

—Pero desde hace tiempo está *muy flojo* —explicó Anselmo—. Muy flojo. Tiene mucho miedo a morir.

—Será porque ha matado a tanta gente al principio —dijo el gitano filosóficamente—. Pablo ha matado más que la peste.

—Por eso y porque es rico —dijo Anselmo—. Además, bebe mucho. Ahora querría retirarse, como un *matador de toros*. Pero no se puede retirar.

—Si se va al otro lado de las líneas, le quitarán los caballos y le harán entrar en el ejército —dijo el gitano—. A mí no me gustaría entrar en el ejército.

—A ningún gitano le gusta —dijo Anselmo.

—¿Y para qué iba a gustarnos? —preguntó el gitano—. ¿Quién es el que quiere estar en el ejército? ¿Hacemos la revolución para entrar en filas? Me gusta hacer la guerra, pero no en el ejército.

—¿Dónde están los demás? —preguntó Jordan. Se sentía a gusto y con ganas de dormir gracias al vino. Se había tumbado boca arriba, en el suelo, y contemplaba a través de las copas de los árboles las nubes de la tarde moviéndose lentamente en el alto cielo de España.

—Hay dos que están durmiendo en la cueva —dijo el gitano—. Otros dos están de guardia arriba, donde tenemos la máquina. Uno está de guardia abajo; probablemente están todos dormidos.

Jordan se tumbó de lado.

—¿Qué clase de máquina es ésa?

—Tiene un nombre muy raro —dijo el gitano—; se me ha ido de la memoria hace un ratito. Es como una ametralladora.

Debe de ser un fusil ametrallador, pensó Jordan.

—¿Cuánto pesa? —preguntó.

—Un hombre puede llevarla, pero es pesada. Tiene tres pies que se pliegan. La cogimos en la última expedición seria; la última, antes de la del vino.

—¿Cuántos cartuchos tenéis?

—Una infinidad —contestó el gitano—. Una caja entera, que pesa lo suyo.

Deben de ser unos quinientos, pensó Jordan.

—¿Cómo la cargáis, con cinta o con platos?

—Con unos tachos redondos de hierro que se meten por la boca de la máquina.

Diablos, es una Lewis, pensó Jordan.

—¿Sabe usted mucho de ametralladoras? —preguntó al viejo.

—*Nada* —contestó Anselmo—. Nada.

—¿Y tú? —preguntó al gitano.

—Sé que disparan con mucha rapidez y que se ponen tan calientes que el cañón quema las manos si se toca —respondió el gitano orgullosamente.

—Eso lo sabe todo el mundo —dijo Anselmo con desprecio.

—Quizá lo sepa —dijo el gitano—. Pero me preguntó si sabía algo de la *máquina* y se lo he dicho. —Luego añadió—: Además, en contra de lo que hacen los fusiles corrientes, siguen disparando mientras se aprieta el gatillo.

—A menos que se encasquillen, que les falten municiones o que se pongan tan calientes que se fundan —dijo Jordan, en inglés.

—¿Qué es lo que dice usted? —preguntó Anselmo.

—Nada —contestó Jordan—. Estaba mirando al futuro en inglés.

—Eso sí que es raro —dijo el gitano—. Mirando al futuro en *inglés.* ¿Sabes leer en la palma de la mano?

—No —dijo Robert, y se sirvió otra taza de vino—. Pero si tú sabes, me gustaría que me leyeras la palma de la mano y me dijeses lo que va a pasar dentro de tres días.

—La *mujer* de Pablo sabe leer la palma de la mano —dijo el gitano—. Pero tiene un genio tan malo y es tan salvaje, que no sé si querrá hacerlo.

Robert Jordan se sentó y tomó un sorbo de vino.

—Vamos a ver cómo es esa *mujer* de Pablo —dijo—; si es tan mala como dices, vale más que la conozca cuanto antes.

—Yo no me atrevo a molestarla —dijo Rafael—; me odia a muerte.

—¿Por qué?

—Dice que soy un holgazán.

—¡Qué injusticia! —se burló Anselmo.

—No le gustan los gitanos.

—Es un error —dijo Anselmo.

—Tiene sangre gitana —dijo Rafael—; sabe bien de lo que habla —añadió sonriendo—. Pero tiene una lengua que escuece como un látigo. Con la lengua es capaz de sacarte la piel a tiras. Es una salvaje increíble.

—¿Cómo se lleva con la chica, con María? —preguntó Jordan.

—Bien. Quiere a la chica. Pero no deja que nadie se le acerque en serio. —Meneó la cabeza y chascó la lengua.

—Es muy buena con la muchacha —medió Anselmo—. Cuida mucho de ella.

—Cuando cogimos a la chica, cuando lo del tren, era muy extraña —dijo Rafael—. No quería hablar, estaba llorando siempre y, si se la tocaba, se ponía a temblar como un perro mojado. Solamente más tarde empezó a marchar mejor. Ahora marcha muy bien. Hace un rato, cuando hablaba contigo, se ha portado muy bien. Por nosotros, la hubiéramos dejado cuando lo del tren. No valía la pena perder tiempo por una cosa tan fea y tan triste que no valía nada. Pero la vieja le ató una cuerda alrededor del cuerpo, y cuando la chica decía que no, que no podía andar, la vieja le golpeaba con un extremo de la cuerda para obligarla a seguir adelante. Luego, cuando la muchacha no pudo de veras andar por su pie, la vieja se la cargó a la espalda. Cuando la vieja no pudo seguir llevándola, fui yo quien tuvo que cargar con ella. Trepábamos por esta montaña entre zarzas y malezas hasta el pecho. Y cuando yo no pude llevarla más, Pablo me reemplazó. ¡Pero las cosas que tuvo que llamarnos la vieja para que hiciéramos eso! —Movió la cabeza, acordándose—. Es verdad que la muchacha no pesa, no tiene más que piernas. Es muy ligera de huesos y no pesa gran cosa. Pero pesaba lo suyo cuando había que llevarla sobre las espaldas, detenerse para disparar y volvérsela luego a cargar, y la vieja que golpeaba a Pablo con la cuerda y le llevaba su fusil, y se lo ponía en la mano cuando quería dejar caer a la muchacha, y le obligaba a cogerla otra vez, y le cargaba el fusil y le daba unas voces que le volvían loco… Ella le sacaba los cartuchos de los bolsillos y cargaba el fusil y seguía gritándole. Se hizo de noche, y con la oscuridad todo se arregló. Pero fue una suerte que no tuvieran caballería.

—Debió de ser muy duro lo del tren —dijo Anselmo—. Yo no estuve con ellos —explicó a Jordan—. Estaban la banda de Pablo, la del Sordo, al que veremos esta noche, y dos bandas más de estas montañas. Yo me encontraba al otro lado de las líneas.

—Y además, estaba el rubio del nombre raro —dijo el gitano.

—Kashkin.

—Sí, es un nombre que no logro recordar nunca. Nosotros teníamos dos que llevaban ametralladora. Dos que nos había enviado el ejército. No pudieron cargar con la ametralladora al final y se perdió. Seguramente no pesaba más que la muchacha, y si la vieja se hubiera ocupado de ellos, habrían traído la ametralladora. —Movió la cabeza al recordarlo, y prosiguió—: En mi vida vi semejante explosión. El tren venía despacio. Lo vimos llegar de lejos. Yo estaba tan exaltado, que no podría explicarlo. Se vio la humareda y después se oyó el pitido del silbato. Luego se acercó el tren haciendo chu-chu-chu-chu, cada vez más fuerte, y después, en el momento de la explosión, las ruedas delanteras de la máquina se levantaron por los aires y la tierra rugió, y pareció como si se levantase toda en una nube negra, y la locomotora saltó al aire entre la nube negra; las traviesas de madera saltaron por los aires, como por encanto, y luego la máquina quedó tumbada de costado, como un gran animal herido, y hubo una explosión de vapor blanco antes de que el barro de la otra explosión hubiese acabado de caer, entonces la *máquina* empezó a hacer ta-ta-ta-ta —dijo exaltado el gitano, agitando los puños cerrados, levantándolos y bajándolos, con los pulgares apoyados en una imaginaria ametralladora—. ¡Ta-ta-ta-ta! —gritó entusiasmado—. Nunca había visto nada parecido, con los soldados que saltaban del tren y la *máquina* que les disparaba a bocajarro, y los hombres cayendo; y fue entonces cuando puse la mano en la *máquina*, y estaba tan excitado, que no me di cuenta de que quemaba. Y entonces la vieja me dio un bofetón y me dijo: «¡Dispara, idiota! ¡Dispara o te aplasto los sesos!». Entonces yo empecé a disparar, pero me costaba trabajo tener el arma derecha, y los soldados huían a las montañas. Más tarde, cuando bajamos hasta el tren a ver lo que podíamos coger, un oficial, con la pistola en la mano, reunió a la fuerza a sus soldados contra nosotros. El oficial agitaba la pistola y les gritaba que vinieran tras de nosotros, y nosotros disparamos contra él, pero no le alcanzamos. Entonces los soldados se echaron a tierra y empezaron a disparar, y el oficial iba de acá para allá, pero no llegamos a alcanzarle, y la *máquina* no podía dispararle a causa de la posición del tren. Ese oficial mató a dos de sus hombres, que estaban tumbados en el suelo, y, a pesar de ello, los otros no querían levantarse, y él gritaba y acabó por hacerlos levantarse, y vinieron corriendo hacia nosotros y hacia el tren. Luego volvieron a tumbarse y dispararon. Después escapamos con la *máquina*, que continuaba disparando por encima de nuestras cabezas. Fue entonces cuando me encontré a la chica, que se había escapado del tren y se había escondido en las rocas, y se vino con nosotros. Y fueron esos mismos soldados quienes nos persiguieron hasta la noche.

—Debió de ser un golpe muy duro —dijo Anselmo—. Pero de mucha emoción.

—Es la única cosa buena que se ha hecho hasta ahora —dijo una voz grave—. ¿Qué estás haciendo, borracho repugnante, hijo de puta gitana? ¿Qué estás haciendo?

Robert Jordan vio a una mujer, como de unos cincuenta años, tan grande como Pablo, casi tan ancha como alta; vestía una falda negra de campesina y una blusa del mismo color, con medias negras de lana sobre sus gruesas piernas; llevaba alpargatas y tenía un rostro bronceado que podía servir de modelo para un monumento de granito. La mujer tenía manos grandes, aunque bien formadas, y un cabello negro y espeso, muy rizado, que se sujetaba sobre la nuca con un moño.

—Vamos, contesta —dijo al gitano, sin darse por enterada de la presencia de los demás—. ¿Qué estás haciendo?

—Estaba hablando con estos camaradas. Este que ves aquí es un dinamitero.

—Ya lo sé —repuso la *mujer* de Pablo—. Lárgate de aquí y ve a reemplazar a Andrés, que está de guardia arriba.

—*Me voy* —dijo el gitano. Se volvió hacia Robert Jordan—. Te veré a la hora de la comida.

—Ni lo pienses —dijo la mujer—. Tres veces has comido ya hoy, por la cuenta que llevo. Vete y envíame a Andrés enseguida. ¡Hola! —dijo a Robert Jordan, y le tendió la mano, sonriendo—. ¿Cómo va usted y cómo van las cosas de la República?

—Bien —contestó Jordan, y devolvió el estrecho apretón—. La República y yo vamos bien.

—Me alegro —dijo ella. Le miraba sin rebozo y Jordan observó que la mujer tenía unos bonitos ojos grises—. ¿Ha venido para que volemos otro tren?

—No —contestó Jordan, y al momento vio que podría confiar en ella—. He venido para volar un puente.

—*No es nada* —dijo ella—; un puente no es nada. ¿Cuándo haremos volar otro tren, ahora que tenemos caballos?

—Más tarde. Este puente es de gran importancia.

—La chica me dijo que su camarada, el que estuvo en el tren con nosotros, ha muerto.

—Así es.

—¡Qué pena! Nunca vi una explosión semejante. Era un hombre de mucho talento. Me gustaba mucho. ¿No sería posible volar ahora otro tren? Tenemos muchos hombres en las montañas, demasiados. Ya resulta difícil encontrar comida para todos. Sería mejor que nos fuéramos. Además, tenemos caballos.

—Hay que volar el puente.

—¿Dónde está ese puente?

—Muy cerca de aquí.

—Mejor que mejor —dijo la *mujer* de Pablo—. Vamos a volar todos los puentes que haya por aquí, y nos largamos. Estoy harta de este lugar. Hay aquí demasiada gente. No puede salir de aquí nada bueno. Estamos aquí parados, sin hacer nada, y eso es repugnante.

Vio pasar a Pablo por entre los árboles.

—¡*Borracho!* —gritó—. ¡Borracho, condenado borracho! —Se volvió hacia Jordan jovialmente—: Se ha llevado una bota de vino para beber solo en el bosque —explicó—. Está todo el tiempo bebiendo. Esta vida acaba con él. Joven, me alegro mucho de que haya venido. —Le dio un golpe en el hombro—. Vamos —dijo—, es usted más fuerte de lo que aparenta. —Y le pasó la mano por la espalda, palpándole los músculos bajo la camisa de franela—. Bien, me alegro mucho de que haya venido.

—Lo mismo le digo.

—Vamos a entendernos bien —aseguró ella—. Beba un trago.

—Hemos bebido varios —repuso Jordan—. ¿Quiere usted beber? —preguntó Jordan.

—No —contestó ella—, hasta la hora de la cena. Me da ardor de estómago. —Luego volvió la cabeza y vio otra vez a Pablo—.

63

¡*Borracho*! —gritó. Se volvió a Jordan y movió la cabeza—. Era un hombre muy bueno —dijo—, pero ahora está acabado. Y escuche, quiero decirle otra cosa. Sea usted bueno y muy cariñoso con la chica. Con la María. Ha pasado una mala racha. ¿Comprendes? —dijo tuteándole súbitamente.

—Sí, ¿por qué me dice usted eso?

—Porque vi cómo estaba cuando entró en la cueva, después de haberte visto. Vi que te observaba antes de salir.

—Hemos bromeado un poco.

—Lo ha pasado muy mal —dijo la mujer de Pablo—. Ahora está mejor, y sería conveniente llevársela de aquí.

—Desde luego; podemos enviarla al otro lado de las líneas con Anselmo.

—Usted y el Anselmo pueden llevársela cuando acabe esto —dijo dejando momentáneamente el tuteo.

Robert Jordan volvió a sentir la opresión en la garganta y su voz se enronqueció.

—Podríamos hacerlo —dijo.

La *mujer* de Pablo le miró y movió la cabeza.

—¡Ay, ay! —dijo—. ¿Son todos los hombres como usted?

—No he dicho nada —contestó él—. Es muy bonita, ya lo sabe usted.

—No, no es guapa. Pero empieza a serlo; ¿no es eso lo que quiere decir? —preguntó la *mujer* de Pablo—. Hombres. Es una vergüenza que nosotras, las mujeres, tengamos que hacerlos. No. En serio. ¿No hay casas sostenidas por la República para cuidar de estas chicas?

—Sí —contestó Jordan—. Hay casas muy buenas. En la costa, cerca de Valencia. Y en otros lugares. Cuidarán de ella y la enseñarán a cuidar de los niños. En esas casas hay niños de los pueblos evacuados. Y la enseñarán cómo tiene que cuidarlos.

—Eso es lo que quiero para ella —dijo la *mujer* de Pablo—. Pablo se pone malo sólo de verla. Es otra cosa que está acabando con él. Se pone malo en cuanto la ve. Lo mejor será que se vaya.

—Podemos ocuparnos de eso cuando acabemos con lo otro.

—¿Y tendrá usted cuidado de ella si yo se la confío a usted? Le hablo como si le conociera hace mucho tiempo.

—Y es como si fuera así —dijo Jordan—. Cuando la gente se entiende, es como si fuera así.

—Siéntese —dijo la mujer de Pablo—. No le he pedido que me prometa nada, porque lo que tenga que suceder, sucederá. Pero si usted no quiere llevársela, entonces voy a pedirle que me prometa una cosa.

—¿Por qué si no voy a llevármela...?

—No quiero que se vuelva loca cuando usted se marche. La he tenido loca antes y ya he pasado bastante con ella.

—Me la llevaré conmigo después de lo del puente —dijo Jordan—. Si estamos vivos después de lo del puente, me la llevaré conmigo.

—No me gusta oírle hablar de esa manera. Esa manera de hablar no trae suerte.

—Le he hablado así solamente para hacerle una promesa —dijo Jordan—. No soy de los que hablan con pesimismo.

—Déjame ver tu mano —dijo la mujer, volviendo otra vez al tuteo.

Jordan extendió su mano y la mujer se la abrió, la retuvo, le pasó el pulgar por la palma con cuidado y se la volvió a cerrar. Se levantó. Jordan se puso también en pie y vio que ella le miraba sin sonreír.

—¿Qué es lo que ha visto? —preguntó Jordan—. No creo en esas cosas; no va usted a asustarme.

—Nada —dijo ella—; no he visto nada.

—Sí, ha visto usted algo, y tengo curiosidad por saberlo. Aunque no creo en esas cosas.

—¿Qué es en lo que usted cree?

—En muchas cosas, pero no en eso.

—¿En qué?

—En mi trabajo.

—Sí, lo he visto.

—Dígame qué mas ha visto.

—No he visto nada —dijo ella agriamente—. ¿Ha dicho usted que el puente es muy difícil?

—No, yo dije solamente que es muy importante.

—Pero puede resultar difícil.

—Sí. Y ahora voy a tener que ir abajo a estudiarlo. ¿Cuántos hombres tienen aquí?

—Hay cinco que valgan la pena. El gitano no vale para nada, aunque sus intenciones son buenas. Tiene buen corazón. En Pablo ya no confío.

—¿Cuántos hombres tiene el Sordo que valgan la pena?

—Quizá tenga ocho. Veremos esta noche al Sordo. Vendrá por aquí. Es un hombre muy listo. Tiene también algo de dinamita. No mucho. Hablará usted con él.

—¿Ha enviado a buscarle?

—Viene todas las noches. Es vecino nuestro. Es un buen amigo y camarada.

—¿Qué piensa usted de él?

—Es un hombre bueno. Muy listo. En el asunto del tren estuvo enorme.

—¿Y los de las otras bandas?

—Avisándolos con tiempo, podríamos reunir cincuenta fusiles de cierta confianza.

—¿De qué confianza?

—Depende de la gravedad de la situación.

—¿Cuántos cartuchos por cada fusil?

—Unos veinte. Depende de los que quieran traer para el trabajo. Si es que quieren venir para este trabajo. Acuérdese de que en el puente no hay dinero ni botín y que, por la manera como habla usted, es un asunto peligroso, y que después tendremos que irnos de estas montañas. Muchos van a oponerse a lo del puente.

—Lo creo.

—Así es que lo mejor será no hablar de eso más que cuando sea menester.

—Estoy enteramente de acuerdo.

—Cuando hayas estudiado lo del puente —dijo ella rozando de nuevo el tuteo—, hablaremos esta noche con el Sordo.

—Voy a ver el puente con Anselmo.

—Despiértele —dijo—. ¿Quiere una carabina?

—Gracias —contestó Jordan—. No es malo llevarla; pero, de todas maneras, no la usaría. Voy solamente a ver, no a armar alboroto. Gracias por haberme dicho lo que me ha dicho. Me gusta mucho su manera de hablar.

—He querido hablarle francamente.

—Entonces dígame lo que vio en mi mano.

—No —dijo ella, y movió la cabeza—. No he visto nada. Vete ahora a tu puente. Yo cuidaré de tu equipo.

—Tápelo con algo y procure que nadie lo toque. Está mejor ahí que dentro de la cueva.

—Lo taparé, y nadie se atreverá a tocarlo —dijo la mujer de Pablo—. Vete ahora a tu puente.

—Anselmo —dijo Jordan, apoyando una mano en el hombro del viejo, que estaba tumbado, durmiendo, con la cabeza oculta entre los brazos.

El viejo abrió los ojos.

—Sí —dijo—. Por supuesto. Vamos.

Capítulo 3

Bajaron los últimos doscientos metros moviéndose cuidadosamente de árbol en árbol, entre las sombras, para encontrarse con los últimos pinos de la ladera, a una distancia muy corta del puente. El sol de la tarde, que alumbraba aún la oscura mole de la montaña, dibujaba el puente a contraluz, sombrío, contra el vacío abrupto de la garganta. Era un puente de hierro de un solo arco y había una garita de centinela a cada extremo. El puente era lo bastante amplio como para que pasaran dos coches a la vez, y su único arco de metal saltaba con gracia de un lado a otro de la hondonada. Abajo un arroyo, cuya agua blanquecina se escurría entre guijarros y rocas, corría a unirse con la corriente principal que bajaba del puerto.

El sol le daba en los ojos a Robert Jordan y no distinguía más que la silueta del puente. Por fin, el astro palideció y desapareció, y, al mirar entre los árboles, hacia la cima oscura y redonda tras la que se había escondido, Jordan vio que no tenía ya los ojos deslumbrados, que la montaña contigua era de un verde delicado y nuevo y que tenía manchas de nieves perpetuas en la cima.

Enseguida se puso a estudiar el puente y a examinar su construcción aprovechando la escasa luz que le quedaba a la tarde. La tarea de su demolición no era difícil. Sin dejar de mirarlo, sacó de su bolsillo un cuaderno y tomó rápidamente algunos apuntes. Dibujaba sin calcular el peso de la carga de los explosivos. Lo haría más tarde. Por el momento, Jordan anotaba solamente los puntos en que las cargas tendrían que ser colocadas, a fin de cortar el soporte del arco y precipitar una de sus secciones en el vacío. La cosa podía conseguirse tranquila, científica y correctamente con media docena de cargas situadas de manera que estallaran simultáneamente, o bien, de forma más brutal, con tan sólo dos grandes cargas. En ese último caso sería necesario que las cargas fueran muy gruesas, que estuvieran colocadas en los dos extremos y que estallaran al mismo tiempo. Jordan dibujaba rápidamente y con gusto; se sentía satisfecho al tener por fin el problema al alcance de su mano y satisfecho de poder entregarse a él. Luego cerró su cuaderno, metió el lápiz en su estuche de cuero al borde de la tapa, metió el cuaderno en su bolsillo y se lo abrochó.

Mientras él estaba dibujando, Anselmo miraba la carretera, el puente y las garitas de los centinelas. El viejo creía que se habían acercado demasiado al puente y cuando vio que Jordan terminaba el dibujo, se sintió aliviado.

Cuando Jordan acabó de abrochar la cartera que cerraba el bolsillo de pecho se tumbó boca abajo, al pie del tronco de un pino. Anselmo, que estaba situado detrás de él, le dio con la mano en el codo y señaló con el índice hacia un punto determinado.

En la garita que estaba frente a ellos, más arriba de la carretera, se hallaba sentado el centinela, manteniendo el fusil con la bayoneta calada en las rodillas. Estaba fumando un cigarrillo; llevaba un gorro de punto y un capote hecho simplemente de una manta. A cincuenta metros no se podían distinguir sus rasgos, pero Robert Jordan cogió los gemelos, hizo visera con la palma de la mano, aunque ya no había sol que pudiera arrancar ningún reflejo, y he aquí que apareció el parapeto del puente, con tanta claridad que parecía que se pudiera tocar alargando el brazo. Y la cara del centinela, con sus mejillas hundidas, la ceniza del cigarrillo y el brillo grasiento de la bayoneta. El centinela tenía cara de campesino, mejillas flacas bajo pómulos altos, barba mal afeitada, ojos sombreados por espesas cejas, grandes manos que sostenían el fusil y pesadas botas que asomaban por debajo de los pliegues de la capa. Una vieja bota de vino, de cuero oscurecido por el uso, pendía de la pared de la garita. Se distinguían algunos periódicos, pero no se veía teléfono. Podía ocurrir que el teléfono estuviese en el lado que estaba oculto, pero ningún hilo visible salía de la garita. Una línea telefónica corría a lo largo de la carretera y los hilos atravesaban el puente. A la entrada de la garita había un brasero, hecho de una vieja lata de gasolina sin tapa con algunos agujeros; el brasero estaba apoyado en dos piedras, pero no tenía lumbre. Había algunas viejas latas, ennegrecidas por el fuego, entre las cenizas sembradas alrededor.

Jordan tendió los gemelos a Anselmo, que estaba tendido junto a él. El viejo sonrió y movió la cabeza. Luego se señaló los ojos con el dedo.

—*Ya lo veo* —dijo, hablando con mucho cuidado, sin mover los labios, de modo que, más que hablar, era menos que un murmullo. Miró al centinela mientras Jordan le sonreía y, señalando con una mano hacia delante, hizo un ademán con la otra como si se cortara el gaznate. Robert Jordan asintió, pero dejó de sonreír.

La garita, situada en el extremo opuesto del puente, daba al otro lado, hacia la carretera de bajada, y no podía verse el interior. La carretera, amplia, bien asfaltada, giraba bruscamente hacia la izquierda al otro lado del puente, y desaparecía luego en una curva hacia la derecha. En este punto la carretera se ensanchaba, añadiendo a sus dimensiones normales una banda abierta en el sólido paredón de roca del otro lado de la garganta; su margen izquierda u occidental, mirando hacia abajo desde el puerto y el puente, estaba marcada y protegida por una serie de bloques de piedra que caían a pico sobre el precipicio. Esta garganta era casi un cañón en el lugar en que el río cruzaba bajo el puente y se lanzaba sobre el torrente que descendía del puerto.

—¿Y el otro puesto? —preguntó Jordan a Anselmo.

—Está a quinientos metros más abajo de esa revuelta. En la casilla de peón caminero que hay en el lado de la pared rocosa.

—¿Cuántos hombres hay en ella? —preguntó Jordan.

Observó de nuevo al centinela con sus gemelos. El centinela aplastó el cigarrillo contra los tablones de madera de la garita, sacó de su bolsillo una tabaquera de cuero, rasgó el papel de la colilla y vació en la petaca el tabaco que le quedaba, se levantó, apoyó el fusil contra la pared y se desperezó. Luego volvió a coger el fusil, se lo puso en bandolera y se encaminó hacia el puente. Anselmo se aplastó contra el suelo. Jordan metió los gemelos en el bolsillo de su camisa y escondió la cabeza detrás del tronco del pino.

—Siete hombres y un cabo —dijo Anselmo, hablándole al oído—. Me lo ha dicho el gitano.

—Nos iremos en cuanto se detenga —dijo Jordan—. Estamos demasiado cerca.

—¿Has visto lo que querías?

—Sí. Todo lo que me hacía falta.

Comenzaba a hacer frío, ya que el sol se había puesto y la luz se esfumaba al tiempo que se extinguía el resplandor del último destello en las montañas situadas detrás de ellos.

—¿Qué te parece? —preguntó en voz baja Anselmo, mientras miraban al centinela pasearse por el puente en dirección a la otra garita; la bayoneta brillaba con el último resplandor; su silueta aparecía informe bajo el capote.

—Muy bien —contestó Jordan—. Muy, muy bien.

—Me alegro —dijo Anselmo—. ¿Nos vamos? Ahora no es fácil que nos vea.

El centinela estaba de pie, vuelto de espaldas a ellos en el otro extremo del puente. De la hondonada subía el ruido del torrente golpeando contra las rocas. De pronto, por encima de ese ruido, se abrió paso una trepidación considerable y vieron que el centinela miraba hacia arriba, con su gorro de punto echado hacia atrás. Volvieron la cabeza y, levantándola, vieron en lo alto del cielo de la tarde tres monoplanos en formación de V; los aparatos parecían delicados objetos de plata en aquellas alturas, donde aún había luz solar, y pasaban a una velocidad increíblemente rápida, acompañados del runrún regular de sus motores.

—¿Serán nuestros? —preguntó Anselmo.

—Parece que lo son —dijo Jordan, aunque sabía que a esa altura no es posible asegurarlo. Podía ser una patrulla de tarde de uno u otro bando. Pero era mejor decir que los cazas eran «nuestros», porque ello complacía a la gente. Si se trataba de bombarderos, ya era otra cosa.

Anselmo, evidentemente, era de la misma opinión.

—Son nuestros —afirmó—; los conozco. Son Moscas.

—Sí —contestó Jordan—; también a mí me parece que son Moscas.

—Son Moscas —insistió Anselmo.

Jordan pudo haber usado los gemelos y haberse asegurado al punto de que lo eran; pero prefirió no usarlos. No tenía importancia el saber aquella noche de quiénes eran los aviones, y si al viejo le agradaba pensar que eran de ellos, no quería quitarle la ilusión. Sin embargo, ahora que se alejaban camino de Segovia, no le parecía que los aviones se asemejaran a los Boeing P32 verdes, de alas bajas pintadas de rojo, que eran una versión rusa de los aviones americanos que los españoles llamaban Moscas. No podía distinguir bien los colores, pero la silueta no era la de los Moscas. No; era una patrulla fascista que volvía a sus bases.

El centinela seguía de espaldas al lado de la garita más alejada.

—Vámonos —dijo Jordan.

Y empezó a subir colina arriba, moviéndose con cuidado y procurando siempre quedar cubierto por la arboleda. Anselmo le seguía a la distancia de unos metros. Cuando estuvieron fuera de la vista del puente, Jordan se detuvo y el viejo llegó hasta él, y empezaron a trepar despacio, montaña arriba, entre la oscuridad.

—Tenemos una aviación formidable —dijo el viejo, feliz.

—Sí.

—Y vamos a ganar.

—Tenemos que ganar.

—Sí, y cuando hayamos ganado, tiene usted que venir conmigo de caza.

—¿Qué clase de caza?

—Osos, ciervos, lobos, jabalíes.

—¿Le gusta cazar?

—Sí, hombre, me gusta más que nada. Todos cazamos en mi pueblo. ¿No le gusta a usted la caza?

—No —contestó Jordan—. No me gusta matar animales.

—A mí me pasa lo contrario —dijo el viejo—; no me gusta matar hombres.

—A nadie le gusta, salvo a los que están mal de la cabeza —dijo Jordan—; pero no tengo nada en contra cuando es necesario. Cuando es por la causa.

—Eso es diferente —dijo Anselmo—. En mi casa, cuando yo tenía casa, porque ahora no tengo casa, había colmillos de jabalíes que yo había matado en el monte. Había pieles de lobo que había matado yo. Los había matado en el invierno, dándoles caza entre la nieve. Una vez maté uno muy grande en las afueras del pueblo, cuando volvía a mi casa, una noche del mes de noviembre. Había cuatro pieles de lobo en el suelo de mi casa. Estaban muy gastadas de tanto pisarlas, pero eran pieles de lobo. Había cornamentas de ciervo que había cazado yo en los altos de la sierra y había un águila disecada por un disecador de Ávila, con las alas extendidas y los ojos amarillentos, tan verdaderos como si fueran los ojos de un águila viva. Era una cosa muy hermosa de ver, y me gustaba mucho mirarla.

—Lo creo —dijo Jordan.

—En la puerta de la iglesia de mi pueblo había una pata de oso que maté yo en primavera —prosiguió Anselmo—. Lo encontré en un monte, entre la nieve, dando vueltas a un leño con esa misma pata.

—¿Cuándo fue eso?

—Hace seis años. Y cada vez que yo veía la pata, que era como la mano de un hombre, aunque con aquellas uñas largas, disecada y clavada en la puerta de la iglesia, me gustaba mucho verla.

—Te sentías orgulloso.

—Me sentía orgulloso acordándome del encuentro con el oso en aquel monte a comienzos de la primavera. Pero cuando se mata a un hombre, a un hombre que es como nosotros, no queda nada bueno.

—No puedes clavar su pata en la puerta de la iglesia —dijo Jordan.

—No, sería una barbaridad. Y sin embargo, la mano de un hombre es muy parecida a la pata de un oso.

—Y el tórax de un hombre se parece mucho al tórax de un oso —dijo Jordan—. Debajo de la piel, el oso se parece mucho al hombre.

—Sí —agregó Anselmo—. Los gitanos creen que el oso es hermano del hombre.

—Los indios de América también lo creen. Y cuando matan a un oso le explican por qué lo han hecho y le piden perdón. Luego ponen su cabeza en un árbol y le ruegan que los perdone antes de marcharse.

—Los gitanos piensan que el oso es hermano del hombre porque tiene el mismo cuerpo debajo de su piel, porque le gusta beber cerveza, porque le gusta la música y porque le gusta el baile.

—Los indios también lo creen —dijo Jordan.

—¿Son gitanos los indios?

—No, pero piensan las mismas cosas sobre los osos.

—Ya. Los gitanos creen también que el oso es hermano del hombre porque roba por divertirse.

—¿Eres tú gitano?

—No, pero conozco a muchos y, desde el Movimiento, a muchos más. Hay muchos en las montañas. Para ellos no es pecado el matar fuera de la tribu. No lo confiesan, pero es así.

—Igual que los moros.

—Sí. Pero los gitanos tienen muchas leyes que no dicen que las tienen. En la guerra, muchos gitanos se han vuelto malos otra vez, como en los viejos tiempos.

—No entienden por qué hacemos la guerra; no saben por qué luchamos.

—No —dijo Anselmo—; sólo saben que hay guerra y que la gente puede matar otra vez, como antes, sin que se la castigue.

—¿Has matado alguna vez? —preguntó Jordan, llevado de la intimidad que creaban las sombras de la noche y el día que habían pasado juntos.

—Sí, muchas veces. Pero no por gusto. Para mí, matar a un hombre es un pecado. Aunque sea a los fascistas, a los que debemos matar. Para mí hay una gran diferencia entre el oso y el hombre, y no creo en los hechizos de los gitanos sobre la fraternidad con los animales. No. Estoy en contra de matar hombres.

—Pero los has matado.

—Sí, y lo haría otra vez. Pero, si después de esto sigo viviendo, trataré de vivir de tal manera, sin hacer mal a nadie, que se me pueda perdonar.

—¿Por quién?

—No lo sé. Desde que no tenemos Dios, ni su Hijo ni Espíritu Santo, ¿quién es el que perdona? No lo sé.

—¿Ya no tenéis Dios?

—No, hombre; claro que no. Si hubiese Dios, no hubiera permitido lo que yo he visto con mis propios ojos. Déjales a ellos que tengan Dios.

—Ellos dicen que es suyo.

—Bueno, yo le echo de menos, porque he sido educado en la religión. Pero ahora un hombre tiene que ser responsable ante sí mismo.

—Entonces eres tú mismo quien tienes que perdonarte por haber matado.

—Creo que es así —asintió Anselmo—. Lo has dicho de una

forma tan clara, que creo que tiene que ser así. Pero, con Dios o sin Dios, creo que matar es un pecado. Quitar la vida a alguien es un pecado muy grave, a mi parecer. Lo haré, si es necesario, pero no soy de la clase de Pablo.

—Para ganar la guerra tenemos que matar a nuestros enemigos. Ha sido siempre así.

—Ya. En la guerra tenemos que matar. Pero yo tengo ideas muy raras —dijo Anselmo.

Iban ahora el uno junto al otro, entre las sombras, y el viejo hablaba en voz baja, volviendo algunas veces la cabeza hacia Jordan, según trepaba.

—No quisiera matar ni a un obispo. No quisiera matar a un propietario, por grande que fuese. Me gustaría ponerlos a trabajar, día tras día, como hemos trabajado nosotros en el campo, como hemos trabajado nosotros en las montañas, haciendo leña, todo el resto de la vida. Así sabrían para lo que nacen los hombres. Les haría que durmieran donde hemos dormido nosotros, que comieran lo que hemos comido nosotros. Pero, sobre todo, haría que trabajasen. Así aprenderían.

—Y vivirían para volver a esclavizarte.

—Matar no enseña nada —insistió Anselmo—. No puedes acabar con ellos, porque su simiente vuelve a crecer con más vigor. Tampoco sirve de nada meterlos en la cárcel. Sólo sirve para crear más odios. Es mejor enseñarlos.

—Pero tú has matado.

—Sí —dijo Anselmo—; he matado varias veces y volveré a hacerlo. Pero no por gusto, y siempre me parecerá un pecado.

—¿Y el centinela? Te sentías contento con la idea de matarle.

—Era una broma. Mataría al centinela, sí. Lo mataría, con la conciencia tranquila por ser ése mi deber. Pero no a gusto.

—Dejaremos eso para aquellos a quienes les divierta —concluyó Jordan—. Hay ocho y cinco, que suman en total trece. Son bastantes para aquellos a quienes divierte.

—Hay muchos a quienes les gusta —dijo Anselmo en la oscuridad—. Hay muchos de ésos. Tenemos más de ésos que de los que sirven para una batalla.

—¿Has estado tú alguna vez en una batalla?

—No —contestó el viejo—. Peleamos en Segovia, al principio del Movimiento; pero fuimos vencidos y nos escapamos. Yo huí con los otros. No sabíamos ni lo que estábamos haciendo ni cómo tenía que hacerse. Además, yo no tenía más que una pistola de perdigones, y la *guardia civil* tenía máuseres. No podía disparar contra ellos a cien metros con perdigones, y ellos nos mataban como si fuéramos conejos. Mataron a todos los que quisieron y tuvimos que huir como ovejas. —Se quedó en silencio y luego preguntó—: ¿Crees que habrá pelea en el puente?

—Es posible que sí.

—Nunca he estado en una batalla sin huir —dijo Anselmo—; no sé cómo me comportaré. Soy viejo y no puedo responder de mí.

—Yo respondo de ti —dijo Jordan.

—¿Has estado en muchos combates?

—En varios.

—¿Y qué piensas de lo del puente?

—Primero pienso en volar el puente. Es mi trabajo. No es difícil destruir el puente. Luego tomaremos las disposiciones para los demás. Haremos los preparativos. Todo se dará por escrito.

—Pero hay muy pocos que sepan leer —dijo Anselmo.

—Lo escribiremos para que todo el mundo pueda entenderlo; pero también lo explicaremos de palabra.

—Haré lo que me manden —dijo Anselmo—; pero cuando me acuerdo del tiroteo de Segovia, si hay una batalla o mucho tiroteo, me gustaría saber qué es lo que tengo que hacer en todo caso para evitar la huida. Me acuerdo de que tenía una gran inclinación a huir en Segovia.

—Estaremos juntos —dijo Jordan—. Yo te diré lo que tienes que hacer en todo momento.

—Entonces no hay cuestión —aseguró Anselmo—. Haré lo que sea, con tal que me lo manden.

—Adelante con el puente y la batalla, si es que ha de haber batalla —dijo Jordan, y al decir esto en la oscuridad se sintió un poco ridículo, aunque, después de todo, sonaba bien en español.

—Será una cosa muy interesante —afirmó Anselmo, y oyendo hablar al viejo con tal honradez y franqueza, sin la menor afectación, sin la fingida elegancia del anglosajón ni la bravuconería del mediterráneo, Jordan pensó que había tenido mucha suerte por haber dado con el viejo, por haber visto el puente, por haber podido estudiar y simplificar el problema, que consistía en sorprender a los centinelas y volar el puente de una forma normal, y sintió irritación por las órdenes de Golz y la necesidad de obedecerlas. Sintió irritación por las consecuencias que tendrían para él y las consecuencias que tendrían para el viejo. Era una tarea muy mala para todos los que tuvieran que participar en ella.

Éste no es un modo decente de pensar, se dijo a sí mismo; pensar en lo que puede sucederte a ti y a los otros. Ni tú ni el viejo sois nada. Sois instrumentos para cumplir con vuestro deber. Las órdenes no son cosa vuestra. Ahí tienes el puente, y el puente puede ser el lugar donde el porvenir de la humanidad dé un giro. Cualquier cosa de las que sucedan en esta guerra puede cambiar el porvenir del género humano. Tú sólo tienes que pensar en una cosa: en lo que tienes que hacer. Diablo, ¿en una sola cosa? Si fuera una sola sería fácil. Está bien, estúpido, deja de preocuparte, se dijo. Piensa en algo diferente.

Así es que se puso a pensar en María, en la muchacha, en su piel, su pelo y sus ojos, todo del mismo color dorado; en sus cabellos, un poco más oscuros que lo demás, aunque cada vez serían más rubios, a medida que su piel fuera haciéndose más oscura; en su suave piel, de un dorado pálido en la superficie, recubriendo un tono más oscuro en lo profundo. Suave sería, como todo su cuerpo; se movía con torpeza, como si hubiera algo en ella que la avergonzara, algo que fuera

visible aunque no lo era, porque estaba sólo en su mente. Y se ruborizaba cuando la miraba, y la recordaba sentada, con las manos sobre
las rodillas y la camisa abierta, dejando ver el cuello, y el bulto de sus
pequeños senos torneados bajo la camisa, y al pensar en ella se le re-
secaba la garganta, y le costaba esfuerzo seguir andando, y Anselmo
y él no hablaron más hasta que el viejo dijo:

—Ahora no tenemos más que bajar por estas rocas y estaremos
en el campamento.

Cuando se deslizaban por las rocas, en la oscuridad oyeron gritar a un hombre:

—¡Alto! ¿Quién vive?. —Oyeron el ruido del cerrojo de un fusil que era echado hacia atrás y luego el golpeteo contra la madera
al impulsarlo hacia delante.

—Somos camaradas —dijo Anselmo.

—¿Qué camaradas?

—Camaradas de Pablo —contestó el viejo—. ¿No nos conoces?

—Sí —dijo la voz—. Pero es una orden. ¿Sabéis el santo y seña?

—No, venimos de abajo.

—Ya lo sé —dijo el hombre de la oscuridad—; venís del puente. Lo sé. Pero la orden no es mía. Tenéis que conocer la segunda
parte del santo y seña.

—¿Cuál es la primera? —preguntó Jordan.

—La he olvidado —dijo el hombre en la oscuridad, y rompió
a reír—. Vete a la puñeta con tu mierda de dinamita.

—A eso se le llama disciplina de guerrilla —dijo Anselmo—.
Quítale el cerrojo a tu fusil.

—Ya está quitado —contestó el hombre de la oscuridad—. Lo
dejé caer con el pulgar y el índice.

—Como hicieras eso con un máuser, se te dispararía.

—Es un máuser —explicó el hombre—; pero tengo un pulgar
y un índice como un elefante. Siempre lo sujeto así.

—¿Hacia dónde apunta el fusil? —preguntó Anselmo en la
oscuridad.

—Hacia ti —respondió el hombre—. Lo tengo apuntando hacia ti todo el tiempo. Y cuando vayas al campamento di a alguien que venga a relevarme, porque tengo un hambre que me jode el estómago y he olvidado el santo y seña.

—¿Cómo te llamas? —preguntó Jordan.

—Agustín —dijo el hombre—. Me llamo Agustín y me muero de aburrimiento en este lugar.

—Daremos tu mensaje —dijo Jordan, y pensó que *aburrimiento* era una palabra que ningún campesino del mundo usaría en ninguna otra lengua. Y, sin embargo, es una de las palabras más corrientes en boca de un español de cualquier clase.

—Oye —dijo Agustín, y acercándose puso la mano en el hombro de Jordan. Luego encendió un yesquero y, soplando en la mecha para alumbrarse mejor, miró a la cara al extranjero—. Te pareces al otro —dijo—, pero un poco distinto. Oye —agregó apagando el yesquero y volviendo a coger el fusil—, dime una cosa, ¿es verdad lo del puente?

—¿El qué del puente?

—Que vas a volar esa mierda de puente y que vamos a tener que irnos de estas puñeteras montañas.

—No lo sé.

—No lo sabes —dijo Agustín—. ¡Qué barbaridad! ¿De quién es entonces esa dinamita?

—Es mía.

—¿Y no sabes para qué es? No me cuentes cuentos.

—Sé para qué es y lo sabrás tú cuando llegue el momento —prometió Jordan—; pero ahora vamos al campamento.

—Vete a la mierda —dijo Agustín—. Y que te jodan. ¿Quieres que te diga algo que te interesa?

—Sí, si no es una mierda —repuso Jordan, empleando la palabra grosera que había salpicado la conversación.

Aquel hombre hablaba de un modo tan grosero, añadiendo una indecencia a cada nombre como adjetivo, utilizando la misma indecencia en forma de verbo, que Jordan se preguntaba si podría decir una sola palabra sin adornarla. Agustín se rió en la oscuridad al oírle decir «mierda».

—Es una manera de hablar que yo tengo. A lo mejor es fea. ¿Quién sabe? Cada cual habla a su estilo. Escucha, no me importa nada el puente. Se me da tanto el puente como cualquier otra cosa. Además, me aburro a muerte en estas montañas. Ojalá tengamos que marcharnos. Estas montañas no me dicen nada a mí. Ojalá tengamos que abandonarlas. Pero quiero decirte una cosa. Guarda bien tus explosivos.

—Gracias —dijo Jordan—. Pero ¿de quién tengo que guardarlos? ¿De ti?

—No —dijo Agustín—. De gente más jodida que yo.

—¿O sea? —preguntó Jordan.

—Tú comprendes el español —preguntó Agustín, ahora más serio—. Bueno, pues cuida de tu mierda de explosivos.

—Gracias.

—No, no me des las gracias. Cuida bien de ellos.

—¿Ha sucedido algo?

—No, o no perdería el tiempo hablándote de esta forma.

—Gracias de todas maneras. Nos vamos al campamento.

—Bueno —dijo Agustín—. Decidles que envíen aquí a alguien que sepa el santo y seña.

—¿Te veremos en el campamento?

—Sí, hombre, enseguida.

—Vamos —le dijo Jordan a Anselmo.

Empezaron a bordear la pradera, que estaba envuelta en una niebla gris. La hierba formaba una espesa alfombra debajo de sus pies, con las agujas de pino, y el rocío de la noche mojaba la suela de sus alpargatas. Más allá, por entre los árboles, Jordan vio una luz que imaginó que señalaba la boca de la cueva.

—Agustín es un hombre muy bueno —advirtió Anselmo—. Habla de una manera muy cochina y siempre está de broma, pero es un hombre muy serio.

—¿Le conoces bien?

—Sí, desde hace tiempo. Y es un hombre de mucha confianza.

—¿Y es cierto lo que dice?

—Sí, hombre. Ese Pablo es cosa mala, ya lo verás.

—¿Y qué podríamos hacer?

—Hay que estar en guardia constantemente.

—¿Quién?

—Tú, yo, la mujer, Agustín. Porque Agustín ha visto el peligro.

—¿Pensabas que las cosas iban a ir tan mal como van?

—No —dijo Anselmo—. Se han puesto mal de repente. Pero era necesario venir aquí. Ésta es la región de Pablo y del Sordo. En estos lugares tenemos que entendérnoslas con ellos, a menos que se haga algo para lo que no se necesite la ayuda de nadie.

—¿Y el Sordo?

—Bueno —dijo Anselmo—. Es tan bueno como malo el otro.

—¿Crees que es realmente malo?

—He estado pensando en ello toda la tarde, y después de oír lo que hemos oído, creo que es así. Es así.

—¿No sería mejor que nos fuéramos, diciendo que se trata de otro puente y buscáramos otras bandas?

—No —dijo Anselmo—. En esta parte mandan ellos. No puedes moverte sin que lo sepan. Así que hay que andarse con muchas precauciones.

Capítulo 4

Descendieron hasta la entrada de la cueva, en la que se veía brillar una luz colándose por las rendijas de la manta que cubría la abertura. Las dos mochilas estaban al pie de un árbol y Jordan se arrodilló junto a ellas y palpó la lona húmeda y tiesa que las cubría. En la oscuridad tanteó bajo la lona hasta encontrar el bolsillo exterior de uno de los fardos, de donde sacó una cantimplora que se guardó en el bolsillo. Abrió el candado que cerraba las cadenas que pasaban por los agujeros de la boca de la mochila y desatando las cuerdas del forro interior palpó con sus manos para comprobar el contenido. Dentro de una de las mochilas estaban los bloques envueltos en sus talegos y los talegos envueltos a su vez en el saco de dormir. Volvió a atar las cuerdas y pasó la cadena con su candado; palpó el otro fardo y tocó el contorno duro de la caja de madera del viejo detonador y la caja de habanos que contenía las cargas. Cada uno de los pequeños cilindros había sido enrollado cuidadosamente con el mismo cuidado con que, de niño, empaquetaba su colección de huevos de pájaros salvajes. Palpó el bulto de la ametralladora, separada del cañón y envuelta en un estuche de cuero, los dos detonadores y los cinco cargadores en uno de los bolsillos interiores del fardo más grande, y las pequeñas bobinas de hilo de cobre y el gran rollo de cable aislante en el otro. En el bolsillo interior donde estaba el cable palpó las pinzas y los dos punzones de madera destinados a horadar los extremos de los bloques. Del último bolsillo interior sacó una gran caja de cigarrillos rusos, una de las cajas procedentes del cuartel general de Golz, y cerrando la boca del fardo con el candado, dejó caer las solapas de los bolsillos y cubrió las dos mochilas con la lona. Anselmo entraba en la cueva en esos momentos.

Jordan se puso en pie para seguirle, pero luego lo pensó mejor y, levantando la tela que cubría las mochilas, las cogió con la mano y las llevó arrastrando hasta la entrada de la cueva. Dejó una de ellas en el suelo, para levantar la manta, y luego, con la cabeza inclinada y un fardo en cada mano, entró en la cueva, tirando de las correas.

Dentro hacía calor y el aire estaba cargado de humo. Había una mesa a lo largo del muro y sobre ella una vela de sebo en una botella. En la mesa estaban sentados Pablo, tres hombres que Jordan no conocía y Rafael, el gitano. La vela hacía sombras en la pared, a sus espaldas. Anselmo permanecía de pie, según había llegado, a la derecha de la mesa. La mujer de Pablo estaba inclinada sobre un fuego de carbón que había en el hogar abierto en un rincón de la cueva. La muchacha, de rodillas a su lado, removía algo en una marmita de hierro. Con la cuchara de madera en el aire, se quedó parada, mirando a Jordan, también de pie a la entrada. Al resplandor del fuego que la mujer atizaba con un soplillo, Jordan vio el rostro de la muchacha, su brazo inmóvil y las gotas que se escurrían de la cuchara y caían en la marmita de hierro.

—¿Qué es eso que traes? —preguntó Pablo.

—Mis cosas —dijo Jordan, y dejó los dos fardos un poco separados uno del otro a la entrada de la cueva, en el lado opuesto al de la mesa, que era también el más amplio.

—¿No puedes dejarlos fuera? —preguntó Pablo.

—Alguien podría tropezar con ellos en la oscuridad —dijo Jordan y, acercándose a la mesa, dejó sobre ella la caja de cigarrillos.

—No me gusta tener dinamita aquí en la cueva —dijo Pablo.

—Está lejos del fuego —dijo Jordan—. Cojan cigarrillos. —Pasó el dedo pulgar por el borde de la caja de cartón, en la que había pintado un gran acorazado en colores, y ofreció la caja a Pablo.

Anselmo acercó un taburete de cuero sin curtir y Jordan se sentó junto a la mesa. Pablo se quedó mirándole, como si fuera a hablar de nuevo, pero no dijo nada, limitándose a coger algunos cigarrillos.

Jordan pasó la caja a los demás. No se atrevía aún a mirarlos de frente, pero observó que uno de los hombres cogía cigarrillos y los otros dos no. Toda su atención estaba puesta en Pablo.

—¿Cómo va eso, gitano? —preguntó a Rafael.

—Bien —contestó el interrogado. Jordan habría asegurado que estaban hablando de él cuando entró en la cueva. Hasta el gitano se mostraba intranquilo.

—¿Te dejará que comas otra vez? —insistió Jordan refiriéndose a la mujer.

—Sí, ¿por qué no? —dijo el gitano. El ambiente amistoso y jovial de la tarde se había disipado.

La mujer de Pablo, sin decir nada, seguía soplando las brasas del fogón.

—Uno que se llama Agustín dice que se muere de aburrimiento por allí arriba —explicó Jordan.

—El aburrimiento no mata —dijo Pablo—. Dejadle un rato.

—¿Hay vino? —preguntó Jordan sin dirigirse a ninguno en particular, inclinándose y con las manos sobre la mesa.

—Queda poco —dijo Pablo de mala gana. Jordan decidió que sería conveniente observar a los otros y tratar de averiguar a lo que se enfrentaba.

—Entonces querría un jarro de agua. Tú —dijo, llamando a la muchacha—, tráeme una taza de agua.

La muchacha miró a la mujer, que no dijo nada ni dio señales de haber oído. Luego fue a un barreño que tenía agua y llenó una taza. Volvió a la mesa y la puso delante de Jordan, que le sonrió. Al mismo tiempo contrajo los músculos del vientre y, volviéndose un poco hacia la izquierda en su taburete, hizo que la pistola se deslizara por el cinto hasta el lugar donde la quería. Bajó la mano hacia el bolsillo del pantalón. Pablo no le quitaba ojo de encima. Jordan sabía que todos le miraban, pero él no miraba más que a Pablo. Su mano salió del bolsillo con la cantimplora. Desenroscó y luego alzó el tapón, se bebió la mitad de la taza de agua y dejó caer lentamente en su interior unas gotas del líquido de la cantimplora.

—Es demasiado fuerte para ti; si no, te daría para que lo probases —dijo Jordan a la muchacha, volviendo a sonreírle—. Queda poco; si no, le ofrecería —dijo a Pablo.

—No me gusta el anís —dijo Pablo.

El olor acre procedente de la taza había llegado al otro extremo de la mesa y Pablo había reconocido el único componente que le era familiar.

—Mejor —dijo Jordan—, porque queda muy poco.

—¿Qué bebida es ésa? —preguntó el gitano.

—Es una medicina —dijo Jordan—. ¿Quieres probarla?

—¿Para qué sirve?

—Para nada —contestó Jordan—, pero lo cura todo. Si tienes algo que te duela, esto te lo curará.

—Déjame probarlo —pidió el gitano.

Jordan empujó la taza hacia él. Era un líquido amarillento mezclado con el agua y Jordan confió en que el gitano no tomaría más que un trago. Quedaba realmente muy poco y un trago de esta bebida reemplazaba para él a todos los periódicos de la tarde, todas las veladas pasadas en los cafés, todos los castaños, que debían de estar en flor en aquella época del año; a los grandes y lentos caballos paseando por los bulevares, las librerías, los quioscos y las salas de exposiciones, el parque Montsouris, el estadio Buffalo, la Butte Chaumont, la Guaranty Trust Company, la Île de la Cité, el viejo hotel Foyot y el placer de leer y descansar por la noche; todas las cosas, en fin, que él había amado y olvidado y que retornaban con aquel brebaje opaco, amargo, que entorpecía la lengua, que calentaba el cerebro, que acariciaba el estómago; con aquel brebaje que, en suma, hacía cambiar las ideas.

El gitano hizo una mueca y le devolvió la taza.

—Huele a anís, pero es más amargo que la hiel —dijo—; es mejor estar malo que tener que tomar esa medicina.

—Es por el ajenjo —explicó Jordan—. La absenta de verdad, como ésta, lleva ajenjo. Se supone que destruye el cerebro, pero yo no lo creo. Solamente cambia las ideas. Hay que mezclar el agua muy despacio, gota a gota. Pero yo lo he hecho al revés: lo he echado al agua.

—¿Qué es lo que está usted diciendo? —preguntó Pablo, malhumorado, dándose cuenta de la burla.

—Estaba explicándole cómo se hace esta medicina —repuso Jordan, sonriendo—. La compré en Madrid. Era la última botella y me ha durado tres semanas. —Tomó un buen sorbo y notó que por su lengua se extendía una sensación de delicada anestesia. Miró a Pablo y volvió a sonreír.

—¿Cómo van las cosas? —preguntó.

Pablo no contestó, y Jordan observó detenidamente a los otros tres hombres sentados a la mesa. Uno de ellos tenía una cara grande, chata y morena como un jamón serrano, con la nariz aplastada y rota; el largo y delgado cigarrillo ruso que sostenía en la comisura de los labios hacía que el rostro pareciese aún más aplastado. Tenía un pelo gris, como erizado, y un rastrojo de barbas igualmente gris, y llevaba la habitual blusa negra de los campesinos, abrochada hasta el cuello. Bajó los ojos hacia la mesa cuando Jordan le miró, pero lo hizo de una forma tranquila, sin parpadear. Los otros dos eran, evidentemente, hermanos; se parecían mucho: los dos eran bajos, achaparrados, de pelo negro, que les crecía a dos dedos de la frente, ojos oscuros y piel morena. Uno de ellos tenía una cicatriz que le cruzaba la frente sobre el ojo izquierdo. Mientras Jordan los observaba, ellos le devolvieron la mirada con tranquilidad. Uno de ellos debía de tener veintiséis o veintiocho años; el otro era tal vez dos años mayor.

—¿Qué es lo que miras? —preguntó uno de los hermanos, el de la cicatriz.

—Te estoy mirando a ti —dijo Jordan.

—¿Tengo algo raro en la cara?

—No —dijo Jordan—. ¿Quieres un cigarrillo?

—¿Por qué no? —dijo. No lo había querido antes—. Son como los que llevaba el otro, el del tren.

—¿Estuviste en lo del tren?

—Estuvimos todos en el tren —contestó el hermano calmosamente—. Todos, menos el viejo.

—Eso es lo que deberíamos hacer ahora —dijo Pablo—. Otro tren.

—Podemos hacerlo —dijo Jordan—. Después del puente.

Vio que la mujer de Pablo se había vuelto de frente y estaba escuchando. Cuando pronunció la palabra «puente», todos guardaron silencio.

—Después del puente —volvió a decir Jordan con intención, y tomó un trago de absenta. Será mejor poner las cartas sobre la mesa, pensó; de todas formas, me veré obligado a hacerlo.

—No estoy por lo del puente —dijo Pablo, mirando hacia la mesa—. Ni yo ni mi gente.

Jordan no contestó. Miró a Anselmo y levantó la taza.

—Entonces tendremos que hacerlo solos, viejo. —Y sonrió.

—Sin ese cobarde —dijo Anselmo.

—¿Qué es lo que has dicho? —preguntó Pablo al viejo.

—No he dicho nada para ti; no hablaba para ti —contestó Anselmo.

Robert Jordan miró al otro lado de la mesa, hacia donde la mujer de Pablo estaba de pie, junto al fuego. No había dicho nada ni había hecho ningún gesto. Pero entonces empezó a decir algo a la muchacha, algo que él no podía oír, y la chica se levantó del rincón que ocupaba junto al fuego, se deslizó al amparo del muro, levantó la manta que tapaba la entrada de la cueva y salió. Creo que lo feo va a plantearse ahora, pensó Jordan. Creo que ya se ha planteado. No hubiera querido que las cosas ocurrieran de este modo, pero parece que así es como vienen.

—Bueno, haremos lo del puente sin tu ayuda —dijo Jordan a Pablo tuteándole de repente.

—No —replicó Pablo, y Jordan vio que su rostro se había cubierto de sudor—. Tú no harás volar aquí ningún puente.

—¿No?

—Tú no harás volar aquí ningún puente —insistió Pablo.

—¿Y tú? —preguntó Jordan, dirigiéndose a la mujer de Pablo, que estaba de pie, tranquila e inmensa junto al fuego. La mujer se volvió hacia ellos y dijo:

—Yo estoy por lo del puente. —Su rostro, iluminado por el resplandor del fogón, aparecía oscuro, bronceado y hermoso.

—¿Qué dices tú? —preguntó Pablo, y Jordan vio que se sentía traicionado y que el sudor le caía de la frente al volver hacia ella la cabeza.

—Yo estoy por lo del puente y contra ti —dijo la mujer de Pablo—. Nada más que eso.

—Yo también estoy por lo del puente —dijo el hombre de la cara aplastada y la nariz rota, estrujando la colilla del cigarrillo sobre la mesa.

—A mí el puente no me dice nada —opinó uno de los hermanos—; pero estoy con la *mujer* de Pablo.

—Lo mismo digo —asintió el otro hermano.

—Y yo —dijo el gitano.

Jordan observaba a Pablo y, mientras le observaba, iba dejando caer su mano derecha cada vez más abajo, dispuesta, si fuera necesario, y esperando casi que lo fuera, sintiendo que acaso lo más sencillo y fácil fuera que se produjesen las cosas así, pero sin querer estropear lo que marchaba tan bien, sabiendo que toda una familia, una banda o un clan puede revolverse en una disputa contra un extraño; pero pensando, sin embargo, que lo que podía hacerse con la mano era lo más simple y lo mejor, y quirúrgicamente lo más sano, una vez que las cosas se habían planteado como se habían planteado; Jordan veía al mismo tiempo a la mujer de Pablo, parada allí como una estatua, sonrojarse orgullosamente ante aquellos cumplidos.

—Yo estoy con la República —dijo la mujer de Pablo con alegría—. Y la República es el puente. Después tendremos tiempo de hacer otros planes.

—Y tú —dijo Pablo amargamente—, con tu cabeza de toro y tu corazón de puta, ¿crees que habrá un después? ¿Tienes la más mínima idea de lo que va a pasar?

—Lo que tenga que pasar —repuso la mujer de Pablo—. Pasará lo que tenga que pasar.

—¿Y no significa nada para ti el verte cazada como una bestia después de ese asunto, del que no vamos a sacar ningún provecho? ¿No te importa morir?

—No —contestó la mujer de Pablo—. Y no trates de meterme miedo, cobarde.

—Cobarde —repitió Pablo amargamente—. Tratas a un hombre de cobarde porque tiene sentido táctico. Porque es capaz de ver de antemano las consecuencias de una idiotez. No es cobardía saber lo que es insensato.

—Ni es insensato saber lo que es cobardía —dijo Anselmo, incapaz de resistir la tentación de hacer una frase.

—¿Tienes ganas de morirte? —preguntó Pablo, y Jordan vio que no era una pregunta retórica.

—No —contestó Anselmo.

—Entonces vigila lo que dices; hablas demasiado de cosas que no entiendes. ¿No te das cuenta de que estamos jugando en serio? —dijo de una forma casi lastimosa—. Yo soy el único que ve lo grave de la situación.

Lo creo, pensó Jordan. Lo creo, Pablito, amigo; yo también lo creo. Nadie se da cuenta. Excepto yo. Tú eres capaz de darte cuenta y de verlo, y la mujer lo ha leído en mi mano, pero no ha sido capaz de verlo todavía. No, todavía no ha sido capaz de comprenderlo.

—¿Es que no soy el jefe aquí? —preguntó Pablo—. Yo sé de lo que hablo. Vosotros no lo sabéis. Este viejo no dice más que tonterías. Es un viejo que no sirve más que para dar recados y para hacer de guía en las montañas. Este extranjero ha venido aquí a hacer una cosa que es buena para los extranjeros. Y por su culpa tenemos que ser sacrificados. Yo estoy aquí para defender la seguridad y el bienestar de todos.

—Seguridad —dijo la mujer de Pablo—. No hay nada que pueda llamarse así. Hay ahora tanta gente aquí, buscando la seguridad, que todos corremos peligro. Buscando la seguridad tú nos pierdes ahora a todos.

Estaba junto a la mesa con el gran cucharón en la mano.

—Podemos sentirnos seguros —dijo Pablo—; en medio del peligro podemos sentirnos seguros si sabemos qué riesgos correr. Es como el torero que sabe lo que hace, que no se arriesga sin necesidad y se siente seguro.

—Hasta que tiene una cogida —dijo la mujer agriamente—. ¡Cuántas veces he oído yo a los toreros decir eso antes de que les dieran una cornada! ¡Cuántas veces he oído a Finito decir que todo consiste en saber o no saber cómo se hacen las cosas y que el toro no atrapa nunca al hombre, sino que es el hombre quien se deja atrapar entre los cuernos del toro! Siempre hablan así, con esa arrogancia, antes de ser cogidos. Luego, cuando vamos a verlos a la clínica —y se puso a hacer gestos, como si estuviera junto al lecho del herido—: «¡Hola, compañero, hola!» —dijo con voz sonora. Y luego, imitando una voz casi afeminada, la del torero herido—: «*Buenas, compadre. ¿Cómo va eso, Pilar?*». «¿Qué te ha pasado, Finito, *chico*, cómo te ha ocurrido este cochino accidente?» —volvió a decir, con su poderosa voz. Luego, con voz débil, delgada—: «No es nada, Pilar; no es nada. No debiera haberme ocurrido. Le maté estupendamente, ya sabes. No hubiera podido matarle mejor. Luego, después de matarle como debía y de dejarle enteramente muerto, cayéndose por su propio peso y temblándole las patas, me aparté con cierto orgullo y mucho estilo, y por detrás me metió el cuerno entre las nalgas y me lo sacó por el hígado». —Rompió a reír, dejando de imitar el habla casi afeminada del torero y recobrando su propio tono de voz—. ¡Tú y tu seguridad! Y me lo dices a mí, que he vivido nueve años con tres de los matadores peor pagados del mundo. Y me lo dices a mí, que sé un rato de lo que es el miedo y de lo que es la seguridad. Háblame a mí de seguridad. Y tú. ¡Qué ilusiones puse yo en ti y cómo me has chasqueado! En un año de guerra te has convertido en un holgazán, en un borracho y en un cobarde.

—No tienes derecho a hablar así —dijo Pablo—. Y mucho menos delante de la gente y de un extranjero.

—Hablo como me da la gana —dijo la mujer de Pablo—. ¿No has oído? ¿Todavía crees que eres tú quien manda aquí?

—Sí —dijo Pablo—. Soy yo quien manda aquí.

—Ni en broma —dijo la mujer—. Aquí mando yo. ¿No has oído a *la gente*? Aquí no manda nadie más que yo. Tú puedes quedarte, si quieres, y comer de lo que yo guiso y beber el vino que guardo, pero sin abusar mucho, y puedes trabajar con los demás, si quieres. Pero la que manda aquí soy yo.

—Debiera matarte a ti y al extranjero —dijo Pablo sombrío.

—Inténtalo —dijo la mujer—, a ver lo que pasa.

—Una taza de agua para mí —dijo Jordan, sin quitar ojo al hombre de la cabezota resentida y a la mujer, que seguía de pie, llena de arrogancia y sosteniendo el cucharón con tanta autoridad como si fuese un cetro.

—¡María! —llamó la mujer de Pablo, y cuando la muchacha apareció en la puerta, dijo—: Agua para este camarada.

Jordan sacó del bolsillo su cantimplora y al cogerla aflojó ligeramente la pistola del estuche y la deslizó junto a su cadera. Echó por segunda vez un poco de absenta en su taza de agua, cogió la que la muchacha acababa de traerle y empezó a echar el agua a la absenta gota a gota. La muchacha se quedó en pie, a su lado, observándole.

—Fuera —dijo la mujer de Pablo, haciéndole un ademán con la cuchara.

—Fuera hace frío —contestó la chica, apoyando el codo en la mesa y acercando la mejilla a Jordan, para observar mejor lo que sucedía en la taza, donde el licor estaba empezando a enturbiarse.

—Puede que lo haga —dijo la mujer de Pablo—, pero aquí hace demasiado calor. —Y luego añadió amablemente—: Enseguida te llamo.

La muchacha movió la cabeza y salió.

No creo que vaya a aguantar mucho, se dijo Jordan. Levantó la taza con una mano y apoyó la otra de manera abierta en la pistola. Había corrido el seguro y sentía ahora el contacto tranquilizador y familiar de la culata, de labrado gastado, casi liso por el uso, y la fresca compañía del gatillo. Pablo había dejado de mirarle y miraba a la mujer, que prosiguió:

—Escucha, borracho, ¿sabes ya quién manda aquí?

—Mando yo.

—No, oye. Quítate la cera de esas orejas peludas y escucha bien. La que manda soy yo.

Pablo la miró y por la expresión de su rostro no podía averiguarse lo que pensaba. La miró resueltamente unos segundos y luego miró al otro lado de la mesa, donde estaba Jordan. Le miró pensativo un rato y luego volvió a mirar a la mujer.

—Está bien. Tú mandas —asintió—. Y si así lo quieres, él manda también. Y podéis iros los dos al infierno. —Miraba ahora cara a cara a la mujer y no parecía dejarse dominar por ella ni haberse turbado por lo que le había dicho—. Es posible que sea un holgazán y que beba demasiado. Y puedes pensar que soy un cobarde, aunque te engañas. Pero, sobre todo, no soy un estúpido. —Hizo una pausa—. Puedes mandar si quieres, y que te aproveche. Y ahora, si eres una mujer, además de ser comandante, danos algo de comer.

—¡María! —gritó la mujer de Pablo. La muchacha metió la

cabeza por la manta que tapaba la entrada de la cueva—. Entra y sirve la cena.

La chica entró, como se le decía, y acercándose a la mesa baja que había junto al fogón, cogió unas escudillas de hierro esmaltado y las acercó a la mesa.

—Hay vino para todos —le dijo la mujer de Pablo a Jordan—; y no hagas caso de lo que dice ese borracho. Cuando se acabe, conseguiremos más. Acaba esa cosa tan rara que estás bebiendo y toma una taza de vino.

Jordan apuró de un trago la absenta que le quedaba y sintió un calor suave, agradable, vaporoso, húmedo; toda una serie de reacciones químicas se producían en él. Tendió su taza para que le sirvieran vino. La chica se la llenó y se la devolvió sonriendo.

—Bueno, ¿has visto el puente? —preguntó el gitano.

Los otros, que no habían abierto la boca después del homenaje de lealtad rendido a Pilar, mostraban ahora mucho interés en escuchar.

—Sí —contestó Jordan—; es fácil de hacer. ¿Queréis que os lo explique?

—Sí, hombre, explícalo.

Jordan sacó de su bolsillo el cuaderno de notas y les enseñó los dibujos.

—Mira —dijo el hombre de la cara aplastada, al que llamaban Primitivo—; ¡si es mismamente el puente!

Jordan, ayudándose con el lápiz, a guisa de puntero, explicó cómo tenían que volar el puente y dónde tenían que colocarse las cargas.

—¡Qué cosa más sencilla! —dijo el hermano de la cicatriz, al que llamaban Andrés—. ¿Y cómo haces que exploten?

Jordan lo explicó también, y mientras daba la explicación notó que la muchacha había apoyado el brazo en su hombro para mirar más cómodamente. La mujer de Pablo estaba mirando igualmente. Sólo Pablo parecía no tener interés y se había sentado aparte con su taza de vino, que de vez en cuando volvía a llenar en el barreño que había colmado antes María con el vino del pellejo colgado a la entrada de la cueva.

—¿Has hecho ya otras veces este trabajo? —preguntó la chica en voz baja a Jordan.

—Sí.

—¿Y podremos ver cómo lo haces?

—Sí, ¿por qué no?

—Lo verás —dijo Pablo desde el otro lado de la mesa—. Ya lo creo que lo verás.

—Cállate —dijo la mujer de Pablo. Y de repente, acordándose de lo que había visto en la mano de Jordan aquella tarde, se puso desmesuradamente furiosa—. Cállate, cobarde; cállate, mochuelo; cállate, asesino.

—Bueno —dijo Pablo—, me callo. Eres tú quien manda ahora y no quiero impedir que mires esos dibujos tan bonitos. Pero acuérdate de que no soy ningún idiota.

La mujer de Pablo sintió que su rabia se iba tornando en dolor y en un sentimiento que helaba toda esperanza y confianza. Conocía ese sentimiento desde que era niña y sabía el motivo, como conocía las cosas que se lo habían provocado durante toda su vida. Se había presentado de repente y trató de ahuyentarlo. No quería dejarse tocar por él, no quería que tocara a la República. Así que dijo:

—Vamos a comer. María, llena las escudillas.

Capítulo 5

Robert Jordan levantó la manta que tapaba la entrada de la cueva y al salir respiró a fondo el aire fresco de la noche. La niebla se había disipado y brillaban las estrellas. No hacía viento, y lejos del aire viciado de la cueva, cargado del humo del tabaco y del fogón; liberado del olor a arroz, a carne, a azafrán, a pimientos y a aceite frito; del olor a vino del gran pellejo colgado del cuello junto a la entrada, con las cuatro patas extendidas, por una de las cuales se sacaba el líquido, que quedaba goteando cada vez que se hacía y levantaba el olor a polvo del suelo; liberado del olor de las distintas hierbas cuyos nombres ni siquiera conocía, que colgaban en manojos del techo, al lado de largas ristras de ajos; libre del olor a perra gorda, vino tinto y ajos, mezclado con el sudor equino y el sudor seco de hombre bajo la ropa (acre y cansado el olor del hombre, dulce y enfermizo el olor del caballo, olor de piel recién cepillada); libre de todos esos olores, Jordan respiró profundamente el aire limpio de la noche, el aire de las montañas que olía a pinos y a rocío, al rocío depositado sobre la hierba de la pradera al pie del arroyo. El rocío había ido cayendo con abundancia desde que se había calmado el viento; pero al día siguiente, pensó Jordan, respirando con delicia, sería escarcha.

Mientras permanecía allí, respirando a pleno pulmón y escuchando el pulso de la noche, oyó primero disparos en la lejanía y luego el grito de una lechuza en el bosque, más abajo, hacia donde se había montado el corral de los caballos. Después oyó en el interior de la cueva al gitano que había empezado a cantar y el rasgueo suave de una guitarra:

Me dejaron de herencia mis padres...

La voz, artificialmente quebrada, se elevó bruscamente y quedó colgada en una nota. Luego prosiguió:

Me dejaron de herencia mis padres,
me dejaron la luna y el sol.
Y aunque vague por todas las calles,
nunca se acaba el filón.

Al sonido de la guitarra hizo eco un aplauso coreado.
—Bueno —oyó decir Jordan a alguien—. Cántanos ahora la del catalán, gitano.
—No.
—Sí, hombre, sí; la del catalán.
—Bueno —dijo el gitano, y empezó a cantar con voz lamentosa:

Tengo nariz aplastá,
tengo cara charolá,
pero soy un hombre
como los demás.

—Olé —dijo alguien—. Adelante, gitano.
La voz del gitano se elevó, trágica y burlona:

Gracias a Dios que soy negro
y que no soy catalán.

—Eso es mucho ruido —dijo Pablo—. Cállate, gitano.

—Sí —se oyó decir a una voz de mujer—. Eso no es más que ruido. Podrías despertar a la *guardia civil* con ese vozarrón. Pero no tienes clase.

—Cantaré otra cosa —dijo el gitano, y empezó a rasguear la guitarra.

—Guárdatela para otra ocasión —dijo la mujer.

La guitarra calló.

—No estoy en vena esta noche. Así que no se ha perdido nada —dijo el gitano, y, levantando la manta, salió.

Jordan vio que se dirigía a un árbol; luego se acercó a él.

—Roberto —dijo el gitano en voz baja.

—¿Qué hay, Rafael? —preguntó Jordan. Veía por la voz que le había hecho efecto el vino. También él había bebido dos ajenjos y algo de vino, pero su cabeza estaba clara y despejada por el esfuerzo de la pelea con Pablo.

—¿Por qué no has matado a Pablo? —preguntó el gitano, siempre en voz baja.

—¿Para qué iba a matarle?

—Tendrás que matarle más pronto o más tarde. ¿Por qué no aprovechaste la ocasión?

—¿Estás hablando en serio?

—Pero ¿qué te figuras que estábamos esperando todos? ¿Por qué crees, si no, que la mujer mandó a la chica fuera? ¿Crees que es posible continuar, después de lo que se ha dicho?

—Teníais que matarle vosotros.

—*¡Qué va!* —dijo el gitano tranquilamente—. Eso es asunto tuyo. Hemos esperado tres o cuatro veces que le matases. Pablo no tiene amigos.

—Se me ocurrió la idea —dijo Jordan—; pero la descarté.

—Todos se han dado cuenta. Todos han visto los preparativos que hacías. ¿Por qué no le mataste?

—Pensé que podría molestar a los otros o a la mujer.

—¡*Qué va!* La mujer estaba esperando como una puta que caiga un pájaro de cuenta. Eres más joven de lo que aparentas.

—Es posible.

—Mátale ahora —acució el gitano.

—Eso sería asesinar.

—Mejor que mejor —dijo el gitano, bajando la voz—. Correrías menos peligro. Vamos, mátale ahora mismo.

—No puedo hacerlo; sería repugnante y no es así como tenemos que trabajar por la causa.

—Provócale entonces —dijo el gitano—; pero tienes que matarle. No hay más remedio.

Mientras hablaban, una lechuza revoloteó entre los árboles; sin romper la dulzura de la noche, descendió más allá, y se elevó de nuevo batiendo las alas con rapidez, pero sin hacer el ruido de plumas que hace un pájaro cuando le cazan.

—Mira ese bicho —dijo el gitano en la oscuridad—. Así debieran moverse los hombres.

—Y de día estar ciego en un árbol, con los cuervos alrededor —dijo Jordan.

—Eso ocurre rara vez —dijo el gitano—. Y por casualidad. Mátale —insistió—. No le dejes que acarree más dificultades.

—Ha pasado el momento.

—Provócale —insistió el gitano—. O aprovéchate de la calma.

La manta que tapaba la puerta de la cueva se levantó y del interior salió luz. Alguien se adelantaba hacia ellos en la oscuridad.

—Es una hermosa noche —dijo el hombre, con voz gruesa y tranquila—. Vamos a tener buen tiempo.

Era Pablo.

Estaba fumando uno de los cigarrillos rusos y, al resplandor del cigarrillo en los momentos en que aspiraba, aparecía dibujada su cara redonda. Podía distinguirse a la luz de las estrellas su cuerpo pesado de largos brazos.

—No hagas caso de la mujer —dijo, dirigiéndose a Jordan. En

la oscuridad, el cigarrillo era un punto brillante que descendía según bajaba la mano—. A veces se pone difícil. Pero es una buena mujer; muy leal a la República. —La punta del cigarrillo brillaba con más fuerza al hablar. Debía de estar hablando ahora con el cigarrillo en la comisura de los labios, pensó Jordan—. No debemos tener diferencias; tenemos que estar de acuerdo. Me alegro de que hayas venido. —El cigarrillo volvió a brillar con más fuerza—. No hagas caso de las disputas —dijo—; te doy la bienvenida. Perdóname ahora —añadió—; tengo que ir a ver si están atados los caballos.

Y cruzó entre los árboles, bordeando el prado. Oyeron a un caballo relinchar más abajo.

—¿Lo ves? —preguntó el gitano—. ¿Lo ves? Ha conseguido escaparse otra vez.

Robert Jordan no contestó.

—Me voy abajo —dijo el gitano irritado.

—¿A hacer algo?

—¡*Qué va* a hacer algo! Al menos a impedir que se escape.

—¿Puede escaparse con un caballo desde ahí abajo?

—No.

—Entonces, ve al lugar desde donde puedas impedírselo.

—Agustín está allí.

—Ve, entonces, y habla con Agustín. Cuéntale lo que ha sucedido.

—Agustín le mataría de buena gana.

—Tanto mejor —dijo Jordan—. Ve y dile lo que ha pasado.

—¿Y después?

—Yo voy ahora mismo al prado.

—Bueno, hombre, bueno. —No podía ver la cara de Rafael en la oscuridad, pero se dio cuenta de que sonreía—. Ahora te has ajustado los machos —dijo el gitano satisfecho.

—Vete con Agustín —dijo Jordan.

—Sí, Roberto, sí —dijo el gitano.

Robert Jordan cruzó a tientas entre los pinos, yendo de un árbol a otro, hasta llegar a la linde de la pradera, donde el fulgor de las estrellas hacía la sombra menos densa. Recorrió la pradera con la mirada y vio entre el torrente y él la masa sombría de los caballos atados a las estacas. Los contó. Había cinco. Jordan se sentó al pie de un pino, con los ojos fijos en la pradera.

Estoy cansado, pensó, y quizá no tenga la cabeza despejada; pero mi misión es el puente, y para llevar a cabo esta misión no debo correr riesgos inútiles. Desde luego, a veces se corre un grave riesgo por no aprovechar el momento. Hasta ahora he intentado dejar que las cosas sigan su curso. Si es verdad, como dice el gitano, que esperaban que matase a Pablo, hubiera debido matarle. Pero nunca he creído que debía hacerlo. Para un extranjero, matar donde tiene que asegurarse luego la colaboración de las gentes es mal asunto. Puede uno permitirse hacerlo en plena acción, cuando se apoya en una sólida disciplina. En este caso pienso que me hubiera equivocado. Sin embargo, la cosa era tentadora y parecía lo más sencillo y rápido. Pero no creo que nada sea rápido ni sencillo en este país, y, por mucha confianza que tenga en la mujer, no se puede averiguar cómo hubiera reaccionado ella ante un acto tan brutal. Ver morir a alguien en un lugar como éste puede ser algo feo, sucio y repugnante. Es imposible prever la reacción de esa mujer. Y sin ella aquí, no hay ni organización ni disciplina; y con ella todo puede marchar bien. Lo ideal sería que le matase ella, o el gitano, pero él no lo hará, o el centinela, Agustín. Anselmo le matará si se lo pido; pero dice que no le gusta matar. Anselmo detesta a Pablo, estoy convencido, y confía en mí; cree en mí como representante de las cosas en que cree. Sólo él y la mujer creen verdaderamente en la República, por lo que se me alcanza; pero es todavía demasiado pronto para estar seguro de ello.

Como sus ojos empezaban a acostumbrarse a la luz de las estrellas, vio a Pablo de pie, junto a uno de los caballos. El caballo dejó de pastar, levantó la cabeza y la bajó luego, impaciente. Pablo estaba de pie junto al caballo, apoyado contra él, desplazándose con él todo lo que la cuerda permitía desplazarse al caballo y acariciándole el cuello. Al caballo le molestaban sus caricias mientras estaba pastando. Jordan no podía ver lo que hacía Pablo ni oír lo que decía al caballo; pero se daba cuenta de que no lo había desatado ni ensillado. Así que permaneció allí observando, con la intención de ver claramente el asunto.

«Mi caballo bonito», decía Pablo al animal en la oscuridad. Era al gran semental al que hablaba. «Mi caballo bonito, mi caballito blanco, con el cuello arqueado, como el viaducto de mi pueblo.» Hizo una pausa. «Pero más arqueado y más hermoso.» El caballo engullía el pasto inclinando la cabeza de un lado a otro para arrancar las matas, importunado por el hombre y por su charla. «Tú no eres una mujer ni un loco», le decía Pablo al caballo. «Mi caballo bonito, mi caballo, tú no eres una mujer como un volcán ni una potra de chiquilla con la cabeza rapada; una potranca mamona. Tú no insultas ni mientes ni te niegas a comprender. Mi caballo, mi caballo bonito.»

Hubiera sido muy interesante para Robert Jordan poder oír lo que Pablo hablaba al bayo; pero no le oía, y convencido de que Pablo no hacía más que cuidar de sus caballos y habiendo decidido que no era oportuno matarle, se levantó y se fue a la cueva. Pablo estuvo mucho tiempo en la pradera hablando a su caballo. El caballo no comprendía nada de lo que su amo le decía. Por el tono de voz, barruntaba que eran cosas cariñosas. Había pasado todo el día en el cercado y tenía hambre. Pastaba impaciente dentro de los límites de la cuerda y el hombre le aburría. Pablo acabó por cambiar el piquete de sitio y estarse cerca del caballo sin hablar más. El caballo siguió paciendo, satisfecho de que el hombre no le molestara ya.

Capítulo 6

Una vez dentro de la cueva, Robert Jordan se acomodó en uno de los taburetes de piel sin curtir que había en un rincón, cerca del fuego, y se puso a conversar con la mujer, que estaba fregando los platos, mientras María, la muchacha, los secaba y los iba colocando, arrodillándose para hacerlo ante una hendidura del muro que se usaba como alacena.

—Es extraño —dijo la mujer— que el Sordo no haya venido. Debería haber llegado hace una hora.

—¿Le avisó usted para que viniese?

—No; viene todas las noches.

—Quizá esté haciendo algo, algún trabajo.

—Es posible —dijo la mujer—; pero si no viene, tendremos que ir a verle mañana.

—Ya. ¿Está muy lejos de aquí?

—No, pero será un buen paseo. Me hace falta ejercicio.

—¿Puedo ir? —preguntó María—. ¿Podría ir yo también, Pilar?

—Sí, hermosa —contestó la mujer, volviendo hacia ella su cara maciza—. ¿Verdad que es guapa? —preguntó a Robert Jordan—. ¿Qué te parece? ¿Un poco delgada?

—A mí me parece muy bien —contestó Robert Jordan.

María le sirvió una taza de vino.

—Bebe esto —le dijo—; te hará verme más guapa. Hay que beber mucho para verme guapa.

—Entonces vale más que no siga bebiendo —dijo Jordan—. Me pareces ya guapa, y más que guapa.

—Así se habla —dijo la mujer—. Tú hablas como los buenos de verdad. ¿Qué más tienes que decir de ella?

—Que es inteligente —respondió Jordan, de una manera vacilante. María dejó escapar una risita y la mujer meneó la cabeza lúgubremente.

—¡Qué bien había usted empezado y qué mal acaba, don Roberto!

—No me llame don Roberto.

—Es una broma. Aquí decimos en broma *don* Pablo y decimos en broma *señorita* María.

—No me gusta esa clase de bromas —dijo Jordan—. *Camarada* es el modo como debiéramos llamarnos todos en esta guerra. Cuando se bromea tanto, las cosas comienzan a estropearse.

—Eres muy místico tú con tu política —dijo la mujer, burlándose de él—. ¿No te gustan las bromas?

—Sí, me gustan mucho, pero no con los nombres. El nombre es como una bandera.

—A mí me gusta reírme de las banderas. De cualquier bandera —dijo la mujer, echándose a reír—. Para mí, cualquiera puede bromear sobre cualquier cosa. A la vieja bandera roja y gualda la llamábamos pus y sangre. A la bandera de la República, con su franja morada, la llamábamos sangre, pus y permanganato. Y era una broma.

—Él es comunista —aseguró María—, y los comunistas son *gente* muy seria.

—¿Eres comunista?

—No. Yo soy antifascista.

—¿Desde hace mucho tiempo?

—Desde que comprendí lo que era ser fascista.

—¿Cuánto tiempo hace de eso?

—Cerca de diez años.

—Eso no es mucho tiempo —dijo la mujer—. Yo hace veinte años que soy republicana.

—Mi padre fue republicano de toda la vida —dijo María—. Por eso le mataron.

—Mi padre fue republicano toda la vida también. Y también lo fue mi abuelo —dijo Robert Jordan.

—¿Dónde fue eso?

—En Estados Unidos.

—¿Los fusilaron? —preguntó la mujer.

—¡*Qué va!* —dijo María—. Estados Unidos es un país de republicanos. Allí no te fusilan por ser republicano.

—De todos modos, es una cosa buena tener un abuelo republicano —dijo la mujer—. Es señal de buena casta.

—Mi abuelo formó parte del Comité Nacional Republicano —dijo Jordan. Su declaración impresionó hasta a María.

—¿Y tu padre hace todavía algo por la República? —preguntó Pilar.

—No, mi padre murió.

—¿Puede preguntarse cómo murió?

—Se pegó un tiro.

—¿Para que no le torturasen? —preguntó la mujer.

—Sí —replicó Jordan—; para que no le torturasen.

María le miró con lágrimas en los ojos.

—Mi padre —dijo— no pudo conseguir ningún arma. Pero me alegro mucho de que tu padre tuviera la suerte de conseguir un arma.

—Sí, tuvo mucha suerte —dijo Jordan—. ¿Podríamos ahora hablar de otra cosa?

—Entonces, tú y yo somos iguales —dijo María. Puso una mano en su brazo y le miró a la cara. Jordan contempló la morena cara de la muchacha y vio que los ojos de ella eran por primera vez tan jóvenes como el resto de sus facciones, sólo que, además, se habían vuelto de repente ávidos, juveniles y ansiosos.

—Podríais ser hermano y hermana por la traza —opinó la mujer—. Pero creo que es una suerte que no lo seáis.

—Ahora ya sé por qué he sentido lo que he sentido —dijo María—. Ahora lo veo todo muy claro.

—¡Qué va! —se opuso Robert Jordan, e, inclinándose, le pasó la mano por la cabeza. Había estado deseando hacer eso todo el día, y haciéndolo, notaba que se le volvía a formar un nudo en la garganta. La chica movió la cabeza bajo su mano y sonrió. Y él sintió el cabello espeso, duro y sedoso mecerse bajo sus dedos. Luego deslizó la mano hasta su cuello, pero la dejó caer.

—Hazlo otra vez —dijo ella—. He querido todo el día que lo hicieras.

—Luego —contestó Jordan con voz ahogada.

—Muy bonito —saltó la mujer de Pablo con voz atronadora—. ¿Y soy yo la que tiene que ver todo esto? ¿Tengo yo que ver todo esto sin que me importe un pimiento? No hay quien pueda soportarlo. A falta de alguna cosa mejor, tendré que agarrarme a Pablo.

María no le hizo caso, como no había hecho caso de los otros que jugaban a las cartas en la mesa, a la luz de una vela.

—¿Quieres otra taza de vino, Roberto? —preguntó.

—Sí —dijo él—, ¿por qué no?

—Vas a tener un borracho como yo —dijo la mujer de Pablo—. Con esa cosa rara que ha bebido y todo lo demás. Escúchame, *inglés*.

—No soy *inglés*, soy americano.

—Escucha, entonces, americano. ¿Dónde piensas dormir?

—Afuera; tengo un saco de noche.

—Está bien —aprobó ella—. ¿Está la noche despejada?

—Sí, y muy fría.

—Afuera, entonces —dijo ella—; duerme afuera. Y tus cosas pueden dormir conmigo.

—Está bien —contestó Jordan—. Déjanos un momento —le dijo Jordan a la muchacha, poniéndole una mano en el hombro.

—¿Por qué?

—Quiero hablar con Pilar.

—¿Tengo que marcharme?

—Sí.

—¿De qué se trata? —preguntó la mujer de Pablo cuando la muchacha se hubo alejado hacia la entrada de la cueva donde se quedó de pie, junto al pellejo de vino, mirando a los hombres que jugaban a las cartas.

—El gitano dijo que yo debería… —empezó a decir Jordan.

—No —le dijo la mujer—; se equivoca.

—Si fuera necesario que yo… —insinuó Jordan de manera tranquila, aunque premiosa.

—Eres muy capaz de hacerlo —dijo la mujer—. Lo creo. Pero no es necesario. He estado observándote. Has tenido buen juicio.

—Pero si fuese necesario…

—No —insistió ella—. Ya te lo diré cuando sea necesario. El gitano tiene la cabeza llena de pájaros.

—Un hombre que se siente débil puede ser un gran peligro.

—No. No entiendes nada de esto. Ése está ya más allá del peligro.

—No lo entiendo.

—Eres muy joven todavía —afirmó ella—. Ya lo entenderás. —Luego llamó a la muchacha—. Ven, María. Ya hemos acabado de hablar.

La chica se acercó y Jordan extendió la mano y se la pasó por la cabeza. Ella se restregó bajo su mano como un gatito. Hubo un momento en que él creyó que incluso iba a llorar. Pero los labios de María volvieron a recuperar su gesto habitual, le miró a los ojos y sonrió.

—Harías bien yéndote a dormir —le dijo la mujer a Jordan—. El viaje ha sido largo.

—Bueno —dijo Jordan—; voy a buscar mis cosas.

Capítulo 7

Se quedó dormido en el saco de noche y al despertar creyó que había dormido mucho tiempo. El saco estaba extendido en el suelo, al socaire de los roquedales, más allá de la entrada de la cueva. Durmiendo, se había vuelto de lado y había ido a recostarse sobre la pistola, que tuvo buen cuidado de sujetar con una correa en torno a su muñeca y colocarla junto a él bajo el saco, cuando se puso a dormir; estaba tan cansado —le dolían los hombros y la espalda, le dolían las piernas, y los músculos se le habían quedado tan entumecidos que el suelo se le antojó blando—, que el mero hecho de estirarse bajo el saco y el roce con el forro de lanilla le habían producido una especie de voluptuosidad, esa voluptuosidad que sólo proporciona la fatiga. Al despertar se preguntó dónde estaba; recordó y buscó la pistola que había quedado bajo su cuerpo y se estiró placenteramente, dispuesto a dormir de nuevo, con una mano apoyada en el lío de ropas enrolladas alrededor de sus alpargatas que le servía de almohada, y la otra rodeando la improvisada almohada.

Entonces sintió que algo se apoyaba en su hombro y se volvió rápidamente, con la mano derecha crispada sobre la pistola dentro del saco de noche.

—¡Ah, eres tú! —dijo, y, soltando el arma, tendió los brazos hacia ella y la atrajo hacia sí. Al estrecharla entre sus brazos sintió que temblaba—. Métete dentro —dijo dulcemente—; fuera hace frío.

—No, no debo.

—Ven —dijo él—; luego lo discutiremos.

La muchacha temblaba. Él la tenía sujeta por la muñeca, sosteniéndola dulcemente con el otro brazo. Ella había vuelto la cabeza para no encontrarse con él.

—Vamos, conejito —dijo Jordan, y la besó en la nuca.

—Tengo miedo.

—No tengas miedo. Métete.

—¿Cómo?

—Deslízate en el interior. Hay mucho sitio; ¿quieres que te ayude?

—No —dijo ella, y se metió en el saco; y un momento después, él, manteniéndola bien sujeta, trataba de besarla en los labios y ella le esquivaba apretando la cara contra el lío de ropas que hacía de almohada; pero había tendido los brazos alrededor del cuello de él y los mantenía en esa postura. Luego Jordan sintió que sus brazos se aflojaban y al tratar de atraerla vio que volvía a temblar.

—No —dijo, echándose a reír—; no te asustes. Es la pistola.

Cogió el arma y la puso detrás de él.

—Me da vergüenza —dijo ella, con la cara siempre alejada de la suya.

—No tienes por qué. Vamos, ven.

—No, no debo hacerlo. Me da vergüenza y estoy asustada.

—No, conejito, por favor.

—No debo hacerlo; quizá tú no me quieras.

—Te quiero.

—Yo te quiero también. Sí, te quiero. Ponme la mano en la cabeza —dijo ella, con la cara siempre hundida en la almohada. Jordan le puso la mano en la cabeza y la acarició, y de repente ella apartó el rostro de la almohada y se encontró en sus brazos, apretada estrechamente contra él, mejilla contra mejilla, y rompió a llorar.

Él la mantenía inmóvil contra sí, sintiendo toda la esbeltez de su cuerpo joven, le acariciaba la cabeza y besaba la sal húmeda de sus ojos, y mientras ella lloraba, sentía el firme roce de sus redondos senos a través de la camisa que llevaba puesta.

—No sé besar —dijo ella—; no sé cómo se hace.

—No hay necesidad de besarse.

—Sí, tengo que besarte. Tengo que hacerlo todo.

—No hay necesidad de hacer nada. Estamos muy bien así; pero llevas demasiada ropa.

—¿Qué tengo que hacer?

—Yo te ayudaré.

—¿Está mejor ahora?

—Sí, mucho mejor. ¿No te encuentras mejor?

—Sí, claro que sí. ¿Y podré irme contigo, como ha dicho Pilar?

—Sí.

—Pero no a un asilo. Contigo.

—No, a un asilo.

—No, no, no. Contigo, y seré tu mujer.

Seguían en la misma posición, pero todo lo que antes estaba cubierto había quedado ahora descubierto. Donde había antes la rugosidad de las bastas telas era ahora todo suavidad, dulzura, suave presión de un bulto suave, firme y redondo, sensación continuada de delicada frescura en el exterior y calidez dentro del saco, un mantenerse unidos sin fin, solos, y una especie de dolor en el pecho, y una tristeza terrible y profunda que quitaba la respiración. Robert Jordan no pudo aguantar más, y preguntó:

—¿Has querido a otros?

—Nunca. —Y de repente quedó como desmayada entre sus brazos—: Pero me han hecho cosas.

—¿Quiénes?

—Varios.

Se había quedado inmóvil, como si su cuerpo estuviera muerto; apartó la cabeza de él.

—Ahora no me querrás.

—Te quiero —dijo Jordan.

Pero algo le había sucedido y ella lo sabía.

—No —dijo ella, y su voz salía como apagada; no tenía color—.

115

No me querrás. Aunque quizá me lleves al asilo. Y yo iré al asilo y ya nunca seré tu mujer.

—Te quiero, María.

—No, no es verdad —dijo ella. Luego, como si pidiera perdón, con un poco de esperanza en la voz—: Pero no he besado nunca a ningún hombre.

—Entonces bésame a mí.

—Quisiera besarte —dijo ella—; pero no sé cómo. Cuando me hicieron cosas luché hasta que me quedé sin ver. Luché hasta... hasta que uno se sentó sobre mi cabeza... y yo le mordí... y entonces me amordazaron y me tuvieron sujetos los brazos detrás de la cabeza... y otros me hicieron cosas.

—Te quiero, María —dijo él—; y nadie te ha hecho nada. A ti nadie puede tocarte. Nadie te ha tocado, conejito mío.

—¿Eso crees?

—Lo creo.

—¿Y puedes quererme? —preguntó, apretándose cálidamente contra él.

—Te quiero todavía más.

—Procuraré besarte muy bien.

—Bésame ahora.

—No sé cómo hacerlo.

—Bésame; no hace falta más.

María le besó en la mejilla.

—No, así no.

—¿Qué se hace con la nariz? Siempre me he preguntado qué se hacía con la nariz.

—Muy fácil; vuelve la cabeza —dijo él, y sus bocas se unieron y ella se mantuvo apretada contra él, y su boca se abrió un poco y él, manteniéndola apretada contra sí, se sintió de repente más feliz de lo que había sido nunca, más ligero, con una felicidad exultante, íntima, impensable. Y sintió que todo su cansancio y toda su preocupación se desvanecían y sólo sintió un gran deleite y dijo—: Conejito mío, cariño mío, amor mío; te quiero tanto.

—¿Qué es lo que dices? —preguntó ella, como si hablara desde algún sitio muy lejano.

—Amor mío —dijo él.

Estaban abrazados y él sintió que el corazón de ella latía contra el suyo, y con la punta del pie acarició ligeramente sus pies.

—Has venido descalza —dijo.

—Sí.

—Entonces sabías que ibas a acostarte conmigo.

—Sí.

—Y no has tenido miedo.

—Sí, mucho miedo. Pero me daba más miedo no saber cómo tendría que quitarme los zapatos.

—¿Qué hora es ahora? *¿Lo sabes?*

—No. ¿No tienes reloj?

—Sí, pero lo tengo detrás de ti.

—Entonces, sácalo de ahí.

—No.

—Pues mira por encima de mi hombro.

Era la una de la madrugada. La esfera del reloj brillaba en la oscuridad creada por la manta.

—Me pinchas con tu barba en el hombro.

—Perdóname, no tengo nada con que afeitarme.

—No importa; me gusta. ¿Tienes la barba rubia?

—Sí.

—¿Y vas a dejártela crecer?

—No crecerá mucho; antes tenemos que terminar el asunto del puente. María, escúchame: ¿tú…?

—¿Yo qué?

—¿… quieres que lo hagamos?

—Sí, quiero. Quiero hacerlo todo, por favor, y si lo hacemos todo, quizá sea como si lo otro nunca hubiese ocurrido.

—¿Cómo se te ha ocurrido eso? ¿Lo has pensado sola?

—No. Lo había pensado sola, pero fue Pilar la que me lo dijo.

—Es muy lista esa mujer.

—Y otra cosa —dijo María suavemente—; Pilar me ha mandado que te diga que no estoy enferma. Ella sabe estas cosas y me dijo que te lo dijese.

—¿Te dijo ella que me lo dijeras?

—Sí. Hablé con ella y le dije que te quería. Te quise en cuanto te vi llegar y te había querido siempre, antes de verte, y se lo dije a Pilar, y Pilar dijo que si alguna vez te contaba lo que me había pasado, que te dijera que no estaba enferma. Lo otro me lo dijo hace mucho tiempo; poco después de lo del tren.

—¿Qué fue lo que te dijo?

—Me dijo que a una no le hacen nada si una no lo consiente y que si yo quería a alguien de veras, todo eso desaparecería. Quería morirme, ¿sabes?

—Pilar te dijo la verdad.

—Y ahora soy feliz por no haberme muerto. Me siento tan dichosa de no haber muerto... ¿Crees que podrás quererme?

—Claro, ya te quiero.

—¿Y podré ser tu mujer?

—No puedo tener mujer mientras haga este trabajo. Pero tú eres mi mujer ahora.

—Si alguna vez lo soy, lo seré para siempre. ¿Soy tu mujer ahora?

—Sí, María. Sí, conejito mío.

Ella se apretó más contra él y le buscó los labios, los encontró y se besaron, y él la sintió fresca, nueva, suave, joven y adorable, con aquella frescura cálida, devoradora e increíble; porque era increíble encontrársela allí, en su saco de noche, que era tan familiar para él como sus propias ropas, sus zapatos o su deber, y por último, ella dijo asustada:

—Y ahora hagamos enseguida lo que tenemos que hacer, para que desaparezca todo lo demás.

—¿Lo deseas de verdad?

—Sí —dijo ella casi con fiereza—. Sí. Sí. Sí.

Capítulo 8

La noche estaba fría. Robert Jordan dormía profundamente. Se despertó una vez y, al estirarse, notó la presencia de la muchacha, acurrucada, dentro del saco, respirando ligera y regularmente. El cielo estaba duro, esmaltado de estrellas, el aire frío le empapaba la nariz; metió la cabeza en la tibieza del saco y besó la suave espalda de la muchacha. La chica no se despertó y Jordan se volvió de lado, despegándose suavemente y, sacando otra vez la cabeza del saco, se quedó en vela un instante, paladeando la voluptuosidad que le originaba su fatiga; luego el deleite suave, táctil, de los dos cuerpos rozándose; por último, estiró las piernas hasta el fondo del saco y se dejó caer a plomo en el más profundo sueño.

Se despertó al rayar el día. La muchacha se había marchado. Lo supo al despertarse, extender el brazo y notar el saco todavía tibio en el lugar donde ella había reposado. Miró hacia la entrada de la cueva, donde se hallaba la manta, bordeada de escarcha, y vio una débil columna gris de humo que se escapaba de una hendidura entre las rocas, lo que quería decir que el fuego de la cocina estaba encendido.

Un hombre salió de entre los árboles con una manta sobre la cabeza a la manera de poncho; era Pablo. Iba fumando un cigarrillo. Ha debido de ir a llevar los caballos al cercado, pensó.

Pablo levantó la manta y entró en la cueva sin mirar hacia donde se hallaba Jordan.

Robert Jordan palpó con la mano la ligera escarcha que se había depositado sobre la seda delgada, ajada y manchada de la funda que, desde hacía cinco años, le servía para guardar su saco de noche; luego volvió a deslizarse dentro del saco. *Bueno*, se dijo, sintiendo la caricia familiar del forro de franela sobre las piernas extendidas; las encogió y se volvió de lado, de forma que su cabeza no quedara en la dirección de donde él sabía que saldría el sol. *Qué más da*, pensó. Puedo dormir todavía un rato.

Y durmió hasta que un ruido de motor de aviones le despertó.

Tumbado boca arriba, vio los aviones que pasaban, una patrulla fascista de tres Fiat, minúsculos y brillantes, moviéndose rápidamente a través del alto cielo de la sierra, volando en la dirección por donde Anselmo y él habían llegado la víspera. No habían hecho más que desaparecer cuando, tras ellos, pasaron nueve más volando a más altura, en formaciones precisas de tres en tres.

Pablo y el gitano estaban parados a la entrada de la cueva en la sombra, mirando al cielo, mientras Robert Jordan seguía tumbado sin moverse. El cielo se había llenado del rugido martilleante de los motores. Hubo un nuevo zumbido y tres nuevos aviones aparecieron, esta vez a menos de trescientos metros por encima de la pradera. Eran Heinkel 111, bimotores de bombardeo.

Robert Jordan, con la cabeza a la sombra de las rocas, sabía que no le veían y que, aunque le viesen, no tenía tampoco mucha importancia. Sabía que podrían ver los caballos en el cercado si iban a la busca de alguna señal en aquellas montañas; pero, aunque los vieran, a menos de estar advertidos, los tomarían seguramente por caballería propia. Luego se oyó un rugido aún más fuerte. Tres Heinkel 111 aparecieron, se acercaron rápidamente volando todavía más bajo, en formación rígida con el sonoro zumbido aumentando, hasta hacerse algo ensordecedor y luego decreciendo, a medida que dejaban atrás la pradera.

Robert Jordan deshizo el lío de ropas que le servía de almohada y sacó su camisa; y estaba pasándosela ya por la cabeza cuando oyó llegar los siguientes aviones. Se puso el pantalón sin salir del saco y se tumbó, quedándose inmóvil, al tiempo que aparecían tres nuevos bombarderos bimotores Heinkel. Antes de que hubieran podido desaparecer tras la cresta de las montañas, Jordan se había ajustado la pistola, había enrollado el saco, disponiéndolo al pie de un muro, y estaba sentado en el suelo, atándose las alpargatas, cuando el zumbido de los aviones se convirtió en un estruendo más fuerte que nunca, y otros nueve bombarderos ligeros Heinkel llegaron en oleadas rasgando el cielo con su vibración.

Robert Jordan se deslizó a lo largo de las rocas hasta la entrada de la cueva, donde uno de los hermanos, Pablo, el gitano, Anselmo, Agustín y la mujer estaban parados mirando a lo alto.

—¿Han pasado otras veces aviones como éstos? —preguntó Jordan.

—Nunca —dijo Pablo—; entra, van a verte.

El sol no alumbraba aún la entrada de la cueva. Solamente iluminaba la pradera cercana al torrente. Jordan sabía que los aviones no podían verle en la oscuridad de la sombra matinal de la arboleda y que la sombra espesa proyectada por las rocas le ocultaba también. Sin embargo, entró en la cueva para no inquietar a sus compañeros.

—Son muchos —dijo la mujer.

—Y serán más —dijo Jordan.

—¿Cómo lo sabes? —preguntó Pablo recelosamente.

—Estos que han pasado ahora llevarán cazas detrás.

Justamente en aquel momento oyeron los cazas, con un zumbido más agudo, más alto, como un lamento, y, según pasaban, a unos mil doscientos metros de altura, Robert Jordan contó quince Fiat, dispuestos como una bandada de ocas salvajes, en grupos de tres, en forma de V.

A la entrada de la cueva todos tenían la cara larga, y Jordan preguntó:

—¿No se habían visto nunca tantos aviones?

—Jamás —dijo Pablo.

—¿No hay tantos en Segovia?

—Nunca ha habido tantos. Por lo general, se ven tres; algunas veces, seis cazas. A veces, tres Junkers, de los grandes, de los de tres motores, acompañados de los cazas. Pero jamás habíamos visto tantos como ahora.

Mala cosa, se dijo Robert Jordan. Mala cosa. Esta concentración de aviones es de mal agüero. Tengo que fijarme en dónde descargan. Pero no, todavía no han llevado las tropas para el ataque. Es seguro que no las llevarán antes de esta noche o mañana por la noche. No las llevarán antes. Ninguna unidad puede estar en movimiento a estas horas.

Podía oír todavía el zumbido de los aviones que se alejaban. Miró su reloj. Debían de estar en esos momentos por encima de las líneas, al menos los primeros. Apretó el resorte que ponía en su sitio la aguja del minutero y la vio girar. No, todavía no. Ahora. Sí. Ya debían de haber cruzado. Cuatrocientos kilómetros por hora deben de hacer los 111, en todo caso. Harían falta cinco minutos para llegar hasta allí. En aquellos momentos se hallarían al otro lado del puerto, volando sobre Castilla, amarilla y parda bajo ellos, al sol de la mañana; con el amarillo surcado por las vetas blancas de la carretera y sembrado de pequeñas aldeas, las sombras de los Heinkel deslizándose sobre el campo como las sombras de los tiburones sobre un banco de arena en el fondo del océano.

No se oyó ningún bang, bang, bang, ningún estallido de bombas. Su reloj seguía haciendo tictac.

Deben de ir a Colmenar, a El Escorial o al aeródromo de Manzanares el Real, pensó, con el viejo castillo sobre el lago y los patos que nadan entre los juncos, y el falso aeródromo, detrás del verdadero, con falsos aviones camuflados a medias y las hélices girando al viento. Tiene que ser allí adonde van. No pueden estar prevenidos para el ataque, se dijo; pero algo respondió en él: ¿Por qué no iban a estar prevenidos? Han sido advertidos en todas las ocasiones.

—¿Crees que habrán visto los caballos? —preguntó Pablo.

—Ésos no van en busca de caballos —dijo Robert Jordan.

—Pero ¿crees que los habrán visto?

—No, a no ser que les hayan pedido que los busquen.

—¿Podían verlos?

—No —contestó Jordan—, a menos que el sol estuviese por encima de los árboles.

—Desde muy temprano está ya por encima —dijo Pablo apesadumbrado.

—Creo que llevan otra idea que la de buscar tus caballos —dijo Jordan.

Habían pasado ocho minutos desde que puso en marcha el resorte del reloj. No se oía ningún ruido de bombardeo.

—¿Qué es lo que haces con el reloj? —preguntó la mujer.

—Escucho, para averiguar adónde han ido.

—¡Ah! —dijo ella.

Al cabo de diez minutos Jordan dejó de mirar el reloj, sabiendo que estarían demasiado lejos para oírlos descargar, incluso descontando un minuto para el viaje del sonido, y le dijo a Anselmo:

—Quisiera hablarte.

Anselmo salió de la cueva. Los dos hombres dieron algunos pasos, alejándose, y se detuvieron bajo un pino.

—¿*Qué tal?* —preguntó Robert Jordan—. ¿Cómo van las cosas?

—Muy bien.

—¿Has comido?

—No, nadie ha comido todavía.

—Entonces, come y llévate algo para el mediodía. Quiero que vayas a vigilar la carretera. Anota todo lo que pase, arriba y abajo, en los dos sentidos.

—No sé escribir.

—Tampoco hace falta —dijo Jordan y, arrancando dos páginas de su cuaderno, cortó un pedazo de su propio lápiz con el cuchillo—. Toma esto y, por cada tanque que pase, haces una señal aquí. —Y dibujó el contorno de un tanque—. Una raya para cada uno, y cuando tengas cuatro, al pasar el quinto, la tachas con una raya atravesada.

—Nosotros también contamos así.

—Bien. Haremos otro dibujo. Así; una caja y cuatro ruedas para los camiones, que marcarás con un círculo si van vacíos y con una raya si van llenos de tropas. Los cañones grandes, de esta forma; los pequeños, de esta otra. Los automóviles, de esta manera; las ambulancias, así, dos ruedas con una caja que lleva una cruz. Las tropas que pasen en formación de compañías, a pie, las marcamos de este modo: un cuadradito y una raya al lado. La caballería la marcamos así, ¿lo ves?, como si fuera un caballo. Una caja con cuatro patas. Esto es un escuadrón de veinte caballos, ¿comprendes? Cada escuadrón, una señal.

—Sí, es muy sencillo.

—Ahora —y Robert Jordan dibujó dos grandes ruedas metidas en un círculo, con una línea corta, indicando un cañón—, éstos son antitanques. Tienen neumáticos. Una señal también para ellos, ¿comprendes? ¿Has visto cañones como éstos?

—Sí —contestó Anselmo—; naturalmente. Está muy claro.

—Llévate al gitano contigo, para que sepa dónde estás situado y pueda relevarte. Escoge un lugar seguro, no demasiado cerca, desde donde puedas ver bien y cómodamente. Quédate allí hasta que te releven.

—Entendido.

—Bien; y que sepa yo, cuando vuelvas, todo lo que ha pasado por la carretera. Hay una hoja para todo lo que vaya carretera arriba y otra para lo que vaya carretera abajo.

Caminaron hacia la cueva.

—Envíame a Rafael —dijo Robert Jordan, y esperó cerca de un árbol. Vio a Anselmo entrar en la cueva y caer la manta tras de él. El gitano salió indolentemente, limpiándose la boca con el dorso de la mano.

—¿*Qué tal?* —preguntó el gitano—. ¿Te has divertido esta noche?

—He dormido.

—Bueno —dijo el gitano, y sonrió haciendo un guiño—. ¿Tienes un cigarrillo?

—Escucha —dijo Robert Jordan, palpando su bolsillo en busca de cigarrillos—, quisiera que fueses con Anselmo hasta el lugar desde donde vigilará la carretera. Le dejas allí, tomando nota del lugar, para que puedas guiarme a mí o al que le releve más tarde. Después irás a observar el aserradero y te fijarás en si ha habido cambios en la guardia.

—¿Qué cambios?

—¿Cuántos hombres hay ahora por allí?

—Ocho, que yo sepa.

—Fíjate en cuántos hay ahora. Mira a qué intervalos se cambia la guardia del puente.

—¿Intervalos?

—Cuántas horas está la guardia y a qué hora se hace el cambio.

—No tengo reloj.

—Toma el mío. —Y se lo soltó de la muñeca.

—¡Vaya un reloj! —dijo Rafael, admirado—. Mira qué complicaciones tiene. Un reloj como éste debería saber leer y escribir solo. Mira qué enredo de números. Es un reloj que deja tamañitos a todos los demás.

—No juegues con él —dijo Robert Jordan—. ¿Sabes leer la hora?

—¿Cómo no? Ahora verás: a las doce del mediodía: hambre. A las doce de la noche: sueño. A las seis de la mañana: hambre. A las seis de la tarde: borrachera, con un poco de suerte. A las diez de la noche…

—Basta —dijo Robert Jordan—. No tienes ninguna necesidad de hacer el indio ahora. Quiero que vigiles la guardia del puente grande y el puesto de la carretera, más abajo, de la misma manera que el puesto y la guardia del aserradero y del puente pequeño.

—Eso es mucho trabajo —dijo el gitano sonriendo—. ¿No sería mejor que enviaras a otro?

—No, Rafael, es importante que ese trabajo lo hagas tú. Tienes que hacerlo con mucho cuidado y andar listo para que no te descubran.

—De eso ya tendré buen cuidado —dijo el gitano—. ¿Crees que hace falta advertirme que me esconda bien? ¿Crees que tengo ganas de que me peguen un tiro?

—Toma las cosas más en serio —dijo Robert Jordan—. Éste es un trabajo serio.

—¿Y eres tú quien me dice que tome las cosas en serio después de lo que hiciste anoche? Tenías que haber matado a un hombre y, en lugar de eso, ¿qué has hecho? ¡Tenías que haber matado a un hombre y no hacer uno! Cuando estamos viendo llegar por el aire tantos aviones como para matarnos a todos juntos, contando a nuestros abuelos por arriba y a nuestros nietos, que no han nacido todavía, por abajo, e incluyendo gatos, cabras y chinches, aviones que hacen un ruido como para cuajar la leche en los pechos de tu madre, que oscurecen el cielo y que rugen como leones, me pides que tome las cosas en serio. Ya las tomo demasiado en serio.

—Está bien —dijo Robert Jordan, y, riendo, apoyó una mano en el hombro del gitano—. No las tomes, entonces, demasiado en serio. Hazme ese favor. Y ahora acaba de comer y márchate.

—¿Y tú? —preguntó el gitano—. ¿Qué es lo que haces tú, a todo esto?

—Voy a ver al Sordo.

—Después de esos aviones, es fácil que no encuentres a nadie en todas estas montañas —dijo el gitano—. Debe de haber mucha gente que ha sudado la gota gorda esta mañana cuando pasaron.

—Esos aviones tenían otra cosa que hacer que buscar guerrilleros.

—Ya —contestó el gitano, y movió la cabeza—; pero cuando se les meta en la cabeza hacer ese trabajo…

—¡*Qué va!* —dijo Robert Jordan—. Son bombarderos ligeros

alemanes, lo mejor que tienen. No se envían esos aparatos a buscar gitanos.

—¿Sabes lo que te digo? —dijo Rafael—. Que me ponen los pelos de punta. Sí, esos bichos me ponen los pelos de punta, como te lo digo.

—Van a bombardear un aeródromo —dijo Robert Jordan, entrando en la cueva—; estoy seguro de que iban con esa misión.

—¿Qué es lo que dices? —preguntó la mujer de Pablo. Llenó una taza de café y le tendió un bote de leche condensada.

—¿También hay leche? ¡Qué lujos!

—Hay de todo —dijo ella—, y desde que han pasado los aviones, tenemos mucho miedo. ¿Adónde dices que iban?

Robert Jordan derramó un poco de aquella leche espesa en su taza, a través de la hendidura del bote; limpió el bote con el borde de la taza y dio vueltas al líquido hasta que se puso claro.

—Van a bombardear un aeródromo, eso es lo que yo creo. Pero pueden ir también a El Escorial o a Colmenar. Quizá vayan a los tres lugares.

—Que se vayan muy lejos y que no vuelvan por aquí —dijo Pablo.

—¿Y por qué aparecen ahora por aquí? —preguntó la mujer—. ¿Qué es lo que los trae en estos momentos? Nunca se han visto tantos aviones como hoy. Nunca pasaron en tal cantidad. ¿Es que preparan un ataque?

—¿Qué movimiento ha habido esta noche en el camino? —inquirió Robert Jordan. María estaba a su lado, pero él no la miraba.

—Tú —dijo la mujer de Pablo—, Fernando, tú has estado en La Granja esta noche. ¿Qué movimiento había por allí?

—Ninguno —replicó un hombre bajo de estatura, de rostro abierto, de unos treinta y cinco años, bizco de un ojo, y al que Robert Jordan no había visto antes—. Algunos camiones, como de costumbre. Algunos coches. No ha habido movimiento de tropas mientras yo he estado por allí.

—¿Va usted a La Granja todas las noches? —preguntó Robert Jordan.

—Yo u otro cualquiera —dijo Fernando—. Siempre hay alguien que va.

—Van por noticias, por tabaco y por cosas pequeñas —dijo la mujer.

—¿Tenemos gente nuestra por allí?

—Sí, cómo no, los que trabajan en la central eléctrica. Y otros.

—¿Y qué noticias ha habido?

—*Pues nada*. No ha habido noticias. Las cosas siguen yendo mal en el norte. Como de costumbre. En el norte van mal las cosas desde el comienzo.

—¿No ha oído decir nada de Segovia?

—No, *hombre*; no he preguntado.

—¿Va usted mucho por Segovia?

—Algunas veces —contestó Fernando—; pero es peligroso. Hay controles y piden los papeles.

—¿Conoce usted el aeródromo?

—No, *hombre*. Sé dónde está, pero no lo he visto nunca. Piden muchos papeles por aquella parte.

—¿No le habló nadie de esos aviones ayer por la noche?

—¿En La Granja? Nadie. Nadie hablará seguramente esta noche. Anoche hablaban del discurso de Queipo de Llano por la radio. Y de nada más. Bueno, sí… parece que la República prepara una ofensiva.

—¿Una qué?

—Una ofensiva.

—¿Dónde?

—No es seguro. Puede ser por aquí o por otra parte de la sierra. ¿Ha oído usted algo de eso?

—¿Dicen eso en La Granja?

—Sí, *hombre*, lo había olvidado. Pero siempre hay mucha parla sobre las ofensivas.

—¿De dónde proviene el rumor?

—¿De dónde? Lo dice mucha gente. Los oficiales hablan en los cafés, tanto en Segovia como en Ávila, y los camareros escuchan. Los rumores se extienden. Desde hace algún tiempo se habla de una ofensiva de la República por aquí.

—¿De la República o de los fascistas?

—De la República. Si fuera de los fascistas lo sabría todo el mundo. No, es una ofensiva de mucha importancia. Algunos dicen que son dos. Una aquí, y la otra por el Alto del León, cerca de El Escorial. ¿Ha oído usted hablar de eso?

—¿Qué más ha oído usted decir?

—*Nada, hombre.* ¡Ah, sí!, se decía también que los republicanos intentarían hacer saltar los puentes si hay una ofensiva. Pero los puentes están bien custodiados.

—¿Está usted bromeando? —preguntó Robert Jordan, bebiendo lentamente su café.

—No, *hombre* —dijo Fernando.

—Ése no bromea por nada del mundo —dijo la mujer—; ojalá bromeara.

—Entonces —dijo Robert Jordan—, gracias por sus noticias. ¿No sabe usted nada más?

—No. Se habla, como siempre, de tropas que mandarán para limpiar estas montañas; se dice que ya están en camino y que han salido de Valladolid. Pero siempre se dice eso. No hay que hacer caso.

—Y tú —rezongó la mujer de Pablo a éste, casi con malignidad— con tus palabras de seguridad.

Pablo la miró meditabundo y se rascó la barba.

—Y tú —contestó— con tus puentes.

—¿Qué puentes? —preguntó Fernando despreocupado.

—Idiota —le dijo la mujer—. Cabeza dura. *Tonto.* Toma un poco más de café y trata de recordar otras noticias.

—No te enfades, Pilar —dijo Fernando, sin perder la calma y el buen humor—; no hay que inquietarse por esos rumores. Te he contado a ti y a este camarada todo lo que puedo recordar.

—¿No recuerda usted nada más? —preguntó Robert Jordan.

—No —contestó Fernando, con actitud de dignidad ofendida—. Y es una suerte que me haya acordado de eso, porque, como se trata de rumores, no hago mucho caso.

—Luego es posible que haya habido algo más.

—Sí, es posible; pero yo no he prestado atención. Desde hace un año no oigo más que rumores.

Robert Jordan oyó una carcajada contenida. Era la muchacha, María, que estaba de pie, detrás de él.

—Cuéntanos algo más, Fernandito —dijo la muchacha, y empezó otra vez a estremecerse de risa.

—Si me acordara, no lo contaría —dijo Fernando—, no es cosa de hombres andarse con cuentos y darles importancia.

—¿Y es así como salvaremos la República? —dijo la mujer de Pablo.

—No, la salvaréis haciendo saltar los puentes —contestó Pablo.

—Marchaos —les dijo Jordan a Anselmo y a Rafael—. Marchaos, si es que habéis acabado de comer.

—Vámonos —dijo el viejo, y se levantaron los dos. Robert Jordan sintió una mano sobre su hombro. Era María.

—Deberías comer —dijo la muchacha, manteniendo la mano apoyada sobre su hombro—; come, para que tu estómago pueda soportar otros rumores.

—Los rumores me han cortado el apetito.

—No deben quitártelo. Come antes de que vengan otros. —Y puso una escudilla ante él.

—No te burles de mí —le dijo Fernando—; soy amigo tuyo, María.

—No me burlo de ti, Fernando. Me burlo de él. Si no come, tendrá hambre.

—Deberíamos comer todos —dijo Fernando—. Pilar, ¿qué pasa hoy, que no se sirve nada?

—Nada, hombre —le dijo la mujer de Pablo, y le llenó la escudilla de caldo de cocido—. Come, vamos, que eso sí que puedes hacerlo: come.

—Está muy bueno, Pilar —dijo Fernando, con su dignidad intacta.

—Gracias —dijo la mujer—. Gracias, y gracias otra vez.

—¿Estás enfadada conmigo? —preguntó Fernando.

—No, come. Vamos, come.

Robert Jordan miró a María. La joven empezó a estremecerse de ganas de reír y apartó de él sus ojos. Fernando comía calmosamente, lleno de dignidad, dignidad que no podía alterar siquiera el gran cucharón de que se valía ni las escurriduras del caldo que brotaban de las comisuras de sus labios.

—¿Te gusta la comida? —le preguntó la mujer de Pablo.

—Sí, Pilar —dijo con la boca llena—. Está como de costumbre.

Robert Jordan sintió la mano de María apoyarse en su brazo y los dedos de su mano apretarle regocijada.

—¿Es por eso por lo que te gusta? —le preguntó la mujer a Fernando—. Sí —añadió sin esperar contestación—. Ya lo veo. El cocido: como de costumbre. *Como siempre*. Las cosas van mal en el norte: como de costumbre. Una ofensiva por aquí: como de costumbre. Envían tropas para que nos echen: como de costumbre. Podrías servir de modelo para un monumento a la costumbre.

—Pero si no son más que rumores, Pilar.

—¡Qué país! —dijo amargamente la mujer de Pablo, como hablando para sí misma. Luego se volvió hacia Robert Jordan—: ¿Hay gente como ésta en otros países?

—No hay nada como España —respondió cortésmente Robert Jordan.

—Tiene usted razón —dijo Fernando—; no hay nada en el mundo que se parezca a España.

—¿Es que has visto otros países? —le preguntó la mujer.

—No —contestó Fernando—; ni tampoco tengo ganas.

—¿Lo ves? —preguntó la mujer de Pablo, dirigiéndose de nuevo a Robert Jordan.

—Fernandito —dijo María—, cuéntanos cómo lo pasaste cuando fuiste a Valencia.

—No me gustó Valencia.

—¿Por qué? —preguntó María, apretando de nuevo el brazo de Jordan—. ¿Por qué no te gustó?

—Las gentes no tienen modales ni cosa que se le parezca, y yo no entendía lo que hablaban. Todo lo que hacían era gritarse *che* los unos a los otros.

—¿Y ellos te comprendían? —preguntó María.

—Hacían como si no me comprendieran —dijo Fernando.

—¿Y qué fue lo que hiciste allí?

—Me marché sin ver siquiera el mar —contestó Fernando—; no me gusta esa gente.

—¡Ah!, vete de aquí, simplón, mojigato —dijo la mujer de Pablo—; lárgate, que me estás poniendo mala. En Valencia he pasado la mejor época de mi vida. *¡Vamos!* Valencia. No me hables de Valencia.

—¿Y qué es lo que hacías allí? —preguntó María. La mujer de Pablo se sentó a la mesa con una taza de café, un pedazo de pan y una escudilla con caldo de cocido.

—¿*Qué*? ¡Lo que hacíamos allí! Estuve allí durante el tiempo que duró el contrato que Finito tenía para torear tres corridas en la feria. Nunca he visto tanta gente. Nunca he visto unos cafés tan llenos. Había que aguardar horas antes de encontrar asiento, y los tranvías iban atestados hasta los topes. En Valencia había ajetreo todo el día y toda la noche.

—Pero ¿qué hacías tú allí? —insistió María.

—Todo —contestó la mujer de Pablo—; íbamos a la playa y nos bañábamos, y había barcos de vela que se sacaban del agua tirados por bueyes. Metían los bueyes mar adentro, hasta que se veían obligados a nadar; entonces se les uncía a los barcos, y cuando hacían pie de nuevo, los remolcaban hasta la arena. Diez parejas de bueyes arrastrando un barco de vela fuera del mar, por la mañana, con una hilera de olas suaves que iban a romper en la playa. Eso es Valencia.

—Pero ¿qué hacías, además de mirar a los bueyes?

—Comíamos en los tenderetes de la playa. Pastelillos rellenos de pescado, pimientos morrones y verdes y nuececillas como granos de arroz. Pastelillos de una masa ligera y suave, y pescado en una abundancia increíble. Camarones recién sacados del mar, bañados con jugo de limón. Eran sonrosados y dulces, y se comían en cuatro bocados. Pero nos comíamos montañas de ellos. Y luego *paella*, con toda clase de pescado, almejas, langostinos y pequeñas anguilas. Y luego, angulas, que son anguilas todavía más pequeñas, al pilpil, delgadas como hilo de habas retorciéndose de mil maneras, y tan tiernas que se deshacían en la boca sin necesidad de masticarlas. Y todo ello acompañado de un vino blanco frío, ligero y excelente, a treinta céntimos la botella. Y, para acabar, melón. Valencia es el país del melón.

—El melón de Castilla es mejor —dijo Fernando.

—¡*Qué va!* —dijo la mujer de Pablo—. El melón de Castilla es para ir al retrete. El melón de Valencia es para comerlo. ¡Cuando pienso en esos melones, grandes como mi brazo, verdes como el mar, con la corteza que cruje al hundir el cuchillo, jugosos y dulces como una madrugada de verano! ¡Cuando pienso en todas aquellas angulas minúsculas, delicadas, en montones sobre el plato…! Había también cerveza en jarro durante toda la tarde. Cerveza tan fría que rezumaba su frescura a través del barro, y jarros tan grandes como barricas.

—¿Y qué hacíais cuando no estabais comiendo y bebiendo?

—Hacíamos el amor en la habitación, con las persianas bajadas. La brisa se colaba por lo alto del balcón, que se podía dejar abierto gracias a unas bisagras. Hacíamos el amor allí, en la habitación en penumbra, incluso de día, detrás de las persianas, y de la calle llegaba el perfume del mercado de flores y el olor de la pólvora quemada, de los petardos, de las tracas, que recorrían las calles y explotaban todos los días, a mediodía, durante la feria. Había una línea que daba la vuelta a toda la ciudad y las explosiones corrían por todos los postes y los cables de los tranvías, estallando con un estrépito que no puede describirse. Hacíamos el amor y luego mandábamos a buscar otro jarro de cerveza, cubierto de gotas por fuera, y cuando la camarera lo traía, yo lo tomaba en mis manos y lo ponía, helado, sobre la espalda de Finito, que no se había despertado al entrar la camarera, y que decía: «No, Pilar; no, mujer, déjame dormir». Y yo le decía: «No, despiértate y bebe esto, para que veas cómo está de frío». Y él bebía sin abrir los ojos, y volvía a dormirse, y yo me tumbaba con una almohada a los pies de la cama y le contemplaba mientras dormía, moreno y joven, con aquel pelo negro, tranquilo en su sueño. Y me bebía todo el jarro escuchando la música de una charanga que pasaba... ¿Y tú? —preguntó, de repente, a Pablo—. ¿Qué sabes tú de estas cosas?

—Hemos hecho algunas cosas juntos.

—Sí —contestó la mujer—, y en tus tiempos eras más hombre que Finito. Pero no fuimos nunca a Valencia. Nunca estuvimos acostados juntos oyendo pasar una banda en Valencia.

—Era imposible —dijo Pablo—. No tuvimos nunca ocasión de ir a Valencia. Sabes bien que es así, si lo piensas un poco. Pero tampoco con Finito volaste nunca un tren.

—No —contestó la mujer—. Y eso es todo lo que nos queda, el tren. Sí. Siempre el tren. Nadie puede decir nada en contra del tren. Es lo único que nos queda de toda la vagancia, el abandono y los fracasos. Es lo único que nos queda, después de la cobardía de ahora. Ha habido otras cosas antes, es verdad. No quiero ser injusta. Pero no consentiré que nadie diga nada contra Valencia. ¿Me has oído?

—A mí no me gustó —dijo Fernando tranquilamente—. A mí no me gustó Valencia.

—Y aún dicen que las mulas son tozudas —dijo la mujer de Pablo—. Recoge todo, María, para que podamos marcharnos.

Mientras decía esto, oyeron los primeros zumbidos que anunciaban el retorno de los aviones.

Capítulo 9

Se quedaron a la puerta de la cueva mirando los bombarderos, que volaban a gran altura, rasgando el cielo como puntas de lanza con el ruido del motor. Tienen forma de tiburones, se dijo Robert Jordan; de esos tiburones de la corriente del Golfo, de aletas anchas y nariz puntiaguda. Pero estos grandes tiburones, con sus grandes aletas de plata, su ronquido y la ligera niebla de sus hélices al sol, no se mueven como tiburones, no se mueven como nada que haya existido sobre la faz de la tierra. Se precipitan como la fatalidad mecanizada.

Deberías escribir sobre todo esto, se dijo. Quizá vuelvas a hacerlo algún día. Notó que María se agarraba a su brazo. La muchacha miraba hacia arriba, y él le preguntó:

—¿A qué se parecen, *guapa*?

—No lo sé —contestó ella—; a la muerte, creo.

—A mí me parecen aviones —dijo la mujer de Pablo—. ¿Dónde están los más pequeños?

—Quizá estén cruzando los montes por el otro lado —contestó Robert Jordan—; estos bombarderos van demasiado deprisa como para esperar a los otros, y tienen que regresar solos. Nosotros no los perseguimos nunca al otro lado de las líneas. No tenemos suficientes aparatos para arriesgarnos a perseguirlos.

En aquel momento, tres cazas Heinkel, en formación de V, llegaron justamente a donde estaban ellos volando muy bajo sobre la pradera, por encima de las copas de los árboles, como espantosos y estruendosos juguetes de alas vibrantes y hocico puntiagudo; de golpe los aviones se hicieron enormes, ampliados a su verdadero tamaño, y pasaron sobre sus cabezas con un ruido estremecedor. Iban tan bajos que, desde la entrada de la cueva, todos pudieron ver a los pilotos, con su casco y sus gruesas anteojeras y hasta pudieron ver la bufanda flotando al viento del jefe de la escuadrilla.

—Ésos sí que han podido ver los caballos —dijo Pablo.

—Ésos pueden ver hasta la colilla de tu cigarrillo —dijo la mujer—. Deja caer la manta.

No pasaron ya más aviones. Los otros debían de haber atravesado la cordillera por un lugar más alejado y más alto. Y cuando se extinguió el zumbido, salieron todos fuera de la cueva.

El cielo se había quedado vacío, alto, claro y azul.

—Parece como si hubiéramos despertado de un sueño —le dijo María a Jordan. Ni siquiera se oía ese imperceptible zumbido del avión que se aleja, que es como un dedo que te rozara apenas, que desapareciera y volviera a tocarte de nuevo cuando el sonido en realidad ya se ha perdido.

—No es ningún sueño, y tú vete para adentro y arregla las cosas —le dijo Pilar—. ¿Qué hacemos? —preguntó, volviéndose a Robert Jordan—. ¿Vamos a caballo o a pie?

Pablo la miró y murmuró algo.

—Como prefieras —contestó Robert Jordan.

—Entonces iremos a pie —dijo ella—. Es bueno para el hígado.

—El caballo es también bueno para el hígado.

—Sí, pero malo para las posaderas. Iremos a pie. ¿Y tú? —La mujer se volvió hacia Pablo—: Ve a hacer la cuenta de tus caballos y mira si los aviones se han llevado alguno volando.

—¿Quieres un caballo? —preguntó Pablo a Robert Jordan.

—No, muchas gracias. ¿Y la muchacha?

—Es mejor que vaya a pie —dijo Pilar—. Si fuera a caballo, se le entumecerían muchos lugares y luego no valdría para nada.

Robert Jordan sintió que su rostro se ponía rojo.

—¿Has dormido bien? —preguntó Pilar. Luego dijo—: Es verdad que no tiene ninguna enfermedad. Podría haberla tenido. Pero, no sé por qué, no la tiene. Hay probablemente un Dios, después de todo, aunque nosotros lo hayamos suprimido. Vete —le dijo a Pablo—; esto no tiene nada que ver contigo. Esto es para gente más joven que tú y hecha de otra pasta. Vete. —Luego, a Robert Jordan—: Agustín cuidará de tus cosas. Nos iremos en cuanto llegue.

El día era claro, brillante y aparecía ya templado por el sol. Robert Jordan se quedó mirando a la mujerona de cara atezada, con sus ojos bondadosos y muy separados, con su rostro cuadrado, pesado, surcado de arrugas y de una fealdad atractiva; los ojos eran alegres, aunque la cara permanecía triste, mientras los labios no se movían. La miró y luego volvió su vista al hombre, pesado y corpulento, que se alejaba entre los árboles, hacia el cercado. La mujer también le seguía con los ojos.

—¿Qué, habéis hecho el amor? —preguntó la mujer.

—¿Qué es lo que le ha dicho ella?

—No ha querido decirme nada.

—Entonces yo tampoco le diré nada.

—Entonces es que habéis hecho el amor —dijo la mujer de Pablo—. Tienes que ser muy cariñoso con ella.

—¿Y si tuviera un niño?

—No estaría mal —contestó la mujer—; eso no es lo peor que puede pasarle.

—El lugar no es muy a propósito para tenerlo.

—No seguirá mucho tiempo aquí; se irá contigo.

—¿Y adónde iré yo? No podré llevarme ninguna mujer a donde yo tenga que ir.

—¿Quién sabe? Quizá cuando te vayas te lleves a dos.

—Ésa no es manera de hablar.

—Escucha —dijo la mujer de Pablo—; yo no soy cobarde, pero veo con claridad las cosas por la mañana temprano, y creo que de todos los que estamos vivos hoy hay muchos que ya no verán el próximo domingo.

—¿Qué día es hoy?

—Domingo.

—*¡Qué va!* —dijo Robert Jordan—; el domingo está muy lejos. Si vemos el miércoles, podremos darnos por contentos. Pero no me gusta que hables así.

—Todo el mundo tiene necesidad de hablar con alguien —dijo la mujer—; antes teníamos la religión y otras tonterías. Ahora debiéramos disponer todos de alguien con quien poder hablar francamente; por mucho valor que se tenga, uno se siente cada vez más solo.

—No estamos solos; estamos todos juntos.

—Ver esas máquinas produce cierta impresión —sentenció la mujer—. No somos nada contra esas máquinas.

—Sin embargo, se pueden vencer.

—Oye —dijo la mujer—, si te digo lo que me preocupa, no creas que me falta resolución. A mí resolución no me falta nunca.

—La tristeza se disipará con el sol. Es como la niebla.

—Bueno —contestó la mujer—, como quieras. Mira lo que es hablar de Valencia, y ese desastre de hombre que ha ido a ver sus caballos… Le he hecho mucho daño con esa historia. Matarle, sí. Insultarle, sí. Pero herirle, no; no me gusta.

—¿Cómo llegaste a juntarte con él?

—¿Cómo se junta una con uno? En los primeros días del Movimiento, y antes también, él era alguien. Era algo muy serio. Pero ahora se ha acabado. Quitaron el tapón y el vino se derramó todo del pellejo.

—A mí no me gusta.

—A él tampoco le gustas tú, y tiene sus motivos. Anoche dormí con él. —Sonreía, moviendo la cabeza de uno a otro lado.

»—*Vamos a ver* —le dije—, Pablo, ¿por qué no has matado al extranjero?

»—Es un buen muchacho, Pilar; un buen muchacho.

»—¿Te das cuenta de que soy yo la que mando?

»—Sí, Pilar, sí —me respondió. Después, me di cuenta de que estaba despierto y llorando. Lloraba de una manera entrecortada, fea, como hacen los hombres, como si tuviese dentro un animal que le estuviera sacudiendo.

»—¿Qué te pasa, Pablo? —le pregunté, sujetándole.

»—Nada, Pilar, nada.

»—Sí, algo te pasa.

»—La gente —exclamó él—; el modo que han tenido de abandonarme. La gente.

»—Sí —le dije—, pero están conmigo, y yo soy tu mujer.

»—Pilar, acuérdate de lo del tren. —Y después, añadió—: Que Dios te ayude, Pilar.

»—¿Para qué hablas de Dios? —le pregunté—. ¿Qué manera de hablar es ésa?

»—Sí —dijo él—; Dios y la *Virgen*.

»—¡*Qué va*, Dios y la *Virgen*! ¿Es ésa manera de hablar?

»—*Tengo miedo de morir*, Pilar. Tengo miedo de morir, ¿comprendes?

»—Entonces, sal de esta cama —le ordené—; no hay sitio para mí, para ti y para tu miedo. Somos demasiados.

»Entonces él se avergonzó, se quedó quieto y yo me dormí. Pero el hombre está hecho una ruina.

Robert Jordan no dijo nada.

—Toda mi vida he tenido esta tristeza en algunos momentos —dijo la mujer—; pero no es como la tristeza de Pablo. No afecta a mi resolución.

—Lo creo.

—Quizá sea como los períodos de la mujer —dijo ella—; quizá no sea nada. —Se quedó en silencio y luego añadió—: He puesto muchas ilusiones en la República. Creo mucho en la República y tengo fe en ella. Creo en ella como los que tienen fe en la religión creen en los misterios.

—Te creo.

—Y tú, ¿tienes esa fe?

—¿En la República?

—Sí.

—Claro —contestó él, confiando en que fuese verdad.

—Bueno —dijo la mujer—; ¿y no tienes miedo?

—Miedo de morir, no —contestó él con entera sinceridad.

—Pero ¿tienes miedo de otras cosas?

—Solamente de no cumplir como debo con mi misión.

—¿No tienes miedo a que te capturen, como al otro?

—No —contestó él con sinceridad—; si tuviera miedo de eso estaría tan preocupado que no serviría para nada.

—Eres muy frío.

—No lo creo.

—Digo que eres muy frío de la cabeza.

—Es porque estoy muy preocupado por mi trabajo.

—¿No te gusta la vida?

—Sí, mucho; pero no quiero que perjudique a mi trabajo.

—Te gusta beber, lo sé; lo he visto.

—Sí, mucho; pero no me gusta que perjudique a mi trabajo.

—¿Y las mujeres?

—Me gustan mucho, aunque nunca les he dado gran importancia.

—¿No te interesan?

—Sí, pero no he encontrado ninguna que me haya conmovido como ellas dicen que deben conmovernos.

—Creo que estás mintiendo.

—Quizá mienta un poco.

—Pero María te importa.

—Sí, mucho, y ha sido muy repentino.

—También a mí me importa. Sí, mucho.

—A mí también —dijo Robert Jordan, y sintió oprimírsele la garganta—. A mí también. Sí. —Le causaba placer decirlo y lo dijo en un español solemne—: Me importa mucho.

—Os dejaré solos cuando volvamos de ver al Sordo.

Robert Jordan no dijo nada de momento. Pero luego:

—No es necesario.

—Sí, hombre. Es necesario. No tendréis mucho tiempo.

—¿Has visto eso en mi mano?

—No. No pienses en esa tontería de la mano.

Y así alejaba ella todo lo que podía perjudicar a la República.

Robert Jordan no agregó nada. Miró a María, que estaba arreglando la vajilla en la alacena. La muchacha se secó las manos, se volvió y sonrió. No había oído las palabras de Pilar; pero al sonreír a Robert Jordan enrojeció bajo su piel tostada y luego volvió a sonreír.

—Está el día también —dijo la mujer de Pablo—. Tenéis la noche para vosotros, pero también podéis aprovechar el día. ¿Dónde están el lujo y la abundancia que había en Valencia en mi tiempo? Pero podréis coger algunas fresas silvestres o cualquier cosa por el estilo. —Y se echó a reír.

Robert Jordan puso la mano en los recios hombros de Pilar.

—También me importas —dijo—; me importas mucho.

—Eres un Don Juan Tenorio de marca mayor —repuso la mujer de Pablo, ligeramente turbada—. Sientes cariño por todo el mundo, hombre. Aquí llega Agustín.

Robert Jordan se metió en la cueva y se acercó a María. La muchacha le vio acercarse con los ojos brillantes y con el rubor cubriéndole todavía las mejillas y la garganta.

—¡Hola, conejito! —dijo, y la besó en la boca. Ella se apretó contra él y luego le miró a la cara.

—¡Hola, hola! —dijo.

Fernando, que estaba aún sentado a la mesa, fumando un cigarrillo, se levantó, meneó la cabeza con expresión de disgusto y salió cogiendo la carabina, que había dejado apoyada contra el muro.

—Es una cosa indecente —le dijo a Pilar—, y no me gusta eso. Deberías cuidar más de esa muchacha.

—La cuido —contestó Pilar—; ese camarada es su *novio*.

—¡Ah! —exclamó Fernando—, en ese caso, puesto que están prometidos, todo me parece normal.

—Me alegra que pienses así —dijo la mujer.

—Lo mismo digo —asintió Fernando gravemente—. *Salud*, Pilar.

—¿Adónde vas?

—Al puesto de arriba, a relevar a Primitivo.

—¿Adónde diablos vas? —preguntó Agustín al hombrecillo grave, cuando éste comenzaba a subir por el sendero.

—A cumplir con mi deber —contestó Fernando con dignidad.

—¿Tu deber? —preguntó Agustín burlón—. Me cago en la leche de tu deber. —Y luego, dirigiéndose a la mujer de Pablo—: ¿Dónde cojones está esa mierda que tengo que guardar?

—En la cueva —contestó Pilar—; dentro de los dos sacos. Y estoy cansada de tus groserías.

—Me cago en la leche de tu cansancio —siguió Agustín.

—Entonces vete y cágate en ti mismo —dijo Pilar, sin irritarse.

—Y en tu madre —replicó Agustín.

—Tú no has tenido nunca madre —le dijo Pilar; los insultos habían alcanzado esa extremada solemnidad española, en que los actos ya no son expresados, sino sobrentendidos.

—¿Qué es lo que hacen ahí dentro? —preguntó Agustín a Pilar confidencialmente.

—*Nada* —contestó Pilar—. Después de todo, estamos en primavera, animal.

—¿Animal? —preguntó Agustín paladeando el piropo—. Animal. Y tú, hija de la gran puta. Me cago en la leche de la primavera.

—Lo que es a ti —dijo ella riendo con estrépito— te falta variedad en tus insultos. Pero tienes fuerza. ¿Has visto los aviones?

—Me cago en la leche de sus motores —contestó Agustín, levantando la cabeza y mordiéndose el labio inferior.

—No está mal —dijo Pilar—. No está mal, aunque es difícil de hacer.

—A esa altura, desde luego —dijo Agustín, sonriendo—. *Desde luego*. Pero vale más reírse.

—Sí —dijo la mujer de Pablo—; vale más reírse. Tú eres un tío que tiene redaños y me gustan tus bromas.

—Escucha, Pilar —dijo Agustín, y hablaba ahora serio—. Algo se está preparando. ¿No es cierto?

—¿A ti qué te parece?

—Que todo esto me huele muy mal. Esos aviones eran muchos aviones, mujer; muchos aviones.

—Y eso te hace cosquillas, como a otros, ¿no?

—*¡Qué va!* ¿Qué crees tú que es lo que preparan?

—Escucha —dijo Pilar—, puesto que envían a un mozo para lo del puente, es que los republicanos preparan una ofensiva. Y los fascistas se preparan para recibirla, ya que envían aviones. Pero ¿por qué exponer sus aviones de esta manera?

—En esta guerra se hacen muchas tonterías —dijo Agustín—. En esta guerra la idiotez no tiene límites.

—Está claro —dijo Pilar—. De lo contrario, no estaríamos aquí.

—Sí —dijo Agustín—, estamos nadando en mierda desde hace un año. Pero Pablo es astuto. Pablo es muy astuto.

—¿Por qué dices eso?

—Lo digo porque lo sé.

—Pero tienes que comprender —explicó Pilar— que es demasiado tarde para salvarnos sólo con eso, y él ha perdido todo lo demás.

—Lo sé —dijo Agustín—, y sé que tendremos que irnos. Tenemos que ganar para sobrevivir y es necesario volar el puente. Pero Pablo para ser lo cobarde que se ha vuelto ahora sigue siendo muy listo.

—Yo también lo soy.

—No, Pilar —dijo Agustín—; tú no eres lista; tú eres valiente, tú eres muy leal. Tú tienes resolución. Tú adivinas las cosas. Tienes mucha resolución y mucho coraje. Pero no eres lista.

—¿Eso crees? —preguntó la mujer pensativa.

—Sí, Pilar.

—El muchacho es listo —dijo la mujer—. Listo y frío. Muy frío de la cabeza.

—Sí —dijo Agustín—; tiene que conocer su trabajo; si no, no se lo hubieran encargado. Pero no sé si es listo. Pablo sí que sé que es listo.

—Pero no vale para nada por culpa de su cobardía y de su falta de voluntad para la acción.

—Sin embargo, a pesar de todo, sigue siendo listo.

—¿Y tú qué dices de todo esto?

—Nada. Trato de ver las cosas como puedo. En este momento hay que obrar con mucha inteligencia. Después de lo del puente tendremos que irnos de aquí enseguida. Todo tiene que estar preparado y tendremos que saber hacia dónde tenemos que encaminarnos y de qué manera.

—Naturalmente.

—Para eso no hay nadie como Pablo. Hay que ser listo.

—No tengo confianza en Pablo.

—Para eso, sí.

—No. Tú no sabes hasta qué punto está acabado.

—*Pero es muy vivo.* Es muy listo. Y si no somos listos en este asunto, estamos aviados.

—Tengo que pensar en todo eso —dijo Pilar—; tengo todo el día para pensar en todo eso.

—Para los puentes, el mozo —dijo Agustín—; tiene que saber cómo se hace. Fíjate lo bien que organizó el otro lo del tren.

—Sí —dijo Pilar—; fue él quien realmente lo decidió todo.

—Tú, para la energía y la resolución —dijo Agustín—; pero Pablo para la retirada. Oblígale a estudiar eso.

—Eres muy listo tú.

—Sí —dijo Agustín—; pero sin *picardía*. Pablo es quien la tiene.

—¿Con su miedo y todo?

—Con su miedo y todo.

—¿Y qué piensas de eso de los puentes?

—Es necesario. Ya lo sé. Hay dos cosas que tenemos que hacer: salir de aquí y ganar la guerra. Los puentes son necesarios si queremos ganarla.

—Si Pablo es tan listo, ¿por qué no ve las cosas claras?

—Porque quiere que las cosas sigan como están, por flojera. Le gusta quedarse en la mierda de su flojera; pero el río viene crecido. Cuando se vea obligado, se las compondrá para salir del paso. Porque es muy listo. *Es muy vivo.*

—Ha sido una suerte que el muchacho no le matara.

—*¡Qué va!* El gitano quería que yo le matara anoche. El gitano es un animal.

—Tú también eres un animal —dijo ella—; pero muy listo.

—Nosotros somos muy listos los dos —dijo Agustín—; pero el verdadero talento es Pablo.

—Pero es difícil de aguantar. No sabes cómo está de acabado.

—Sí, pero tiene talento… Mira, Pilar, para hacer la guerra todo lo que hace falta es inteligencia; pero para ganarla hace falta talento y material.

—Voy a pensar en eso cualquier rato —dijo ella—; pero ahora tenemos que marcharnos. Es tarde. —Luego, elevando la voz—: ¡Inglés! —gritó—. *¡Inglés!* ¡Vamos, andando!

Capítulo 10

—Descansemos —dijo Pilar a Robert Jordan—. Siéntate, María, que vamos a descansar.

—No, tenemos que seguir —dijo Jordan—; descansaremos cuando lleguemos arriba. Tengo que ver a ese hombre.

—Ya le verás —dijo la mujer—. No hay prisa. Siéntate, María.

—Vamos —dijo Jordan—. Arriba descansaremos.

—Yo voy a descansar ahora mismo —replicó la mujer, y se sentó al borde del arroyo. La muchacha se sentó a su lado, junto a unas matas; el sol hacía brillar sus cabellos. Sólo Robert Jordan se quedó de pie, contemplando la alta pradera, atravesada por el torrente. Había abundancia de matas por aquella parte. Más abajo, inmensos peñascos surgían entre helechos amarillentos, y más abajo todavía, al borde de la pradera, había una línea oscura de pinos.

—¿Falta mucho desde aquí hasta donde está el Sordo? —preguntó Jordan.

—No falta mucho —contestó la mujer—. Está a la otra parte de estas tierras; hay que atravesar el valle y subir luego hasta el bosque, de donde sale el torrente. Siéntate y olvida tus penas, hombre.

—Quiero ver al Sordo y acabar con esto.

—Yo quiero darme un baño de pies —dijo la mujer de Pablo. Se desató las alpargatas, se quitó la gruesa media de lana que llevaba y metió un pie dentro del agua—. ¡Dios, qué fría está!

—Deberíamos haber traído los caballos —dijo Robert Jordan.

—Pero me hace bien —dijo la mujer—; me estaba haciendo falta. ¿Y a ti qué es lo que te pasa?

—Nada, sólo que tengo poco tiempo.

—Cálmate, hombre; tenemos tiempo de sobra. Vaya un día; y qué contenta me siento de no estar entre pinos. No puedes figurarte cómo se harta una de los pinos. ¿Tú no estás harta de los pinos, *guapa*?

—A mí me gustan los pinos —dijo la muchacha.

—¿Qué es lo que te gusta de los pinos?

—Me gusta el olor y me gusta sentir las agujas bajo los pies. Me gusta oír el viento entre las copas y el ruido que hacen las ramas cuando se dan unas contra otras.

—A ti te gusta todo —dijo Pilar—. Serías una alhaja para cualquier hombre si fueses mejor cocinera. Pues a mí los pinos son algo que me harta. ¿No has visto nunca un bosque de hayas, de castaños, de nogales? Eso son bosques. En esos bosques todos los árboles son distintos, lo que les da fuerza y hermosura. Un bosque de pinos es un aburrimiento. ¿Qué dices tú a eso, *inglés*?

—A mí también me gustan los pinos.

—*Pero venga* —dijo Pilar—, los dos igual. A mí también me gustan los pinos, pero hemos estado demasiado tiempo entre ellos. Y estoy harta de estas montañas. En las montañas no hay más que dos caminos: arriba y abajo, y cuando se va para abajo se llega a la carretera y a los pueblos de los fascistas.

—¿Alguna vez vas a Segovia?

—*¡Qué va!* ¿Con mi cara? Esta cara es demasiado conocida. ¿Qué te parecería si fueras tan fea como yo, guapa? —le preguntó a María.

—Tú no eres fea.

—*Vamos*, que no soy fea. Soy fea de nacimiento. He sido fea toda mi vida. Tú, *inglés*, que no sabes nada de mujeres, ¿sabes lo que se siente cuando se es una mujer fea? ¿Sabes tú lo que es ser fea toda la vida y sentir por dentro que una es guapa? Es algo muy raro —dijo, metiendo el otro pie en el agua y retirándolo rápidamente—. ¡Dios, qué fría está! Mira la pajarita de las nieves —dijo, señalando con el dedo un pájaro, parecido a una pequeña bola gris que revoloteaba de piedra en piedra remontando el torrente—. No es buena para nada. Ni para cantar ni para comer. Todo lo que sabe hacer es mover la cola. Dame un cigarrillo, *inglés* —dijo, y, tomando el que le ofrecía, lo encendió con un yesquero que sacó del bolsillo de su camisa. Aspiró una bocanada y miró a María y a Jordan.

»Esta vida es una cosa muy curiosa —dijo, echando el humo por la nariz—. Yo hubiera hecho un hombre estupendo; pero soy mujer de los pies a la cabeza, y una mujer fea. Sin embargo, me han querido muchos hombres y yo he querido también a muchos. Es curioso. Oye esto, *inglés*, es interesante. Mírame; mira qué fea soy. Mírame de cerca, *inglés*.

—Tú no eres fea —dijo Robert Jordan.

—*¿Que no?* No quieras engañarme. O será —y rió con su risa profunda— que empiezo a hacerte impresión. No, estoy bromeando. Mira bien lo fea que soy. Y sin embargo, una lleva dentro algo que ciega a un hombre mientras el hombre la quiere a una. Con ese sentimiento se ciega el hombre y se ciega una misma. Y luego un día, sin saber por qué, el hombre te ve tan fea como realmente eres y se le cae la venda de los ojos, y pierdes al hombre y el sentimiento. ¿Comprendes, *guapa*? —Y dio unos golpes en el hombro de la muchacha.

—No —contestó María—, no lo entiendo; porque tú no eres fea.

—Trata de valerte de la cabeza y no del corazón, y escucha —dijo Pilar—. Os estoy diciendo cosas muy interesantes. ¿No te interesa lo que te digo, *inglés*?

—Sí, pero convendría que nos fuéramos.

—*¡Qué va!*, irnos. Yo estoy muy bien aquí. Así pues —continuó diciendo, dirigiéndose ahora a Robert Jordan, como si estuviese hablando a un grupo de alumnos, casi como si estuviera pronunciando una conferencia—, al cabo de cierto tiempo, cuando se es tan fea como yo, que es todo lo fea que una mujer puede ser, al cabo de cierto tiempo, como digo, la sensación idiota de que una es guapa te vuelve suavemente. Es algo que crece dentro de una como una col. Y entonces, cuando ha crecido lo suficiente, otro hombre te ve, te encuentra guapa, y todo vuelve a comenzar. Ahora creo que he dejado atrás la edad de esas cosas; pero podría volver. Tienes suerte, *guapa*, por no ser fea.

—Pero si soy fea… —afirmó María.

—Pregúntaselo a él —dijo Pilar—; y no metas tanto los pies en el agua, que se te van a quedar helados.

—Si Roberto dice que deberíamos seguir, yo creo que sería lo mejor —intervino María.

—Escucha bien lo que te digo —dijo Pilar—: este asunto me interesa tanto como a tu Roberto, y te digo que se está aquí muy bien, descansando junto al agua, y que tenemos tiempo de sobra. Además, me gusta hablar. Es la única cosa civilizada que nos queda. ¿Qué otra cosa tenemos para pasar el rato? ¿No te interesa lo que te digo, *inglés*?

—Hablas muy bien, pero hay otras cosas que me interesan más que la belleza o la fealdad.

—Entonces, hablemos de lo que te interesa.

—¿Dónde estabas a comienzos del Movimiento?

—En mi pueblo.

—¿Ávila?

—¡*Qué va*, Ávila!

—Pablo me dijo que eras de Ávila.

—Miente. Le gustaría ser de una ciudad grande. Su pueblo es…
—Y nombró un pueblo muy pequeño.

—¿Y qué fue lo que sucedió?

—Muchas cosas —contestó la mujer—. Muchas, muchas, y todas bellacas. Todas, incluso las gloriosas.

—Cuenta —dijo Robert Jordan.

—Es algo brutal —dijo la mujer de Pablo—. No me gusta hablar de eso delante de la pequeña.

—Cuenta, cuenta —dijo Robert Jordan—. Y si no es para ella, que no escuche.

—Puedo escuchar —dijo María, y puso su mano en la de Jordan—. No hay nada que yo no pueda escuchar.

—No se trata de saber si puedes escuchar —dijo Pilar—, sino de saber si debo contarlo delante de ti y darte pesadillas.

—No hay nada que pueda darme pesadillas. ¿Crees que después de lo que me ha pasado podría tener pesadillas por nada de lo que me cuentes?

—Quizá se las dé al *inglés*.

—Tú cuenta, y veremos.

—No, *inglés*, no estoy de broma. ¿Has visto el comienzo del Movimiento en los pueblos?

—No —contestó Robert Jordan.

—Entonces no has visto nada. Sólo has visto a Pablo ahora, desinflado. Pero era cosa de haberle visto entonces.

—Cuéntamelo.

—No, no tengo ganas.

—Cuéntamelo.

—Bueno, contaré la verdad, tal como pasó. Pero tú, *guapa*, si llega un momento en que te molesta, dímelo.

—Si llega un momento en que me moleste, trataré de no escuchar —replicó María—; pero no puede ser peor que otras cosas que he visto.

—Creo que sí que lo es —dijo la mujer de Pablo—. Dame otro cigarrillo, *inglés*, y *vamos*.

La joven se recostó en las matas que bordeaban la orilla en pendiente del arroyo y Robert Jordan se tumbó en el suelo, con la cabeza apoyada sobre una de las matas. Extendió el brazo buscando la mano de María; la encontró y frotó suavemente la mano de la muchacha junto con la suya contra la maleza hasta que ella abrió la mano, y, mientras escuchaba, la dejó quieta sobre la de Robert Jordan.

—Fue por la mañana temprano cuando los *civiles* del cuartel se rindieron —empezó diciendo Pilar.

—¿Habían atacado ustedes el cuartel? —preguntó Jordan.

—Pablo lo había cercado por la noche. Cortó los hilos del teléfono, colocó dinamita bajo una de las tapias y gritó a los *guardias* que se rindieran. No quisieron. Entonces, al despuntar el día, hizo saltar la tapia. Hubo lucha. Dos *guardias civiles* quedaron muertos. Cuatro fueron heridos y cuatro se rindieron.

»Estábamos todos repartidos por los tejados, por el suelo o al pie de los muros a la media luz de la madrugada, y la nube de polvo de la explosión no había acabado de posarse porque había subido muy alto por el aire y no había viento para disiparla; tirábamos todos por la brecha abierta en el muro; cargábamos los fusiles y disparábamos entre la humareda, y, desde el interior, salían todavía disparos, cuando alguien gritó entre la humareda que no disparásemos más y cuatro *civiles* salieron con las manos en alto. Un gran trozo del techo se había derrumbado y venían a rendirse.

»—¿Queda alguno dentro? —gritó Pablo.

»—Están los heridos.

»—Vigilad a ésos —dijo Pablo a cuatro de los nuestros, que salieron desde donde estaban apostados disparando—. Quedaos ahí, contra la pared —les dijo a los *civiles*. Los cuatro *civiles* se pusieron contra la pared, sucios, polvorientos, cubiertos de humo, con los otros cuatro que los guardaban, apuntándolos con los fusiles, y Pablo y los demás se fueron a acabar con los heridos.

»Cuando hubieron acabado y ya no se oyeron más gritos, lamentos, quejidos, ni disparos de fusil en el cuartel, Pablo y los demás salieron. Y Pablo llevaba su fusil al hombro y una pistola máuser en una mano.

»—Mira, Pilar —dijo—. Estaba en la mano del oficial que se suicidó. No he disparado nunca con esto. Tú —le dijo a uno de los guardias—, enséñame cómo funciona. No, no me lo demuestres, explícamelo.

»Los cuatro *civiles* habían estado pegados a la tapia, sudando, sin decir nada mientras se oían los disparos en el interior del cuartel. Eran todos grandes, con cara de *guardias civiles*; el mismo estilo de cara que la mía, salvo que la de ellos estaba cubierta de un poco de barba de esa su última mañana, en que no se habían afeitado aún, y permanecían pegados a la pared y no decían nada.

»—Tú —dijo Pablo al que estaba más cerca de él—, dime cómo funciona esto.

»—Baja la palanca —le dijo el guardia con voz incolora—. Tira la recámara hacia atrás y deja que recupere hacia delante.

»—¿Qué es la recámara? —preguntó Pablo, mirando a los cuatro *civiles*—. ¿Qué es la recámara?

»—Lo que está encima del gatillo.

»Pablo tiró hacia atrás de la recámara, pero se atascó.

»—Y ahora, ¿qué? —dijo—. Se ha atascado. Me has engañado.

»—Échalo más hacia atrás y deja que recupere suavemente hacia delante —dijo el *civil*, y no he oído nunca un tono semejante de voz. Era más gris que una mañana sin sol.

»Pablo hizo como el guardia le decía y la recámara se colocó en su sitio, y con ello quedó la pistola armada con el gatillo levantado. Era una pistola muy fea, pequeña y redonda de empuñadura, con un cañón plano, nada manejable. Durante todo ese tiempo los *civiles* miraban a Pablo y no habían dicho nada.

»—¿Qué es lo que vais a hacer con nosotros? —preguntó uno de ellos.

»—Mataros —respondió Pablo.

»—¿Cuándo? —preguntó el hombre, con la misma voz gris.

»—Ahora mismo —contestó Pablo.

»—¿Dónde? —preguntó el guardia.

»—Aquí —contestó Pablo—. Aquí. Ahora mismo. Aquí y ahora mismo. ¿Tienes algo que decir?

»—*Nada* —contestó el *civil*—. Nada. Pero no es cosa bien hecha.

»—Tú eres el que no está bien hecho —dijo Pablo—. Tú, asesino de campesinos. Tú, que matarías a tu propia madre.

»—Yo no he matado nunca a nadie —dijo el *civil*—. Y a mi madre ni la nombres.

»—Vamos a ver cómo mueres, tú, que no has hecho más que matar.

»—No hace falta insultarnos —dijo otro de los *civiles*—. Nosotros sabemos morir.

»—De rodillas contra la pared y con la cabeza apoyada en el muro —ordenó Pablo.

Los *civiles* se miraron entre sí.

»—De rodillas he dicho —insistió Pablo—. Agachaos hasta el suelo y poneos de rodillas.

»—¿Qué te parece, Paco? —preguntó uno de los *civiles* al más alto de todos, el que había explicado lo de la pistola a Pablo. Tenía galones de cabo en la bocamanga y sudaba por todos sus poros, a pesar de que, por lo temprano, aún hacía frío.

»—Da lo mismo arrodillarse —contestó éste—. No tiene importancia.

»—Es más cerca de la tierra —dijo el primero que había hablado; intentaba bromear, pero estaban todos demasiado graves para gastar bromas y ninguno sonrió.

»—Entonces, arrodillémonos —dijo el primer *civil*, y los cuatro se pusieron de rodillas, con un aspecto muy cómico, la cabeza contra el muro y las manos en los costados. Y Pablo pasó detrás de ellos y disparó, yendo de uno a otro, a cada uno un tiro en la nuca, con la pistola apoyando bien el cañón contra la nuca, y uno por uno iban cayendo a tierra en cuanto Pablo disparaba. Aún puedo oír la detonación, estridente y ahogada al mismo tiempo, y puedo ver el cañón de la pistola levantándose a cada sacudida y la cabeza del hombre caer hacia delante. Hubo uno que mantuvo erguida la cabeza cuando la

154

pistola le tocó. Otro la inclinó hasta apoyarla en la piedra del muro. A otro le temblaba todo el cuerpo y la cabeza se le bamboleaba. Uno solo, el último, se puso la mano delante de los ojos. Y ya estaban los cuatro cuerpos derrumbados junto a la tapia cuando Pablo dio la vuelta y se vino hacia nosotros con la pistola en la mano.

»—Guárdame esto, Pilar —dijo—. No sé cómo bajar el disparador. —Y me tendió la pistola. Él se quedó allí, mirando a los cuatro guardias desplomados contra la tapia del cuartel. Todos los que estaban con nosotros se habían quedado mirándolos también, y nadie decía nada.

»Habíamos ocupado el pueblo, era todavía muy temprano y nadie había comido nada ni había tomado café; nos mirábamos los unos a los otros y nos vimos todos cubiertos del polvo de la explosión del cuartel y polvorientos, como cuando se trilla en las eras; yo me quedé allí parada, con la pistola en la mano, que me pesaba mucho, y me hacía una impresión rara en el estómago ver a los guardias muertos contra la tapia. Estaban tan cubiertos de polvo como nosotros; pero ahora manchando cada uno con su sangre el polvo del lugar en que yacían. Y mientras estábamos allí, el sol salió por entre los cerros lejanos y empezó a lucir por la carretera, adonde daba la tapia blanca del cuartel, y el polvo en el aire se hizo de color dorado; y el campesino que estaba junto a mí miró a la tapia del cuartel, miró a los que estaban por el suelo, nos miró a nosotros, miró al sol y dijo: "*Vaya*, otro día que comienza".

»—Bueno, ahora vamos a tomar el café —dije yo.

»—Bien, Pilar, bien —dijo él y subimos al pueblo, hasta la misma plaza, y ésos fueron los últimos que matamos a tiros en el pueblo.

—¿Qué pasó con los otros? —preguntó Robert Jordan—. ¿Es que no había más fascistas en el pueblo?

—*¡Qué va!* Claro que había más fascistas. Había más de veinte. Pero a éstos no los matamos a tiros.

—¿Qué se hizo con ellos?

155

—Pablo hizo que los matasen a golpes de bieldo y que los arrojaran desde lo alto de un peñasco al río.

—¿A los veinte?

—Ya te contaré cómo. No es nada fácil. Y en toda mi vida querría ver repetida una escena semejante, ver apalear a muerte a uno, hasta matarle en la plaza, en lo alto de un peñasco que da al río.

»El pueblo del que te hablo está levantado en la margen más alta del río y hay allí una plaza con una gran fuente, con bancos y con árboles que dan sombra a los bancos. Los balcones de las casas dan a la plaza. Seis calles desembocan en esta plaza, y alrededor, excepto por una sola parte, hay casas con arcadas. Cuando el sol quema, uno puede refugiarse a la sombra de las arcadas. En tres caras de la plaza hay arcadas como te digo, y en la cuarta cara, que es la que está al borde del peñasco, hay una hilera de árboles. Abajo, mucho más abajo, corre el río. Hay cien metros a pico desde allí hasta el río.

»Pablo lo organizó todo como para el ataque al cuartel. Primero hizo cerrar las calles con carretas, como si preparase la plaza para una *capea*, que es una corrida de toros de aficionados. Los fascistas estaban todos encerrados en el *ayuntamiento*, que era el edificio más grande que daba a la plaza. En el edificio había un reloj empotrado en la pared, y bajo las arcadas estaba el club de los fascistas, y en la acera se ponían las mesas y las sillas del club, y era allí, antes del Movimiento, donde los fascistas tenían la costumbre de tomar el aperitivo. Las sillas y las mesas eran de mimbre. Era como un café, pero más elegante.

—Pero ¿no hubo lucha para apoderarse de ellos?

—Pablo había hecho que los detuvieran por la noche, antes del ataque al cuartel. Pero el cuartel estaba ya cercado. Fueron detenidos todos en su casa, a la hora en que el ataque comenzaba. Eso estuvo muy bien pensado. Pablo es buen organizador. De otra manera hubiera tenido gente que le hubiese atacado por los flancos y por la retaguardia mientras asaltaba el cuartel de la *Guardia Civil*.

»Pablo es muy inteligente, pero brutal. Preparó y ordenó muy

156

bien el asunto del pueblo. Mirad, después de acabar con éxito el ataque del cuartel, rendidos y fusilados contra la pared los cuatro últimos guardias, después de que tomáramos el desayuno en el café que era siempre el primero que abría, por la mañana, y que es el que está en la esquina de donde sale el primer autobús, Pablo se puso a organizar lo de la plaza. Las carretas fueron colocadas exactamente como si fuese para una *capea*, salvo que por la parte que daba al río no se puso ninguna. Ese lado se dejó abierto. Pablo dio entonces orden al cura de que confesara a los fascistas y les diera los sacramentos.

—¿Y dónde se hizo eso?

—En el *ayuntamiento*, como he dicho. Había una gran multitud alrededor, y mientras el cura hacía su trabajo dentro, había un buen escándalo fuera; se oían groserías, pero la mayor parte de la gente se mostraba seria y respetuosa. Quienes bromeaban eran los que estaban ya borrachos por haber bebido para celebrar el éxito de lo del cuartel, y eran seres inútiles que hubieran estado borrachos de cualquier manera.

»Mientras el cura seguía con su trabajo, Pablo hizo que los de la plaza se colocaran en dos filas.

»Los distribuyó en dos filas como suelen colocarse para un concurso de fuerza en que hay que tirar de una cuerda, o como se agrupa una ciudad para ver el final de una carrera de bicicletas, con el espacio justo entre ellos para el paso de los ciclistas, o como se colocan para ver el santo al pasar una procesión. Entre las filas había un espacio de dos metros y las filas se extendían desde el *ayuntamiento* atravesando la plaza hasta las rocas que daban sobre el río. Así, al salir por la puerta del *ayuntamiento*, mirando a lo largo de la plaza, se veían las dos filas repletas de gente esperando.

»Iban armados con bieldos, como los que se usan para aventar el grano, y estaban separados entre sí por la distancia de un bieldo. No todos tenían bieldo, porque no se pudo conseguir número suficiente. Pero la mayoría tenía bieldos que había sacado del comercio de don Guillermo Martín, un fascista que vendía toda clase de utensilios agrícolas. Y los que no tenían bieldos llevaban gruesos cayados de pastor o aguijones de los que se usan para hostigar a los bueyes, u horquillas de madera de las que se utilizan para echar al viento la paja después de la trilla. También los había con guadañas y hoces; pero a éstos los colocó Pablo al final de la hilera que estaba junto a la barranca.

»Los hombres de las filas guardaban silencio y el día era claro, hermoso, tan claro como hoy, con nubes altas en el cielo como las de hoy, y la plaza no estaba todavía polvorienta, porque había caído un rocío espeso por la noche y los árboles daban sombra a los hombres que estaban en las filas y se oía fluir el agua que brotaba del tubo de cobre que salía de la boca de un león e iba a caer en la fuente donde las mujeres llenaban sus cántaros.

»Solamente cerca del *ayuntamiento*, en donde estaba el cura cumpliendo con su deber con los fascistas, había algún escándalo y provenía de aquellos sinvergüenzas, que, como he dicho, estaban ya borrachos y se apretujaban contra las ventanas, gritando groserías y bromas de mal gusto por entre los barrotes de hierro de las ventanas. La mayoría de los hombres que estaban en las filas aguardaban en silencio y oí que uno le preguntaba a otro: "¿Habrá mujeres?".

»Y el otro contestó: "Espero que no, Cristo".

»Entonces, un tercero dijo: "Mira, ahí está la mujer de Pablo. Escucha, Pilar. ¿Va a haber mujeres?".

»Le miré y era un campesino vestido de domingo que sudaba de lo lindo y le dije: "No, Joaquín; no hay mujeres. No vamos a matar a las mujeres. ¿Por qué íbamos a matar a las mujeres?".

»Y él dijo: "Gracias a Dios que no habrá mujeres. ¿Y cuándo va a empezar?".

»—En cuanto acabe el cura —le dije yo.

»—¿Y el cura?

»—No lo sé —le dije, y vi que en su rostro se dibujaba el sufrimiento, mientras se le cubría la frente de sudor.

»—Nunca he matado a un hombre —dijo.

»—Entonces, ahora aprenderás —le contestó el que estaba a su lado—. Pero no creo que un golpe de ésos mate a un hombre. —Y miró el bieldo que sostenía con las dos manos.

»—Ahí está lo bueno —dijo el otro—. Hay que dar muchos golpes.

»—Ellos han tomado Valladolid —dijo alguien—; han tomado Ávila. Lo oí cuando veníamos al pueblo.

»—Pero nunca tomarán este pueblo. Este pueblo es nuestro. Les hemos ganado por la mano. Pablo no es de los que esperan a que ellos den el primer golpe —dije yo.

»—Pablo es muy capaz —dijo otro—. Pero cuando acabó con los *civiles* fue un poco egoísta. ¿No lo crees así, Pilar?

»—Sí —contesté yo—; pero ahora vais a participar vosotros en todo.

»—Sí —dijo él—. Esto está bien organizado. Pero ¿por qué no oímos noticias del Movimiento?

»—Pablo ha cortado los hilos del teléfono antes del ataque al cuartel. Todavía no se han reparado.

»—¡Ah! —dijo él—; es por eso por lo que no se sabe nada. Yo he oído algunas noticias en la radio del peón caminero esta mañana, muy temprano.

»—¿Por qué vamos a hacer esto así, Pilar? —me preguntó otro.

»—Para ahorrar balas —contesté yo—, y para que cada hombre tenga su parte de responsabilidad.

»—Entonces, que comience. Que comience. Que comience. —Le miré y vi que estaba llorando.

»—¿Por qué lloras, Joaquín? —le pregunté—. No hay por qué llorar.

»—No puedo evitarlo, Pilar —dijo él—. No he matado nunca a nadie.

»Si no has visto el día de la revolución en un pueblo pequeño, donde todo el mundo se conoce y se ha conocido siempre, no has visto nada. Y aquel día, los más de los hombres que estaban en las dos filas que atravesaban la plaza llevaban las ropas con las que iban a trabajar al campo porque tuvieron que apresurarse para llegar al pueblo; pero algunos no supieron cómo tenían que vestirse en el primer día del Movimiento y se habían puesto su traje de domingo y de los días de fiesta, y ésos, viendo que los otros, incluidos los que habían llevado a cabo el ataque al cuartel, llevaban su ropa más vieja, sentían vergüenza por no estar vestidos adecuadamente. Pero no querían quitarse la chaqueta por miedo a perderla, o a que se la quitaran los sinvergüenzas, y estaban allí, sudando al sol, esperando que aquello comenzara.

»Fue entonces cuando el viento se levantó y el polvo, que se había secado ya sobre la plaza, al andar y pisotear los hombres se comenzó a levantar, así que un hombre vestido con traje de domingo azul oscuro gritó: "¡Agua, agua!", y el barrendero de la plaza, que tenía que regarla todas las mañanas con una manguera, llegó, abrió el paso del agua y empezó a asentar el polvo en los bordes de la plaza y hacia el centro. Los hombres de las dos filas retrocedieron para permitirle que regase la parte polvorienta del centro de la plaza; la manguera hacía grandes arcos de agua, que brillaban al sol, y los hombres, apoyándose en los bieldos y en los cayados y en las horcas de madera blanca, miraban regar al barrendero. Y cuando la plaza quedó bien regada y el polvo bien asentado, las filas se volvieron a formar, y un campesino gritó: "¿Cuándo nos van a dar al primer fascista? ¿Cuándo va a salir el primero de la caja?".

»—Enseguida —gritó Pablo desde la puerta del *ayuntamiento*—. Enseguida va a salir el primero. —Su voz estaba ronca de tanto gritar durante el asalto al cuartel.

»—¿Qué los está retrasando? —gritó uno.

»—Aún están ocupados con sus pecados —contestó Pablo.

»—Claro, como que son veinte —replicó otro.

»—Más —repuso otro.

»—Y entre veinte hay muchos pecados que confesar.

»—Sí, pero me parece que es una treta para ganar tiempo. En un caso como éste, sólo deberían recordar los más grandes.

»—Entonces, tened paciencia, porque para veinte se necesita algún tiempo, aunque no sea más que para los pecados más gordos.

»—Ya la tengo —contestó otro—; pero sería mejor acabar. En bien de ellos y de nosotros. Estamos en julio y hay mucho trabajo. Hemos segado, pero no hemos trillado. Todavía no ha llegado el tiempo de las fiestas y las ferias.

»—Pero esto de hoy será una fiesta y una feria —dijo alguien—. Será la feria de la libertad, y desde hoy, cuando hayamos terminado con éstos, el pueblo y las tierras serán nuestros.

»—Hoy trillamos fascistas —gritó otro—, y de la paja saldrá la libertad de este *pueblo*.

»—Tenemos que administrarla bien para merecerla —añadió otro más—. Pilar, ¿cuándo nos reunimos para la organización?

»—Enseguida que acabemos con éstos —dije yo—. En el mismo edificio del *ayuntamiento*.

»Yo llevaba en son de chanza uno de esos tricornios charolados de la *Guardia Civil* y había bajado el disparador de la pistola, sosteniéndolo con el pulgar como me parecía que era preciso hacerlo, y la pistola estaba colgada de una cuerda que llevaba alrededor de la cintura, con el largo cañón metido bajo la cuerda. Cuando me lo puse me pareció que era una buena broma, pero luego lamenté no haber cogido el estuche de la pistola en lugar del tricornio. Y uno de los hombres de las filas me dijo: "Pilar, hija, me parece de mal gusto que lleves ese sombrero, ahora que se ha acabado con cosas como la *Guardia Civil*...".

»—Entonces me lo quitaré —dije yo, y me lo quité.

»—Dámelo —dijo él—; hay que destruirlo.

»Y como estaba al final de la fila, donde el paseo corre a lo largo del borde de la barranca que da al río, cogió el sombrero y lo echó a rodar desde lo alto de la barranca, de la misma manera que los pastores cuando tiran una piedra a las reses para que se reúnan.

El tricornio salió volando por el vacío y lo vimos hacerse cada vez más pequeño, con el charol brillando a la luz del sol, en dirección al río. Volví a mirar a la plaza y vi que en todas las ventanas y en todos los balcones se apretujaba la gente y la doble fila de hombres atravesaba la plaza hasta el porche del *ayuntamiento*, y la multitud estaba apelmazada debajo de las ventanas del edificio, y se oía el ruido de mucha gente que hablaba al mismo tiempo; y luego oí un grito y alguien dijo: "Aquí viene el primero". Y era don Benito García, el alcalde, que salía con la cabeza descubierta, bajando lentamente los escalones del porche. Y no pasó nada. Don Benito cruzó entre las dos filas de hombres que llevaban los bieldos en la mano y no pasó nada. Y se adelantó entre las filas de hombres, con la cabeza descubierta, la ancha cara redonda de color ceniciento, la mirada fija ante él echando de vez en cuando una ojeada a derecha e izquierda y andando con paso firme. Y no pasaba nada.

»Desde un balcón, alguien gritó: "¿*Qué pasa, cobardes?*". Don Benito seguía avanzando entre las filas de hombres y no pasaba nada. Entonces vi, tres hombres más allá de donde estaba colocada, a un hombre que hacía gestos raros con la cara, que se mordía los labios y tenía blancas las manos que sujetaban el bieldo. Le vi que miraba a don Benito y que le veía acercarse. Y seguía sin pasar nada. Entonces, un poco antes de que don Benito pasara a su lado, el hombre levantó el bieldo con tanta fuerza, que casi tira al suelo al que tenía a su lado, y con el bieldo descargó un golpe que dio a don Benito en la cabeza. Don Benito miró al hombre, que volvió a golpearle, gritando: "Esto es para ti, *cabrón*". Y esta vez le dio en la cara. Don Benito levantó las manos para protegerse la cara y entonces los demás comenzaron a golpearle, hasta que cayó y el hombre que le había golpeado primero llamó a los otros para que le ayudasen y tiró de don Benito por el cuello de la camisa y los otros cogieron a don Benito por los brazos y le arrastraron con la cara contra el polvo, llevándole hasta el borde del barranco, y desde allí le arrojaron al río. Y el hombre que le había golpeado primero se quedó de rodillas junto a las rocas y gritó: "*Cabrón. Cabrón. Cabrón*". Era un arrendatario de don Benito y nunca se habían entendido bien. Habían tenido una disputa a propósito de un pedazo de tierra cerca del río que don Benito le había quitado y había arrendado a otro, y el rentero, desde entonces, le odiaba. Aquel hombre ya no volvió a las filas después de eso. Se quedó sentado al borde de la barranquera mirando el lugar por donde había caído don Benito.

»Después de don Benito no salió nadie. No había ruido en la plaza, porque todo el mundo estaba aguardando a ver quién sería el próximo. Entonces, un borracho se puso a gritar: "*¡Que salga el toro!*".

»Alguien desde las ventanas del *ayuntamiento* replicó: "No quieren moverse. Todos están rezando".

»Otro borracho gritó: "Sacadlos; vamos, sacadlos. Se acabó el rezo".

»Pero nadie salía, hasta que, por fin, vi salir a un hombre por la puerta.

»Era don Federico González, el propietario del molino y de la tienda de ultramarinos, un fascista de primer orden. Era un tipo grande y flaco, peinado con el pelo echado de un lado a otro de la cabeza para tapar la calva, y llevaba una chaqueta de pijama metida de cualquier manera por el pantalón. Iba descalzo, como le sacaron de su casa, y marchaba delante de Pablo, con las manos en alto, y Pablo iba detrás de él, con el cañón de su escopeta apoyado contra la espalda de don Federico González, hasta el momento en que dejó a don Federico entre las dos filas de hombres. Pero cuando Pablo le dejó y se volvió a la puerta del *ayuntamiento*, don Federico se quedó allí sin poder seguir adelante, con los ojos elevados hacia el cielo y las manos en alto, como si quisiera asirse de algún punto invisible.

»—No tiene piernas para andar —dijo alguien.

»—¿Qué le pasa, don Federico? ¿No puede andar? —pregun-

163

tó otro. Pero don Federico seguía allí, con las manos en alto, moviendo ligeramente los labios.

»—Vamos —le gritó Pablo desde la escalera—. Camina.

»Don Federico seguía allí sin poder moverse. Uno de los borrachos le pegó por detrás con el mango de un bieldo y don Federico dio un salto como un caballo asustado; pero siguió en el mismo sitio, con las manos en alto y los ojos puestos en el cielo.

»Entonces, el campesino que estaba junto a mí, dijo: "Es una vergüenza. No tengo nada contra él, pero hay que acabar". Así es que se salió de la fila, se acercó a donde estaba don Federico, y dijo: "Con su permiso", y le dio un golpe muy fuerte en la cabeza con el bastón.

»Entonces don Federico bajó las manos y se las puso sobre la cabeza, por encima de la calva, y con la cabeza baja y cubierta por las manos y los largos cabellos ralos que se le escapaban por entre los dedos, corrió muy deprisa entre las dos filas, mientras le llovían los golpes sobre las espaldas y los hombros, hasta que cayó. Y los que estaban al final de la fila le cogieron en alto y le arrojaron por encima de la barranca. No había abierto la boca desde que salió con el fusil de Pablo apoyado sobre los riñones. Su única dificultad estaba en que no podía moverse. Parecía como si hubiera perdido el dominio de sus piernas.

»Después de lo de don Federico vi que los hombres más fuertes se habían juntado al final de las hileras, al borde del barranco, y entonces me fui del sitio, me metí por los porches del *ayuntamiento*, me abrí camino entre dos borrachos y me puse a mirar por la ventana. En el gran salón del ayuntamiento estaban todos rezando, arrodillados en semicírculo, y el cura estaba de rodillas y rezaba con ellos. Pablo y un tal Cuatrodedos, un zapatero remendón, que siempre estaba con él por aquel entonces, y dos más, estaban de pie con los fusiles.

»Y Pablo le dijo al cura: "¿A quién le toca ahora?". Y el cura siguió rezando y no le respondió.

»—Escucha —le dijo Pablo al cura con voz ronca—: ¿A quién le toca ahora? ¿Quién está dispuesto?

»El cura no quería hablar con Pablo y hacía como si no le viera, y yo veía que Pablo se estaba enfadando.

»—Vayamos todos juntos —dijo don Ricardo Montalvo, que era un propietario, levantando la cabeza y dejando de rezar para hablar.

»—¡*Qué va!* —dijo Pablo—. Uno por uno y cuando estéis dispuestos.

»—Entonces iré yo —dijo don Ricardo—. No estaré nunca más dispuesto que ahora.

»El cura le bendijo mientras hablaba y le bendijo de nuevo cuando se levantó, sin dejar de rezar, y le tendió un crucifijo para que lo besara, y don Ricardo lo besó y luego se volvió y le dijo a Pablo: "No estaré nunca tan bien dispuesto como ahora. Tú, *cabrón* de mala leche, vamos".

»Don Ricardo era un hombre pequeño, de cabellos grises y de cuello recio, y llevaba la camisa abierta. Tenía las piernas arqueadas de tanto montar a caballo. "Adiós —dijo a los que estaban de rodillas—; no estéis tristes. Morir no es nada. Lo único malo es morir en manos de esta *canalla*. No me toques —dijo a Pablo—. No me toques con tu fusil."

»Salió del *ayuntamiento* con sus cabellos grises, sus ojillos grises, su cuello recio, achaparrado, pequeño y arrogante. Miró la doble fila de los campesinos y escupió al suelo. Podía escupir verdadera saliva, y en momentos semejantes tienes que saber, *inglés*, que eso es una cosa muy rara. Y gritó: "¡*Arriba España!* ¡Abajo la República! Y me cago en la leche de vuestros padres".

»Le mataron a palos, rápidamente, acuciados por los insultos, golpeándole tan pronto como llegó a la altura del primer hombre; golpeándole mientras intentaba avanzar, con la cabeza alta, golpeándole hasta que cayó y desgarrándole con los garfios y las hoces una vez caído, y varios hombres le llevaron hasta el borde del barranco para arrojarle, y cuando lo hicieron las manos y las ropas de

165

esos hombres estaban ensangrentadas; y empezaban a tener la sensación de que los que iban saliendo del *ayuntamiento* eran verdaderos enemigos y tenían que morir.

»Hasta que salió don Ricardo con su bravura insultándoles, había muchos en las filas, estoy segura, que hubieran dado cualquier cosa por no haber estado en ellas. Y si uno de entre las filas hubiera gritado: "Vamos, perdonemos a los otros, ya tienen una buena lección", estoy segura de que la mayoría habría estado de acuerdo.

»Pero don Ricardo, con toda su bravuconería, hizo a los otros un mal servicio. Porque excitó a los hombres de las filas y, mientras que antes habían estado cumpliendo con su deber sin muchas ganas, ahora estaban furiosos, y la diferencia era visible.

»—Haced salir al cura, y las cosas irán más deprisa —gritó alguien.

»—Haced salir al cura.

»—Ya hemos tenido tres ladrones; ahora queremos al cura.

»—Dos ladrones —dijo un campesino muy pequeño al hombre que había gritado—. Fueron dos ladrones los que había con Nuestro Señor.

»—¿El señor de quién? —preguntó el otro furioso, con la cara colorada.

»—Es una manera de hablar: se dice Nuestro Señor.

»—Ése no es mi señor, ni en broma —dijo el otro—. Y harías mejor en tener la boca cerrada, si no quieres verte entre las dos filas.

»—Soy tan buen republicano libertario como tú —dijo el pequeño—. Le he dado a don Ricardo en la boca y le he pegado en la espalda a don Federico. Aunque he marrado a don Benito, ésa es la verdad. Pero digo que Nuestro Señor es así como se dice y que tenía consigo a dos ladrones.

»—Me cago en tu republicanismo. Tú dices don esto y don lo otro.

»—Así es como los llamamos aquí.

»—No seré yo. Para mí, son *cabrones*. Y tu señor... Ah, mira, aquí viene uno nuevo.

»Fue entonces cuando presencié una escena lamentable, porque el hombre que salía del *ayuntamiento* era don Faustino Rivero, el hijo mayor de su padre, don Celestino Rivero, un rico propietario. Era un tipo grande, de cabellos rubios, muy bien peinados hacia atrás, porque siempre llevaba un peine en el bolsillo y acababa de repeinarse antes de salir. Era un Don Juan profesional, un cobarde que había querido ser torero. Iba mucho con gitanos y toreros y ganaderos, y le gustaba vestir el traje andaluz, pero no tenía valor y se le consideraba un payaso. Una vez anunció que iba a presentarse en una corrida de beneficencia para el asilo de ancianos de Ávila y que mataría un toro a caballo al estilo andaluz, lo que durante mucho tiempo había estado practicando; pero cuando vio el tamaño del toro que le habían destinado en lugar del toro pequeño de patas flojas que él había apartado para sí, dijo que estaba enfermo y algunos dicen que se metió tres dedos en la garganta para obligarse a vomitar.

»Cuando le vieron los hombres de las filas empezaron a gritar:

»—*Hola*, don Faustino. Tenga cuidado de no vomitar.

»—Oiga, don Faustino, hay chicas guapas abajo, en el barranco.

»—Don Faustino, espere a que le traigan un toro más grande que el otro.

»Y uno le gritó:

»—Oiga, don Faustino, ¿no ha oído hablar nunca de la muerte?

»Don Faustino permanecía allí, de pie, haciéndose aún el bravucón. Todavía estaba bajo el impulso que le había hecho anunciar a los otros que iba a salir. Era el mismo impulso que le hizo ofrecerse para la corrida de toros. Ese impulso fue el que le permitió creer y esperar que podría ser un torero aficionado. Ahora estaba inspirado por el ejemplo de don Ricardo y permanecía allí, parado, guapetón, haciéndose el valiente y poniendo cara desdeñosa. Pero no podía hablar.

»—Vamos, don Faustino —gritó uno de las filas—. Vamos, don Faustino. Ahí está el toro más grande de todos.

»Don Faustino los miraba, y creo que mientras estaba mirándolos no había compasión por él en ninguna de las filas. Sin embargo, seguía allí con su hermosa estampa, guapetón y bravo; pero el tiempo pasaba y no había más que un camino.

»—Don Faustino —gritó alguien—. ¿Qué es lo que espera, don Faustino?

»—Se está preparando para vomitar —dijo otro, y los hombres se echaron a reír.

»—Don Faustino —gritó un campesino—, vomite, si eso le gusta. A mí me es igual.

»Entonces, mientras nosotros le observábamos, don Faustino acertó a mirar por entre las filas a través de la plaza hacia el barranco, y cuando vio el roquedal y el vacío detrás, se volvió de golpe y se metió por la puerta del *ayuntamiento*.

»Los hombres de las filas soltaron un rugido y alguien gritó con voz aguda: "¿Adónde va, don Faustino, adónde va?".

»—Va a vomitar —contestó otro, y todo el mundo rompió a reír.

»Entonces vimos a don Faustino, que salía de nuevo, con Pablo a sus espaldas, apoyando el fusil en él. Todo su estilo había desaparecido. La vista de las filas de los hombres le había disipado el tipo y el estilo, y ahora reaparecía con Pablo detrás de él, como si Pablo estuviera barriendo una calle y don Faustino fuese la basura que tuviera delante. Don Faustino salió persignándose y rezando, y nada más salir, se puso las manos delante de los ojos y sin dejar de mover la boca se adelantó hacia las filas.

»—Que no le toque nadie. Dejadle solo —gritó uno.

»Los de las filas lo entendieron y nadie hizo un movimiento para tocarle. Don Faustino, con las manos delante de los ojos, siguió andando por entre las dos filas sin dejar de mover los labios.

»Nadie decía nada y nadie le tocaba, y cuando estuvo hacia la mitad del camino, no pudo seguir más y cayó de rodillas.

»Nadie le golpeó. Yo me adelanté por detrás de una de las filas, para ver lo que pasaba, y vi que un campesino se había inclinado sobre él y le había puesto de pie, y le decía: "Levántese, don Faustino, y siga andando, que el toro no ha salido todavía".

»Don Faustino no podía andar solo y el campesino de blusa negra le ayudó por un lado y otro campesino, con blusa negra y botas de pastor, le ayudó por el otro, sosteniéndole por los sobacos, y don Faustino iba andando por entre las filas con las manos delante de los ojos, sin dejar de mover los labios, sus cabellos sudorosos brillando al sol; y los campesinos decían cuando pasaba: "Don Faustino, *buen provecho*". Y otros decían: "Don Faustino, *a sus órdenes*", y uno que había fracasado también como matador de toros dijo: "Don Faustino, *matador, a sus órdenes*"; y otro dijo: "Don Faustino, hay chicas guapas en el cielo, don Faustino". Y le hicieron marchar a todo lo largo de las dos filas teniéndole en vilo de uno y otro lado y sosteniéndole para que pudiera andar, y él seguía con las manos delante de los ojos. Pero debía de mirar por entre los dedos, porque cuando llegaron al borde de la barranquera se puso de nuevo de rodillas y se arrojó al suelo; y, agarrándose al suelo, tiraba de las hierbas, diciendo: "No. No. No, por favor. No, por favor. No. No".

»Entonces, los campesinos que estaban con él y los otros hombres más fuertes del final de las filas se precipitaron rápidamente sobre él, mientras seguía de rodillas, y le dieron un empujón y don Faustino pasó sobre el borde de la barranquera sin que le hubiesen puesto siquiera la mano encima, y se le oyó gritar con fuerza y en voz muy alta mientras caía.

»Fue entonces cuando comprendí que los hombres de las filas se habían vuelto crueles, y que habían sido los insultos de don Ricardo, primero, y la cobardía de don Faustino, después, lo que los había puesto así.

»"Queremos otro", gritó un campesino, y otro campesino, golpeándole en la espalda, le dijo: "Don Faustino, qué cosa más grande don Faustino".

»—Ahora ya habrá visto el toro —dijo un tercero—. Ahora no le servirá ya de nada vomitar.

»—En mi vida —dijo otro campesino—, en mi vida he visto nada parecido a don Faustino.

»—Hay otros —dijo el otro campesino—; ten paciencia. ¿Quién sabe lo que veremos todavía?

»—Ya puede haber gigantes y cabezudos —dijo el primer campesino que había hablado—. Ya puede haber negros y bestias raras del África. Para mí, nunca, nunca habrá nada parecido a don Faustino. Pero que salga otro, vamos, ¡queremos otro!

»Los borrachos se pasaban botellas de anís y de coñac que habían robado en el bar del centro de los fascistas, las cuales se metían entre pecho y espalda como si fueran de vino, y muchos hombres de entre las filas empezaron también a sentirse un poco beodos de lo que habían bebido después de la emoción de don Benito, don Federico, don Ricardo y, sobre todo, don Faustino. Los que no bebían de las botellas de licor bebían de botas que corrían de mano en mano. Me ofrecieron una bota y bebí un gran trago, dejando que el vino me refrescase bien la garganta al salir de la *bota*, porque yo también tenía mucha sed.

»—Matar da mucha sed —dijo el hombre que me había tendido la bota.

»—*¡Qué va!* —dije yo—; ¿has matado tú?

»—Hemos matado a cuatro —dijo orgullosamente—, sin contar a los *civiles*. ¿Es verdad que has matado tú a uno de los *civiles*, Pilar?

»—Ni a uno solo —contesté yo—; disparé en la humareda, como los otros, cuando cayó el muro. Eso es todo.

»—¿De dónde has sacado esa pistola, Pilar?

»—Me la dio Pablo; me la dio Pablo después de matar a los *civiles*.

»—¿Los mató con esa pistola?

»—Con ésta mismamente, y luego me la dio.

»—¿Puedo verla, Pilar? ¿Me la dejas?

»—¿Cómo no, hombre? —dije yo, y le di la pistola. Me pregun-

170

taba por qué no salía nadie y en ese momento, ¿qué es lo que veo sino a don Guillermo Martín, el dueño de la tienda de donde habían cogido los bieldos, los cayados y las horcas de madera? Don Guillermo era un fascista, pero, aparte de eso, nadie tenía nada contra él.

»Es verdad que no pagaba mucho a los que le hacían los bieldos; pero tampoco los vendía caros, y si no se quería ir a comprar los bieldos en casa de don Guillermo, uno mismo podía hacérselos por sólo el coste de la madera y el cuero. Don Guillermo tenía una manera muy ruda de hablar y era, sin duda alguna, un fascista, miembro del centro de los fascistas, donde se sentaba a mediodía y por la tarde en uno de los sillones cuadrados de mimbre para leer *El Debate*, para hacer que le limpiaran las botas y para beber vermut con agua de Seltz y comer almendras tostadas, gambas a la plancha y anchoas. Pero no se mata a nadie por eso, y estoy segura de que, de no haber sido por los insultos de don Ricardo Montalvo y por la escena lamentable de don Faustino y por la bebida consiguiente a la emoción que habían despertado don Faustino y los otros, alguien hubiera gritado: "Que se vaya en paz don Guillermo. Ya tenemos sus bieldos. Que se vaya".

»Porque las gentes de ese pueblo pueden ser tan buenas como crueles y tienen un sentimiento natural de la justicia y un deseo de hacer lo que es justo. Pero la crueldad había penetrado en las filas de los hombres y también la bebida o un comienzo de la borrachera, y las filas no eran ya lo que eran cuando salió don Benito. Yo no sé qué pasa en los otros países y a nadie le gusta la bebida más que a mí; pero en España, cuando la borrachera es de otras bebidas que no sean el vino, es una cosa muy fea y la gente hace cosas que no hubiera hecho de otro modo. ¿Es así en tu país, *inglés*?

—Así es —dijo Robert Jordan—. Cuando yo tenía siete años, yendo con mi madre a una boda en el estado de Ohio, donde yo tenía que ser paje de honor y llevar las flores con otra niña…

—¿Has hecho tú eso? —preguntó María—. ¡Qué bonito!

—En aquella ciudad, un negro fue ahorcado de un farol y después quemado. La lámpara se podía bajar con un mecanismo hasta el pavimento. Se izó primero al negro utilizando el mecanismo que servía para izar la lámpara; pero se rompió…

—¿Un negro? —preguntó María—. ¡Qué bárbaros!

—¿Estaba borracha la gente? —preguntó Pilar—. ¿Estaban tan borrachos como para quemar a un negro?

—No lo sé —contestó Robert Jordan—; la casa en la que me encontraba estaba situada justamente en una esquina de la calle, frente al farol, y yo miraba por entre los visillos de una ventana. La calle estaba llena de gente, y cuando fueron a izar al negro por segunda vez…

—Si tú no tenías más que siete años y estabas dentro de una casa, no podías saber si estaban borrachos o no —dijo Pilar.

—Como decía, cuando izaron al negro por segunda vez, mi madre me apartó de la ventana y no vi más —dijo Jordan—; pero después me han ocurrido aventuras que prueban que la borrachera es igual en mi país, igual de fea y de brutal.

—Eras demasiado pequeño a los siete años —comentó María—. Eras demasiado pequeño para esas cosas. Yo nunca he visto un negro más que en los circos. A menos que los moros sean negros.

—Unos lo son y otros no lo son —dijo Pilar—; podría contarte un montón de cosas sobre los moros.

—No tantas como yo —dijo María—. No, no tantas como yo.

—No hablemos de eso —dijo Pilar—; no es bueno. ¿Dónde nos quedamos?

—Hablábamos de la borrachera entre las filas —dijo Robert Jordan—. Continúa.

—No es justo decir borrachera —dijo Pilar—. Porque estaban todavía muy lejos de hallarse borrachos. Pero habían cambiado, y cuando don Guillermo salió y se quedó allí, derecho, miope, con sus cabellos grises, su estatura no más que mediana, con una camisa que tenía un botón en el cuello, aunque no tenía cuello, y cuando miró de frente, aunque no veía nada sin sus lentes, y empezó a andar con mucha calma, era como para inspirar piedad. Pero alguien gritó en las filas: "Por aquí, don Guillermo. Por aquí, don Guillermo. En esta dirección. Aquí tenemos todos sus productos".

»Se habían divertido tanto con don Faustino que no se daban cuenta de que don Guillermo era otra cosa y que si hacía falta matar a don Guillermo, era menester matarle enseguida y con dignidad.

»—Don Guillermo —gritó otro—, ¿quiere enviar a alguien a su casa a buscar sus lentes?

»La casa de don Guillermo no era una casa, porque no tenía mucho dinero; don Guillermo era un fascista sólo por esnobismo y para consolarse de verse obligado a trabajar sin ganar gran cosa en su almacén de utensilios agrícolas. Era un fascista también por la religiosidad de su mujer, que compartía, como si fuera suya, por amor a ella. Don Guillermo vivía en un piso a poca distancia de la plaza. Y mientras don Guillermo estaba allí parado, mirando con sus ojos miopes las filas entre las cuales tenía que pasar, una mujer se puso a gritar desde el balcón del piso donde vivía don Guillermo. Podía verle desde el balcón. Era su mujer.

»—Guillermo —gritaba—. Guillermo, espérame, voy contigo.

»Don Guillermo volvió la cabeza del lado de donde llegaban los gritos. No podía ver a su mujer. Quiso decir algo, pero no pudo. Entonces hizo una seña con la mano hacia donde su mujer le había llamado y se adelantó entre las filas.

»—Guillermo —gritaba ella—. Guillermo. Guillermo. —Se había agarrado con las manos al barandal del balcón y se balanceaba de adelante hacia atrás—. ¡Guillermo!

»Don Guillermo hizo otra señal con la mano en la dirección de donde llegaban las voces y se adelantó entre las filas con la cabeza erguida. No se hubiera podido decir lo que le estaba pasando más que por el color de su cara.

»Entonces, un borracho gritó: "Guillermo", imitando la voz aguda y rota de la mujer. Don Guillermo se arrojó sobre aquel hombre, ciego, sin ver, y las lágrimas le corrían por las mejillas. El hombre le dio un golpe con el bieldo en el rostro y, tras el golpe, don Guillermo cayó al suelo sentado, y se quedó allí sentado, llorando, aunque no de miedo, mientras los borrachos le golpeaban; y un borracho saltó a caballo sobre sus espaldas y le golpeó, dándole con una botella. Después de eso, muchos abandonaron las filas y su lugar fue ocupado por los borrachos, que eran los que habían estado escandalizando y diciendo cosas de mal gusto desde las ventanas del *ayuntamiento*.

»Yo me había quedado muy impresionada al ver a Pablo matar a los *guardias civiles*; fue una cosa muy fea, pero yo me decía: "Hay que hacerlo así. Así es como hay que hacerlo". Y, al menos, en ello no hubo crueldad; sólo les quitamos la vida, cosa que, como hemos aprendido en estos últimos años, es fea, pero también necesaria si queremos ganar y salvar a la República.

»Cuando se cerró la plaza y se formaron las filas, yo admiré y comprendí lo hecho como una idea de Pablo, que me parecía, sin embargo, un poco fantástica, y me decía que todo aquello tenía que hacerse con buen gusto para que no fuese repugnante. Si los fascistas habían de ser ejecutados por el pueblo, era mejor, desde luego, que todo el pueblo tomase parte, y yo quería tomar parte y ser culpable como cualquier otro, ya que también esperaba participar en los beneficios cuando el pueblo fuera nuestro del todo. Pero después de lo de don Guillermo experimenté un sentimiento de vergüenza y de desagrado, y cuando los borrachos entraron en las filas y los otros empezaron a marcharse como protesta, yo hubiera querido no tener nada que ver con lo que estaba ocurriendo entre las filas y opté por alejarme. Crucé la plaza y me senté en un banco, debajo de los grandes árboles que daban sombra a la plaza.

»Dos campesinos de entre las filas venían hablando entre sí y uno de ellos me dijo: "¿Qué es lo que te pasa, Pilar?".

»—Nada, hombre —le respondí.

»—Sí —dijo—; habla, algo te pasa.

»—Creo que estoy harta de esto —le dije.

»—Nosotros también —dijo uno de ellos, y se sentaron en el banco junto a mí. Había uno que llevaba una bota de vino y me la ofreció.

»—Mójate la boca —me dijo, y el otro siguiendo la conversación que habían comenzado, agregó—: Lo peor es que esto acarrea desgracia. Nadie me hará creer que cosas como matar a don Guillermo de esta manera no traigan desgracia.

»Entonces el otro dijo:

»—Si hace falta verdaderamente matarlos a todos, y no estoy seguro de que sea necesario, que se les mate al menos de una manera decente y sin burlarse de ellos.

»—La burla está justificada en el caso de don Faustino —dijo el otro—. Porque ha sido siempre un fantasmón y jamás un hombre serio. Pero burlarse de un hombre serio como don Guillermo no es justo.

»—Estoy saturada de todo esto —le dije, y era absolutamente verdad, porque sentía un verdadero malestar dentro de mí y sudores y náuseas como si hubiese comido pescado podrido.

»—Entonces, nada —dijo el primero—. No vamos a pringarnos más. Pero me pregunto qué es lo que pasa en los otros pueblos.

»—No han reparado todavía las líneas telefónicas —dije yo—. Habría que ocuparse de ello.

»—Claro —dijo el campesino—. ¿Quién sabe si no haríamos mejor ocupándonos de la defensa del pueblo en vez de asesinar a la gente con esta lentitud y brutalidad?

»—Voy a hablar de eso con Pablo —les dije, y me levanté del banco para ir a los porches que conducían a la puerta del *ayuntamiento*, de donde salían las filas. Éstas no tenían orden ni concierto, y había mucha borrachera y muy grave. Dos hombres estaban tumbados en el suelo y permanecían tendidos boca arriba, en medio de la plaza, pasándose una botella de uno a otro. Uno de ellos tomó un trago y gritó después: "*¡Viva la anarquía!*", sin moverse del suelo, boca arriba, gritando como si fuera un loco. Llevaba un pañuelo negro y rojo en torno al cuello. El otro gritó: "*¡Viva la libertad!*", y empezó a dar patadas en el aire, y luego gritó de nuevo: "*¡Viva la libertad!*". Tenía también un pañuelo rojo y negro y lo agitaba con una mano, mientras que con la otra agitaba una botella.

»Un campesino que se había salido de las filas y se había puesto a la sombra de los porches los miraba disgustado, y dijo: "Debieran gritar 'Viva la borrachera'. No son capaces de creer en otra cosa".

»—No creen siquiera en eso —dijo otro campesino—. Ésos no creen en nada ni comprenden nada.

»En aquel momento uno de los borrachos se puso de pie, levantó el brazo cerrando el puño por encima de su cabeza y gritó: "¡Viva la anarquía y la libertad y me cago en la leche de la República!".

»El otro borracho, que seguía aún en el suelo, atrapó por la pantorrilla al que gritaba y dio media vuelta, de modo que el borracho que gritaba cayó sobre él. Luego se sentó y el que había hecho caer a su amigo le pasó el brazo por el hombro, le tendió la botella, besó el pañuelo rojo y negro que llevaba y los dos bebieron juntos a morro.

»Justamente entonces se oyó un alarido en las filas y mirando hacia el porche no pude ver quién salía porque su cabeza no sobrepasaba las de los que se apretujaban delante de la puerta del *ayuntamiento*. Todo lo que podía ver era que Pablo y Cuatrodedos empujaban a alguien con sus escopetas, aunque no llegaba a descubrir quién era; y me acerqué a las filas por la parte donde se apretujaban contra la puerta para tratar de ver.

»Todos empujaban. Las sillas y las mesas del café de los fascistas habían sido derribadas, salvo una mesa, donde había un borracho tumbado con la cabeza colgando y la boca abierta. Cogí una silla, la apoyé en uno de los pilares y me subí a lo alto para poder ver por encima de las cabezas.

»El hombre que Pablo y Cuatrodedos empujaban era don Anastasio Rivas, un fascista indudable y el hombre más gordo del pueblo. Era tratante en granos y agente de varias compañías de seguros y prestaba, además, dinero a interés elevado. Yo, sobre mi silla, le veía bajar los escalones y adelantarse hacia las filas con su grueso cogote, que le rebosaba por encima del cuello de la camisa, y su cráneo calvo que brillaba al sol; pero ni siquiera tuvo tiempo para entrar en las filas, porque esta vez no hubo gritos, sino un alarido general. Fue un ruido muy feo. Todos los borrachos gritaban a un tiempo. Las filas se deshicieron y los hombres se precipitaron, y vi a don Anastasio tirarse al suelo, con las manos en la cabeza; después de esto no pude verle, porque los hombres se apilaron sobre él. Y cuando los hombres le dejaron, don Anastasio había muerto; le habían golpeado la cabeza contra los adoquines del pavimento bajo los porches; y ya no había filas, no había más que la multitud.

»—Vamos a entrar por ellos; vamos adentro.

»—Es demasiado pesado para cargar con él —dijo un hombre, dando un puntapié a don Anastasio, que estaba tendido boca abajo—. Dejémosle aquí.

»—¿Para qué vamos a cargar con ese tonel de tripas hasta el barranco? Dejémosle aquí.

»—Entremos para acabar con los de dentro —gritó un hombre—. Vamos.

»—No merece la pena esperar todo un día al sol —gritó otro—. Vamos. Vamos.

»La muchedumbre se apretujaba debajo de los porches. Había gritos y empujones y gritaban todos como animales. Gritaban: "¡Abrid, abrid, abrid!". Porque los guardias habían cerrado las puertas del *ayuntamiento* cuando las filas se habían roto.

»Subida en mi silla, podía ver a través de los barrotes de las ventanas del salón del *ayuntamiento*, y en el interior todo seguía como antes. El cura estaba de pie; los que quedaban estaban de rodillas en semicírculo alrededor, y todos rezaban. Pablo estaba sentado sobre la gran mesa, ante el sillón del alcalde, con la escopeta cruzada a la espalda. Estaba sentado con las piernas colgando y fumaba un cigarrillo. Todos los guardias estaban sentados en los sillones de los concejales, con sus fusiles. La llave de la puerta grande estaba sobre la mesa, al lado de Pablo.

»La muchedumbre gritaba: "¡A-brid, a-brid, a-brid!", como una cantinela, y Pablo permanecía allí, sentado, como si no se enterase de nada. Dijo algo al cura, pero no lo pude oír por culpa del gran alboroto de la muchedumbre.

»El cura no le respondía y continuaba rezando. Acerqué más la silla al muro, porque las gentes que estaban detrás me empujaban. Volví a subirme. Tenía la cabeza pegada a la ventana y me sostenía con las manos sujetas a los barrotes. Un hombre quiso subir también sobre mi silla y subió, pasando sus brazos por encima de los míos y sujetándose a los barrotes más alejados.

»—La silla va a romperse —le dije.

»—¿Y eso qué importa? —contestó él—. Míralos, míralos cómo rezan.

»Su aliento sobre mi cuello hedía igual que la multitud, un olor agrio, como el vómito sobre el pavimento, y el olor de la borrachera, y fue entonces cuando metió la cabeza por entre los barrotes, por encima de mi espalda, y se puso a vociferar: "¡Abrid, abrid!". Y era como si tuviese a la mismísima multitud a mis espaldas en una especie de pesadilla.

»La multitud se apretaba contra la puerta y los que estaban delante eran aplastados por los otros, que empujaban desde atrás, y en la plaza un borrachín de blusa negra, con un pañuelo rojo y negro en torno al cuello, llegó corriendo y se arrojó contra la muchedumbre y cayó de bruces al suelo; entonces se levantó, se echó para atrás, cogió carrerilla y volvió a lanzarse de nuevo contra las espaldas de los hombres que empujaban, gritando: "¡Viva yo y viva la anarquía!".

»Mientras yo miraba, el hombre se alejó de la multitud y fue a sentarse por su cuenta y se puso a beber de su botella, y mientras estaba sentado vio a don Anastasio, tendido en el pavimento, pero muy pisoteado, y entonces el borracho se levantó y se acercó a don Anastasio y le arrojó el contenido de la botella por la cabeza y por la ropa. Luego sacó una caja de cerillas del bolsillo y encendió varias, intentando prender fuego a don Anastasio, pero el viento soplaba con fuerza y apagaba las cerillas. Al cabo de un momento, el borracho se sentó junto a don Anastasio, moviendo la cabeza con tristeza y bebiendo de la botella, y de cuando en cuando se inclinaba sobre el cadáver y le daba golpecitos amistosos en la espalda.

»En todo ese tiempo la muchedumbre había seguido gritando que abrieran, y el hombre que estaba subido en mi silla se agarraba con todas sus fuerzas a los barrotes de la ventana, gritando también que abrieran, hasta que me dejó sorda con sus rugidos y con su aliento maloliente, que me echaba encima, y dejé de mirar al borracho que intentaba prender fuego a don Anastasio y empecé a mirar al interior del salón del *ayuntamiento*, y todo continuaba como antes. Seguían rezando todos los hombres arrodillados, con la camisa abierta, unos con la cabeza inclinada, otros con la cabeza erguida, mirando al sacerdote y al crucifijo que el sacerdote tenía en sus manos; el sacerdote rezaba muy deprisa, mirando hacia lo alto, y detrás de ellos Pablo, con un cigarrillo encendido, estaba sentado sobre la mesa, balanceando las piernas, con el fusil a la espalda y jugando con la llave.

»Vi a Pablo inclinarse de nuevo para hablar al cura, pero no podía oír lo que hablaba por culpa de los gritos; pero el cura seguía sin responderle y seguía rezando. Un hombre se levantó en esos momentos del semicírculo de los que rezaban y vi que quería salir. Era don José Castro, a quien todos llamaban don Pepe, un fascista de tomo y lomo, tratante de caballos. Estaba allí, pequeño, con aire de enorme pulcritud, aun sin afeitar como iba, y con una chaqueta de pijama metida en un pantalón gris a rayas. Don Pepe besó el crucifijo, el cura le bendijo, y entonces don Pepe levantó la cabeza, miró a Pablo e hizo un gesto con la cabeza hacia la puerta.

»Pablo le contestó con un movimiento negativo de cabeza, sin dejar de fumar. Podía ver yo que don Pepe le decía algo a Pablo; pero no podía oír lo que le decía. Pablo no respondió: meneó simplemente la cabeza señalando a la puerta.

»Entonces vi a don Pepe volverse para mirar también a la puerta y me di cuenta de que no sabía que la puerta estaba cerrada con llave. Pablo le enseñó la llave y don Pepe se quedó mirándola un instante, y luego volvió a su sitio y se arrodilló. Vi al cura, que miraba a Pablo, y a Pablo, que, sonriendo, le enseñaba la llave y el cura pareció entonces darse cuenta por vez primera de que la puerta estaba cerrada con llave, y pareció que iba a decir algo, porque hizo como si fuera a mover la cabeza; pero la dejó caer adelante y se puso a rezar.

»No sé cómo se las habían arreglado hasta entonces para no comprender que la puerta estaba cerrada, a menos que estuviesen demasiado ocupados con sus rezos y con las cosas en que estaban pensando; pero al fin habían comprendido todos; comprendían lo que querían decir los gritos y debían de saber que todo había cambiado. Pero siguieron comportándose como antes.

»Los gritos se habían hecho tan fuertes, que no se oía nada. El borracho que estaba en la silla conmigo se puso a sacudir los barrotes y a vociferar: "¡Abrid! ¡Abrid!", hasta que se quedó ronco.

»Miré a Pablo, que en esos momentos hablaba de nuevo al cura y vi que el cura no respondía. Entonces vi a Pablo descolgarse la escopeta y dar al cura con ella en el hombro. El cura no le hizo caso y vi a Pablo menear la cabeza; luego le vi hablar por encima del hombro a Cuatrodedos, y a éste hablar con los otros guardias. Entonces los guardias se levantaron, se fueron al fondo del salón y se quedaron allí de pie, con sus fusiles.

»Vi a Pablo que decía algo a Cuatrodedos y Cuatrodedos que hacía correr las dos mesas y los bancos, y a los guardias que se ponían detrás, con sus fusiles. Eso formaba una barricada en un rincón del salón. Pablo avanzó y volvió a dar al cura en el hombro con su escopeta, pero el cura no le hacía caso; vi que don Pepe le miraba, aunque los otros no ponían atención y seguían rezando. Pablo movió la cabeza, y cuando vio que don Pepe le miraba hizo un movimiento de cabeza, enseñándole la llave que tenía en la mano. Don Pepe lo entendió; inclinó el rostro y se puso a rezar muy deprisa.

»Pablo se bajó de la mesa y pasando por detrás de la larga mesa del concejo, se sentó en el sillón del alcalde y lió un cigarrillo, sin quitar ojo a los fascistas, que seguían rezando con el cura. Su cara no tenía ninguna expresión. La llave estaba sobre la mesa delante de él. Era una gran llave de hierro de más de una cuarta de larga. Por fin Pablo gritó a los guardias, aunque yo no pude saber el qué, y un guardia se acercó a la puerta. Vi que los que estaban rezando lo hacían más deprisa que antes y me di cuenta de que todos sabían ya lo que sucedía.

»Pablo le dijo algo al cura, pero el cura no contestó. Entonces Pablo se echó hacia delante, cogió la llave y se la tiró por lo alto al guardia que estaba cerca de la puerta. El guardia la recogió y Pablo le hizo un guiño. Entonces el guardia puso la llave en la cerradura, dio media vuelta, tiró hacia sí de la puerta, y se puso a cubierto rápidamente detrás de ella antes de que la muchedumbre se colara dentro.

»Los vi entrar, y justamente en aquel momento, el borracho que estaba en la silla conmigo se puso a gritar: "¡Ahí! ¡Ahí!", y a estirar su cabeza hacia delante, de modo que yo no podía ver nada, mientras él vociferaba: "¡Matadlos! ¡Matadlos! ¡Matadlos a palos! ¡Matadlos!", y me apartaba con sus brazos, sin dejarme que viese nada.

»Le hundí el codo en la barriga y le dije: "So borracho, ¿de quién es esta silla? Déjame mirar". Pero él seguía sacudiendo los brazos atrás y adelante, y con las manos sujetas a los barrotes gritaba: "¡Matadlos! ¡Matadlos a palos! ¡Matadlos a palos! ¡Eso es, a palos! ¡Matadlos! *¡Cabrones! ¡Cabrones! ¡Cabrones!*".

»Le di un codazo y le dije: "El *cabrón* eres tú. ¡Borracho! Déjame mirar". Él me puso las manos en la cabeza para auparse y ver mejor, y, apoyándose con todo su peso sobre mi cabeza, continuaba gritando: "¡Matadlos a palos! ¡Eso es! ¡A palos!".

»"A palos había que matarte a ti", le dije, y le metí el codo con fuerza por donde podía hacerle más daño; y se lo hice. Me apartó las manos de la cabeza y se las puso en donde le dolía, diciendo: "*No hay derecho, mujer*. No tienes derecho a hacer eso, mujer". Y, mirando por entre los barrotes, vi el salón lleno de hombres, que golpeaban con palos y con bieldos y que seguían golpeando y golpeando con las horcas de madera blanca que ya estaba roja y habían perdido los dientes, y que siguieron golpeando por todo el salón, mientras Pablo permanecía sentado en el gran sillón, con su escopeta sobre las rodillas, mirando, y los gritos y los golpes y las heridas se iban sucediendo, y los hombres gritaban como los caballos gritan en un incendio. Vi al cura con la sotana remangada que trepaba por un banco y vi a los que le perseguían, que le daban con hoces y garfios, y vi a uno que le cogía por la sotana, y se oyó un alarido, y otro alarido, y vi a dos hombres que le metían las hoces en la espalda y un tercero que le sujetaba de la sotana y al cura que, levantando los brazos, trataba de agarrarse al respaldo de una silla, y entonces la silla en que yo estaba se rompió y el borracho y yo nos vimos en el suelo entre el hedor a vino derramado y la vomitona; y el borracho me señalaba con el dedo, diciendo: "*No hay derecho, mujer; no hay derecho*. Hubieras podido dejarme inútil". Y las gentes nos pisoteaban para entrar en el salón del *ayuntamiento*. Y todo lo que alcanzaba a ver eran las piernas de las gentes que entraban por la puerta y al borracho, sentado en el suelo frente a mí, que se llevaba las manos a donde yo le había metido el codo.

»Fue así como se acabó con los fascistas en nuestro pueblo, y me sentí contenta por no haber visto más. De no ser por aquel borracho, lo hubiera visto todo. De manera que en definitiva sirvió para algo bueno, ya que lo que pasó en el *ayuntamiento* fue algo de un estilo que una hubiera lamentado después haber visto.

»Pero el otro borracho, el que estaba en la plaza, era algo todavía más raro. Cuando nos levantamos, después de haber roto la silla, mientras las gentes seguían empujándose para entrar en el *ayuntamiento*, vi a ese borracho, con su pañuelo rojo y negro, que echaba algo sobre don Anastasio. Movía la cabeza a uno y otro lado y le costaba mucho trabajo permanecer sentado; pero echaba algo y encendía cerillas, y volvía a echarlo y volvía a encender, y me acerqué a él y le dije:

»—¿Qué es lo que haces, sinvergüenza?

»—Nada, mujer, nada —contestó—. Déjame en paz.

»Entonces, quizá porque yo estuviera allí de pie a su lado y mis piernas hicieran de pantalla contra el viento, la cerilla prendió y una llama azul empezó a correr por los hombros de la chaqueta de don Anastasio y por debajo de la nuca, y el borracho levantó la cabeza y se puso a gritar con una voz estentórea: "¡Están quemando a los muertos! ¡Están quemando a los muertos!".

»—¿Quién? —preguntó alguien.

»—¿Dónde? —preguntó otro.

»—Aquí —vociferó el borracho—. Aquí precisamente.

»Entonces alguien dio al borracho un golpe en la cabeza con un bieldo, y el borracho cayó de espaldas; se quedó tendido en el suelo y miró al hombre que le había golpeado, y luego cerró los ojos y cruzó las manos sobre el pecho; y siguió tendido allí, junto a don Anastasio, como si se hubiese quedado dormido. El hombre no volvió a golpearle, pero el borracho siguió allí, y estaba allí todavía cuando se recogió a don Anastasio y se le puso con los otros en la carreta que los llevó a todos hasta el borde del barranco, y aquella misma noche se les tiró junto con los otros después de la limpieza que se hizo en el *ayuntamiento*. Hubiera sido mejor para el pueblo que hubiesen arrojado por la barranca a veinte o treinta borrachos, sobre todo los de los pañuelos rojos y negros, y si tenemos que hacer otra revolución creo que habrá que empezar por arrojarlos a ellos. Pero eso no lo sabíamos todavía por entonces. Lo aprendimos en los días siguientes.

»Aquella noche no se sabía lo que iba a pasar. Después de la matanza del *ayuntamiento* no hubo más muertes; pero no pudimos celebrar la reunión, porque había demasiados borrachos. Era imposible conseguir el orden necesario, de manera que la reunión se aplazó hasta el día siguiente.

»Aquella noche dormí con Pablo. No debería decir esto delante de ti, guapa, pero, por otra parte, es bueno que lo sepas todo, y, por lo menos, lo que yo te digo es la verdad. Oye esto, *inglés*, que es muy curioso.

»Como digo, aquella noche cenamos y fue muy curioso. Era como después de una tormenta o de una inundación o de una batalla, y todo el mundo estaba cansado y nadie hablaba mucho. Pero yo me sentía vacía y nada bien; me sentía llena de vergüenza, con la sensación de haber obrado mal; tenía un gran ahogo y un presentimiento de que vendrían cosas malas, como esta mañana, después de los aviones. Y claro que llegó lo malo. Llegó al cabo de tres días.

»Pablo, mientras comíamos, habló muy poco.

»—¿Te ha gustado, Pilar? —me preguntó al fin, con la boca llena de cabrito asado. Comíamos en la posada de donde salen los autocares, y la sala estaba llena; las gentes cantaban y el servicio era escaso.

»—No —dije—. Salvo lo de don Faustino, no me gustó nada.

»—A mí me gustó —dijo Pablo.

»—¿Todo? —pregunté yo.

»—Todo —dijo, y se cortó un gran pedazo de pan con su cuchillo y se puso a mojar la salsa—. Todo, menos lo del cura.

»—¿No te gustó lo del cura? —le pregunté, sabiendo que odiaba a los curas aún más que a los fascistas.

»—No, el cura me ha decepcionado —dijo Pablo tristemente.

»Había tanta gente cantando, que teníamos que gritar para oírnos el uno al otro.

»—¿Por qué?

»—Murió muy mal —contestó Pablo—. Tuvo muy poca dignidad.

»—¿Cómo querías que tuviese dignidad mientras la gente le daba caza? —le pregunté—. Me parece que estuvo todo el tiempo con mucha dignidad. Toda la dignidad que se puede tener en semejantes momentos.

»—Sí —dijo Pablo—; pero en el último momento tuvo miedo.

»—¿Y quién no hubiera tenido miedo? —pregunté yo—. ¿No viste con qué le golpeaban?

»—¿Cómo no iba a verlo? —preguntó Pablo—. Pero encuentro que murió muy mal.

»—En semejantes condiciones, cualquiera hubiese muerto mal —le dije—. ¿Qué más quieres? Todo lo que pasó en el *ayuntamiento* fue escabroso.

»—Sí —contestó Pablo—; no hubo mucha organización. Pero un cura debería haber dado ejemplo.

»—Creí que odiabas a los curas —le dije.

»—Sí —contestó Pablo, y se cortó más pan—; pero un cura español debería haber muerto bien.

»—Pienso que ha muerto bastante bien —dije yo—, para haber estado privado de toda formalidad.

»—No —dijo Pablo—; yo me he llevado un chasco. Todo el día estuve esperando la muerte del cura. Pensaba que sería el último que entrase en las filas. Lo esperaba con mucha impaciencia. Lo esperaba como una culminación. No había visto nunca morir a un cura.

»—Todavía tienes tiempo —le dije yo irónicamente—. El Movimiento acaba de empezar hoy.

»—No —dijo él—; me siento chasqueado.

»—Ahora —dije— supongo que vas a perder la fe.

»—No lo comprendes, Pilar —dijo él—. Era un cura español.

»—¡Qué pueblo, eh, los españoles! —le dije.

»¡Ah, qué pueblo tan orgulloso! ¿Verdad, *inglés*? ¡Qué pueblo!

—Habrá que marcharse —dijo Robert Jordan. Levantó los ojos al sol—. Es casi mediodía.

—Sí —dijo Pilar—. Vamos a marcharnos ahora mismo. Pero déjame contarte lo que pasó con Pablo. Aquella misma noche me dijo: "Pilar, esta noche no vamos a hacer nada".

»—Bueno —le dije yo—; me alegro.

»—Encuentro que sería de mal gusto, después de haber matado a tanta gente.

»—*¡Qué va!* —dije yo—. ¡Qué santo estás hecho! ¿No sabes que he vivido muchos años con toreros para ignorar cómo se quedan después de una corrida?

»—¿Es eso cierto, Pilar? —me preguntó.

»—¿Te he engañado yo alguna vez? —le pregunté.

»—Es cierto, Pilar. Soy un hombre acabado esta noche. ¿No te enfadas conmigo?

»—No, *hombre* —le dije—; pero no mates a hombres todos los días, Pablo.

»Y durmió aquella noche como un bendito y tuve que despertarle al día siguiente de madrugada. Pero yo no pude dormir durante toda la noche. Me levanté y estuve sentada en un sillón. Miré por la ventana y vi la plaza, iluminada por la luna donde habían estado las filas; y al otro lado de la plaza vi los árboles brillando a la luz de la luna y la oscuridad de su sombra. Los bancos, iluminados también por la luna; los cascos de botellas que brillaban y el borde del barranco por donde los habían arrojado. No había ruido, solamente se oía el rumor de la fuente y permanecí allí sentada, pensando que habíamos empezado muy mal.

»La ventana estaba abierta y al otro lado de la plaza, frente a la fonda, oí a una mujer que lloraba. Salí con los pies descalzos al balcón. La luna iluminaba todas las fachadas de la plaza y el llanto provenía del balcón de la casa de don Guillermo. Era su mujer. Estaba en el balcón arrodillada y lloraba.

»Entonces volví a meterme en la habitación, volví a sentarme y no tuve ganas de pensar siquiera, porque aquél fue el día más malo de mi vida hasta que vino otro peor.

—¿Y cuál fue el otro? —preguntó María.

—Tres días después, cuando los fascistas tomaron el pueblo.

—No me lo cuentes —dijo María—. No quiero oírlo. Ya tengo bastante. Incluso demasiado.

—Ya te había advertido que no debías escuchar —dijo Pilar—. ¿Lo ves? No quería que escuchases. Ahora vas a tener pesadillas.

—No —dijo María—; pero no quiero oír más.

—Tendrás que contarme eso en otra ocasión —dijo Robert Jordan.

—Sí —contestó Pilar—. Pero no es bueno para María.

—No quiero oírlo —dijo María quejumbrosa—; te lo ruego, Pilar. No lo cuentes cuando yo esté delante, porque podría oírlo aunque no quisiera.

Sus labios temblaban y Robert Jordan creyó que iba a llorar.

—Por favor, Pilar, no cuentes más.

—No tengas cuidado, rapadita —dijo Pilar—. No tengas cuidado. Se lo contaré al *inglés* otro día.

—Pero estaré yo también cuando se lo cuentes. No lo cuentes, Pilar; no lo cuentes nunca.

—Se lo contaré mientras tú trabajas.

—No, no; por favor. No hablemos más de eso —dijo María.

—Lo justo sería que yo contara eso también, ya que he contado lo que hicimos nosotros. Pero no lo oirás, te lo prometo.

—¿Es que no hay nada agradable que pueda contarse? —preguntó María—. ¿Es que tenemos que hablar siempre de horrores?

—Espera a la tarde —dijo Pilar—; el *inglés* y tú podréis hablar de lo que os guste, los dos solitos.

—Entonces, que venga la tarde —dijo María—; que venga enseguida.

—Ya vendrá —contestó Pilar—. Vendrá volando y se irá enseguida, y llegará mañana, y mañana pasará volando también.

—Que llegue la tarde —dijo María—; la tarde, que llegue la tarde enseguida.

Capítulo 11

Cuando iban subiendo, a la sombra todavía de los pinos, después de haber descendido de la alta pradera al valle y de haber vuelto a ascender por una senda que corría paralela al río, para trepar después por una escarpada cuesta hasta lo más alto de una formación rocosa, les salió al paso un hombre con una carabina.

—¡Alto! —gritó. Y luego—: ¡Hola, Pilar! ¿Quién viene contigo?

—Un *inglés* —dijo Pilar—. Pero de nombre cristiano: Roberto. ¡Y qué mierda de cuesta hay que subir para llegar hasta aquí!

—*Salud, camarada* —dijo el centinela a Robert Jordan, tendiéndole la mano—. ¿Cómo te va?

—Bien —contestó Robert Jordan—. ¿Y a ti?

—A mí también —dijo el centinela.

Era un muchacho muy joven, de rostro delgado, huesudo, la nariz un tanto aguileña, pómulos altos y ojos grises. No llevaba sombrero y tenía el cabello negro y ensortijado. Tendió la mano de manera firme y amistosa, con la misma chispa de cordialidad en los ojos.

—Buenos días, María —dijo a la muchacha—. ¿Te has cansado mucho?

—¡*Qué va*, Joaquín! —contestó la muchacha—. Nos hemos parado para hablar más de lo que hemos andado.

—¿Eres tú el dinamitero? —preguntó Joaquín—. Nos han dicho que andabas por aquí.

189

—He pasado la noche en el refugio de Pablo —dijo Robert Jordan—. Sí, yo soy el dinamitero.

—Me alegro de verte —dijo Joaquín—. ¿Has venido para algún tren?

—¿Estuviste en el último tren? —preguntó Robert Jordan sonriendo a manera de respuesta.

—Que si estuve —contestó Joaquín—; allí fue donde encontramos esto. —E hizo un guiño a María—. Chica, estás muy guapa ahora. ¿Te han dicho lo guapa que estás?

—Cállate, Joaquín —dijo María—. Tú sí que estarías guapo si te cortaras el pelo.

—Te llevé a hombros. ¿No te acuerdas? Te llevé a hombros.

—Como tantos otros —dijo Pilar con su vozarrón—. ¿Y quién no la llevó? ¿Dónde está el viejo?

—En el campamento.

—¿Dónde estuvo ayer por la noche?

—En Segovia.

—¿Ha traído noticias?

—Sí —contestó Joaquín—. Hay cosas nuevas.

—¿Buenas o malas?

—Me parece que malas.

—¿Habéis visto los aviones?

—¡Ay! —dijo Joaquín, moviendo la cabeza—. No me hables de eso. Camarada dinamitero, ¿qué clase de aviones eran?

—Heinkel 111 los bombarderos; Heinkel, y Fiat los cazas —respondió Jordan.

—Y los grandes, con las alas bajas, ¿qué eran?

—Ésos eran los Heinkel 111.

—Que los llamen como quieran, son malos de todas maneras —dijo Joaquín—. Pero os estoy entreteniendo. Voy a llevaros al comandante.

—¿El comandante? —preguntó Pilar asombrada.

Joaquín asintió con la cabeza seriamente.

—Me gusta más que jefe —dijo—. Es más militar.

—Te militarizas mucho tú —dijo Pilar riendo.

—No —contestó Joaquín riendo también—; pero me gustan las palabras militares, porque las órdenes son más claras y es mejor para la disciplina.

—Aquí hay uno de tu estilo, *inglés* —dijo Pilar—. Éste es un chico muy serio.

—¿Quieres que te lleve a hombros? —preguntó Joaquín a la muchacha pasándole un brazo por el cuello y sonriéndole de muy cerca.

—Con una vez tengo bastante —dijo María—. De todos modos, muchas gracias.

—¿Te acuerdas todavía? —le preguntó Joaquín.

—Me acuerdo de que me llevaban —contestó María—; pero no me acuerdo de ti. Me acuerdo del gitano, porque me dejó caer muchas veces. De todas formas, muchas gracias, Joaquín; uno de estos días te llevaré yo.

—Pues yo me acuerdo muy bien —dijo Joaquín—. Me acuerdo de que te tenía sujeta por las piernas con la tripa apoyada en el hombro y la cabeza a la espalda y los brazos colgando.

—Tienes mucha memoria —dijo María sonriendo—. Yo no me acuerdo de nada de eso. Ni de tus brazos, ni de tus hombros, ni de tu espalda.

—¿Quieres que te diga una cosa? —preguntó Joaquín.

—¿Qué cosa?

—Me gustaba mucho llevarte a la espalda, porque nos disparaban por detrás.

—¡Qué puerco! —dijo María—. ¿Sería por eso por lo que el gitano me llevó tanto rato?

—Por eso y por agarrarte de las piernas.

—¡Vaya héroes! —dijo María—. ¡Mis salvadores!

—Escucha, *guapa* —dijo Pilar—, este chico te llevó mucho rato. Y en aquel momento tus piernas no decían nada a nadie. En aquel momento eran las balas las que lo decían todo. Y si te hubiese dejado en el suelo, hubiera estado pronto lejos del alcance de las balas.

—Ya le he dado las gracias —dijo María—. Y le llevaré a hombros uno de estos días. Déjanos reír un poco, Pilar; no voy a llorar porque me haya llevado, ¿no?

—No, si yo te hubiera dejado caer también —dijo Joaquín siguiendo la broma—; pero tenía miedo de que Pilar me matase.

—Yo no mato a nadie —dijo Pilar.

—*No hace falta* —contestó Joaquín—. Los matas de miedo, sólo con que abras la boca.

—Vaya una manera de hablar —dijo Pilar—; tú, que eras antes un muchacho tan educado. ¿Qué hacías tú antes del Movimiento, chico?

—Poca cosa —dijo Joaquín—. Tenía dieciséis años.

—Pero ¿qué hacías?

—Algunos zapatos, de vez en cuando.

—¿Los hacías?

—No, los lustraba.

—*¡Qué va!* —dijo Pilar—; eso no es todo. —Y se quedó mirando la cara atezada del muchacho; su estampa garbosa, su mata de pelo y su modo de andar—. ¿Por qué fracasaste?

—¿Fracasar en qué?

—¿En qué? Sabes bien de qué hablo. Te estás dejando crecer la coleta.

—Creo que fue el miedo —dijo el muchacho.

—Tienes buena estampa —dijo Pilar—; pero la estampa no vale para nada. Entonces fue el miedo, ¿no? Sin embargo, estuviste muy bien en lo del tren.

—Ya no tengo miedo ahora a los toros —dijo el chico—; a ninguno. He visto toros peores y más peligrosos. Seguro que no hay toro tan peligroso como una ametralladora. Pero si estuviese ahora en la plaza, no sé si sería dueño de mis piernas.

—Quería ser torero —le explicó Pilar a Jordan—; pero tenía miedo.

—¿Te gustan a ti los toros, camarada dinamitero? —preguntó Joaquín, dejando ver una dentadura blanquísima al sonreír.

—Mucho —contestó Robert Jordan—. Muchísimo.

—¿Has visto los toros de Valladolid? —preguntó Joaquín.

—Sí, en septiembre, en la feria.

—Valladolid es mi pueblo —dijo Joaquín—. ¡Y qué pueblo tan bonito! Pero ¡cuánto ha sufrido la *buena gente* de ese pueblo durante la guerra! —Luego se puso serio—: Allí fusilaron a mi padre, a mi madre, a mi cuñada, y ahora han fusilado a mi hermana.

—¡Qué bárbaros! —dijo Robert Jordan.

¿Cuántas veces había oído decir eso? ¿Cuántas veces había visto a las gentes pronunciar aquellas palabras con dificultad? ¿Cuántas veces había visto llenárseles de lágrimas los ojos y oprimírseles la garganta para decir con esfuerzo: «Mi padre» o «mi madre» o «mi hermano» o «mi hermana»…? No podía acordarse de cuántas veces les había oído mencionar a sus muertos de esa forma. Casi siempre hablaban las gentes como el muchacho, de golpe y a propósito del nombre de un pueblo; y siempre había que responder: «¡Qué bárbaros!».

Hablaban solamente de las pérdidas; no contaban la forma cómo había caído el padre, como lo había hecho Pilar diciendo el modo en que habían muerto los fascistas en la historia que le contó al pie del arroyo. Se sabía todo lo más que el padre había muerto en el patio o contra alguna tapia o en algún campo o en un huerto, o por la noche, a la luz de los faros de un camión y a un lado del camino. Se veían las luces del coche en la carretera desde el monte y se oían los tiros, y luego se bajaba a recoger los cadáveres. No se veía fusilar a la madre ni a la hermana ni al hermano; se oía. Se oían los tiros y después se encontraban los cadáveres.

Pero Pilar se lo había hecho ver en las escenas ocurridas en aquel pueblo.

Si aquella mujer supiera escribir... Trataría de acordarse de su relato, y si tenía la suerte de recordarlo bien, podría transcribirlo tal y como se lo había referido. ¡Dios, qué bien contaba las cosas aquella mujer! Es mejor que Quevedo, pensó. Quevedo no ha descrito nunca la muerte de ningún don Faustino tan bien como lo ha hecho ella. Querría escribir lo bastante bien para contar esa historia, siguió pensando. Lo que nosotros hemos hecho. No lo que nos han hecho los otros. De eso ya sabía él bastante. Sabía mucho de lo que pasaba detrás de las líneas. Pero había que conocer antes a las gentes. Hacía falta saber lo que habían sido antes en su pueblo.

A causa de nuestra movilidad y porque nunca hemos sido obligados a permanecer en el sitio donde hacemos el trabajo para recibir el castigo, nunca sabemos cómo acaban las cosas en realidad, siguió pensando. Estás en casa de un campesino con su familia. Llegas por la noche y cenas con ellos. De día te ocultas y a la noche siguiente te marchas. Haces tu trabajo y te vas. Si vuelves a pasar por allí, te enteras de que todos han sido fusilados. Tan sencillo como eso.

Pero cuando sucedían esas cosas, uno se había marchado. Los *partizans* hacían el daño y se esfumaban. Los campesinos se quedaban y recibían el castigo. Siempre he sabido lo que les pasó a los otros, pensó. Lo que les hicimos nosotros al comienzo. Siempre lo he sabido y me ha inspirado horror. He oído hablar de ello con vergüenza y sin vergüenza, enorgulleciéndose de ello y haciendo alarde, defendiéndolo, explicándolo y hasta negándolo. Pero esa condenada mujer me lo ha hecho ver como si yo mismo hubiese estado allí.

Bueno, pensó, eso forma parte de la educación de uno. Será toda una educación cuando esto haya concluido. Se aprende mucho en esta guerra, si se presta atención. Él había aprendido mucho, desde luego. Había tenido suerte pasando parte de los diez últimos años en España antes de la guerra. Las gentes tienen confianza en ti si hablas su lengua, sobre todo, se dijo. Confían en ti si hablas bien su lengua, si usas bien sus giros, y si conoces las distintas regiones del país. El español no es leal, a fin de cuentas, más que a su pueblo. En primer lugar España, por supuesto, luego su tribu, después su provincia, más tarde su pueblo, luego su familia y, finalmente, su trabajo. Si hablas español se muestran predispuestos a tu favor; si conoces su provincia es mucho mejor; pero si conoces su pueblo y su trabajo, habrás ido todo lo lejos que un extranjero puede ir. Jordan no se sentía nunca extranjero en España y ellos no le trataban realmente como extranjero; sólo lo hacían cuando se volvían contra él.

Por supuesto que se volvían a veces contra uno. Incluso lo hacían a menudo, pero eso era cosa corriente: lo hacían también entre ellos. No había sino que juntar a tres y dos se unían enseguida contra uno, y luego, los dos que quedaban empezaban enseguida a traicionarse mutuamente. No es que sucediera siempre, pero sí con la suficiente frecuencia como para tomar en consideración un gran número de casos y sacar una conclusión apropiada.

No estaba bien pensar así; pero ¿quién censuraba sus pensamientos? Nadie, salvo él mismo. No creía que pensar en ello fuese derrotismo. Lo primero era ganar la guerra. Si no ganaban aquella guerra, todo estaba perdido. Pero, entretanto, él observaba, escuchaba y quería acordarse de todo. Estaba sirviendo en una guerra y ponía en su servicio una lealtad absoluta y una actividad todo lo completa que le era posible mientras estaba sirviendo. Pero su pensamiento le pertenecía a él, de la misma manera que su capacidad de ver y de oír, y si tenía luego que hacer algún juicio, tendría que echar mano de todo ello. Habría mucha materia luego para sacarle jugo. Ya había materia suficiente. A veces había hasta demasiada.

Mira a esa mujer, se dijo. Pase lo que pase, si tengo tiempo, he de hacer que me cuente el resto de esa historia. Mírala caminando junto a esos dos chicos; no sería posible hallar tres figuras españolas más típicas. Ella es como una montaña y el chico y la chica son como arbolitos jóvenes. Los árboles viejos son abatidos y los jóvenes crecen derechos y hermosos como ésos. Y a pesar de todo lo que les ha pasado, parecen tan frescos, tan limpios, tan sin mancha como si nunca hubiesen oído hablar siquiera de ninguna desventura. Pero, según Pilar, María solamente ahora está empezando a rehacerse. Ha debido de pasar por momentos terribles.

Se acordó del chico belga de la 11.ª Brigada que se había alistado con otros cinco muchachos de su pueblo. Era de un pueblo de unos doscientos habitantes y el muchacho no había salido nunca de su pueblo. La primera vez que Jordan vio al chico fue en el Estado Mayor de la brigada de Hans, y los otros cinco muchachos de su pueblo ya habían muerto y el muchacho estaba en tan malas condiciones que le empleaban como ordenanza para servir la mesa del Estado Mayor. Tenía una cara grande y redonda de flamenco, y manazas enormes y torpes de campesino; y llevaba los platos con la misma pesadez y torpeza que un caballo de tiro. Además, se pasaba el tiempo llorando. Durante toda la comida se pasaba el tiempo llorando en silencio.

Levantabas la cabeza y le veías a punto de romper a llorar. Le pedías vino y lloraba; le pasabas el plato para que te sirviera estofado y lloraba, volviendo la cabeza. Luego se callaba. Pero si volvías a mirarle, las lágrimas volvían a correrle por la cara. Entre plato y plato, lloraba en la cocina. Todo el mundo era muy cariñoso con él, pero no servía de nada. Tendría que enterarse, pensó Jordan, de si el muchacho había mejorado y de si era capaz de empuñar las armas de nuevo.

María, por el momento, parecía estar bastante recobrada. Al menos, así lo parecía. Pero él no era psiquiatra. La psiquiatra era Pilar. Probablemente había sido bueno para ellos el haber pasado juntos la noche anterior. Sí, a menos que se acabase todo de repente. Para él, desde luego, habías sido bueno. Se sentía en condiciones inmejorables, sano, bueno, despreocupado y feliz. Las cosas se presentaban bastante mal, pero había tenido mucha suerte. Había estado en otras que también se presentaban mal. «Se presentaban»... Estaba pensando en español. María era realmente encantadora.

Mírala, se dijo. Mírala.

La veía andar alegremente al sol, con su camisa caqui desabrochada al cuello. Se mueve como un potro, pensó. No tropiezas a menudo con cosas como ésta. Estas cosas no suceden en la vida real. Quizá no te hayan sucedido tampoco. Quizá estés soñando o inventándolas y en realidad no hayan sucedido. Quizá sean como esos sueños que has tenido cuando has ido al cine y te vas luego a la cama y sueñas de una manera tan bonita. Había dormido con todas ellas así, mientras soñaba. Podía acordarse aún de la Garbo y de la Harlow. Sí, la Harlow le visitaba muchas veces. Quizá todo aquello fuera como esos sueños.

Aún se acordaba de la noche en que la Garbo se le apareció en la cama, la víspera del ataque a Pozoblanco; llevaba un jersey de lana, muy suave al tacto, y cuando él la estrechó en sus brazos, ella se refugió en él y sus cabellos le rozaron suavemente la cara y le preguntó por qué no le había dicho antes que la quería, siendo así que ella le quería desde hacía tanto tiempo. No se mostró tímida ni distante ni fría. Se ofreció tan adorable y hermosa como en los viejos tiempos, cuando andaba con Jack Gilbert, y todo fue tan real como si realmente hubiera sucedido; y la amó mucho más que a la Harlow, aunque la Garbo no se le presentó más que una vez, en tanto que la Harlow... Bueno, quizá estuviera soñando todavía.

Pero quizá no estés soñando, se dijo. Quizá puedas alargar la mano en este momento y tocar a aquella María. Puede que lo que te ocurra es que tengas miedo de hacerlo, no vaya a ocurrir que descubras que no ha sucedido nunca, que no es real, que todo es pura imaginación, como esos sueños de las artistas de cine o como cuando se te aparecen todas las muchachas de tu vida de antes, que vienen a dormir en el saco por la noche sobre el santo suelo, sobre la paja de los graneros, en los establos, los *corrales* y los *cortijos*; en los bosques, los garajes y los camiones, así como en todas las montañas de España, pensó. Todas acudían a dormir bajo esa manta cuando él estaba durmiendo y todas parecían mucho más bonitas de lo que eran en la vida real. Era posible que ahora le estuviese ocurriendo lo mismo. Es posible que tengas miedo de tocarla para comprobar si es real, se dijo. Es posible que si intentaras tocarla descubrieras que nada de esto es más que un sueño.

Dio un paso para cruzar al otro lado del sendero y puso su mano sobre el brazo de la muchacha. Bajo sus dedos sintió la suavidad de su piel a través de la tela de la ajada camisa. La chica le miró y sonrió.

—Hola, María —dijo.

—Hola, *inglés* —contestó ella, y pudo ver su cara morena y sus ojos verde gris y sus labios que le sonreían, y el cabello cortado, dorado por el sol. Levantó la cara y le sonrió mirándole a los ojos. Sí, era verdad.

Estaban ya a la vista del campamento del Sordo, al final del pinar, en una garganta en forma de palangana volcada. Todas estas cuencas calizas tienen que estar llenas de cuevas, pensó. Allí mismo veo dos. Los pinos bajos que crecen entre las rocas las ocultan bien. Éste es un lugar tan bueno o mejor que el escondrijo de Pablo.

—¿Y cómo fue el fusilamiento de tu familia? —le preguntó Pilar a Joaquín.

—Pues nada, mujer —contestó Joaquín—; eran de izquierdas, como muchos otros de Valladolid. Cuando los fascistas depuraron el pueblo, fusilaron primero a padre. Había votado a los socialistas. Luego fusilaron a madre; había votado también a los socialistas. Era la primera vez que votaba en su vida. Después fusilaron al marido de una de mis hermanas. Era miembro del sindicato de conductores de tranvías. No podía conducir un tranvía sin pertenecer al sindicato, naturalmente. Pero no le importaba la política. Yo le conocía bien. Era, incluso, un poco sinvergüenza. No creo que hubiera sido un buen camarada. Luego, el marido de la otra chica, de mi otra hermana, que era también tranviario, se fue al monte como yo. Ellos supusieron que mi hermana sabía dónde se escondía; pero mi hermana no lo sabía. Así que la mataron porque no les dijo dónde estaba.

—¡Qué barbaridad! —dijo Pilar—. ¿Dónde está el Sordo? No le veo.

—Está ahí. Debe de estar dentro —respondió Joaquín, y, deteniéndose y apoyando la culata del fusil en el suelo, dijo—: Pilar, óyeme, y tú, María; perdonadme si os he molestado hablándoos de mi familia. Ya sé que todo el mundo tiene las mismas penas y que vale más no hablar de ello.

—Vale más hablar —dijo Pilar—. ¿Para qué se ha nacido, si no es para ayudarnos los unos a los otros? Y escuchar y no decir nada es una ayuda bien pobre.

—Pero todo eso ha podido ser molesto para María. Ya tiene bastante con lo suyo.

—¡*Qué va!* —dijo María—. Tengo un cántaro tan grande que puedes vaciar dentro tus penas sin llenarlo. Pero me duele lo que me dices, Joaquín, y espero que tu otra hermana esté bien.

—Hasta ahora está bien —dijo Joaquín—. La han metido en la cárcel, pero parece que no la maltratan mucho.

—¿Tienes otros parientes? —preguntó Robert Jordan.

—No —dijo el muchacho—. Yo no tengo a nadie más. Salvo el cuñado que se fue a los montes y que creo que ha muerto.

—Puede que esté bien —dijo María—. Quizá esté con alguna banda por las montañas.

—Para mí que está muerto —dijo Joaquín—. Nunca fue muy fuerte y era conductor de tranvías; no es una preparación muy buena para el monte. No creo que haya podido durar más de un año. Además, estaba un poco malo del pecho.

—Puede ser que, a pesar de todo, esté muy bien —dijo María, pasándole el brazo por la espalda a Joaquín.

—Claro, chica; puede que tengas razón —dijo él.

Como el muchacho se había quedado allí parado, María se irguió, le pasó los brazos alrededor del cuello y le abrazó. Joaquín apartó la cabeza, porque estaba llorando.

—Lo hago como si fueras mi hermano —dijo María—. Te doy un beso como si fueras mi hermano.

El muchacho aseveró con la cabeza, llorando, sin hacer ruido.

—Yo soy tu hermana —le dijo María—. Te quiero mucho y tienes una familia. Todos somos tu familia.

—Incluido el *inglés* —dijo Pilar con voz de trueno—; ¿no es así, *inglés*?

—Sí —dijo Jordan, dirigiéndose al muchacho—; todos somos tu familia, Joaquín.

—Éste es tu hermano —dijo Pilar—; ¿eh, *inglés*?

Robert Jordan pasó el brazo por los hombros del muchacho.

—Aquí todos somos hermanos —dijo. Joaquín aseveró con la cabeza.

—Me da vergüenza haber hablado —dijo—. Hablar de semejantes asuntos sólo sirve para ponérselo más difícil a todo el mundo. Me da vergüenza haberos molestado.

—Vete a la mierda con tu vergüenza —dijo Pilar con su hermosa voz profunda—. Y si la María te besa otra vez, voy a besarte también yo. Hace años que no he besado a ningún torero, aunque sea un fracasado como tú. Me gustaría besar a un torero fracasado que se ha vuelto comunista. Sujétale bien, *inglés*, que le voy a dar un buen beso.

—¡*Deja*! —dijo el chico, y volvió la cabeza bruscamente—. Dejadme tranquilo. No me pasa nada, es sólo vergüenza.

Estaba allí parado, tratando de dominar la expresión de su rostro. María cogió de la mano a Robert Jordan. Pilar, parada en medio del camino, los brazos en jarras, miraba al muchacho con aire burlón.

—Cuando yo te bese no será como una hermana. Vaya un truco ese de besarte como una hermana.

—No hay que hacer tanta broma —dijo el muchacho—; ya os he dicho que no me pasa nada. Siento haber hablado.

—Muy bien, entonces vamos a ver al viejo —dijo Pilar—. Tantas emociones me aburren.

El chico la miró. A todas luces había sido herido por las palabras de Pilar.

—No hablo de tus emociones —dijo Pilar—; hablo de las mías. Eres muy tierno para ser torero.

—No tuve suerte —dijo Joaquín—; pero no hace falta que lo sigas repitiendo.

—Entonces, ¿por qué te dejas crecer la coleta?

—¿Por qué no? Las corridas son muy útiles económicamente. Dan trabajo a muchos y el Estado va a dirigir ahora todo eso; y quizá la próxima vez no tenga miedo.

—Tal vez no —dijo Pilar—. Tal vez no.

—¿Por qué te pones tan dura con él? —preguntó María—. Yo te quiero mucho, Pilar, pero te portas como una verdadera bruta.

—Es posible que sea una bruta —dijo Pilar—. Escucha, *inglés*, ¿sabes bien lo que vas a decirle al Sordo?

—Sí.

—Porque es hombre que habla poco; no es como tú ni como yo ni como esta parejita sentimental.

—¿Por qué hablas así? —preguntó de nuevo María irritada.

—No lo sé —dijo Pilar, volviendo a caminar—. ¿Por qué piensas que lo hago?

—Tampoco lo sé.

—Hay cosas que me aburren —dijo Pilar de mal humor—. ¿Comprendes? Y una de ellas es tener cuarenta y ocho años. ¿Lo has entendido? Cuarenta y ocho años y una cara tan fea como la mía. Y otra es ver el pánico en la cara de un torero fracasado, de tendencias comunistas, cuando digo en son de broma que voy a besarle.

—No es verdad, Pilar —dijo el muchacho—. No has visto eso.

—*¡Qué va!*, que no es verdad. Y a la mierda ya con todos. ¡Ah, aquí está! *Hola*, Santiago. *¿Qué tal?*

El hombre al que hablaba Pilar era un tipo de baja estatura, fuerte, de cara tostada, pómulos anchos, cabello gris, ojos muy separados y de un color pardo amarillento, nariz de puente, afilada como la de un indio, boca grande y delgada con un labio superior muy largo. Iba recién afeitado y se acercó a ellos desde la entrada de la cueva moviéndose ágilmente con sus arqueadas piernas, que hacían juego con su pantalón, sus polainas y sus botas de pastor. El día era caluroso, pero llevaba un chaquetón de cuero forrado de piel de cordero, abrochado hasta el cuello. Tendió a Pilar una mano grande, morena:

—*Hola*, mujer —dijo—. *Hola* —le dijo a Jordan, y le estrechó la mano, mirándole atentamente a la cara. Robert Jordan vio que los ojos del hombre eran amarillos, como los de los gatos, y aplastados como los de los reptiles—. *Guapa* —le dijo a María, dándole un golpecito en el hombro—. ¿Habéis comido? —preguntó a Pilar.

Pilar negó con la cabeza.

—¿Comer? —dijo, mirando a Robert Jordan—. ¿Beber? —preguntó, haciendo un ademán con el pulgar hacia abajo, como si estuviera vertiendo algo de una botella.

—Sí, muchas gracias —contestó Jordan.

—Bien —dijo el Sordo—. ¿Whisky?

—¿Tiene usted *whisky*?

El Sordo afirmó con la cabeza.

—¿*Inglés*? —preguntó—. ¿No *ruso*?

—*Americano*.

—Pocos americanos aquí —dijo.

—Ahora habrá más.

—Tanto mejor. ¿Norte o sur?

—Norte.

—Como *inglés*. ¿Cuándo saltar puente?

—¿Está usted enterado de lo del puente?

El Sordo dijo que sí con la cabeza.

—Pasado mañana, por la mañana.

—Bien —dijo el Sordo.

—¿Pablo? —preguntó a Pilar.

Ella meneó la cabeza. El Sordo sonrió.

—Vete —le dijo a María, y volvió a sonreír—. Vuelve luego.
—Sacó de su chaqueta un gran reloj, pendiente de una correa—.
Media hora.

Les hizo señas para que se sentaran en un tronco pulido, que servía de banco, y, mirando a Joaquín, extendió el índice hacia el sendero en la dirección en que habían venido.

—Bajaré con Joaquín y volveré luego —dijo María. El Sordo entró en la cueva y salió con una botella de whisky escocés y tres vasos; la botella, debajo del brazo, los vasos en una mano, un dedo en cada vaso. En la otra mano llevaba una cántara llena de agua, cogida por el cuello. Dejó los vasos y el frasco sobre el tronco del árbol y puso la cántara en el suelo.

—No hielo —dijo a Robert Jordan, y le pasó el frasco.

—Yo no quiero de eso —dijo Pilar, tapando su vaso con la mano.

—Hielo, noche última, por suelo —dijo el viejo, y sonrió—.
Todo derretido. Hielo, allá arriba —añadió, y señaló la nieve que se veía sobre la cima desnuda de la montaña—. Muy lejos.

Robert Jordan empezó a llenar el vaso del Sordo; pero el viejo movió la cabeza y le indicó por señas que tenía que servirse él primero.

Robert Jordan se sirvió un buen trago de whisky; el Sordo le miraba, muy atento, y, terminada la operación, tendió la cántara de agua a Robert Jordan, que la inclinó suavemente, dejando que el agua fría se deslizara por el pico de barro cocido de la cántara.

El Sordo se sirvió medio vaso y acabó de llenarlo con agua.

—¿Vino? —preguntó a Pilar.

—No; agua.

—Toma —dijo—. No bueno —dijo a Robert Jordan, y sonrió—.
Yo conocido muchos ingleses. Siempre mucho whisky.

—¿Dónde?

—Finca —dijo el Sordo—; amigos dueño.

—¿Dónde consiguió usted este whisky?

—¿Qué? —No oía.

—Tienes que gritarle —dijo Pilar—. Por la otra oreja.

El Sordo señaló su oído bueno sonriendo.

—¿Dónde encuentra usted este whisky? —preguntó Robert Jordan.

—Lo hago yo —dijo el Sordo, y vio cómo se detenía la mano que llevaba el vaso que Robert Jordan encaminaba a su boca.

—No —dijo el Sordo, dándole golpecitos cariñosos en la espalda—. Broma. Viene de La Granja. Dicho ayer noche dinamitero inglés viene. Bueno. Muy contento. Buscar whisky. Para ti. ¿Te gusta?

—Mucho —dijo Robert Jordan—; es un whisky muy bueno.

—¿Contento? —El Sordo sonrió—. Traje esta noche con informaciones.

—¿Qué informaciones?

—Movimiento de tropas. Mucho.

—¿Dónde?

—Segovia. Aviones. ¿Has visto?

—Sí.

—Malo, ¿eh?

—Malo.

—Movimiento de tropas. Mucho. Entre Villacastín y Segovia. En la carretera de Valladolid. Mucho entre Villacastín y San Rafael. Mucho. Mucho.

—¿Qué es lo que usted piensa?

—¿Preparamos alguna cosa?

—Es posible.

—Ellos saben. Ellos también preparan.

—Es posible.

—¿Por qué no saltar puente esta noche?

—Órdenes.

—¿De quién?

—Cuartel General.

—¡Ah!

—¿Es importante el momento en que hay que volar el puente? —preguntó Pilar.

—No hay nada tan importante.

—Pero ¿y si traen tropas?

—Enviaré a Anselmo con un informe de todos los movimientos y concentraciones. Está vigilando la carretera.

—¿Tienes alguien en la carretera? —preguntó el Sordo.

Robert Jordan no sabía lo que el hombre había oído o no. No se sabe jamás con un sordo.

—Sí —dijo.

—Yo también. ¿Por qué no volar puente ahora?

—Tengo otras órdenes.

—No me gusta —dijo el Sordo—. Esto no me gusta.

—A mí tampoco —dijo Robert Jordan.

El Sordo meneó la cabeza y se bebió un trago de whisky.

—¿Quieres algo de mí?

—¿Cuántos hombres tiene usted?

—Ocho.

—Hay que cortar el teléfono, atacar el puesto de la casilla del peón caminero, tomarlo y replegarse sobre el puente.

—Es fácil.

—Todo se dará por escrito.

—No vale la pena. ¿Y Pablo?

—Cortará el teléfono abajo; atacará el puesto del molino, lo tomará y se replegará sobre el puente.

—¿Y después, para la retirada? —preguntó Pilar—. Somos siete hombres, dos mujeres y cinco caballos. ¿Y vosotros? —gritó en la oreja del Sordo.

—Ocho hombres y cuatro caballos. *Faltan caballos* —dijo.

—Diecisiete personas y nueve caballos —dijo Pilar—. Sin contar los bultos.

El Sordo no dijo nada.

—¿No hay manera de conseguir más caballos? —preguntó Robert Jordan.

—En guerra, un año —dijo el Sordo—, cuatro caballos. —Y enseñó los cuatro dedos de la mano—. Tú quieres ocho para mañana.

—Así es —dijo Robert Jordan—. Sabiendo que se van ustedes de aquí, no necesitan ser tan cuidadosos como lo han sido por estos alrededores. No es necesario por ahora ser tan cuidadosos. ¿No podrían hacer una salida y robar ocho caballos?

—Tal vez —dijo el Sordo—. Quizá ninguno. Tal vez más.

—¿Tienen ustedes un fusil automático? —preguntó Robert Jordan.

El Sordo asintió con la cabeza.

—¿Dónde?

—Arriba, en el monte.

—¿De qué clase?

—No sé el nombre. De platos.

—¿Cuántos platos?

—Cinco platos.

—¿Sabe alguien utilizarlo?

—Yo, un poco. No tiro demasiado. No quiero hacer ruido por aquí. No vale la pena gastar cartuchos.

—Luego iré a verlo —dijo Robert Jordan—. ¿Tienen ustedes granadas de mano?

—Muchas.

—¿Y cuántos cartuchos por fusil?

—Muchos.

—¿Cuántos?

—Ciento cincuenta. Más, quizá.

—¿Qué hay de otras gentes?

—¿Para qué?

—Para contar con fuerzas suficientes para tomar los puestos y cubrir el puente mientras lo vuelo. Necesitaríamos el doble de los que tenemos.

—Tomaremos puestos, tú no preocupes. ¿A qué hora del día?

—A la luz del día.

—No importa.

—Necesitaría al menos veinte hombres más para estar seguro —dijo Robert Jordan.

—No hay buenos. ¿Quieres los que no son de confianza?

—No. ¿Cuántos buenos hay?

—Quizá cuatro.

—¿Por qué tan pocos?

—No hay confianza.

—¿Servirían para guardar los caballos?

—Mucha confianza necesaria para guardar caballos.

—Me harían falta diez hombres buenos, por lo menos, si pudiera encontrarlos.

—Cuatro.

—Anselmo me ha dicho que había más de cien por estas montañas.

—No buenos.

—Usted ha dicho treinta —dijo Robert Jordan a Pilar—. Treinta seguros hasta cierto grado.

—¿Y las gentes de Elías? —gritó Pilar. El Sordo negó con la cabeza.

—No buenos.

—¿No puede usted encontrar diez? —preguntó Jordan. El Sordo le miró con ojos planos y amarillentos y negó con la cabeza.

—Cuatro —dijo, y volvió a mostrar los cuatro dedos de la mano.

—¿Los de usted son buenos? —preguntó Jordan, lamentando enseguida haber pronunciado estas palabras.

El Sordo afirmó con la cabeza.

—*Dentro de la gravedad* —dijo. Sonrió—. Será duro, ¿eh?

—Es posible.

—No importa —dijo el Sordo, sencillamente, sin alardear—. Valen más cuatro hombres buenos que muchos malos. En esta guerra, siempre muchos malos; pocos buenos. Cada día menos buenos. ¿Y Pablo? —Y miró a Pilar.

—Ya sabes —exclamó Pilar—. Cada día peor.

El Sordo se encogió de hombros.

—Bebe —dijo a Robert Jordan—. Llevaré los míos y cuatro más. Hacen doce. Esta noche, hablar todo esto. Tengo sesenta palos de dinamita. ¿Tú querer?

—¿De qué porcentaje son?

—No sé. Dinamita ordinaria. Yo llevar.

—Haremos saltar el puentecillo de arriba con ellos —dijo Robert Jordan—; es una buena idea. ¿Vendrá usted esta noche? Tráigalos, ¿quiere? No tengo órdenes sobre eso, pero tiene que ser volado.

—Iré esta noche. Luego, cazar caballos.

—¿Hay alguna probabilidad de encontrarlos?

—Quizá. Ahora, a comer.

Me pregunto si habla así a todo el mundo, pensó Robert Jordan. O bien cree que es así como hay que hacerse entender por un extranjero.

—¿Y adónde iremos cuando acabe todo esto? —vociferó Pilar en la oreja del Sordo.

El Sordo se encogió de hombros.

—Habrá que organizar todo eso —dijo la mujer.

—Claro —dijo el Sordo—. ¿Cómo no?

—La cosa se presenta bastante mal —dijo Pilar—. Habrá que organizarlo muy bien.

—Sí, mujer —dijo el Sordo—. ¿Qué es lo que te preocupa?

—Todo —gritó Pilar.

El Sordo sonrió.

—Has estado demasiado tiempo con Pablo —dijo.

De manera que sólo habla ese español zarrapastroso con los extranjeros, se dijo Jordan. Bueno, me gusta oírle hablar bien.

—¿Adónde crees que deberíamos ir? —preguntó Pilar.

—¿Adónde?

—Sí.

—Hay muchos sitios —dijo el Sordo—. Muchos sitios. ¿Conoces Gredos?

—Hay mucha gente por allí. Todos aquellos lugares serán barridos en cuanto ellos tengan tiempo.

—Sí. Pero es una región grande y agreste.

—Será difícil llegar hasta allí —dijo Pilar.

—Todo es difícil —dijo el Sordo—; se puede ir a Gredos o a cualquier otro lugar. Viajando de noche. Aquí esto se ha puesto muy peligroso. Es un milagro que hayamos podido estar tanto tiempo. Gredos es una tierra más segura que ésta.

—¿Sabes adónde querría yo ir? —preguntó Pilar.

—¿Adónde? ¿A la Paramera? Eso no vale nada.

—No —dijo Pilar—. No quiero ir a la sierra de la Paramera. Quiero ir a la República.

—No es imposible.

—¿Vendrían tus gentes?

—Sí, si les digo que vengan.

—Los míos no sé si vendrían —dijo Pilar—. Pablo no querrá venir; sin embargo, allí estaría más seguro. Es demasiado viejo para que le alisten como soldado, a menos que llamen a otras quintas. El gitano no querrá venir. Los otros no lo sé.

—Como no pasa nada por aquí desde hace tiempo, no se dan cuenta del peligro —dijo el Sordo.

—Con los aviones de hoy verán las cosas más claras —dijo Robert Jordan—; pero creo que podrían operar ustedes muy bien partiendo de Gredos.

—¿Qué? —preguntó el Sordo, y le miró con ojos planos. No había cordialidad en la manera de hacer la pregunta.

—Podrían hacer ustedes incursiones con más éxito desde allí —dijo Robert Jordan.

—¡Ah! —exclamó el Sordo—. ¿Conoces Gredos?

—Sí. Se puede operar desde allí contra la línea principal del ferrocarril. Se puede cortar continuamente, como hacemos nosotros más al sur, en Extremadura. Operar desde allí sería mejor que volver a la República —dijo Robert Jordan—. Serían ustedes más útiles allí.

Los dos, mientras le escuchaban, se habían puesto hoscos. El Sordo miró a Pilar y Pilar miró al Sordo.

—¿Conoces Gredos? —preguntó el Sordo—. ¿Lo conoces bien?

—Sí —dijo Robert Jordan.

—¿Adónde irías tú?

—Por encima de El Barco de Ávila; aquello es mejor que esto. Se pueden hacer incursiones contra la carretera principal y la vía férrea, entre Béjar y Plasencia.

—Muy difícil —dijo el Sordo.

—Nosotros hemos trabajado cortando la línea del ferrocarril en regiones mucho más peligrosas, en Extremadura —dijo Robert Jordan.

—¿Quiénes son nosotros?

—El grupo de *guerrilleros* de Extremadura.

—¿Sois muchos?

—Como unos cuarenta.

—¿Y ese de los nervios malos y el nombre raro? ¿Venía de allí? —preguntó Pilar.

—Sí.

—¿Dónde está ahora?

—Murió; ya te lo dije.

—¿Tú vienes también de allí?

—Sí.

—¿Te das cuenta de lo que quiero decirte? —preguntó Pilar.

Vaya, he cometido un error, pensó Robert Jordan. He dicho a estos españoles que nosotros podíamos hacer algo mejor que ellos, cuando la norma pide que no hables nunca de tus propias hazañas o habilidades. Cuando debería haberlos adulado, les he dicho lo que tenían que hacer, y ahora están furiosos. Bueno, ya se les pasará, o no. Serían ciertamente más útiles en Gredos que aquí. La prueba es que aquí no han hecho nada después de lo del tren, que organizó Kashkin. Y no fue tampoco nada extraordinario. Les costó a los fascistas una locomotora y algunos hombres; pero hablan de ello como si fuera un hecho importante de la guerra. Quizá les avergüence marcharse a Gredos. Sí, y quizá también me larguen a mí de aquí. En cualquier caso, no es una perspectiva demasiado halagüeña la que tengo ahora ante mí.

—Oye, *inglés* —le dijo Pilar—. ¿Cómo van tus nervios?

—Muy bien —contestó Jordan—; perfectamente.

—Te lo pregunto porque el último dinamitero que nos enviaron para trabajar con nosotros, aunque era un técnico formidable, era muy nervioso.

—Hay algunos que son nerviosos —dijo Robert Jordan.

—No digo que fuese un cobarde, porque se comportó muy bien —siguió Pilar—; pero hablaba de una manera extraña y pomposa. —Levantó la voz—. ¿No es verdad, Santiago, que el último dinamitero, el del tren, era un poco raro?

—*Algo raro* —confirmó el Sordo, y sus ojos se fijaron en el rostro de Jordan de una manera que le recordaron el tubo de escape de un aspirador de polvo—. *Sí, algo raro, pero bueno.*

—*Murió* —le dijo Jordan al Sordo.

—¿Cómo fue eso? —preguntó el Sordo, dirigiendo su mirada desde los ojos de Robert Jordan a sus labios.

—Le maté yo —dijo Robert Jordan—. Estaba herido, demasiado gravemente como para viajar, y le maté.

—Hablaba siempre de verse en ese caso —dijo Pilar—; era su obsesión.

—Sí —dijo Robert Jordan—; hablaba siempre de eso y era su obsesión.

—*¿Cómo fue?* —preguntó el Sordo—. ¿Fue en un tren?

—Fue al volver de un tren —dijo Robert Jordan—. Lo del tren salió bien. Pero al volver, en la oscuridad, nos tropezamos con una patrulla fascista y cuando corríamos fue herido en lo alto por la espalda, sin que ninguna vértebra fuese dañada; solamente el omóplato. Anduvo algún tiempo, pero, por su herida, se vio forzado a detenerse. No quería quedarse atrás, y le maté.

—*Menos mal* —dijo el Sordo.

—¿Estás seguro de que tus nervios se encuentran en perfectas condiciones? —le preguntó Pilar a Jordan.

—Sí —contestó él—; estoy seguro de que mis nervios están en buenas condiciones y me parece que cuando terminemos con lo del puente harían ustedes bien yéndose a Gredos.

No había acabado de decir esto cuando la mujer comenzó a soltar un torrente de obscenidades que le arrollaron, cayendo sobre él como el agua caliente blanca y pulverizada que salta en la repentina erupción de un géiser.

El Sordo meneó la cabeza mirando a Jordan con una sonrisa de felicidad. Siguió moviendo la cabeza, lleno de satisfacción mientras Pilar continuaba arrojando palabrota tras palabrota, y Robert Jordan comprendió que todo iba de nuevo muy bien. Por fin Pilar acabó de maldecir, cogió la cántara del agua, bebió y dijo más calmada:

—Así que cállate la boca sobre lo que tengamos que hacer después; ¿te has enterado, *inglés*? Tú vuélvete a la República, llévate a esa buena pieza contigo y déjanos a nosotros aquí para decidir en qué parte de estas montañas vamos a morir.

—A vivir —dijo el Sordo—. Cálmate, Pilar.

—A vivir y a morir —dijo Pilar—. Ya puedo ver claramente cómo va a terminar esto. Me caes bien, *inglés*; pero en lo que se refiere a lo que tenemos que hacer cuando haya concluido tu asunto, cierra el pico, ¿entiendes?

—Eso es asunto tuyo —contestó Robert Jordan—. Yo no tengo que meter la mano en ello.

—Pues sí que la metes —dijo Pilar—. Así que llévate a tu putilla rapada y vete a la República; pero no des con la puerta en las narices a los que no son extranjeros ni a los que trabajaban ya por la República cuando tú estabas todavía mamando.

María, que iba subiendo por el sendero mientras hablaban, oyó las últimas frases que Pilar, alzando de nuevo la voz, le decía a gritos a Jordan. La muchacha movió la cabeza mirando a Jordan y agitó un dedo en señal de negación. Pilar vio cómo Jordan miraba a la muchacha y le vio sonreír y entonces se volvió y dijo:

—Sí, he dicho puta, y lo mantengo, y supongo que vosotros os iréis juntos a Valencia y que nosotros podremos ir a Gredos a comer cagarrutas de cabras.

—Soy una puta, si eso te agrada —dijo María—; tiene que ser así, además, si tú lo dices. Pero cálmate. ¿Qué es lo que te pasa?

—Nada —contestó Pilar, y volvió a sentarse en el banco; su voz se había calmado, perdiendo el acento metálico que le daba la rabia—. No es que te llame eso; pero tengo tantas ganas de ir a la República...

—Podemos ir todos —dijo María.

—¿Por qué no? —preguntó Robert Jordan—. Puesto que no te gusta Gredos...

El Sordo le hizo un guiño.

—Ya veremos —dijo Pilar, y su cólera se había desvanecido enteramente—. Dame un vaso de esa porquería. Me he quedado ronca de rabia. Ya veremos. Ya veremos qué es lo que pasa.

—Ya ves, camarada —explicó el Sordo—; lo que hace las cosas difíciles es la mañana. —Ya no hablaba en aquel español zarrapastroso ex profeso para extranjeros y miraba a Robert Jordan a los ojos seria y calmosamente, sin inquietud ni desconfianza, ni con aquella ligera superioridad de veterano con que le había tratado antes—. Comprendo lo que necesitas. Sé que los centinelas deben ser exterminados y el puente cubierto mientras haces tu trabajo. Todo eso lo comprendo perfectamente. Y es fácil de hacer antes del día o de madrugada.

—Sí —contestó Robert Jordan—. Vete un momento, ¿quieres? —le dijo a María sin mirarla.

La muchacha se alejó unos pasos, lo bastante como para no oír, y se sentó en el suelo con las piernas cruzadas.

—Mira —dijo el Sordo—, la dificultad no está en eso. Pero largarse después y salir de esta región a la luz del día es un problema grave.

—Naturalmente —dijo Robert Jordan—, y he pensado en ello. Pero también será pleno día para mí.

—Pero tú estás solo —dijo el Sordo—; nosotros somos varios.

—Habría la posibilidad de volver a los campamentos y salir por la noche —dijo Pilar, llevándose el vaso a los labios y apartándolo después sin llegar a beber.

—Eso es también muy peligroso —explicó el Sordo—. Eso es quizá más peligroso todavía.

—Creo que lo es, en efecto —dijo Robert Jordan.

—Volar el puente por la noche sería fácil —dijo el Sordo—; pero si pones la condición de que sea en pleno día, puede acarrearnos graves consecuencias.

—Ya lo sé.

—¿No podrías hacerlo por la noche?

—Me fusilarían.

—Es muy posible que nos fusilen a todos si lo haces en pleno día.

—A mí me daría lo mismo, en tanto en cuanto volase el puente —explicó Robert Jordan—; pero me hago cargo de su punto de vista. ¿No pueden llevar ustedes a cabo una retirada en pleno día?

—Sí que podemos hacerlo —dijo el Sordo—. Podemos organizar esa retirada. Pero lo que estoy explicándote es por qué estamos inquietos y por qué nos hemos enfadado. Tú hablas de ir a Gredos como si fuera una maniobra militar. Si llegáramos a Gredos, sería un milagro.

Robert Jordan no dijo nada.

—Oye —dijo el Sordo—; estoy hablando mucho. Pero es el único modo de entenderse los unos con los otros. Nosotros estamos aquí de milagro. Por un milagro de la pereza y de la estupidez de los fascistas, que tratarán de remediar a su debido tiempo. Desde luego, tenemos mucho cuidado y procuramos no hacer ruido por estos montes.

—Lo sé.

—Pero ahora, una vez hecho eso, tendremos que irnos. Tenemos que pensar en la manera de marcharnos.

—Naturalmente.

—Bueno —concluyó el Sordo—, vamos a comer. Ya he hablado bastante.

—Nunca te he oído hablar tanto —dijo Pilar—. ¿Ha sido esto? —Y levantó el vaso.

—No —dijo el Sordo negando con la cabeza—. No ha sido el whisky. Ha sido porque nunca tuve tantas cosas de que hablar como hoy.

—Le agradezco su ayuda y su lealtad —dijo Robert Jordan—; me doy cuenta de las dificultades que supone volar el puente de día.

—No hablemos de eso —dijo el Sordo—. Estamos aquí para hacer lo que se pueda. Pero la cosa es peliaguda.

—Sobre el papel, sin embargo, es muy sencilla —dijo Robert Jordan sonriendo—. Sobre el papel, el puente tiene que saltar en el momento en que comience el ataque, de modo que no pueda llegar nada por la carretera. Es muy sencillo.

—Que nos hagan hacer alguna cosa sobre el papel —dijo el Sordo—, que inventen y realicen algo sobre el papel.

—El papel no sangra —dijo Robert Jordan citando el proverbio.

—*Pero es muy útil* —dijo Pilar—. Ya me gustaría a mí valerme de tus papeles para ir al retrete.

—A mí también —dijo Robert Jordan—; pero no es así como se gana una guerra.

—No —dijo la mujerona—; supongo que no. Pero ¿sabes lo que me gustaría?

—Ir a la República —contestó el Sordo. Había acercado su oreja sana a la mujer mientras hablaba—. *Ya irás, mujer*. Deja que ganemos la guerra y todo será la República.

—Muy bien —contestó Pilar—; y ahora, por el amor de Dios, vamos a comer.

Capítulo 12

Después de haber comido salieron del refugio del Sordo y comenzaron a descender por la senda. El Sordo los acompañó hasta el puesto de más abajo.

—*Salud* —dijo—. Hasta la noche.

—*Salud, camarada* —dijo Robert Jordan, y los tres siguieron bajando por el camino mientras el viejo, parado, los seguía con la mirada. María se volvió y agitó la mano. El Sordo agitó la suya, haciendo con el brazo ese ademán rápido que al estilo español quiere ser un saludo, aunque más bien parece la manera de arrojar una piedra a lo lejos; algo así como si en lugar de saludar se quisiera zanjar de golpe un asunto. Durante la comida el Sordo no se había desabrochado su chaqueta de piel de cordero y se había comportado con una cortesía exquisita, teniendo cuidado de volver la cabeza para escuchar cuando se le hablaba, y volviendo a utilizar aquel español entrecortado para preguntar a Robert Jordan sobre la situación en la República cortésmente; pero estaba claro que deseaba verse libre de ellos cuanto antes.

Al marcharse, Pilar le había dicho:

—¿Y bien, Santiago?

—Y bien, nada, mujer —había respondido el Sordo—. No pasa nada; pero estoy pensando.

—Yo también —había dicho Pilar.

Y ahora que seguían bajando por el sendero, una bajada fácil y agradable por entre los pinos, por la misma pendiente que habían subido con tanto esfuerzo unas horas antes, Pilar mantenía la boca cerrada. Robert Jordan y María callaban también, de manera que anduvieron rápidamente hasta el lugar en que la senda descendía de golpe, saliendo del valle arbolado para adentrarse luego en el monte y alcanzar por fin el prado de la meseta.

Hacía calor aquella tarde de fin de mayo, y a mitad de camino de la última grada rocosa, la mujer se detuvo. Robert Jordan la imitó y al volverse vio el sudor perlar la frente de Pilar. Su moreno rostro se le antojó pálido, la piel floja, y vio que grandes ojeras negras se dibujaban bajo sus ojos.

—Descansemos un rato —dijo Jordan—; vamos demasiado deprisa.

—No —dijo ella—, continuemos.

—Descansa, Pilar —dijo María—; tienes mala cara.

—Cállate —dijo la mujer—; nadie te ha pedido tu opinión.

Empezó a subir rápidamente por el sendero, pero llegó al final sin aliento y no cabía ya duda sobre la palidez de su rostro sudoroso.

—Siéntate, Pilar —dijo María—; te lo ruego; siéntate, por favor.

—Está bien —dijo Pilar.

Se sentaron los tres bajo un pino y miraron por encima de la pradera las cimas que parecían surgir de entre las curvas de los valles cubiertos de una nieve que brillaba al sol en aquel comienzo de la tarde.

—¡Qué condenada nieve y qué bonita es de mirar! —dijo Pilar—. Hace pensar en no sé qué la nieve. —Se volvió hacia María y dijo—: Siento mucho haber sido tan brusca contigo, *guapa*. No sé qué me pasa hoy. Estoy de malas.

—No hago caso de lo que dices cuando estás enfadada —contestó María—, y estás enfadada con mucha frecuencia.

—No, esto es peor que un enfado —dijo Pilar mirando hacia las cumbres.

—No te encuentras bien —dijo María.

—No es tampoco eso —dijo la mujer—. Ven aquí, *guapa*, pon la cabeza en mi regazo.

María se acercó a ella, puso los brazos debajo como se hace cuando se duerme sin almohada y apoyó la cabeza en el regazo de Pilar. Luego volvió la cara hacia ella y le sonrió, pero la mujerona miraba por encima de las praderas hacia las montañas. Se puso a acariciar la cabeza de la muchacha sin mirarla, siguiendo con la firmeza de sus dedos la frente, luego el contorno de la oreja y luego la línea de los cabellos que crecían bajo la nuca.

—La tendrás dentro de un momento, *inglés* —dijo. Robert estaba sentado detrás de ella.

—No hables así —dijo María.

—Sí, te tendrá —dijo Pilar, sin mirar ni a uno ni a otro—. No te he deseado nunca, pero estoy celosa.

—Pilar —dijo María—, no hables de esa manera.

—Te tendrá —dijo Pilar, y pasó su dedo alrededor del lóbulo de la oreja de la muchacha—; pero me siento muy celosa.

—Pero, Pilar —dijo María—, si fuiste tú quien me dijo que no había nada de eso entre nosotras.

—Siempre hay cosas de ese estilo —dijo la mujer—; siempre hay algo que no tendría que haber. Pero no conmigo. Yo quiero que seas feliz, y nada más.

María no respondió y siguió tumbada, intentando que su cabeza descansara lo más ligera posible sobre el regazo de Pilar.

—Escucha, *guapa* —dijo Pilar, pasando un dedo distraído, pero firme, por el contorno de las mejillas—. Escucha, *guapa*, yo te quiero y me parece bien que él te tenga; no soy una *tortillera*, soy una mujer de hombres. Así es. Pero ahora tengo ganas de decirte a voz en grito y a la luz del día que te quiero.

—Y yo también te quiero.

—*¡Qué va!* No digas tonterías. No sabes siquiera de lo que hablo.

—Sí, sí que lo sé.

—¡*Qué va!* ¡Qué vas a saber! Tú eres para el *inglés*. Eso está claro y así tiene que ser. Y es lo que yo quiero. No hubiera permitido otra cosa. No soy una pervertida, pero te digo las cosas como son. No hay mucha gente que diga la verdad; ninguna mujer te la dirá. Yo sí me siento celosa y así de claro lo digo.

—No lo digas —replicó María—; no lo digas, Pilar.

—¿*Por qué*, no lo digas? —preguntó la mujer, sin mirar a ninguno de los dos—; lo diré hasta que se me vayan las ganas de decirlo. Y en este mismo momento —dijo mirando ahora a la muchacha— se me han acabado. Ya no lo digo más, ¿entiendes?

—Pilar —dijo María—, no hables así.

—Tú eres una conejita muy mona —dijo Pilar—, y quítame esa cabeza del regazo. Se ha pasado el momento de las tonterías.

—No eran tonterías —dijo María—, y mi cabeza está bien donde está.

—No, quítamela —dijo Pilar. Pasó sus grandes manos por debajo de la cabeza de la joven y la levantó—. Y tú, *inglés* —preguntó, sosteniendo aún la cabeza de la muchacha y mirando insistentemente a lo lejos, hacia las montañas, como había hecho todo el tiempo—, ¿se te ha comido la lengua el gato?

—No fue el gato —contestó Robert Jordan.

—¿Qué animal fue? —preguntó Pilar depositando la cabeza de la muchacha en el suelo.

—No fue un animal —dijo Robert Jordan.

—¿Te la has tragado entonces?

—Supongo —dijo Robert Jordan.

—¿Y estaba buena? —preguntó Pilar, volviéndose hacia él y sonriéndole.

—No mucho.

—Ya me lo figuraba yo. Ya me lo figuraba. Pero voy a devolverte a tu conejito. No he tratado nunca de quitártelo. Ese nombre le sienta bien, conejito. Te he oído llamarla así esta mañana.

Robert Jordan sintió que se ruborizaba.

—Eres muy dura para ser mujer —le dijo.

—No —dijo Pilar—; soy tan sencilla que parezco muy complicada. ¿Tú no eres complicado, *inglés*?

—No, ni tampoco tan sencillo.

—Me gustas, *inglés* —dijo Pilar. Luego sonrió, se inclinó hacia delante, y volvió a sonreír, moviendo la cabeza—. ¿Y si yo quisiera quitarte al conejito o quitarle al conejito a su *inglés*?

—No podrías hacerlo.

—Claro que no —dijo Pilar sonriendo de nuevo—. Ni tampoco lo quiero. Aunque cuando era joven podía haberlo hecho.

—Lo creo.

—¿Lo crees?

—Sin ninguna duda —dijo Robert Jordan—; pero esta clase de conversación es una tontería.

—No es propia de ti —dijo María.

—No es propia de mí —dijo Pilar—; pero es que hoy no me parezco mucho a mí misma. Me parezco muy poco. Tu puente me ha dado dolor de cabeza, *inglés*.

—Podemos llamarlo el puente del dolor de cabeza —dijo Robert Jordan—; pero yo lo haré caer en esa garganta como si fuera una jaula de grillos.

—Bien —contestó Pilar—. Sigue hablando así.

—Me lo voy a merendar como si fuera un plátano sin cáscara.

—Me comería un plátano yo ahora —dijo Pilar—. Continúa, *inglés*. Anda, sigue hablando así.

—No vale la pena —dijo Robert Jordan—. Vámonos al campamento.

—Tu deber —dijo Pilar—. Ya llegará, hombre. Pero antes voy a dejaros solos.

—No. Tengo mucho que hacer.

—Eso vale la pena también y no se requiere mucho tiempo.

—Cállate, Pilar —dijo María—. Estás muy grosera.

—Soy muy grosera —dijo Pilar—; pero también *soy muy deli-*

cada. Ahora voy a dejaros solos. Y todo eso de los celos es una tontería. Estaba furiosa contra Joaquín porque vi en sus ojos lo fea que soy. Estoy celosa porque tienes diecinueve años; eso es todo. Pero no son celos que duran. No tendrás siempre diecinueve años. Y ahora me voy.

Se levantó y, apoyándose una mano en la cadera, se quedó mirando a Robert Jordan, que se había puesto también de pie. María continuaba sentada en el suelo, bajo el árbol, con la cabeza baja.

—Volvamos al campamento todos juntos —dijo Robert Jordan—. Será mejor; hay mucho que hacer.

Pilar señaló con la barbilla a María, que continuaba sentada con la cabeza baja, sin decir nada. Luego sonrió, se encogió visiblemente de hombros y preguntó:

—¿Sabéis el camino?

—Sí —respondió María sin levantar la cabeza.

—*Pues me voy* —dijo Pilar—. Tendremos listo algún reconstituyente para agregarlo a la cena, *inglés*.

Comenzó a andar por la pradera hacia las malezas que bordeaban el arroyo que corría hasta el campamento.

—Espera —le gritó Jordan—. Es mejor que volvamos todos juntos.

María continuaba sentada sin decir palabra.

Pilar no se volvió.

—¡*Qué va*, volver todos juntos! —dijo—. Os veré luego.

Robert Jordan permanecía de pie, inmóvil.

—¿Crees que se encuentra bien? —preguntó a María—. Tenía mala cara.

—Déjala —dijo María, que continuaba con la cabeza gacha.

—Creo que debería acompañarla.

—Déjala —dijo María—. Déjala.

Capítulo 13

Caminando por la alta pradera, Robert Jordan sentía el roce de la maleza contra sus piernas; sentía el peso de la pistola sobre la cadera; sentía el sol sobre su cabeza; sentía en la espalda la frescura de la brisa que soplaba de las cumbres nevadas; sentía en su mano la mano firme y fuerte de la muchacha, y sus dedos entrelazados. De aquella mano, de la palma de aquella mano apoyada contra la suya, de sus dedos entrelazados y de la muñeca que rozaba su muñeca, de aquella mano, de aquellos dedos y de aquella muñeca emanaba algo tan fresco como el soplo que nos llega del mar por la mañana, ese soplo que apenas riza la superficie de plata; y algo tan ligero como la pluma que te roza los labios o la hoja que cae al suelo en el aire inmóvil. Algo tan ligero que sólo podía notarse con el roce de los dedos, pero tan fortificante, tan intenso y tan amoroso en la forma de apretar de los dedos y en la proximidad estrecha de la palma y de la muñeca, como si una corriente ascendiera por su brazo y le llenase todo el cuerpo con el penoso vacío del deseo. El sol brillaba en los cabellos de la muchacha, dorados como el trigo, en su cara bruñida y morena y en la suave curva de su cuello, y Jordan le echó la cabeza hacia atrás, la estrechó entre sus brazos y la besó. Al besarla la sintió temblar, y acercando todo su cuerpo al de ella, sintió contra su propio pecho, a través de las camisas de ambos, la presión de sus pequeños y firmes senos; alargó la mano, desabrochó los botones de su camisa, se inclinó sobre la muchacha y la besó, y ella se quedó temblando, con la cabeza echada hacia atrás, sostenida apenas por el brazo de él. Luego bajó la barbilla y rozó con ella los cabellos de Robert Jordan, y tomó la cabeza de él entre sus manos como para acunarla. Entonces él se irguió y, rodeándola con ambos brazos, la abrazó con tanta fuerza, que la levantó del suelo mientras sentía el temblor que le recorría todo el cuerpo. Ella apoyó los labios en el cuello de él y Jordan la dejó caer suavemente mientras decía:

—María, ah, mi María. —Luego dijo—: ¿Adónde podríamos ir?

Ella no respondió. Deslizó su mano por entre su camisa y Jordan vio que le desabrochaba los botones.

—Yo también. Quiero besarte yo también —dijo ella.

—No, conejito mío.

—Sí, quiero hacerlo todo como tú.

—No; no es posible.

—Bueno, entonces, entonces…

Y hubo entonces el olor de la jara aplastada y la aspereza de los tallos quebrados bajo la cabeza de María y el sol brillando en sus ojos entornados. Toda su vida recordaría él la curva de su cuello, con la cabeza hundida entre las hierbas, y sus labios, que apenas se movían, y el temblor de sus pestañas, con los ojos cerrados al sol y al mundo. Y para ella todo fue rojo, naranja, rojo dorado, con el sol que le daba en los ojos; y todo, la plenitud, la posesión, la entrega, se tiñó de ese color con una intensidad cegadora. Para él fue un sendero oscuro que no llevaba a ninguna parte, y seguía avanzando sin llevar a ninguna parte, hacia un sin fin, hacia una nada sin fin, con los codos hundidos en la tierra, hacia la oscuridad sin fin, hacia la nada sin fin, suspendido en el tiempo, avanzando sin saber hacia dónde, una y otra vez, hacia la nada siempre, para volver otra vez a nacer, hacia la nada, hacia la oscuridad, avanzando siempre hasta más allá de lo soportable y ascendiendo hacia arriba, hacia lo alto, cada vez más alto, hacia la nada. Hasta que, de repente, la nada desapareció y el tiempo se quedó inmóvil, se encontraron los dos allí, suspendidos en el tiempo, y sintió que la tierra se movía y se alejaba bajo ellos.

Un momento después se encontró tumbado de lado, con la cabeza hundida entre las hierbas. Respiró a fondo el olor de las raíces, de la tierra y del sol que le llegaba a través de las hierbas y le quemaba la espalda desnuda y las caderas, y vio a la muchacha tendida frente a él, con los ojos aún cerrados, y al abrirlos, le sonrió; y él, como en un susurro y como si llegara de muy lejos, aunque de una lejanía amistosa, le dijo:

—Hola, conejito.

Ella sonrió y desde muy cerca le dijo:

—Hola, mi *inglés*.

—No soy inglés —dijo él perezosamente.

—Sí —dijo ella—, lo eres. Eres mi *inglés*. —Se inclinó sobre él, le cogió de las orejas y le besó en la frente—. Ahí tienes. ¿Qué tal? ¿Beso ahora mejor?

Luego, mientras caminaban uno junto a otro por el borde del arroyo, Jordan le dijo:

—María, te quiero tanto y eres tan adorable, tan maravillosa y tan buena, y me siento tan dichoso cuando estoy contigo, que me entran ganas de morirme mientras nos amamos.

—Sí —dijo ella—; yo me muero cada vez... ¿Tú te mueres también?

—Casi me muero, aunque no del todo. ¿Notaste cómo se movía la tierra?

—Sí, en el momento en que me moría. Pásame el brazo por el hombro, ¿quieres?

—No, dame la mano. Eso basta.

La contempló un rato y luego miró al prado, donde un halcón estaba cazando, y miró las enormes nubes de la tarde, que venían de las montañas.

—¿Y no sientes lo mismo con otras? —le preguntó María, mientras iban caminando con las manos enlazadas.

—No; de veras que no.

—Tú has querido a muchas más.

—He querido a algunas. Pero a ninguna como a ti.

—¿Y no era como esto? ¿De veras que no?

—Era una cosa agradable, pero sin comparación.

—Se movía la tierra. ¿Lo habías notado otras veces?

—No; de veras que no.

—¡Ay! —exclamó ella—. Y sólo tenemos un día.

Jordan no dijo nada.

—Pero lo hemos tenido al menos —insistió María—. Y ahora dime, ¿te gusto de verdad? ¿Te hago feliz? Cuando pase algún tiempo seré más bonita.

—Eres muy bonita ahora.

—No —dijo ella—. Pero pásame la mano por la cabeza.

Jordan lo hizo como se lo pedía y sintió que la cabellera corta se hundía bajo sus dedos con suavidad y volvía a levantarse en cuanto dejaba de acariciarla. Entonces le cogió la cabeza con las dos manos, le hizo volver la cara hacia él y la besó.

—Me gusta mucho besar —dijo ella—; pero yo no sé besarte.

—No tienes que hacerlo.

—Sí, tengo que hacerlo. Si voy a ser tu mujer, tengo que procurar darte gusto en todo.

—Ya me das gusto en todo. Nadie podría procurarme un placer mayor y no sé qué tendría que hacer yo para ser más feliz de lo que soy.

—Pues ya verás —dijo ella rebosante de felicidad—. Te diverte ahora mi pelo porque está raro; pero cada día crece un poco, y cuando esté largo, no seré fea, como ahora, y tal vez me querrás mucho más.

—Tienes un cuerpo muy bonito —dijo él—; el cuerpo más lindo del mundo.

—No, lo que pasa es que soy joven.

—No; en un cuerpo hermoso hay una magia especial. No sé lo que hace la diferencia entre uno y otro cuerpo, pero tú lo tienes.

—Lo tengo para ti —dijo ella.

—No.

—Sí. Para ti y siempre para ti y sólo para ti. Pero eso no es nada; quisiera aprender a cuidarte bien. Dime la verdad: ¿no habías notado que la tierra se moviese antes de ahora?

—Nunca —dijo él con sinceridad.

—Bueno, entonces me siento feliz —dijo ella—; me siento muy feliz. Pero ¿estás pensando en otra cosa? —le preguntó María a continuación.

—Sí, en mi trabajo.

—Me gustaría que tuviésemos caballos —dijo María—; me gustaría ir en un caballo y galopar contigo, y galopar cada vez más deprisa. Iríamos cada vez más deprisa, pero nunca alcanzaríamos a mi felicidad.

—Podríamos llevar tu felicidad en avión —dijo Jordan, sin saber lo que decía.

—Y subir, subir hacia lo alto, como esos aviones pequeñitos de caza que brillan al sol —dijo ella—. Haciendo cabriolas y cayendo luego. *¡Qué bueno!* —exclamó riendo—. Como sería tan dichosa, no lo notaría.

—Pues sí que tiene buen estómago tu felicidad —dijo él, oyendo a medias lo que decía ella.

Porque en aquellos momentos ya no estaba allí. Seguía caminando al lado de la muchacha, pero su mente estaba ocupada con el problema del puente, que ahora se le ofrecía con toda claridad, nitidez y precisión, como cuando la lente de una cámara está bien enfocada. Vio los dos puestos, y a Anselmo y al gitano vigilándolos. La carretera vacía, y después llena de movimiento. Vio dónde tenía que colocar los dos rifles automáticos para conseguir el mejor campo de tiro y se preguntó quién habría de servirlos. Al final, lo haría él, desde luego; pero al principio, ¿quién? Colocó las cargas agrupándolas y sujetándolas bien, y hundió en ellas los cartuchos, conectando los alambres; volvió luego al lugar en que había dispuesto la vieja caja del fulminante. Después siguió pensando en todas las cosas que podían ocurrir y en las que podían salir mal. Basta, se dijo. Deja de pensar en esas cosas. Has hecho el amor a esa muchacha, y ahora que tienes la mente despejada te pones a buscarte cavilaciones. Una cosa es pensar en lo que tienes que hacer y otra preocuparte inútilmente. No te preocupes. No debes hacerlo. Sabes perfectamente lo que tendrás que hacer y lo que puede ocurrir. Por supuesto, hay cosas que pueden ocurrir.

Cuando te metiste en este asunto, sabías perfectamente por lo que luchabas. Luchabas precisamente contra lo que ahora te ves obligado a hacer para contar con alguna probabilidad de triunfo, pensó. Ahora se veía forzado a utilizar a personas que estimaba, como si fueran tropas por las que no sintiera ningún afecto, si es que quería tener éxito. Pablo era, indudablemente, el más listo. Había visto enseguida el peligro. La mujer estaba enteramente a favor del asunto y lo seguía estando, pero poco a poco se iba dando cuenta de lo que implicaba realmente, y eso la estaba cambiando mucho. El Sordo había visto el peligro inmediatamente, pero estaba resuelto a llevarlo a cabo, aunque el asunto no le gustara más de lo que le gusta al mismo Jordan.

De manera que dices que no es lo que pueda sucederte a ti, sino lo que pueda sucederles a la mujer y a la muchacha y a los otros lo que te preocupa, se dijo. Está bien. ¿Qué es lo que les hubiera sucedido de no haber aparecido tú? ¿Qué es lo que les sucedió antes de que tú vinieras? Es mejor no pensar en ello. Tú no eres responsable de ellos salvo en la operación. Las órdenes no provienen de ti. Provienen de Golz. ¿Y quién es Golz? Un buen general. El mejor de los generales bajo cuyas órdenes hayas servido nunca. Pero ¿debe ejecutar un hombre órdenes imposibles sabiendo a qué conducen? ¿Incluso aunque provengan de Golz, que representa al partido al mismo tiempo que al ejército?, pensó. Sí, debía ejecutarlas, porque era solamente ejecutándolas como podía probarse su imposibilidad. ¿Cómo saber que eran imposibles mientras no se hubiesen ensayado? Si todos se pusieran a decir que las órdenes eran imposibles de cumplir cuando se recibían, ¿adónde irían a parar? ¿Adónde iríamos a parar todos, se preguntó, si nos contentáramos con decir «imposible» en el momento de recibir las órdenes?

Ya conocía él jefes para quienes eran imposibles todas las órdenes. Por ejemplo, aquel cerdo de Gómez, en Extremadura. Ya había visto bastantes ataques en que los flancos no avanzaban porque avanzar era imposible. No, él ejecutaría las órdenes, y si llegaba a tomar cariño a la gente con la que trabajaba, mala suerte.

Con su trabajo, ellos, los *partizans*, los guerrilleros, concitaban peligro y mala suerte a las gentes que les prestaban abrigo y ayuda. ¿Para qué? Para que algún día no hubiese más peligros y el país pudiera ser un buen lugar donde vivir. Así era, aunque la cosa pudiera sonar muy trillada.

Si la República perdiese, resultaría imposible vivir en España para los que creían en ella. Pero ¿estaba seguro de ello? Sí, lo sabía por las cosas que había visto que habían sucedido en los lugares que los fascistas habían tomado.

Pablo era un puerco, pero los otros eran gentes extraordinarias y ¿no sería traicionarlas el forzarlas a hacer ese trabajo? Quizá lo fuera. Pero si no lo hacían, dos escuadrones de caballería los arrojarían de aquellas montañas al cabo de una semana.

No, no se ganaba nada dejándolos tranquilos. Salvo que se debía dejar tranquilo a todo el mundo y no molestar a nadie. De manera, se dijo, que él creía que era menester dejar a todo el mundo tranquilo. Sí, lo pensaba así. Pero ¿qué sería entonces de la sociedad organizada y de todo lo demás? Bueno, eso era un trabajo que tenían que hacer los otros. Él tenía que hacer otras cosas, por su cuenta, cuando acabase la guerra. Si luchaba en aquella guerra era porque había comenzado en un país que él amaba y porque creía en la República y porque si la República era destruida, la vida sería imposible para todos los que creían en ella. Se había puesto bajo el mando comunista mientras durase la guerra. En España eran los comunistas quienes ofrecían la mejor disciplina, la más razonable y la más sana para la prosecución de la guerra. Él aceptaba su disciplina mientras durase la guerra porque en la dirección de la guerra los comunistas eran el único partido cuyo programa y cuya disciplina le inspiraban respeto.

Pero, en ese caso, ¿cuáles eran sus opiniones políticas? Por el momento, no las tenía. Nunca lo admitas ante nadie, se dijo. ¿Y qué vas a hacer cuando se acabe esta guerra? Me volveré a casa para ganarme la vida enseñando español, como lo hacía antes, y escribiré un libro absolutamente verídico. Apuesto a que lo escribiré. Apuesto a que no será difícil escribirlo.

Tendría que hablar de política con Pablo. Sería interesante sin duda conocer la evolución de sus opiniones. El clásico movimiento de izquierda a derecha, probablemente; como el viejo Lerroux. Pablo se parecía mucho a Lerroux. Prieto era de la misma calaña. Pablo y Prieto tenían una fe, semejante poco más o menos, en la victoria final. Los dos tenían una política de cuatreros. Él creía en la República como una forma de gobierno, pero la República tendría que sacudirse a aquella banda de cuatreros que la habían llevado al callejón sin salida en que se encontraba cuando comenzó el alzamiento. ¿Hubo jamás un pueblo como éste, cuyos dirigentes hubieran sido hasta ese punto sus propios enemigos?

Enemigos del pueblo. He aquí una expresión que podía él pasar muy bien por alto, una frase tópica que convenía sacudirse. Todo eso era el resultado de haber dormido con María. Sus ideas políticas se iban convirtiendo desde hacía algún tiempo en algo tan estrecho e inconformista como las de un baptista de caparazón duro, y expresiones como «enemigos del pueblo» le acudían a la mente sin que se tomase la molestia de examinarlas. Toda clase de clichés a la vez revolucionarios y patrióticos. Su mente los adoptaba sin criticarlos. Quizá fueran auténticos, pero se habituaba demasiado fácilmente a tales expresiones. Sin embargo, después de la última noche y de la conversación con el Sordo, tenía el espíritu más claro y más dispuesto para examinar aquel asunto. El fanatismo era una cosa extraña. Para ser fanático hay que estar absolutamente seguro de tener la razón y nada infunde esa seguridad, ese convencimiento de tener la razón, como la continencia. La continencia es el enemigo de la herejía.

¿Resistiría esa premisa un examen detenido? Ésa era la razón por la que los comunistas tomaban medidas contra los bohemios. Cuando uno se emborracha o fornica o comete adulterio, descubre uno su propia falibilidad hasta en ese sustituto tan mudable del credo de los apóstoles: la línea del partido. Abajo con la bohemia, el pecado de Maiakovski.

Pero Maiakovski volvía ahora a ser un santo. Porque había muerto y estaba bien enterrado. Tú también vas a estar bien enterrado uno de estos días, se dijo. Bueno, basta, deja ya de pensar en esto. Piensa en María.

María hacía mucho daño a su fanatismo. Hasta ahora la muchacha no había dañado su capacidad de resolución, pero notaba que prefería por el momento no morir. Renunciaría con gusto a un final de héroe o de mártir. No aspiraba a las Termópilas ni deseaba ser el Horacio de ningún puente ni el muchachito holandés con el dedo en el agujero del dique. No. Le gustaría pasar algún tiempo con María. Y ésa era la expresión más sencilla de todos sus deseos. Le gustaría pasar algún tiempo, mucho tiempo con la muchacha.

No creía que hubiera ya la posibilidad de una cosa parecida por mucho tiempo, pero, si por casualidad la había, le gustaría pasarlo con ella. Podríamos ir a un hotel y registrarnos como doctor Livingstone y esposa, supongo. ¿Por qué no?, se dijo.

Pero ¿por qué no casarse con ella? Naturalmente, se casaría. Entonces seríamos el señor y la señora Jordan de Sun Valley, Idaho, pensó. O de Corpus Christi, Texas, o de Butte, Montana.

Las españolas son estupendas esposas, se dijo. Lo sé porque no he tenido nunca ninguna. Y cuando vuelva a mi puesto de la universidad será una mujer de profesor excelente, y cuando los estudiantes de cuarto curso de castellano vengan por la noche a fumar una pipa y a discutir de manera libre e instructiva sobre Quevedo, Lope de Vega, Galdós y otros muertos admirables, María podrá contarles cómo algunos cruzados de la verdadera fe, vestidos de camisa azul, se sentaron sobre su cabeza, mientras otros le retorcían los brazos y le levantaban la falda para así amordazarla.

Me pregunto cómo caerá María en Missoula, Montana. Suponiendo que encuentre algún trabajo en Missoula, pensó. Calculo que a estas alturas estoy fichado como rojo y que van a ponerme en la lista negra. Aunque, a decir verdad, tampoco puedo asegurarlo. No puede asegurarse nada. No tienen pruebas de lo que he hecho aquí y, por lo demás, si lo contase, no lo creerían nunca. Mi pasaporte era válido para España antes de que entraran en vigor las nuevas restricciones. En todo caso, no tendría por qué volver antes del otoño del 37. Salí en el verano del 36 y los permisos, aunque son oficialmente de un año, son válidos hasta el comienzo del curso siguiente. Queda aún mucho tiempo hasta el comienzo del curso en otoño. Queda todavía mucho tiempo de aquí a mañana, mirándolo bien. No. No creo que haya que preocuparse por lo de la universidad. Será bastante con que llegue para el otoño, y todo irá bien. Trataré sencillamente de presentarme en ese momento.

Pero ¡qué vida tan rara era la que llevaba desde hacía algún tiempo! Vaya si lo era. España había sido su diversión y su tema de trabajo desde hacía mucho. Luego era natural y lógico que se encontrara en España. Has trabajado varios veranos en el servicio forestal y haciendo carreteras, se dijo. Allí aprendiste a manejar la pólvora de manera que las demoliciones son también un trabajo natural y lógico para ti. Aunque siempre hayas tenido que llevarlo a cabo con un poco de precipitación. Pero ha sido un buen trabajo.

Una vez que se ha aceptado la idea de la demolición como un problema que hay que resolver, ya no hay más que el problema. Las demoliciones, eso sí, aparecen acompañadas de detalles que las hacen poco gratas, se dijo, aunque Dios sabe que se toman estos detalles a la ligera. Siempre había un esfuerzo constante por provocar las condiciones mejores con la mira en los asesinatos que deben acompañar a las destrucciones. Pero ¿acaso las palabras ampulosas hacían posible la defensa de tales asesinatos? ¿Hacían más agradable la matanza? Te has acostumbrado con facilidad a todo ello, si quieres que te dé mi opinión, se dijo. Y para lo que vas a servir cuando dejes el servicio de la República, se me antoja extremadamente problemático. Pero me imagino que te desembarazarás de todos estos recuerdos, poniéndolos sobre el papel. Puedes escribir un gran libro, si eres capaz de escribirlo. Mucho mejor que el anterior, pensó.

Pero, entretanto, la vida se reduce a hoy, esta noche, mañana, y así indefinidamente. Esperémoslo. Harías mejor aceptando lo que el tiempo te depara y dando las gracias. ¿Y si lo del puente sale mal? Por ahora no parece marchar demasiado bien.

Pero María sí ha ido bien, ¿no es así? Oh, claro que sí, pensó. Quizá sea esto todo lo que pueda pedirle a la vida. Puede que sea esto mi vida, y que en vez de durar setenta años no dure más que setenta horas. O quizá setenta y dos, si contamos los tres días. Me parece que tiene que haber la posibilidad de vivir toda una vida en setenta horas lo mismo que en setenta años, con la condición de que sea una vida plena hasta el instante en que comiencen las setenta horas y que se haya llegado ya a cierta edad.

¡Qué tontería!, se dijo, ¡qué tonterías se te ocurren! Es realmente estúpido. Aunque quizá no sea tan estúpido, después de todo. Bueno, ya veremos. La última vez que dormí con una chica fue en Madrid. No, en El Escorial. Me desperté a medianoche creyendo que la persona en cuestión era otra, y me sentí loco de alegría hasta el momento en que reconocí mi error. En suma, en aquella ocasión no hice más que reavivar las cenizas. Pero, aparte de eso, aquella noche no tuvo nada de desagradable. La vez anterior fue en Madrid. Y, aparte de ciertas mentiras y pretensiones, mientras la cosa estuvo en marcha, el asunto fue, más o menos, el mismo. Por lo tanto, no soy un campeón romántico de la mujer española, y, por lo demás, cualquiera que sea el país en que me encuentre, nunca he considerado una aventura amorosa más que como una aventura. Pero quiero de tal forma a María que cuando estoy con ella me siento literalmente morir. Y nunca creí que me pudiera pasar algo así. De modo que puedes cambiar tu vida de setenta años por setenta horas, y te queda al menos el consuelo de saber que es así. Si no hay nada por mucho tiempo ni por el resto de nuestra vida ni de ahora en adelante, sino que sólo existe el ahora, entonces bendigamos el ahora, porque me siento muy feliz en él. Ahora, *maintenant*, *now*, *heute*. «Ahora» es una palabra curiosa para expresar todo un mundo y toda una vida. «Esta noche», *ce soir*, *tonight*, *heute Abend*. «Vida» y «esposa», *life* y *wife*, *vie* y *mari*. No, eso no iba así. En francés significaba «esposo». Había también *now* y *Frau*, pero esto tampoco probaba nada. Por ejemplo, se podía tomar «muerto», *dead*, *mort* y *Todt*. *Todt* era, de las cuatro palabras, la que mejor expresaba la idea de la muerte. *War*, *guerre*, «guerra» y *Krieg*. *Krieg* era la que más se parecía a guerra. ¿No era así? ¿O era solamente que conocía peor el alemán que las otras lenguas? *Chérie*, *sweetheart*, «prenda» y *Schatz*. Todas esas palabras podía cambiarlas por María. María, ¡qué hermoso nombre!

Bueno, pronto iban a verse todos metidos hasta el cuello y no iba a pasar mucho tiempo hasta entonces. Lo del puente, en realidad, se presentaba cada vez peor. Era una operación de la que no se podía salir inmune a luz del día. Las posiciones peligrosas tienen que ser abandonadas por la noche. Al menos se intenta aguantar hasta la noche. Todo marcha bien si se puede aguardar hasta la noche para replegarse. Pero si la cosa empezaba a ponerse mal con luz, de día… sería imposible resistir. Y aquel condenado del Sordo, que había abandonado su español zarrapastroso para explicarle aquello con todos los pormenores, como si él no hubiese estado pensando en todo sin cesar desde que Golz le habló del asunto. Como si no hubiese vivido con la sensación de tener una bola a medio digerir en el estómago desde la noche anterior a la antevíspera.

Vaya un asunto, pensó. Está uno toda su vida creyendo que semejantes aventuras significan algo y a la postre resulta que no significan nada. No había tenido nunca nada de lo que tenía ahora.

Uno cree que es algo que no va a comenzar jamás. Y de repente, en medio de un asunto piojoso como esa coordinación de dos bandas de guerrillas de mala muerte, para volar un puente en condiciones imposibles, con objeto de hacer abortar una contraofensiva que probablemente habrá empezado ya, se encuentra uno con una mujer como María. Claro, siempre ocurre así. Acabas por dar con ello demasiado tarde; eso es todo.

Y luego, se dijo, una mujer como aquella Pilar te mete literalmente a la muchacha en tu cama, y ¿qué es lo que pasa? Sí, ¿qué es lo que pasa? ¿Qué pasa? Dime qué pasa, haz el favor. Sí, dímelo. Pues eso es lo que pasa. Eso es justamente lo que pasa.

No te engañes a ti mismo cuando piensas que Pilar ha empujado a esta muchacha a tu saco de dormir, pensó, ni trates de negarlo todo y de estropearlo todo. Estabas perdido desde el momento en que viste a María. En cuanto ella abrió la boca y te habló, estabas perdido, y lo sabes. Y ya que te ha llegado lo que nunca creíste que te podría llegar, porque no creías que existiera, no hay motivos para que trates de negarlo, ya que sabes que es una cosa real y que está contigo desde el instante en que ella salió de la cueva, llevando la marmita de hierro.

Te golpeó entonces y lo sabes, de manera que ¿por qué mentir?, se dijo. Te sentías extraño en tu interior cada vez que la mirabas y cada vez que ella te miraba a ti. Entonces, ¿por qué no reconocerlo? Bueno, está bien; lo reconozco. En cuanto a Pilar, que te la ha puesto en los brazos, todo lo que ha hecho ha sido conducirse como una mujer inteligente. Hasta entonces había cuidado muy bien de la muchacha, y por eso vio rápidamente, en el momento en que la chica volvió a entrar en la cueva con la comida, lo que había sucedido.

Lo único que hizo Pilar fue facilitar las cosas. Hizo las cosas más fáciles para que sucediera lo que sucedió anoche y esta tarde. La condenada es mucho más civilizada que tú y conoce el valor del tiempo. Sí, se dijo, creo que debemos admitir que tiene una idea muy clara del valor del tiempo. Aceptó la derrota porque no quería que otros perdiesen lo que ella tuvo que perder. Después de eso, la idea de reconocer que lo había perdido todo resultó demasiado dura de encajar. Y sabiendo todo eso, afrontó la situación allá arriba, en el monte, y sospecho que nosotros no hemos hecho nada por que las cosas le resultaran más sencillas.

Bueno, eso es lo que pasa y lo que te ha pasado, y harías muy bien en reconocerlo, y ya no tendrás dos noches enteras para pasarlas con ella. No tendrás una vida por delante ni una vida en común ni todo eso que la gente considera normal que se tenga; no tendrás nada de eso. Una noche, que ya ha pasado, un momento, esta tarde, y una noche que está por venir; que quizá llegue. No tendrás más; no, señor.

No tendrás nada de eso, ni felicidad, ni placer, ni niños, ni casa, ni cuarto de baño, ni pijama limpio, ni periódico por la mañana, ni despertarse juntos, ni despertar y saber que ella está allí y que uno no está solo. No. Nada de eso. Pero ya que esto es todo lo que la vida te concede de entre todas las cosas que hubieses querido tener, cuando al fin lo has encontrado, ¿por qué no habría de ser posible pasar siquiera una noche en una buena cama con sábanas limpias?

Pides lo imposible. Pides la misma imposibilidad. Por lo tanto, si quieres a esa muchacha, como dices, lo mejor que puedes hacer es quererla mucho y ganar en intensidad lo que pierdes en duración y continuidad. ¿Lo comprendes? En otros tiempos, la gente consagraba a esto toda una vida. Y ahora que tú lo has encontrado, si tienes dos noches para ello, te pones a preguntarte de dónde te viene tanta suerte. Dos noches. Dos noches para amar, honrar y estimar. Para lo mejor y para lo peor. En la enfermedad y en la muerte. No, no es así: en la enfermedad y en la salud. Hasta que la muerte nos separe. Dos noches. Es más de lo que podía esperarse. Más de lo que podía esperarse, y deja ahora de pensar en esas cosas. Deja de pensar ahora mismo. No es bueno. No hagas nada que no sea bueno para ti. Y es evidente que pensar así no es bueno, se dijo.

Era de eso de lo que Golz hablaba. Cuanto más tiempo pasaba, más inteligente le parecía Golz. De modo que era a eso a lo que se refería cuando hablaba de la compensación de un servicio irregular. Golz había conocido todo aquello. ¿Y era la precipitación, la falta de tiempo y las circunstancias especialísimas lo que provocaba todo aquello? ¿Era algo que le sucedía a todo el mundo en circunstancias parecidas? ¿Y creía él que era algo especial porque le sucedía a él? ¿Habría dormido Golz con unas y otras, precipitadamente, cuando mandaba la caballería irregular del Ejército Rojo, y fue la combinación de aquellas circunstancias y todo lo demás lo que le hizo encontrar en las mujeres todo lo que él encontraba en María?

Probablemente Golz conocía todo aquello también y deseaba hacerle notar que era preciso vivir toda una vida en las dos noches que a uno se le dan para vivir; cuando se vive como vivían ahora hay que concentrar todas las cosas que tenían que haber sido en el corto espacio de tiempo de que uno puede disponer.

Como teoría, era buena. Pero no pensaba que María estuviera marcada sólo por las circunstancias. A no ser, claro, que fuera una reacción de las condiciones de vida en que ella tenía que vivir, al igual que le estaba sucediendo a él. Y ciertamente, las circunstancias en que había tenido que vivir ella no habían sido buenas. No, nada buenas.

Pues bien, si las cosas eran así, sencillamente era así como eran. Pero no había ley que le obligase a decir que le gustaba la cosa. Nunca hubiera creído que podía sentir lo que he sentido, pensó. Ni que pudiera ocurrirme esto. Querría que me durase toda la vida. Ya lo tendrás, dijo otra parte de sí. Ya lo tendrás. Lo tienes ahora, y ese ahora es toda tu vida. No existe nada más que el momento presente. No existen ni el ayer ni el mañana. ¿A qué edad tienes que llegar para poder comprenderlo? No cuentas más que con dos días. Bueno, dos días es toda tu vida, y todo lo que pase estará en proporción. Ésa es la manera de vivir toda una vida en dos días. Y si dejas de lamentarte y de pedir lo imposible, será una vida buena. Una buena vida no tiene por qué medirse con edades bíblicas.

De manera que no te inquietes; acepta lo que se te da, haz tu trabajo y tendrás una larga vida muy dichosa. ¿Acaso no ha sido dichosa tu vida en estos últimos tiempos? Entonces, ¿de qué te quejas? Esto es lo que ocurre en esta clase de trabajos, se dijo, y la idea le gustó mucho. No es tanto por lo que se aprende, cuanto por la gente que uno se encuentra. Y al llegar a este punto se sintió contento porque era otra vez capaz de bromear, y volvió a acordarse de la muchacha.

—Te quiero, conejito —le dijo—. ¿Qué era lo que decías?

—Decía —contestó ella— que no tienes que preocuparte de tu trabajo, porque yo no quiero molestarte ni estorbarte. Si puedo hacer algo, me lo dices.

—No hay nada que hacer. Es una cosa muy sencilla.

—Pilar me enseñará todo lo que tengo que hacer para cuidar a un hombre, y eso será lo que yo haga —dijo María—; y mientras vaya aprendiendo, encontraré otras cosas yo sola que pueda hacer y tú me dirás lo demás.

—No hay nada que hacer.

—¡*Qué va*, hombre, cómo no va a haber! Claro que hay cosas que hacer. Tu saco de dormir, por ejemplo, hubiera debido sacudirlo esta mañana y airearlo, colgándolo al sol en alguna parte, y luego, antes de que caiga el rocío, ponerlo a resguardo.

—Sigue, conejito.

—Tus calcetines habría que lavarlos y tenderlos a secar. Me ocuparé de que tengas siempre dos pares.

—¿Qué más?

—Si me enseñas cómo tengo que hacerlo, limpiaré y engrasaré tu pistola.

—Dame un beso —dijo Robert Jordan.

—No, estoy hablando en serio. ¿Me enseñarás a limpiar tu pistola? Pilar tiene trapos y aceite. Y hay una bayeta en la cueva que creo que irá bien.

—Desde luego que te enseñaré.

—Y además, puedes enseñarme a disparar, y así cualquiera de

los dos puede matar al otro y suicidarse después, si uno de los dos cae herido y no queremos que nos hagan prisioneros.

—Muy interesante —dijo Robert Jordan—; ¿tienes muchas ideas de ese estilo?

—No muchas —dijo María—, pero ésta es una buena idea. Pilar me ha dado esto y me ha dicho cómo utilizarlo. —Abrió el bolsillo de pecho de la camisa y sacó un estuche de cuero como los de los peines de bolsillo; luego quitó una goma que lo cerraba por ambos lados y sacó una cuchilla de afeitar—. Llevo siempre esto conmigo. Pilar dice que hay que cortar por aquí, debajo de la oreja y seguir hasta aquí —dijo. Mostró la trayectoria con el dedo—. Dice que aquí hay una gran arteria que no hace daño y que basta con apretar fuerte detrás de la oreja y empujar hacia abajo. Dice que no es nada, pero que no hay nada que hacer una vez que se corta.

—Es verdad —dijo Robert Jordan—. Ésa es la carótida.

De manera, pensó, que lleva eso siempre encima como una contingencia prevista y aceptada.

—A mí me gustaría más que me matases tú —dijo María—. Prométeme que si llega la ocasión me matarás.

—Claro que sí —dijo Robert Jordan—. Te lo prometo.

—Muchas gracias —dijo María—. Ya sé que no es fácil.

—No importa —dijo Robert Jordan.

Te olvidas de todas esas cosas; te olvidas de las bellezas de la guerra civil cuando te pones a pensar demasiado en tu trabajo. Te habías olvidado de esto. Bueno, es natural. Kashkin no pudo olvidarlo y fue lo que estropeó su trabajo. ¿O crees que el chico tuvo algún presentimiento? Es curioso, pero no experimenté ninguna emoción al matar a Kashkin, se dijo. Jordan pensaba que algún día acabaría sintiéndola. Pero hasta ahora no había sentido nada.

—Hay otras cosas que puedo hacer por ti —dijo María, que andaba muy cerca de él, hablando de una manera muy seria y femenina.

—¿Aparte de matarme?

—Sí, podría liarte los cigarrillos cuando no tengas paquetes.

Pilar me ha enseñado a liarlos muy bien, apretados y sin desperdiciar tabaco.

—Estupendo —dijo Robert Jordan—. ¿Les pasas, además, la lengua?

—Sí —dijo la muchacha—, y cuando estés herido podré cuidarte, vendar tu herida, lavarte y darte de comer.

—Quizá no llegue a estar herido —dijo Jordan.

—Entonces, cuando estés enfermo podré cuidar de ti y hacerte sopas y limpiarte y hacer todo lo que te haga falta. Y puedo leerte también.

—Quizá no llegue a ponerme enfermo.

—Entonces te llevaré el café por la mañana, cuando te despiertes.

—A lo mejor no me gusta el café —dijo Robert Jordan.

—Pues claro que te gusta —dijo la muchacha alegremente—. Esta mañana has tomado dos tazas.

—Supón que me canso del café, que no hay necesidad de matarme ni de vendarme, que no me pongo enfermo, que dejo de fumar, que tengo sólo un par de calcetines y que cuelgo yo mismo mi saco para que se airee. Entonces, ¿qué, conejito? —preguntó, dándole golpecitos cariñosos en la espalda—. Entonces, ¿qué?

—Entonces puedo pedirle las tijeras a Pilar y cortarte el pelo.

—No me gusta que me corten el pelo.

—Tampoco a mí —dijo María—. Y me gusta el pelo como lo llevas. Bueno, pues si no hay nada que hacer por ti, me sentaré a tu lado, te miraré y por la noche haremos el amor.

—Muy bien —dijo Robert Jordan—. Ese último proyecto es muy sensato.

—A mí también me lo parece —dijo María sonriendo—, *inglés*.

—No me llamo *inglés*; mi nombre es Roberto.

—Bueno, pero yo te llamo *inglés* como te llama Pilar.

—Pero me llamo Roberto.

—No —insistió ella—. Te llamas *inglés*; hoy te llamas *inglés*. Y dime, *inglés*, ¿puedo ayudarte en tu trabajo?

—No, lo que tengo que hacer tengo que hacerlo yo solo y con la cabeza muy despejada.

—Bueno —preguntó ella—. ¿Y cuándo terminas?

—Esta noche, si tengo suerte.

—Bien.

Delante de ellos se extendía la enorme porción boscosa que los separaba del campamento.

—¿Quién es? —preguntó Robert Jordan, señalando con la mano.

—Es Pilar —contestó la muchacha, mirando hacia donde él señalaba—. Seguro que es Pilar.

En el extremo inferior del prado, donde comenzaban a crecer los primeros árboles, había una mujer sentada, con la cabeza apoyada en los brazos. Parecía un bulto oscuro entre los árboles, un bulto negro entre los árboles de un gris más claro.

—Vamos —dijo Jordan; y empezó a correr hacia ella entre la maleza, que le llegaba a la altura de la rodilla. Era difícil avanzar, y después de haber recorrido un trecho, retrasó el paso y se fue acercando más despacio. Vio que la mujer tenía apoyada la cabeza en los brazos y los brazos sobre el regazo y parecía un bulto inmenso y oscuro, apoyado junto al tronco del árbol. Se acercó a ella y dijo en voz alta: «¡Pilar!».

La mujer levantó la cabeza y se quedó mirándole.

—Ah. ¿Ya habéis terminado por hoy? —le dijo.

—¿Estás mala? —preguntó Jordan inclinándose hacia ella.

—*¡Qué va!* —contestó—. Me quedé dormida.

—Pilar —dijo María, que llegaba corriendo, arrodillándose junto a ella—. ¿Cómo estás? ¿Te encuentras bien?

—Me encuentro estupendamente —dijo Pilar sin moverse. Los miró con fijeza a los dos—. Bueno, *inglés* —añadió—, ¿has hecho cosas que merezcan la pena?

—¿Te encuentras bien? —insistió Jordan, haciendo caso omiso de su pregunta.

—¿Cómo no? Me quedé dormida. ¿Habéis dormido vosotros?

241

—No.

—Bueno —dijo Pilar a la muchacha—. Parece que la cosa te sienta bien.

María se sonrojó y no dijo nada.

—Déjala en paz —dijo Robert Jordan.

—Nadie te ha hablado a ti —contestó Pilar—. María —insistió, y su voz se había vuelto dura. La muchacha no se atrevió a mirarla—. María —insistió la mujer—, parece que te sienta bien.

—Vamos, déjala en paz —dijo Jordan.

—Cállate tú —dijo Pilar sin molestarse en mirarle—. Escucha, María, dime solamente una cosa.

—No —dijo María sacudiendo la cabeza.

—María —dijo Pilar, y su voz se había vuelto tan dura como su rostro, y su rostro se había vuelto enormemente duro—. Dime una cosa por tu propia voluntad.

La muchacha volvió a negarse sacudiendo la cabeza.

Si no tuviese que trabajar con esta mujer, pensó Jordan, y con el borracho de su marido y su condenada banda, acabaría con ella a bofetadas.

—Vamos, dímelo —rogó Pilar a la muchacha.

—No —dijo María—. No.

—Déjala en paz —volvió a decir Jordan con una voz que no parecía la suya. De todas maneras voy a abofetearla, pensó, y al diablo con todo.

Pilar no se molestó siquiera en contestarle. No era como la serpiente hipnotizando al pajarillo o como el gato. No había nada en ella de afán de rapiña. Ni tampoco nada de perversión. Era como un desplegarse de algo que ha estado enroscado demasiado tiempo, como cuando se despliega una cobra. Robert Jordan podía ver cómo se producía; podía sentir la amenaza de aquel despliegue. De un despliegue que no era, sin embargo, un deseo de dominio, que no era maldad, sino sencillamente curiosidad. Preferiría no presenciar esto, pensó Jordan; pero, de todas formas, no es asunto como para acabar con él a bofetadas.

—María —dijo Pilar—, no voy a obligarte por la fuerza. Dime algo. *De tu propia voluntad.*

La chica negó con la cabeza.

—María —insistió Pilar—, dímelo por tu propia voluntad. ¿Me has oído? Dime algo, cualquier cosa.

—No —dijo la chica con voz ahogada—. No y no.

—Vamos, cuéntamelo. Cuéntame algo, lo que sea. Vamos, habla. Ya verás. Ahora vas a contármelo.

—La tierra se movió —dijo María sin mirarla—. De verdad; es algo que no te puedo explicar.

—¡Ah! —exclamó Pilar, y su voz era ahora cálida y afectuosa, y no había nada forzado en ella. Pero Robert Jordan vio que en la frente y en los labios tenía pequeñas gotas de sudor—. De manera que fue eso. Fue eso.

—Es verdad —dijo María mordiéndose los labios.

—Pues claro que es verdad —dijo Pilar cariñosamente—. Pero no se lo digas ni a tu propia familia; nunca te creerán. ¿No tienes sangre *calé, inglés?*

Se puso en pie, ayudada por Robert Jordan.

—No —contestó Jordan—; al menos que yo sepa.

—Ni María tampoco, al menos que ella sepa —dijo Pilar—. *Pues es muy raro.*

—Pero sucedió —dijo María.

—*¿Cómo no, hija?* —contestó Pilar—. Claro que ocurrió. Cuando yo era joven, la tierra se movía tanto que podía sentir hasta cómo se escurría por el espacio y temía que se me escapara de debajo. Ocurría todas las noches.

—Mientes —dijo María.

—Sí, miento —dijo Pilar—; nunca se mueve más de tres veces en una vida. Pero ¿de veras se movió?

—Sí —repuso la muchacha—; de veras.

—¿Y para ti también, *inglés?* —preguntó Pilar, mirando a Robert Jordan—. No mientas.

—Sí —contestó él—. De veras.

—Bien —dijo Pilar—. Bien. Esto es algo.

—¿Qué quieres decir con eso de las tres veces? —preguntó María—. ¿Por qué has dicho eso?

—Tres veces —dijo Pilar—; y ahora ya has tenido una.

—¿Sólo tres veces?

—Para la mayoría de la gente, ni una —dijo Pilar—. ¿Estás segura de que se movió?

—Tanto, que una podía haberse caído —contestó María.

—Entonces debe de haberse movido —dijo Pilar—. Vamos al campamento.

—Pero ¿qué es esa tontería de las tres veces? —preguntó Robert Jordan a la mujerona, mientras iban andando juntos por entre los pinos.

—¿Tonterías? —preguntó ella, mirándole de reojo—. No me hables de tonterías, inglesito.

—¿Es una brujería como lo de la palma de la mano?

—No, es algo muy conocido y comprobado entre *gitanos*.

—Pero nosotros no somos *gitanos*.

—No, pero habéis tenido suerte. Los que no son gitanos a veces tienen suerte.

—¿Crees de veras en eso de las tres veces?

Ella le miró con expresión rara y le dijo:

—Déjame en paz, *inglés*. No me des la lata. Eres demasiado joven para que yo te haga caso.

—Pero, Pilar... —dijo María.

—Calla la boca —dijo ella—. Ya has disfrutado una vez y el mundo te guarda dos veces más.

—¿Y tú? —preguntó Robert Jordan.

—Dos —contestó Pilar, y enseñó dos dedos de la mano—. Dos. Y no tendré nunca la tercera.

—¿Por qué no? —preguntó María.

—Calla la boca —dijo Pilar—; cállate. Las chicas de tu edad me aburren.

—¿Por qué no una tercera vez? —insistió Robert Jordan.

—Calla la boca, ¿quieres? —replicó Pilar—. Cállate ya.

Bueno, se dijo Jordan, lo único que sé es que ya no voy a tener ninguna más. He conocido montones de gitanos y son todos la mar de extraños. Pero también nosotros somos extraños. La diferencia consiste en que tenemos que ganarnos la vida honradamente. Nadie sabe de qué tribus descendemos ni cuáles son nuestras herencias ni qué misterios poblaban los bosques de las gentes de quienes descendemos. Todo lo que sabemos es que no sabemos nada. No sabemos nada de lo que nos sucede durante la noche, pero cuando sucede durante el día, entonces es como para asombrarse. Sea lo que sea, el hecho es que ha ocurrido, y ahora no solamente esta mujer ha hecho decirle a la muchacha lo que no quería decirle, sino que, además, se ha apoderado de ello y lo ha hecho suyo. Ha hecho de ello asunto de gitanos. Creía que había recibido lo suyo cuando estábamos en el monte, pero ya está de nuevo haciéndose la dueña de todo. Si hubiera sido por maldad, era como para haberla matado a tiros. Pero no es maldad. Es sólo un deseo de mantener su dominio sobre la vida. Y de mantenerlo a través de María.

Cuando salgas de esta guerra puedes ponerte a estudiar a las mujeres, se dijo. Podrías empezar por Pilar. Nos ha fabricado un día bastante complicado, si quieres que te dé mi opinión. Hasta ahora no había traído a cuento sus historias gitanas. Salvo lo de la mano, quizá. Sí, naturalmente, salvo lo de la mano. Y no creo que en lo que se refiere a la mano, estuviera fingiendo. No quiso decirme lo que vio en mi mano. Viera lo que viese, creyó en ello. Pero eso no prueba nada.

—Oye, Pilar —le dijo a la mujerona.

Pilar le miró y sonrió.

—¿Qué tienes? —preguntó.

—No seas tan misteriosa. Tanto misterio me aburre.

—¿Y? —preguntó Pilar.

—No creo en ogros, en los que dicen la buenaventura, ni en toda esa brujería gitana de tres al cuarto.

—¡Vaya! —dijo Pilar.

—Así es, y haz el favor de dejar a la chica tranquila.

—Dejaré a la chica tranquila.

—Y haz el favor de acabar con esos misterios —dijo Robert Jordan—; ya tenemos bastantes complicaciones para estar hasta satisfechos, sin complicarnos más con tonterías. Menos misterios y más manos a la obra.

—De acuerdo —dijo Pilar asintiendo con la cabeza—. Pero escucha, *inglés* —prosiguió sonriendo—. Se movió la tierra, ¿sí o no?

—Sí, maldita seas. Se movió.

Pilar rompió a reír; se detuvo, se quedó mirando a Robert Jordan y volvió a reír con todas sus ganas.

—¡Ay, *inglés, inglés*! —dijo riendo—. Eres muy cómico. Tendrás que trabajar mucho en adelante para recuperar tu dignidad.

Vete al diablo, pensó Jordan. Pero no dijo nada. Mientras hablaban, el sol se había nublado y, al mirar atrás, hacia las montañas, vio que el cielo estaba ahora sucio y gris.

—Pues sí —dijo Pilar, mirando también al cielo—. Va a nevar.

—¿Nevar? —preguntó él—. Si estamos casi en junio.

—¿Por qué no? Los montes no saben los nombres de los meses. Estamos en la luna de mayo.

—No puede nevar —dijo Jordan—. No puede nevar.

—Pues, quieras o no, *inglés* —dijo ella—, nevará.

Robert Jordan miró al cielo plomizo y al sol que desaparecía, de un amarillo pálido. Según miraba, el sol se ocultó por completo y el cielo se volvió de un gris uniforme, plomizo y dulce que perfilaba las cimas de las montañas.

—Sí —dijo—. Creo que tienes razón.

Capítulo 14

Para cuando hubieron llegado al campamento ya había empezado a nevar, y los copos caían diagonalmente entre los pinos. Descendían sesgados entre los árboles, escasos al principio, más abundantes luego y describiendo círculos, cuando el viento frío empezó a soplar de las montañas, a torbellinos y espesos. Robert Jordan, furioso, se detuvo ante la boca de la cueva para contemplarlos.

—Vamos a tener mucha nieve —dijo Pablo. Tenía la voz ronca y los ojos encarnados y turbios.

—¿Ha vuelto el gitano? —preguntó Jordan.

—No —contestó Pablo—; no han vuelto ni él ni el viejo.

—¿Quieres venir conmigo al puesto de arriba, al que está en la carretera?

—No —contestó Pablo—; no quiero tomar parte en nada de esto.

—Bueno, entonces iré solo.

—Con esta tormenta puede que no lo encuentres —dijo Pablo—; yo, en tu lugar, no iría.

—No hay más que bajar por la carretera y luego seguirla cuesta arriba.

—Puede que lo encuentres; pero tus dos centinelas van a subir con esta nieve y te cruzarás con ellos sin verlos.

—El viejo me aguardará.

—¡*Qué va!* Volverá a casa con esta nieve. —Pablo miró la que caía rápidamente frente a la entrada de la cueva, y dijo—: No te gusta la nieve, ¿eh, *inglés*?

Robert Jordan soltó un juramento; Pablo le miró con sus turbios ojos y se echó a reír.

—Con esto, tu ofensiva se va a pique, *inglés* —dijo—. Vamos, entra en la cueva, que tu gente volverá enseguida.

En la cueva, María se ocupaba del fuego y Pilar de la cocina. El fuego humeaba y la muchacha lo iba atizando con un palo, soplando luego con un papel doblado; hubo de repente una llamarada intensa y después el viento tiró del humo hacia arriba, por el agujero del techo.

—¡Qué manera de nevar! —exclamó Robert Jordan—. ¿Crees que va a caer mucha?

—Mucha —dijo Pablo, con satisfacción. Luego se dirigió a Pilar—: Tú, mujer, ¿no te gusta la nieve? Ahora que mandas tú, ¿no te gusta esta nieve?

—¿*Y a mí qué?* —dijo Pilar sin volverse—. Si nieva, que nieve.

—Echa un trago, *inglés* —dijo Pablo—. Yo he estado bebiendo todo el día esperando que nevara.

—Dame un jarro —dijo Jordan.

—Por la nieve —dijo Pablo, brindando con él.

Robert Jordan le miró fijamente y chocó los jarros. Tú, asesino legañoso, pensó, quisiera romperte el jarro entre los dientes. Vamos, cálmate, tómalo con calma.

—Es muy bonita la nieve —dijo Pablo—; pero no vas a poder dormir fuera con tanta como cae.

Ah, eso es lo que piensas, se dijo Jordan. Eso es lo que te tiene preocupado, ¿no, Pablo?

—¿No? —dijo cortésmente en voz alta.

—No; hace mucho frío —dijo Pablo— y mucha humedad.

Lo que tú no sabes, pensó Jordan, es por qué esos viejos edredones, lo que se llama un saco de noche, cuestan sesenta y cinco dólares. Quisiera que me dieses un dólar por cada vez que he dormido en la nieve.

—Entonces —volvió a preguntar en voz alta, cortésmente—, ¿debería dormir aquí?

—Claro.

—Gracias —dijo Robert Jordan—; pero prefiero dormir fuera.

—¿En la nieve?

—Claro.

Al diablo tus ojos sanguinolentos de puerco y tu cara de puerco con pelos de puerco, pensó, y luego dijo en voz alta:

—En la nieve.

En esa condenada, desastrosa y destructora nieve, se dijo.

Se acercó a María, que acababa de echar al fuego otra brazada de pino.

—Es muy bonita la nieve —le dijo a la muchacha.

—Pero es mala para tu trabajo, ¿no es así? —preguntó ella—. ¿Estás preocupado?

—¡*Qué va!* —dijo él—. De nada vale preocuparse. ¿Cuándo estará lista la cena?

—Supongo que tienes apetito —dijo Pilar—. ¿Quieres un trozo de queso mientras esperas?

—Gracias —dijo Jordan. Y Pilar le cortó un trozo de queso de la enorme pieza que colgaba de un cordel, del techo. Se quedó parado allí comiéndoselo. El queso sabía demasiado a cabra, para su gusto.

—María —dijo Pablo, sin moverse de la mesa.

—¿Qué? —preguntó la chica.

—Limpia la mesa, María —dijo Pablo con una sonrisa maliciosa.

—Límpiate tú las babas antes —le dijo Pilar a Pablo—. Límpiate antes la barbilla y la camisa y después la chica limpiará la mesa.

—María —dijo Pablo.

—No le hagas ni caso, está borracho —dijo Pilar.

—María —dijo Pablo—, sigue nevando y es muy bonita la nieve.

No sabe lo que es ese saco de dormir, pensó Jordan. Este ojos de puerco no sabe que he pagado sesenta y cinco dólares por ese saco en Woods. En cuanto vuelva el gitano iré a buscar al viejo. Debería ir ahora, pero es posible que me cruce con ellos. No sé dónde está de guardia el gitano.

—¿Quieres que hagamos bolas de nieve? —le dijo a Pablo—. ¿Quieres que organicemos una batalla con bolas de nieve?

—¿Qué? —preguntó Pablo—. ¿Qué es lo que propones?

—Nada —contestó Jordan—. ¿Están los caballos bien guarecidos?

—Sí.

—Entonces —dijo en inglés—, ¿vas a dejar que los caballos echen raíces? ¿O vas a soltarlos para que se busquen ellos mismos el alimento escarbando?

—¿Qué? —preguntó Pablo.

—Nada —siguió diciendo en inglés—. Es asunto tuyo, hombre. Yo voy a salir de aquí a pie de todas maneras.

—¿Por qué hablas en inglés? —preguntó Pablo.

—No lo sé —contestó Jordan en inglés—; algunas veces, cuando estoy cansado, hablo en inglés. O cuando estoy disgustado. O aburrido, digamos. Defraudado. Cuando me encuentro muy defraudado hablo en inglés para oír cómo suena. Es un sonido tranquilizador. Deberías intentarlo uno de estos días.

—¿Qué es lo que dices, *inglés*? —preguntó Pilar—. Eso tiene que ser muy interesante, pero no lo entiendo.

—*Nothing* —contestó Robert Jordan—; he dicho «nada» en inglés.

—Bueno, pues ahora, habla en español —dijo Pilar—; es más fácil y más claro.

—Claro —dijo Robert Jordan.

Claro, se dijo, pero ¡ah, Pablo!, ¡ah, Pilar!, ¡ah, María!, ¡ah, vosotros, los dos hermanos que estáis en el rincón, cuyos nombres he olvidado pero que debo recordar! En algunos momentos me encuentro realmente harto. De todo esto, de vosotros, de mí, de la guerra; y ¿por qué, por si fuera poco, tenía que nevar ahora? Todo esto es demasiada porquería. Bueno, no; no lo es. Nada es demasiado. Hay que tomar las cosas como vienen y salir como se pueda; y ahora deja de hacer la *prima donna* y acepta el hecho de que está nevando, como lo has hecho hace un momento, y vete a ver qué pasa con el gitano y vete a recoger a tu viejo. ¡Mira que nevar! En este mes. Bueno, basta; deja eso. Deja eso y toma las cosas como vienen. Lo de la copa. Eso de la copa. ¿Qué era aquello de la copa? Haría mejor en ejercitar la memoria o no tratar de citar ninguna cosa, porque cuando hay algo que se escapa queda en la memoria como un colgajo y no hay manera de quitárselo de encima. ¿Cómo era aquello de la copa?

—Dame un trago de vino, por favor —dijo en español. Y luego—: No deja de nevar, ¿eh? —dirigiéndose a Pablo—. *Mucha nieve.*

El borracho levantó la vista hacia él y sonrió. Meneó la cabeza a uno y otro lado y volvió a sonreír.

—Ni ofensiva, ni *aviones*, ni puente. Nada más que nieve —dijo.

—¿Crees que durará mucho? —preguntó Jordan, sentándose a su lado—. ¿Crees que va a estar nevando todo el verano, Pablo?

—Todo el verano, no —dijo Pablo—; esta noche y mañana, sí.

—¿Por qué lo supones así?

—Hay dos clases de tormentas —dijo Pablo sentenciosamente—; unas vienen de los Pirineos. Ésas traen mucho frío. Pero ahora la estación está demasiado adelantada.

—Bueno —dijo Jordan—; algo es algo.

—Esta tormenta viene del Cantábrico —dijo Pablo—; viene del mar. Con el viento en esa dirección, será una gran tormenta con mucha nieve.

—¿Dónde has aprendido todo eso, veterano? —preguntó Jordan.

Ya que su rabia se había disipado se encontraba excitado placenteramente con la tormenta, como le sucedía siempre con las tormentas. En una nevada, un temporal, un aguacero tropical o una tormenta de verano con muchos truenos en las montañas hallaba siempre una excitación que no se parecía a ninguna otra cosa. Era como la excitación de la batalla, pero más limpia. En las batallas sopla un viento que es un viento caliente que reseca la boca, un viento que sopla de manera angustiosa, un viento caliente y sucio, un viento que se levanta o amaina según la suerte del día. Conocía muy bien esa clase de viento.

Pero una tormenta de nieve era justamente todo lo contrario. En las tormentas de nieve es posible acercarse a los animales salvajes sin que te teman. Los animales vagan por el campo sin saber dónde están y a veces le había ocurrido encontrarse un ciervo en el mismo umbral de su casa. En una tempestad de nieve se puede llevar galopando hasta un gamo, y el gamo toma a vuestro caballo por otro gamo y se pone a trotar a su encuentro. En una tempestad de nieve puede el viento soplar en ráfagas, pero sopla una pureza blanca y el aire está lleno de corrientes de blancura, todo queda transfigurado, y cuando el viento cesa, entonces es la paz. Aquella tormenta era una gran tormenta y convenía gozar de ella. La tormenta deshacía todos sus planes; pero, al menos, podía disfrutarla.

—He sido arriero durante muchos años —dijo Pablo—; llevábamos las mercancías a través de las montañas en grandes carros, antes que hubiese camiones. En ese trabajo se aprende a conocer el tiempo.

—¿Y cómo entraste en el Movimiento?

—He sido siempre de izquierdas —dijo Pablo—; teníamos muchas relaciones con las gentes de Asturias, que son muy avanzadas en política. Yo he estado siempre por la República.

—Pero ¿qué hacías antes del Movimiento?

—Por entonces trabajaba con un tratante de caballos en Zaragoza. Ese tratante proporcionaba los caballos para las corridas de toros y para las remontas del ejército. Fue entonces cuando conocí a Pilar, que estaba entonces, como te contó, con el torero Finito, de Palencia.

Estas últimas palabras las dijo con evidente complacencia.

—No era gran cosa como torero —comentó uno de los dos hermanos que estaban sentados a la mesa, mirando de reojo a Pilar, que estaba de espaldas a ellos delante del fogón.

—¿No? —dijo Pilar, volviéndose y mirándole retadoramente—. ¿No valía gran cosa como torero?

Parada allí, en aquella cueva, junto al fuego, Pilar volvía a verle moreno y chico, con el rostro bien dibujado, los ojos tristes, las mejillas flacas y los cabellos negros y rizados pegados a la frente por el sudor, en la parte en que la apretada montera le marcaba una raya roja que nadie advertía. Le veía enfrentándose con un toro de cinco años, encarándose con los cuernos que habían lanzado al aire a los caballos —el poderoso cuello manteniendo el caballo en vilo, mientras el picador hundía la pica en aquel cuello, que levantaba en alto al caballo, cada vez más alto, hasta que el animal caía para atrás con estrépito y el jinete iba a darse contra la barrera, y el toro, con las patas delanteras hincadas en el suelo, clavaba con toda la fuerza de su cabeza los cuernos más y más en las entrañas del caballo, buscando el último aliento de vida que quedase en él. Veía a Finito, aquel torero que no valía gran cosa, parado frente al toro o girando suavemente para acercársele de costado. Le veía nítidamente, mientras arrollaba el pesado paño de franela en torno al estoque. Y veía el paño, que colgaba pesadamente, por la sangre que lo había ido empapando en los pases, cuando pasaba de la cabeza al rabo, y veía el brillo húmedo, titilante de la cruz y el lomo, mientras el toro levantaba a lo alto la cabeza, haciendo entrechocar las banderillas. Veía a Finito colocarse de perfil, a cinco pasos de la cabeza del toro, inmóvil y macizo, levantar lentamente la espada, hasta que la punta se hallaba al nivel de su hombro, y luego inclinar la espada apuntando hacia un lugar que no podía ver, porque la cabeza del toro quedaba más alta que su mirada. Hacía bajar la cabeza al toro con las ligeras sacudidas que su brazo izquierdo imprimía al paño húmedo y pesado, y retrocedía ligeramente sobre los talones y miraba a lo largo del filo, perfilándose delante de los quebrados cuernos; el pecho del toro se movía agitadamente y sus ojos estaban fijos en la muleta.

Le veía claramente e incluso oía su voz clara y un poco infantil cuando Finito volvía la cabeza, miraba hacia la gente colocada en la primera fila del ruedo, encima de la barrera pintada de rojo y decía: «Vamos a ver si podemos matarle así».

Oía su voz y veía al torero adelantarse, después de haber hecho un ligero movimiento con las rodillas, y le veía meterse entre los cuernos, que se agachaban ahora mágicamente al seguir el hocico del animal, el paño que barría el suelo, y veía la delgada muñeca morena, que yendo firmemente más allá de los cuernos enterraba la espada en la polvorienta cruz.

Veía ahora la hoja brillante penetrar lenta y regularmente como si el impulso del bicho tuviera como fin el hundirse el arma más y más, arrancándola de la mano del hombre, y veía el acero deslizarse hacia delante, hasta que los morenos nudillos quedaban sobre el cuero reluciente y el hombre pequeño y atezado, cuyos ojos no se habían apartado nunca del lugar de la estocada, encogía el vientre y se retiraba de los cuernos del toro, echándose a un lado y con la muleta todavía tendida en su mano izquierda levantando la otra mano mientras veía morir al animal.

Le veía parado, con los ojos fijos en el toro, que trataba de aferrarse al suelo, contemplando cómo el toro se tambaleaba como un árbol antes de caer, intentando aferrarse a la tierra con sus pezuñas; y veía la mano del hombrecillo alzándose en una expresión de triunfo. Le veía allí, de pie, sudoroso, profundamente aliviado de que la faena hubiese concluido, aliviado por la muerte del animal y por que no hubiese habido golpe ni varetazo, aliviado de que el toro no le hubiese embestido en el momento en que se apartaba de él; y mientras seguía allí parado, inmóvil, el toro perdía las fuerzas por completo y caía por tierra, muerto, con las cuatro patas al aire, y el hombrecillo moreno se encaminaba hacia la barrera, tan cansado que no podía siquiera sonreír.

Sabía ella perfectamente que a Finito no le hubiera sido posible atravesar la plaza corriendo, aunque su vida hubiese dependido de ello, y le veía encaminarse ahora lentamente hacia la barrera, secarse la boca con una toalla, mirarle y sacudir la cabeza; luego, secarse el rostro y comenzar su paseo triunfal alrededor del ruedo.

Le veía andando lentamente, con esfuerzo y paso cansino alrededor del anillo, sonriendo, saludando con una inclinación y volviendo a sonreír, seguido de su cuadrilla, bajándose, recogiendo los habanos, devolviendo los sombreros; daba vueltas al ruedo sonriendo, con los ojos tristes siempre, para acabar la vuelta delante de Pilar. Ella le miraba entonces con más cuidado y le veía sentado en el estribo de madera de la barrera, con la boca apoyada en una toalla.

Y ahora Pilar veía todo eso mientras estaba allí, junto al fuego.

—Así que no era un gran torero —dijo—. ¡Con qué clase de gente tengo que pasar la vida!

—Era un torero bueno —dijo Pablo—; pero estaba lastrado por su escasa estatura.

—Y, desde luego, estaba tuberculoso —dijo Primitivo.

—¿Tuberculoso? —preguntó Pilar—. ¿Quién no hubiera estado tuberculoso después de lo que había pasado él? En este país, en que un pobre no puede esperar ganar nunca dinero, a menos que sea un delincuente, como Juan March, un torero o un tenor de ópera. ¿Cómo no iba a estar tuberculoso? En un país en que la burguesía come hasta que se hace polvo el estómago y no puede vivir sin bicarbonato y los pobres tienen hambre desde que nacen hasta el día de su muerte, ¿cómo no iba a estar tuberculoso? Si hubieras tenido que viajar de niño debajo de los asientos, en los coches de tercera, para no pagar billete, yendo de una feria a otra para aprender a torear ahí en el suelo, entre el polvo y la suciedad, entre escupitajos frescos y escupitajos secos, ¿no te habrías vuelto tuberculoso cuando las cornadas te hubieran deshojado el pecho?

—Claro que sí —dijo Primitivo—; yo sólo he dicho que estaba tuberculoso.

—Claro que estaba tuberculoso —dijo Pilar, irguiéndose con el gran cucharón de madera en la mano—. Era pequeñito, tenía voz de niño y mucho miedo a los toros. Nunca he visto un hombre que tuviese más miedo antes de la corrida ni menos miedo cuando estaba en el ruedo. Tú —le dijo a Pablo—, tú tienes miedo de morir ahora. Crees que eso tiene importancia. Pues Finito tenía miedo siempre, pero en el ruedo era un león.

—Tenía fama de ser muy valiente —dijo el otro hermano.

—Nunca he conocido a un hombre que tuviera tanto miedo —siguió Pilar—. No quería ver en su casa una cabeza de toro. Una vez, en la feria de Valladolid, mató muy bien un toro de Pablo Romero.

—Me acuerdo —dijo el primer hermano—. Yo estaba allí. Era un toro jabonero, con la frente rizada y unos cuernos enormes. Era un toro de más de treinta arrobas. Fue el último toro que mató en Valladolid.

—Justo —dijo Pilar—. Y después, la peña de aficionados que se reunía en el café Colón y que había dado su nombre a la peña, hizo disecar la cabeza del toro y se la ofreció en un banquete íntimo, en el mismo café Colón. Durante la comida, la cabeza del toro estuvo colgada en la pared, cubierta con una tela. Yo asistí al banquete y también algunas mujeres; Pastora, que es más fea que yo, y la Niña de los Peines con otras gitanas, y algunas putas de postín. Fue un banquete de poca gente, pero muy animado, y casi se armó una gresca por culpa de una disputa entre Pastora y una de las putas de más categoría por una cuestión de buenos modales. Yo estaba muy satisfecha, sentada junto a Finito, pero me di cuenta de que Finito no quería mirar a la cabeza del toro, que estaba envuelta en un paño violeta, como las imágenes de los santos en las iglesias durante la Semana Santa del que fue Nuestro Señor.

»Finito no comía mucho, porque, en el momento de entrar a matar en la última corrida del año en Zaragoza, había recibido un varetazo de costado que le tuvo sin conocimiento algún tiempo, y desde entonces no podía soportar nada en el estómago; y de cuando en cuando se llevaba el pañuelo a la boca, para escupir un poco de sangre. ¿Qué es lo que estaba diciendo?

—La cabeza del toro —dijo Primitivo—; hablabas de la cabeza del toro disecada.

—Eso es —dijo Pilar—; eso es. Pero tengo que daros algunos detalles, para que os deis cuenta. Finito no era muy alegre, como sabéis. Era más bien triste y jamás le vi reírse de nada cuando estábamos solos. Ni siquiera de cosas que eran muy divertidas. Lo tomaba todo muy en serio. Era casi tan serio como Fernando. Pero aquel banquete se lo ofreció un grupo de *aficionados* que había fundado la peña Finito y era preciso que se mostrase amable y contento. Así que durante toda la comida estuvo sonriendo y diciendo cosas amables, y sólo yo veía lo que estaba haciendo con el pañuelo. Llevaba tres pañuelos encima y los llenó los tres antes de decirme en voz baja:

»—Pilar, no puedo aguantar más; creo que tendré que marcharme.

»—Como quieras, marchémonos —le dije, porque me daba cuenta de que estaba sufriendo mucho. En aquel momento había muchas risas y bullanga, y el ruido era terrible.

»—No, no podemos irnos —dijo Finito—. Después de todo, es la peña que lleva mi nombre y me siento obligado con ella.

»—Si estás malo, vámonos —dije yo.

»—Déjalo. Me quedaré. Dame un poco de manzanilla.

»No me pareció muy sensato que bebiese, ya que no había comido nada y sabía cómo andaba su estómago; pero, evidentemente, no podía soportar por más tiempo el bullicio y la alegría sin tomar algo. Así que vi cómo se bebía rápidamente una botella casi entera de manzanilla. Como había empapado todos los pañuelos, usaba ahora la servilleta.

»El banquete había llegado a una situación de gran entusiasmo, y varios de los miembros de la peña llevaban en volandas a algunas de las putas que pesaban menos. Convencieron a Pastora para que cantase y el Niño Ricardo tocó la guitarra. Era una cosa de mucha emoción y una ocasión de mucho regocijo para beber con los amigos en medio de gran jolgorio. Nunca he visto en un banquete semejante entusiasmo de verdadero flamenco, y sin embargo, no se había descubierto aún la cabeza del toro, que era, al fin y al cabo, el motivo de la celebración del banquete.

»Me divertía de tal forma, estaba de tal modo ocupada tocando palmas para acompañar a Ricardo y tratando de formar un grupo para que tocase palmas acompañando a la Niña de los Peines, que no me di cuenta de que Finito había empapado su servilleta y había cogido la mía. Continuaba bebiendo manzanilla, tenía los ojos brillantes y movía la cabeza con aire de contento mirando a todos. No podía hablar, porque temía tener que echar mano de la servilleta mientras hablaba; pero tenía el aspecto de estar divirtiéndose enormemente, cosa que, al fin y al cabo, era lo que debía hacer. Para eso estaba allí.

»Así que el banquete siguió y el hombre que estaba junto a mí, que había sido antiguo empresario de Rafael el Gallo, me estaba contando una historia que terminaba así:

»—Entonces Rafael vino y me dijo: "Tú eres el mejor amigo que tengo en el mundo y el más bueno de todos. Te quiero como a un hermano y quiero hacerte un regalo". Así que me dio un hermoso alfiler de brillantes, me besó en las dos mejillas y nos sentimos los dos muy conmovidos. Luego, Rafael el Gallo, después de darme el hermoso alfiler de brillantes, salió del café y yo le dije a Retana, que estaba sentado a mi mesa: "Ese cochino gitano acaba de firmar un contrato con otro empresario". "Pero ¿qué dices?", me preguntó Retana. "Hace diez años que soy su empresario y no me ha hecho nunca un regalo —dije—. Esto no puede significar otra cosa."

»Y era absolutamente cierto. Y así fue como el Gallo le dejó.

»Pero en este punto Pastora se metió en la conversación, no tanto acaso por defender el buen nombre de Rafael, porque a nadie le he oído hablar tan mal de Rafael como a ella, sino porque el empresario había hablado mal de los gitanos al decir "cochino gitano". Y se metió con tanta violencia y con tales palabras, que el empresario tuvo que callarse. Yo me metí también para calmar a Pastora y otra gitana se metió también para calmarme a mí. Había tanto ruido, que nadie podía oír una palabra de lo que se hablaba, salvo la palabra "puta", que rugía por encima de todas las demás, hasta que se restableció la calma. Y las tres mujeres que nos habíamos mezclado nos quedamos sentadas, mirando el vaso. Y entonces me di cuenta de que Finito estaba mirando a la cabeza del toro, todavía envuelta en el paño violeta, con el horror reflejado en su mirada.

»Entonces el presidente de la peña comenzó a pronunciar el discurso que había que pronunciar antes de descubrir la cabeza, y durante todo el discurso, que iba acompañado de olés o golpes sobre la mesa, yo estuve mirando a Finito, que se valía, no ya de su servilleta, sino de la mía, y se hundía más y más en el asiento, mirando con horror y como fascinado la cabeza del toro, todavía envuelta en su paño y que estaba en la pared de enfrente de él.

»Hacia el final del discurso, Finito se puso a menear la cabeza a uno y otro lado y a echarse cada vez más atrás en su asiento.

»—¿Cómo va eso, chico? —le pregunté; pero, al mirarme, vi que no me reconocía; meneaba la cabeza a uno y otro lado, diciendo: "No. No. No".

»Entonces el presidente de la peña concluyó su discurso y luego todo el mundo le aplaudió, mientras él, subido en una silla, tiraba de la cuerda para quitar el paño violeta que tapaba la cabeza. Y, lentamente, la cabeza salió a la luz, aunque el paño se enganchó en uno de los cuernos y el hombre tuvo que tirar del trapo y los hermosos cuernos puntiagudos y bien pulimentados aparecieron entonces. Y detrás, el testuz amarillo del toro, con los cuernos negros y afilados que apuntaban hacia delante con sus puntas blancas como las de un puerco espín y la cabeza del toro era como si estuviese viva. Tenía la testa ensortijada, las ventanas de la nariz dilatadas y sus ojos brillantes miraban fijamente a Finito.

»Todos gritaban y aplaudían, y Finito se echaba más y más hacia atrás en el asiento, hasta que, al darse cuenta de ello, se calló todo el mundo y se quedó mirándole, mientras él seguía diciendo: "No, no", y mirando al toro y retrocediendo cada vez más, hasta que dijo un "no" muy fuerte y una gran bocanada de sangre le salió por la boca. Y ni siquiera echó entonces mano de la servilleta, de manera que la sangre le chorreaba por la barbilla; y Finito seguía mirando al toro, y diciendo: "Toda la temporada, sí; para hacer dinero, sí; para comer, sí; pero no puedo comer, ¿me entendéis? Tengo el estómago malo. Y ahora que la temporada ha terminado, no, no, no". Miró alrededor de la mesa, miró de nuevo a la cabeza del toro y dijo "no" una vez más. Y luego dejó caer la cabeza sobre el pecho y, llevándose a los labios la servilleta, se quedó quieto, inmóvil, sin añadir una palabra más. Y el banquete, que había comenzado tan bien y que prometía hacer época en la historia de la alegría, fue un verdadero fracaso.

—¿Cuánto tardó en morir después de eso? —preguntó Primitivo.

—Murió aquel invierno —dijo Pilar—. Nunca se recobró del último varetazo que recibió en Zaragoza. Esos golpes son peores que una cornada, porque la herida es interna y no se cura. Recibía un golpe así siempre que entraba a matar, y por eso no logró tener éxito nunca más. Le resultaba muy difícil apartarse de los cuernos porque era bajo. Casi siempre le golpeaba el toro con el flanco del cuerno, aunque la mayoría de las veces no eran más que golpes de refilón.

—Si era tan pequeño, no debería haberse hecho torero —dijo Primitivo.

Pilar miró a Robert Jordan y movió la cabeza. Luego se inclinó sobre la gran marmita de hierro y siguió moviendo la cabeza.

¡Qué gente ésta!, pensó Pilar. ¡Qué gentes son los españoles! «Si era tan pequeño, no debería haberse hecho torero.» Y yo oigo eso y no digo nada. No me enfurezco, y cuando he acabado de explicarlo, me callo. ¡Qué fácil es hablar de lo que no se entiende!

¡Qué sencillo! Cuando no se sabe nada, se dice: «No valía gran cosa como torero». Otro, que tampoco sabe nada, dice: «Era un tuberculoso». Y un tercero, cuando alguien que sabe se lo ha explicado, comenta: «Si era tan pequeño, no debería haberse hecho torero».

Inclinada sobre el fuego, veía ahora la cama, el cuerpo moreno y desnudo con las cicatrices inflamadas en las dos caderas, el rasgón profundo, y ya cicatrizado, en el lado derecho del pecho, y la larga línea blanca que le atravesaba todo el costado hasta las axilas. Le veía con los ojos cerrados y aquella cara morena y solemne y los negros cabellos ensortijados, echados ahora hacia atrás. Ella estaba sentada cerca de la cama, frotándole las piernas, dándole masaje en las pantorrillas, amasando, hasta ablandarlos, los músculos y golpeándolos luego con el puño cerrado, hasta dejarlos sueltos y flexibles.

«¿Cómo va eso? —le preguntaba—. ¿Cómo van tus piernas, chico?»

«Muy bien, Pilar», contestaba, sin abrir los ojos.

«¿Quieres que te dé un masaje en el pecho?»

«No, Pilar; no me toques ahí, por favor.»

«¿Y en los muslos?»

«No, me hacen mucho daño.»

«Pero si los froto con linimento se calentarán y te dolerán menos.»

«No, Pilar, gracias; prefiero que no me toques ahí.»

«Voy a lavarte con alcohol.»

«Sí, eso sí; pero con mucho cuidado.»

«Has estado formidable en el último toro», le decía.

«Sí, le he matado muy bien.»

Luego, después de lavarle y taparle con una sábana, se tumbaba ella junto a él en la cama y él le tendía una mano morena. Y, cogiéndole la mano, le decía: «Eres mucha mujer, Pilar». Era la única «broma» que se permitía y, generalmente, después de la corrida, se dormía y ella se quedaba allí, acostada, apretando la mano de Finito entre las suyas y oyéndole respirar.

A veces, durmiendo, tenía miedo; advertía que su mano se crispaba y veía que el sudor perlaba su frente. Si se despertaba, ella le decía: «No es nada. No es nada». Y se volvía a dormir. Estuvo con él cinco años, y jamás en todo ese tiempo le engañó, o casi nunca. Y luego, después del entierro, se juntó con Pablo, que era el que llevaba al ruedo los caballos de los picadores y que se parecía a los toros que Finito se había pasado la vida matando. Pero nada duraba; ni la fuerza del toro ni el valor del torero; lo veía en aquellos momentos. ¿Qué era lo que duraba? Yo duro, pensó. Sí, duro; pero ¿para qué?

—María —dijo—, ten cuidado con lo que haces. Es un fuego de cocina lo que estás haciendo. No estás prendiendo fuego a una ciudad.

En aquel momento apareció el gitano en el umbral. Estaba cubierto de nieve y se quedó allí con la carabina en la mano, pateando para quitarse la nieve de los pies.

Robert Jordan se levantó y se acercó a él.

—¿Qué hay? —dijo al gitano.

—Guardias de seis horas, de dos hombres a la vez en el puente grande —dijo el gitano—. Hay ocho hombres y un cabo en la casilla del peón caminero. Aquí tienes tu cronómetro.

—¿Y el puesto del aserradero?

—Allí está el viejo. Puede observar el puesto y la carretera al mismo tiempo.

—¿Y la carretera? —preguntó Robert Jordan.

—El movimiento de siempre —contestó el gitano—. Nada extraordinario. Pasaron varios coches.

El gitano parecía helado, su atezada cara estaba rígida por el frío y tenía las manos rojas. Sin entrar todavía en la cueva, se quitó la chaqueta y la sacudió.

—Me quedé hasta que relevaron la guardia —dijo—. La relevaron a mediodía y a las seis. Es una guardia muy larga. Me alegro de no estar en su ejército.

—Vamos ahora a buscar al viejo —dijo Robert Jordan, poniéndose su chaquetón de cuero.

—No seré yo —contestó el gitano—. Ahora me tocan a mí el fuego y la sopa caliente. Le explicaré a alguno de éstos dónde está el viejo, para que te lleve allí. ¡Eh, holgazanes! —gritó a los hombres sentados junto a la mesa—. ¿Quién quiere servir de guía al *inglés* para ir hasta donde está el viejo?

—Voy yo —dijo Fernando levantándose—. Dime dónde está.

—Mira —dijo el gitano—. Está... —Y le explicó dónde estaba apostado Anselmo.

Capítulo 15

Anselmo estaba acurrucado al arrimo de un árbol; la nieve le pasaba silbando por los oídos. Se apretaba contra el tronco, metiendo las manos en las mangas de su chaqueta y hundiendo la cabeza entre los hombros todo lo que podía. Si me quedo aquí mucho tiempo, me helaré, pensaba, y eso no servirá de nada. El *inglés* me ha dicho que me quede hasta que me releven, pero cuando me lo dijo no sabía que iba a haber esta tormenta. No ha habido movimiento anormal en la carretera y conozco la disposición y el horario del puesto del aserradero. Debería volverme ahora al campamento. Cualquier persona con sentido común me diría que debo volver ahora al campamento. Pero voy a esperar un poco, y luego volveré al campamento. Es el inconveniente de las órdenes demasiado rígidas. No se prevé nada para el caso en que cambie la situación, pensó. Se frotó los pies, uno contra otro. Luego sacó las manos de las mangas de la chaqueta, se echó hacia delante, se frotó las piernas y golpeó un pie contra otro para avivar la circulación. Hacía menos frío en aquel sitio al abrigo del viento y al amparo del árbol, pero tendría que ponerse pronto a caminar.

Estando allí acurrucado, frotándose los pies, oyó venir un coche por la carretera. Era un coche que llevaba cadenas, y uno de los anillos estaba suelto y golpeaba contra el suelo. Subía por la carretera cubierta de nieve, pintado de verde y marrón, a manchas irregulares, con las ventanillas pintarrajeadas de azul para ocultar el interior, aunque con un semicírculo transparente que permitía a sus ocupantes ver desde dentro. Era un Rolls-Royce, de dos años atrás, un coche de ciudad camuflado para uso del Estado Mayor. Pero Anselmo no lo sabía. No podía ver en el interior a los tres oficiales envueltos en sus capotes. Dos en el asiento del fondo y uno sobre el asiento plegable. Cuando el coche pasó por donde estaba Anselmo, el oficial del asiento plegable miró por el semicírculo abierto en el azul del vidrio. Pero Anselmo no se dio cuenta. Ninguno de los dos vio al otro.

El coche pasó sobre la nieve por debajo del punto exacto donde se encontraba Anselmo. Anselmo vio al conductor con la cara enrojecida y el casco de acero, que apenas salía del grueso capote en que iba envuelto; vio el cañón de la ametralladora que llevaba el soldado sentado junto al conductor. Luego el coche desapareció y Anselmo, rebuscando en el interior de su chaqueta, sacó del bolsillo de la camisa dos hojitas arrancadas de la libreta de Robert Jordan e hizo una señal frente al dibujo que representaba un coche. Era el décimo coche que subía por la carretera aquel día. Seis habían vuelto a bajar. Cuatro estaban arriba todavía. Todo ello no tenía nada de anormal, pero Anselmo no distinguía entre los Ford, los Fiat, los Opel, los Renault y los Citroën del Estado Mayor de la división que guarnecía los puertos y la línea de montañas, y los Rolls-Royce, los Lancia, los Mercedes y los Isotta, del Cuartel General. Esa distinción la hubiera hecho Robert Jordan de haber estado en el puesto del viejo, y habría comprendido la significación de los coches que subían. Pero Robert Jordan no estaba allí, y el viejo no podía hacer más que señalar sencillamente en aquella hoja de papel cada coche que subía por la carretera.

Anselmo tenía tanto frío en aquellos momentos, que resolvió regresar al campamento antes de que llegara la noche. No tenía miedo de perderse, pero pensaba que era inútil permanecer más tiempo allí. El viento soplaba cada vez más frío y la nieve no amenguaba. No obstante, cuando se puso en pie, pateando y mirando a la carretera a través de la capa espesa de copos, no se decidió todavía a ponerse en marcha, sino que se quedó allí apoyado contra la parte más resguardada del tronco del pino, esperando.

El *inglés* me ha dicho que me quede aquí, pensaba. Quizá esté ahora en camino hacia aquí. Si me voy, puede perderse en la nieve mientras me busca. En esta guerra hemos sufrido por falta de disciplina y desobediencia a las órdenes. Voy a aguardar todavía un rato al *inglés*. Pero si no llega pronto tendré que irme, a pesar de todas las órdenes, porque tengo que dar un informe inmediatamente y tengo que hacer muchas cosas estos días; y el quedarme aquí helado sería una exageración sin ninguna utilidad.

Del otro lado de la carretera, en el aserradero, brotaba el humo de la chimenea y Anselmo podía percibir el olor del humo porque se lo llevaba el viento a través de la nieve. Los fascistas están abrigados, pensó, y muy a gusto, y mañana por la noche los mataremos. Es una cosa rara y no me gusta pensar en eso. Los he estado observando todo el día; son hombres como nosotros. Creo que podría ir al aserradero, llamar a la puerta y que sería bien recibido; si no fuera porque tienen la orden de pedir los papeles a todos los viajeros. Pero entre ellos y yo no hay más que órdenes. Esos hombres no son fascistas. Los llamo así, pero no lo son. Son pobres gentes como nosotros. No deberían haber combatido jamás contra nosotros, y no me gusta nada la idea de matarlos. Los de ese puesto son gallegos. Lo sé, porque los he oído hablar esta tarde. No pueden desertar porque, entonces, fusilarían a sus familias. Los gallegos son muy inteligentes o muy torpes y brutos. He conocido de las dos clases. Líster es de Galicia, de la misma ciudad que Franco. Me pregunto lo que piensan de la nieve esas gentes de Galicia, ahora, en esta época del año. No tienen montañas tan altas como nosotros. En su tierra está siempre lloviendo y todo está siempre verde.

Una luz apareció en la ventana del aserradero. Anselmo se estremeció, pensando: Al diablo el *inglés*. Ahí están los gallegos, la mar de confortables, en una casa aquí, en nuestra sierra, y yo me hielo detrás de un árbol; ellos viven a gusto y nosotros vivimos en un agujero de la montaña como bestias del campo. Pero mañana las bestias saldrán de su agujero y los que están tan a gusto en estos momentos morirán tan a gusto en su cama. Como los que murieron la noche en que atacamos Otero, pensó. No le gustaba acordarse de Otero.

En Otero tuvo que matar aquella noche por primera vez y confiaba no tener que matar en la operación que ahora planeaban. Fue en Otero donde Pablo apuñaló al centinela, mientras Anselmo le echaba una manta por encima de la cabeza. El centinela agarró a Anselmo por un pie, envuelto en la manta como estaba, y empezó a dar gritos espantosos. Anselmo tuvo que darle de puñaladas a través de la manta, hasta que el otro soltó el pie y se cayó. Con la rodilla puesta sobre la garganta del hombre para hacerle callar, seguía dando puñaladas al bulto, mientras Pablo arrojaba la bomba por la ventana dentro de la habitación donde dormían los hombres del puesto de guardia. En el momento de la explosión se hubiera dicho que el mundo entero estallaba en rojo y amarillo ante sus propios ojos; y otras dos bombas fueron lanzadas. Pablo tiró de las espoletas y las arrojó rápidamente por la ventana. Los que no quedaron muertos en su cama, perecieron al levantarse, por la segunda explosión de la bomba. Era la gran época de Pablo; la época en que asolaba la región como un tártaro y ningún puesto fascista estaba seguro por la noche.

Y ahora está acabado y desinflado, como un verraco castrado, pensó Anselmo. Cuando se acaba la castración y cesan los alaridos, se arrojan las dos glándulas al suelo y el verraco, que ya no es un verraco, se va hacia ellas hozando y hocicando y se las come. No, todavía no ha llegado a tanto, pensó Anselmo sonriendo; quizá estemos pensando demasiado mal, incluso aunque se trate de Pablo. Pero es un bellaco y ha cambiado mucho. Hace demasiado frío. Si al menos viniera el *inglés*… Si al menos no tuviera que matar en ese puesto… Esos cuatro gallegos y el cabo son para quienes gusten de matar. El *inglés* lo ha dicho. Lo haré, si es ése mi deber; pero el *inglés* ha dicho que me quedaría con él en el puente y que de eso serían los otros quienes se encargarían. En el puente habrá una batalla, y si soy capaz de aguantar, habré hecho todo lo que puede hacer un viejo en esta guerra. Pero que venga el *inglés* pronto, porque tengo frío y el ver la luz del aserradero, donde sé que los gallegos están al calor, me da más frío. Querría estar en mi casa y que esta guerra hubiera concluido. Pero ¡si no tengo casa! Hay que ganar esta guerra antes de que pueda volver a mi casa.

En el interior del aserradero, uno de los soldados estaba sentado en su cama de campaña, limpiándose las botas. El otro estaba tumbado y dormía. Un tercero guisaba y el cabo leía el periódico. Los cascos estaban colgados de la pared y los fusiles apoyados contra el tabique de madera.

—¿Qué diablos de país es éste, que nieva cuando estamos casi en junio? —preguntó el soldado que estaba sentado en la cama.

—Es un fenómeno —dijo el cabo.

—Estamos en la luna de mayo —dijo el soldado que guisaba—. La luna de mayo no ha acabado todavía.

—¿Qué diablos de país es éste donde nieva en mayo? —insistió el soldado sentado en la cama.

—En mayo no es rara la nieve por estas montañas —insistió el cabo—. Aquí, en Castilla, mayo es un mes de mucho calor que puede ser también de mucho frío.

—O de mucha lluvia —dijo el soldado que estaba en la cama—. Este mes de mayo ha estado lloviendo casi todos los días.

—No tanto —dijo el soldado que cocinaba—; y de todas maneras, este mayo pasado estábamos en la luna de abril.

—Es como para volverse loco contigo y con tus lunas —dijo el cabo—. Déjanos en paz con tus lunas.

—Todos los que viven cerca del mar o del campo saben que es la luna y no el mes lo que importa —dijo el soldado cocinero—. Ahora, por ejemplo, acaba de comenzar la luna de mayo. Sin embargo, pronto estaremos en junio.

—¿Por qué no retrasamos de una vez todas las estaciones del año? —le dijo el cabo—. Todas esas complicaciones me dan dolor de cabeza.

—Tú eres de la ciudad —dijo el soldado que guisaba—. Tú eres de Lugo. ¿Qué sabes tú del mar o del campo?

—Se aprende más en una ciudad que vosotros, *analfabetos*, en el mar o en el campo.

—Con esta luna vienen los primeros bancos de sardinas —dijo el soldado que guisaba—. En esta luna se aparejan los bous y los arenques se van al norte.

—¿Por qué no estás tú en la Marina, siendo como eres de Noya? —preguntó el cabo.

—Porque no estoy empadronado en Noya, sino en Negreira, donde nací. Y en Negreira, que está a orillas del río Tambre, te llevan al ejército.

—Vaya una suerte —dijo el cabo.

—No creas que faltan peligros en la Marina —dijo el soldado que estaba en la cama—. Aunque no haya combate, es una costa peligrosa en invierno.

—No hay nada peor que el ejército —dijo el cabo.

—Y lo dices tú, que eres cabo —dijo el soldado que guisaba—. Vaya una manera de hablar.

—No —dijo el cabo—. Hablo de los peligros. Me refiero a que hay que aguantar bombardeos, ataques y, en general, la vida de las trincheras.

—Aquí no tenemos que sufrir nada de eso —dijo el soldado que estaba sentado en la cama.

—Gracias a Dios —dijo el cabo—. Pero ¿quién sabe lo que va a caernos encima? No vamos a estar siempre tan a gusto.

—¿Cuánto tiempo te figuras tú que vamos a quedarnos en este chamizo?

—No lo sé —dijo el cabo—; pero me gustaría que durase toda la guerra.

—Seis horas de guardia es demasiado —dijo el soldado que guisaba.

—Se harán guardias de tres horas mientras dure la tormenta —dijo el cabo—. Es lo acostumbrado.

—¿Qué han venido a hacer todos esos coches del Estado Mayor? —preguntó el soldado que estaba en la cama—. No me gustan nada, pero nada, todos esos coches del Estado Mayor.

—A mí tampoco —dijo el cabo—; todas esas cosas son de mal agüero.

—¿Y qué me decís de la aviación? —preguntó el soldado que guisaba—. Lo de la aviación es otro mal signo.

—Pero nosotros tenemos una aviación formidable —dijo el cabo—. Los rojos no tienen una aviación como la nuestra. Esos aparatos de esta mañana eran como para poner alegre a cualquiera.

—Yo he visto los aviones de los rojos cuando eran algo serio —dijo el soldado que estaba sentado en la cama—. He visto sus bombarderos bimotores y era un horror tener que soportarlos.

—Sí, pero no son tan buenos como nuestra aviación —dijo el cabo—. Nosotros tenemos una aviación insuperable.

Así era como hablaban en el aserradero, mientras Anselmo aguardaba bajo la nieve mirando la carretera y la luz que brillaba en la ventana.

Espero no tener que tomar parte en la matanza, pensaba Anselmo. Cuando se acabe la guerra habrá que hacer una gran penitencia por todas las matanzas. Si no tenemos ya religión después de la guerra, hará falta que hagamos una especie de penitencia cívica organizada para que todos se purifiquen de la matanza, porque si no, jamás habrá verdadero fundamento humano para vivir. Es necesario matar, ya lo sé; pero, a pesar de todo, es mala cosa para un hombre, y creo que cuando todo concluya y hayamos ganado la guerra, será menester hacer una especie de penitencia para la purificación de todos.

Anselmo era un buen hombre, y siempre que estaba solo, cosa

que le sucedía con mucha frecuencia, la cuestión del matar le atormentaba.

¿Qué pasará con el *inglés*?, se preguntaba. Me dijo que a él no le importaban esas cosas. Y sin embargo, tiene cara de persona buena y de buenos sentimientos. Quizá sea que para los extranjeros o para los que no han tenido nuestra religión no tenga importancia. Pero creo que todos los que hayan matado se harán malos con el tiempo, y, por mucho que sea necesario, creo que matar es un gran pecado y que después de esto habrá que hacer algo muy duro para expiarlo.

Entretanto, ya había oscurecido. Anselmo miraba la luz del otro lado de la carretera y se golpeaba el pecho con los brazos para entrar en calor. Ahora, pensaba, es tiempo de volver ya al campamento. Pero algo le retenía junto al árbol, por encima de la carretera. Seguía nevando con fuerza y Anselmo pensaba: Si se pudiera volar el puente esta noche… En una noche como ésta sería cosa de nada tomar el puesto, volar el puente y así habríamos acabado. En una noche como ésta podríamos hacer cualquier cosa que nos propusiéramos.

Luego se quedó allí, de pie, arrimado al árbol, golpeando el suelo suavemente con los pies y ya no pensó más en el puente. La llegada de la noche le hacía sentirse siempre más solo, y aquella noche se sentía tan solo, que se había hecho dentro de él un vacío como si fuera de hambre. En otros tiempos conseguía aliviar esa sensación de soledad rezando sus oraciones. A veces, al volver de caza, rezaba la misma oración varias veces y se sentía mejor. Pero desde el Movimiento no había rezado una sola vez. Echaba de menos la oración, aunque se le antojaba poco honrado e hipócrita el rezar. No quería pedir ningún favor especial, ningún trato diferente del que estaban recibiendo todos los hombres.

No, pensaba, yo estoy solo. Pero así están también todos los soldados y todos los que se han quedado sin familia o sin sus padres. Yo no tengo mujer, pero estoy satisfecho de que muriese antes del Movimiento. No lo hubiera comprendido. No tengo hijos ni los tendré jamás. Estoy solo de día cuando trabajo y cuando llega la noche es una soledad mucho mayor. Pero hay una cosa que tengo y que ningún hombre ni ningún Dios podrá quitarme, y es que he trabajado bien por la República. He trabajado mucho por el bien del que disfrutaremos todos y he hecho todo lo que he podido desde que comenzó el Movimiento, y no he hecho nada que sea vergonzoso.

Lo único que lamento, se decía, es que haya que matar. Pero seguramente habrá algo que lo compense, porque un pecado como ése, que han cometido tantos, requiere que encontremos una justa remisión. Querría hablar de ello con el *inglés*; pero, como es tan joven, quizá no me comprenda. Él habló del matar. ¿O bien fui yo quien habló primero? Ha debido de matar a muchos; sin embargo, no tiene cara de que le guste eso. En los que gustan de hacer eso hay siempre algo como corrompido.

Tiene que ser un gran pecado, pensaba Anselmo. Por muy necesario que sea, es una cosa a la que creo no se tiene derecho. Pero en España se hace eso muy a menudo y, a veces, sin verdadera necesidad. Y se cometen de golpe muchas injusticias que luego no pueden ser reparadas. Me gustaría no cavilar tanto sobre ello. Me gustaría que hubiese una penitencia que pudiéramos empezar a hacer ahora mismo, porque es la única cosa que he cometido en mi vida que me hace sentirme mal cuando estoy solo. Todo lo demás puede ser perdonado o hay una posibilidad de que sea perdonado viviendo de una manera decente y honrada. Pero creo que eso de matar es un gran pecado, y quisiera estar en paz sobre este asunto. Más tarde podría haber ciertos días en que trabajásemos para el Estado o ciertas cosas que podríamos hacer para borrar todo eso. O será tal vez algo que cada uno tenga que pagar, como se hacía en tiempos en la Iglesia, pensó, y sonrió. La Iglesia estaba bien organizada para el pecado. La idea le gustó, y estaba aún sonriendo en la oscuridad cuando llegó Robert Jordan. Llegó silenciosamente y el viejo no le vio hasta que no lo tuvo a su lado.

—¡*Hola, viejo!* —le susurró al oído Jordan, golpeándole cariñosamente en la espalda—. ¿Cómo van las cosas, abuelo?

—Con mucho frío —dijo Anselmo. Fernando se había quedado un poco distante, vuelto de espaldas a la nieve, que seguía cayendo.

—Vamos —cuchicheó Jordan—; ven a calentarte al campamento. Es un crimen haberte dejado aquí tanto tiempo.

—Ésa es la luz de ellos —dijo Anselmo.

—¿Dónde está el centinela?

—No se le ve desde aquí. Está al otro lado del recodo.

—Que se vayan al diablo —dijo Robert Jordan—. Ya me contarás todo eso en el campamento. Vamos. Vámonos.

—Déjame que te lo explique.

—Ya lo veré mañana por la mañana —dijo Robert Jordan—; toma un trago de esto.

Y mientras hablaba le tendió la cantimplora al viejo. Anselmo desenroscó el tapón y bebió un trago.

—¡Ay! —exclamó restregándose la boca—. Es como fuego.

—Vamos —dijo Robert Jordan en la oscuridad—. Vámonos.

Se había hecho tan oscuro, que no se distinguía más que los copos de nieve empujados por el viento y la línea rígida de los troncos de los pinos. Fernando seguía un poco apartado. Mira, pensó Jordan, parece uno de esos muñecos indios que colocan delante de las cigarrerías. Supongo que debería ofrecerle también a él un trago.

—¡Eh, Fernando! —dijo acercándosele—. ¿Un trago?

—No —contestó Fernando—; muchas gracias.

Soy yo quien te da las gracias, hombre, pensó Jordan. Me alegro de que los indios de las cigarrerías no beban. No me queda mucho. ¡Vaya si me alegro de ver al viejo!, pensó. Miró a Anselmo y de nuevo le golpeó cariñosamente en la espalda, mientras empezaban a subir la cuesta.

—Me alegro de verte, *viejo* —le dijo a Anselmo—; cuando estoy de mal humor, nada más verte se me va. Vamos, vamos para allá.

Ascendían por la ladera cubierta de nieve.

—De vuelta al palacio de Pablo —dijo Robert Jordan. En español, aquello sonaba bien.

—*El palacio del miedo* —dijo Anselmo.

—*La cueva de los huevos perdidos* —replicó alegremente Robert Jordan.

—¿Qué huevos? —preguntó Fernando.

—Es una broma —replicó Robert Jordan—. Solamente una broma. No digo huevos, ¿sabes? Lo otro.

—Pero ¿por qué perdidos? —preguntó Fernando.

—No lo sé —contestó Jordan—. Haría falta un libro para explicártelo. Pregúntaselo a Pilar.

Luego echó un brazo por encima de los hombros de Anselmo y fue así mientras andaban, dándole de cuando en cuando un golpe cariñoso.

—Escucha —le dijo—; no sabes cuánto me alegro de verte. ¿Me oyes? No sabes lo que vale en este país encontrarse a alguien en el lugar donde se le ha dejado.

Tenía tanta confianza en él, que hasta podía permitirse el lujo de hablar mal contra el país.

—Me alegro de verte —dijo Anselmo—; pero ya iba a marcharme.

—¿Que tú ibas a marcharte? —dijo alegremente Robert Jordan—. Antes te hubieras helado.

—¿Cómo van las cosas por ahí arriba? —preguntó Anselmo.

—Muy bien —contestó Robert Jordan—. Todo va muy bien.

Se sentía dichoso con esa felicidad súbita y rara que puede adueñarse de un hombre al frente de un ejército revolucionario; la alegría de descubrir que uno de los dos flancos es seguro, y pensó que si se mantuvieran firmes los dos flancos sería demasiado; sería tanto, que casi no se podría resistir. Era bastante con un flanco, y un flanco, si las cosas se miraban a fondo, era un hombre. Sí, un hombre solo. Esto no era el axioma que deseaba, pero el hombre era bueno. Era un hombre bueno. Tú serás el flanco izquierdo en la batalla, pensó. Pero más vale que no te lo diga ahora. Será una batalla pequeña, pero muy bonita. Aunque va a ser una batalla dura. Bueno, yo he deseado siempre contar con una batalla para mí solo. Siempre he tenido una idea en materia de batallas sobre lo que había sido erróneo en todas las otras batallas, desde la de Agincourt. Conviene que esta batalla salga bien. Será una batalla pequeña, pero de primera. Si tengo que hacer lo que creo que tendré que hacer, será una batalla realmente de primera.

—Escucha —dijo a Anselmo—, me alegro horrores de verte.

—Yo también —contestó el viejo.

Mientras subían por el monte en la oscuridad, con el viento a las espaldas y la tormenta zumbando en torno a ellos, Anselmo dejó de sentirse solo. No se había sentido solo desde el momento en que el *inglés* le golpeó cariñosamente en las espaldas. El *inglés* estaba contento y habían bromeado juntos. El *inglés* decía que todo iba a marchar bien y que no estaba preocupado. La bebida le había calentado el estómago y los pies se le iban calentando a medida que trepaban.

—No ha habido gran cosa por la carretera —dijo al *inglés*.

—Bien —contestó éste—; me lo contarás todo cuando lleguemos.

Anselmo se sentía dichoso y se alegraba de haberse quedado en su puesto de observación.

Si hubiese vuelto al campamento, no hubiera sido incorrecto. Hubiera sido una cosa atinada y correcta el haberlo hecho, dadas las circunstancias, pensaba Robert Jordan. Pero se había quedado en el lugar que se le dijo. Aquello era la cosa más rara que podía verse en España. Permanecer en su puesto durante una tormenta supone muchas cosas. No es ninguna tontería el que los alemanes empleen la palabra *Sturm*, «tormenta», para designar un asalto. Me vendrían bien un par de hombres como él, capaces de quedarse en el lugar que se les ha designado, se decía Jordan. Me vendrían muy bien. Me pregunto si Fernando se hubiera quedado. Es posible. Después de todo, fue él quien se ofreció a acompañarme hace un momento. ¿Crees que se hubiera quedado? La cosa estaría bien. Es lo bastante tozudo para ello. Tengo que hacerle algunas preguntas. ¿Qué estará pensando este viejo indio de cigarrería en estos momentos?

—¿En qué piensas, Fernando? —preguntó Jordan.

—¿Por qué lo preguntas?

—Por curiosidad —contestó Jordan—. Soy un hombre muy curioso.

—Estaba pensando en la cena —dijo Fernando.

—¿Te gusta comer?

—Sí. Mucho.

—¿Qué tal guisa Pilar?

—Lo corriente —dijo Fernando.

Es un segundo Coolidge, pensó Jordan. Pero bueno, de todos modos tengo la impresión de que es uno de los que se quedarían.

Y siguieron trepando, colina arriba, entre la nieve.

Capítulo 16

—El Sordo ha estado aquí —le dijo Pilar a Robert Jordan. Acababan de dejar la tormenta para adentrarse en el calor humeante de la cueva y la mujer había hecho un gesto a Jordan para que se acercase a ella—. Ha ido a buscar caballos.

—Bien. ¿Dejó dicho algo para mí?

—Sólo que iba a buscar caballos.

—¿Y nosotros?

—*No sé* —dijo ella—. Ahí le tienes.

Robert Jordan había visto a Pablo al entrar y Pablo le había sonreído. Le miró de nuevo, desde su asiento junto a la mesa de tablones y le sonrió, agitando la mano.

—*Inglés* —dijo Pablo—, sigue cayendo, *inglés*.

Robert Jordan asintió con la cabeza.

—Déjame quitarte los calcetines para ponértelos a secar —dijo María—. Voy a colgarlos sobre el fuego.

—Cuidado con no quemarlos —dijo Robert Jordan—; no quiero andar por ahí con los pies desnudos. ¿Qué es lo que pasa? —preguntó a Pilar—. ¿Hay reunión? ¿No habéis puesto centinelas fuera?

—¿Con esta tormenta? *¡Qué va!*

Había seis hombres sentados a la mesa, con la espalda pegada al muro. Anselmo y Fernando seguían sacudiéndose la nieve de sus chaquetones, golpeando los pantalones y frotando los zapatos contra el muro cerca de la entrada.

—Dame tu chaqueta —dijo María—; no dejes que la nieve se derrita encima.

Robert Jordan se quitó la chaqueta, sacudió la nieve de su pantalón y se descalzó.

—Vas a mojarlo todo —dijo Pilar.

—Eres tú la que me has llamado.

—No es una razón para no irte a la puerta y sacudirte allí.

—Perdona —dijo Robert Jordan, en pie, con los pies descalzos sobre el polvo del suelo—. Búscame un par de calcetines, María.

—El dueño y señor —comentó Pilar, y se puso a atizar el fuego.

—*Hay que aprovechar el tiempo* —dijo Robert Jordan—.

—Está cerrado —dijo María.

—Toma la llave. —Y se la tiró.

—No abre esta mochila.

—Es la de la otra. Los calcetines están en la parte de arriba, a un lado.

La muchacha encontró los calcetines y se los entregó juntamente con la llave, después de cerrar la mochila.

—Siéntate y póntelos, pero antes sécate bien los pies —dijo. Robert Jordan le sonrió.

—¿No podrías secármelos tú con tus cabellos? —preguntó en voz alta, de modo que Pilar pudiese oírle.

—¡Qué cerdo! —exclamó Pilar—. Hace un momento era el señor de la casa y ahora quiere ser nada menos que nuestro antiguo Señor Jesucristo. Dale un leñazo.

—No —dijo Robert Jordan—; es una broma, y bromeo porque estoy contento.

—¿Estás contento?

—Sí —dijo—, estoy contento porque todo va muy bien.

—Roberto —dijo María—, ve a sentarte y sécate los pies, que voy a darte algo de beber para calentarte.

—Se diría que es la primera vez en su vida que ese hombre ha tenido los pies mojados —dijo Pilar—, y que jamás hubiera caído un copo de nieve.

María le llevó una piel de cordero, que depositó en el suelo polvoriento de la cueva.

—Ahí —le dijo—; pon los pies ahí hasta que estén secos.

La piel de cordero era nueva y no estaba curtida, y al poner sus pies sobre ella Robert Jordan la oyó crujir como el pergamino.

El fogón humeaba y Pilar llamó a María.

—Sopla ese fuego, holgazana. Eso es una humareda.

—Sóplalo tú misma —replicó María—. Yo voy a buscar la botella que trajo el Sordo.

—Está detrás de los bultos —dijo Pilar—; y oye, ¿hace falta que lo cuides como si fuera un niño de pecho?

—No —contestó María—; pero sí como a un hombre que tiene frío y está calado. Un hombre que vuelve a su casa. Toma, aquí está. —Entregó la botella a Robert Jordan—. Es la botella del mediodía. Con ella se podría hacer una lámpara preciosa. Cuando tengamos otra vez electricidad, ¡qué bonita lámpara podrá hacerse con esta botella! —Miró con deleite la vasija—. ¿Cómo tomas esto, Roberto?

—Creí que era el *inglés* —dijo Robert Jordan.

—Te llamaré Roberto delante de los otros —dijo ella, en voz baja, sonrojándose—. ¿Cómo lo tomas, Roberto?

—Roberto —dijo Pablo con voz estropajosa meneando a uno y otro lado la cabeza—. ¿Cómo lo tomas, don Roberto?

—¿Quieres un poco? —le preguntó Robert Jordan. Pablo rehusó con la cabeza.

—No, yo me emborracho con vino —dijo con dignidad.

—Vete a paseo con Baco —contestó Robert Jordan.

—¿Quién es Baco? —preguntó Pablo.

—Un camarada tuyo.

—No he oído nunca hablar de él —dijo Pablo pesadamente—. No lo he oído mencionar nunca en estas montañas.

—Dale un trago a Anselmo —dijo Robert Jordan a María—. Él sí que debe de tener frío. —Se puso los calcetines secos: el whisky con agua del jarro olía bien y le calentó suavemente el cuerpo. Pero esto no se enrosca adentro como la absenta, pensó. No hay nada como la absenta.

¿Quién hubiera imaginado que tendrían whisky por aquí?, pensó. Aunque La Granja era el lugar de España con más posibilidades de encontrarlo. Imagina a ese Sordo que va a comprar una botella para el dinamitero que viene de visita, y que piensa luego en traérsela y en dejársela. No era sólo cortesía lo de aquellas gentes. La cortesía hubiera consistido en sacar ceremoniosamente la botella y ofrecerle un vaso. Eso es lo que los franceses hubieran hecho, y hubieran guardado el resto para otra ocasión. No, esa atención profunda, la idea de que al huésped le gustaría, la delicadeza de llevársela para causarle placer, cuando estaba uno metido hasta el cuello en una empresa en que se tenían todas las razones para no pensar más que en uno mismo y en nada más, eso era típicamente español. Era un rasgo muy español. Haber pensado en llevarle el whisky era una de las cosas que hacían que uno quisiera a tales gentes. Vamos, no te pongas romántico, pensó. Hay tantas clases de españoles como de norteamericanos. No obstante, haberle traído el whisky era todo un detalle.

—¿Te gusta? —le preguntó Anselmo.

El viejo estaba sentado cerca del fuego, con la sonrisa en los labios, sosteniendo con sus grandes manos la taza. Meneó la cabeza.

—¿No te ha gustado? —le preguntó Robert Jordan.

—La pequeña ha echado agua dentro —dijo Anselmo.

—Así es como lo toma Roberto —dijo María—. ¿Es que eres tú distinto?

—No —dijo Anselmo—. No soy especial. Pero me gusta cuando quema la garganta según va bajando.

—Dame eso —dijo Robert Jordan a la chica—, y échale de lo que quema.

Vació la taza de Anselmo en la suya y se la dio a la muchacha, que, con mucho cuidado, echó el líquido de la botella.

—¡Ah! —dijo Anselmo, cogiendo la taza, echando la cabeza hacia atrás y dejando que el líquido le cayera por el gaznate. Luego miró a María, que estaba de pie, con la botella en la mano, parpadeó, haciéndole un guiño mientras los ojos se le llenaban de lágrimas—. Eso es —dijo—; eso es. —Se relamió—. Esto matará al gusano.

—Roberto —dijo María, y se acercó a él, siempre con la botella en la mano—, ¿quieres comer ahora?

—¿Está lista la comida?

—Lo estará cuando tú quieras.

—¿Han comido los demás?

—Todos, menos tú, Anselmo y Fernando.

—Bueno, entonces, comamos —dijo—. ¿Y tú?

—Comeré luego, con Pilar.

—Come ahora con nosotros.

—No, no estaría bien.

—Vamos, come con nosotros. En mi tierra ningún hombre come antes que su mujer.

—Eso será en tu tierra. Aquí se estila comer después.

—Come con él —dijo Pablo levantando los ojos de la mesa—; come con él; bebe con él. Acuéstate con él. Muere con él. Hazlo todo como en su tierra.

—¿Estás borracho? —preguntó Jordan, deteniéndose delante de Pablo. El hombre de rostro sucio e hirsuto le miró alegremente.

—Sí —contestó Pablo—. ¿Dónde está tu país, *inglés*? Ese país en que los hombres comen con las mujeres.

—En *Estados Unidos*, en el estado de Montana.

—¿Es allí donde los hombres llevan faldas como las mujeres?

—No, eso es en Escocia.

—Pues oye —dijo Pablo—, cuando lleváis esas faldas, *inglés*...

—Yo no llevo faldas —dijo Robert Jordan.

—Cuando lleváis esas faldas —prosiguió Pablo—, ¿qué es lo que lleváis debajo?

—No sé lo que llevan los escoceses —dijo Robert Jordan—. Muchas veces me lo he preguntado.

—No, no digo los *escoceses* —dijo Pablo—; ¿quién ha hablado de los *escoceses*? ¿A quién le importan gentes con un nombre como ése? A mí, no. A mí no se me da un rábano. A ti te digo, *inglés*. ¿Qué es lo que lleváis debajo de las faldas en tu país?

—Ya te he dicho y te he repetido que no llevamos faldas —dijo Robert Jordan—. Y no te consiento que lo digas ni en broma ni borracho.

—Bueno, pues debajo de las faldas —insistió Pablo—. Porque es bien sabido que lleváis faldas. Incluso los soldados. Los he visto en fotografías y los he visto en el circo Price. ¿Qué es lo que lleváis debajo de las faldas, *inglés*?

—*Los cojones* —dijo Robert Jordan.

Anselmo rompió a reír, así como todos los que estaban allí. Todos, salvo Fernando. Aquella palabra malsonante, aquella palabrota pronunciada delante de las mujeres, le pareció de mal gusto.

—Bueno, eso es lo normal —dijo Pablo—. Pero me parece que cuando se tienen cojones no se llevan faldas.

—No dejes que vuelva a comenzar, *inglés* —rogó el hombre de la cara chata y la nariz aplastada, a quien llamaban Primitivo—. Está borracho. Dime: ¿qué clase de ganado se cría en tu país?

—Vacas y ovejas —contestó Robert Jordan—. Y en cuanto a la tierra, se cultiva mucho trigo y judías. Y también remolacha de azúcar.

Los tres hombres se habían sentado alrededor de la mesa, cerca de los otros. Sólo Pablo se mantenía alejado, ante su tazón de vino.

El cocido era el mismo de la noche anterior y Robert Jordan comió con mucho apetito.

—¿Hay montañas en tu país? Con semejante nombre debe de

haberlas —dijo cortésmente Primitivo para sostener la conversación. Estaba avergonzado de la borrachera de Pablo.

—Hay muchas montañas y muy altas.

—¿Hay buenos pastos?

—Estupendos. En verano se utilizan los prados altos fiscalizados por el gobierno. En el otoño se lleva el ganado a los ranchos que están más abajo.

—¿Es la tierra propiedad de los campesinos?

—Las más de las tierras son propiedad de quienes las cultivan. Al principio, las tierras eran propiedad del Estado y no había más que establecerse en ellas declarando la intención de cultivarlas para que cualquier hombre pudiese obtener el título de propiedad de ciento cincuenta hectáreas.

—Dime cómo se hace eso —preguntó Agustín—. Ésa sí es una reforma agraria que significa algo.

Robert Jordan explicó el sistema. No se le había ocurrido nunca que fuese una reforma agraria.

—Eso es magnífico —dijo Primitivo—. Entonces es que tenéis el comunismo en tu país.

—No, eso lo hace la República.

—Para mí —dijo Agustín—, todo puede hacerlo la República. No veo la necesidad de otra forma de gobierno.

—¿No tenéis grandes propietarios? —preguntó Andrés.

—Muchos.

—Entonces tiene que haber abusos.

—Desde luego que los hay.

—¿Pensáis en suprimirlos?

—Tratamos de hacerlo cada vez más; pero hay todavía muchos abusos.

—Pero ¿no hay latifundios que convendría parcelar?

—Sí, pero hay muchos que piensan que los impuestos los parcelarán.

—¿Cómo es eso?

Robert Jordan, rebañando la salsa de su cuenco de barro con un trozo de pan, explicó cómo funcionaba el impuesto sobre la renta y sobre la herencia.

—Pero las grandes propiedades siguen existiendo —dijo—, y hay también impuestos sobre el suelo.

—Pero, seguramente, los grandes propietarios y los ricos harán una revolución contra esos impuestos. Esos impuestos me parecen revolucionarios. Los ricos se levantarán contra el gobierno cuando se vean amenazados, igual que han hecho aquí los fascistas —dijo Primitivo.

—Es posible.

—Entonces tendréis que pelear en vuestro país como lo estamos haciendo aquí.

—Sí, tendremos que hacerlo.

—¿Hay muchos fascistas en vuestro país?

—Hay muchos que no saben que lo son, aunque lo descubrirán cuando llegue el momento.

—¿No podríais acabar con ellos antes que se subleven?

—No —dijo Robert Jordan—; no podemos acabar con ellos. Pero podemos educar al pueblo de forma que tema al fascismo y que lo reconozca y lo combata en cuanto aparezca.

—¿Sabes dónde no hay fascistas? —preguntó Andrés.

—¿Dónde?

—En el pueblo de Pablo —contestó Andrés, y sonrió.

—¿Sabes lo que se hizo en ese pueblo? —preguntó Primitivo a Robert Jordan.

—Sí, me lo han contado.

—¿Te lo contó Pilar?

—Sí.

—Ella no ha podido contártelo todo —terció Pablo, con voz estropajosa—; porque no vio el final. Se cayó de la silla cuando estaba mirando por la ventana.

—Cuéntalo tú ahora mismo —dijo Pilar—. Ya que yo no conozco la historia, cuéntala tú.

—No —dijo Pablo—. Yo no lo he contado jamás.

—No —dijo Pilar—, y no lo contarás nunca. Y ahora querrías, además, que no hubiese ocurrido.

—No —dijo Pablo—; eso no es verdad. Si todos hubiesen matado a los fascistas como yo, no hubiera habido esta guerra. Pero ahora querría que las cosas no hubiesen sucedido como sucedieron.

—¿Por qué dices eso? —le preguntó Primitivo—. ¿Es que has cambiado de política?

—No, pero fue algo brutal —dijo Pablo—. En aquella época yo era un bárbaro.

—Y ahora eres un borracho —dijo Pilar.

—Sí —contestó Pablo—. Con tu permiso.

—Me gustabas más cuando eras un bruto —dijo la mujer—; de todos los hombres, el borracho es el peor. El ladrón, cuando no roba, es como cualquier hombre. El estafador no estafa a los suyos. El asesino tiene en su casa las manos limpias. Pero el borracho hiede y vomita en su propia cama y disuelve sus órganos en el alcohol.

—Tú eres mujer y no puedes comprenderlo —dijo Pablo con resignación—. Yo me he emborrachado con vino y sería feliz si no fuera por esa gente a la que maté. Esa gente me llena de pesar.

Movió la cabeza con aire lúgubre.

—Dadle un poco de eso que ha traído el Sordo —dijo Pilar—. Dadle alguna cosa que le anime. Se está poniendo triste; se está poniendo insoportable.

—Si pudiera devolverles la vida, se la devolvería —dijo Pablo.

—Vete a la mierda —dijo Agustín—. ¿Qué clase de lugar es éste?

—Les devolvería la vida —dijo tristemente Pablo—. A todos.

—¡Tu madre! —le gritó Agustín—. Deja de hablar como hablas, o lárgate ahora mismo. Los que mataste eran fascistas.

—Pues ya me habéis oído —dijo Pablo—; quisiera devolverles a todos la vida.

—Y después caminaría sobre las aguas —dijo Pilar—. En mi

vida he visto un hombre semejante. Hasta ayer aún te quedaba algo de hombría. Pero hoy tienes menos valor que una gata enferma. Ahora, eso sí, te sientes más contento cuanto más te has empapado.

—Deberíamos haberlos matado a todos o a nadie —siguió diciendo Pablo, moviendo la cabeza—. A todos o a nadie.

—Escucha, *inglés* —dijo Agustín—: ¿cómo se te ocurrió venir a España? No hagas caso a Pablo. Está borracho.

—Vine por vez primera hace doce años, para conocer el país y aprender el idioma —dijo Robert Jordan—. Enseño español en una universidad.

—No tienes cara de profesor —dijo Primitivo.

—No tiene barba —dijo Pablo—. Miradle, no tiene barba.

—¿Eres de verdad profesor?

—Auxiliar.

—Pero ¿das clase?

—Sí.

—¿Y por qué enseñas español? —preguntó Andrés—. ¿No te resultaría más fácil enseñar inglés, ya que eres inglés?

—Habla el español casi tan bien como nosotros —dijo Anselmo—. ¿Por qué no iba a poder enseñar español?

—Sí, pero es un poco raro para un extranjero enseñar español —dijo Fernando—. Y no es que quiera decir nada contra ti, don Roberto.

—Es un falso profesor —dijo Pablo muy contento de sí mismo—. No tiene barba.

—Seguramente hablarás mejor el inglés —dijo Fernando—. ¿No te sería más fácil y más claro enseñar inglés?

—No enseña español a los españoles —empezó a decir Pilar.

—Espero que no —dijo Fernando.

—Déjame acabar, especie de mula —dijo Pilar—; enseña español a los americanos, a los americanos del norte.

—¿No saben español? —preguntó Fernando—. Los americanos del sur lo hablan.

—Pedazo de mulo —dijo Pilar—, enseña español a los americanos del norte, que hablan inglés.

—Pero, a pesar de todo, sigo pensando que le sería más fácil enseñar inglés, que es lo que habla —insistió Fernando.

—¿No le oyes hablar español? —dijo Pilar, haciendo a Robert Jordan un gesto de desconsuelo.

—Sí, pero lo habla con acento.

—¿De dónde? —preguntó Robert Jordan.

—De Extremadura —aseguró Fernando sentenciosamente.

—¡Mi madre! —dijo Pilar—. ¡Qué gente!

—Es posible —dijo Robert Jordan—. He estado allí antes de venir aquí.

—Pero si él lo sabía. Escucha tú, mojigato —dijo Pilar, dirigiéndose a Fernando—, ¿has comido bastante?

—Comería más si lo hubiera —contestó Fernando—; y no creas que tengo nada en contra tuya, don Roberto.

—¡Leche! —dijo sencillamente Agustín—. ¡Releche! ¿Es que hemos hecho la revolución para llamar don Roberto a un camarada?

—Para mí la revolución consiste en llamar don a todo el mundo —opinó Fernando—. Y así es como debería hacerse en la República.

—¡Leche! —dijo Agustín—. ¡Me cago en la leche!

—Y pienso, además, que sería más fácil y más claro que don Roberto enseñara inglés.

—Don Roberto no tiene barba —dijo Pablo—; es un falso profesor.

—¿Qué quieres decir con eso de que no tengo barba? —preguntó Robert Jordan. Se pasó la mano por la barba y las mejillas, por donde la barba de tres días formaba una aureola rubia.

—Eso no es una barba —dijo Pablo meneando la cabeza. Estaba casi jovial—. Es un falso profesor.

—Me cago en la leche de todo el mundo —dijo Agustín—. Esto parece un manicomio.

—Deberías beber —le aconsejó Pablo—; a mí, todo me parece claro, menos la barba de don Roberto.

María le pasó la mano por la mejilla a Jordan.

—Pero si tiene barba —dijo, dirigiéndose a Pablo.

—Tú eres quien tiene que saberlo —dijo Pablo, y Robert Jordan le miró.

No creo que esté tan borracho, se dijo. No, no está tan borracho, y yo haría bien en estar alerta.

—Dime —le preguntó a Pablo—, ¿crees que esta nieve va a durar mucho?

—¿Qué es lo que crees tú?

—Eso es lo que yo te pregunto.

—Pues pregúntaselo a otro —dijo Pablo—. Yo no soy tu servicio de información. Tú tienes un papel de tu servicio de información. Pregúntaselo a la mujer. Ella es la que manda.

—Es a ti a quien se lo he preguntado.

—Vete a la mierda —le dijo Pablo—. Tú, la mujer y la chica.

—Está borracho —dijo Primitivo—. No le hagas caso, *inglés*.

—No creo que esté tan borracho —dijo Jordan.

María estaba en pie detrás de él y Robert Jordan vio que Pablo la miraba por encima de su hombro. Sus ojillos de verraco miraban fijamente, emergiendo de aquella cabeza redonda y cubierta de pelos por todas partes, y Robert Jordan pensaba: He conocido en mi vida a muchos asesinos, en la guerra y también antes, y todos eran distintos. No tenían un solo rasgo común, ni hay algo así como el tipo criminal. Pero lo que está claro es que este Pablo es un bellaco.

—No creo que sepas beber —le dijo a Pablo—, ni que estés borracho.

—Estoy borracho —aseguró Pablo con dignidad—. Beber no es nada; lo importante es estar borracho. *Estoy muy borracho.*

—Lo dudo —dijo Robert Jordan—; lo que sí creo es que eres un cobarde.

Se hizo un silencio súbito en la cueva, de tal modo que podía oírse el siseo de la leña quemándose en el fogón donde Pilar guisaba. Robert Jordan oyó crujir la piel de cordero en que apoyaba sus pies. Creyó oír la nieve que caía fuera. No la oía en realidad, pero oía caer el silencio.

Quisiera matarle y acabar, pensó Jordan. No sé lo que va a hacer, pero seguramente nada bueno. Pasado mañana será lo del puente y este hombre es malo y representa un peligro para toda la empresa. Vamos, acabemos con este asunto.

Pablo le sonrió, levantó un dedo y se lo pasó por la garganta. Meneó la cabeza de un lado para otro, con toda la holgura que le consentía su grueso y corto cuello.

—No, *inglés* —dijo—; no me provoques. —Miró a Pilar y añadió—: No es así como te verás libre de mí.

—*Sinvergüenza* —le dijo Jordan, decidido a actuar—. *¡Cobarde!*

—Es muy posible —contestó Pablo—; pero no dejaré que me provoquen. Toma un trago, *inglés*, y ve a decir a la mujer que has fracasado.

—Cállate la boca —dijo Robert Jordan—; si te provoco es por cuenta mía.

—Pierdes el tiempo —le contestó Pablo—. Yo no provoco a nadie.

—Eres un *bicho raro* —dijo Jordan, que no quería perder la partida ni marrar el golpe por segunda vez; sabía mientras hablaba que todo había sucedido antes; tenía la impresión de que representaba un papel que se había aprendido de memoria, y que se trataba de algo que había leído o soñado, y sentía girar todas las cosas en un círculo preestablecido.

—Muy raro, sí —dijo Pablo—; muy raro y muy borracho. A tu salud, *inglés*. —Metió una taza en el cuenco de vino y la levantó en alto—. *Salud y cojones.*

Un tipo raro, en verdad, y astuto y muy complicado, pensó Jordan, que ya no podía oír el siseo del fuego: de tal forma le golpeaba con fuerza el corazón.

—A tu salud —dijo Jordan, y metió también una taza en el cuenco de vino.

La traición no significaría nada sin todas aquellas ceremonias, pensó. Adelante, pues, con el brindis:

—*Salud* —dijo—. *Salud* y más *salud*.

Y vete al diablo con la *salud*, pensó, que te haga buen provecho la *salud*.

—Don Roberto... —dijo Pablo con voz torpe.

—Don Pablo... —replicó Robert Jordan.

—Tú no eres profesor porque no tienes barba —insistió Pablo—. Y además, para deshacerte de mí será menester que me mates, y para eso no tienes *cojones*.

Miraba a Robert Jordan con la boca cerrada, tan apretada, que sus labios no eran más que una estrecha línea; como la boca de un pez, pensó Robert Jordan. Con esa cabeza, se diría uno de esos peces que tragan aire y se hinchan una vez fuera del agua.

—*Salud*, Pablo —dijo Robert Jordan. Levantó la taza y bebió—. Estoy aprendiendo mucho de ti.

—Enseño al profesor —dijo Pablo meneando la cabeza—. Vamos, don Roberto, seamos amigos.

—Ya somos amigos.

—Pero ahora vamos a ser buenos amigos.

—Ya somos buenos amigos.

—Ahora mismo me voy —dijo Agustín—. Es verdad que se dice que hace falta comer una tonelada de esto en la vida; pero en estos momentos creo que tengo metida una arroba en cada oreja.

—¿Qué es lo que te pasa, *negro*? —le preguntó Pablo—. ¿No quieres ver que don Roberto y yo somos amigos?

—Cuidado con llamarme *negro* —dijo Agustín acercándose a Pablo y deteniéndose delante de él con un ademán amenazador.

—Así es como te llaman todos —dijo Pablo.

—Pero no tú.

—Bueno, entonces te llamaré *blanco*.

—Tampoco eso.

—Entonces, ¿qué es lo que eres tú, rojo?

—Sí, *rojo*. Con la estrella roja del ejército en el pecho y a favor de la República. Y me llamo Agustín.

—¡Qué patriota! —dijo Pablo—. Fíjate bien, *inglés*; es un patriota modelo.

Agustín le golpeó duramente en la boca con el dorso de la mano izquierda. Pablo siguió sentado. Las comisuras de sus labios estaban manchadas de vino y su expresión no cambió; pero Robert Jordan vio que sus ojos se achicaban como las pupilas de un gato bajo los efectos de una intensa luz.

—Ni con esto —dijo Pablo—. Tampoco cuentes con esto, mujer. —Volvió la cabeza mirando a Pilar—: No me dejaré provocar.

Agustín le golpeó de nuevo. Esta vez le dio con el puño en la boca. Robert Jordan sostenía la pistola por debajo de la mesa con el seguro levantado. Empujó a María hacia atrás con su mano izquierda. La muchacha retrocedió con desgana y él la empujó con fuerza, dándole con la mano un golpe fuerte en la espalda para que se retirase enteramente. La muchacha obedeció por fin y Jordan vio con el rabillo del ojo que se deslizaba a lo largo de la pared hacia el fogón. Entonces Robert Jordan volvió la vista hacia Pablo.

Éste permanecía sentado, con su cráneo redondo, mirando a Agustín con sus pequeños ojos entornados. Las pupilas se habían vuelto todavía más pequeñas. Se pasó la lengua por los labios, levantó un brazo, se limpió la boca con el revés de la mano y, al bajar la vista, se la vio llena de sangre. Pasó suavemente la lengua por los labios y escupió.

—Ni con esto tampoco cuentes —dijo—; no soy ningún idiota. Yo no he provocado a nadie.

—¡*Cabrón!* —gritó Agustín.

—Tú tienes que saberlo —dijo Pablo—. Conoces a la mujer.

Agustín le golpeó de nuevo con fuerza en la boca y Pablo se echó a reír, dejando al descubierto unos dientes amarillos, rotos, gastados, entre la línea ensangrentada de los labios.

—Acaba ya —dijo. Y cogió su taza para tomar nuevamente vino del cuenco—. Aquí no tiene nadie *cojones* para matarme. Y todo eso de pegar es una tontería.

—*¡Cobarde!* —gritó Agustín.

—Eso no son más que palabras —dijo Pablo. Hizo buches con el vino para enjuagarse la boca y luego escupió al suelo—. Las palabras no me hacen mella.

Agustín permaneció parado junto a él, injuriándole; hablaba con lentitud, claridad y desdén, y le injuriaba de una forma tan regular como si estuviera arrojando estiércol en un campo, descargándolo de un carro.

—Tampoco eso vale. Tampoco eso vale. Acaba ya, Agustín, y no me pegues más. Vas a hacerte daño en las manos.

Agustín se apartó de él y se fue hacia la puerta.

—No salgas —dijo Pablo—; está nevando fuera. Quédate aquí al calor.

—Tú, tú… —Agustín se volvió para hablarle, poniendo todo su desprecio en el monosílabo—. Tú, tú…

—Sí, yo, y estaré todavía vivo cuando tú estés enterrado —dijo Pablo.

Llenó de nuevo la taza de vino, la elevó hacia Robert Jordan y dijo:

—Por el profesor. —Luego, dirigiéndose a Pilar—: Por la señora comandanta. —Y mirando a todos alrededor—: Por los ilusos.

Agustín se le acercó y, con un golpe rudo, le arrancó la taza de las manos.

—Ganas de perder el tiempo —dijo Pablo—. Es una tontería.

Agustín le insultó de un modo todavía más grosero.

—No —replicó Pablo, metiendo otra taza en el barreño—. Estoy borracho; ya lo ves. Cuando no estoy borracho, no hablo. Tú no me has visto nunca hablar mucho. Pero un hombre inteligente se ve obligado a emborracharse algunas veces para poder pasar el tiempo con los imbéciles.

—Me cago en la leche de tu cobardía —dijo Pilar—. Estoy harta de ti y de tu cobardía.

—¡Cómo habla esta mujer! —dijo Pablo—. Voy a ver a los caballos.

—Ve a encularlos —dijo Agustín—. ¿No es eso lo que haces con ellos?

—No —dijo Pablo negando con la cabeza. Se puso a descolgar su enorme capote de la pared, sin perder de vista a Agustín—. Tú, tú y tu mala lengua —dijo.

—¿Qué es lo que vas a hacer entonces con los caballos? —preguntó Agustín.

—Mirarlos —contestó Pablo.

—Encularlos —dijo Agustín—. Maricón de caballos.

—Quiero mucho a mis caballos —dijo Pablo—. Incluso por detrás son más hermosos y tienen más talento que otras personas. Divertíos —dijo sonriendo—. Háblales del puente, *inglés*. Diles lo que tiene que hacer cada uno en el ataque. Diles cómo tienen que hacer la retirada. ¿Adónde los llevarás, *inglés*, después de lo del puente? ¿Adónde llevarás a tus patriotas? Me he pasado todo el día pensando en ello mientras bebía.

—¿Y qué has pensado? —preguntó Agustín.

—¿Qué es lo que he pensado? —preguntó Pablo pasándose la lengua con cuidado por el interior de la boca—. *¿Qué te importa* a ti lo que he pensado?

—Dilo —insistió Agustín.

—Muchas cosas —dijo Pablo 0metiendo su enorme cabeza por el agujero de la manta sucia que le hacía de capote—. He pensado muchas cosas.

—Dilo —contestó Agustín—; di lo que has pensado.

—He pensado que sois un grupo de ilusos —dijo Pablo—. Un grupo de ilusos conducidos por una mujer que tiene los sesos entre las piernas y un extranjero que viene a acabar con todos.

—Lárgate —dijo Pilar—. Vete a cagar a la nieve. Vete a arrastrar tu mala leche por otra parte, *maricón* de caballos.

—Así se habla —dijo Agustín con admiración y distraídamente a la vez. Se había quedado preocupado.

—Ya me voy —dijo Pablo—; pero volveré pronto. —Levantó la manta de la entrada de la cueva y salió. Luego, desde la puerta, gritó—: Aún sigue nevando, *inglés*.

Capítulo 17

No se oía ahora en la cueva más ruido que el silbido que hacía la chimenea cuando caía la nieve por el agujero del techo sobre los carbones del fogón.

—Pilar —preguntó Fernando—, ¿ha quedado cocido?

—Cállate —dijo la mujer. Pero María cogió la escudilla de Fernando, la acercó a la marmita grande, que estaba apartada del fuego, y la llenó. Puso otra vez la escudilla sobre la mesa y le dio un golpecito suave en el hombro a Fernando, que se había echado hacia delante para comer. Estuvo unos momentos junto a él; pero Fernando no levantó los ojos del plato. Estaba enteramente entregado a su cocido.

Agustín seguía de pie junto al fuego. Los otros estaban sentados. Pilar, a la mesa, junto a Robert Jordan.

—Ahora, *inglés* —dijo—, ya sabes cómo están las cosas.

—¿Qué es lo que crees tú que hará? —preguntó Jordan.

—Cualquier cosa —repuso la mujer, mirando fijamente a la mesa—. Cualquier cosa. Es capaz de hacer cualquier cosa.

—¿Dónde está el fusil automático? —preguntó Jordan.

—Allí, en aquel rincón, envuelto en una manta —contestó Primitivo—. ¿Lo quieres?

—Luego —dijo Jordan—; quería saber dónde estaba.

—Está ahí —dijo Primitivo—; lo he metido dentro y lo he envuelto en mi manta, para que se mantenga seco. Los platos están en esa mochila.

—No se atreverá a eso —dijo Pilar—; no hará nada con la *máquina*.

—Has dicho que haría cualquier cosa.

—Sí —contestó ella—; pero no tiene práctica con la *máquina*. Sería capaz de arrojar una bomba. Eso es más de su estilo.

—Es una estupidez y una flojera el no haberle matado —dijo el gitano, que no había participado en la conversación de la noche hasta entonces—. Roberto debió matarlo anoche.

—Matarlo... —dijo Pilar. Su enorme rostro se había vuelto sombrío y respiraba con fatiga—. Estoy resuelta.

—Yo estaba contra ello antes —dijo Agustín, parado delante del fuego, con los brazos colgando sobre los costados; tenía las mejillas cubiertas por una espesa barba y los pómulos señalados por el resplandor del fuego—. Ahora estoy a favor. Es venenoso y querría vernos muertos a todos.

—Que hablen todos —dijo Pilar con voz cansada—. ¿Qué es lo que dices tú, Andrés?

—*Matarlo* —dijo el hermano del mechón oscuro y abundante sobre la frente, al tiempo que asentía con la cabeza.

—¿Y Eladio?

—Lo mismo —repuso el otro hermano—. Para mí es un gran peligro. Y no sirve para nada.

—¿Primitivo?

—Lo mismo.

—¿Fernando?

—¿No podríamos guardarle como prisionero? —preguntó Fernando.

—¿Y quién le guardaría? —preguntó Primitivo—. Hacen falta dos hombres para guardar un prisionero. ¿Y qué haríamos con él al final?

—Podríamos vendérselo a los fascistas —contestó el gitano.

—Nada de eso —dijo Agustín—. Nada de hacer porquerías.

—Era solamente una idea —alegó Rafael, el gitano—. Me parece que los *facciosos* se alegrarían de tenerle.

—Basta —dijo Agustín—; eso es una cochinada.

—No más sucia que lo que hace Pablo —se justificó el gitano.

—Una porquería no justificaría otra —sentenció Agustín—. Bueno, ya estamos todos. Salvo el viejo y el *inglés*.

—Ellos nada tienen que ver en esto —dijo Pilar—. Pablo no ha sido su jefe.

—Un momento —dijo Fernando—; yo no he acabado de hablar.

—Pues habla —dijo Pilar—. Habla hasta que vuelva él. Y sigue hablando hasta que nos arroje una granada de mano por encima de la manta y nos haga volar, con dinamita y todo.

—Me parece que exageras, Pilar —dijo Fernando—; no creo que tenga tales intenciones.

—Yo no lo creo tampoco —dijo Agustín—. Porque con eso, acabaría también con el vino, y va a volver dentro de poco para seguir bebiendo.

—¿Por qué no entregárselo al Sordo y dejar que el Sordo se lo venda a los fascistas? —propuso Rafael—. Podríamos arrancarle los ojos y sería fácil llevarle.

—Cállate —dijo Pilar—. Cuando hablas así creo que deberíamos hacer también algo contigo.

—Además, los fascistas no pagarían nada por él —dijo Primitivo—. Esas cosas han sido ya ensayadas por otros; pero no pagan nada. Y encima son capaces de fusilarte a ti.

—Creo que si le arrancásemos los ojos podríamos venderle por algo —insistió Rafael.

—Cállate —dijo Pilar—. Habla de arrancarle los ojos y vas a seguir su mismo camino.

—Pero él, Pablo, arrancó los ojos al *guardia civil* herido —insistió el gitano—. ¿Te has olvidado de eso?

—Cállate la boca —dijo Pilar. Le enfadaba el oír hablar así delante de Robert Jordan.

—No me habéis dejado acabar —interrumpió Fernando.

—Acaba —le dijo Pilar—; vamos, acaba.

—Ya que no sería práctico guardar a Pablo como prisionero —comenzó a decir Fernando—, y puesto que sería repugnante entregarle...

—Acaba —dijo Pilar—. Por el amor de Dios, acaba.

—... en cualquier clase de negociaciones... —prosiguió tranquilamente Fernando—, soy de la opinión que sería preferible eliminarle, a fin de que las operaciones proyectadas contasen con las mayores posibilidades de éxito.

Pilar miró al hombrecillo, sacudió la cabeza, se mordió los labios y no dijo nada.

—Ésa es mi opinión —dijo Fernando—. Creo que tenemos derecho a pensar que Pablo constituye un peligro para la República...

—¡Madre de Dios! —exclamó Pilar—. Hasta aquí mismo puede hacer burocracia un hombre sin más que despegar los labios.

—... tanto por sus propias palabras como por su conducta reciente —continuó Fernando—, y aunque es verdad que merece nuestro reconocimiento por sus actividades en los comienzos del Movimiento y hasta hace poco tiempo...

Pilar, que había vuelto junto al fogón, se acercó de nuevo a la mesa.

—Fernando —dijo tranquilamente, ofreciéndole una escudilla—, cómete esto, te lo ruego, con las debidas formalidades; llénate la boca y cállate. Estamos al tanto de tu opinión.

—Pero, entonces, ¿cómo? —preguntó Primitivo, dejando la frase sin terminar.

—*Estoy listo* —dijo Robert Jordan—; estoy dispuesto. Ya que todos habéis resuelto que debe hacerse, es un servicio que estoy dispuesto a hacer.

¿Qué me pasa?, pensó. A fuerza de oírle, acabo por hablar como Fernando. Ese lenguaje debe de ser contagioso. El francés es la lengua de la diplomacia; el español es la lengua de la burocracia.

—No —dijo María—. No.

—Esto no va contigo —dijo Pilar a la muchacha—. Ten la boca cerrada.

—Lo haré esta noche —dijo Jordan. Vio que Pilar le miraba, poniéndose un dedo sobre los labios. Con un gesto señaló la entrada de la cueva.

Se levantó la manta que cubría la entrada y apareció la cabeza de Pablo. Sonrió a todos, entró y se volvió para dejar caer la manta detrás de él. Luego se quedó allí parado, haciéndoles frente, se quitó la manta que le cubría la cabeza y se sacudió la nieve.

—¿Estabais hablando de mí? —Se dirigía a todos—. ¿Os he interrumpido?

Nadie le respondió. Colgó su capote de una estaca clavada en el muro y se acercó a la mesa.

—¿*Qué tal?* —preguntó. Cogió la taza que había dejado sobre la mesa y la metió en el barreño—. No queda vino —le dijo a María—. Anda, saca algo del pellejo.

María cogió el cuenco, se fue hasta el pellejo polvoriento, deforme y ennegrecido, suspendido del muro, con el pescuezo para abajo, y soltó el tapón de una de las patas. Pablo la miró mientras se arrodillaba levantando el cuenco y observó atentamente cómo el ligero vino rojo caía en el cuenco haciendo ruido.

—Con cuidado —dijo—; el vino está ya más abajo de la altura del pecho.

Nadie dijo nada.

—Me he bebido desde el ombligo hasta el pecho —dijo Pablo—. Es la ración del día. Pero ¿qué es lo que pasa? ¿Habéis perdido todos la lengua?

Nadie dijo nada.

—Ciérralo bien, María —ordenó—. No dejes que se derrame.

—Hay mucho vino todavía —dijo Agustín—. Podrás emborracharte.

—Uno que ha encontrado su lengua —dijo Pablo haciendo un

gesto hacia Agustín—. Enhorabuena. Creí que algo te había dejado mudo.

—¿El qué? —preguntó Agustín.

—Mi vuelta.

—¿Crees que tu vuelta tiene importancia?

Está quizá preparándose para ello, pensó Jordan. Quizá Agustín vaya a dar el golpe. Desde luego, le odia como para eso. Yo no le odio. No, no le odio. Me desagrada, pero no le odio. Aunque esa historia de los ojos arrancados le coloca en una clase aparte. Pero, al fin y al cabo, es su guerra. No podemos tenerle con nosotros durante estos dos días. Voy a quedarme a un lado de todo esto. He hecho una vez el imbécil esta noche y estoy resuelto a liquidarle. Pero no tengo ganas de hacer otra vez el imbécil. Y no conviene montar un duelo a pistola ni provocar un escándalo con toda esa dinamita en la cueva. Pablo ha pensado en ello, naturalmente. Y tú, ¿habías pensado tú en ello?, se dijo. No, no lo habías pensado. Y Agustín, tampoco. Mereces todo lo que pueda sucederte, pensó.

—Agustín —llamó.

—¿Qué? —contestó Agustín, elevando una mirada hosca y apartándola de Pablo.

—Tengo que hablar contigo —dijo Jordan.

—Luego.

—No, ahora —dijo Jordan—. *Por favor.*

Robert Jordan se había acercado a la entrada de la cueva y Pablo seguía sus movimientos con los ojos. Agustín, alto, con las mejillas hundidas, se puso en pie y se le acercó. Se movía a disgusto y despectivamente.

—¿Has olvidado lo que hay en las mochilas? —le preguntó Jordan en voz baja.

—Leche —dijo Agustín—. Uno se habitúa a todo y luego se olvida.

—Yo también lo había olvidado.

—Leche —repitió Agustín—. ¡*Leche!* Somos unos imbéciles.

—Se volvió despreocupadamente hacia la mesa y se sentó junto a ella—. Toma un trago, Pablo, hombre —dijo—. ¿Cómo van los caballos?

—Muy bien —contestó Pablo—. Y ahora nieva menos.

—¿Crees que va a dejar de nevar?

—Sí —dijo Pablo—. Cae menos nieve y los copos son ahora pequeños y duros. El viento va a continuar, pero la nieve se va. El viento ha cambiado.

—¿Crees que estará claro mañana por la mañana? —le preguntó Jordan.

—Sí —contestó Pablo—. Creo que mañana hará frío, pero estará despejado. Se está levantando el viento.

Mírale, se dijo Jordan. Ahora es un santurrón. Ha cambiado como el viento. Tiene la cara y el cuerpo de un cerdo y sé que es un asesino de categoría; pero tiene la sensibilidad de un buen barómetro. Sí, también el cerdo es un animal muy inteligente. Pablo nos odia; o quizá no nos odie y odie solamente nuestros proyectos. Nos mete en un callejón sin salida con su odio y sus insultos, pero cuando ve que estamos dispuestos a acabar con él, cambia de actitud y vuelve a empezar como si no hubiera pasado nada.

—Tendremos buen tiempo para lo del puente, *inglés* —le dijo Pablo a Jordan.

—¿Lo tendremos? —preguntó Pilar—. ¿Quiénes?

—Nosotros —contestó Pablo, y bebió un trago de vino—. ¿Por qué no? Lo he pensado bien mientras estaba fuera. ¿Por qué no ponernos todos de acuerdo?

—¿En qué? —preguntó la mujer—. ¿En qué tenemos que ponernos de acuerdo?

—En todo —le contestó Pablo—; en ese asunto del puente. Yo estoy ahora contigo.

—¿Estás ahora con nosotros? —le preguntó Agustín—. ¿Después de lo que has dicho?

—Sí —dijo Pablo—; con este cambio del tiempo he cambiado también yo.

Agustín movió la cabeza.

—El tiempo —dijo, y volvió a mover la cabeza—. ¿Después de los bofetones que te he dado?

—Así es —dijo Pablo sonriendo y pasándose la mano por la boca—. Después de eso, también.

Robert Jordan observaba a Pilar, que, a su vez, miraba a Pablo como si fuera un animal extraño. Quedaba aún en el rostro de ella la sombra que la conversación de los ojos arrancados había extendido. Como queriendo alejarla, movió la cabeza; luego la echó hacia atrás y dijo:

—Oye —dirigiéndose a Pablo.

—¿Qué quieres?

—¿Qué es lo que te pasa?

—Nada —contestó Pablo—. He cambiado de opinión, y eso es todo.

—Has estado escuchando tras la puerta —dijo ella.

—Sí —dijo él—; pero no pude oír nada.

—Tienes miedo de que te matemos.

—No —dijo mirando por encima de la taza—; no tengo miedo. Y tú lo sabes.

—Entonces, ¿qué te ha pasado? —preguntó Agustín—. Hace un momento estabas borracho, nos insultabas a todos, no querías trabajar en el asunto que llevamos entre manos, hablabas de que podíamos morir de una manera sucia, insultabas a las mujeres y te oponías a todo lo que había que hacer…

—Estaba borracho.

—¿Y ahora?

—Ahora ya no estoy borracho —dijo Pablo—, y he cambiado de parecer.

—Que te crea el que quiera —dijo Agustín—. Yo, no.

—Me creas o no me creas —dijo Pablo—, no hay nadie como yo para llevarte a Gredos.

—¿A Gredos?

—Es el único sitio adonde podremos ir después de volar el puente.

Robert Jordan miró a Pilar y se llevó la mano a la oreja, del lado que no veía Pablo, golpeándola ligeramente con un gesto interrogativo.

La mujer asintió. Luego volvió a asentir. Dijo algo a María y la muchacha se acercó a Jordan.

—Dice que claro que lo ha escuchado todo —susurró María al oído de Robert Jordan.

—Entonces, Pablo —dijo Fernando con mucha formalidad—, ¿estás ahora de acuerdo con nosotros sobre el asunto del puente?

—Sí, hombre —contestó Pablo, y miró a Fernando a los ojos, mientras asentía con la cabeza.

—¿De veras? —preguntó Primitivo.

—*De veras* —replicó Pablo.

—¿Y crees que podemos tener éxito? —preguntó Fernando—. ¿Tienes ahora confianza en ello?

—¿Cómo no? ¿No tienes confianza tú?

—Sí —dijo Fernando—; pero yo he tenido siempre confianza.

—Me largo de aquí —dijo Agustín.

—Hace frío fuera —replicó Pablo en tono amistoso.

—Quizá —dijo Agustín—; pero no puedo seguir más tiempo en este *manicomio*.

—No llames a esta cueva manicomio —dijo Fernando.

—Un *manicomio* de locos criminales —dijo Agustín—. Y me voy antes de que me vuelva loco yo también.

Capítulo 18

Esto es como un tiovivo, pensaba Jordan. No uno de esos que giran alegremente a los sones de un organillo, con los chicos montados sobre vacas de cuernos dorados, donde hay sortijas que se ensartan con bastones al pasar, a la luz vacilante del gas, en las primeras sombras que caen sobre la avenue du Maine; uno de esos tiovivos instalados entre un puesto de pescado frito y una barraca en la que gira la Rueda de la Fortuna, con las tiras de cuero golpeando los compartimientos numerados y las pirámides de terrones de azúcar, que sirven como premio. No, no es esa clase de tiovivo, aunque haya gente esperando aquí, igual que esperan allí los hombres con las gorras caladas y las mujeres con sus chaquetas de punto, descubierta la cabeza y brillando el cabello a la luz del gas, mientras contemplan fascinadas la Rueda de la Fortuna que da vueltas. Ésta es otra clase de rueda y gira en sentido vertical. Esta rueda ha dado ya dos vueltas. Es una rueda muy grande, sujeta por un compás, y cada vez que gira vuelve al punto de partida. Uno de sus lados es más alto que el otro, y cuando vuelve a descender te encuentras en el lugar de partida. No tiene premios de ninguna clase, y nadie montaría en ella por gusto. Se encuentra uno arriba y tiene que dar la vuelta sin haber abrigado la menor intención de subirse a ella. No hay más que una sola vuelta, grande, elíptica, que nos eleva y nos deja caer después, volviendo al lugar de donde partimos. Henos aquí de vuelta otra vez sin que nada se haya solucionado, se decía.

Hacía calor en la cueva y fuera el viento había amainado. Jordan estaba sentado a la mesa, con su cuaderno ante él, calculando la parte técnica de la explosión del puente. Hizo tres dibujos, calculó las fórmulas y señaló el método de explosión en dos dibujos tan sencillos como los dibujos de las escuelas de párvulos, para que Anselmo pudiese terminar el trabajo en el caso de que a él le ocurriera algún accidente durante el proceso de la demolición. Acabó los dibujos y los estudió.

María, sentada junto a él, le miraba por encima del hombro. Jordan se daba cuenta de la presencia de Pablo al otro lado de la mesa y de la presencia de los otros, que charlaban y jugaban a las cartas. Vio asimismo que los olores de la cueva habían cambiado; ya no eran los de la comida y la cocina, sino que estaban hechos de humo, tabaco, vino tinto y el olor agrio y descarado de los cuerpos. Cuando María, que le miraba mientras concluía su dibujo, puso su mano sobre la mesa, Jordan la cogió, la levantó hasta la altura de su rostro y respiró el olor de agua y jabón basto que había usado la muchacha para fregar la vajilla. Volvió a dejar la mano en la mesa, sin mirarla, y como siguió trabajando no vio que la muchacha se sonrojaba. María dejó la mano en el mismo sitio, cerca de la de él, pero Jordan no volvió a cogerla.

Había terminado el plan de la demolición y pasó a otra página para redactar las instrucciones. Pensaba fácilmente y con claridad, y lo que estaba escribiendo le complacía. Llenó dos páginas del cuaderno y las releyó atentamente.

Creo que eso es todo, se dijo. Está muy claro y no creo que haya dejado lagunas. Los dos puestos serán destruidos y el puente volará conforme a las instrucciones de Golz; y hasta ahí llega mi responsabilidad. Nunca debería haberme embarcado en esta historia de Pablo. Eso se arreglará de una manera o de otra. Tendremos a Pablo, o no tendremos a Pablo. En todo caso, no me importa nada. Pero lo que no haré será volver a subirme al tiovivo. Me he subido dos veces y dos veces, después de dar la vuelta, me he encontrado en el punto de partida. No me subiré más.

Cerró el cuaderno y miró a María.

—*Hola, guapa* —le dijo—. ¿Has comprendido algo de esto?

—No, Roberto —dijo la muchacha, y puso su mano sobre la de él, que aún mantenía el lápiz entre los dedos—. ¿Has acabado?

—Sí, ahora todo queda explicado y organizado.

—¿Qué es lo que haces, *inglés?* —preguntó Pablo al otro lado de la mesa. Sus ojos estaban de nuevo turbios.

Jordan le miró atentamente. No te subas a la rueda. No te subas a la rueda, porque creo que va a comenzar a dar la vuelta.

—Estaba estudiando el asunto del puente —respondió con amabilidad.

—¿Y cómo va eso? —preguntó Pablo.

—Muy bien —contestó Jordan—. Todo marcha muy bien.

—Yo he estado estudiando la cuestión de la retirada —dijo Pablo, y Robert Jordan escrutó sus ojos de cerdo borracho y luego miró el cuenco de vino. Estaba casi vacío.

Mantente lejos de la rueda, pensó. Está volviendo a emborracharse, está claro, pero yo no volveré a subirme a esa rueda. ¿No se dice que Grant estuvo borracho la mayor parte del tiempo que duró la guerra civil? Por supuesto, estaba borracho. Pero Grant se sentiría furioso con la comparación si pudiera ver a Pablo. Además, Grant fumaba habanos. Sería conveniente encontrar un habano para Pablo. Era lo que hacía falta para completar su rostro: un habano a medio masticar. ¿Podría encontrarse un habano para Pablo?

—¿Y qué tal marcha eso? —preguntó cortésmente Robert Jordan.

—Muy bien —contestó Pablo sesudamente, meneando la cabeza con dificultad—. *Muy bien.*

—¿Se te ha ocurrido algo? —preguntó Agustín, desde el rincón en que se encontraba jugando a las cartas.

—Sí —contestó Pablo—. He pensado algunas cosas.

—¿Y dónde las has encontrado? ¿En esa vasija? —intervino Agustín.

—Puede ser —repuso Pablo—. ¿Quién sabe? María, lléname el cuenco; haz el favor.

—En el odre debe de haber buenas ideas —dijo Agustín, volviendo a sus cartas—. ¿Por qué no te dejas caer dentro y las buscas?

—No —dijo Pablo calmosamente—. Las busco en la vasija.

Tampoco él sube a la rueda, pensó Jordan. La rueda tiene que girar sola en estos momentos. No creo que pueda uno ir montado en ella durante mucho tiempo seguido. Probablemente es la Rueda de la Muerte. Me alegro de que la hayamos abandonado. Me he subido dos veces y ya me estaba mareando. Pero los borrachos, los miserables y los realmente crueles siguen en ella hasta morir. La ruedecita sube y baja, y el movimiento no es nunca igual al anterior. Déjala girar. Lo que es a mí, no volverán a hacerme subir. No, mi general; he desechado esa rueda, general Grant.

Pilar estaba sentada junto al fuego, con la silla vuelta de manera que podía ver por encima del hombro a los dos jugadores, que le volvían la espalda. Estaba observando el juego.

Lo más raro de aquí es la transición de la muerte a la vida familiar, pensó. Cuando esa maldita rueda desciende es cuando te atrapa. Pero yo me he apartado de ella. Nadie podrá obligarme a subir de nuevo.

Hace dos días ni siquiera sabía que Pilar, Pablo y los otros existieran, se decía. No había nada parecido a María en este mundo. Era seguramente un mundo más sencillo. Yo había recibido de Golz instrucciones claras que parecían perfectamente hacederas, aunque presentaban ciertas dificultades y arrastraban ciertas consecuencias. Creía que, una vez demolido el puente, volvería a las líneas o no volvería a ellas. Si tenía que volver, llevaba intención de pedir un permiso para pasarme unos días en Madrid. No se dan permisos en esta guerra, pero creo que hubiera podido conseguir dos o tres días en Madrid.

En Madrid querría comprar algunos libros, ir al hotel Florida, tomar una habitación y darme un baño bien caliente, pensaba.

Enviaría a Luis, el portero, en busca de una botella de absenta, si es que era posible encontrar alguna en las Mantequerías Leonesas o en cualquier otro sitio cerca de la Gran Vía, y me quedaría acostado, leyendo, después del baño, y bebiendo un par de copas de absenta. Después telefonearía al Gaylord para preguntar si podía ir a comer allí, se decía.

No le gustaba comer en la Gran Vía, porque la comida no era realmente buena, y además, había que llegar pronto si se quería comer algo. Y también había por allí demasiados periodistas que él conocía, y no le gustaba quedarse con la boca cerrada. Tenía ganas de beber unas absentas y de charlar en confianza. Iría, por tanto, al Gaylord, a cenar con Karkov, porque en el Gaylord tenían buena comida y cerveza auténtica y uno podía enterarse de los últimos acontecimientos de la guerra.

La primera vez que llegó a Madrid no le gustó el Gaylord, el hotel de Madrid en que se habían instalado los rusos, porque el lugar le pareció demasiado lujoso, la comida demasiado buena para una ciudad sitiada y la charla demasiado cínica para una guerra. Pero me dejé corromper fácilmente, pensó. ¿Por qué no comer lo mejor que se pueda cuando se vuelve de una misión como ésta? Y la charla que había encontrado demasiado cínica la primera vez que la había compartido, resultó desgraciadamente demasiado veraz. Cuando acabe con esto, se dijo, tendré muchas cosas que contar en el Gaylord. Sí, cuando acabe con esto.

¿Podría llevar a María al Gaylord? No, no podía. Pero la dejaría en el hotel, donde ella tomaría un baño caliente y la encontraría lista al volver del Gaylord. Sí, podría hacerlo así. Luego le hablaría de ella a Karkov y podría llevarla más tarde para que la conociesen, porque tendrían curiosidad y querrían conocer a la muchacha.

Quizá no fuera ni siquiera al Gaylord. Podrían comer temprano en la Gran Vía y arreglárselas para volver pronto al Florida. Pero tú sabes que irás al Gaylord, se dijo, porque tienes muchas ganas de volver a ver todo aquello; tienes ganas de comer de nuevo aquellos platos y quieres ver de nuevo todo ese lujo y ese bienestar cuando acabes con tu misión. Después volverás al Florida y María estará allí. Pues te esperará. Te esperará, sí, cuando este asunto se termine. Si logro salir de este asunto, me habré ganado el derecho a una comida en el Gaylord.

El Gaylord era el lugar donde se encontraban los famosos generales campesinos y obreros, que, sin ninguna preparación militar, habían surgido del pueblo para tomar las armas a comienzos de la guerra, y muchos de ellos hablaban ruso. Ésa fue su primera desilusión unos meses antes, y se había hecho a sí mismo algunas observaciones irónicas a propósito de ello. Pero más tarde se dio cuenta de cómo habían sucedido las cosas, y le pareció bien. Eran, en efecto, campesinos y obreros que habían tomado parte en la revolución de 1934 y que tuvieron que huir del país cuando fracasó; en Rusia los enviaron a la escuela militar y al Instituto Lenin, dirigido por el Komintern, con el fin de prepararlos para los próximos combates y darles la instrucción necesaria para ejercer un mando.

El Komintern se había preocupado de su instrucción. En una revolución no se puede reconocer delante de gente extraña que se ha recibido ayuda de éstos o de aquéllos, ni conviene saber más de lo que corresponde. Eso era algo que él había aprendido. Si una cosa es fundamentalmente justa, importa poco que se mienta. Pero se mentía mucho. Al principio no le había gustado la mentira. Odiaba la mentira. Más tarde empezó a gustarle. Era una señal de que ya no era un extraño, pero la mentira acababa siempre por corromper.

Era en el Gaylord donde uno podía enterarse de que Valentín González, llamado el Campesino, no fue nunca un campesino, sino un antiguo sargento de la Legión Extranjera que había desertado y combatido junto a Abd-el-Krim. Bueno, no había nada malo en ello; ¿por qué había de haberlo? Era preciso contar con jefes campesinos dispuestos en aquella clase de guerra, y un verdadero jefe campesino corría el peligro de parecerse demasiado a Pablo. No se podía aguardar la llegada del verdadero jefe campesino, y, por lo demás, quizá tuviera demasiados rasgos campesinos cuando se le encontrara. Por consiguiente, había que fabricarse uno. Por lo que había visto del Campesino, con su barba negra, sus gruesos labios de mulato y sus ojos de mirada fija y febril, Jordan se decía que debía de ser tan difícil de manejar como un verdadero jefe campesino. La última vez que le vio parecía haberse tragado su propia propaganda y creerse que era realmente un campesino. Era un hombre decidido y valiente; no había otro más valiente en todo el mundo. Pero, Dios, hablaba demasiado. Y cuando se acaloraba decía lo que le venía a la lengua, sin preocuparse de las consecuencias de su indiscreción. Las consecuencias habían sido ya considerables. Era, no obstante, un maravilloso jefe de brigada en los momentos en que todo parecía estar perdido. Porque no sabía nunca cuándo estaba todo perdido, y aunque todo hubiera estado perdido, él sabía cómo salir del paso.

En el Gaylord se encontraba uno también con el albañil Enrique Líster, de Galicia, que mandaba una división y que hablaba ruso. Y se encontraba allí uno también con el ebanista Juan Modesto, de Andalucía, a quien se le acababa de confiar un cuerpo de ejército. No había sido precisamente en el Puerto de Santa María donde aprendió el ruso, aunque hubiera sido capaz, de haber habido allí una escuela Berlitz para uso de ebanistas. De todos los jóvenes militares, era el hombre en quien más confiaban los rusos, porque era un verdadero hombre de partido al ciento por ciento, como decían los rusos, orgullosos de utilizar ese término tan americano. Modesto era mucho más inteligente que Líster y el Campesino.

Sí, el Gaylord era el sitio adonde había que ir para completar uno su educación. Uno se enteraba allí de cómo iban las cosas y no de cómo se decía que iban. Y en cuanto a él, no había hecho más que comenzar su propia educación. Se preguntaba si le quedaría tiempo para completarla. El Gaylord era una buena cosa. Era lo que necesitaba. Al principio, en el tiempo en que aún creía en todas aquellas tonterías, el Gaylord le había impresionado. Pero ahora sabía lo suficiente como para aceptar la necesidad de todas las mentiras, y lo que aprendía en el Gaylord no hacía más que robustecer su fe en lo que él tenía como la verdad. Le gustaba saber cómo iban realmente las cosas y no cómo se suponía que tendrían que ir. Se miente siempre en las guerras, pero la verdad de Líster, Modesto y el Campesino valía más que todas las mentiras y todas las leyendas. Bueno, un día se les diría a todos la verdad. Y mientras tanto, estaba satisfecho de que hubiese un Gaylord donde él pudiera aprender por cuenta propia.

Sí, ése era el sitio adonde iría en Madrid, después de haberse comprado unos libros, haberse dado un baño caliente, haberse bebido un par de tragos y haber leído un poco. Pero todo aquello lo había planeado antes de que María entrase en el juego. Bueno, podrían tener dos habitaciones y ella podría hacer lo que quisiera mientras él iba al Gaylord y volvía a buscarla.

María había estado esperando en las montañas todo aquel tiempo. Podría aguardar un poco más en el hotel Florida. Dispondrían para ellos de tres días en Madrid. Tres días es mucho tiempo. Podría llevarla a ver a los hermanos Marx en *Una noche en la Ópera*. Aquella película la habían estado proyectando tres meses y seguramente seguirían proyectándola tres meses más. A María le gustarían los hermanos Marx en *Una noche en la Ópera*. Sí, seguro que le gustarían.

Aunque desde el Gaylord hasta aquella cueva había un buen trecho. No, en realidad no había tanta distancia. La distancia realmente grande era la del regreso desde aquella cueva hasta el Gaylord. Había estado con Kashkin por vez primera en el hotel, y no le gustó. Kashkin le había llevado porque quería presentarle a Karkov, y quería presentarle a Karkov porque Karkov deseaba conocer norteamericanos y porque era un gran admirador de Lope de Vega, el mayor admirador de Lope de Vega en el mundo, y decía que *Fuenteovejuna* era el drama más grande que se había escrito. Puede que fuera verdad, aunque Jordan no pensaba lo mismo.

Le había gustado Karkov, pero no el lugar. Karkov era el hombre más inteligente que había conocido. Calzaba botas negras de montar, pantalón gris y chaqueta gris también. Tenía las manos y los pies pequeños y un rostro y un cuerpo delicados, y una manera de hablar que rociaba de saliva a uno, porque tenía la mitad de los dientes estropeados. A Robert Jordan se le antojó un tipo cómico cuando le vio por vez primera. Pero descubrió enseguida que tenía más talento y más dignidad interior, más insolencia y más humor que cualquier otro hombre que hubiera conocido.

El Gaylord le había parecido de un lujo y una corrupción indecentes. Pero ¿por qué los representantes de una potencia que gobernaba la sexta parte del mundo no podían gozar de algunas cosas agradables? Bueno, gozaban de ellas, y Jordan, molesto al principio, había acabado por aceptarlo y hasta por verlo con agrado. Kashkin le había presentado a él como un tipo magnífico, y Karkov empezó desplegando con él una cortesía impertinente. Pero luego, como Jordan no se las dio de héroe, sino que se puso a contar una historia muy divertida y escabrosa en la que no quedaba en muy buen lugar, Karkov pasó de la cortesía a una franqueza grosera y luego a una insolencia abierta, hasta que acabaron haciéndose buenos amigos.

Kashkin no era más que tolerado en aquel lugar. Había ciertamente un punto oscuro en su pasado y vino a España a hacer méritos. No quisieron decirle en qué consistía, pero quizá se lo dijeran ahora, ahora que Kashkin había muerto. Fuera como fuera, Karkov y él se habían hecho grandes amigos, y él también había hecho amistad con aquella mujer asombrosa, aquella mujercita morena, flaca, siempre fatigada, amorosa, nerviosa, despojada de toda amargura, aquella mujer de cuerpo esbelto poco cuidadosa de sí misma, aquella mujer de cabellos negros, cortos, entrecanos, que era la mujer de Karkov y que servía como intérprete en la unidad de tanques. También se había hecho amigo de la amante de Karkov, que tenía ojos de gato, cabellos de oro rojizo, más rojos o más dorados según el peluquero de turno, un cuerpo perezoso y sensual, hecho para amoldarse con otro cuerpo, una boca hecha para moldearse con otra boca, y una cabeza estúpida, una mujer extremadamente ambiciosa y extremadamente leal. Aquella mujer gustaba de chismes y se entregaba pasajeramente a otros amores, cosa que parecía divertir a Karkov. Se contaba que Karkov tenía otra mujer más, aparte de la de la unidad de tanques, o quizá dos, pero nadie lo sabía con certeza. A Robert Jordan le gustaban mucho tanto la mujer, a la que conocía, como la amante. Pensaba que probablemente también le gustaría la otra, de conocerla, si es que la había. Karkov tenía buen gusto en materia de mujeres.

Había centinelas con la bayoneta calada delante de la puerta cochera del Gaylord y sería aquella noche el lugar más confortable del Madrid sitiado. Le gustaría estar allí, en vez de donde se encontraba, aunque, después de todo, se estaba bien, ahora que la rueda se había parado. Y la nieve se estaba parando también.

Le gustaría presentar a María a Karkov; pero no podría llevarla al Gaylord sin pedir permiso, y habría que averiguar antes cómo iban a recibirle después de aquella expedición. Golz estaría allí en cuanto el ataque hubiese terminado, y si Jordan había trabajado bien, todo el mundo lo sabría por Golz. Golz se burlaría de él a causa de María. Sobre todo después de lo que había oído decir a Jordan a propósito de su falta de interés por las chicas.

Se inclinó para llenar su taza de vino en la vasija que había delante de Pablo, diciendo: «Con tu permiso».

Pablo asintió con la cabeza. Está metido en sus planos militares, supongo, pensó Jordan. No quiere buscar una efímera fama en la boca del cañón, sino la solución de algún problema en el fondo de la botella. De cualquier manera, el marrajo ha debido de ser sumamente astuto para haber conseguido llevar adelante con éxito esta banda durante tanto tiempo. Miró a Pablo y se preguntó qué jefe de guerrilla habría sido en la guerra civil de Estados Unidos. Hubo montones de guerrillas, pensó; pero sabemos muy pocas cosas sobre ellas. No se trataba de los Quantrill, ni de los Mosby, ni de su propio abuelo; sino de los pequeños, de los que operaban en los bosques. Y por lo que se refería a la bebida, ¿fue Grant realmente un borracho? Su abuelo decía que lo fue. Grant estaba siempre un poco bebido hacia las cuatro de la tarde, decía, y en Vicksburg, cuando el asedio, estuvo completamente borracho durante dos días. Pero el abuelo decía que funcionaba de un modo enteramente normal aunque hubiese bebido. Lo difícil era despertarle. Pero si se lograba despertarle, entonces se conducía con entera normalidad.

Hasta el momento no había habido ningún Grant ni ningún Sherman ni ningún Stonewall Jackson en ninguno de los dos bandos de la guerra. No, ni siquiera ningún Jeb Stuart. Ni siquiera un Sheridan. Pero había habido montones de McClellan. Los fascistas poseían muchos, y en su bando tenían al menos tres.

No había visto ningún genio militar en aquella guerra. Ni uno. Ni cosa que se le pareciera ni por el forro. Kleber, Lucasz y Hans habían trabajado bien por su parte durante la defensa de Madrid con las Brigadas Internacionales, y luego estaba aquel viejo calvo, con gafas, engreído y estúpido, como una lechuza, incapaz de mantener una conversación, valeroso y pesado como un toro, el viejo Miaja, con una reputación hecha a golpes de propaganda y tan celoso de la publicidad que le debía a Kleber, que obligó a los rusos a relevarle del mando y enviarle a Valencia. Kleber era un buen soldado, aunque limitado, y hablaba demasiado para el puesto que ocupaba. Golz era un buen general, un buen soldado, pero siempre se le mantuvo en una posición subalterna y nunca se le dejó libertad de acción. Este ataque era el asunto más importante que había tenido entre manos hasta el presente. Y Robert Jordan no estaba muy contento con lo que había sabido del ataque. Después estaba Gall, el húngaro, que debería haber sido fusilado de ser ciertas la mitad de las cosas que se contaban de él en el Gaylord. Y aunque sólo fueran ciertas el diez por ciento, pensó Jordan.

Hubiera querido ver la batalla en la meseta más allá de Guadalajara, donde fueron derrotados los italianos. Pero entonces estaba él en Extremadura. Hans se lo contó una noche en el Gaylord, haciéndoselo ver todo con la mayor claridad, y de eso hacía dos semanas. Hubo un momento en que todo estaba perdido, cuando los italianos rompieron las líneas cerca de Trijueque. Si la carretera de Torija-Brihuega hubiera sido cortada, habría quedado copada la 12.ª Brigada. «Pero sabiendo que teníamos que entendérnoslas con italianos —le había dicho Hans—, nos arriesgamos a una maniobra que hubiera sido injustificada con cualquier otra clase de tropas.» Y tuvo éxito.

Hans se lo había explicado todo con sus mapas de batalla. Siempre los llevaba consigo, y parecía aún maravillado y feliz de aquel milagro. Hans era un buen soldado y un buen compañero. Las tropas de Líster, de Modesto y del Campesino se comportaron bien en aquella batalla, le había dicho Hans. El mérito correspondía a los jefes y a la disciplina que los jefes imponían. Pero Líster, el Campesino y Modesto habían ejecutado varias de las maniobras que aconsejaron los militares rusos. Parecían alumnos pilotos que condujesen un avión de doble mando, de manera que el profesor pudiera intervenir si el alumno cometía un error. En fin, aquel año se pondría en claro todo lo que hubiesen aprendido. Al cabo de cierto tiempo no habría doble mando y se los vería manejar entonces divisiones y cuerpos de ejército enteramente solos.

Eran comunistas y tenían sentido de la disciplina. La disciplina que ellos implantaban haría buenos soldados. Líster era feroz en eso. Era un verdadero fanático y tenía por la vida humana un desprecio español. En muy pocos ejércitos, desde la invasión de Occidente por los tártaros, se había ejecutado sumariamente a los hombres por motivos tan insignificantes como bajo su mando. Pero sabía cómo hacer de una división una unidad de combate. Porque una cosa era mantener una posición. Otra, atacarla y tomarla, y otra muy distinta hacer maniobrar a un ejército en campaña, se decía Jordan, sentado junto a la mesa. Por lo que he visto, me gustaría ver cómo se las bandea Líster cuando se supriman los dobles mandos. Pero quizá no se supriman, pensó. Falta saber si se suprimirán. O si acaso son reforzados. Me pregunto cuál es la postura rusa en todo eso. Hay que ir al Gaylord para saberlo. Hay montones de cosas que quiero saber y que no sabré más que en el Gaylord.

Durante algún tiempo creyó que el Gaylord le hacía daño. Era lo contrario del comunismo puritano al estilo religioso de Velázquez 63, el palacete madrileño transformado en cuartel general de la Brigada Internacional. En Velázquez 63 uno se sentía miembro de una orden religiosa. La atmósfera del Gaylord estaba muy alejada de la sensación que se experimentaba en el cuartel general del Quinto Regimiento antes de que fuera disuelto y repartido entre las brigadas del nuevo ejército.

Allí se tenía la sensación de participar en una cruzada. Era la única palabra que podía utilizarse, aunque se hubiera utilizado y se hubiera abusado tanto de ella, que estaba resobada y había perdido ya su verdadero sentido. Uno tenía allí una impresión parecida, a pesar de toda la burocracia, la incompetencia y las bregas de los partidos, a la que se espera tener y luego no se tiene el día de la primera comunión: el sentimiento de la consagración a un deber en defensa de todos los oprimidos del mundo, un sentimiento del que resulta tan embarazoso hablar como de la experiencia religiosa, un sentimiento tan auténtico, sin embargo, como el que se experimenta al escuchar a Bach o al mirar la luz que se cuela a través de las vidrieras en la catedral de Chartres, o en la catedral de León, o mirando a Mantegna, El Greco o Brueghel en el Prado. Era eso lo que permitía participar en cosas que podía uno creer enteramente y en las que se sentía uno unido en entera hermandad con todos los que estaban comprometidos en ellas. Era algo que uno no había conocido antes aunque lo experimentaba y que concedía una importancia a aquellas cosas y a los motivos que las movían, de tal naturaleza que la propia muerte de uno parecía absolutamente insignificante, algo que sólo había que evitar porque podía perjudicar el cumplimiento del deber. Pero lo mejor de todo era que uno podía hacer algo por ese sentimiento y a favor de él. Uno podía luchar.

Así que has luchado, se dijo. Y en la lucha ese sentimiento de pureza se pierde entre los que sobreviven y se hacen buenos combatientes. Nunca dura más de seis meses.

La defensa de una ciudad es una forma de la guerra en la que se puede tener semejante sensación. La batalla de la sierra había sido así. Allí lucharon con la verdadera camaradería de la revolución. Allí arriba, cuando hubo que reforzar la disciplina, él la había comprendido y aprobado. Bajo los bombardeos algunos hombres huyeron por miedo. Él vio cómo los fusilaban y los dejaban hincharse, muertos, al borde de la carretera, sin que nadie se preocupase de ellos si no era para quitarles las municiones y los objetos de valor. Quitarles las municiones, las botas y los chaquetones de cuero era cosa ordinaria. Despojarlos de los objetos de valor era una cosa práctica. Ése era el único medio de impedir que los cogieran los anarquistas.

Parecía justo y necesario fusilar a los fugitivos. No había nada malo en ello. La fuga era egoísta. Los fascistas, se dijo, habían atacado y nosotros los habíamos detenido en aquella ladera de las montañas del Guadarrama, con sus rocas grises, sus pinos enanos y sus tojos. Resistimos en la carretera bajo las bombas de los aviones y luego bajo los obuses, cuando trajeron la artillería; y por la noche, los supervivientes contraatacaron y los obligaron a retroceder. Más tarde, cuando los fascistas intentaron deslizarse por la izquierda, colándose entre las rocas y los árboles, nosotros aguantamos en el Clínico, disparando desde las ventanas y el tejado, aunque ellos lograron infiltrarse por los dos lados y supimos entonces lo que era estar cercados, hasta el momento en que el contraataque los rechazó de nuevo, más allá de la carretera.

En medio de todo aquello, pensaba Jordan, entre el miedo que reseca la boca y la garganta, entre el polvo levantado por los escombros y el pánico de la pared que se derrumba, tirándose uno al suelo entre el fulgor y el estrépito de una granada, limpiando una ametralladora, apartando a los que la servían, que yacen con la cara contra el suelo cubierta de cascotes, protegiendo la cabeza para tratar de arreglar el cargador encasquillado, sacando el cargador roto, enderezando las cintas, pegándose luego al suelo detrás del refugio, barriendo después con la ametralladora la carretera, hiciste lo que tenías que hacer y sabías que estabas en lo cierto. Entonces conociste el éxtasis de la batalla, con la boca seca y con el terror que apunta, aun sin llegar a dominar, y luchaste aquel verano y aquel otoño por todos los pobres del mundo, contra todas las tiranías, por todas las cosas en las que creías y por un mundo nuevo, para el que tu educación te había preparado. Aquel invierno aprendiste a sufrir y a despreciar el sufrimiento en los largos períodos de frío, de humedad y barro, a cavar y construir fortificaciones. Y la sensación del verano y del otoño desaparecía bajo el cansancio, la falta de sueño, la inquietud y la incomodidad. Pero aquel sentimiento estaba allí aún y todo lo que se sufría no hacía más que confirmarlo. Fue en aquellos días cuando sentiste aquel orgullo profundo, sano y sin egoísmo... Todo aquel orgullo, en el Gaylord, te hubiera hecho pasar por un pelmazo imponente, se dijo. No, no te hubieras encontrado a gusto en el Gaylord en aquellos tiempos. Eras demasiado ingenuo. Te hallabas en una especie de estado de gracia. Pero quizá no fuera el Gaylord así por entonces. No, en efecto, no era así por entonces. No era así en absoluto. Porque, sencillamente, el Gaylord no existía.

Karkov le había hablado de aquella época. Por aquellos días los rusos, los pocos que había en Madrid, estaban en el Palace. Robert Jordan no llegó a conocer a ninguno de ellos. Eso fue antes de que se organizaran los primeros grupos de guerrilleros, antes de que conociera a Kashkin y a los otros. Kashkin había estado en el norte, en Irún y en San Sebastián y en el combate frustrado hacia Vitoria. No llegó a Madrid hasta enero, y mientras tanto Jordan había combatido en Carabanchel y en Usera durante aquellos tres días en que contuvieron el ataque del ala derecha fascista sobre Madrid, haciendo retroceder a los moros y al Tercio, arrojándolos de casa en casa, hasta limpiar aquel suburbio destrozado, al borde de la meseta gris quemada por el sol, estableciendo una línea de defensa a lo largo de las alturas que pudiese proteger aquella parte de la ciudad; y en aquellos tres días Karkov había estado en Madrid.

Karkov no se mostraba cínico cuando hablaba de aquellos días. Aquéllos fueron unos días en los que todo parecía perdido y de los que cada cual guardaba ahora, mejor que una distinción honorífica, la certidumbre de haber obrado bien cuando todo parecía perdido. El gobierno se había marchado de la ciudad, llevándose en su huida todos los coches del Ministerio de la Guerra, y el viejo Miaja tuvo que ir en bicicleta a inspeccionar las defensas. Jordan no podía creerse aquella historia. No podía imaginarse a Miaja en bicicleta, ni siquiera en un alarde de imaginación patriótica; pero Karkov decía que era verdad. Claro que, como lo había escrito así para que se publicara en los periódicos rusos, probablemente había deseado creerlo después de escribirlo.

Pero había otra historia que Karkov no había escrito. Había en el Palace tres heridos rusos, de los cuales él era el responsable: dos conductores de tanques y un aviador, los tres heridos demasiado graves para que se les pudiera trasladar, y como por entonces era de la mayor importancia que no hubiera pruebas de la ayuda rusa que hubiesen justificado la intervención abierta de los fascistas, a Karkov le habían encargado que aquellos heridos no cayesen en manos de los fascistas en el caso de que la ciudad fuera abandonada.

Si la ciudad iba a ser abandonada, Karkov tenía que envenenarlos y destruir todas las pruebas de su identidad antes de salir del Palace. Nadie debía hallarse en condiciones de probar, por los cuerpos de los tres hombres heridos, uno con tres heridas de bala en el abdomen, otro con la mandíbula destrozada y las cuerdas vocales al desnudo, y el tercero, con el fémur hecho añicos por una bala y las manos y la cara tan quemadas que le habían desaparecido las cejas, las pestañas y el cabello, que eran rusos. Nadie podría decir, por los cadáveres de aquellos tres hombres heridos, que él dejaría en su lecho en el Palace, que eran rusos. Porque nada puede probar que un cadáver desnudo es un ruso. La nacionalidad y las ideas políticas no se manifiestan cuando uno ha muerto.

Robert Jordan había preguntado a Karkov cuáles habían sido sus sentimientos cuando se vio ante la necesidad de hacer tal cosa, y Karkov le había respondido que la situación no había sido muy halagüeña. «¿Cómo pensaba hacerlo usted?», le preguntó Jordan, añadiendo: «No es tan fácil, como usted sabe, envenenar a la gente en un momento». Y Karkov le había dicho: «¡Oh, sí!, cuando se tiene encima todo lo que hace falta, para el caso en que uno tenga necesidad de ello». Luego había abierto su pitillera y había señalado a Robert Jordan lo que llevaba en una de las tapas. «Pero lo primero que harán, si cae usted prisionero, será quitarle la pitillera —había advertido Robert Jordan—. Le harán levantar las manos.»

—Llevo también un poco aquí —había dicho Karkov, mostrando la solapa de su chaqueta—. Basta con poner la solapa en la boca, así, morder y tragar.

—Eso está mucho mejor —había contestado Jordan—. Pero dígame, ¿huele a almendras amargas, como se dice en las novelas policíacas?

—No lo sé —había respondido Karkov muy divertido—. No lo he olido jamás. ¿Quiere usted que rompamos uno de esos tubitos para olerlo?

—Será mejor que lo guarde.

—Sí —había dicho Karkov, volviendo a guardarse la pitillera en el bolsillo—. No soy un derrotista, usted me entiende; pero es posible que en cualquier momento pasemos por un percance grave, y no puede uno procurarse esto en cualquier parte. ¿Ha leído usted el comunicado del frente de Córdoba? Es precioso. Es mi comunicado preferido por el momento.

—¿Qué dice? —preguntó Robert Jordan. Acababa de llegar del

frente de Córdoba y sentía ese enfriamiento súbito que se experimenta cuando alguien bromea sobre un asunto sobre el que sólo uno tiene derecho a bromear—. ¿Qué es lo que dice?

—*Nuestra gloriosa tropa siga avanzando sin perder ni una sola palma de terreno* —había dicho Karkov, en su español pintoresco.

—No es posible —dijo Robert Jordan en tono incrédulo.

—Nuestras gloriosas tropas continúan avanzando sin perder un solo palmo de terreno —había repetido Karkov en inglés—. Está en el comunicado. Lo buscaré para que lo vea.

Uno podía recordar a los hombres que habían muerto luchando en torno a Pozoblanco, uno por uno, con sus nombres y apellidos. Pero en el Gaylord todo aquello no era sino una excusa más para bromear.

Así era, pues, el Gaylord en aquellos momentos, y sin embargo, no siempre había habido un Gaylord, y si la situación actual era de esas que hacen nacer cosas como el Gaylord, tan lejos de los supervivientes de los primeros días, él se sentía contento por haber visto el Gaylord y haberlo conocido. Estás ahora muy lejos de lo que sentías en la sierra, en Carabanchel y en Usera, se dijo. Te dejas corromper fácilmente. Pero ¿es corrupción o sencillamente que has perdido la ingenuidad de tus comienzos? ¿No ocurrirá lo mismo en todos los terrenos? ¿Quién conserva en sus tareas esa virginidad mental con la que los jóvenes médicos, los jóvenes sacerdotes y los jóvenes soldados comienzan por lo común a trabajar? Los sacerdotes la conservan, o bien renuncian. Creo que los nazis la conservan, pensó, y los comunistas, si tienen una disciplina interior lo suficientemente severa, también. Pero fíjate en Karkov.

No se cansaba nunca de considerar el caso de Karkov. La última vez que había estado en el Gaylord, Karkov había estado deslumbrante a propósito de cierto economista británico que había pasado mucho tiempo en España. Robert Jordan conocía los trabajos de ese hombre desde hacía años y le había estimado siempre sin conocerle. No le gustaba mucho, sin embargo, lo que había escrito sobre España. Era demasiado claro y demasiado sencillo. Robert Jordan sabía que muchas de las estadísticas estaban falseadas por un espejismo optimista. Pero se decía que es raro también que gusten las obras consagradas a un país que se conoce realmente bien, y respetaba a aquel hombre por su buena intención.

Por último, había acabado por encontrárselo una tarde durante la ofensiva de Carabanchel. Jordan y sus compañeros estaban sentados al resguardo de las paredes de la plaza de toros, había tiroteo a lo largo de las dos calles laterales, y todos estaban muy nerviosos aguardando el ataque. Les prometieron enviarles un tanque, que no había llegado, y Montero, sentado, con la cabeza entre las manos, no cesaba de repetir: «No ha venido el tanque. No ha venido el tanque».

Era un día frío. Y el polvo amarillento volaba por las calles. Montero había sido herido en el brazo izquierdo, y se le estaba entumeciendo.

—Nos hace falta un tanque —decía—. Tenemos que esperar al tanque, pero no podemos aguardar más. —Su herida le había vuelto irascible.

Robert Jordan había salido en busca del tanque. Montero decía que podía suceder que estuviese detenido detrás del gran edificio que formaba ángulo con la vía del tranvía. Y allí estaba, en efecto. Sólo que no era un tanque. Los españoles, por entonces, llamaban tanque a cualquier cosa. Era un viejo auto blindado. El conductor no quería abandonar el ángulo del edificio para llegar hasta la plaza. Estaba de pie, detrás del coche, con los brazos apoyados en la cobertura metálica, y la cabeza, que llevaba metida en un casco de cuero, apoyada sobre los brazos. Cuando Jordan se dirigió a él, el conductor se limitó a menear la cabeza. Por fin se irguió sin mirar a Jordan a la cara.

—No tengo órdenes —dijo con aire hosco.

Robert Jordan sacó la pistola de la funda y apoyó el cañón contra la chaqueta de cuero del conductor.

—Éstas son tus órdenes —le dijo. El hombre sacudió la cabeza, metida en un pesado casco de cuero forrado, como el que usan los jugadores de rugby, y dijo:

—No tengo municiones para la ametralladora.

—Hay municiones en la plaza —le dijo Robert Jordan—. Vamos, ven. Cargaremos las cintas allí. Vamos.

—No hay nadie para disparar —dijo el conductor.

—¿Dónde está? ¿Dónde está tu compañero?

—Muerto —respondió el conductor—; ahí dentro.

—Sácale —dijo Robert Jordan—. Sácale de ahí.

—No quiero tocarle —dijo el chófer—. Además, está doblado en dos, entre la ametralladora y el volante, y no puedo pasar sin tocarle.

—Vamos —replicó Jordan—. Vamos a sacarle entre los dos.

Se había golpeado la cabeza al saltar al coche blindado, haciéndose una pequeña herida en la ceja, que comenzó a sangrar corriéndole la sangre por la cara. El muerto era muy pesado y se había quedado tan tieso que no se podía manejar.

Jordan tuvo que golpearle la cabeza para sacársela de donde se había quedado embutida, con la cara hacia abajo, entre el asiento y el volante. Lo consiguió finalmente, pasando la rodilla por debajo de la cabeza del cadáver; luego, tirándole de la cintura, y, una vez suelta la cabeza, consiguió sacarlo por la portezuela.

—Échame una mano —le había dicho al conductor.

—No quiero tocarle —contestó el chófer.

Y en esos momentos Robert Jordan vio que lloraba. Las lágrimas le corrían por las mejillas a uno y otro lado de la nariz, surcando su rostro cubierto de polvo. La nariz también le goteaba.

De pie, junto a la portezuela, tiró del cadáver, que cayó sobre la acera, junto a los raíles del tranvía, sin perder la posición que tenía, doblado por la mitad. Se quedó allí, el rostro de un color ceniciento sobre la acera de cemento, las manos plegadas debajo del cuerpo, como estaba en el vehículo.

—Sube, condenado —dijo Robert Jordan, amenazando al chófer con la pistola—. Sube ahora mismo, te digo.

Justamente entonces vio al hombre que salía de detrás del edificio. Llevaba un abrigo muy largo y la cabeza al aire; tenía cabellos grises, pómulos salientes y ojos hundidos y muy cerca uno de otro. Llevaba en la mano un paquete de Chesterfield, y sacando un cigarrillo se lo ofreció a Robert Jordan, que, con el cañón de la pistola, empujaba al chófer obligándole a subir al coche blindado.

—Un momento, camarada —le dijo a Jordan en español—. ¿Puede usted explicarme algo sobre la batalla?

Robert Jordan cogió el cigarro que se le tendía y se lo guardó en el bolsillo de su mono azul de mecánico. Había reconocido al camarada por las fotografías. Era el economista británico.

—Vete a la mierda —le dijo en inglés. Luego, dirigiéndose al conductor, en español—: Tira para abajo, hacia la plaza. ¿Comprendes? —Y había cerrado la pesada portezuela con un fuerte golpe. Empezaron a descender por la larga pendiente, mientras las balas repiqueteaban contra los costados del coche, haciendo un ruido como de cascotes arrojados contra una caldera de hierro. Luego la ametralladora abrió fuego con un martilleo continuo. Se detuvieron al llegar al arrimo de la plaza, donde los carteles de la última corrida de octubre se exhibían aún junto a las ventanillas, al lado del lugar donde estaban las cajas de municiones apiladas y ya abiertas. Los camaradas, armados de fusiles, con las bombas en los cinturones y en los bolsillos, los aguardaban, y Montero dijo: Bueno, ya tenemos el tanque. Ahora podemos atacar.

Después, aquella misma noche, cuando se tomaron las últimas casas de la colina, Jordan, tumbado cómodamente detrás de una pared de ladrillos en la que había un agujero abierto, que servía de refugio y de tronera, contemplaba el hermoso campo de tiro que se extendía entre ellos y el reborde al que los fascistas se habían retirado, y pensaba con una sensación de comodidad casi voluptuosa en la cresta de la colina, donde había un hotelito destrozado que protegía su flanco izquierdo. Se había acostado sobre un montón de paja, con las ropas húmedas de sudor, y se había envuelto en una manta para secarse. Tumbado allí, pensó en el economista y se echó a reír. Luego se arrepintió de su descortesía. Pero en el momento en que el hombre le había tendido un cigarrillo en pago de sus informes, el odio del combatiente hacia el que no combate se había adueñado de él.

Se acordaba del Gaylord y de Karkov hablando de aquel hombre.

—De manera que se encontró usted con él —dijo Karkov—. Yo no pasé del Puente de Toledo aquel día. Él estuvo, por lo demás, muy cerca del frente. Creo que fue su último día de bravura. Se fue de Madrid a la mañana siguiente. Fue en Toledo donde se comportó con más bravura, por lo que creo. En Toledo estuvo formidable. Fue uno de los artífices de la toma del Alcázar. Tenía usted que haberle visto en Toledo. Creo que gran parte de nuestro éxito en aquel lugar se lo debemos a sus consejos y a sus esfuerzos. Fue la porción más estúpida de la guerra. Allí se llegó al límite de la tontería. Pero, dígame, ¿qué se piensa de él en América?

—En América —había dicho Robert Jordan— se cree que está muy cerca de Moscú.

—No lo está —dijo Karkov—; pero tiene una cara magnífica y su aspecto y sus modales consiguen gran éxito. Con una cara como la mía no se puede ir muy lejos. Lo poco que he logrado ha sido a despecho de mi cara, ya que nadie me quiere ni tiene confianza en mí a causa de ella. Pero ese tipo, Mitchell, tiene una cara que es una fortuna. Es una cara de conspirador. Todos los que saben algo de conspiradores, por haberlo leído en los libros, enseguida tienen confianza en él. Y además, tiene modales de conspirador. No se le puede ver entrar en una habitación sin creer inmediatamente que se está en presencia de un conspirador de primer orden. Todos esos compatriotas ricos de usted que sentimentalmente quieren ayudar a la Unión Soviética, según creen, o asegurarse contra un éxito triunfal del partido, ven enseguida en la cara de ese hombre y en sus modales a alguien que no puede menos de ser un agente de toda confianza del Komintern.

—¿Y no tiene relaciones con Moscú?

—No. Oiga, camarada Jordan, ¿conoce usted la broma sobre las dos especies de idiotas?

—¿El idiota corriente y el fastidioso?

—No. Las dos clases de idiotas que tenemos nosotros en Rusia. —Karkov sonrió y prosiguió diciendo—: Primeramente, está el idiota de invierno. El idiota de invierno llega a la puerta de su casa y la golpea ruidosamente. Sales a abrirle y, al verle, te das cuenta de que no le conoces. Tiene un aspecto impresionante. Es un gran tipo con botas altas, abrigo de piel, gorro de piel y llega enteramente cubierto de nieve. Comienza sacudiéndose las botas y quitándose la nieve. Luego se quita el abrigo de piel, lo sacude y cae más nieve. Luego se quita el gorro y lo sacude contra la puerta. Cae más nieve de su gorro de piel. Luego, golpea con las botas y entra en el salón. Entonces le miras y ves que es un idiota. Es el idiota de invierno. En verano vemos un idiota que va calle abajo sacudiendo los brazos y volviendo la cabeza a uno y otro lado, y cualquiera reconoce a doscientos metros que es idiota. Es el idiota de verano. Pues bien, ese economista es un idiota de invierno.

—Pero ¿por qué confían en él las gentes de por aquí? —preguntó Jordan.

—Por su cara —repuso Karkov—. Por su magnífica *gueule de conspirateur*, por su jeta de conspirador y por su extraordinaria treta de llegar siempre de otra parte, donde es muy considerado y muy importante. Desde luego —añadió sonriendo—, hay que viajar mucho para que esa treta tenga éxito continuo. Pero usted sabe lo extraños que son los españoles —prosiguió Karkov—. Este gobierno es muy rico. Tiene mucho oro. Pero no da nada a los amigos. ¿Usted es amigo? Muy bien, usted hará lo que está haciendo por nada y no debe esperar ninguna recompensa. Pero a las gentes que representan una firma importante o un país que no está bien dispuesto y que conviene propiciar, a esas gentes les dan todo lo que quieran. Resulta muy interesante cuando se puede seguir de cerca este fenómeno.

—A mí no me agrada. Además, ese dinero pertenece a los trabajadores españoles.

—No es cosa de que le guste o no le guste. Lo único que se espera de usted es que lo entienda —le dijo Karkov—. Siempre que le veo le enseño algo nuevo, y puede ocurrir que, con el tiempo, llegue a tener una buena educación. Sería muy interesante para usted, siendo profesor, estar bien educado.

—No sé si seré profesor cuando vuelva a casa. Probablemente me echarán por rojo.

—Bueno, entonces podrá usted ir a la Unión Soviética a proseguir sus estudios. Será acaso la mejor solución para usted.

—¡Pero si mi especialidad es el español!

—Hay muchos países donde se habla español —dijo Karkov—. Y no deben de ser todos tan difíciles de entender como España. Tiene usted que recordar, además, que desde hace nueve meses no es usted profesor. En nueve meses ha aprendido usted quizá un nuevo oficio. ¿Cuántos libros de dialéctica ha leído usted?

—He leído el *Manual del marxismo*, de Emil Burns. Nada más que eso.

—Si lo ha leído usted hasta el final, es un buen comienzo. Tiene mil quinientas páginas y puede uno entretenerse en cada una de ellas un poco de tiempo. Pero hay otras cosas que debería usted leer.

—No tengo tiempo de leer ahora.

—Ya lo sé —dijo Karkov—. Quiero decir después. Hay muchas cosas que conviene leer para comprender algo de lo que está pasando. De todo ello saldrá un día un libro, un libro que será muy útil y que explicará muchas cosas que hay que saber. Quizá lo escriba yo. Confío en ser yo quien lo escriba.

—No sé quién podría hacerlo mejor.

—No me adule usted —dijo Karkov—. Yo soy periodista; pero,

como todos los periodistas, quisiera hacer literatura. En estos momentos estoy muy ocupado en un trabajo sobre Calvo Sotelo. Era un verdadero fascista, un verdadero fascista español. Franco y todos los demás no lo son. He estado estudiando todos los escritos y los discursos de Calvo Sotelo. Era muy inteligente y fue muy inteligente por su parte matarlo.

—Yo creía que usted no era partidario del asesinato político.

—Se practica muy a menudo —explicó Karkov—. Muy a menudo.

—Pero…

—No creemos en los actos individuales de terrorismo —dijo Karkov sonriendo—. Y todavía menos, desde luego, cuando son perpetrados por criminales o por organizaciones contrarrevolucionarias. Odiamos la doblez y la perfidia de esas hienas asesinas de destructores bujarinistas y esos desechos humanos, como Zinoviev, Kamenev, Rikov y sus secuaces. Odiamos y aborrecemos a esos enemigos del género humano —dijo volviendo a sonreír—. Pero creo, sin embargo, que puedo decirle que el asesinato político se usa muy ampliamente.

—¿Quiere usted decir…?

—No quiero decir nada. Pero, indudablemente, ejecutamos y aniquilamos a esos verdaderos demonios, a esos desechos humanos, a esos perros traidores de generales y a esos repugnantes almirantes indignos de la confianza que se ha depositado en ellos. Todos ellos son destruidos; no asesinados. ¿Ve usted la diferencia?

—La veo —dijo Robert Jordan.

—Y porque gaste bromas de vez en cuando, y usted sabe lo peligrosas que pueden resultar las bromas, no crea que los españoles van a dejar de lamentar el no haber fusilado a ciertos generales que ahora tienen mandos de tropas. Aunque no me gustan los fusilamientos; ¿me ha comprendido?

—A mí no me importan —contestó Jordan—, no me gustan, pero no me importan.

—Ya lo sé —contestó Karkov—; me lo habían dicho.

—¿Cree usted que tiene importancia? —preguntó Robert Jordan—. Yo trataba solamente de ser sincero.

—Es lamentable —replicó Karkov—; pero es una de las cosas que hacen que se tenga por seguras a gentes que, de otro modo, tardarían mucho tiempo en ser clasificadas dentro de esa categoría.

—¿Se me considera a mí de confianza?

—En su trabajo, está usted considerado como de mucha confianza. Tendré que hablar con usted de vez en cuando para ver lo que lleva dentro de la cabeza. Es lamentable que no hablemos nunca seriamente.

—Mi cabeza está en suspenso hasta que ganemos la guerra —afirmó Jordan.

—Entonces es posible que no necesite usted su mente en mucho tiempo. Pero debería preocuparse de ejercitarla un poco.

—Leo *Mundo Obrero* —dijo Robert Jordan, y Karkov respondió:

—Muy bien, está muy bien. Yo también sé aceptar una broma. Además, hay cosas muy inteligentes en *Mundo Obrero*. Las únicas cosas inteligentes que se han escrito durante esta guerra.

—Sí —afirmó Jordan—; estoy de acuerdo con usted. Pero para hacerse una idea completa de lo que sucede no basta con leer el periódico del partido.

—No —dijo Karkov—. Pero no llegará usted a hacerse esa idea ni aunque lea veinte periódicos, y, por otra parte, aunque llegue a hacérsela, no sabrá qué hacer con ella. Yo tengo esa idea sin cesar y estoy intentando deshacerme de ella.

—¿Cree usted que van tan mal las cosas?

—Van mejor de lo que han ido. Estamos desembarazándonos de los peores. Pero queda mucha podredumbre. Estamos organizando ahora un gran ejército, y algunos de los elementos, como Modesto, el Campesino, Líster y Durán, son de confianza. Más que de confianza, son magníficos. Ya lo verá usted. Y luego nos quedan todavía las brigadas, aunque su papel está variando. Pero un ejército compuesto de elementos buenos y elementos malos no puede ganar una guerra. Es preciso que todos hayan llegado a cierto desarrollo político. Es menester que sepan todos por qué se baten y la importancia de aquello por lo que se baten. Es preciso que todos crean en la lucha y que todos acaten la disciplina. Hicimos un gran ejército de voluntarios sin haber tenido tiempo para implantar la disciplina que necesita un ejército de esta clase a fin de conducirse bien bajo el fuego. Llamamos a éste un ejército popular; pero no tendrá nunca las bases de un ejército popular ni la disciplina de hierro que le hace falta. Ya lo verá usted; el método es muy peligroso.

—No está usted hoy muy optimista.

—No —había dicho Karkov—. Acabo de volver de Valencia, donde he visto a mucha gente. Nunca se vuelve de Valencia muy optimista. En Madrid se encuentra uno bien, se tiene por decente y no se piensa que pueda perderse la guerra. Valencia es otra cosa. Los cobardes que han huido de Madrid siguen gobernando allí. Se han instalado como pez en el agua en la negligencia y la burocracia. No sienten más que desprecio por los que se han quedado en Madrid. Su obsesión ahora es el debilitamiento del comisariado de guerra. Y Barcelona. ¡Hay que ver lo que es Barcelona!

—¿Cómo es?

—Es una opereta. Al principio, aquello era el paraíso de los chalados y de los revolucionarios románticos. Ahora es el paraíso de los soldaditos. De los soldaditos que gustan de pavonearse de uniforme, que gustan de farolear y de llevar pañuelos rojinegros. Que les gusta todo de la guerra menos batirse. Valencia es para vomitar; Barcelona, para morirse de risa.

—¿Y la revuelta del POUM?

—El POUM no fue nunca una cosa seria. Fue una herejía de chalados y de salvajes, y en el fondo no fue más que un juego de niños. Había allí gentes valiosas, pero mal dirigidas. Había un cerebro relativamente bueno y un poco de dinero fascista. No mucho. ¡Pobre POUM! En conjunto, unos estúpidos.

—Pero hubo muchos muertos en la revuelta.

—Menos de los que fueron fusilados después y de los que serán fusilados todavía. El POUM lleva bien su nombre. No es una cosa seria. Hubieran debido llamarle la ROÑA o el SARAMPIÓN, aunque no es cierto; el sarampión es más peligroso. Puede afectar a la vista y al oído. Pero ¿sabía usted que habían organizado un complot para matarme a mí, para matar a Walter, para matar a Modesto y para matar a Prieto? Ya ve usted cómo lo confundían todo. No somos todos del mismo pelaje. ¡Pobre POUM! No han matado jamás a nadie; ni en el frente ni en ninguna parte. Bueno, en Barcelona, sí, a algunos.

—¿Estuvo usted allí entonces?

—Sí. Envié un artículo por cable describiendo la corrupción de aquella infame turba de asesinos trotskistas y sus abyectas maquinaciones fascistas; pero entre nosotros le diré que el POUM no es una cosa seria. Nin era el único que valía algo. Le atrapamos pero se nos escapó de las manos.

—¿Dónde está ahora?

—En París. Nosotros decimos que está en París. Era un tipo muy simpático, pero aberrante en materia política.

—Y tenían contactos con los fascistas, ¿no es así?

—¿Y quién no los tiene?

—Nosotros.

—¡Quién sabe! Espero que no. Usted pasa con frecuencia al otro lado de sus líneas —dijo sonriendo—. La semana pasada, el hermano de uno de los secretarios de la embajada republicana en París hizo un viaje a San Juan de Luz para encontrarse con gentes de Burgos.

—Me gusta más el frente —había dicho Jordan—. Cuanto más cerca se está del frente, mejores son las personas.

—¿Le gusta a usted moverse detrás de las líneas fascistas?

—Mucho; tenemos gentes muy buenas por allí.

—Bueno, como usted sabe, ellos deben de tener también gentes muy buenas detrás de nuestras líneas. Les echamos el guante y los fusilamos, y ellos echan el guante a los nuestros y los fusilan. Cuando usted se encuentre con ellos, piense siempre en la cantidad de gentes que deben de enviar ellos para acá.

—Ya he pensado en ello.

—Muy bien —había dicho Karkov—. Bueno, usted ya ha pensado bastante por hoy. Vamos, acabe con ese jarro de cerveza y lárguese, porque tengo que ir a ver a la gente de arriba. Los grandes personajes. Y vuelva usted pronto.

Sí, pensaba Jordan, se aprende mucho en el Gaylord. Karkov había leído su único libro publicado hasta entonces. El libro no había sido un éxito. No tenía más que doscientas páginas y no lo habían leído ni dos mil personas. Jordan había puesto en él todo lo que había descubierto en España en diez años de viaje a pie, en vagones de tercera clase, en autobús, a caballo, a lomo de mula y en camiones. Conocía bien el País Vasco, Navarra, Galicia, Aragón, las dos Castillas y Extremadura. Había libros tan buenos, como los escritos por Borrow, Ford y otros, que él no había sido capaz de añadir gran cosa. Pero Karkov había dicho que el libro era bueno.

—Es por eso por lo que me tomo la molestia de interesarme por usted. Me parece que escribe usted de una manera absolutamente honesta. Y eso es una cosa muy rara. Por ello me gustaría que supiese usted ciertas cosas.

Muy bien, escribiría un libro cuando todo concluyese. Escribiría sólo sobre las cosas que conocía realmente y que conocía bien. Pero sería conveniente que fuese un escritor mejor de lo que soy ahora para entendérmelas con todo ello, pensó. Las cosas que había llegado a conocer durante aquella guerra no eran nada sencillas.

Capítulo 19

—¿Qué haces ahí sentado? —le preguntó María. Estaba de pie, junto a él, y Jordan volvió la cabeza y le sonrió.

—Nada —dijo—; estaba pensando.

—¿En qué? ¿En lo del puente?

—No. Lo del puente está concluido. Estaba pensando en ti, y en un hotel de Madrid donde hay rusos, que son amigos míos, y en un libro que algún día escribiré.

—¿Hay muchos rusos en Madrid?

—No, muy pocos.

—Pero en los periódicos fascistas se dice que hay cientos de miles.

—Es mentira. Hay muy pocos.

—¿Te gustan los rusos? El que estuvo aquí era un ruso.

—¿Te gustaba a ti?

—Sí. Estaba enferma aquel día; pero me pareció muy guapo y muy valiente.

—Muy guapo, ¡qué tontería! —dijo Pilar—. Tenía la nariz aplastada como la palma de mi mano y la cara ancha como el culo de una oveja.

—Era un buen amigo mío y un camarada —le dijo Jordan a María—. Yo le quería mucho.

—Claro —dijo Pilar—; por eso le mataste.

Al oír estas palabras, los que estaban jugando a las cartas levantaron la cabeza y Pablo miró a Robert Jordan fijamente. Nadie dijo nada, pero al cabo de un momento Rafael, el gitano, preguntó:

—¿Es eso verdad, Roberto?

—Sí —dijo Jordan. Lamentaba que Pilar lo hubiese dicho y hubiera deseado no habérselo contado en el campamento del Sordo—. Lo hice a petición suya: estaba gravemente herido.

—*¡Qué cosa más rara!* —dijo el gitano—. Todo el tiempo que estuvo con nosotros se lo pasó hablando de esa posibilidad. No sé cuántas veces le prometí que le mataría yo. ¡Qué cosa más rara! —insistió, meneando la cabeza.

—Era un hombre muy raro —dijo Primitivo—. Muy particular.

—Escucha —dijo Andrés, uno de los dos hermanos—, tú que eres profesor y todo eso, ¿crees que un hombre puede saber lo que va a ocurrirle?

—Estoy seguro de que no puede saberlo —dijo Jordan. Pablo le contemplaba con curiosidad y Pilar le miraba sin que en su rostro se reflejase ninguna expresión—. En el caso de ese camarada ruso lo que sucedió fue que se había puesto muy nervioso a fuerza de estar demasiado tiempo en el frente. Se había batido en Irún, donde, como sabéis, la cosa estuvo muy fea. Muy fea. Se batió luego en el norte. Y cuando los primeros grupos que trabajan detrás de las líneas se formaron, trabajó aquí, en Extremadura y en Andalucía. Creo que estaba muy cansado y nervioso y se imaginaba cosas raras.

—Debió de ver seguramente cosas muy feas —dijo Fernando.

—Como todo el mundo —dijo Andrés—. Pero óyeme, *inglés*: ¿crees que puede haber algo como eso, un hombre que sabe de antemano lo que va a sucederle?

—Pues claro que no —fue la respuesta de Robert Jordan—; eso no es más que ignorancia y superstición.

—Continúa —dijo Pilar—. Escuchemos el punto de vista del profesor. —Le hablaba como se habla a un niño listo.

—Creo que el miedo produce visiones de horror —dijo Jordan—. Viendo señales de mal agüero…

—Como los aviones de esta mañana —dijo Primitivo.

—Como tu llegada —añadió suavemente Pablo desde el otro lado de la mesa.

Robert Jordan le miró y vio que no era una provocación, sino algo pensado sencillamente en voz alta. Entonces prosiguió:

—Cuando el que tiene miedo ve una señal de mal agüero, se representa su propio fin y le parece que lo está adivinando, cuando en realidad no hace más que imaginárselo. Creo que no es más que eso —concluyó—. No creo en ogros, adivinos ni en cosas sobrenaturales.

—Pero aquel tipo de nombre raro vio claramente su destino —dijo el gitano—. Y así fue como ocurrió.

—No lo vio —dijo Robert Jordan—. Tenía miedo de que pudiera ocurrirle semejante percance y el temor se convirtió en obsesión. Nadie podrá convencerme de que llegó a ver nada.

—¿Ni yo? —preguntó Pilar. Recogiendo un puñado de polvo de al lado del fuego, lo sopló después en la palma de la mano—. ¿Ni yo tampoco?

—No. Con todas tus brujerías, tu sangre gitana y todo lo demás, no podrás convencerme.

—Porque eres un milagro de sordera —dijo Pilar, cuyo enorme rostro parecía más grande y más rudo a la luz de la vela—. No es que seas un idiota. Eres simplemente sordo. Un sordo no puede oír la música. No puede oír la radio. Entonces, como no las oye, como no las ha oído nunca, dice que esas cosas no existen. ¡Qué va, inglés! Yo he visto la muerte de aquel muchacho de nombre tan raro en su cara, como si hubiera estado marcada con un hierro candente.

—Tú no has visto nada de nada —afirmó Jordan—. Tú has visto sencillamente el miedo y la aprensión. El miedo originado por las cosas que tuvo que pasar. La aprensión por la posibilidad de que ocurriese el mal que imaginaba.

—¡Qué va! —repuso Pilar—. Vi la muerte tan claramente como si estuviera sentada sobre sus hombros. Y aún más: sentí el olor de la muerte.

—El olor de la muerte —se burló Robert Jordan—. Sería el miedo. Hay un olor a miedo.

—*De la muerte* —insistió Pilar—. Oye, cuando Blanquet, el más grande *peón de brega* que ha habido, trabajaba a las órdenes de Manolo Granero, me contó que el día de la muerte de Manolo, al ir a entrar en la capilla, camino de la plaza, el olor a muerte que despedía era tan fuerte, que casi puso malo a Blanquet. Y él había estado con Manolo en el hotel, mientras se bañaba y se vestía, antes de salir camino de la plaza. El olor no se sentía en el automóvil, mientras estuvieron sentados juntos y apretados todos los que iban a la corrida. Ni lo percibió nadie en la capilla, salvo Juan Luis de la Rosa. Ni Marcial ni Chicuelo sintieron nada, ni entonces ni cuando se alinearon para el paseíllo. Pero Juan Luis estaba blanco como un cadáver, según me contó Blanquet, y éste le preguntó:

»—¿Qué, tú también?

»—Tanto, que no puedo ni respirar —le contestó Juan Luis—. Y viene de tu patrono.

»—*Pues nada* —dijo Blanquet—; no hay nada que podamos hacer. Esperemos que nos hayamos equivocado.

»—¿Y los otros? —preguntó Juan Luis a Blanquet.

»—*Nada* —dijo Blanquet—. Pero ése huele peor que José en Talavera.

»Y por la tarde, el toro llamado Pocapena, de Veragua, deshizo a Manolo contra los tablones de la barrera, frente al *tendido* número dos, en la plaza de toros de Madrid. Yo estaba allí, con Finito, y lo vi, y el cuerno le destrozó enteramente el cráneo, cuando tenía la cabeza encajada en el *estribo*, al pie de la *barrera*, adonde le había arrojado el toro.

—Pero ¿tú oliste algo? —preguntó Fernando.

—No —repuso Pilar—. Estaba demasiado lejos. Estábamos en la fila séptima del *tendido* tres. Por estar allí, en aquel lugar, pude verlo todo. Pero esa misma noche, Blanquet, que también trabajaba con Joselito cuando le mataron, se lo contó todo a Finito en

Fornos, y Finito le preguntó a Juan Luis de la Rosa si era cierto. Pero Juan Luis no quiso decir nada. Sólo asintió con la cabeza. Yo estaba delante cuando ocurrió, así que, *inglés*, puede ser que seas sordo para algunas cosas, como Chicuelo y Marcial Lalanda y todos los *banderilleros* y picadores y el resto de la *gente* de Juan Luis y Manuel Granero lo fueron en esa ocasión. Pero ni Juan Luis ni Blanquet eran sordos. Y yo tampoco lo soy; no soy sorda para esas cosas.

—¿Por qué dices «sorda» cuando se trata de la nariz? —preguntó Fernando.

—¡*Leche*! —exclamó Pilar—; eres tú quien debería ser el profesor, en lugar del *inglés*. Pero aún podría contarte cosas, *inglés*, y no debes dudar de una cosa porque no puedas verla ni oírla. Tú no puedes oír lo que oye un perro ni oler lo que él huele. Pero ya has tenido de todas maneras una experiencia de lo que puede ocurrirle a un hombre.

María apoyó la mano en el hombro de Robert Jordan y la mantuvo allí. Jordan pensó de repente: Dejémonos de tonterías y aprovechemos el tiempo disponible. Pero después recapacitó: era demasiado pronto. Había que apurar lo que aún quedaba de la velada. Así que preguntó, dirigiéndose a Pablo:

—¿Y tú? ¿Crees tú en estas brujerías?

—No lo sé —respondió Pablo—. Soy más bien de tu opinión. Nunca me ha ocurrido nada sobrenatural. Miedo sí que he pasado algunas veces, y mucho. Pero creo que Pilar puede adivinar las cosas por la palma de la mano. Si no está mintiendo, es posible que haya olido eso que dice.

—¡*Qué va*! —contestó Pilar—. ¡Qué voy a mentir! No soy yo la que lo ha inventado. Ese Blanquet era un hombre muy serio y, además, muy devoto. No era gitano, sino un burgués de Valencia. ¿Le has visto alguna vez?

—Sí —replicó Jordan—; le he visto muchas veces. Era pequeño, de cara grisácea, pero no había nadie que manejase la capa como él. Se movía como un gamo.

—Justo —dijo Pilar—. Tenía la cara gris por una enfermedad del corazón y los gitanos decían que llevaba la muerte consigo, aunque era capaz de apartarla de un capotazo, con la misma facilidad con que tú limpiarías el polvo de esta mesa. Y él, aunque no era gitano, sintió el olor de muerte que despedía José en Talavera. No sé cómo pudo notarlo por encima del olor a manzanilla. Pero Blanquet hablaba de aquello con muchas vacilaciones y los que entonces le escuchaban dijeron que todo eso eran fantasías, y que lo que había olido era el olor que exhalaba Joselito de los sobacos, por la mala vida que llevaba. Pero más tarde vino eso de Manolo Granero, en lo que participó también Juan Luis de la Rosa. Desde luego, Juan Luis no era muy decente, pero tenía mucha habilidad en su trabajo y tumbaba a las mujeres mejor que nadie. Blanquet era serio y muy tranquilo y completamente incapaz de contar una mentira. Y yo te digo que sentí el olor de la muerte cuando tu compañero estuvo aquí.

—No lo creo —insistió Robert Jordan—. Además, has dicho que Blanquet lo había olido antes del paseíllo. Unos momentos antes de que la corrida comenzase. Pero aquí Kashkin y vosotros salisteis bien de lo del tren. Kashkin no murió entonces. ¿Cómo pudiste olerlo?

—Eso no tiene nada que ver —exclamó Pilar—. En la última temporada de Ignacio Sánchez Mejías, despedía tal olor a muerte, que muchos se negaban a sentarse junto a él en el café. Todos los gitanos lo sabían.

—Se inventan esas cosas después —arguyó Robert Jordan—; después de que el tipo ya ha muerto. Todo el mundo sabía que Ignacio Sánchez Mejías llevaba camino de recibir una *cornada*, porque había pasado mucho tiempo sin entrenarse, porque su estilo era pesado y peligroso, y porque la fuerza y la agilidad le habían desaparecido de las piernas y sus reflejos no eran los que habían sido.

—Desde luego —reconoció Pilar—. Todo eso es verdad. Pero todos los gitanos estaban enterados de que olía a muerte, y cuando entraba en Villa Rosa había que ver a personas, como Ricardo y Felipe González, que se escabullían por la puerta de atrás.

—Quizá le debieran dinero —comentó Robert Jordan.

—Es posible —aseveró Pilar—. Es muy posible. Pero también lo olían. Y lo sabían todos.

—Lo que dice ella es verdad, *inglés* —dijo Rafael, el gitano—. Es cosa muy sabida entre nosotros.

—No me creo una sola palabra —dijo Robert Jordan.

—Oye, *inglés* —comenzó a decir Anselmo—, yo estoy en contra de todas esas brujerías. Pero esta Pilar tiene fama de saber mucho de esas cosas.

—Pero ¿a qué huele? —inquirió Fernando—. ¿Qué olor tiene eso? Si hay un olor a muerte, tiene que oler a algo determinado.

—¿Quieres saberlo, Fernandito? —preguntó Pilar sonriendo—. ¿Crees que podrías olerlo tú?

—Si esa cosa existe realmente, ¿por qué no habría de olerla yo también como otro cualquiera?

—¿Por qué no? —se burló Pilar, cruzando sus anchas manos sobre las rodillas—. ¿Has estado alguna vez en algún barco?

—No. Ni ganas.

—Entonces podría suceder que no lo reconocieras. Porque, en parte, es el olor de un barco cuando hay tormenta y se cierran las escotillas. Si pones la nariz contra la abrazadera de cobre de una escotilla bien cerrada, en un barco que va dando bandazos, cuando te empiezas a encontrar mal y sientes un vacío en el estómago, sabrás lo que es ese olor.

—Entonces nunca podré reconocerlo, porque no pienso subir a un barco —dijo Fernando.

—Yo he estado en un barco muchas veces —dijo Pilar—. Para ir a México y a Venezuela.

—Bueno, y aparte de eso, ¿cómo es el olor? —preguntó Jordan. Pilar, que estaba dispuesta a rememorar orgullosamente sus viajes, le miró burlonamente.

—Está bien, *inglés*. Aprende. Eso es, aprende. Buena falta te hace. Voy a enseñarte yo. Bueno, después de lo del barco, tienes que bajar muy temprano al *matadero* del Puente de Toledo, en Madrid, y quedarte allí, sobre el suelo mojado por la niebla que sube del Manzanares, esperando a las viejas que acuden antes del amanecer a beber la sangre de las bestias sacrificadas. Cuando una de esas viejas salga del *matadero*, envuelta en su mantón, con su cara gris y los ojos hundidos y los pelos esos de la vejez en las mejillas y en el mentón, esos pelos que salen de su cara de cera como los brotes de una patata podrida y que no son pelos, sino brotes pálidos en la cara sin vida, bien, *inglés*, acércate, abrázala fuertemente y bésala en la boca. Y conocerás la otra parte de la que está hecho ese olor.

—Eso me ha cortado el apetito —protestó el gitano—. Lo de los brotes ha sido demasiado.

—¿Quieres seguir oyendo? —le preguntó Pilar a Jordan.

—Claro que sí —contestó él—. Si es necesario que uno aprenda, aprendamos.

—Eso de los brotes en la cara de la vieja me pone malo —repitió el gitano—. ¿Por qué tiene que ocurrir eso con las viejas, Pilar? A nosotros no nos pasa lo mismo.

—No —se burló Pilar—. Entre nosotros, las viejas, que hubieran sido buenas mozas en su juventud, a no ser porque iban siempre tocando el bombo gracias a los favores de su marido, ese bombo que todas las gitanas llevan consigo...

—No hables así —dijo Rafael—; no está bien.

—Vaya, te sientes ofendido —comentó Pilar—. Pero ¿has visto alguna vez una *gitana* que no estuviera a punto de tener una criatura o que acabase de tenerla?

—Tú.

—Basta —dijo Pilar—. Aquí no hay nadie a quien no se pueda ofender. Lo que yo estaba diciendo es que la edad trae la fealdad. No es necesario entrar en detalles. Pero si el *inglés* quiere aprender a distinguir el olor de la muerte, tiene que irse al *matadero* por la mañana temprano.

—Iré —dijo Jordan—; pero trataré de hacerme con ese olor mientras pasan, sin necesidad de besarlas. A mí también me dan miedo esos brotes, como a Rafael.

—Besa a una de esas viejas —insistió Pilar—; bésalas, *inglés*, para que aprendas, y cuando tengas las narices bien impregnadas vete a la ciudad, y cuando veas un cajón de basura lleno de flores muertas, hunde la nariz en él y respira con fuerza, para que ese olor se mezcle con el que tienes ya dentro.

—Eso está hecho —dijo Jordan—. ¿Qué flores tienen que ser?

—Crisantemos.

—Sigue —dijo Robert Jordan—. Ya los huelo.

—Luego —prosiguió Pilar—, es importante que sea un día de otoño con lluvia o, por lo menos, con algo de neblina, y si no, a principios de invierno. Y ahora conviene que sigas cruzando la ciudad y bajes por la calle de la Salud, oliendo lo que olerás cuando estén barriendo las *casas de putas* y vaciando las bacinillas en las alcantarillas, y con este olor a los trabajos de amor perdido, mezclado con el olor dulzón del agua jabonosa y el de las colillas, en tus narices, vete al Jardín Botánico, donde, por la noche, las chicas que no pueden trabajar en su casa hacen su oficio contra las rejas del parque y sobre las aceras. Allí, a la sombra de los árboles, contra las rejas del parque, es donde ellas satisfacen todos los deseos de los hombres, desde los requerimientos más sencillos, al precio de diez céntimos, hasta una peseta, por ese grandioso acto gracias al cual nacemos. Y allí, sobre algún lecho de flores que aún no hayan sido arrancadas para el trasplante, y que hacen la tierra mucho más blanda que el pavimento de las aceras, encontrarás abandonado algún saco de arpillera, en el que se mezclan los olores de la tierra húmeda, de las flores mustias y de las cosas que se hicieron aquella noche allí. En ese saco estará la esencia de todo, de la tierra muerta, de los tallos de las flores muertas y de sus pétalos podridos y del olor que es a un tiempo el de la muerte y el del nacimiento del hombre. Meterás la cabeza en ese saco y tratarás de respirar dentro de él.

—No.

—Sí —dijo Pilar—. Meterás la cabeza en ese saco y procurarás respirar dentro de él, y entonces, si no has perdido el recuerdo de los otros olores, cuando aspires profundamente conocerás el olor de la muerte que ha de venir tal y como nosotros la reconocemos.

—Muy bien —dijo Robert Jordan—. ¿Y dices que Kashkin olía a todo eso cuando estuvo aquí?

—Sí.

—Bueno —exclamó Jordan gravemente—; si todo eso es verdad, hice bien en pegarle un tiro.

—¡*Olé!* —exclamó el gitano. Los otros soltaron la carcajada.

—Muy bien —aprobó Primitivo—. Eso la mantendrá callada un buen rato.

—Pero, Pilar —observó Fernando—, no esperarás que nadie con la educación de don Roberto vaya a hacer unas cosas tan feas.

—No —reconoció Pilar.

—Todo eso es absolutamente repugnante.

—Sí —asintió ella.

—No esperarás que realice esos actos degradantes, ¿verdad?

—No —contestó Pilar—. Anda, vete a dormir, ¿quieres?

—Pero, Pilar… —siguió Fernando.

—Calla la boca, ¿quieres? —exclamó Pilar agriamente. De pronto se había enfadado—. No hagas el idiota y yo aprenderé a no hacer el idiota otra vez, poniéndome a hablar con gente que no es capaz de entender lo que una está diciendo.

—Confieso que no lo entiendo —reconoció Fernando.

—No confieses nada y no trates de comprender —dijo Pilar—. ¿Está nevando todavía?

Robert Jordan se acercó a la boca de la cueva y, levantando la manta, echó una ojeada al exterior. La noche estaba clara y fría y la nieve había dejado de caer. Miró a través de los troncos de los árboles, vio la nieve caída entre ellos, formando un manto blanco, y, elevando los ojos, vio por entre las ramas del cielo claro y límpido. El aire áspero y frío llenaba sus pulmones al respirar.

El Sordo va a dejar muchas huellas si ha robado los caballos esta noche, pensó. Y dejando caer la manta, volvió a entrar en la cueva llena de humo.

—Ha aclarado —dijo—. Se acabó la tormenta.

Capítulo 20

Estaba tumbado en la oscuridad esperando a que llegase la muchacha. No soplaba el viento y los pinos estaban inmóviles en la noche. Los troncos oscuros surgían de la nieve que cubría el suelo y él estaba allí, tendido en el saco de dormir, sintiendo bajo su cuerpo la elasticidad del lecho que se había fabricado, con las piernas estiradas para gozar de todo el calor del saco, el aire vivo y frío acariciándole la cabeza y penetrando por las narices. Bajo la cabeza, tumbado como estaba de costado, tenía el envoltorio hecho con su pantalón y su chaqueta enrollados alrededor de sus zapatos, a guisa de almohada, y, junto a la cadera, el contacto frío y metálico de la pistola, que había sacado de su funda al desnudarse y había atado con una correa a su muñeca derecha. Apartó la pistola y se dejó caer más adentro en el saco, con los ojos fijos más allá de la nieve, en la hendidura negra que marcaba la entrada de la cueva. El cielo estaba claro y la nieve reflejaba la suficiente luz como para poder distinguir los troncos de los árboles y las masas de las rocas en el lugar donde se abría la cueva.

Poco antes de acostarse había cogido un hacha, había salido de la cueva y, pisando la nieve recién caída, había ido hasta la linde del claro y derribado un pequeño abeto. Había arrastrado el abeto en la oscuridad hasta la pared del muro rocoso. Allí lo había puesto de pie, y, sosteniendo con una mano el tronco, lo había ido despojando de todas las ramas. Luego, dejando éstas amontonadas, depositó el tronco desnudo sobre la nieve y volvió a la cueva para coger una tabla que había visto apoyada contra la pared. Con esa tabla había escarbado en la nieve al pie de la muralla rocosa y, sacudiendo las ramas para despojarlas de la nieve, las había dispuesto en filas, como si fueran las plumas de un colchón, unas encima de otras, hasta formar un lecho. Colocó luego el tronco a los pies de ese lecho de ramas, para mantenerlas en su sitio, y lo sujetó con dos cuñas puntiagudas, cortadas de la misma tabla.

Luego volvió a la cueva, inclinándose bajo la manta para pasar, y dejó el hacha y la tabla contra la pared.

—¿Qué estabas haciendo fuera? —preguntó Pilar.

—Estaba haciéndome una cama.

—No cortes pedazos de mi alacena para hacerte la cama.

—Siento haberlo hecho.

—No tiene importancia; hay más tablones en el aserradero. ¿Qué clase de cama te has hecho?

—Al estilo de mi país.

—Entonces, que duermas bien —dijo ella.

Robert Jordan había abierto una de las mochilas, había sacado el saco de dormir, había puesto en su sitio los objetos que estaban envueltos en el saco y había salido de la cueva con el envoltorio en la mano, agachándose luego para pasar por debajo de la manta. Extendió el saco sobre las ramas de manera que los pies estuviesen contra el tronco y la cabeza descansara sobre la muralla rocosa. Luego volvió a entrar en la cueva para recoger sus mochilas; pero Pilar le dijo:

—Ésas pueden dormir conmigo como anoche.

—¿No se van a poner centinelas? —preguntó Jordan—. La noche está clara y la tormenta ha pasado.

—Irá Fernando —había dicho Pilar.

María estaba en el fondo de la cueva y Robert Jordan no podía verla.

—Buenas noches a todo el mundo —había dicho—. Voy a dormir.

De los que estaban ocupados extendiendo las mantas y los bultos en el suelo, frente al hogar, echando atrás mesas y asientos de cuero, para dejar espacio y acomodarse, sólo Primitivo y Andrés levantaron la cabeza para decir:

—*Buenas noches.*

Anselmo estaba ya dormido en un rincón, tan bien envuelto en su capa y en su manta, que ni siquiera se le veía la punta de la nariz. Pablo dormía en su sitio.

—¿Quieres una piel de cordero para tu cama? —le preguntó Pilar en voz baja a Jordan.

—No. Muchas gracias. No me hace falta.

—Que duermas a gusto —dijo ella—. Yo respondo de tu material.

Fernando había salido con él. Se había detenido un instante en el lugar donde Jordan había extendido el saco de dormir.

—¡Qué idea más rara la de dormir al sereno, don Roberto! —había dicho, de pie, en la oscuridad, envuelto en su capote hasta las cejas y con la carabina sobresaliendo por detrás de la espalda.

—Tengo costumbre de hacerlo así. Buenas noches.

—Ya que tienes costumbre…

—¿Cuándo es el relevo?

—A las cuatro.

—Vas a pasar mucho frío de aquí a entonces.

—Tengo costumbre —dijo Fernando.

—Entonces, ya que tienes costumbre… —había respondido cortésmente Jordan.

—Sí —dijo Fernando—, y ahora tengo que irme allá arriba. Buenas noches, don Roberto.

—Buenas noches, Fernando.

Luego Robert Jordan se hizo una almohada con la ropa que se había quitado, se metió en el saco y, allí tumbado, se puso a esperar. Sentía la elasticidad de las ramas bajo la cálida suavidad del saco acolchado, y con el corazón palpitándole y los ojos fijos en la entrada de la cueva, más allá de la nieve, esperaba.

La noche era clara y su cabeza estaba tan fría y tan despejada como el aire. Respiraba el olor de las ramas de pino bajo su cuerpo, de las agujas de pino aplastadas y el olor más vivo de la resina que rezumaba de las ramas cortadas. Y pensó: Pilar y el olor de la muerte. A mí, el olor que me agrada es éste. Éste y el del trébol recién cortado y el de la salvia con las hojas aplastadas por mi caballo cuando cabalga detrás del ganado, y el olor del humo de la leña y de las hojas que se queman en el otoño. Ese olor, el de las humaredas que se levantan de los montones de hojas alineados a lo largo de las calles de Missoula, en el otoño, debe de ser el olor de la nostalgia. ¿Cuál es el que prefieres? ¿El de las hierbas tiernas con el que los indios tejen sus cestos? ¿El del cuero ahumado? ¿El olor de la tierra en primavera, después de un chubasco? ¿El del mar que se percibe cuando caminas entre los tojos en Galicia? ¿O el del viento que sopla de tierra al acercarse a Cuba en medio de la noche? Ese olor es el de los cactus en flor, el de las mimosas y el de las algas. ¿O preferirías el del tocino, friéndose para el desayuno, por las mañanas, cuando estás hambriento? ¿O el del café? ¿O el de una manzana Jonathan, cuando hincas los dientes en ella? ¿O el de la sidra en el trapiche? ¿O el del pan sacado del horno? Debes de tener hambre, pensó, y se tumbó de costado y observó la entrada de la cueva a la luz de las estrellas, que se reflejaban en la nieve.

Alguien salió por debajo de la manta y Jordan pudo ver una silueta que permanecía de pie junto a la entrada de la cueva. Oyó deslizarse a alguien sobre la nieve y pudo ver que la silueta volvía a agacharse y entraba en la cueva.

Supongo que no vendrá hasta que estén todos dormidos, se dijo. Es una pérdida de tiempo. La mitad de la noche ha pasado ya. ¡Oh, María! Ven pronto, María; nos queda poco tiempo.

Oyó el ruido sordo de la nieve que caía de una rama. Soplaba un viento ligero. Lo sentía sobre su rostro. Una angustia súbita le acometió ante la idea de que pudiera no venir. El viento que se iba levantando le recordaba que pronto llegaría la madrugada. Continuaba cayendo nieve de las ramas al mover el viento las copas de los árboles.

Ven ahora, María, pensaba. Ven, te lo ruego; ven enseguida. Ven ahora. No esperes. Ya no vale la pena que esperes a que se duerman los demás.

Entonces la vio llegar, saliendo de debajo de la manta que cubría la entrada de la cueva. Se quedó parada un instante, y aunque estaba seguro de que era la muchacha, no podía ver lo que estaba haciendo. Silbó suavemente. Seguía casi escondida junto a la entrada de la cueva, entre las sombras que proyectaba la roca. Por fin se acercó corriendo, con sus largas piernas, sobre la nieve. Y un instante después estaba allí, de rodillas, junto al saco, con la cabeza apretada contra la suya quitándose la nieve de los pies. Le besó y le tendió un paquete.

—Ponlo con tu almohada —le dijo—; me he quitado la ropa para ganar tiempo.

—¿Has venido descalza por la nieve?

—Sí —dijo ella—; sólo con mi camisón de boda.

La apretó entre sus brazos y ella restregó su cabeza contra su barbilla.

—Aparta los pies; los míos están muy fríos, Roberto.

—Ponlos aquí y se te calentarán.

—No, no —dijo ella—. Ya se calentarán solos. Pero ahora dime enseguida que me quieres.

—Te quiero.

—¡Qué bonito! Dímelo otra vez.

—Te quiero, conejito.

—¿Te gusta mi camisón de boda?

—Es el mismo de siempre.

—Sí. El de anoche. Es mi camisón de boda.

—Pon tus pies aquí.

—No. Eso sería abusar. Ya se calentarán solos. No tengo frío. La nieve los ha enfriado y tú los sentirás fríos. Dímelo otra vez.

—Te quiero, conejito.

—Yo también te quiero y soy tu mujer.

—¿Están dormidos?

—No —respondió ella—; pero no pude aguantar más. Y además, ¿qué importa?

—Nada —dijo él. Y sintiendo la proximidad de su cuerpo, esbelto, cálido y largo, añadió—: Ninguna otra cosa tiene importancia.

—Ponme las manos sobre la cabeza —dijo ella— y déjame ver si sé besarte.

Preguntó luego:

—¿Lo he hecho bien?

—Sí —dijo él—; quítate el camisón.

—¿Crees que tengo que hacerlo?

—Sí, si no vas a sentir frío.

—*¡Qué va!* Estoy ardiendo.

—Yo también; pero ¿después no tendrás frío?

—No. Después seremos como un animalito en el bosque, y tan cerca el uno del otro, que ninguno podrá decir quién es quién. ¿Sientes mi corazón latiendo contra el tuyo?

—Sí. Es uno solo.

—Ahora, siente. Yo soy tú y tú eres yo, y todo lo del uno es del otro. Y yo te quiero; sí, te quiero mucho. ¿No es verdad que no somos más que uno? ¿Te das cuenta?

—Sí —dijo él—. Así es.

—Y ahora, siente. No tienes más corazón que el mío.

—Ni piernas ni pies ni cuerpo que no sean los tuyos.

—Pero somos diferentes —dijo ella—. Quisiera que fuésemos enteramente iguales.

—No digas eso.

—Sí. Lo digo. Era una cosa que quería decirte.

—No has querido decirlo.

—Quizá no —dijo ella hablando quedamente, con la boca pegada a su hombro—. Pero quizá sí. Ya que somos diferentes, me alegro de que tú seas Roberto y yo María. Pero si tuviera que cambiar alguna vez, a mí me gustaría cambiarme por ti. Quisiera ser tú, porque te quiero mucho.

—Pero yo no quiero cambiar. Es mejor que cada uno sea quien es.

—Pero ahora no seremos más que uno, y nunca existirá el uno separado del otro. —Luego añadió—: Yo seré tú cuando no estés aquí. ¡Ay, cuánto te quiero… y cuánto te tengo que cuidar!

—María…

—Sí.

—María…

—Sí.

—María…

—Sí, por favor.

—¿No tienes frío?

—No. Tápate los hombros con la manta.

—María…

—No puedo hablar.

—Oh, María, María, María.

Volvieron a encontrarse más tarde, uno junto al otro, con la noche fría a su alrededor, sumergidos en el calor del saco y la cabeza de María rozando la mejilla de Robert Jordan. La muchacha yacía tranquila, dichosa, apretada contra él. Entonces ella le dijo suavemente:

—¿Y tú?

—Como tú —dijo él.

—Sí —convino ella—; pero no ha sido como esta tarde.

—No.

—Pero me gustó más. No hace falta morir.

—*Ojalá no* —dijo él—. Espero que no.

—No quise decir eso.

—Lo sé. Sé lo que quisiste decir. Los dos queremos decir lo mismo.

—Entonces, ¿por qué has dicho eso en vez de lo que yo decía?

—Porque para un hombre es distinto.

—Entonces me alegro mucho de que seamos diferentes.

—Y yo también —dijo él—; pero he entendido lo que querías decir con eso de morirse. Hablé como hombre por la costumbre. Siento lo mismo que tú.

—Hables como hables y seas como seas, es así como te quiero.

—Y yo te quiero a ti y adoro tu nombre, María.

—Es un nombre vulgar.

—No —dijo él—. No es vulgar.

—¿Dormimos ahora? —preguntó ella—. Yo me dormiría enseguida.

—Durmamos —dijo él, sintiendo la cercanía del cuerpo esbelto y cálido junto a sí, reconfortante, sintiendo que desaparecía la soledad mágicamente, por el simple contacto de costados, espaldas y pies, como si todo aquello fuese una alianza contra la muerte. Y susurró—: Duerme a gusto, conejito mío.

Y ella:

—Ya estoy dormida.

—Yo también voy a dormirme —dijo él—. Duerme a gusto, cariño.

Luego se quedó dormido, feliz en su sueño.

Pero se despertó durante la noche y la apretó contra sí como si ella fuera toda la vida y se la estuviesen arrebatando. La abrazaba y sentía que ella era toda la vida y que era verdad. Pero ella dormía tan plácida y profundamente, que no se despertó. Así que él se volvió de costado y le cubrió la cabeza con la manta, besándola en el cuello. Tiró de la correa que sujetaba la pistola en la muñeca, de modo que pudiera alcanzarla fácilmente, y se quedó allí, en la quietud de la noche, pensando.

Capítulo 21

Con la luz del día se levantó un viento cálido; podía oírse el rumor
de la nieve derritiéndose en las ramas de los árboles y el pesado
golpe de su caída. Era una mañana de finales de primavera. Con la
primera bocanada de aire que respiró Jordan se dio cuenta de que
había sido una tormenta pasajera de la montaña, de la que para el
mediodía ya no quedaría ni el recuerdo. En ese momento oyó el trote de un caballo que se acercaba y el ruido de los cascos amortigua-
do por la nieve. Oyó el golpeteo de la funda de la carabina y el crujido del cuero de la silla.

—María —dijo en voz baja, sacudiendo a la muchacha por los
hombros para despertarla—, métete debajo de la manta.

Se abrochó la camisa con una mano, mientras empuñaba con
la otra la pistola automática, a la que había descorrido el seguro con el pulgar. Vio que la rapada cabeza de la muchacha desaparecía debajo de la manta con una ligera sacudida. En ese momento apareció el jinete por entre los árboles. Robert Jordan se
acurrucó debajo de la manta y con la pistola sujeta con ambas manos apuntó al hombre que se acercaba. No le había visto
nunca.

El jinete estaba casi frente a él. Montaba un gran caballo tordo
y llevaba una gorra de color caqui, un capote parecido a un poncho
y pesadas botas negras. A la derecha de la montura, saliendo de la
funda, se veían la culata y el largo cerrojo de un pequeño fusil

automático. Tenía un rostro juvenil de rasgos duros. En ese instante vio a Robert Jordan.

El jinete echó mano a la carabina y, al inclinarse hacia un costado, mientras tiraba de la culata, Jordan vio la mancha escarlata de la insignia que llevaba en el lado izquierdo del pecho, sobre el capote. Apuntando al centro del pecho, un poco más abajo de la insignia, disparó.

El pistoletazo retumbó entre los árboles nevados.

El caballo dio un salto, como si le hubieran clavado las espuelas, y el jinete, asido todavía a la carabina, se deslizó hacia el suelo, con el pie derecho enganchado en el estribo. El caballo tordo comenzó a galopar por entre los árboles, arrastrando al jinete boca abajo, dando tumbos. Robert Jordan se incorporó empuñando la pistola con una sola mano.

El gran caballo gris galopaba entre los pinos. Había una ancha huella en la nieve, por donde el cuerpo del jinete había sido arrastrado, con un hilo rojo corriendo paralelo a uno de los lados. La gente empezó a salir de la cueva. Robert Jordan se inclinó, desenrolló el pantalón que le había servido de almohada, y comenzó a ponérselo.

—Vístete —le dijo a María.

Sobre su cabeza oyó el ruido de un avión que volaba muy alto. Entre los árboles distinguió el caballo gris, parado, y el jinete, pendiente siempre del estribo, colgando boca abajo.

—Ve y atrapa ese caballo —gritó a Primitivo, que se dirigía hacia él. Luego preguntó—: ¿Quién estaba de guardia arriba?

—Rafael —dijo Pilar desde la entrada de la cueva. Se había quedado parada allí, con el cabello recogido en dos trenzas que le colgaban por la espalda.

—Ha salido la caballería —dijo Jordan—. Sacad esa maldita ametralladora, enseguida.

Oyó a Pilar que dentro de la cueva gritaba a Agustín. Luego la vio meterse dentro y que dos hombres salían corriendo, uno con el fusil automático y el trípode colgando sobre su hombro; el otro con un saco lleno de municiones.

—Sube con ellos —le dijo Jordan a Anselmo—. Échate al lado del fusil y sujeta las patas.

Los tres subieron por el sendero corriendo por entre los árboles.

El sol no había alcanzado la cima de las montañas. Robert Jordan, de pie, se abrochó el pantalón y se ajustó el cinturón. Aún tenía la pistola colgando de la correa de la muñeca. La metió en la funda, una vez asegurado el cinturón y, corriendo el nudo de la correa, la pasó por encima de su cabeza.

Alguien te estrangulará un día con esa correa, se dijo. Bueno, menos mal que la tenías a mano. Sacó la pistola, quitó el cargador, metió una nueva bala y volvió a colocarlo en su sitio.

Miró entre los árboles hacia donde estaba Primitivo, que sostenía el caballo de las bridas y estaba tratando de desprender el jinete del estribo. El cuerpo cayó de bruces y Primitivo empezó a registrarle los bolsillos.

—Vamos —gritó Jordan—. Trae ese caballo.

Al arrodillarse para atarse las alpargatas, Jordan sintió contra sus rodillas el cuerpo de María, vistiéndose debajo de la manta. En esos momentos no había lugar para ella en su vida.

Ese jinete no se esperaba nada, pensó. No iba siguiendo las huellas de ningún caballo, ni estaba alerta, ni siquiera armado. No seguía la senda que conduce al puesto. Debía de ser de alguna patrulla desparramada por estos montes. Pero cuando sus compañeros noten su ausencia, seguirán sus huellas hasta aquí. A menos que antes se derrita la nieve. O a menos que le ocurra algo a la patrulla.

—Sería mejor que fueses abajo —le dijo a Pablo.

Todos habían salido ya de la cueva y estaban parados, empuñando las carabinas y con granadas sujetas a los cinturones. Pilar tendió a Jordan un saco de cuero lleno de granadas; Jordan tomó tres, y se las metió en los bolsillos. Agachándose, entró en la cueva. Se fue hacia sus mochilas, abrió una de ellas, la que guardaba el fusil automático, sacó el cañón y la culata, lo armó, le metió una cinta y se guardó otras tres en el bolsillo. Volvió a cerrar la mochila y se fue hacia la puerta. Tengo los bolsillos llenos de chatarra. Espero que aguanten las costuras, pensó. Al salir de la cueva le dijo a Pablo:

—Me voy para arriba. ¿Sabe manejar Agustín ese fusil?

—Sí —respondió Pablo. Estaba observando a Primitivo, que se acercaba, llevando el caballo de las riendas—: *Mira qué caballo.*

El gran tordillo transpiraba y temblaba un poco y Robert Jordan lo palmeó en las ancas.

—Lo llevaré con los otros —dijo Pablo.

—No —replicó Jordan—. Ha dejado huellas al venir. Tiene que hacerlas de regreso.

—Es verdad —asintió Pablo—. Voy a montar en él. Lo esconderé y lo traeré cuando se haya derretido la nieve. Tienes mucha cabeza hoy, *inglés.*

—Manda a alguno que vigile abajo —dijo Jordan—. Nosotros tenemos que ir allá arriba.

—No hace falta —dijo Pablo—. Los jinetes no pueden llegar por ese lado. Será mejor no dejar huellas, por si vienen los aviones. Dame la *bota* de vino, Pilar.

—Para largarte y emborracharte —repuso Pilar—. Toma, coge esto en cambio. —Y le tendió las granadas. Pablo metió la mano, cogió dos y se las guardó en los bolsillos.

—¡*Qué va*, emborracharme! —exclamó Pablo—; la situación es grave. Pero dame la *bota*; no me gusta hacer esto con agua sola.

Levantó los brazos, tomó las riendas y saltó a la silla. Sonrió acariciando al nervioso caballo. Jordan vio cómo frotaba las piernas afectuosamente contra los flancos del caballo.

—¡*Qué caballo más bonito!* —dijo, y volvió a acariciar al gran tordillo—. ¡*Qué caballo más hermoso!* Vamos; cuanto antes salgamos de aquí, mejor.

Se inclinó, sacó de la funda el pequeño fusil automático, que era realmente una ametralladora que podía cargarse con munición de nueve milímetros, y la examinó:

—Mira cómo van armados —dijo—. Fíjate lo que es la caballería moderna.

—Ahí está la caballería moderna, de bruces contra el suelo —replicó Jordan—. *Vámonos.* Tú, Andrés, ensilla los caballos y tenlos dispuestos. Si oyes disparos, llévalos al bosque, detrás del claro, y ve a buscarnos con las armas, mientras las mujeres guardan los caballos. Fernando, cuídate de que me suban también los sacos; sobre todo, de que los lleven con precaución. Y tú, cuida de mis mochilas —le dijo a Pilar—. Asegúrate de que vienen también con los caballos. *Vámonos* —dijo.

—María y yo vamos a preparar la marcha —dijo Pilar. Luego susurró a Jordan—: Mírale —señalando a Pablo, que montaba el caballo a la manera de los vaqueros; las narices del caballo se dilataron cuando Pablo reemplazó el cargador de la ametralladora—. Mira el efecto que ha producido en él ese caballo.

—Si yo pudiera tener dos caballos —dijo Jordan con vehemencia.

—Ya tienes bastante caballo con lo que te gusta el peligro.

—Entonces, me conformo con un mulo —dijo Jordan sonriendo—. Desnúdame a ése —le dijo a Pilar, señalando con un movimiento de cabeza al hombre tendido de bruces, sobre la nieve— y coge todo lo que encuentres: cartas, papeles, todo. Mételos en el bolsillo exterior de mi mochila, ¿entendido?

—Sí.

—*Vámonos.*

Pablo iba delante y los dos hombres le seguían, uno detrás de otro, atentos a no dejar huellas en la nieve. Jordan llevaba su ametralladora de la empuñadura, con el cañón hacia abajo. Me gustaría que se la pudiera cargar con las mismas municiones que esa arma de caballería, se dijo. Pero no hay ni que pensarlo. Ésta es un arma alemana. Era el arma del bueno de Kashkin.

El sol brillaba ya sobre los picos de las montañas. Soplaba un viento tibio y la nieve se iba derritiendo. Era una hermosa mañana de finales de primavera.

Jordan volvió la vista atrás y vio a María parada junto a Pilar. Luego empezó a correr hacia él por el sendero. Jordan se inclinó por detrás de Primitivo para hablarle.

—Tú —gritó María—, ¿puedo ir contigo?

—No, ayuda a Pilar.

Corría detrás de él, y cuando llegó a su alcance le puso la mano en el brazo.

—Voy contigo.

—No. De ninguna manera.

Ella siguió caminando a su lado.

—Podría sujetar las patas de la ametralladora, como le has dicho tú a Anselmo que hiciese.

—No vas a sujetar nada, ni la ametralladora ni ninguna otra cosa.

Insistió en seguir andando a su lado, se adelantó ligeramente y metió la mano en el bolsillo de Robert Jordan.

—No —dijo él—; pero cuida bien de tu camisón de boda.

—Bésame —dijo ella—, si te vas.

—Eres una desvergonzada —dijo él.

—Sí; por completo.

—Vuelve ahora mismo. Hay muchas cosas que hacer. Podríamos vernos forzados a combatir aquí mismo si siguen las huellas de este caballo.

—Tú —dijo ella—, ¿viste lo que llevaba en el pecho?

—Sí, ¿cómo no?

—Era el Sagrado Corazón.

—Sí, todos los navarros lo llevan.

—¿Y apuntabas allí?

—No, disparé más abajo. Vuélvete ahora mismo.

—Tú —insistió ella—, lo he visto todo.

—No has visto nada. No has visto más que a un hombre. A un hombre a caballo. *Vete*. Vuélvete ahora mismo.

—Dime que me quieres.

—No. Ahora no.

—¿Ya no me quieres?

—*Déjanos*. Vuélvete. Éste no es el momento.

—Quiero sujetar las patas de la ametralladora, y mientras disparas, quererte.

—Estás loca. Vete.

—No estoy loca —dijo ella—; te quiero.

—Entonces, vuélvete.

—Bueno, me voy. Y si tú no me quieres, yo te quiero a ti lo suficiente para los dos.

Él la miró y le sonrió, sin dejar de pensar en lo que le preocupaba.

—Cuando oigas tiros, ven con los caballos, y ayuda a Pilar con mis mochilas. Puede que no suceda nada. Eso espero.

—Me voy —dijo ella—. Mira qué caballo lleva Pablo.

El tordillo avanzaba por el sendero.

—Sí, ya lo veo. Pero vete.

—Me voy.

El puño de la muchacha, aferrado fuertemente dentro del bolsillo de Robert Jordan, le golpeó en la cadera. Él la miró y vio que tenía los ojos llenos de lágrimas. Ella sacó la mano del bolsillo, le rodeó el cuello con los brazos y le besó.

—Me voy —dijo—; *me voy*, me voy.

Él volvió la cabeza y la vio parada allí, con el primer sol de la mañana brillándole en la cara morena y en la cabellera, corta y dorada. Ella levantó el puño, en señal de despedida, y dando media vuelta descendió por el sendero con la cabeza baja.

Primitivo volvió la cara para mirarla.

—Si no tuviese cortado el pelo de ese modo, sería muy bonita.

—Sí —contestó Robert Jordan. Estaba pensando en otra cosa.

—¿Cómo es en la cama? —preguntó Primitivo.

—¿Qué?

—En la cama.

—Cuidado con lo que dices.

—No hay por qué ofenderse si...

—Déjalo —dijo Jordan. Estaba estudiando las posiciones.

Capítulo 22

—Córtame unas cuantas ramas de pino —le dijo Robert Jordan a Primitivo— y tráemelas enseguida. No me gusta la ametralladora en esa posición —le dijo a Agustín.

—¿Por qué?

—Colócala ahí y más tarde te lo explicaré —precisó Jordan—. Aquí, así —añadió—. Deja que te ayude. Aquí. —Y se agazapó junto al arma.

Miró a través del estrecho sendero, fijándose especialmente en la altura de las rocas a uno y otro lado.

—Hay que ponerla un poco más allá —dijo—. Un poco más. Bien, aquí. Aquí estará bien hasta que podamos colocarla debidamente. Aquí. Pon piedras alrededor. Aquí hay una. Pon esta otra del otro lado. Deja al cañón holgura para girar con toda libertad. Hay que poner una piedra un poco más allá, por este lado. Anselmo, baja a la cueva y tráeme el hacha. Pronto. ¿No habéis tenido nunca un emplazamiento adecuado para la ametralladora? —le preguntó a Agustín.

—Siempre la hemos puesto ahí.

—¿Os dijo Kashkin que la pusierais ahí?

—Cuando trajeron la ametralladora, él ya se había marchado.

—¿No sabían utilizarla los que os la trajeron?

—No, eran sólo cargadores.

—¡Qué manera de trabajar! —exclamó Jordan—. ¿Os la dieron así, sin instrucciones?

—Sí, como si fuera un regalo. Una para nosotros y otra para el Sordo. La trajeron cuatro hombres. Anselmo los guió.

—Es un milagro que no la perdieran. Cuatro hombres a través de las líneas.

—Lo mismo pensé yo —dijo Agustín—. Pensé que los que la enviaban tenían ganas de que se perdiera. Pero Anselmo los guió muy bien.

—¿Sabes manejarla?

—Sí. He probado a hacerlo. Yo sé. Pablo también sabe. Primitivo sabe. Fernando también. Probamos a montarla y a desmontarla sobre la mesa, en la cueva. Una vez la desmontamos y tardamos dos días en montarla de nuevo. Desde entonces no hemos vuelto a desmontarla más.

—¿Dispara bien por lo menos?

—Sí, pero no se la dejamos al gitano ni a los otros, para que no jueguen con ella.

—¿Ves ahora? Desde donde estaba no servía para nada —dijo Jordan—. Mira, esas rocas que tenían que proteger vuestro flanco cubrían a los asaltantes. Con un arma como ésta hay que tener un espacio descubierto por delante, para que sirva de campo de tiro. Y además, es preciso atacarlos de lado. ¿Te das cuenta? Fíjate ahora; todo queda dominado.

—Ya lo veo —dijo Agustín—; pero no nos hemos peleado nunca a la defensiva, salvo en nuestro pueblo. En el asunto del tren, los que tenían la *máquina* eran los soldados.

—Entonces aprenderemos todos juntos —repuso Jordan—. Hay que fijarse en algunas cosas. ¿Dónde está el gitano? Ya debería estar aquí.

—No lo sé.

—¿Adónde puede haberse ido?

—No lo sé.

Pablo había cabalgado por el sendero y dado la vuelta por el espacio llano que formaba el campo de tiro del fusil automático.

Robert Jordan le vio bajar la cuesta en aquellos momentos a lo largo de las huellas que el caballo había trazado al subir. Luego desapareció entre los árboles, doblando hacia la izquierda.

Espero que no tropiece con la caballería, pensó Jordan. Me da miedo que los atraiga hacia aquí.

Primitivo trajo ramas de pino y Robert Jordan las plantó en la nieve, hasta llegar a la tierra blanda, arqueándolas alrededor del fusil.

—Trae más —dijo—; hay que hacer un refugio para los dos hombres que sirven la pieza. Esto no sirve de mucho, pero tendremos que valernos de ello hasta que nos traigan el hacha, y escucha —añadió—: si oyes un avión, échate al suelo, dondequiera que estés, ponte al cobijo de las rocas. Yo me quedo aquí con la ametralladora.

El sol estaba alto y soplaba un viento tibio que hacía agradable el encontrarse junto a las rocas iluminadas, brillando a su resplandor.

Cuatro caballos, pensó Jordan. Las dos mujeres y yo. Anselmo, Primitivo, Fernando, Agustín... ¿Cómo diablos se llama el otro hermano? Esto hacen ocho. Sin contar al gitano, que haría nueve. Y además, hay que contar con Pablo, que ahora se ha ido con el caballo, que haría diez. ¡Ah, sí, el otro hermano se llama Andrés! Y el otro también, Eladio. Así suman once. Ni siquiera la mitad de un caballo para cada uno. Tres hombres pueden aguantar aquí y cuatro marcharse. Cinco, con Pablo. Pero quedan dos. Tres con Eladio. ¿Dónde diablos estará?

Dios sabe lo que le espera al Sordo hoy, si encuentran el rastro de los caballos en la nieve, pensaba. Ha sido mala suerte que dejase de nevar de repente. Aunque, si se derrite, las cosas se nivelarán. Pero no para el Sordo. Me temo que sea demasiado tarde para que las cosas puedan arreglarse para el Sordo.

Si logramos pasar el día sin tener que combatir, se decía, podremos lanzarnos mañana al asunto con todos los medios de los que disponemos. Sé que podremos. No muy bien, pero podremos. No como hubiéramos querido hacerlo; pero, utilizando a todo el mundo, podemos intentar el golpe, si no tenemos que luchar hoy. Si tenemos hoy que pelear, Dios nos proteja.

Entretanto, pensó, no creo que haya un lugar mejor que éste para instalarnos. Si nos movemos ahora, lo único que haremos es dejar huellas. Este lugar no es peor que otro, y si las cosas van mal, hay tres escapatorias. Después vendrá la noche y desde cualquier punto donde estemos en estas montañas podré acercarme al puente y volarlo a la luz del día. No sé por qué tengo que preocuparme. Todo esto parece ahora bastante fácil. Espero que la aviación salga a tiempo, aunque sea sólo por esta vez. Sí, espero que sea así. Mañana será un día de mucho polvo en la carretera.

Bueno, se decía, el día de hoy tiene que ser muy interesante o muy aburrido. Gracias a Dios que hemos apartado de aquí a ese caballo. Aunque vinieran derechos hacia acá no creo que pudieran seguir las huellas de la forma que están ahora. Creerán que se paró en ese lugar y dio media vuelta, y seguirán las huellas de Pablo. Me gustaría saber adónde ha ido ese cochino. A buen seguro que estará dejando huellas como un viejo búfalo que anda dando vueltas y metiéndose por todas partes, alejándose para volver cuando la nieve se haya derretido. Ese caballo realmente le ha cambiado. Quizá lo haya aprovechado para largarse. Bueno, ya sabe cuidarse de sí mismo. Ha pasado mucho tiempo manejándose solo. Pero, con todo eso, me inspira menos confianza que si tuviera que habérmelas con el Everest.

Creo que será más hábil usar estas rocas como refugio y cubrir bien la ametralladora, en vez de ponernos a construir un emplazamiento de la debida forma, pensó. Si llegaran ellos con los aviones, nos sorprenderían cuando estuviéramos haciendo las trincheras. Tal y como está colocada, servirá para defender esta posición todo el tiempo que valga la pena defenderla. Y de todas maneras, yo no podré quedarme aquí para pelear. Tengo que irme con todo mi material y tengo que llevarme a Anselmo, pensó. ¿Quién se quedará para cubrir nuestra retirada, si tenemos que pelear en este sitio?

En ese momento, mientras escrutaba atentamente todo el espacio visible, vio acercarse al gitano por entre las rocas de la izquierda. Venía con paso tranquilo, cadencioso, con la carabina terciada sobre la espalda, la cara morena, sonriente y llevando en cada mano una gran liebre, sujeta de las patas traseras y con la cabeza balanceándose a un lado y a otro.

—*Hola*, Roberto —gritó alegremente.

Robert Jordan se llevó un dedo a los labios, y el gitano pareció asustarse. Se deslizó por detrás de las rocas hasta donde estaba Jordan agazapado junto a la ametralladora, escondida entre las ramas. Se acurrucó a su lado y depositó las liebres sobre la nieve. Robert Jordan le miró fríamente.

—Tú, *hijo de la gran puta* —susurró—. ¿Dónde cojones has estado?

—Les he seguido el rastro —contestó el gitano—. Las cacé a las dos. Estaban haciéndose el amor sobre la nieve.

—¿Y tu puesto?

—No falté mucho tiempo —susurró el gitano—. ¿Qué pasa? ¿Hay alarma?

—La caballería anda por aquí.

—*¡Rediós!* —exclamó el gitano—. ¿Los has visto?

—Ahora hay uno en el campamento —contestó Jordan—. Vino a buscar el desayuno.

—Me pareció oír un tiro o algo parecido —dijo el gitano—. Me cago en la leche. ¿Vino por aquí?

—Por aquí, pasando por tu puesto.

—*¡Ay, mi madre!* —exclamó el gitano—. ¡Qué mala suerte tengo!

—Si no fueras gitano, te habría pegado un tiro.

—No, Roberto; no digas eso. Lo siento mucho. Fue por las liebres. Antes del amanecer oí al macho correteando por la nieve. No puedes imaginarte la juerga que se traían. Fui hacia el lugar de donde provenía el ruido; pero se habían ido. Seguí el rastro por la nieve, y más arriba las encontré juntas y las maté a las dos. Tócalas, fíjate qué gordas están para esta época del año. Piensa en lo que Pilar hará con ellas. Lo siento mucho, Roberto. Lo siento tanto como tú. ¿Matasteis al de la caballería?

—Sí.

—¿Le mataste tú?

—Sí.

—*¡Qué tío!* —exclamó el gitano tratando de adularle—. Eres un verdadero fenómeno.

—¡Tu madre! —replicó Jordan. No pudo evitar sonreírle—. Coge tus liebres y llévatelas al campamento, y tráenos algo para el desayuno.

Extendió una mano y palpó las liebres, que estaban en la nieve, grandes, pesadas, cubiertas de una piel espesa, con sus patas largas, sus largas orejas, sus ojos, oscuros y redondos, enteramente abiertos.

—Son gordas de veras —dijo.

—Gordas —exclamó el gitano—. Cada una tiene un tonel de grasa en los costillares. En mi vida he visto semejantes liebres; ni en sueños.

—Vamos, vete —dijo Jordan—, y vuelve enseguida con el desayuno. Y tráeme la documentación de ese *requeté*. Pídesela a Pilar.

—¿No estás enfadado conmigo, Roberto?

—No estoy enfadado. Estoy disgustado porque has abandonado tu puesto. Imagínate que hubiera sido toda una tropa de caballería.

—*¡Rediós!* —exclamó el gitano—. ¡Cuánta razón tienes!

—Oye, no puedes dejar el puesto de ninguna de las maneras. Nunca. Y no hablo en broma cuando digo que te pegaría un tiro.

—Claro que no. Pero te diré una cosa. Nunca volverá a presentarse en mi vida una oportunidad como la de estas dos liebres. Hay cosas que no ocurren dos veces en la vida.

—*Anda* —dijo Jordan—, y vuelve enseguida.

El gitano recogió sus liebres y se alejó, deslizándose por entre las rocas. Robert Jordan se puso a estudiar el campo de tiro y las pendientes de las colinas. Dos cuervos volaron en círculo por encima de su cabeza y fueron a posarse en una rama de un pino, más abajo. Otro cuervo se unió a ellos y Jordan, viéndolos, pensó: Ahí están mis centinelas. Mientras estén quietos, nadie se acercará por entre los árboles. ¡Qué gitano! No vale para nada. No tiene sentido político ni disciplina, ni se puede contar con él para nada. Pero tendré necesidad de él mañana. Mañana tengo un trabajo para él. Es raro ver un gitano en esta guerra. Deberían estar exentos, como los objetores de conciencia. O como los que no son aptos para el servicio, física o moralmente. No valen para nada. Pero los objetores de conciencia no están exentos en esta guerra. Nadie está exento. La guerra ha llegado y se ha llevado a todo el mundo por delante. Sí, la guerra ha llegado ahora hasta aquí, hasta este grupo de holgazanes disparatados. Ya tienen lo suyo por el momento.

Agustín y Primitivo llegaron con las ramas, y Robert Jordan confeccionó un buen refugio para la ametralladora; un refugio que la haría invisible desde el aire y parecería natural visto desde el bosque. Les indicó dónde deberían colocar a un hombre, en lo alto de la muralla rocosa, a la derecha, para que pudiese vigilar toda la región desde ese lado, y un segundo hombre en otro lugar, para vigilar el único acceso que tenía la montaña rocosa por la izquierda.

—No disparéis desde arriba si aparece alguien —ordenó Jordan—. Dejad caer una piedra, una señal de alarma, y haced una señal con el fusil de esta forma. —Y levantó el rifle, sosteniéndolo sobre su cabeza, como para resguardarla—. Para señalar el número de hombres, así. —Y movió el rifle de arriba abajo varias veces—. Si vienen a pie hay que apuntar con el cañón del fusil hacia el suelo. Así. No hay que disparar un solo tiro hasta que empiece a hablar la *máquina*. Al disparar desde esa altura hay que apuntar a las rodillas. Si me oís silbar dos veces así, bajito, venid para acá, cuidando de manteneros a cubierto. Venid a estas rocas, donde está la *máquina*.

Primitivo levantó el rifle.

—Lo he entendido —dijo—. Es muy sencillo.

—Arroja primero una piedra para prevenirnos, e indica la dirección y el número de los que se acerquen. Cuida de que no te vean.

—Sí —contestó Primitivo—. ¿Puedo arrojar una granada?

—No, hasta que no haya empezado a hablar la *máquina*. Es posible que los de la caballería vengan buscando a su camarada sin atreverse a acercarse. Puede también que vayan siguiendo las huellas de Pablo. No queremos combatir si es posible evitarlo. Y tenemos que evitarlo por encima de todo. Ahora vete allá arriba.

—*Me voy* —dijo Primitivo. Y comenzó a ascender por la muralla rocosa, con su carabina al hombro.

—Tú, Agustín —le dijo Jordan—, ¿qué sabes acerca de la máquina?

Agustín, agazapado junto a él, alto, moreno, con su mandíbula enérgica, sus ojos hundidos, su boca delgada y sus grandes manos señaladas por el trabajo, respondió:

—*Pues* cargarla. Apuntarla. Dispararla. Nada más.

—No debes disparar hasta que estén a cincuenta metros, y cuando tengas la seguridad de que se disponen a subir al sendero que conduce a la cueva —dijo Robert Jordan.

—De acuerdo. ¿Qué distancia es ésa?

—Como de aquí a esa roca. Si hay un oficial entre ellos, dispárale primero. Después, mueve la máquina para apuntar a los demás. Muévela suavemente. No hace falta mucho movimiento. Le enseñaré a Fernando a mantenerla quieta. Tienes que sujetar bien el cañón, de modo que no rebote, y apuntar cuidadosamente. No dispares más de seis tiros de una vez si puedes evitarlo. Porque al disparar, el cañón salta hacia arriba. Apunta cada vez a un hombre y enseguida apunta a otro. Para un hombre a caballo, apunta al vientre.

—Sí.

—Alguien debería sostener el trípode para que la máquina no salte. Así. Y debería cargarla.

—¿Y tú dónde estarás?

—Aquí a la izquierda, un poco más arriba, desde donde pueda ver lo que pasa y cubrir tu izquierda con esta pequeña *máquina*. Si vienen, es posible que tengamos una matanza. Pero no tienes que disparar hasta que no estén muy cerca.

—Creo que podríamos darles para el pelo. *¡Menuda matanza!*

—Aunque espero que no vengan.

—Si no fuera por tu puente, podríamos montar aquí una buena y después huir.

—No nos valdría de nada. El puente forma parte de un plan para ganar la guerra. Lo otro no sería más que un sencillo incidente. Nada.

—¡*Qué va*, un incidente! Cada fascista que muere es un fascista menos.

—Sí, pero con esto del puente, puede que tomemos Segovia, la capital de la provincia. Piensa en ello. Sería la primera vez que tomásemos una ciudad.

—¿Lo crees en serio? ¿Crees que podríamos tomar Segovia?

—Sí; haciendo volar el puente como es debido, es posible.

—Me gustaría que hiciéramos la matanza aquí y también lo del puente.

—Tienes tú mucho apetito —dijo Jordan.

Durante todo ese tiempo estuvo observando a los cuervos. Se dio cuenta de que uno de ellos estaba vigilando algo.

El pajarraco graznó y se fue volando.

Pero el otro permaneció tranquilamente en el árbol.

Robert Jordan miró hacia arriba, hacia el puesto de Primitivo, en lo alto de las rocas. Le vio vigilando todo el terreno alrededor, aunque sin hacer ninguna señal. Jordan se echó hacia delante y corrió el cerrojo del fusil automático, se aseguró de que el cargador estaba bien en su sitio y volvió a cerrarlo. El cuervo seguía en el árbol. Su compañero describió un vasto círculo sobre la nieve y vino a posarse en el mismo árbol. Al calor del sol, y con el viento tibio que soplaba, la nieve depositada en las ramas de los pinos iba cayendo suavemente al suelo.

—Te tengo reservada una matanza para mañana por la mañana —anunció Jordan—. Será necesario exterminar el puesto del aserradero.

—Estoy dispuesto —dijo Agustín—; *estoy listo*.

—Y también la casilla del peón caminero, más abajo del puente.

—Estoy dispuesto —repitió Agustín—, para una cosa o para la otra. O para las dos.

—Para las dos no. Tendrán que hacerse al mismo tiempo —replicó Jordan.

—Entonces para una o para la otra —dijo Agustín—. Llevo mucho tiempo deseando que tengamos ocasión de entrar en esta guerra. Pablo nos ha estado pudriendo aquí sin hacer nada.

Anselmo llegó con el hacha.

—¿Quieres más ramas? —preguntó—. A mí me parece que está bien oculto.

—Más ramas no —replicó Jordan—; quiero dos arbolitos pequeños que podamos poner aquí y hacer que parezcan naturales. No hay aquí árboles bastantes como para que esto pase inadvertido.

—Los traeré entonces.

—Córtalos bien hasta abajo, para que no se vean los tocones.

Robert Jordan oyó el ruido de hachazos en el monte, a sus espaldas. Miró hacia arriba y vio a Primitivo entre las rocas, y luego volvió a mirar hacia abajo, entre los pinos, más allá del claro. Uno de los cuervos seguía en su sitio. Luego oyó el zumbido sordo de un avión a gran altura. Miró a lo alto y lo vio, pequeño y plateado, a la luz del sol. Apenas parecía moverse en el cielo.

—No nos pueden ver desde allí —le dijo a Agustín—; pero es mejor estar escondidos. Ya es el segundo avión de observación que pasa hoy.

—¿Y los de ayer? —preguntó Agustín.

—Ahora me parecen una pesadilla —dijo Jordan.

—Deben de estar en Segovia. Las pesadillas aguardan allí para hacerse realidad.

El avión se había perdido de vista por encima de las montañas, pero el zumbido de sus motores aún persistía.

Mientras Robert Jordan miraba a lo alto, vio al cuervo volar. Voló derecho, hasta perderse entre los árboles, sin soltar un graznido.

Capítulo 23

—Agáchate —le susurró Robert Jordan a Agustín.

Y, volviéndose, le hizo señas con la mano para indicarle «abajo, abajo» a Anselmo, que se acercaba por el claro con un pino sobre sus espaldas que parecía un árbol de Navidad. Vio cómo el viejo dejaba el árbol tras una roca y desaparecía. Luego se puso a observar el espacio abierto en la dirección del bosque. No veía nada; no oía nada, pero sentía latir su corazón. Luego oyó el choque de una piedra que caía rodando y golpeaba contra otras piedras, haciendo saltar ligeros pedazos de roca. Volvió la cabeza hacia la derecha y, levantando los ojos, vio el fusil de Primitivo elevarse y descender horizontalmente cuatro veces. Después no vio más que el blanco espacio frente a él, con la huella circular dejada por el caballo gris y, más abajo, la línea del bosque.

—Caballería —susurró a Agustín, que le miró. Y sus mejillas, oscuras y sombrías, se distendieron en una sonrisa.

Robert Jordan advirtió que estaba sudando. Alargó la mano y se la puso en el hombro. En aquel momento vieron a cuatro jinetes salir del bosque y Jordan sintió los músculos de la espalda de Agustín crisparse bajo su mano.

Un jinete iba delante y tres cabalgaban detrás. El que los guiaba seguía las huellas del caballo gris. Cabalgaba con los ojos fijos en el suelo. Los otros tres, dispuestos en abanico, iban escudriñándolo todo cuidadosamente en el bosque. Todos estaban alerta. Robert Jordan sintió latir su corazón contra el suelo cubierto de nieve, en el que estaba extendido, con los codos separados, observando por la mira del fusil automático.

El hombre que marchaba delante siguió las huellas hasta el lugar en que Pablo había girado en círculo y luego se detuvo. Los otros tres le alcanzaron y al llegar a su altura se detuvieron también.

Robert Jordan los veía claramente por encima del cañón de azulado acero de la ametralladora. Distinguía los rostros de los hombres, los sables colgantes, los ijares de los caballos, brillantes de sudor, el cono de sus capotes y las boinas navarras inclinadas a un lado. El jefe dirigió su caballo hacia la brecha entre las rocas, donde estaba colocada el arma automática, y Robert Jordan vio su rostro juvenil, curtido por el viento y el sol, sus ojos muy juntos, su nariz aquilina y el mentón saliente en forma de cuña.

Desde su silla, por encima de la cabeza del caballo, levantada en alto, frente por frente a Robert Jordan, con la culata del ligero fusil automático asomando fuera de la funda, que colgaba a la derecha de la montura, el jefe señaló hacia la abertura en la que estaba colocado el fusil.

Robert Jordan hundió sus codos en la tierra y observó, a lo largo del cañón, a los cuatro jinetes detenidos frente a él sobre la nieve. Tres de ellos habían sacado sus armas. Dos las llevaban terciadas sobre la montura. El otro la llevaba colgando a su derecha, con la culata rozándole la cadera.

Es raro verlos tan de cerca, pensó. Mucho más raro es aún verlos a lo largo del cañón de un fusil como éste. Generalmente los vemos con la mira levantada y nos parecen hombres en miniatura, y es condenadamente difícil disparar sobre ellos. O bien se acercan corriendo, echándose a tierra, se vuelven a levantar y hay que barrer una ladera con las balas u obstruir una calle o castigar constantemente las ventanas de un edificio. A veces se les ve de lejos, marchando por una carretera. Únicamente asaltando un tren has podido verlos así, como están ahora. A esta distancia, a través de la mira, parece que tienen dos veces su estatura.

Tú, pensó, con los ojos fijos en la mira y siguiendo una línea que llegaba hasta el pecho del jefe de la partida, un poco a la derecha de la enseña roja que relucía al sol de la mañana contra el fondo oscuro del capote. Tú, siguió pensando en español, en tanto extendía los dedos, apoyándolos sobre las patas de la ametralladora, para evitar que una presión a destiempo sobre el gatillo pusiera en movimiento con una corta sacudida la cinta de los proyectiles. Tú, tú estás muerto en plena juventud. Y tú, y tú, y tú. Pero que no suceda. Que no suceda.

Sintió cómo Agustín, a su lado, comenzaba a toser, se contenía y tragaba con dificultad. Volvió la mirada hacia el cañón engrasado del fusil y por entre las ramas, con los dedos aún sobre las patas del trípode, vio que el jefe de la partida, haciendo girar a su caballo, señalaba las huellas producidas por Pablo. Los cuatro caballos partieron al trote y se internaron en el bosque, y Agustín exclamó: «¡*Cabrones!*».

Robert Jordan miró alrededor, hacia las rocas, donde Anselmo había depositado el árbol.

El gitano se adelantaba hacia ellos llevando un par de alforjas, con el fusil terciado sobre la espalda. Robert Jordan le hizo señas para que se agachara y el gitano desapareció.

—Hubiéramos podido matar a los cuatro —dijo Agustín, en voz baja. Estaba sudando todavía.

—Sí —susurró Robert Jordan—; pero ¿quién sabe lo que hubiera sucedido después?

Entonces oyó el ruido de otra piedra rodando y miró atentamente alrededor. El gitano y Anselmo estaban bien escondidos. Bajó los ojos, echó una mirada al reloj, levantó la cabeza y vio a Primitivo elevar y bajar el fusil varias veces en una serie de pequeñas sacudidas. Pablo cuenta con cuarenta y cinco minutos de ventaja, pensó Jordan. Luego oyó el ruido de un destacamento de caballería que se acercaba.

—*No te apures* —susurró a Agustín—; pasarán, como los otros, de largo.

Aparecieron en la linde del bosque, de dos en fondo, veinte jinetes uniformados y armados como los que los habían precedido, con los sables colgando de las monturas y las carabinas en su funda, y penetraron en la arboleda de la misma forma que lo habían hecho los otros.

—¿*Tú ves?* —preguntó Robert Jordan a Agustín.

—Eran muchos —dijo Agustín.

—Hubiéramos tenido que habérnoslas con ellos de haber matado a los otros —dijo Jordan. Su corazón había recuperado un ritmo tranquilo; tenía la camisa mojada de la nieve que se derretía. Tenía una sensación de vacío en el pecho.

El sol brillaba sobre la nieve, que se derretía rápidamente. La veía deshacerse alrededor del tronco de los árboles y delante del cañón de la ametralladora; a ojos vista, la superficie nevada se deleía como un encaje al calor del sol, la tierra aparecía húmeda y despedía una tibieza suave bajo la nieve que la cubría.

Robert Jordan levantó los ojos hacia el puesto de Primitivo y vio que éste le indicaba: «Nada», cruzando las manos con las palmas hacia abajo.

La cabeza de Anselmo apareció por encima de un peñasco y Robert Jordan le hizo señas para que se acercase. El viejo se deslizó de roca en roca, arrastrándose, hasta llegar junto al fusil, a cuyo lado se tendió de bruces.

—Muchos —dijo—. Muchos.

—No me hacen falta los árboles —dijo Jordan—. No vale la pena hacer más mejoras forestales.

Anselmo y Agustín sonrieron.

—Todo esto ha soportado muy bien la prueba, y sería peligroso plantar árboles ahora, porque esas gentes van a volver y acaso no sean estúpidas del todo.

Sentía necesidad de hablar, señal en él de que acababa de pasar por un gran peligro. Podía medir siempre la gravedad de un asunto por la necesidad de hablar que sentía luego.

—Es un buen escondrijo, ¿eh?

—Sí —dijo Agustín—; muy bueno. Y que todos los fascistas se vayan a la mierda. Hubiéramos podido matar a cuatro. ¿Has visto? —preguntó a Anselmo.

—Lo he visto.

—Tú —dijo Jordan dirigiéndose a Anselmo—. Tienes que ir al puesto de ayer o a otro lugar que elijas para vigilar el camino como ayer y el movimiento de tropas. Nos hemos retrasado. Quédate allí hasta que oscurezca. Luego vuelve y enviaremos a otro.

—Pero ¿y las huellas que voy a dejar?

—Toma el camino de abajo en cuanto haya desaparecido la nieve. El camino estará embarrado por la nieve. Fíjate si hay mucha circulación de camiones o si hay huellas de tanques en el barro de la carretera. Eso es todo lo que podremos averiguar hasta que te instales para vigilar.

—Con permiso… —insinuó el viejo.

—Pues claro.

—Con permiso, ¿no sería mejor que fuera a La Granja y me informase de lo que pasó la última noche y enviara a alguien para que vigilase hoy como usted me ha enseñado? Ese alguien podría acudir a entregar su informe esta noche, o podría yo volver a La Granja para recoger su informe.

—¿No tienes miedo de encontrarte con la caballería? —preguntó Jordan.

—No. Una vez que la nieve se haya derretido, no.

—¿Hay alguien en La Granja capaz de hacer ese trabajo?

—Sí. Para eso, sí. Podría ser una mujer. Hay varias mujeres de confianza en La Granja.

—Ya lo creo —terció Agustín—. Hay varias para eso y otras que sirven para otras cosas. ¿No quieres que vaya yo?

—Deja ir al viejo. Tú sabes manejar esta ametralladora y la jornada no ha concluido todavía.

—Iré cuando se derrita la nieve —dijo Anselmo—; y se está derritiendo muy deprisa.

—¿Crees que pueden capturar a Pablo? —le preguntó Jordan a Agustín.

—Pablo es muy listo —dijo Agustín—. ¿Crees que se puede cazar a un ciervo sin perros?

—A veces, sí.

—Pues a Pablo, no —dijo Agustín—. Claro que no es más que una ruina de lo que fue en tiempos. Pero no por nada está viviendo cómodamente en estas montañas y puede emborracharse hasta reventar, mientras que otros muchos han muerto contra el paredón.

—¿Y es tan listo como dicen?

—Mucho más.

—Aquí no ha mostrado mucha habilidad.

—*¿Cómo que no?* Si no fuera tan hábil como es, hubiera muerto anoche. Me parece, *inglés*, que no entiendes nada de la política ni de la vida del guerrillero. En política, como en esto, lo primero es seguir viviendo. Mira cómo ha seguido viviendo. Y la cantidad de mierda que tuvo que tragarse de ti y de mí.

Puesto que Pablo volvía a formar parte del grupo, Robert Jordan no quería hablar mal de él y apenas había hecho estos comentarios sobre la habilidad de Pablo, lamentó haberlos expresado. Sabía perfectamente lo astuto que era Pablo. Fue el primero en ver los fallos en las instrucciones sobre la voladura del puente. Había hecho aquella referencia despectiva por lo mucho que le desagradaba Pablo, y al instante de hacerla se dio cuenta de lo equivocado que estaba. Pero era en parte una porción de la charla excesiva que sigue a una gran tensión nerviosa. Cambió de conversación y dijo volviéndose a Anselmo:

—¿Es posible ir a La Granja en pleno día?

—No es tan difícil —contestó el viejo—; no iré con una banda militar.

—Ni con un cascabel al cuello —dijo Agustín—. Ni llevando un estandarte.

—¿Cómo irás, pues?

—Por lo alto de las montañas primero, y luego descenderé por el bosque.

—Pero ¿y si te detienen?

—Tengo documentos.

—Todos los tenemos, pero habrás de arreglártelas para tragarte los malos.

Anselmo meneó la cabeza y golpeó el bolsillo de su blusa.

—¡Cuántas veces he pensado en eso! —dijo—. Y no me gusta nada comer papel.

—Creo que deberíamos llevar un poco de mostaza por si acaso —dijo Jordan—. En mi bolsillo izquierdo tengo los papeles nuestros. En el derecho, los papeles fascistas. Así, en caso de peligro, no hay confusión.

El peligro debió de haber sido muy serio cuando el jefe de la primera patrulla señaló hacia donde ellos se escondían, porque hablaban todos mucho. Demasiado, pensó Jordan.

—Pero oye, Roberto —dijo Agustín—, se dice que el gobierno está girando cada día más hacia la derecha; que en la República ya no se dice camarada, sino señor y señora. ¿No puedes hacer que giren tus bolsillos?

—Cuando las cosas se vuelvan tan hacia la derecha, meteré mis papeles en el bolsillo del pantalón y coseré la costura del centro.

—Entonces vale más que estén en tu camisa —dijo Agustín—. ¿Es que vamos a ganar esta guerra y a perder la revolución?

—No —replicó Robert Jordan—; pero si no se gana esta guerra, no habrá revolución ni República, ni tú ni yo ni nada más que un enorme *carajo*.

—Es lo que digo yo —intervino Anselmo—, que hay que ganar la guerra.

—Y enseguida fusilar a los anarquistas, a los comunistas y a toda esa *canalla*, salvo a los buenos republicanos —dijo Agustín.

—Que se gane esta guerra y que no se fusile a nadie —dijo Anselmo—. Que se gobierne con justicia y que todos disfruten de las ventajas en la medida que hayan luchado por ellas. Y que se eduque a los que se han batido contra nosotros para que salgan de su error.

—Habrá que fusilar a muchos —dijo Agustín—. A muchos. A muchos. A muchos.

Golpeó con el puño cerrado contra la palma de su mano izquierda.

—Espero que no se fusile a nadie. Ni siquiera a los jefes. Que se les permita reformarse por el trabajo.

—Ya sé yo qué trabajo les daría —intervino Agustín. Y cogió un puñado de nieve y se lo metió en la boca.

—¿Qué clase de trabajo, mala pieza? —preguntó Robert Jordan.

—Dos trabajos muy brillantes.

—¿De qué se trata?

Agustín chupeteó un poco de nieve y miró hacia el claro por donde habían pasado los jinetes. Luego escupió la nieve derretida.

—¡*Vaya*, qué desayuno! ¿Dónde está el cochino gitano?

—¿Qué trabajos? —insistió Robert Jordan—. Habla, mala lengua.

—Saltar de un avión sin paracaídas —dijo Agustín con los ojos brillantes—. Eso para los que queramos más. A los otros los clavaría en los postes de las alambradas y los hincaríamos bien sobre las púas.

—Esa manera de hablar es innoble —dijo Anselmo—. Así no tendremos nunca la República.

—Lo que es yo, querría nadar diez leguas en una sopa espesa hecha con sus *cojones* —dijo Agustín—; y cuando vi a esos cuatro y pensé que podíamos matarlos, me sentí como una yegua esperando al macho en el corral.

—Pero tú sabes por qué no los hemos matado —le dijo Jordan sin perder la calma.

—Sí —dijo Agustín—; sí, pero tenía tantas ganas como una

yegua en celo. Tú no puedes comprender eso si no lo has experimentado.

—Sudabas mucho —dijo Robert Jordan—; pero yo creía que era de miedo.

—De miedo, sí; de miedo y de otra cosa. Y en esta vida no hay nada más fuerte que esa otra cosa.

Sí, pensó Jordan. Nosotros hacemos esto fríamente, pero ellos no, jamás. Es un sacramento extra. Es el antiguo sacramento, el que ellos tenían antes de que la nueva religión les llegara del otro extremo del Mediterráneo; el sacramento que no han abandonado jamás, sino solamente disimulado y escondido, para sacarlo durante las guerras y las inquisiciones. Éste es el pueblo de los autos de fe. Matar es cosa necesaria, pero para nosotros es diferente. ¿Y tú?, ¿no has experimentado nunca eso? ¿No lo sentiste en la sierra? ¿Ni en Usera? ¿Ni en todo el tiempo que estuviste en Extremadura? ¿En ningún momento? ¡*Qué va*, que no!, se dijo. En cada tren.

Deja de hacer literatura dudosa sobre los bereberes y los antiguos íberos y reconoce, se dijo, que has sentido placer al matar, como todos los que son soldados por gusto sienten a veces placer, lo confiesen o no. A Anselmo no le gusta porque es un cazador y no un soldado. Pero no le idealices tampoco. Los cazadores matan a los animales y los soldados matan a los hombres. No te engañes. Y no hagas literatura. Mira, hace tiempo que estás manchado. Y no pienses mal de Anselmo tampoco. Es un cristiano; algo muy raro en los países católicos.

Pero, por lo que se refiere a Agustín, me había parecido que era miedo, el miedo natural que acomete antes de la acción. Así que también había algo más. Aunque quizá esté fanfarroneando ahora. Había mucho miedo en su caso. He sentido el miedo bajo mi mano. En fin, es hora de acabar con la cháchara.

—Mira si el gitano ha traído comida —dijo a Anselmo—. No le dejes subir hasta aquí. Es un tonto. Tráela tú mismo. Y, por mucha que haya traído, mándale de nuevo por más. Tengo muchísima hambre.

Capítulo 24

Era una mañana de fines de mayo, de cielo alto y claro. El viento acariciaba tibiamente los hombros de Robert Jordan. La nieve se fundía con rapidez mientras desayunaban. Había dos grandes emparedados de carne y queso de cabra para cada uno, y Robert Jordan cortó con su navaja dos gruesas rodajas de cebolla, y las puso a uno y otro lado de la carne y del queso, entre los trozos de pan.

—Vas a tener un aliento que les va a llegar hasta los fascistas, al otro lado del bosque —dijo Agustín con la boca llena.

—Dame la bota para enjuagarme la boca —dijo Jordan con la boca llena también de carne, queso, cebolla y pan a medio masticar.

No había tenido nunca tanta hambre. Se llenó la boca de vino, que sabía ligeramente a cuero, por el pellejo en que había estado guardado, y luego volvió a beber, empinando la bota, de manera que el chorro le corriese por la garganta. La bota rozó las agujas de pino que cubrían el fusil automático al levantar la mano, echando la cabeza hacia atrás, para dejar que el vino corriese mejor.

—¿Quieres este emparedado? —le preguntó Agustín, ofreciéndoselo por encima de la ametralladora.

—No, muchas gracias. Es para ti.

—Yo no tengo ganas. No acostumbro a comer tanto por la mañana.

—¿De verdad no lo quieres?

—No. Tómalo.

Robert Jordan cogió el emparedado y lo dejó sobre sus rodillas para sacar del bolsillo de su chaqueta, donde guardaba las granadas, una cebolla; luego abrió su navaja y empezó a cortar. Quitó primero cuidadosamente la ligera película, que se había ensuciado en el bolsillo, y luego cortó una gruesa rodaja. Un segmento exterior cayó al suelo; Robert Jordan lo recogió, lo puso con la rodaja y lo metió todo en el emparedado.

—¿Siempre comes cebolla tan temprano? —preguntó Agustín.

—Cuando la hay.

—¿Todo el mundo lo hace en tu país?

—No —contestó Jordan—; allí está mal visto.

—Eso me gusta —dijo Agustín—; siempre tuve a América por un país civilizado.

—¿Qué tienes contra las cebollas?

—El olor. Nada más. Aparte de eso, es como una rosa.

Robert Jordan le sonrió con la boca llena.

—Como una rosa —dijo—; es una verdad como un templo. Una rosa es una rosa es una rosa es una cebolla.

—Se te están subiendo las cebollas a la cabeza —dijo Agustín—. Ten cuidado.

—Una cebolla es una cebolla es una cebolla es una cebolla —insistió alegremente Jordan, y pensó que una piedra es una roca, es un peñasco, es un cascote, es un guijarro.

—Enjuágate la boca con el vino —le aconsejó Agustín—. Eres muy raro, *inglés*. Hay mucha diferencia entre tú y el último dinamitero que trabajó con nosotros.

—Hay una gran diferencia.

—¿Cuál?

—Que yo estoy vivo y él muerto —dijo Jordan. Pero enseguida pensó: ¿Qué es lo que te pasa? ¡Vaya una manera de hablar! ¿Es la comida lo que te pone en ese estado de loca felicidad? ¿Qué es lo que te pasa? ¿Estás borracho de cebolla? ¿Es eso lo que te pasa?

Nunca me importó mucho. Quisiste que fuese algo importante para ti, pero no lo conseguiste. No debes engañarte por el poco tiempo que te queda—. No —añadió hablando seriamente—. Aquél era un hombre que había sufrido mucho.

—¿Y tú no has sufrido?

—No —contestó Jordan—; yo soy de los que sufren poco.

—Yo también —dijo Agustín—. Hay quienes sufren y quienes no sufren. Yo sufro muy poco.

—Tanto mejor —dijo Jordan, y bebió un nuevo trago de la bota—. Y con esto, todavía menos.

—Yo sufro por los otros.

—Como todos los hombres buenos deberían hacer.

—Pero por mí mismo sufro muy poco.

—¿Tienes mujer?

—No.

—Yo tampoco.

—Pero ahora tienes a la María.

—Sí.

—Mira qué cosa tan rara —dijo Agustín—. Desde que ella se juntó con nosotros, cuando lo del tren, la Pilar la ha mantenido apartada de todos, tan celosamente como si hubiera estado en un convento de carmelitas. No te puedes imaginar con qué ferocidad la guardaba. Vienes tú y te la da como regalo. ¿Qué te parece?

—No ha sido como tú lo cuentas.

—¿Cómo fue entonces?

—Me la confió para que cuidase de ella.

—¿Y la cuidas *jodiendo* con ella toda la noche?

—Con suerte, sí.

—Vaya una manera de cuidar de ella.

—¿Tú no entiendes que se pueda cuidar de alguien de ese modo?

—Sí. Pero, por lo que se refiere a ese modo de cuidarla, podíamos haberlo hecho cualquiera de nosotros.

—No hablemos más de eso —dijo Jordan—. La quiero de verdad.

—¿Lo dices en serio?

—No hay nada más serio en este mundo.

—¿Y después qué harás, después de lo del puente?

—Ella se vendrá conmigo.

—Entonces —dijo Agustín—, no se hable más. Y que los dos tengáis mucha suerte.

Levantó la bota de vino, bebió un trago y se la tendió luego a Robert Jordan.

—Una cosa más, *inglés*...

—Todas las que quieras.

—Yo la he querido mucho también.

Robert Jordan le puso la mano en el hombro.

—Mucho —insistió Agustín—. Mucho. Más de lo que uno es capaz de imaginar.

—Me lo imagino.

—Me hizo una impresión que todavía no se ha borrado.

—Me lo imagino.

—Mira, voy a decirte una cosa muy en serio.

—Dila.

—Nunca la he tocado, ni he tenido nada que ver con ella; pero la quiero muchísimo. *Inglés*, no la trates a la ligera. Porque aunque duerma contigo no es una puta.

—Tendré cuidado de ella.

—Te creo. Pero hay más. Tú no puedes figurarte cómo sería una muchacha como ella si no hubiese habido una revolución. Tienes mucha responsabilidad. Esa muchacha ha sufrido mucho, de verdad. Ella no es como nosotros.

—Me casaré con ella.

—Bueno. No digo tanto. Eso no es necesario con la revolución. Aunque —y meneó la cabeza— sería mejor.

—Me casaré con ella —repitió Jordan, y al decirlo sintió que se le hacía un nudo en la garganta—. La quiero muchísimo.

—Más adelante —dijo Agustín—. Cuando convenga. Lo importante es tener la intención.

—La tengo.

—Oye —dijo Agustín—. Hablo demasiado y de una cosa que no me concierne. Pero ¿has conocido a muchas chicas en tu país?

—A algunas.

—¿Putas?

—Algunas no lo eran.

—¿Cuántas?

—Varias.

—¿Y te acostabas con ellas?

—No.

—¿Lo ves?

—Sí.

—Lo que digo es que la María no hace esto a la ligera.

—Ni yo tampoco.

—Si yo creyese que lo hacías, te hubiera pegado un tiro anoche, cuando dormías con ella. Por esas cosas matamos mucho aquí.

—Oye, amigo. Ha tenido la culpa la falta de tiempo de que no hubiese ceremonia. Lo que nos falta es tiempo. Mañana habrá que luchar. Para mí no tiene importancia. Pero para María y para mí eso quiere decir que tendremos que vivir toda nuestra vida de aquí a entonces.

—Y un día y una noche no es mucho —dijo Agustín.

—No, pero hemos tenido el día de ayer y la noche anterior y anoche.

—Oye, si puedo hacer algo por ti…

—No. Todo va muy bien.

—Si puedo hacer algo por ti o por la rapadita…

—No.

—La verdad es que es muy poco lo que un hombre puede hacer por otro.

—No. Es mucho.

—¿Qué?

—Ocurra lo que ocurra hoy y mañana, en lo que hace a la batalla, confía en mí y obedéceme… Aunque las órdenes te parezcan equivocadas.

—Confío en ti. Después de eso de la caballería y de la idea que tuviste alejando el caballo, tengo confianza en ti.

—Eso no fue nada. Ya ves que trabajamos por un fin preciso: ganar la guerra. Mientras no la ganemos, todo lo demás carece de importancia. Mañana tenemos un trabajo de gran alcance. De verdadero alcance. Y luego habrá una batalla. La batalla requiere mucha disciplina. Porque muchas cosas no son lo que parecen. La disciplina tiene que venir de la confianza.

Agustín escupió al suelo.

—La María y lo demás son cosas aparte —dijo—. Tú y la María conviene que aprovechéis el tiempo que os queda como seres humanos. Si puedo ayudarte en algo, estoy a tus órdenes. Y por lo que hace a mañana, te obedeceré ciegamente. Si hay que morir en el asunto de mañana, uno morirá contento y con el corazón ligero.

—Así pienso yo —dijo Jordan—. Pero me alegra oírtelo decir.

—Te diré más —siguió Agustín—: ese de ahí arriba —y señaló a Primitivo— es de mucha confianza. La Pilar lo es mucho, mucho más de lo que tú te imaginas. El viejo, Anselmo, es también de mucha confianza. Andrés también. Eladio también. Muy callado, pero de mucha confianza. Y Fernando. No sé qué es lo que tú piensas de él. Es verdad que es más pesado que el plomo. Y está más lleno de aburrimiento que un buey uncido a su carreta en un camino. Pero para pelear y para hacer lo que se le ha dicho *es muy hombre*. Ya verás.

—Tenemos suerte.

—No, tenemos dos elementos flojos: el gitano y Pablo. Pero la cuadrilla del Sordo es mejor que nosotros, tanto como nosotros podemos ser mejores que la cagarruta de una cabra.

—Entonces, todo va bien.

—Sí —concluyó Agustín—. Pero me gustaría que fuese para hoy.

—A mí también. Y acabar con ello. Pero no lo es.

—¿Crees que va a ser la cosa dura?

—Puede que sí.

—Pero estás ahora muy contento, *inglés*.

—Sí.

—Yo también. Pese a todo lo de la María y a todo lo demás.

—¿Sabes por qué?

—No.

—Yo tampoco. Quizá sea el día. El día es hermoso.

—¡Quién sabe! Quizá sea que vamos a tener jarana.

—Yo creo que es eso. Pero no será hoy. Hoy tenemos que evitar cualquier incidente. Es muy importante.

Según hablaban, oyó algo. Era un ruido lejano que dominaba el soplo de brisa entre los árboles. No estaba seguro de haber oído bien y se quedó con la boca abierta, escuchando, sin quitarle ojo a Primitivo. Apenas creía haberlo oído cuando se disipaba. El viento soplaba entre los pinos y Robert Jordan se mantuvo atento escuchando. Oyó al fin un ruido tenue llevado por el viento.

—Para mí, esto no tiene nada de trágico —estaba diciendo Agustín—. El que no pueda tener a la María no importa. Iré de putas, como he hecho siempre.

—Cállate —dijo Jordan sin escucharle. Y se tumbó junto a él, con la cabeza vuelta del otro lado. Agustín le miró.

—¿*Qué pasa?* —preguntó.

Robert Jordan se puso la mano en la boca y siguió escuchando. Lo oyó de nuevo. Era un ruido débil, sordo, seco y lejano; pero no cabía la menor duda: era el ruido crepitante y sordo de ráfagas de ametralladora. Se hubiera dicho que pequeñísimos fuegos artificiales estallaban en los linderos de lo audible.

Robert Jordan levantó los ojos hacia Primitivo, que estaba con la cabeza erguida, mirando hacia donde ellos se encontraban, con una mano sobre la oreja. Al mirarle, Primitivo le señaló las montañas más altas.

—Están peleando en el campamento del Sordo —dijo Jordan.

—Vamos a ayudarlos —dijo Agustín—. Reúne a la gente… *Vámonos.*

—No —dijo Jordan—. Nos quedamos aquí.

Capítulo 25

Robert Jordan levantó los ojos hacia donde Primitivo se había parado en su puesto de observación empuñando el fusil y señalando. Jordan asintió con la cabeza para indicarle que había comprendido; pero el hombre siguió señalando, llevándose la mano a la oreja y volviendo a señalar insistentemente, como si no fuera posible que le hubiesen entendido.

—Quédate tú ahí, con la ametralladora, y no dispares hasta que no estés seguro, seguro, pero seguro que vienen hacia acá, y eso únicamente cuando hayan llegado a esas matas —le indicó Jordan—. ¿Entiendes?

—Sí, pero…

—Nada de peros; después te lo explicaré. Voy a ver a Primitivo. A Anselmo, que estaba junto a él, le dijo:

—*Viejo*, quédate aquí con Agustín y la ametralladora. —Hablaba tranquilamente, sin prisa—. No debe disparar, a menos que la caballería se dirija realmente hacia acá. Si aparecen, tiene que dejarlos tranquilos, como hemos hecho hace un rato. Si tiene que disparar, sostenle las patas del trípode y pásale las municiones.

—Bueno —contestó el viejo—. ¿Y La Granja?

—Luego.

Robert Jordan trepó, dando la vuelta por los peñascos grises, que sentía húmedos ahora, cuando apoyaba las manos para subir. El sol hacía que la nieve se fundiera rápidamente. En lo alto, las rocas estaban secas y a medida que ascendía, pudo ver, más allá del campo abierto, los pinos y la larga hondonada que llegaba hasta donde empezaban otra vez las montañas más altas. Al llegar junto a Primitivo se dejó caer en un hueco entre dos rocas, y el hombrecillo de cara atezada le dijo:

—Están atacando al Sordo. ¿Qué hacemos?

—Nada —contestó Jordan.

Oía claramente el tiroteo en aquellos momentos, y mirando hacia delante, al otro lado del monte, vio, cruzando el valle en el lugar en que la montaña se hacía más escarpada, una tropa de caballería, que, saliendo de entre los árboles, se encaminaba al lugar del tiroteo. Vio la doble hilera de jinetes y caballos destacándose contra la blancura de la nieve, en el momento en que escalaban la ladera por la parte más empinada. Al llegar a lo alto del reborde se internaron en el monte.

—Tenemos que ayudarlos —dijo Primitivo. Su voz era ronca y seca.

—Es imposible —le dijo Jordan—. Me lo estaba temiendo desde esta mañana.

—¿Qué dices?

—Fueron a robar caballos anoche. La nieve dejó de caer y les han seguido las huellas.

—Pero hay que ir a ayudarles —insistió Primitivo—. No se les puede dejar solos de esta manera. Son nuestros camaradas.

Jordan le puso la mano en el hombro.

—No se puede hacer nada. Si pudiéramos hacer algo, lo haríamos.

—Hay una manera de llegar hasta allí por arriba. Se puede tomar ese camino con los dos caballos y las dos máquinas. La que está ahí y la tuya. Así podríamos ayudarles.

—Escucha —dijo Jordan.

—Eso es lo que escucho —dijo Primitivo.

Les llegaba el tiroteo en oleadas, una sobre otra. Luego oyeron el estampido de las granadas de mano, pesado y sordo, entre el seco crepitar de ametralladora.

—Están perdidos —dijo Jordan—. Estaban perdidos desde el momento en que la nieve cesó. Si vamos nosotros, nos veremos perdidos también. No podemos dividir las pocas fuerzas que tenemos.

Una pelambre gris cubría la mandíbula, el labio superior y el cuello de Primitivo. El resto de su cara era de un moreno apagado, con la nariz rota y aplastada y los ojos grises, muy hundidos; mientras le miraba, Jordan vio que le temblaban los pelos grises en las comisuras de los labios y en los músculos del cuello.

—Escúchalo —dijo—. Eso es una matanza.

—Sí, están cercados en la hondonada —dijo Jordan—; pero quizá hayan podido escapar algunos.

—Si fuéramos ahora podríamos atacarlos por la espalda —dijo Primitivo—. Vamos los cuatro con los caballos.

—¿Y luego? ¿Qué pasará cuando los hayas atacado por detrás?

—Nos uniremos al Sordo.

—¿Para morir allí? Mira el sol. El día es largo.

El cielo aparecía límpido, sin una nube, y el sol les calentaba ya la espalda. Había grandes masas nítidas de nieve sobre la ladera sur, por encima de ellos, y toda la nieve de los pinos había caído. Más abajo, un ligero vapor se elevaba a los rayos tibios del sol de las rocas, húmedas de nieve derretida.

—*Hay que aguantarse* —resolvió Jordan—. Son cosas que suceden en la guerra.

—Pero ¿no se puede hacer nada? ¿De veras? —Primitivo le miraba fijamente y Jordan vio que tenía confianza en él—. ¿No podrías enviarme con otro y con la ametralladora pequeña?

—No serviría de nada —contestó Robert Jordan.

En ese momento le pareció ver algo que había estado aguardando, pero no era más que un halcón, que se dejaba mecer en el viento y que remontó luego el vuelo por encima de la línea más alejada del bosque de pinos.

—No serviría de nada aunque fuéramos todos.

El tiroteo redobló en intensidad, puntuado por el estallido plúmbeo de las bombas.

—Me cago en ellos —dijo Primitivo con una especie de fervor dentro de su grosería, con los ojos llenos de lágrimas y las mejillas temblorosas—. Por Dios y por la Virgen, me cago en esos cobardes, y en la leche de su madre.

—Cálmate —le dijo Jordan—. Vas a pelearte con ellos antes de lo que te figuras. Mira, aquí está la mujer.

Pilar subía hacia ellos apoyándose en las rocas con dificultad.

Primitivo continuó blasfemando:

—Puercos. Dios y la Virgen, me cago en ellos —cada vez que el viento llevaba una andanada de tiros.

Robert Jordan se escurrió de la roca donde estaba para ayudar a Pilar.

—¿*Qué tal*, mujer? —preguntó sujetándola por las muñecas, para ayudarla a superar el último peñasco.

—Tus prismáticos —dijo ella, quitándose la correa de encima de los hombros—. Así que le ha tocado al Sordo.

—Así es.

—¡*Pobre!* —dijo ella compasivamente—. ¡Pobre Sordo!

Respiraba entrecortadamente a causa de la ascensión; cogió la mano de Robert Jordan y la apretó con fuerza entre las suyas, sin dejar de mirar a lo lejos.

—¿Cómo va la cosa? ¿Qué crees?

—Mal, muy mal.

—¿Está *jodido*?

—Creo que sí.

—¡*Pobre!* —dijo ella—. Por culpa de los caballos, ¿no es así?

—Probablemente.

—¡*Pobre!* —exclamó Pilar. Luego añadió—: Rafael me ha contado montones de puñeterías sobre los movimientos de la caballería. ¿Qué fue lo que pasó?

—Una patrulla y un destacamento.

—¿Hasta dónde llegaron?

Robert Jordan señaló el lugar donde se había detenido la patrulla y el refugio de la ametralladora. Desde el lugar en que estaban podía ver una bota de Agustín que asomaba por debajo del refugio de ramas.

—El gitano me ha contado que llegaron tan cerca de vosotros, que el cañón de la ametralladora tocaba el pecho del caballo del jefe —cortó Pilar—. ¡Qué gitanos! Tus prismáticos estaban en la cueva.

—¿Has recogido todas las cosas?

—Todo lo que se puede llevar. ¿Hay noticias de Pablo?

—Les llevaba cuarenta minutos de ventaja. Le iban siguiendo las huellas.

Pilar sonrió y le soltó la mano.

—No le encontrarán nunca. Lo malo es el Sordo. ¿No se puede hacer nada?

—Nada.

—¡*Pobre!* —exclamó ella—. Quería mucho al Sordo. ¿Estás seguro, seguro de que está *jodido*?

—Sí, he visto mucha caballería.

—¿Más de la que vino por aquí?

—Un destacamento más que subía allá arriba.

—Escucha —dijo Pilar—. ¡*Pobre, pobre Sordo!*

Escucharon el tiroteo.

—Primitivo quería ir —dijo Jordan.

—¿Estás loco? —preguntó Pilar al hombre de la cara aplastada—. ¿Qué clase de *locos* estamos criando por aquí?

—Me gustaría ayudarlos.

—¡*Qué va!* Otro romántico. ¿No te parece que vas a morir lo bastante deprisa sin necesidad de hacer viajes inútiles?

Robert Jordan la miró, observó su cara, ancha y morena, con los pómulos altos, como los de los indios, los ojos oscuros, muy separados, y la boca burlona, con el labio inferior grueso y amargo.

—Pórtate como un hombre —le dijo a Primitivo—. Como una persona mayor. Piensa en tus cabellos grises.

—No te burles de mí —dijo Primitivo hoscamente—. Por poco corazón y poca imaginación que uno tenga...

—Hay que aprender a hacerlos callar —dijo Pilar—. Ya morirás pronto con nosotros, hombre; no hay necesidad de ir a buscar complicaciones con los forasteros. En cuanto a la imaginación, al gitano le sobra para todos. Vaya un puñetero romance que me ha contado.

—Si hubieras visto lo que pasó no hablarías de romance —dijo Primitivo—. Nos hemos escapado por un pelo.

—*¡Qué va!* —siguió Pilar—. Algunos jinetes llegaron hasta aquí y luego se fueron y vosotros os habéis creído unos héroes. A eso hemos llegado, a fuerza de no hacer nada.

—¿Y eso del Sordo no es grave? —preguntó Primitivo con desprecio.

Sufría visiblemente cada vez que el viento le llevaba el ruido del tiroteo, y hubiera querido ir allí o al menos que Pilar se callara y le dejase en paz.

—*Total, ¿qué?* —dijo Pilar—. Le ha llegado; así que no pierdas tus *cojones* por la desdicha de los otros.

—Vete a la mierda —dijo Primitivo—; hay mujeres de una estupidez y una brutalidad insoportables.

—Es para hacer juego con los hombres de pocos *cojones* —replicó Pilar—. Si no hay nada que ver, me iré.

En aquellos momentos, Robert Jordan oyó el rumor de un avión que volaba a gran altura. Levantó la cabeza. Parecía el mismo aparato de observación que había visto a primera hora de la mañana. Volvía de las líneas y se iba hacia la altiplanicie en que atacaban al Sordo.

—Ahí está el pájaro de mal agüero —dijo Pilar—. ¿Podrá ver lo que pasa aquí abajo?

—Seguramente —dijo Jordan—. Si no están ciegos.

Vieron el avión deslizarse a gran altura, plateado y tranquilo, a la luz del sol. Venía de la izquierda y podían verse los discos de luz que dibujaban las hélices.

—Agachaos —ordenó Robert Jordan.

El avión estaba ya por encima de sus cabezas y su sombra cubría el espacio abierto, mientras que la trepidación de su motor llegaba al máximo de intensidad. Luego se alejó hacia la cima del valle y le vieron perderse poco a poco hasta desaparecer para surgir de nuevo, describiendo un amplio círculo; descendió y dio dos vueltas por encima de la planicie antes de encaminarse hacia Segovia.

Robert Jordan miró a Pilar, que tenía la frente cubierta de sudor. Ella meneó la cabeza mientras se mordía el labio inferior.

—Cada cual tiene su punto flaco —dijo—. A mí, son ésos los que me atacan los nervios.

—¿No se te habrá pegado mi miedo? —preguntó irónicamente Primitivo.

—No —contestó ella, poniéndole la mano en el hombro—. Tú no tienes miedo, ya lo sé. Te pido perdón por haberte tomado el pelo así. Estamos todos en el mismo caldero. —Y luego, dirigiéndose a Jordan—: Os mandaré comida y vino. ¿Quieres algo más?

—Por el momento, nada más. ¿Dónde están los otros?

—Tu reserva está intacta, ahí abajo, con los caballos —dijo ella sonriendo—. Todo está bien guardado. Todo está listo. María está con tu material.

—Si por casualidad se presentaran aviones, que se meta en la cueva.

—Sí, señor *inglés* —repuso Pilar—. A tu gitano, te lo regalo, le he mandado a coger setas para guisar las liebres. Hay muchas setas ahora, y he pensado que será mejor que nos comamos las liebres hoy, aunque estarían más tiernas mañana o pasado mañana.

—Creo que será mejor comérnoslas hoy, en efecto —respondió Jordan.

Pilar puso su manaza sobre el hombro de Jordan en el punto

por donde le pasaba la correa de la metralleta y, levantando la mano le acarició los cabellos.

—¡Vaya un *inglés*! —exclamó—. Mandaré a María con el *puchero* cuando estén guisadas.

El tiroteo lejano había concluido casi por completo. Sólo se oía de vez en cuando algún disparo aislado.

—¿Crees que ha acabado todo? —preguntó Pilar.

—No —contestó Jordan—; por el ruido, parece que ha habido un ataque y ha sido rechazado. Ahora, yo diría que los atacantes los han rodeado. El Sordo se ha guarecido esperando a los aviones.

Pilar se dirigió a Primitivo:

—Tú, ya sabes que no he querido insultarte.

—*Ya lo sé* —respondió Primitivo—; estoy acostumbrado a cosas peores. Tienes una lengua asquerosa. Pon atención en lo que dices, mujer. El Sordo era un buen camarada mío.

—¿Y mío no? —preguntó Pilar—. Escucha, cara aplastada. En la guerra no se puede decir lo que se siente. Tenemos bastante con lo nuestro, sin preocuparnos de lo del Sordo.

Primitivo siguió mostrándose hosco.

—Deberías ir al médico —le dijo Pilar—. Y yo me voy a hacer el desayuno.

—¿Me has traído los documentos de ese *requeté*? —le preguntó Jordan.

—¡Qué estúpida soy! —dijo ella—; los he olvidado. Mandaré a la María con los papeles.

Capítulo 26

Los aviones no volvieron hasta las tres de la tarde. La nieve se había derretido enteramente desde el mediodía y las rocas estaban recalentadas por el sol. No había nubes en el cielo, y Robert Jordan, que estaba sentado sobre un peñasco, se quitó la camisa y se puso a tostarse las espaldas al sol mientras leía las cartas que habían encontrado en los bolsillos del soldado de caballería muerto. De vez en cuando dejaba de leer para mirar a través del valle hacia la línea de pinos; luego volvía a las cartas. No volvió a aparecer más caballería. De vez en cuando se oía algún tiro hacia el campamento del Sordo. Pero el tiroteo era esporádico.

Por la lectura de los papeles militares supo que el muchacho era de Tafalla (Navarra), que tenía veintiún años, que no estaba casado y que era hijo de un herrero. El número de su regimiento sorprendió a Robert Jordan, porque suponía que ese regimiento estaba en el norte. El muchacho era un carlista que había sido herido en la batalla de Irún a comienzos de la guerra.

Probablemente le he visto correr delante de los toros por las calles en la feria de Pamplona, pensó Jordan. En una guerra uno nunca mata a quien de verdad querría matar. Bueno, casi nunca, se corrigió. Y siguió leyendo las cartas.

Las primeras que leyó eran cartas amaneradas, escritas con caligrafía cuidadosa, y se referían casi exclusivamente a sucesos locales. Eran de la hermana, y Robert Jordan se enteró por ellas de que todo iba bien en Tafalla, de que el padre seguía bien, de que la madre estaba como siempre, aunque tenía dolores en la espalda; confiaba en que el muchacho estuviera bien y no corriese muchos peligros y se sentía dichosa por saber que estaba acabando con los rojos para liberar a España de las hordas marxistas. Luego había una lista de los muchachos de Tafalla muertos o gravemente heridos desde su última carta. Mencionaba diez muertos. Era mucho para un pueblo de la importancia de Tafalla, pensó Jordan.

En la carta también se hablaba bastante de religión, y la hermana rogaba a san Antonio, a la santísima Virgen del Pilar y a las otras vírgenes que le protegieran. Y asimismo le pedía al muchacho que no olvidara que estaba igualmente protegido por el Sagrado Corazón de Jesús, que siempre debía llevar sobre su corazón, como estaba ella segura de que lo llevaba, ya que innumerables casos habían probado —y esto estaba subrayado— que gozaba del poder de detener las balas. Se despedía con un «Tu hermana que te quiere, como siempre, Concha».

Esta carta estaba un poco sucia por los bordes y Robert Jordan la guardó cuidadosamente con el resto de los papeles militares y abrió otra, cuya caligrafía era menos primorosa. Era de la novia, que, bajo fórmulas convencionales, parecía loca de histeria por los peligros que corría el muchacho. Jordan la leyó, luego metió las cartas y los papeles en el bolsillo de su pantalón. No le quedaron ganas de leer las otras cartas.

Creo que ya he hecho mi buena acción de hoy, se dijo. Vaya que sí.

—¿Qué estabas leyendo? —le preguntó Primitivo.

—Los papeles y las cartas de ese *requeté* que hemos matado esta mañana. ¿Quieres verlos?

—No sé leer —contestó Primitivo—. ¿Hay algo interesante?

—No —repuso Robert Jordan—; son cartas de familia.

—¿Cómo están las cosas en el pueblo del muchacho? ¿Se puede averiguar por las cartas?

—Parece que las cosas van bien —dijo Jordan—; ha habido

muchas bajas en su pueblo. —Examinó el refugio, que habían modificado y mejorado un poco, después de derretirse la nieve, y que tenía un aspecto muy convincente. Luego miró hacia la lejanía.

—¿De qué pueblo es? —preguntó Primitivo.

—De Tafalla —respondió Robert Jordan.

Pues bien, sí, lo lamento, pensó. Lo lamento, si ello puede servir de algo.

No sirve de nada, se contestó a sí mismo. Bueno, entonces, olvídalo.

De acuerdo, lo olvido ahora mismo, se dijo.

Pero no podía olvidarlo. ¿A cuántos has matado?, se preguntó. No lo sé. ¿Crees que tienes derecho a matar? ¿Ni tan siquiera a uno? No, pero tengo que matar. ¿Cuántos de los que has matado eran verdaderos fascistas? Muy pocos. Pero todos son enemigos, cuya fuerza se opone a la nuestra. ¿Tú prefieres los navarros a los de cualquier otra parte de España? Sí. ¿Y los matas? Sí. Si no lo crees, baja al campamento. ¿No sabes que es malo matar a nadie? Sí. Pero lo haces. Sí. ¿Y sigues creyendo que tu causa es justa? Sí.

Es justa, se dijo, no para tranquilizarse, sino con orgullo. Tengo fe en el pueblo y creo que le asiste el derecho de gobernarse a su gusto. Pero no se debe creer en el derecho a matar. Es preciso matar porque es necesario, pero no hay que creer que sea un derecho. Si se cree en ello, todo va mal.

¿A cuántos crees que habrás matado?, se preguntó. No tengo interés en llevar la cuenta. Pero ¿lo sabes? Sí. ¿A cuántos? No puede uno estar seguro del número. ¿Y de los que estás seguro? Más de veinte. ¿Y cuántos verdaderos fascistas había entre ellos? Solamente dos que fueran seguros. Porque me vi obligado a matarlos cuando los hicimos prisioneros en Usera. ¿Y no te causó impresión? No. ¿Tampoco placer? No. Resolví no volverlo a hacer nunca. Lo he evitado. He procurado no matar a los que estaban desarmados.

Oye, se dijo, harás mejor si no piensas en ello. Es malo para ti y para tu trabajo. Luego se contestó: Escúchame, tú, estás preparando algo muy serio y es necesario que lo comprendas. Es necesario que yo te haga comprender esto claramente. Porque si no está claro en tu cabeza, no tienes derecho a hacer las cosas que haces. Porque todas esas cosas son criminales, y ningún hombre tiene derecho a quitar la vida a otro, a menos que sea para impedir que les suceda algo peor a los demás. Así que trata de entenderlo bien y no te engañes a ti mismo.

Pero yo no puedo llevar la cuenta de los que he matado, como se hace con una colección de trofeos o como en una de esas cosas repugnantes, haciendo muescas en la culata del fusil, pensó. Tengo derecho a no llevar la cuenta y tengo derecho a olvidarlos.

No, se contestó a sí mismo; no tienes derecho a olvidar nada. No tienes derecho a cerrar los ojos ante nada ni a olvidar nada ni a atenuar nada, ni a cambiarlo.

Cállate, se dijo. Te pones horriblemente pomposo.

Ni tampoco a engañarte a ti mismo acerca de ello, prosiguió diciéndose.

De acuerdo. Gracias por tus buenos consejos. Y querer a María, ¿está bien? Sí, respondió su otro yo.

¿Incluso aunque no haya sitio para el amor en una concepción puramente materialista de la sociedad?

¿Desde cuándo tienes tú semejante concepción?, preguntó su otro yo. No la has tenido nunca. No has podido tenerla nunca. Tú no eres un verdadero marxista, y lo sabes. Tú crees en la libertad, en la igualdad y en la fraternidad. Tú crees en la vida, en la libertad y en la búsqueda de la dicha. No te atiborres la cabeza con un exceso de dialéctica. Eso es bueno para los demás; no para ti. Conviene que conozcas estas cosas para no tener el aire de un estúpido. Hay que aceptar muchas cosas para ganar una guerra. Si perdemos esta guerra, todo estará perdido.

Pero después podrás rechazar todo aquello en lo que no crees. Hay muchas cosas en las que no crees y muchas cosas en las que crees, se dijo. Y otra cosa. No te engañes acerca del amor que sientas por alguien. Lo que ocurre es que las más de las gentes no tienen la suerte de encontrarlo. Tú no lo habías sentido antes nunca y ahora lo sientes. Lo que te sucede con María, aunque no dure más que hoy y una parte de mañana, o aunque dure toda la vida, es la cosa más importante que puede sucederle a un ser humano. Habrá siempre gentes que digan que eso no existe, porque no han podido conseguirlo. Pero yo te digo que existe y que has tenido suerte, aunque mueras mañana.

Basta ya de hablar de estas cosas, se dijo, y de la muerte. Ésa no es manera de hablar. Ése es el lenguaje de nuestros amigos los anarquistas. Siempre que las cosas van mal, tienen ganas de prender fuego a algo y morir después. Tienen una cabeza muy particular. Muy particular. En fin, hoy se pasará enseguida, amiguito. Son casi las tres y va a haber zafarrancho, más pronto o más tarde. Se sigue disparando en el campamento del Sordo, lo que demuestra que han sido cercados y que esperan tal vez más gente. Pero tendrán que acabar con ello antes del anochecer.

Me pregunto cómo irán las cosas allá arriba, en el campamento del Sordo. Es lo que nos aguarda a todos a su debido tiempo. No debe de ser muy divertido por allá arriba. Por cierto que le hemos metido en un buen lío con eso de los caballos. ¿Cómo se dice en español? *Un callejón sin salida.* Creo que en un caso así yo sabría comportarme decentemente. Son cosas que no suceden más que una vez y acaban enseguida. ¡Qué lujo sería el que tomase uno parte en una guerra en que pudiera rendirse cuando le han cercado! *Estamos copados.* Ése ha sido el gran grito de pánico de esta guerra. Después uno era fusilado y si antes no le había sucedido a uno nada, es que había tenido suerte. El Sordo no tendrá esa suerte. Ni va a tenerla nadie cuando llegue el momento.

Eran las tres de la tarde. Oyó un zumbido lejano, y, levantando los ojos, vio los aviones.

Capítulo 27

El Sordo estaba combatiendo en la cresta de una colina. No le gustaba aquella colina, y cuando la vio se dijo que tenía la forma de un absceso. Pero no podía elegir; la había visto de lejos y galopó hacia ella espoleando al caballo, jadeante entre sus piernas, con el fusil automático terciado sobre las espaldas, el saco de granadas balanceándose a un lado y el saco con los cargadores al otro, mientras Joaquín e Ignacio se detenían y disparaban, se detenían y disparaban, para dejarle tiempo de colocar la ametralladora en posición.

Quedaba todavía nieve, la nieve que los había perdido, y cuando su caballo herido empezó a subir a paso lento la última parte del camino, jadeando, vacilando y tropezando, regando la nieve con una chorrada roja de vez en cuando, el Sordo echó pie a tierra y lo llevó de las riendas, trepando con las riendas sobre sus hombros. Había subido muy deprisa, todo lo que podía, con los dos sacos, que le pesaban sobre la espalda, mientras las balas se estrellaban en las rocas alrededor de él, y al llegar arriba, cogiendo al caballo por las crines, le pegó un tiro rápida, hábil y tiernamente, justo en el sitio donde había que pegárselo, de tal manera que el caballo se desplomó de golpe, con la cabeza por delante, quedando encajonado en una brecha entre dos rocas. El Sordo colocó la ametralladora de modo que pudiera disparar por encima del espinazo del caballo y vació dos cargadores en ráfagas precipitadas, y mientras los casquillos vacíos se incrustaban en la nieve y alrededor un olor a crines quemadas se desprendía del cuerpo del caballo en que apoyaba la boca caliente del cañón, disparaba sobre todos los que subían por la cuesta, obligándolos a ponerse a cubierto. Durante todo ese tiempo sentía escalofríos en la espalda porque no sabía a cuántos de los suyos había dejado atrás. Pero cuando el último de los cinco hombres hubo alcanzado la cima, esa sensación de frío desapareció y decidió conservar sus municiones para el momento en que tuviera necesidad de ellas.

Había otros dos caballos muertos en la pendiente y tres en la cima. No había podido robar más que tres caballos la noche anterior, y uno de ellos se escapó al intentar montarlo a pelo dentro del corral, cuando comenzaron los primeros disparos.

De los cinco hombres que llegaron a la cima, tres se hallaban heridos. El Sordo estaba herido en la pantorrilla y en dos lugares distintos del brazo izquierdo. Tenía mucha sed. Sus heridas le endurecían los músculos y una de las heridas del brazo era muy dolorosa. Le dolía la cabeza y, mientras estaba tendido allí, aguardando a que llegasen los aviones, se le ocurrió un chiste: «*Hay que tomar la muerte como si fuera aspirina*». No lo dijo en voz alta; pero sonrió para sus adentros, en medio del dolor y de las náuseas que le acometían cada vez que movía el brazo y miraba en torno para ver lo que había quedado de su cuadrilla.

Los cinco hombres estaban dispuestos como los radios de una estrella de cinco puntas. Cavando con las manos y los pies, habían hecho montículos de barro y de piedras para protegerse la cabeza y los hombros. Puestos a cubierto de esta suerte, trataban de unir los montículos individuales con un parapeto de piedra y lodo. Joaquín, el más joven, que sólo tenía dieciocho años, tenía un casco de acero que utilizaba para cavar y transportar la tierra.

Había encontrado aquel casco en el asalto al tren. El casco tenía un agujero de bala y todo el mundo se burlaba de él. Pero Joaquín había alisado a martillazos los bordes desiguales del agujero y lo había tapado con un tarugo de madera, que cortó y limó hasta dejarlo al nivel del metal.

Cuando comenzó la batalla se metió el casco en la cabeza, con tanta fuerza, que le resonó en el cráneo de golpe como si se hubiera metido una cacerola, y en la carrera final, después de que hubo muerto su caballo y con el pecho dolorido, las piernas inertes, la boca seca, mientras las balas se estrellaban, martilleaban y cantaban alrededor, en la carrera que dio para llegar hasta la cima, el casco se le había antojado pesadísimo, ciñendo su hinchada frente como una banda de hierro. Pero lo había conservado puesto y ahora cavaba aprovechándose de él con una desesperación regular y casi maquinal. Hasta entonces no había sido herido.

—Por fin sirve para algo —le había dicho el Sordo con su voz honda y grave.

—*Resistir y fortificar es vencer* —contestó Joaquín con la boca seca; seca de un miedo que sobrepasaba la sed normal de la batalla. Era uno de los eslóganes del partido comunista.

El Sordo miró hacia el pie de la colina, donde uno de los soldados disparaba protegido por una roca. Quería mucho a Joaquín, pero no estaba en aquellos momentos de humor para aguantar eslóganes.

—¿Qué es lo que dices?

Uno de los hombres levantó los ojos de lo que estaba haciendo. Tendido de bruces y con las dos manos, colocaba cuidadosamente una piedra, procurando no levantar la barbilla.

Joaquín repitió la frase con su voz juvenil y seca, sin dejar un segundo de cavar.

—¿Cuál es la última palabra?

—*Vencer* —dijo el muchacho.

—¡*Mierda*! —exclamó el hombre de la barbilla pegada al suelo.

—Hay otra frase que se aplica aquí —dijo Joaquín, y se hubiera dicho que se sacaba los eslóganes del bolsillo, como talismanes—. La Pasionaria dice que es mejor morir de pie que vivir de rodillas.

—¡*Mierda* otra vez! —repitió el hombre, y un compañero suyo soltó por encima del hombro:

—No estamos de rodillas. Estamos de barriga.

—Tú, comunista, ¿sabes que la Pasionaria tiene un hijo de tu edad que está en Rusia desde el comienzo del Movimiento?

—Eso es mentira —saltó Joaquín.

—¡*Qué va* a ser mentira! —dijo el otro—. Fue el dinamitero del nombre raro el que me lo dijo. Él era también de tu partido. ¿Para qué iba a mentir?

—Es mentira —dijo Joaquín—. La Pasionaria no haría una cosa como ocultar a su hijo en Rusia, escondido, lejos de la guerra.

—Ya quisiera yo estar en Rusia —dijo otro de los hombres del Sordo—. Tu Pasionaria no mandará a buscarme para enviarme a Rusia, ¿eh, comunista?

—Si tienes tanta confianza en tu Pasionaria, ve a pedirle que nos saque de aquí —dijo un hombre que llevaba un muslo vendado.

—Ya se encargarán de ello los fascistas —replicó el hombre de la barbilla pegada al suelo.

—No habléis así —dijo Joaquín.

—Pásate un trapo por los labios y límpiate la leche de tu mamá y alárgame de paso ese barro en tu casco —dijo el hombre de la barbilla pegada al suelo—. Ninguno de nosotros verá ponerse el sol esta tarde.

El Sordo pensaba: Tiene la forma de un golondrino. O del pecho de una jovencita, sin el pezón. O del cráter de un volcán. Pero tú no has visto nunca un volcán, y no lo verás nunca. Además, esta colina es como un golondrino. Déjate de volcanes. Es demasiado tarde para volcanes.

Miró con precaución por encima del espinazo del caballo muerto y enseguida brotó un martilleo rápido de disparos provenientes de una roca, mucho más abajo, al pie de la colina. Oyó las balas hundirse en el cuerpo del caballo. Arrastrándose detrás del animal, se atrevió a echar una ojeada por la brecha que quedaba entre la grupa del caballo y la roca. Había tres cadáveres en el flanco de la colina, un poco más abajo de donde estaba él. Tres hombres que habían muerto cuando los fascistas intentaron el asalto de la colina bajo la protección de un fuego de ametralladoras y fusiles automáticos. El Sordo y sus compañeros frustraron el ataque con bombas de mano, que hacían rodar pendiente abajo. Había otros cadáveres que no podía ver a los otros lados de la colina. Ésta no tenía un acceso fácil por el que los asaltantes pudieran llegar hasta la cima, y el Sordo sabía que, mientras contase con municiones y granadas y le quedasen cuatro hombres, no los harían salir de allí a menos que trajesen un mortero de trinchera. No sabía si habrían ido a buscar el mortero a La Granja. Quizá no, porque los aviones no tardarían en llegar. Habían pasado cuatro horas desde que el avión de reconocimiento volara sobre sus cabezas.

La colina es realmente como un golondrino, pensó el Sordo, y nosotros somos el pus. Pero hemos matado a muchos cuando cometieron esa estupidez. ¿Cómo podían imaginarse que nos iban a atrapar de ese modo? Disponen de un armamento tan moderno, que la confianza los vuelve locos.

Había matado con una bomba al joven oficial que mandaba el asalto. La granada fue rodando de roca en roca mientras el enemigo trepaba inclinado y a paso de carga. En el fogonazo amarillento y entre el humo gris que se produjo, el Sordo vio desplomarse al oficial. Yacía allí, como un montón de ropa vieja, marcando el extremo límite alcanzado por los asaltantes. El Sordo miró el cadáver del oficial y los de los otros que habían caído a lo largo de la ladera.

Son valientes, pero muy estúpidos, se dijo. Pero ahora lo han entendido y no nos atacarán hasta que lleguen los aviones. A menos, por supuesto, que tengan un mortero. Con un mortero, la cosa sería fácil.

El mortero era el procedimiento normal, y el Sordo sabía que la llegada de un mortero significaría la muerte de los cinco. Pero al pensar en la llegada de los aviones se sentía tan desnudo sobre aquella colina como si le hubiesen quitado todos los vestidos y hasta la piel. No puede uno sentirse más desnudo, pensó. En comparación, un conejo desollado está tan cubierto como un oso. Pero ¿por qué habrían de traer aviones? Podrían desalojarnos fácilmente con un mortero de trinchera. Sin embargo, están muy orgullosos de su aviación y probablemente traerán los aviones. De la misma manera que se sentían orgullosos de sus armas automáticas y por eso cometieron la estupidez de antes. Indudablemente, ya habrán enviado por el mortero.

Uno de los hombres disparó. Luego corrió rápidamente el cerrojo y volvió a disparar.

—Ahorra tus cartuchos —le dijo el Sordo.

—Uno de esos hijos de mala madre acaba de intentar subirse a esa roca —respondió el hombre, señalando con el dedo.

—¿Le has acertado? —preguntó el Sordo, volviendo pesadamente la cabeza.

—No —dijo el hombre—. El muy cochino se ha escondido.

—La que es una hija de mala madre es Pilar —dijo el hombre de la barbilla pegada al suelo—. Esa puta sabe que estamos a punto de morir aquí.

—No puede hacer nada —dijo el Sordo. El hombre había hablado por la parte de su oreja sana y le oyó sin tener que volver la cabeza—. ¿Qué podría hacer?

—Atacar a esos puercos por la espalda.

—¡*Qué va!* —dijo el Sordo—. Están diseminados alrededor de la montaña. ¿Cómo podría ella atacarlos por la espalda desde abajo? Son ciento cincuenta. O quizá más ahora.

—Pero si aguantamos aquí hasta la noche… —dijo Joaquín.

—Y si Navidad fuera Pascua —dijo el hombre de la barbilla pegada al suelo.

—Y si tu tía tuviese *cojones*, sería tu tío —añadió un tercero—. Manda a buscar a tu Pasionaria. Sólo ella puede ayudarnos.

—Yo no creo en esa historia de su hijo —contestó Joaquín—. Y si está en Rusia, estará aprendiendo aviación o algo así.

—Está escondido allí para que esté seguro —repuso el otro.

—Estará estudiando dialéctica. La Pasionaria también estuvo. Y Líster, y Modesto y otros. Fue aquel tipo de nombre raro el que me lo dijo. Van a estudiar allí para volver y poder ayudarnos.

—Que nos ayuden enseguida —dijo el otro—; que todos estos puercos maricones con nombre ruso vengan a ayudarnos ahora. —Disparó y dijo—: *Me cago en tal*; lo he fallado.

—Ahorra los cartuchos y no hables tanto —dijo el Sordo—; que vas a tener sed y no hay agua en esta colina.

—Toma esto —repuso el hombre, tumbándose de lado y haciendo pasar por encima del hombro una bota que llevaba en bandolera—. Enjuágate la boca, viejo. Debes de tener mucha sed con tus heridas.

—Que beban todos —dijo el Sordo.

—Entonces, beberé yo el primero —dijo el propietario de la bota, y echó un largo trago, pasándola luego de mano en mano.

—Sordo, ¿cuándo crees que van a venir los aviones? —preguntó el hombre de la barbilla pegada al suelo.

—De un momento a otro —contestó el Sordo—; ya deberían estar aquí.

—¿Crees que esos hijos de puta van a atacarnos de nuevo?

—Solamente si no llegan los aviones.

No creyó útil decir nada del mortero. Cuando éste llegase, ya se darían cuenta, y siempre sería demasiado pronto.

—Sabe Dios cuántos aviones tienen; suficientes, por lo que vimos ayer.

—Demasiados —dijo el Sordo.

Le seguía doliendo la cabeza, y el brazo lo tenía tan tieso que cualquier movimiento le hacía sufrir de manera intolerable. Levantando la bota con el brazo bueno, miró al cielo, alto, claro y azul, un cielo de comienzos de verano. Tenía cincuenta y dos años y estaba seguro de que era la última vez que lo veía.

No sentía miedo de morir, pero le irritaba verse cogido en una trampa sobre aquella colina donde no había otra cosa que hacer más que morir. Si hubiésemos podido escapar, pensó. Si hubiésemos podido obligarnos a subir a lo largo del valle y si hubiésemos podido desparramarnos al otro lado de la carretera, todo hubiera ido muy bien. Pero este acceso de colina...

Lo único que podía hacerse era utilizarlo lo mejor que se pudiera. Y eso era lo que estaban haciendo hasta entonces.

De haber sabido cuántos hombres en la historia tuvieron que morir en una colina, la idea no le hubiera consolado en absoluto, porque en los trances por los que él pasaba los hombres no se dejan impresionar por lo que les sucede a otros en análogas circunstancias, más de lo que una viuda de un día puede consolarse con la idea de que otros esposos amantísimos han muerto también. Se tenga miedo o no, es difícil aceptar el propio fin. El Sordo lo había aceptado; pero no encontraba alivio en esa aceptación, pese a que tenía cincuenta y dos años, tres heridas y estaba situado en la cima de una colina.

Bromeó consigo mismo sobre el asunto, pero, contemplando el cielo y las cimas lejanas, tomó un trago de la bota y comprobó que no sentía ningún deseo de morir. Si es preciso morir, y claro que va a ser preciso, se dijo, puedo morir. Pero no me gusta nada.

Morir no tenía importancia ni se hacía de la muerte ninguna idea aterradora. Pero vivir era un campo de trigo balanceándose a impulsos del viento en el flanco de una colina. Vivir era un halcón en el cielo. Vivir era un botijo entre el polvo del grano segado y la paja que vuela. Vivir era un caballo entre las piernas y una carabina al hombro, y una colina, y un valle, y un arroyo bordeado de árboles, y el otro lado del valle con otras colinas a lo lejos.

El Sordo devolvió la bota a su dueño con un movimiento de cabeza que era signo de agradecimiento. Se inclinó hacia delante y acarició el espinazo del caballo muerto en el lugar en que el cañón del fusil automático había quemado la piel. Le llegaba aún el olor de la crin quemada. Recordaba cómo había tenido allí al caballo tembloroso, mientras las balas silbaban crepitando alrededor como

416

una cortina, y cómo había disparado con tiento justamente en la intersección de las líneas que unen la oreja con el ojo de la cara opuesta. Luego, cuando el caballo se desplomó, se tumbó tras su espinazo, caliente y húmedo, para disparar sobre los asaltantes, que subían por la colina.

—*Eras mucho caballo* —dijo.

El Sordo, tumbado en ese momento sobre su costado sano, miraba al cielo. Estaba tumbado sobre un montículo de cartuchos vacíos, con la cabeza protegida por las rocas y el cuerpo pegado contra el flanco del caballo. Sus heridas le endurecían dolorosamente los músculos, padecía mucho y estaba demasiado fatigado para moverse.

—¿Qué es lo que te pasa, hombre? —le preguntó el que estaba junto a él.

—Nada. Estoy descansando un poco.

—Duérmete —replicó el otro—; ya nos despertarán cuando lleguen.

En aquel momento alguien gritó desde el pie de la ladera:

—Escuchad, bandidos. —La voz provenía de detrás del peñasco que abrigaba la ametralladora más próxima a ellos—. Rendíos ahora, antes de que los aviones os hagan trizas.

—¿Qué ha dicho? —preguntó el Sordo.

Joaquín se lo repitió. El Sordo dio media vuelta y se irguió lo suficiente como para ponerse de nuevo a la altura de su arma.

—Quizá no tengan aviones —dijo—. No le respondáis ni disparéis. Quizá podamos hacer que ataquen de nuevo.

—¿Y si los insultáramos un poco? —preguntó el hombre que había contado a Joaquín que el hijo de la Pasionaria estaba en Rusia.

—No —dijo el Sordo—; dame tu pistola grande. ¿Quién tiene una pistola grande?

—Yo.

—Dámela.

Se puso de rodillas, cogió la gran Star de nueve milímetros y disparó una bala al suelo, junto al caballo muerto. Esperó un rato y disparó después cuatro balas a intervalos regulares. Luego aguardó, contando hasta sesenta, y disparó una última bala en el cuerpo del caballo muerto. Luego sonrió y devolvió la pistola.

—Vuelve a cargarla —susurró—, y que nadie abra la boca ni dispare.

—¡*Bandidos*! —gritó la voz desde detrás de los peñascos.

En la colina no le respondió nadie.

—¡*Bandidos*, rendíos ahora, antes de que os hagamos saltar en mil pedazos!

—Ya pican —murmuró el Sordo muy contento.

Mientras él vigilaba la cuesta, un hombre se dejó ver por encima de una roca. Ningún disparo salió de la colina, y la cabeza desapareció. El Sordo esperó, sin dejar de observar, pero no pasó nada. Volvió la cabeza para mirar a los otros, que vigilaban cada uno su correspondiente sector. Como respuesta a su mirada, los otros menearon negativamente la cabeza.

—Que nadie se mueva —susurró.

—¡Hijos de la gran puta! —gritó de nuevo la voz de detrás de los peñascos—. ¡Cochinos rojos, violadores de vuestra madre, bebedores de la leche de vuestro padre…!

El Sordo sonrió. Conseguía oír los insultos volviendo hacia la voz su oreja buena. Esto es mejor que la aspirina, pensó. ¿A cuántos vamos a atrapar? ¿Es posible que sean tan cretinos?

La voz había callado de nuevo, y durante tres minutos no se oyó ni percibió ningún movimiento. Después, el soldado que estaba a un centenar de metros por debajo de ellos se puso al descubierto y disparó. La bala fue a dar contra la roca y rebotó con un silbido agudo. El Sordo vio a un hombre que, agazapado, corría desde los peñascos donde estaba el arma automática, a través del espacio descubierto, hasta el gran peñasco, detrás del que se había escondido el hombre que gritaba, zambulléndose materialmente detrás de él.

El Sordo echó una mirada alrededor. Le hicieron gestos indicándole que no había novedad en las otras pendientes. El Sordo sonrió dichoso y movió la cabeza. Diez veces mejor que la aspirina, pensó, y aguardó dichoso, como sólo puede serlo un cazador.

Abajo, el hombre que había salido corriendo, fuera del montón de piedras, hacia el refugio que ofrecía el gran peñasco, hablaba y le decía al tirador:

—¿Qué piensas de esto?

—No sé —respondió el tirador.

—Sería lógico —dijo el hombre que era el oficial que mandaba el destacamento—. Están cercados. No pueden esperar más que la muerte.

El soldado no replicó.

—¿Tú qué crees? —inquirió el oficial.

—Nada.

—¿Has visto algún movimiento desde que dispararon los últimos tiros?

—Ninguno.

El oficial consultó su reloj de pulsera. Eran las tres menos diez.

—Los aviones tenían que haber llegado hace una hora —dijo.

Entonces llegó al refugio otro oficial y el soldado se hizo a un lado para dejarle sitio.

—¿Qué te parece, Paco? —preguntó el primer oficial.

El otro, que todavía jadeaba por la carrera que se había pegado para subir la cuesta atravesándola de uno a otro lado, desde el refugio de la ametralladora, respondió:

—Para mí, es una trampa.

—Pero ¿y si no lo fuera? Sería ridículo que estuviéramos esperando aquí, sitiando a hombres que ya están muertos.

—Ya hemos hecho algo peor que el ridículo —contestó el segundo oficial—. Mira hacia la ladera.

Miró hacia arriba, hacia donde estaban desparramados los cadáveres de las víctimas del primer ataque. Desde el lugar en que se encontraban se veía la línea de rocas esparcidas, el vientre, las patas en escorzo y las herraduras del caballo del Sordo, y la tierra recién removida por los que habían construido el parapeto.

—¿Qué hay de los morteros? —preguntó el segundo oficial.

—Tendrían que estar aquí en una hora, si no antes.

—Entonces, esperémoslos. Ya hemos hecho bastantes tonterías.

—*¡Bandidos!* —gritó repentinamente el primer oficial, irguiéndose y asomando la cabeza por encima de la roca; la cresta de la colina le pareció así mucho más cercana—. ¡Cochinos rojos! ¡Cobardes!

El segundo oficial miró al soldado meneando la cabeza. El soldado apartó la mirada, apretando los labios.

El primer oficial permaneció allí parado, con la cabeza bien visible por encima de la roca y con la mano en la culata del revólver. Insultó y maldijo a los hombres que estaban en la cima. Pero no ocurrió nada. Entonces dio un paso, apartándose resueltamente del refugio, y se quedó allí parado, contemplando la cima.

—Disparad, cobardes, si aún estáis vivos —gritó—. Disparad sobre un hombre que no le teme a ningún rojo nacido de mala madre.

Era una frase muy larga para decirla a gritos, y para cuando acabó de pronunciarla su rostro estaba rojo y congestionado.

El segundo oficial, un hombre flaco, quemado por el sol, con ojos tranquilos y boca delgada, con el labio superior un poco largo, mejillas hundidas y mal rasuradas, volvió a menear la cabeza. El oficial que gritaba en aquellos momentos era el que había mandado el primer ataque. El joven teniente que yacía muerto en la ladera había sido el mejor amigo de este otro teniente, llamado Paco Berrendo, que ahora escuchaba los gritos de su capitán, el cual visiblemente se encontraba en un estado de excitación.

—Ésos son los cerdos que mataron a mi hermana y a mi madre —dijo el capitán. Tenía la tez roja, un bigote rubio, de aspecto británico, y algo raro en la mirada. Los ojos eran de un azul pálido, con pestañas rubias también. Cuando se los miraba se tenía la impresión de que enfocaban muy despacio—. ¡Rojos! —gritó—. ¡Cobardes! —Y empezó otra vez a insultarlos.

Se había quedado enteramente al descubierto y, apuntando con cuidado, disparó sobre el único blanco que ofrecía la cima de la colina: el caballo muerto que había pertenecido al Sordo. La bala levantó una polvareda a unos quince metros por debajo del caballo. El capitán disparó de nuevo. La bala fue a dar contra una roca y rebotó silbando.

El capitán, de pie, siguió contemplando la cima de la colina. El teniente Berrendo miraba el cuerpo del otro teniente, que yacía justamente por debajo de la cima. El soldado miraba al suelo que tenía a sus pies. Luego levantó los ojos hacia el capitán.

—Ahí arriba no queda nadie vivo —dijo el capitán—. Tú —añadió, dirigiéndose al soldado—, sube a ver.

El soldado miró al suelo y no contestó.

—¿No me oyes? —le gritó el capitán.

—Sí, mi capitán —contestó el soldado, sin mirarle.

—Entonces, vete. —El capitán tenía en la mano la pistola—. ¿Me oyes?

—Sí, mi capitán.

—Entonces, ¿por qué no vas?

—No tengo ganas, mi capitán.

—¿No tienes ganas? —El capitán apoyó la pistola contra los riñones del soldado—. ¿No tienes ganas?

—Tengo miedo, mi capitán —respondió con dignidad el soldado.

El teniente Berrendo, que observaba la cara del capitán y sus ojos extraños, creyó que iba a matar al soldado.

—Capitán Mora... —dijo.

—Teniente Berrendo...

—Es posible que el soldado tenga razón.

—¿Que tenga razón cuando dice que tiene miedo? ¿Que tenga razón cuando dice que no quiere obedecer una orden?

—No. Que tenga razón cuando dice que es una trampa que se nos tiende.

—Están todos muertos —replicó el capitán—. ¿No me oyes cuando digo que están todos muertos?

—¿Hablas de nuestros camaradas desparramados por esa ladera? —preguntó Berrendo—. Entonces estoy de acuerdo contigo.

—Paco —dijo el capitán—, no seas tonto. ¿Crees que eres el único que apreciaba a Julián? Te digo que los rojos están muertos. Mira.

Se irguió, puso las dos manos en la parte superior de la roca y, ayudándose torpemente con las rodillas, se encaramó y se puso de pie.

—Disparad —gritó, de pie sobre el peñasco de granito gris, agitando los brazos—. Disparad. Disparad. Matadme.

En la cima de la colina el Sordo seguía acurrucado detrás del caballo muerto y sonreía.

¡Qué gente!, pensaba. Rió intentando contenerse, porque la risa le sacudía el brazo y le hacía daño.

—¡Rojos! —gritaba el de abajo—. Canalla roja, disparad. Matadme.

El Sordo, con el pecho sacudido por la risa, echó una rápida ojeada por encima de la grupa del caballo y vio al capitán que agitaba los brazos en lo alto de su peñasco. Otro oficial estaba junto a él. Un soldado estaba al otro lado. El Sordo continuó mirando en aquella dirección y meneando la cabeza muy contento.

Disparadme, repetía en voz baja. Matadme, se decía. Y volvieron a sacudirse sus hombros por la risa. El brazo le hacía daño, y cada vez que reía, sentía que la cabeza le iba a estallar. Pero la risa le acometía de nuevo como un espasmo.

El capitán Mora descendió del peñasco.

—¿Me crees ahora, Paco? —le preguntó al teniente Berrendo.

—No —dijo el teniente Berrendo.

—¡*Cojones*! —exclamó el capitán—. Aquí no hay más que idiotas y cobardes.

El soldado se había refugiado prudentemente detrás del peñasco y el teniente Berrendo estaba agazapado junto a él.

El capitán, al descubierto, a un lado del peñasco, se puso a gritar atrocidades hacia la cima de la colina. No hay lenguaje más atroz que el español. Se encuentra en este idioma la traducción de todas las groserías de las otras lenguas y, además, expresiones que no se usan más que en los países en que la blasfemia va pareja con la austeridad religiosa. El teniente Berrendo era un católico muy devoto. El soldado, también. Eran carlistas de Navarra y juraban y blasfemaban cuando estaban encolerizados; pero no dejaban de considerarlo un pecado, que confesaban regularmente.

Agazapados detrás de la roca, escuchando las blasfemias del capitán, trataron de desentenderse de él y de sus palabras. No querían tener sobre su conciencia esa clase de pecados en un día en que podían morir.

Hablar así no nos va a traer suerte, pensó el soldado. Ése habla peor que los rojos.

Julián ha muerto, pensaba el teniente Berrendo. Muerto ahí, sobre la cuesta, en un día como éste. Y ese malhablado va a traernos peor suerte aún con sus blasfemias.

Por fin el capitán dejó de gritar y se volvió hacia el teniente Berrendo. Sus ojos parecían más raros que nunca.

—Paco —dijo alegremente—, subiremos tú y yo.

—Yo no.

—¿Qué dices? —exclamó el capitán, volviendo a sacar la pistola.

Odio a los que siempre están sacando a relucir la pistola, pensó Berrendo. No saben dar una orden sin sacar el arma. Probablemente harán lo mismo cuando vayan al retrete para ordenar que salga lo que tiene que salir.

—Iré si me lo ordenas; pero bajo protesta —dijo el teniente Berrendo al capitán.

—Está bien. Iré yo solo —dijo el capitán—. No puedo aguantar tanta cobardía.

Empuñando la pistola con la mano derecha, comenzó firmemente la subida de la ladera. Berrendo y el soldado le miraban desde su refugio. El capitán no hacía ningún ademán para cubrirse y llevaba la vista al frente, fija en las rocas, el caballo muerto y la tierra recién removida de la cima.

El Sordo estaba tumbado detrás de su caballo, pegado a su roca, mirando al capitán, que subía por la colina.

Uno solo, pensó. Pero, por su manera de hablar, se ve que es *caza mayor*. Mira qué animal. Mírale cómo avanza. Ése es para mí. A ése me lo llevo yo por delante. Ese que se acerca va a hacer el mismo viaje que yo. Vamos, ven, camarada viajero. Sube. Ven a mi encuentro. Vamos. Adelante. No te detengas. Ven hacia mí. Sigue como ahora. No te detengas para mirarlos. Muy bien. No mires hacia abajo. Continúa avanzando, con la mirada hacia delante. Mira, lleva bigote. ¿Qué te parece eso? Le gusta llevar bigote al camarada viajero. Es capitán. Mírale las bocamangas. Ya dije yo que era *caza mayor*. Tiene cara de *inglés*. Mira. Tiene la cara roja, el pelo rubio y los ojos azules. Va sin gorra y tiene bigote rubio. Los ojos azules. Sus ojos son de color azul pálido y hay algo extraño en ellos. Son ojos que no miran bien. Ya está bastante cerca. Demasiado cerca. Bien, camarada viajero, ahí va eso. Esto es para ti, camarada viajero.

Apretó suavemente el disparador del fusil automático y la culata le golpeó tres veces en el hombro con el retroceso resbaladizo y espasmódico de las armas automáticas.

El capitán se quedó de bruces en la ladera con su brazo izquierdo recogido bajo el cuerpo y el derecho empuñando aún la pistola, tendido hacia delante por encima de su cabeza. Desde la base de la colina empezaron a disparar contra la cima.

Acurrucado detrás del peñasco, pensando que ahora le tocaría cruzar el espacio descubierto bajo el fuego, el teniente Berrendo oyó la voz grave y ronca del Sordo desde lo alto de la colina.

—¡*Bandidos!* —gritaba la voz—. ¡*Bandidos!* ¡Disparad! ¡Matadme!

En lo alto de la colina, el Sordo estaba tumbado detrás de su ametralladora, riendo con tanta fuerza que el pecho le dolía y pensaba que iba a estallarle la cabeza.

—¡*Bandidos!* —gritó alegremente de nuevo—. ¡Matadme, *bandidos*!

Luego meneó la cabeza con satisfacción. Vamos a tener mucha compañía en este viaje, pensó.

Intentaba hacerse con el otro oficial cuando éste saliera del cobijo de la roca. Antes o después, se vería obligado a abandonarlo. El Sordo estaba seguro de que no podía dirigir el ataque desde allí y pensaba que tenía muchas probabilidades de alcanzarle.

En aquel momento los otros oyeron el primer zumbido de los aviones que se acercaban.

El Sordo no los oyó. Vigilaba atentamente la ladera, cubriéndola con el fusil ametrallador y pensando: Para cuando yo le vea, habrá empezado a correr y es posible que le marre si no pongo mucha atención. Tendré que ir corriendo el fusil a medida que él vaya atravesando el espacio descubierto; si no, comenzaré a disparar al sitio adonde se dirija, y luego volveré hacia atrás para encontrarle. En ese momento sintió que le tocaban en la espalda, se volvió y vio el rostro de Joaquín, ceniciento y agotado por el miedo. Y mirando en la dirección en que el muchacho señalaba, vio los dos aviones que se acercaban.

Berrendo salió corriendo del peñasco y se lanzó con la cabeza gacha hacia el abrigo de rocas donde estaba la ametralladora de ellos.

El Sordo, que estaba mirando los aviones, no le vio pasar.

—Ayúdame a sacar esto de aquí —dijo a Joaquín. Y el muchacho sacó la ametralladora del hueco entre el caballo y el peñasco.

Los aviones se acercaban rápidamente. Llegaban en oleadas y a cada segundo el estruendo se iba haciendo más fuerte.

—Tumbaos boca arriba para disparar contra ellos —dijo el Sordo—. Id disparando a medida que se acerquen.

Los seguía fijamente con la mirada.

—*¡Cabrones, hijos de puta!* —dijo apresuradamente—. Ignacio, coloca el fusil sobre el hombro del muchacho. Tú —añadió, dirigiéndose a Joaquín—, siéntate aquí y no te muevas. Agáchate. Más. No. Más.

Se echó de espaldas y apuntó con la ametralladora a medida que los aviones se acercaban.

—Tú, Ignacio, sostenme las patas del trípode. —Los tres pies colgaban de la espalda del muchacho y el cañón de la ametralladora temblaba por estremecimientos que Joaquín no podía dominar mientras estaba allí con la cabeza gacha, escuchando el zumbido creciente.

Boca arriba, con la cabeza levantada para verlos llegar, Ignacio reunió las patas del trípode en sus manos y enderezó el arma.

—Mantén ahora la cabeza gacha —le dijo a Joaquín—. Más baja.

La Pasionaria dice: «Es mejor morir de pie…», se repetía Joaquín, en tanto que el zumbido se acercaba más y más. Luego, repentinamente, pasó a «Dios te salve, María… el Señor es contigo. Bendita tú eres entre todas las mujeres, y bendito es el fruto de tu vientre, Jesús». «Santa María, Madre de Dios, ruega por nosotros pecadores ahora y en la hora de nuestra muerte. Amén. Santa María, madre de Dios…», comenzó de nuevo. Luego, muy deprisa, a medida que los aviones hicieron su zumbido insoportable, comenzó a recitar para sí el acto de contrición: «Señor mío Jesucristo…».

Sintió entonces el martilleo de las explosiones junto a sus oídos y el calor del cañón de la ametralladora sobre sus hombros. El martilleo recomenzó y sus oídos se ensordecieron con el crepitar de la ametralladora. Veía a Ignacio tratando de impedir con todas sus fuerzas que se movieran las patas del trípode, y el cañón le quemaba la espalda. Con el ruido de las explosiones no conseguía acordarse de las palabras del acto de contrición.

Todo lo que podía recordar era: «Y en la hora de nuestra muerte, amén. En la hora de nuestra muerte, amén. En la hora. En la hora. Amén». Los otros seguían disparando. «Ahora y en la hora de nuestra muerte. Amén.»

Luego, por encima del tableteo de la ametralladora, hubo el estampido del aire que se desgarra; y luego un trueno rojo y negro, y el suelo rodó bajo sus rodillas, y se levantó para golpearle en la cara. Y luego comenzaron a caer sobre él los terrones y las piedras. E Ignacio estaba encima de él y la ametralladora estaba encima de él. Pero no había muerto, porque el silbido volvió a comenzar y la tierra volvió a rodar bajo él con un rugido espantoso. Y volvió por tercera vez a empezar todo y la tierra se escapó bajo su vientre y uno de los flancos de la colina se elevó por los aires para desplomarse suave y lentamente sobre él.

Los aviones volvieron y bombardearon tres veces más; pero ninguno de los que estaban allí se percató de ello. Por último, los aviones ametrallaron la colina y se fueron. Al pasar por última vez en picado por encima de la colina martillearon todavía las ametralladoras. Luego, el primer avión se inclinó sobre un ala y los otros le imitaron pasando de la formación escalonada a la formación en uve. Y se alejaron por lo alto del cielo en dirección a Segovia.

Manteniendo el intenso tiroteo hacia la cima, el teniente Berrendo hizo avanzar una patrulla hasta uno de los cráteres abiertos por las bombas, desde el que se podían arrojar granadas a la cima. No quería correr el riesgo de que estuviese vivo alguien que los estuviese aguardando en la altura, escondido, entre la confusión y desorden originados por el bombardeo, y arrojó cuatro granadas sobre la masa informe de caballos muertos, rocas descuajadas y montículos de tierra amarilla que olían desagradablemente a explosivos, antes de salir del cráter abierto por la bomba para ir a echar un vistazo.

No quedaba nadie vivo en la cima, salvo el muchacho, Joaquín, desvanecido bajo el cadáver de Ignacio. Sangraba por la nariz y los oídos. No se había percatado de nada ni había sentido nada desde el momento en que de repente se encontró en el corazón mismo del trueno y la bomba que cayó le había quitado hasta el aliento. El teniente Berrendo hizo la señal de la cruz y le pegó un tiro en la nuca, tan rápida y delicadamente, si se puede decir de un acto semejante que sea delicado, como el Sordo había matado al caballo herido.

Parado en lo más alto de la colina, el teniente Berrendo echó una ojeada hacia la ladera, donde estaban sus amigos muertos, y luego, a lo lejos, hacia el campo, al lugar desde donde habían llegado galopando para enfrentarse con el Sordo, antes de acorralarle en la cima. Observó la disposición de las tropas y ordenó que se subieran hasta allí los caballos de los muertos y que se colocaran los cadáveres de través sobre las monturas para llevarlos a La Granja.

—Llevad a ése también —dijo—. Ese que tiene las manos sobre la ametralladora. Debe de ser el Sordo. Es el más viejo y el que tenía el arma. No. Cortadle la cabeza y envolvedla en un capote. —Luego lo pensó mejor—. Podríais también cortar la cabeza a todos los demás. Y también a los que están ahí abajo, a los que cayeron en la ladera y a los del primer lugar donde los atacamos. Recoged las pistolas y los fusiles y cargad esa ametralladora sobre un caballo.

Descendió unos pasos por la ladera hasta el sitio en que se encontraba el teniente caído en el primer asalto. Le miró unos instantes, pero no le tocó.

Qué cosa más mala es la guerra, se dijo.

Luego volvió a santiguarse y mientras bajaba la cuesta rezó cinco padrenuestros y cinco avemarías por el descanso del alma de su camarada muerto. No quiso quedarse a ver cómo cumplían sus órdenes.

Capítulo 28

Después del paso de los aviones, Jordan y Primitivo oyeron el tiroteo que volvía a reanudarse y Jordan sintió que su corazón comenzaba a latir de nuevo. Una nube de humo se estaba formando por encima de la última línea visible de la altiplanicie, y los aviones no eran ya más que tres puntitos que se iban haciendo cada vez más pequeños en el cielo.

Probablemente habrán hecho migas a su propia caballería, sin atacar al Sordo ni a los suyos, se dijo Jordan. Estos condenados aviones dan mucho miedo, pero no matan.

—La lucha continúa —dijo Primitivo, escuchando con mucha atención el intenso tiroteo. Hacía una mueca a cada explosión, pasándose la lengua por los resecos labios.

—¿Por qué no? —preguntó Jordan—. Estos aparatos nunca matan a nadie.

Luego cesó por completo el tiroteo y no se oyó un solo disparo. La detonación de la pistola del teniente Berrendo no llegó hasta allí.

Cuando se acabó el tiroteo, Jordan no se sintió de momento muy afectado; pero al prolongarse el silencio sintió como una sensación de vacío en el estómago. Luego oyó el estallido de las granadas y su corazón se alivió de pesadumbre unos instantes. Después volvió a quedarse todo en silencio, y como el silencio duraba, se dio cuenta de que todo había acabado.

María subía en esos momentos del campamento con una marmita de hierro que contenía un guiso de liebre con setas, envuelto en una salsa espesa, y un pequeño saco de pan, una bota de vino, cuatro platos de estaño, dos tazas y cuatro cucharas. Se detuvo cerca de la ametralladora y dejó los dos platos para Agustín y Eladio, que había reemplazado a Anselmo. Les dio pan, desenroscó el tapón de la bota y llenó dos tazas de vino.

Robert Jordan la había visto trepar, ligera, hasta su puesto de observación con el saco a la espalda, la marmita en la mano y su cabeza rubia, rapada, brillando al sol. Saltó a su encuentro, cogió la marmita y la ayudó a escalar el último peñasco.

—¿Qué han hecho los aviones? —preguntó ella con mirada asustada.

—Han bombardeado al Sordo.

Jordan había destapado ya la marmita y se estaba sirviendo del guiso en un plato.

—¿Están peleando todavía?

—No. Se acabó.

—¡Oh! —exclamó ella, mordiéndose los labios, y mirando a lo lejos.

—No tengo apetito —dijo Primitivo.

—Come, de todas maneras —le instó Jordan.

—No podría tragar nada.

—Bebe un trago de esto, hombre —dijo Jordan, tendiéndole la bota—. Y come después.

—Todo esto del Sordo me ha cortado el apetito —dijo Primitivo—. Come tú. Yo no tengo hambre.

María se le acercó, le pasó el brazo por el cuello y le abrazó.

—Come, hombre —dijo—; cada cual tiene que guardar sus propias fuerzas.

Primitivo se apartó. Cogió la bota, y, echando la cabeza hacia atrás, bebió lentamente, dejando caer el chorro hasta el fondo de su garganta. Luego se llenó un plato de guiso y comenzó a comer.

Robert Jordan miró a María meneando la cabeza. La muchacha se sentó a su lado y le pasó el brazo por los hombros. Cada uno de ellos sabía lo que sentía el otro, y se quedaron así, uno al lado del otro. Jordan comía despaciosamente su ración, saboreando las setas, bebiendo de vez en cuando un trago de vino y sin hablar.

—Puedes quedarte aquí si quieres, *guapa* —dijo al cabo de un rato, cuando la marmita se había quedado vacía.

—No —dijo ella—; tengo que volver con Pilar.

—Puedes quedarte un rato aquí. Creo que ahora no pasará nada.

—No, tengo que ir con Pilar. Está dándome lecciones.

—¿Qué te está dando?

—Lecciones. —Sonrió y luego le abrazó—. ¿No has oído hablar nunca del catecismo? —Volvió a sonrojarse—. Es algo parecido. —Se sonrojó de nuevo—. Pero distinto.

—Vete a tus lecciones —dijo él, y le acarició la cabeza. Ella sonrió, y le dijo luego a Primitivo—: ¿Quieres algo de abajo?

—No, hija mía —dijo él. Se veía que no había logrado recobrarse.

—*Salud*, hombre —replicó ella.

—Escucha —dijo Primitivo—, no tengo miedo de morir; pero haberlos dejado solos así... —Se le quebró la voz.

—No teníamos otra opción —dijo Jordan.

—Ya lo sé; pero a pesar de todo...

—No teníamos otra alternativa —dijo Jordan—. Y ahora vale más no hablar de ello.

—Sí, pero solos, sin que los ayudase nadie...

—Es mejor no hablar más de eso —contestó Jordan—. Y tú, *guapa*, vete a tus lecciones.

La vio deslizarse de roca en roca. Luego se estuvo sentado un rato meditando mientras miraba la altiplanicie.

Primitivo le habló; pero él no dijo nada. Hacía calor al sol, pero no lo sentía. Miraba las laderas de la colina y las extensas manchas de pinares que cubrían hasta las cimas más elevadas. Pasó una hora

431

y el sol estaba ya a su izquierda cuando los vio por la cuesta de la colina, e inmediatamente cogió los gemelos.

Los caballos aparecían pequeños, diminutos; los dos primeros jinetes se hicieron visibles sobre la extensa ladera verde de la alta montaña. Los seguían cuatro jinetes más, que descendían esparcidos por todo lo ancho de la ladera. Vio después con los gemelos la doble columna de hombres y caballos recortándose en la aguda claridad de su campo de visión. Mientras los miraba sintió el sudor que le goteaba de las axilas, corriéndole por los costados. Al frente de la columna iba un hombre. Luego seguían otros jinetes. Luego, varios caballos sin jinete, con la carga sujeta a la montura. Luego, dos jinetes más. Después, los heridos, montados, llevando a un hombre a pie a su lado, y, cerrando la columna, otro grupo de jinetes.

Los vio bajar por la ladera y desaparecer entre los árboles del bosque. A la distancia que se encontraba no podía distinguir la carga de una de las monturas, formada por una manta, atada en los extremos y de trecho en trecho, de modo que formaba protuberancias como las que forman los guisantes en la vaina. Estaba atravesada sobre la montura y cada uno de los extremos iba atado a los estribos. A su lado, encima de la montura, se destacaba con arrogancia el fusil automático que había usado el Sordo.

El teniente Berrendo, que cabalgaba a la cabeza de la columna, a poca distancia de los gastadores, no se mostraba arrogante. Tenía la sensación de vacío que sigue a la acción. Pensaba: Cortar las cabezas es una barbaridad. Pero es una prueba y una identificación. Tendré bastantes disgustos, a pesar de todo, con este asunto. ¡Quién sabe! Eso de las cabezas quizá les guste. Quizá las envíen todas a Burgos. Es una cosa bárbara. Los aviones eran *muchos*. Muchos, muchos. Pero hubiéramos podido hacerlo todo y casi sin pérdidas con un mortero Stokes. Dos mulos para llevar las municiones y un mulo con un mortero a cada lado de la silla. ¡Qué ejército hubiéramos tenido entonces! Con la potencia de fuego de todas las armas automáticas. Y otro mulo más. No, dos mulos para llevar las municiones. Bueno, deja eso ya. Entonces no sería caballería. Déjalo. Te estás fabricando un ejército. Dentro de un rato acabarás pidiendo un cañón de montaña.

Luego pensó en Julián, caído en la colina, muerto y atado sobre un caballo, allí, a la cabeza de la columna. Y en tanto que bajaban hacia los pinos, adentrándose en la sombría quietud del bosque, empezó a rezar para sí: «Dios te salve, reina y madre de misericordia, vida y dulzura, esperanza nuestra: a ti llamamos, a ti suspiramos, gimiendo y llorando en este valle de lágrimas…».

Continuó rezando mientras los cascos de los caballos se apoyaban suavemente sobre las agujas de los pinos que alfombraban el suelo y la luz se filtraba por entre los árboles como si fueran las columnas de una catedral. Y, sin dejar de rezar, se detuvo un instante para ver a los gastadores, que iban en cabeza y cabalgaban bajo los árboles.

Salieron del bosque para meterse por una carretera amarillenta que conducía a La Granja y los cascos de los caballos levantaron una polvareda que los envolvió a todos. El polvo caía sobre los muertos atados boca abajo sobre la montura, sobre los heridos y sobre los que marchaban a pie, a su lado, envueltos todos en una espesa nube.

Fue entonces cuando Anselmo los vio pasar envueltos en la polvareda.

Contó los muertos y los heridos y reconoció el arma automática del Sordo. No sabía lo que guardaba el bulto envuelto en la manta, que golpeaba contra los flancos del caballo, siguiendo el movimiento de los estribos; pero cuando a su regreso atravesó a oscuras la colina donde el Sordo se había batido, supo enseguida lo que llevaba aquel enorme bulto. No podía reconocer en la oscuridad a los que estaban en la colina, pero contó los cuerpos y atravesó luego los montes para dirigirse al campamento de Pablo.

Caminando a solas en la oscuridad, con un miedo que helaba el corazón, provocado por la visión de los cráteres abiertos por las bombas y por todo lo que había encontrado en la colina, apartó de su mente toda idea que se relacionase con la aventura del día siguiente. Comenzó, pues, a caminar todo lo deprisa que podía, para llevar la noticia. Y, caminando, rogó por el alma del Sordo y por todos los de su cuadrilla. Era la primera vez que rezaba desde el comienzo del Movimiento.

«Dulce, piadosa, clemente Virgen María...»

Pero al fin tuvo que pensar en el día siguiente, y entonces se dijo: Haré exactamente lo que el *inglés* me diga que haga y como él me diga que lo haga. Pero que esté junto a él, Dios mío, y que sus órdenes sean claras; porque no sé si lograré dominarme con el bombardeo de los aviones. Ayúdame, Dios mío, ayúdame mañana a conducirme como un hombre tiene que conducirse en su última hora. Ayúdame, Dios mío, a comprender claramente lo que habrá que hacer. Ayúdame, Dios mío, a dominar mis piernas para que no me ponga a correr cuando llegue el mal momento. Ayúdame, Dios mío, a conducirme como un hombre mañana en el combate. Puesto que te pido que me ayudes, ayúdame, te lo ruego, porque sabes que no te lo pediría si no fuera un asunto grave y que nunca más volveré a pedirte nada.

Andando a solas en la oscuridad, se sintió mucho mejor después de haber rezado y estuvo seguro de que iba a comportarse dignamente.

Mientras descendía de las tierras altas volvió a rogar por las gentes del Sordo y enseguida llegó al puesto superior, donde Fernando le detuvo.

—Soy yo, Anselmo —le dijo.

—Bien —dijo Fernando.

—¿Sabes lo del Sordo? —preguntó Anselmo, parados ambos a la entrada de las rocas, en medio de la oscuridad.

—¿Cómo no? —dijo Fernando—. Pablo nos lo ha contado.

—¿Estuvo allí?

—¿Cómo no? —volvió a decir Fernando—. Estuvo en la colina tan pronto como la caballería se alejó.

—¿Y os ha contado…?

—Nos lo ha contado todo —contestó Fernando—. ¡Qué bárbaros! ¡Esos fascistas! Hay que limpiar a España de esos bárbaros. —Se detuvo y añadió con amargura—: Les falta todo sentido de la dignidad.

Anselmo sonrió en la oscuridad. No había imaginado una hora antes que volviera nunca a sonreír. Este Fernando es una maravilla, pensó.

—Sí —le dijo—; habrá que enseñarles. Habrá que quitarles sus aviones, sus armas automáticas, sus tanques, su artillería y enseñarles lo que es la dignidad.

—Justamente —dijo Fernando—. Me alegro de que seas del mismo parecer.

Y Anselmo le dejó allí, a solas con su dignidad, y retomó el camino hacia la cueva.

Capítulo 29

Anselmo encontró a Robert Jordan en la cueva, sentado a la mesa frente a Pablo. Había un cuenco de vino entre los dos y una taza llena delante de cada uno. Jordan había sacado su cuaderno de notas y tenía un lápiz en la mano. Pilar y María estaban al fondo, lejos del alcance de la vista. Anselmo no podía saber que tenían a la muchacha apartada para que no oyese la conversación y le pareció extraño que Pilar no estuviera sentada a la mesa.

Robert Jordan levantó los ojos cuando Anselmo entró, echando a un lado la manta suspendida ante la entrada. Pablo clavó la mirada en la mesa; parecía absorto mirando el cuenco del vino, pero no lo veía.

—Vengo de allá arriba —le dijo Anselmo a Jordan.

—Pablo nos lo ha contado todo.

—Había seis muertos en la colina y les han cortado la cabeza —dijo Anselmo—. Cuando pasé por allí era noche oscura.

Jordan asintió. Pablo seguía sentado, con la mirada fija en el cuenco de vino, y no decía nada. No había ninguna expresión en su rostro y sus ojillos de cerdo miraban la vasija como si no hubiesen visto en su vida nada semejante.

—Siéntate —le dijo Jordan a Anselmo.

El viejo se sentó en uno de los taburetes de cuero y Robert Jordan se inclinó para alcanzar de debajo de la mesa el frasco de whisky regalo del Sordo. Estaba todavía medio lleno. Robert Jordan cogió una taza de encima de la mesa y la llenó de whisky, empujándosela luego a Anselmo.

—Bébete esto, viejo —dijo.

Pablo apartó sus ojos de la vasija para mirar a Anselmo mientras éste bebía. Luego se puso otra vez a contemplar el cuenco.

Al tragar el whisky, Anselmo sintió una quemazón en la nariz, en los ojos y en la boca, y luego un calorcillo agradable y reconfortante en el estómago. Se secó la boca con el dorso de la mano.

Después miró a Robert Jordan y le preguntó:

—¿Podría tomar otra?

—¿Cómo no? —dijo Jordan, llenando de nuevo la taza y tendiéndosela en vez de empujarla.

Esta vez la bebida no le quemó, y la impresión de calor agradable fue más intensa. Era tan bueno como una inyección salina para un hombre que acaba de tener una gran hemorragia.

El viejo miró de nuevo la botella.

—Lo que queda, para mañana —dijo Jordan—. ¿Qué ha pasado en la carretera, viejo?

—Mucho movimiento —contestó Anselmo—. Lo he apuntado todo como tú me enseñaste. He dejado en mi puesto a uno que está vigilando y que apunta todas las cosas ahora. Luego iré a recoger su informe.

—¿Has visto cañones antitanques? Son esos que tienen ruedas de goma y un cañón muy largo.

—Sí —dijo Anselmo—; han pasado cuatro. En cada camión había un cañón de los que tú dices, cubierto por ramas de pino. En los camiones había seis hombres al cuidado de cada cañón.

—¿Cuatro cañones has dicho? —le preguntó Jordan.

—Cuatro —contestó Anselmo. No tenía necesidad de consultar sus notas.

—Dime qué otras cosas ha habido en la carretera.

Mientras Robert Jordan lo apuntaba, Anselmo le iba contando todo lo que había pasado ante él por la carretera. Se lo refirió desde el principio, en perfecto orden, con la asombrosa memoria de las personas que no saben leer ni escribir. En dos ocasiones, mientras él hablaba, Pablo tendió la mano hacia la vasija y se sirvió vino.

—Pasó también la caballería que iba a La Granja de vuelta de la colina en donde se batió el Sordo —siguió diciendo Anselmo.

Luego dio el número de heridos que había visto y el número de los muertos que iban sujetos de través sobre las monturas.

—Había un bulto atravesado en una montura que no sabía lo que era —dijo—. Pero ahora sé que eran las cabezas. —Y prosiguió enseguida—: Era un escuadrón de caballería. No les quedaba más que un oficial. Pero no era el que pasó por aquí esta mañana, cuando tú estabas con la ametralladora. Ése debía de ser uno de los muertos. Dos de los muertos eran oficiales; lo vi por las bocamangas. Iban atados cabeza abajo en las monturas, con los brazos colgando. Iba también la *máquina* del Sordo, sujeta a la montura donde habían puesto las cabezas. El cañón estaba torcido. Y nada más —concluyó.

—Es suficiente —dijo Jordan, y hundió su taza en la vasija de vino.

—¿Quién, aparte de ti, ha estado ya más allá de las líneas, en la República? —preguntó Jordan.

—Andrés y Eladio.

—¿Quién es el mejor de los dos?

—Andrés.

—¿Cuánto tiempo tardaría en llegar a Navacerrada?

—No llevando carga, y con muchas precauciones, tres horas, si tiene suerte. Nosotros vinimos por un camino más largo y mejor a causa del material.

—¿Es seguro que podría llegar?

—No lo sé, no hay nada seguro.

—¿Ni para ti tampoco?

—No.

Eso resuelve la cuestión, pensó Jordan. Si hubiese dicho que podía hacerlo con seguridad, hubiera sido a él seguramente a quien habría enviado.

—¿Puede llegar Andrés tan bien como tú?

—Tan bien, o mejor; es más joven.

—Pero es absolutamente indispensable que llegue.

—Si no pasa nada, llegará. Y si le pasa algo, es porque podría pasarle a cualquier otro.

—Voy a escribir un mensaje para enviarlo con él —dijo Jordan—. Le explicaré dónde podrá encontrar al general. Debe de encontrarse en el Estado Mayor de la División.

—No va a entender eso de las divisiones —dijo Anselmo—. A mí todo eso me embrolla. Tendrá que saber el nombre del general y dónde puede encontrarle.

—Le encontrará, justamente, en el Estado Mayor de la División.

—Pero ¿eso es un sitio?

—Claro que sí, hombre —explicó pacientemente Jordan—. Es el sitio que el general habrá elegido. Es allí donde tendrá su cuartel general para la batalla.

—Entonces, ¿dónde está ese sitio? —Anselmo estaba fatigado y la fatiga le entontecía. Además, las palabras «brigada», «división», «cuerpo de ejército» le turbaban siempre. Primero se hablaba de columnas; luego, de regimientos, y luego de brigadas. Ahora se hablaba de brigadas y también de divisiones. No entendía nada. Un sitio es un sitio.

—Escúchame bien, viejo —le dijo Jordan. Sabía que si no lograba que le entendiera Anselmo, no lograría tampoco explicar el asunto a Andrés—. El Estado Mayor de la División es un sitio que el general escoge para establecer su organización de mando. El general manda una división, y una división son dos brigadas. Yo no sé dónde estará en estos momentos, porque yo no estaba allí cuando lo escogió. Probablemente estará en una cueva, o en un refugio, con hilos telegráficos que lleguen hasta allí. Andrés tendrá que preguntar por el general y por el Estado Mayor de la División. Tendrá que entregar esto al general, o al jefe de su Estado Mayor, o a otro general cuyo nombre yo escribiré. Uno de ellos estará allí, aunque los otros hayan salido para inspeccionar los preparativos del ataque. ¿Lo entiendes ahora?

—Sí.

—Entonces, vete a buscarme a Andrés. Yo, entretanto, escribo el mensaje y lo sello con esto. —Le enseñó el pequeño sello de caucho, con un puño de madera, del SIM, y el pequeño tampón de tinta en su caja de hierro, no más grande que una moneda de cincuenta céntimos, que sacó de su bolsillo—. Le dejarán pasar al ver este sello. Ahora vete a buscar a Andrés para que yo se lo explique. Conviene que se dé prisa; pero, sobre todo, conviene que lo entienda bien.

—Lo entenderá, porque yo lo entiendo; pero conviene que tú se lo expliques muy bien. Todo eso del Estado Mayor y de la División es un misterio para mí. Yo he estado siempre en sitios muy precisos, como una casa. En Navacerrada era un viejo hotel donde estaba el puesto de mando. En Guadarrama era una casa con un jardín.

—Con este general —dijo Jordan— estará muy cerca de las líneas. Será un subterráneo, para protegerse de los aviones. Andrés lo encontrará fácilmente si sabe lo que tiene que preguntar. No tendrá más que enseñar lo que yo le entregaré escrito. Pero ve a buscarle porque conviene que llegue allí enseguida.

Anselmo salió agachándose, para pasar por debajo de la manta, y Robert Jordan empezó a escribir en su cuaderno.

—Oye, *inglés* —dijo Pablo con la mirada siempre fija en el tazón del vino.

—Estoy escribiendo —dijo Jordan sin levantar los ojos.

—Oye, *inglés*. —Pablo parecía hablar a la vasija del vino—. No hay por qué desanimarse. Aun sin el Sordo, disponemos de bastante gente para tomar los puestos y volar el puente.

—Bueno —contestó Robert Jordan, sin dejar de escribir.

—Bastante —dijo Pablo—. Hoy he admirado mucho tu juicio, *inglés*. Pienso que tienes mucha *picardía*. Eres más listo que yo. Tengo confianza en ti.

Atento a su informe destinado a Golz, tratando de escribirlo con el menor número de palabras posible, haciéndolo al propio tiempo absolutamente convincente, esforzándose por presentar las cosas de modo que le conminase a renunciar al ataque, dándole a entender que ello no se debía a que temiese el peligro en que le colocaba su propia misión y que no era por eso por lo que escribía así, sino solamente para poner a Golz al corriente de los hechos, Robert Jordan no escuchaba más que a medias.

—*Inglés* —dijo Pablo.

—Estoy escribiendo —repitió Jordan sin levantar la mirada. Debería enviar dos copias, pensó; pero entonces no tendríamos bastantes personas para volar el puente si, de todas formas, hay que volarlo. ¿Qué es lo que sé yo de este ataque? Quizá sea únicamente una maniobra de diversión. Quizá quieran atraer algunas tropas, para sacarlas de otro punto. Quizá quieran atraer a los aviones que están en el norte. Quizá sí y quizá no. ¿Qué sé yo? Éste es mi informe para Golz. En todo caso, yo no tengo que volar el puente hasta que comience el ataque. Mis órdenes son claras, y si el ataque se anula, no tendré que volar nada. Pero tengo que reservar aquí un mínimo de gente indispensable para cumplir las órdenes.

—¿Qué decías? —le preguntó a Pablo.

—Que tengo confianza, *inglés*. —Pablo seguía hablando a la vasija del vino.

Hombre, ya quisiera yo tener esa confianza, pensó Jordan, y siguió escribiendo.

Capítulo 30

De manera que se había hecho todo lo que había que hacer, al menos por el momento. Todas las órdenes estaban dadas. Cada cual sabía con certidumbre su misión a la mañana siguiente. Andrés había salido tres horas antes. De manera que aquello sucedería al rayar el alba, o no sucedería.

Creo que sucederá, se dijo Jordan mientras descendía del puesto más elevado, adonde había ido a hablar con Primitivo. Golz organiza el ataque, pero no tiene poder para cancelarlo, pensó. El permiso para cancelarlo tiene que llegar de Madrid. Lo más seguro es que no logren despertar a nadie allí y que, si se despierta alguien, tendrá demasiado sueño para ponerse a pensar. Hubiera debido avisar a Golz antes de que pusieran en marcha todos los preparativos para el ataque; pero ¿cómo poner en guardia a nadie contra algo que no ha ocurrido? No han comenzado a mover el material hasta el anochecer. No querían que sus maniobras fuesen vistas en la carretera desde los aviones. Pero ¿y en lo tocante a sus aviones? ¿Por qué tantos aviones fascistas?

Seguramente nuestra gente se ha puesto en guardia viendo los aviones, se dijo. Pero quizá los fascistas traten de ocultar con esto otra ofensiva más allá de Guadalajara. Se dice que había concentraciones de tropas italianas en Soria y en Sigüenza, aparte de las que estaban operando en el norte. No tienen bastantes hombres ni material para desencadenar dos grandes ofensivas al mismo tiempo.

Eso es imposible; por tanto, tiene que ser una baladronada. Pero sabemos también las muchas tropas que han desembarcado los italianos estos últimos meses en Cádiz. Es posible que intenten de nuevo el ataque a Guadalajara, aunque no tan estúpidamente como la primera vez, sino en tres columnas, que se irían ensanchando y avanzando a lo largo de la vía del ferrocarril hacia la parte occidental de la meseta.

Había un modo de lograrlo a la perfección. Hans se lo había explicado. Cometieron muchos errores la primera vez. Todo el planteamiento era absurdo. No habían empleado en la ofensiva de Arganda contra la carretera de Madrid a Valencia las tropas de que se habían servido en la ofensiva de Guadalajara. ¿Por qué no habían desencadenado simultáneamente esas dos ofensivas? ¿Por qué? ¿Por qué? ¿Se sabría algún día el porqué?

Sin embargo, nosotros los detuvimos las dos veces con las mismas tropas, se dijo. No hubiéramos podido detenerlos si hubiesen desencadenado al mismo tiempo los dos ataques. No hay que preocuparse, ha habido otros milagros. O tendrás que volar mañana el puente o no tendrás que hacerlo volar. Pero no trates de persuadirte de que no será necesario. Lo volarán un día u otro. Y si no es este puente, será otro puente. No eres tú quien decide. Tú cumples órdenes. Obedécelas y no pienses demasiado en lo que hay detrás de ellas.

Las órdenes sobre esto son muy claras, se dijo. Demasiado claras. Pero no hay que preocuparse ni tener miedo; porque si te permites el lujo de tener miedo, aunque sea un miedo normal, puedes contagiárselo a los que tienen que trabajar contigo. Ese asunto de las cabezas ha sido fuerte, de todas maneras. Y el viejo tuvo que tropezar con ello en la colina, cuando andaba a solas… ¿Te hubiera gustado a ti tropezar con eso? Te ha impresionado, ¿no? Sí, te ha impresionado, Jordan. Más de una vez te has impresionado en el día de hoy. Pero te has portado bien. Hasta ahora, te has portado muy bien.

Te has portado muy bien para ser sólo un profesor de español en la Universidad de Montana, pensó, tomándose el pelo a sí mismo. Te has portado bien para ser un profesor. Pero no vayas a figurarte que eres un personaje extraordinario. No has llegado muy lejos por este camino. Piensa simplemente en Durán, que no había recibido nunca instrucción militar, que era un compositor, un niño bonito antes del Movimiento, y ahora es un general de brigada rematadamente bueno. Para Durán ha sido todo tan sencillo y tan fácil de aprender como el ajedrez para un niño prodigio. Tú estás estudiando el arte de la guerra desde tu infancia, desde que tu abuelo empezó a contarte la guerra civil norteamericana. Salvo que tu abuelo la llamaba siempre «la guerra de rebelión». Pero al lado de Durán eres como un buen jugador de ajedrez, un jugador muy sensato y de buena escuela frente a un niño prodigio. El amigo Durán. Sería bueno volverle a ver. Le vería en el Gaylord, cuando esta guerra termine. Sí, cuando termine esta guerra, pensó. ¿No era verdad que se estaba portando bien?

Le veré en el Gaylord, se dijo de nuevo, cuando todo esto haya terminado. No te engañes. Te portas perfectamente. En frío. No trates de engañarte. No volverás a ver nunca a Durán, y la cosa no tiene importancia. No lo tomes tampoco así. No te permitas tampoco esos lujos. Nada de resignación heroica. No hacen falta en estas montañas ciudadanos provistos de resignación heroica. Tu abuelo se batió durante cuatro años, en nuestra guerra civil, y tú apenas estás ahora al fin del primer año. Tienes aún mucho camino que andar y estás dotado para hacer este trabajo. Y ahora tienes también a María. En fin, lo tienes todo. No deberías preocuparte. ¿Qué importancia tiene una pequeña escaramuza entre una banda de guerrilleros y un escuadrón de caballería? Ninguna. Aunque corten cabezas. ¿Es que eso cambia de algún modo las cosas? Nada en absoluto.

Los indios arrancaban el cuero cabelludo todavía cuando tu abuelo estaba en Fort Kearny, después de la guerra, pensó. ¿Te acuerdas del armario, en el despacho de tu padre, con las puntas de flechas en uno de los estantes y los tocados de guerra pendientes del muro, con las plumas de águila y el olor a cuero ahumado de las polainas y los chaquetones de piel de ante y el tacto de los mocasines bordados? ¿Te acuerdas del gran arco en un rincón del armario y de las dos aljabas de flechas de caza y guerra y de la impresión que te producía el paquete de flechas cuando pasabas la mano sobre él?

Acuérdate de cosas de ese estilo, se dijo. Acuérdate de algo concreto, práctico; acuérdate del sable de tu abuelo, brillante y bien engrasado en su estuche abollado, y del abuelo, enseñándote cómo la hoja se había adelgazado a fuerza de haber sido afilada muchas veces. Acuérdate de la Smith and Wesson del abuelo. Era una pistola de ordenanza, de un solo disparo, del calibre 32, y no tenía guarda del gatillo. El juego del gatillo era lo más suave y fácil que has probado nunca y la pistola estaba siempre bien engrasada y limpia, aunque el repujado se había ido borrando por el uso, y el metal oscuro de la culata y del cañón estaba suavizado por el roce de cuero del estuche. La pistola estaba en un estuche que tenía las iniciales U.S. sobre la tapa y se guardaba en un cajón con los utensilios de limpieza y doscientos cartuchos. Las cajas de cartón de los cartuchos estaban envueltas cuidadosamente y atadas con hilo encerado. Podías sacar la pistola del cajón y tenerla en las manos. «Tenla en las manos todo lo que quieras —solía decir el abuelo—. Pero no puedes jugar con ella porque es un arma seria.»

Un día le preguntaste al abuelo si había matado a alguien con ella, y el abuelo respondió: «Sí». Entonces, tú dijiste: «¿Cuándo fue eso, abuelo?». Y él dijo: «Durante la guerra de rebelión». Y después tú dijiste: «Cuéntamelo, abuelo». Y él te dijo: «No tengo ganas de hablar de eso, Robert». Y luego tu padre se mató con esa pistola, y volviste del colegio para asistir al funeral. Y el forense te dio la pistola después de las investigaciones judiciales, diciéndote: «Bob, supongo que acaso quieras conservar esta arma. Se supone que

446

debería guardarla, pero sé que tu papá la tenía en gran estima, porque su papá la había llevado durante toda la guerra y la trajo aquí cuando vino con la caballería, y sigue siendo un arma muy buena. La he probado esta tarde. La bala no hace ya mucho daño, pero aún se puede dar en el blanco con ella».

Había vuelto a poner la pistola en su sitio, en el cajón, pero al día siguiente la sacó y se fue a caballo con Chub hasta lo alto de la montaña, más arriba de Red Lodge; allí, donde después se ha construido una carretera a través del puerto y de la llanura del Diente del Oso hasta Cooke City. El viento es allí delgado y cortante y hay nieve en las cumbres durante todo el verano... Se habían detenido cerca del lago, del que se dice que tiene doscientos cuarenta y cinco metros de profundidad, un lago verde oscuro, y Chub había cuidado de los caballos mientras Robert había subido a un peñasco y se había inclinado para contemplar su rostro en el agua inmóvil. Se había visto con la pistola en la mano y luego la había sostenido un rato, manteniéndola sujeta del cañón, y por fin la había soltado y la había visto hundirse en el agua, levantando burbujas en la clara superficie, hasta que sólo fue como una pulsera de reloj y hasta que desapareció después. Enseguida se bajó del peñasco y, saltando sobre la silla, dio tal espolazo a la vieja Bess, que la yegua se encabritó de golpe como un caballito de cartón. La obligó a ir por el borde del lago y cuando la yegua se puso otra vez razonable, volvieron a tomar el sendero. «Yo sé por qué has hecho eso con la vieja pistola, Bob», dijo Chub. «Bueno, entonces no tenemos que hablar más de ello», le contestó él.

No volvieron a hablar sobre ello jamás, y ése fue el final de las armas del abuelo, a excepción del sable. Tenía aún el sable en un baúl, en Missoula, con el resto de sus cosas.

Me pregunto qué hubiera pensado el abuelo de esta situación, se dijo. El abuelo era un soldado condenadamente bueno. Todo el mundo lo decía. Se aseguraba que, de haber estado con Custer, no le hubiera consentido dejarse atrapar. ¿Cómo no vio la humareda ni el polvo de todas aquellas cabañas a lo largo de Little Big Horn, a no ser que hubiera una espesa niebla matinal? Pero no hubo niebla alguna aquella mañana.

Me gustaría que el abuelo estuviese aquí, en mi lugar, pensó. En fin, quizá estemos juntos mañana por la noche. Si existe realmente una condenada tontería como el más allá, que estoy seguro de que no existe, me causaría verdadero placer hablar con él. Porque tengo un montón de cosas que quisiera preguntarle. Tengo derecho a hacerle preguntas, ahora que yo he hecho también algunas cosas. No creo que le desagradase que le hiciera esas preguntas. Antes no tenía derecho a preguntarle. Comprendo que no me contase nada porque no me conocía. Pero ahora creo que nos entenderíamos muy bien. Me gustaría poderle hablar ahora y pedirle consejo. Diablos, aunque no me aconsejara, me gustaría hablar con él. Sencillamente. Es una lástima que haya un lapso de tiempo tan grande entre dos tipos como él y yo.

Luego siguió meditando y se dio cuenta de que si hubiera encuentros en el más allá, su abuelo y él se sentirían muy violentos por la presencia de su padre.

Todo el mundo tiene derecho a hacer lo que hace, pensó, pero aquello no estuvo bien. Lo comprendo, pero no lo apruebo. *Lache*, ésa es la palabra. Pero ¿lo comprendes realmente? Por supuesto, lo comprendo, pero… Sí, pero… Hay que hallarse terriblemente replegado sobre uno mismo para hacer una cosa como ésa.

Diablos, pensó, quisiera que mi abuelo estuviese aquí. Aunque sólo fuese por una hora. Quizá me haya transmitido lo poco que yo he logrado averiguar por medio de ese otro que hizo tan mal uso de la pistola. Quizá fuera la única comunicación que hayamos tenido. Pero, diablos, sí, diablos, siento que nos separen tantos años; porque me hubiera gustado que me enseñara lo que el otro no me enseñó jamás. Pero ¿y si el miedo que el abuelo debió de sentir y de tratar de dominar, el miedo del que no pudo deshacerse más que al cabo de cuatro años o más de combates contra los indios, aunque, en el fondo, no debió de sentir realmente mucho miedo, y si ese miedo hubiera hecho del otro un *cobarde*, como sucede casi siempre con la segunda generación de los toreros? ¿Y si hubiera sido eso? ¿Y si la buena savia no hubiese rebrotado con fuerza más que pasando por aquel otro?

Nunca olvidaré lo mal que me sentí cuando supe por primera vez que mi padre era un *cobarde*, se dijo. Vamos, dilo en inglés. *Coward.* Es más fácil cuando se ha dicho, y no sirve de nada hablar de un hijo de mala madre en lengua extranjera. Pero no era un hijo de mala madre; era un cobarde, simplemente, y eso es la peor desgracia que puede sucederle a un hombre. Porque, de no haber sido cobarde, se hubiera enfrentado con aquella mujer y no se hubiera dejado dominar por ella. Me pregunto cómo hubiera sido de casarse con otra mujer. Bueno, eso no lo sabrás nunca, se dijo sonriendo; quizá el espíritu autoritario de ella aportó lo que a él le hacía falta. Y por lo que a ti se refiere, tómalo con calma. No te pongas a hablar de la buena savia ni de todo lo demás antes de que pase mañana. No te felicites demasiado pronto. Y no te felicites de ninguna manera. Ya se verá mañana qué clase de savia tienes tú.

Después se puso a pensar otra vez en su abuelo. «George Custer no era un comandante de caballería inteligente, Robert —le había dicho su abuelo—. No era siquiera un hombre inteligente.»

Recordaba que cuando su abuelo dijo aquello se asombró de que pudiera criticarse a aquel personaje de chaqueta de piel de ante, que aparecía de pie, sobre un fondo de montaña, con los rubios rizos al viento, el revólver de servicio en la mano, rodeado de sioux, tal y como le representaba la vieja litografía de Anheuser-Busch, colgada del muro de la sala de billar de Red Lodge.

«Sólo tenía una gran habilidad para meterse en embrollos y para salir de ellos —había proseguido su abuelo—. Pero en Little Big Horn no pudo salir.» «En cambio, Phil Sheridan era un hombre inteligente, y Jeb Stuart también. Pero John Mosby fue el mejor jefe de caballería que haya existido nunca.»

Robert Jordan guardaba entre sus cosas, en el baúl de Missoula, una carta del general Phil Sheridan al viejo Kilpatrick, Killy el Caballo, en la que se decía que su abuelo era mejor jefe de caballería irregular que John Mosby.

Debí contárselo a Golz, pensó. Pero seguramente no ha oído hablar nunca de mi abuelo. Quizá no haya oído hablar tampoco de John Mosby. Los ingleses los conocen a todos ellos porque han tenido que estudiar nuestra guerra civil más a fondo que las gentes del continente. Karkov decía que después de la guerra yo podría ir al Instituto Lenin, de Moscú, si quería. Decía que podría ir a la Escuela Militar del Ejército Rojo, si quería. Me pregunto qué hubiera pensado de eso mi abuelo. Mi abuelo, que ni siquiera quiso en su vida sentarse a la misma mesa que un demócrata. No, yo no quiero ser soldado. De ello estoy seguro. Solamente quiero que se gane esta guerra. Me figuro que los buenos soldados no sirven para ninguna otra cosa. Pero eso no es cierto, se dijo. Piensa en Napoleón y en Wellington. Estás un poco estúpido esta noche.

Por lo general, su mente era una buena compañía y había sido así aquella noche, mientras estuvo pensando en el abuelo. Pero el pensar en su padre le había hecho desvariar. Comprendía a su padre, le perdonaba y le compadecía; pero le avergonzaba.

Harías mejor en no pensar en nada, se dijo. Pronto estarás con María. Eso es lo mejor que puedes hacer, ya que todo está dispuesto. Cuando se ha pensado mucho en algo no se puede dejar de pensar, y el pensamiento sigue volando como un pájaro loco. Harías mejor si no pensaras.

Pero suponte, pensó, suponte solamente que los aviones llegan y aplastan esos cañones antitanques, que hacen volar las posiciones y que los viejos tanques son capaces de trepar, por una vez en la vida, colina arriba, y que ese bueno de Golz lanza a esa bandada de borrachos, *clochards*, vagabundos, fanáticos y héroes que componen la 14.ª Brigada, y yo sé lo buenas que son las gentes de Durán, que están en la otra brigada de Golz; y suponte que estamos en Segovia mañana por la noche. Sí, sencillamente, imagina eso. Yo elijo La Granja. Pero antes vas a tener que volar ese puente, se dijo.

De pronto se sintió completamente seguro de que no habría contraorden. Porque lo que estaba imaginándose hacía un momento era justamente cómo tenía que volar el puente; tenía la certidumbre de ello. Y lo que pudiera ocurrirle a Andrés no cambiaba las cosas.

Mientras descendía por el sendero, en la oscuridad, solo, con la agradable sensación de que todo lo que había que hacer había sido hecho y que tenía cuatro horas por delante para sí mismo, la confianza que había recobrado al pensar en cosas concretas, la seguridad de que tenía que volar el puente, volvió a acometerle de una manera casi reconfortante.

La incertidumbre, la sensación prolongada de incertidumbre, como cuando, a consecuencia de un desbarajuste en las fechas, se pregunta uno si los invitados van a llegar o no a la fiesta, esa sensación que le había acuciado desde la marcha de Andrés, le había abandonado súbitamente. Ahora estaba seguro de que el festival no sería cancelado. Es mucho mejor estar seguro, pensó. Siempre es mejor estar seguro.

Capítulo 31

Así pues, se encontraron de nuevo, a una hora avanzada de la noche, de la última noche, dentro del saco de dormir. María estaba muy unida a él y Jordan podía sentir la suavidad de sus muslos rozando los suyos y de sus senos, que emergían como dos montículos sobre una llanura alargada en torno a un pozo, más allá de la cual estaba el valle de su garganta, sobre la que ahora se encontraban posados sus labios. Yacía inmóvil, sin pensar en nada, mientras ella le acariciaba la cabeza.

—Roberto —le dijo María en un susurro y le besó—, estoy avergonzada. No quisiera desilusionarte, pero tengo un gran dolor y creo que no voy a servirte de nada.

—Siempre hay algún dolor, alguna pena —replicó él—. No te preocupes, conejito. Eso no es nada. No haremos nada que te cause dolor.

—No es eso; es que no estoy en condiciones de recibirte como quisiera.

—Eso no tiene importancia; es cosa pasajera. Estamos juntos, aunque no estemos más que acostados el uno al lado del otro.

—Sí, pero estoy avergonzada. Creo que esto me pasa por las cosas que me hicieron. No por lo que hayamos hecho tú y yo.

—No hablemos de ello.

—Yo tampoco quisiera hablar de eso. Pero es que no puedo soportar la idea de fallarte esta noche, así que quería pedirte perdón.

—Escucha, conejito —dijo él—, todas esas cosas son pasajeras y luego no hay ningún problema. —Pero para sí pensó que no era la buena suerte que había esperado para la última noche.

Luego sintió vergüenza, y dijo:

—Apriétate contra mí, conejito; te quiero tanto sintiéndote a mi lado, así, en la oscuridad, como cuando hacemos el amor.

—Estoy muy avergonzada, porque pensé que esta noche podría ser como lo de allá arriba, cuando volvíamos del campamento del Sordo.

—¡*Qué va!* —contestó él—; eso no es para todos los días. Pero me gusta esto tanto como lo otro. —Mentía para ahuyentar el desencanto—. Estaremos aquí juntos y dormiremos. Hablemos un rato. Sé muy pocas cosas de ti.

—¿Quieres que hablemos de mañana y de tu trabajo? —preguntó ella—. Me gustaría entender bien lo que tienes que hacer.

—No —dijo él, y arrellanándose en toda la extensión de la manta se estuvo quieto, apoyando su mejilla en el hombro de ella, y el brazo izquierdo bajo la cabeza de la muchacha—. Lo mejor será no hablar de lo de mañana ni de lo que ha pasado hoy. Así no nos acordaremos de nuestros reveses, y lo que tengamos que hacer mañana se hará. No estarás asustada...

—¡*Qué va!* —exclamó ella—; siempre estoy asustada. Pero ahora siento tanto miedo por ti, que no me queda tiempo para acordarme de mí.

—No debes estarlo, conejito. Yo me he visto en peores que ésta —mintió él. Y entregándose repentinamente al lujo de las cosas irreales, agregó—: Hablemos de Madrid y de lo que haremos cuando estemos allí.

—Bueno —dijo ella, y agregó—: Pero, Roberto, estoy apenada por haberte fallado. ¿No hay otra cosa que pueda hacer por ti?

Él le acarició la cabeza y la besó, y luego se quedó quieto a su lado, escuchando la quietud de la noche.

—Podemos hablar de Madrid —le dijo, y pensó: Guardaré una

reserva para mañana. Mañana voy a necesitar de todo esto. No hay rama de pino en todo el bosque que esté tan necesitada de savia como lo estaré yo mañana. ¿Quién fue el que arrojó la simiente en el suelo, según la Biblia? Onán. Pero no sé lo qué pasó después. No me acuerdo de haber oído hablar más de Onán. Y sonrió en la oscuridad.

Luego volvió a rendirse y se dejó llevar por sus ensueños, sintiendo toda la voluptuosidad de la entrega a las cosas irreales. Una voluptuosidad que era como una aceptación sexual de algo que puede venir solamente por la noche, cuando no entra en juego la razón y queda sólo la delicia de la entrega.

—Amor mío —susurró, besándola—. Oye, la otra noche estaba pensando en Madrid y me dije que en cuanto llegase allí te dejaría en el hotel mientras iba a ver a algunos amigos en el hotel de los rusos. Pero no es verdad: no te dejaré sola en ningún hotel.

—¿Por qué no?

—Porque tengo que cuidarte. No te dejaré jamás. Iremos a la Dirección de Seguridad para conseguirte papeles. Después te acompañaré a comprarte la ropa que te haga falta.

—No necesito gran cosa, y puedo comprármelo yo sola.

—No, necesitas muchas cosas e iremos juntos. Compraremos cosas buenas y verás lo bonita que estás.

—Yo preferiría que nos quedásemos en el hotel y mandásemos a comprar la ropa. ¿Dónde está el hotel?

—En la plaza del Callao. Estaremos mucho en nuestro cuarto del hotel. Hay una cama grande con sábanas limpias y en el baño, agua caliente. Y hay dos roperos empotrados en la pared. Y yo pondré mis cosas en uno y tú te quedarás con el otro. Y hay ventanas altas y anchas que dan a la calle, y fuera, en la calle, está la primavera. También conozco sitios en los que se come bien, que son ilegales, pero buenos, y sé de algunas tiendas en las que aún se puede encontrar vino y whisky. Y en el cuarto guardaremos provisiones para cuando tengamos hambre; tendremos una botella de whisky para mí y a ti te compraré una botella de manzanilla.

—Me gustaría probar el whisky.

—Pero como es muy difícil de conseguir y a ti te gusta la manzanilla…

—Guárdate tu whisky, Roberto —dijo ella—. De veras, te quiero mucho. A ti y a tu whisky, que no tengo derecho a probar. ¡Vaya cochino que estás hecho!

—Bueno, lo probarás. Pero no es bueno para las mujeres.

—Y como yo he tenido solamente cosas que eran buenas para mujeres… —replicó María—. Bueno, y en esa cama, ¿llevaré siempre mi camisón de boda?

—No. Te compraré camisones nuevos y también pijamas, si tú los prefieres.

—Me compraré siete camisones de boda —dijo ella—; uno para cada día de la semana, y a ti te compraré una camisa de boda, una camisa limpia. ¿Nunca lavas la camisa?

—Algunas veces.

—Yo lo tendré todo muy limpio y te serviré whisky con agua como lo tomabas en el campamento del Sordo. Tendré guardadas aceitunas y bacalao y avellanas para que comas mientras bebes; y estaremos un mes en ese cuarto sin salir de él. Si es que puedo recibirte —dijo sintiéndose repentinamente desgraciada.

—Eso no es nada —insistió Jordan—; de verdad, no es nada. Es posible que te quedaras lastimada y ahora tengas una cicatriz que te sigue doliendo. Lo más seguro es que sea eso. Pero esas cosas se pasan. Y además, si fuera algo importante, hay médicos muy buenos en Madrid.

—Pero iba todo tan bien… —dijo ella en son de excusa.

—Eso es la prueba de que todo irá bien de nuevo.

—Entonces, hablemos de Madrid. —Se acurrucó metiendo las piernas bajo las de Jordan y restregando la cabeza contra su espalda—. Pero ¿no crees que voy a resultar muy fea con esta cabeza rapada y vas a tener vergüenza de mí?

—No. Eres muy bonita. Tienes una cara muy bonita y un cuerpo muy hermoso, esbelto y ligero, y tu piel es suave, y del color del oro bruñido, y muchos van a intentar separarte de mí.

—¡*Qué va*, separarme de ti! —dijo ella—. Ningún hombre me tocará hasta mi muerte. Separarme de ti, *¡qué va!*

—Pues habrá muchos que lo intentarán; ya lo verás.

—Entonces ya verán ellos que te quiero tanto que sería tan peligroso tocarme como meter las manos en un cubo de plomo derretido. Pero, y tú, cuando veas mujeres bonitas que tengan tanta cultura como tú, ¿no sentirás vergüenza de mí?

—Nunca. Y me casaré contigo.

—Si tú lo quieres —dijo ella—; pero, puesto que no hay ya Iglesia, creo que eso no tiene importancia.

—Me gustaría que nos casáramos.

—Si tú lo quieres así… Pero, oye, si vamos alguna vez a otro país donde haya Iglesia, tal vez pudiéramos casarnos allí.

—En mi país hay todavía Iglesia —dijo él—. Podríamos casarnos allí, si eso significa algo para ti. Yo no me he casado nunca. Así que no hay problema.

—Me alegro de que no te hayas casado —dijo ella—; pero también me alegro de que conozcas esas cosas de que me has hablado, porque eso prueba que has estado con muchas mujeres, y Pilar dice que los hombres así son los únicos que sirven como maridos. Pero ¿no irás luego con otras mujeres? Porque eso me mataría.

—Nunca he andado con muchas mujeres —dijo él sinceramente—. Antes de conocerte a ti no creía que fuese capaz de querer tanto a ninguna.

Ella le acarició las mejillas y luego cruzó las manos detrás de su nuca.

—Has debido de conocer a muchas.

—Pero no he querido a ninguna.

—Oye, me ha dicho Pilar una cosa…

—Dime.

—No. Vale más que no te lo diga. Hablemos de Madrid.

—¿Qué es lo que ibas a decir?

—No tengo ganas de decirlo.

—Es mejor que lo digas, por si es algo importante.

—¿Crees que es importante?

—Sí.

—Pero ¿cómo sabes que es importante si no sabes lo que es?

—Por la manera como lo has dicho.

—Bueno, entonces, te lo diré. Me ha dicho Pilar que mañana vamos a morir todos, y que tú lo sabes tan bien como ella; pero que no le das ninguna importancia. No es por criticarte por lo que lo ha dicho, sino como admirándote.

—¿Ha dicho eso? —preguntó él. ¡Qué vieja loca!, pensó, y luego siguió hablando en voz alta—: Eso son estupideces gitanas. Buenas para las viejas del mercado y los cobardes de café. Son tonterías. —Sentía cómo el sudor le iba cayendo por debajo de las axilas corriéndole por los brazos y los costados, y se dijo: Tienes miedo, ¿eh? Y añadió en voz alta—: Es una vieja loca supersticiosa. Sigamos hablando de Madrid.

—Entonces, ¿no es cierto que tú lo sepas?

—Claro que no. No digas esas tonterías —replicó usando una palabra mucho más gorda para expresarse.

Pero, por mucho que intentase hablar de Madrid, no conseguía engañarse de nuevo. Mentía abiertamente a la muchacha y se mentía a sí mismo con el único propósito de pasar la noche de antes de la batalla lo menos desagradablemente posible, y lo sabía. Le gustaba hacerlo; pero la voluptuosidad de la aceptación se había esfumado. Sin embargo, volvió a empezar.

—He estado pensando en tus cabellos —dijo—. Y en lo que podría hacerse con ellos. Como ves, ahora crecen iguales, como la piel de un animal; es muy agradable tocarlos y me gustan mucho. Son muy bonitos tus cabellos, se aplastan bajo la mano y vuelven a erguirse como los trigales al viento.

—Pásame la mano por encima.

Él hizo lo que le pedía; luego dejó la mano apoyada en su cabeza y siguió hablando con la boca pegada a la garganta de la muchacha; sentía que se le iba haciendo un nudo en la suya.

—Pero en Madrid podríamos ir juntos al peluquero, y te los cortaría de una manera hábil, sobre las orejas y la nuca, como los míos, y quedarían mejor para la ciudad, hasta que volvieran a crecer.

—Me parecería a ti —dijo ella apretándose contra él—. Y luego ya no querría cambiar jamás.

—No. Seguirán creciendo y eso sólo serviría para darles mejor aspecto mientras crecen. ¿Cuánto tiempo tardarán en crecer?

—¿Hasta que sean realmente largos?

—No. Hasta que te lleguen a los hombros. Así es como me gustaría que los llevaras.

—¿Como la Garbo en el cine?

—Sí —dijo él con voz ronca.

Le volvía impetuosamente el deseo de engañarse a sí mismo y se entregaba por entero a ese placer.

—Crecerán así, caerán sobre tus hombros, rizados en las puntas, como las olas del mar, y serán del color del trigo maduro, y tu rostro del color del oro bruñido, y tus ojos del único color que puede hacer juego con esos cabellos y esa piel: dorados, con manchas oscuras; y yo te echaré la cabeza hacia atrás y te miraré a los ojos, teniéndote muy apretada contra mí.

—¿Dónde?

—En cualquier parte. En cualquier parte donde estemos. ¿Cuánto tiempo hará falta para que vuelva a crecerte el pelo?

—No lo sé, porque no me lo había cortado nunca. Pero creo que en seis meses estará lo bastante largo como para cubrirme las orejas, y en un año, todo lo largo que tú quieras. Pero ¿sabes lo que haremos antes?

—Dímelo.

—Estaremos en esa cama grande y limpia, en ese famoso cuarto de nuestro famoso hotel, estaremos sentados en esa cama y nos miraremos en el espejo del armario, y primero me miraré yo y luego me volveré así y te echaré los brazos al cuello, así, y luego te besaré así.

Se quedaron callados, muy apretados el uno contra el otro, perdidos en medio de la noche, y Robert Jordan, sintiéndose penetrado de un calor casi doloroso, la sostuvo con fuerza entre sus brazos. Abrazándola, sabía que abrazaba todas las cosas que nunca sucederían, y prosiguió diciendo:

—Conejito, no estaremos siempre en ese hotel.

—¿Por qué?

—Podríamos tomar un piso en Madrid, en la calle que corre a lo largo del Retiro. Conozco a una norteamericana que alquilaba pisos amueblados antes del Movimiento, y sé cómo encontrar un piso como ése, al mismo precio que antes del Movimiento. Hay pisos frente al Retiro, y se ve el parque desde las ventanas: la verja de hierro, los jardines, los senderos de grava, el césped de los recuadros a lo largo del sendero y los árboles de sombra espesa, y las fuentes. Y ahora los castaños estarán en flor. En Madrid podemos pasear por el Retiro y podemos ir en barca por el estanque, si es que vuelve a haber agua en él.

—¿Y por qué no había de haber agua?

—Lo vaciaron en noviembre porque era un buen blanco para los bombarderos; pero creo que lo han vuelto a llenar de nuevo. No estoy seguro. Pero aunque no haya agua, podremos pasearnos por el parque detrás del lago. Hay una parte parecida a la selva, con árboles de todos los países del mundo, que tienen su nombre escrito en carteles, y allí pone qué árboles son y de dónde proceden.

—Me gustaría mucho ir al cine —dijo María—; pero esos árboles tienen que ser muy interesantes y me aprenderé contigo todos sus nombres, si puedo acordarme de ellos.

—No es como en un museo —dijo Jordan—; crecen libremente y hay colinas en el parque, en una parte que es como una selva virgen. Y más abajo está la feria de los libros, con centenares de barracas de libros viejos, a lo largo de las aceras, y ahora, desde que empezó el Movimiento, pueden encontrarse muchos libros que provienen del saqueo de las casas demolidas por los bombardeos y de las casas de los fascistas. Esos libros los han llevado a la feria los que los han robado. Si tuviera tiempo en Madrid, podría pasarme todo el día o todos los días entre libros viejos, como hacía antes del Movimiento.

—Mientras tú estés en la feria de los libros, yo me ocuparé del piso —dijo María—. ¿Tendremos dinero suficiente para tener una criada?

—Seguramente que sí. Yo podría hablar con Petra, que está en el hotel, si te gusta. Guisa muy bien y es muy limpia. He comido allí con periodistas para quienes ella guisaba. Tienen cocinas eléctricas en las habitaciones.

—Como tú quieras —dijo María—. O bien podría yo buscar otra. Pero ¿estarás fuera a menudo por culpa de tu trabajo? No me dejarán que vaya contigo para un trabajo como éste.

—Quizá pudiera encontrar alguna cosa que hacer en Madrid. Hace tiempo que estoy metido en este trabajo y estoy luchando desde los comienzos del Movimiento. Es posible que me den ahora alguna cosa que hacer en Madrid. No lo he pedido nunca. Siempre he estado en el frente o en trabajos como éste. ¿Sabes que hasta que te encontré no he pedido nunca nada? ¿Ni deseado ninguna cosa, ni pensado en nada que no fuese el Movimiento y en ganar esta guerra? Es verdad que he sido muy puro en mis ambiciones. He trabajado mucho y ahora te quiero —dijo abandonándose por entero a lo que no sería nunca—, te quiero tanto como a todo aquello por lo que hemos peleado. Te quiero tanto como a la libertad, a la dignidad y al derecho de todos los hombres a trabajar y a no tener hambre. Te quiero como quiero a Madrid, que hemos defendido, y como quiero a todos mis camaradas que han muerto. Y han muerto muchos. Muchos. Muchos. No puedes imaginarte cuántos. Pero te quiero como quiero a lo que más quiero en el mundo. Y te quiero todavía más. Te quiero mucho, conejito. Más de lo que pueda decirte. Pero te digo esto para intentar que tengas una idea. No he tenido nunca esposa, y ahora te tengo a ti como esposa y soy feliz.

—Seré para ti una esposa todo lo buena que pueda —dijo María—. No me han enseñado muchas cosas, es verdad; pero intentaré aprenderlas. Si vivimos en Madrid, me parecerá muy bien. Si tenemos que irnos a otra parte, me parecerá muy bien. Si no vivimos en ninguna parte y yo puedo ir contigo, todavía mejor. Si vamos a tu país, intentaré hablar el *inglés* como el más *inglés* que haya en el mundo. Me fijaré en lo que hacen los demás y procuraré hacerlo como ellos.

—Resultarás muy cómica.

—Seguramente. Cometeré faltas, pero tú me las dirás y no las cometeré dos veces, o quizá las cometa dos veces, pero nada más. Luego, en tu país, si echas de menos nuestra cocina, yo guisaré para ti. Y además, iré a una buena escuela para aprender a ser una buena ama de casa, si hay escuelas para eso, y estudiaré mucho.

—Hay escuelas para eso, pero tú no tienes necesidad de ir.

—Pilar me ha dicho que creía que hay escuelas así en tu país. Lo ha leído en un artículo de una revista. También me ha dicho que tendría que aprender a hablar *inglés* y a hablarlo bien para que tú no sientas nunca vergüenza de mí.

—¿Cuándo te ha dicho eso?

—Hoy, mientras hacíamos el equipaje. Me ha hablado todo el tiempo de lo que tendría que hacer para ser tu mujer.

Creo que Pilar sueña también con Madrid, pensó Jordan, y dijo:

—¿Qué te ha dicho además de eso?

—Que tengo que cuidar de mi cuerpo y cuidar de mi línea como si fuera un torero. Me ha dicho que eso era muy importante.

—Es verdad —dijo Jordan—; pero no tendrás que preocuparte de eso en muchos años.

—Sí. Pilar dice que entre las mujeres de nuestra raza hay que tener siempre mucho cuidado porque a veces ocurre eso de golpe.

Me ha dicho que en otros tiempos ella era tan esbelta como yo, pero que en su época las mujeres no hacían gimnasia. Me ha dicho qué movimientos tengo que hacer y también que no coma demasiado. Me ha dicho lo que no tenía que comer. Pero se me ha olvidado. Tendré que volvérselo a preguntar.

—Patatas —dijo él.

—Sí —continuó ella—. Patatas y cosas fritas. Y luego, cuando le dije que sentía dolor, me dijo que no debería hablarte de eso y que debería soportar el dolor sin decirte nada. Pero te lo he dicho porque no quiero engañarte nunca y tenía miedo de que tú pudieras pensar que no compartimos ya el mismo placer y que lo que sucedió arriba, en el valle, no había sucedido nunca.

—Has hecho bien en decírmelo.

—¿De verdad? Pero estoy muy avergonzada y haré todo lo que quieras que haga. Pilar me ha hablado de las cosas que pueden hacerse con un marido.

—No es preciso hacer nada. Lo que tenemos lo tenemos juntos y lo guardaremos bien. Te quiero así, como estás ahora; te quiero acostada junto a mí y tocarte y sentir que estás realmente ahí, y cuando estés en condiciones lo haremos todo.

—Pero ¿no tienes deseos que yo pueda atender? Pilar me ha explicado eso.

—No. Nuestros deseos los compartiremos juntos. No tengo más deseos que los tuyos.

—Eso me parece muy bien. Pero quiero que sepas que haré todo lo que me pidas. Sólo que tendrás que decírmelo, porque soy muy ignorante y no he entendido claramente lo que me ha dicho. Me daba vergüenza preguntárselo, aunque ella sabe muchísimas cosas.

—Conejito —dijo—, eres maravillosa.

—*¡Qué va!* —dijo ella—; pero he tratado de aprender en un día todo lo que una mujer tiene que saber, mientras levantábamos el campamento y hacíamos los preparativos para una batalla y se estaba librando otra batalla ahí abajo. Es una cosa difícil, y si cometo errores importantes tienes que decírmelo, porque te quiero mucho. Quizá recuerde las cosas de manera equivocada, y muchas de las que me ha dicho Pilar eran muy complicadas.

—¿Qué más te ha dicho?

—*Pues* tantas cosas, que no me acuerdo de ninguna. Me ha dicho que podía contarte todo lo que me han hecho si alguna vez me atrevo a pensar en ello, porque eres bueno y lo comprenderías. Pero que era preferible que no te lo dijese, a menos que por callarlo me vuelvan las ideas negras, como antes, y que entonces quizá me librara de ellas contándotelo.

—¿Es que te aflige ahora?

—No. Desde la primera vez que estuvimos juntos es como si todo aquello jamás hubiera sucedido. Sigo sintiendo pena por mis padres. Pero quisiera que supieses una cosa para tu amor propio, si es que voy a ser tu mujer: no cedí nunca a ninguno. Me resistí siempre, y cada vez que lo hacían necesitaban a dos o más para obligarme. Uno se sentaba sobre mi cabeza y me sujetaba. Te lo digo para tu amor propio.

—Mi amor propio está en ti. No hables más de eso.

—No. Hablo del amor propio que tienes que sentir por tu mujer. Y otra cosa. Mi padre era el alcalde del pueblo, un hombre honrado. Mi madre era una mujer honrada y una buena católica, y la mataron junto a mi padre por las ideas políticas de mi padre, que era republicano. Vi cómo los mataban a los dos. Mi padre dijo: «*¡Viva la República!*» cuando le fusilaron, de pie, contra las tapias del matadero de nuestro pueblo. Mi madre, que estaba de pie, contra la misma tapia, dijo: «¡*Viva* mi marido, el alcalde de este pueblo!». Yo aguardaba a que me matasen a mí también y pensaba decir: «*¡Viva la República y vivan mis padres!*». Pero no me mataron. En lugar de matarme me hicieron cosas.

»Oye, voy a contarte una de las cosas que me hicieron, porque nos afecta a los dos. Después del fusilamiento en el *matadero*, nos reunieron a todos los parientes de los muertos que habíamos presenciado la escena sin ser fusilados y, de vuelta del *matadero*, nos hicieron subir por la cuesta, hasta la plaza del pueblo. Casi todos lloraban. Pero algunos estaban atontados por lo que habían visto y se les habían secado las lágrimas. Yo misma no podía llorar. No me daba cuenta de lo que pasaba porque solamente tenía ante mis ojos la imagen de mi padre y de mi madre en el momento de su fusilamiento. Y la voz de mi madre diciendo "¡Viva mi marido, el alcalde de este pueblo!", me sonaba en los oídos como un grito que no se apagaba y se repetía continuamente. Porque mi madre no era republicana, y por eso no había gritado "*¡Viva la República!*", sino solamente *viva* mi padre, que estaba allí, de bruces, a sus pies.

»Pero lo que gritó lo dijo en voz muy alta, como si fuera un grito, y enseguida dispararon y ella cayó y entonces quise acercarme, separándome de la fila, pero estábamos todos atados, los unos a los otros. El fusilamiento lo llevó a cabo la *Guardia Civil*, y los guardias se quedaron esperando a los demás que tenían que fusilar; pero los falangistas nos alejaron, haciéndonos subir la cuesta. Los *guardias civiles* se quedaron allí apoyando sus fusiles contra la pared junto a los cuerpos caídos. Íbamos atados de las muñecas, en una larga fila de muchachas y mujeres, y nos condujeron por las calles hasta llegar a la plaza, y en la plaza nos hicieron detenernos junto a la barbería, que estaba frente al ayuntamiento.

»Cuando llegamos allí, los dos hombres que nos custodiaban nos miraron, y uno de ellos dijo: "Ésta es la hija del alcalde". Y el otro ordenó: "Comenzad por ella". Entonces cortaron la cuerda que me ataba las muñecas y uno de ellos dijo: "Volved a atar la cuerda". Los dos que habían ido custodiándonos me cogieron en volandas y me obligaron a entrar en la barbería, me dejaron caer de golpe en el sillón del barbero y me forzaron a quedarme allí.

»Yo veía mi cara en el espejo de la barbería y las caras de los que me sujetaban y las caras de otros tres que se inclinaban sobre mí, sin reconocer a ninguno. En el espejo me veía yo y los veía a ellos, pero ellos sólo me veían a mí. Era como si estuviera en el sillón de un dentista y estuviese rodeada de varios dentistas, todos locos. Apenas podía reconocer mi propia cara, ya que el dolor me la había desfigurado. Pero yo me miraba y sabía que era yo. Mi dolor y mi pena eran tan grandes, que no sentía ningún temor ni nada, solamente una pena enorme.

»Por entonces llevaba yo el cabello sujeto en dos grandes trenzas y según miraba yo en el espejo, uno de los hombres me levantó una de las trenzas y tiró de ella, con tanta fuerza, que, a pesar de mi pena, sentí dolor y luego, de un solo navajazo, me la cortó muy cerca de la raíz del cabello. Me vi en el espejo con una sola trenza y con un corte donde había estado la otra. Después me cortó la otra, aunque sin tirar de ella, y me hizo un tajo en la oreja con la navaja, y pude ver que la sangre me corría. Puedes notar la cicatriz pasándome el dedo por encima.

—Sí, pero ¿no sería mejor no hablar de estas cosas?

—No es nada. No te contaré las cosas malas. Así pues, me habían cortado las dos trenzas, muy cerca de la raíz del cabello, y los otros se reían; pero yo no sentía siquiera el dolor del tajo que me habían hecho en la oreja. Y el que me había cortado las trenzas se paró frente a mí y comenzó a golpearme la cara con ellas, mientras los otros dos me sujetaban y él me gritaba: «Así es como hacemos monjas rojas. Esto te enseñará a unirte con tus hermanos proletarios. ¡Mujer del Cristo Rojo!».

»Y me golpeó una y otra vez con las trenzas que habían sido mías y luego me las metió en la boca y me las ató al cuello, anudándomelas en la nuca como si fueran una mordaza, mientras los que me estaban sujetando se reían. Y también se reían todos los demás; y cuando los vi reírse por el espejo comencé a llorar; porque hasta entonces me había quedado demasiado helada por el fusilamiento y no podía llorar.

»Luego, el que me había amordazado me pasó una maquinilla por la cabeza, primero desde la frente hasta la nuca y después de oreja a oreja, y por toda la cabeza. Y me mantenían sujeta, de tal modo que no había más remedio que verme en el espejo del barbero mientras me hacían eso, y aun cuando lo veía no podía creerlo, y lloraba y lloraba sin apartar la vista del espejo, donde se reflejaba mi cara horrorizada, con la boca abierta, amordazada con las trenzas, mientras mi cabeza iba saliendo rapada de la maquinilla. Y cuando el que había estado rapándome concluyó, sacó una botellita de yodo de uno de los estantes de la barbería (al barbero ya le habían matado porque pertenecía al sindicato y su cadáver estaba tirado a la puerta de la barbería y tuvieron que levantarme para pasar por encima), y con la varilla de cristal que traen las botellas de yodo me pintó la oreja en el lugar donde me había hecho el tajo, y, a pesar de mi pena y del dolor que sentía, noté la quemazón del yodo.

»Después dio media vuelta, se detuvo frente a mí y, usando siempre la misma varilla, me escribió con yodo en la frente las letras U.H.P. trazándolas lenta y cuidadosamente, como si fuera un artista. Y yo ya no lloraba, porque mi corazón se había helado, pensando en mi padre y en mi madre, y veía que lo que me estaba pasando no era nada comparado con aquello.

»Cuando terminó de dibujarme las letras en la frente, el falangista retrocedió dos pasos para contemplar su obra, y volvió a dejar la botella de yodo donde estaba, y empuñando la maquinilla de cortar el pelo, gritó: «La siguiente». Y me sacaron de la barbería, llevándome sujeta de los brazos, y al salir tropecé con el cadáver del barbero, que aún seguía tirado en el portal, de espaldas, con la cara grisácea vuelta al cielo. Y casi me di de narices con Concepción García, mi mejor amiga, a la que llevaban entre dos hombres; y a primera vista no me reconoció, pero al darse cuenta de que era yo, comenzó a gritar y pude oír sus chillidos todo el tiempo que me estuvieron paseando por la plaza y mientras me hacían subir la escalera del ayuntamiento, hasta llegar al despacho de mi padre, donde me tumbaron sobre el diván. Y fue allí donde me hicieron las cosas malas.

—Conejito mío —dijo Jordan, estrechándola con toda la delicadeza que pudo, aunque estaba por dentro saturado de todo el odio de que era capaz—. No me cuentes más, porque no puedo aguantar el odio que siento.

Ella se había quedado rígida y fría en sus brazos.

—No, nunca te hablaré ya de estas cosas. Pero son gentes malas y me gustaría ayudarte a matar a unos cuantos si pudiera. Te he contado esto únicamente por respeto a tu amor propio, ya que voy a ser tu mujer, y para que puedas comprenderlo.

—Has hecho bien en contármelo —dijo él—; porque mañana, si tenemos suerte, mataremos a muchos.

—Pero ¿mataremos falangistas? Ellos fueron los que lo hicieron.

—Ésos no pelean —replicó él sombríamente—. Matan en la retaguardia. No son ésos los que encontramos en las batallas.

—Pero ¿no podríamos matar a algunos de ellos de alguna manera? Me gustaría mucho matar a algunos.

—Yo he matado ya a algunos —dijo él—; y volveré a matar a algunos más. En el asalto de los trenes matamos a varios.

—Me gustaría ir contigo a atacar un tren —dijo María—. Cuando atacaron el tren, que fue cuando Pilar pudo rescatarme, yo estaba medio loca. ¿No te han contado cómo estaba?

—Sí. Pero no hables más de eso.

—Tenía la cabeza como embotada y no hacía más que llorar. Pero hay otra cosa que tengo que decirte. Es necesario. Puede que, si te la cuento, no quieras casarte conmigo; pero, Roberto, si no quieres casarte conmigo, ¿no podríamos, de todas formas, seguir viviendo juntos?

—Me casaré contigo.

—No. Había olvidado eso. Quizá no debas casarte conmigo. Quizá no pueda yo tener nunca un hijo ni una hija; porque Pilar dice que con todas las cosas que me pasaron, con las cosas que me hicieron, yo debería haberlo tenido. Tenía que decirte eso. ¡Oh, no sé cómo he podido olvidarlo!

—Eso no tiene ninguna importancia, conejito. Primero porque puede no ser así. Eso únicamente puede saberlo un médico. Y luego, yo no tengo el menor interés en traer un hijo o una hija a este mundo, tal como está ahora. Y además, todo mi cariño es para ti.

—Me gustaría tener un hijo o una hija tuya —dijo ella—, y, por otra parte, ¿cómo iba a mejorar el mundo si no hay hijos nuestros, de todos los que luchamos contra los fascistas?

—Tú —dijo él—, yo te quiero a ti, ¿has comprendido? Y ahora vamos a dormir, conejito; porque tengo que levantarme mucho antes de que amanezca, y en este mes amanece muy temprano.

—Entonces, ¿no hay inconveniente respecto de lo último que te he dicho? ¿Podremos casarnos a pesar de todo?

—Estamos ya casados. Me caso contigo ahora mismo. Tú eres mi mujer. Pero duérmete ahora, conejito, porque nos queda muy poco tiempo.

—¿Y estaremos realmente casados? ¿No será sólo hablar y hablar?

—De verdad.

—Entonces me dormiré y volveré a pensar en ello si me despierto.

—Yo también.

—Buenas noches, marido mío.

—Buenas noches, esposa.

Oyó que su respiración se hacía más firme y regular y se dio cuenta de que se había dormido; se quedó despierto, sin moverse, para no despertarla. Pensó en todo lo que ella no le había contado y permaneció allí, sintiendo revivir su odio y contento ante la idea de que al día siguiente mataría. No obstante, no tengo que hacer de esto una cuestión personal, pensó.

Pero ¿cómo impedirlo? Sé que nosotros también hemos hecho cosas atroces, se dijo. Pero fue porque nosotros éramos gentes sin educación y no sabíamos hacerlo mejor. Ellos lo hicieron deliberadamente. Los que así obraron son el último retoño de lo que su educación ha producido. Son la flor y nata de la caballerosidad española. ¡Qué gentes han sido! ¡Qué hijos de mala madre desde

Cortés, Pizarro y Menéndez de Avilés hasta Enrique Líster y Pablo! ¡Y qué gente tan maravillosa! No hay nada mejor ni peor en el mundo. No hay gente más amable ni gente más cruel. ¿Y quién sería capaz de comprenderlos? Yo, no; porque si los comprendiera se lo perdonaría todo. Comprender es perdonar. Eso no es verdad. Se ha exagerado la idea del perdón. El perdón es una idea cristiana, y España no ha sido nunca un país cristiano. Ha tenido siempre una idea especial y su idolatría particular dentro de la Iglesia. *Otra Virgen más.* Supongo que fue por eso por lo que tuvieron que destruir las vírgenes de sus enemigos. Seguramente, este sentimiento era más profundo en ellos, en los fanáticos religiosos españoles, que entre la gente del pueblo. La gente del pueblo se apartó de la Iglesia porque la Iglesia era el gobierno, y el gobierno ha sido siempre algo podrido en este país. Éste fue el único país adonde no llegó nunca la Reforma. Están pagando ahora la Inquisición, y es justo.

Bueno, aquello era algo como para pensar un rato. Algo como para impedir al espíritu que se preocupase demasiado por su trabajo. Y, en todo caso, era más sano que pretender engañarse. ¡Cómo lo había pretendido aquella noche! Y Pilar estuvo queriendo hacer lo mismo todo el día. Seguro. ¿Y si morían al día siguiente? ¿Qué importaba, mientras el puente volase como era debido? Eso era todo lo que tenían que hacer al día siguiente.

Morir no tenía ninguna importancia, pensó. No se puede hacer indefinidamente esa clase de trabajo. No se está destinado a vivir indefinidamente. Quizá haya tenido toda una vida en tres días, se dijo. Si eso es así, hubiera preferido pasar esta última noche de una manera distinta. Pero las últimas noches nunca son buenas. Nunca son buenas las últimas nadas. Sí, las últimas palabras son buenas a veces. «¡Viva mi marido, el alcalde de este pueblo!» eran buenas palabras.

Sabía que eran buenas porque al repetirlas sentía un escalofrío por todo el cuerpo. Se inclinó para besar a María, que no se despertó. Muy quedamente, le dijo en inglés: «Me gustaría casarme contigo, conejito. Estoy muy orgulloso de tu familia».

Capítulo 32

Aquella noche, en Madrid, había mucha gente en el hotel Gaylord. Un coche, con los faros pintados con una lechada de cal azulosa, entró por la puerta cochera, y un hombrecillo con botas negras de montar, pantalones grises y chaqueta del mismo color, abrochada hasta el cuello, salió del coche, devolvió el saludo a los dos centinelas al abrir la puerta y luego, con un ademán seco de la cabeza, al hombre de la policía secreta que estaba sentado ante la mesa del portero, y entró en el ascensor. Había otros dos centinelas sentados a uno y otro lado del vestíbulo de mármol, que se contentaron con levantar los ojos cuando el hombrecillo pasó delante de ellos hacia la puerta del ascensor. Tenían la consigna de cachear a todos los que no conocieran, pasándoles las manos por los costados, por debajo de las axilas y palpándoles los bolsillos, para descubrir si el recién llegado llevaba pistola; en tal caso pasaba a manos del agente de la policía secreta que hacía de portero. Pero los centinelas conocían bien al hombrecillo de pantalones de montar y apenas levantaron la vista cuando pasó.

El apartamento que ocupaba en el Gaylord estaba atiborrado cuando entró en él. Había gentes de pie y gentes sentadas que conversaban animadamente como en cualquier salón burgués; bebían vodka, whisky con soda o cerveza, en vasitos que llenaban de una gran jarra. Cuatro de esos hombres iban de uniforme, otros llevaban chaquetones de sport o de cuero; tres de las cuatro mujeres que se encontraban en la reunión iban vestidas de calle; pero la cuarta, morena y flaca, vestía uniforme de miliciana, de corte severo, y calzaba altas botas, que asomaban por debajo de la falda.

Al entrar en la habitación, Karkov se dirigió enseguida hacia la mujer del uniforme, inclinándose ante ella y estrechándole la mano. Era su esposa. Le dijo algo en ruso, que nadie entendió, y por unos instantes desapareció la insolencia que iluminaba sus pupilas en el momento de entrar en la habitación. Luego volvió a encenderse al distinguir la cabeza color de caoba y el rostro amorosamente lánguido de la jovencita de espléndida figura que era su amante. Se acercó a ella con pasos cortos y decididos, se inclinó y le estrechó la mano de manera que nadie hubiera podido asegurar que no fuese un remedo del saludo dirigido a su esposa. Su mujer no le siguió con la mirada al cruzar la habitación; estaba de pie, junto a un oficial español, alto y bien parecido, con quien hablaba en ruso.

—Tu gran amor está engordando —le dijo Karkov a la pelirroja—. Todos nuestros héroes están engordando al acercarse el segundo año de la guerra. —No miraba al hombre del que estaban hablando.

—Eres tan feo, que tendrías celos hasta de un sapo —le replicó ella alegremente hablando en alemán—. ¿Podré ir mañana contigo a la ofensiva?

—No. Además, no hay ninguna ofensiva.

—Todo el mundo lo sabe —dijo ella—. No seas tan misterioso. Dolores va; yo iré con ella o con Carmen. Montones de gentes piensan ir.

—Ve con quien quiera cargar contigo —repuso Karkov—. No seré yo.

Luego, mirándola, le dijo muy en serio:

—¿Quién te ha hablado de eso? Dímelo con franqueza.

—Richard —dijo ella tan seria como él.

Karkov se encogió de hombros y se alejó bruscamente.

—Karkov —le llamó un hombre de mediana estatura, de cara

472

pesada y grisácea, grandes ojos hinchados, belfo prominente y voz de dispéptico—: ¿Te has enterado de las buenas noticias? —Karkov se acercó a él y el hombre prosiguió—: Acabo de enterarme. No hace siquiera diez minutos. Es maravilloso. Los fascistas han estado peleándose entre ellos todo el día, cerca de Segovia. Han tenido que reprimir las revueltas con ametralladoras y fusiles automáticos. Esta tarde han bombardeado a sus propias tropas con aviones.

—¿Ah sí? —exclamó Karkov.

—Así es —dijo el hombre de los ojos hinchados—. La propia Dolores me lo ha dicho. Vino a contarlo en un estado de exaltación como nunca la había visto. La veracidad de la noticia le iluminaba la cara. Esa magnífica cara que tiene —dijo alegremente.

—Esa magnífica cara —repitió Karkov sin ninguna expresión en su voz.

—Si hubieras podido oírla… —dijo el hombre de los ojos hinchados—. Las palabras surgían de su boca irradiando una luz que no es de este mundo. Su voz tenía el acento mismo de la verdad. Voy a hacer un artículo para *Izvestia*. Ha sido para mí uno de los momentos cumbre de la guerra, cuando la he oído hablar con esa voz magnífica en que se mezclan la piedad, la compasión y la sinceridad. La bondad y la sinceridad irradian de ella como de una verdadera santa del pueblo. Por algo la llaman la Pasionaria.

—Por algo será —dijo Karkov con voz opaca—. Pero harías mejor escribiendo tu artículo para *Izvestia* ahora mismo, antes de olvidar esa preciosa frase final.

—Es una mujer sobre la que no se puede bromear. Ni siquiera un cínico como tú —añadió el hombre de los ojos hinchados—. Si hubieras estado aquí y hubieras podido oír su voz y ver su rostro…

—Esa magnífica voz —dijo Karkov—. Ese magnífico rostro. Escribe todo eso. No me lo cuentes. No derroches párrafos enteros conmigo. Vete a escribir todo eso inmediatamente.

—No en este momento.

—Creo que sería mejor —dijo Karkov. Se quedó mirándole y

luego apartó la mirada de él. El hombre estuvo allí unos instantes, con el vaso de vodka en la mano y los ojos entornados, perdidos en la admiración de lo que había oído. Y luego se marchó de la habitación para ir a escribir.

Karkov se acercó a otro hombre de unos cuarenta y ocho años, pequeño, grueso, de rostro jovial, con ojos azules, cabellos rubios que empezaban a ser ralos, y boca sonriente, sombreada por un breve bigote duro y amarillento. Era general de división y húngaro.

—¿Estabas aquí cuando vino Dolores? —preguntó Karkov al hombre.

—Sí.

—¿De qué se trata?

—Algo así como que los fascistas se pelean entre ellos. Muy hermoso, si fuera verdad.

—Se habla demasiado de lo de mañana.

—Es un escándalo. Todos los periodistas deberían ser fusilados, así como la mayoría de la gente que está en esta habitación. Y, sin duda alguna, ese increíble intrigante alemán de Richard. El que ha dado a ese *Függler* de domingo el mando de una brigada debería ser fusilado. Puede que tú y yo debiéramos ser fusilados también. Es muy posible —dijo el general riendo—; pero no vayas a sugerirlo.

—Es una cosa de la que no me gusta hablar —dijo Karkov—. Ese americano que viene por aquí algunas veces está allí. Le conoces: Jordan, el que trabaja con el grupo de *partizans*. Se encuentra allí, donde se supone que han ocurrido esas cosas de las que tanto se habla.

—Entonces deberíamos tener un informe esta noche —dijo el general—. No me quieren mucho por allí; si no, iría yo mismo a buscar informes. Ese Jordan trabaja con Golz en este asunto, ¿no es así? Tú verás a Golz mañana.

—Mañana, a primera hora.

—Mantente alejado de él, si la cosa no va bien —dijo el general—. Os detesta a vosotros, los periodistas, tanto como yo. Pero tiene mejor carácter.

—Sin embargo, acerca de lo de los fascistas…

—Probablemente los fascistas estaban haciendo maniobras —dijo el general sonriendo—. Bueno, ahora se verá si Golz es capaz de hacerlos maniobrar. Que Golz pruebe a hacerlo. Nosotros los hemos hecho maniobrar bien en Guadalajara.

—He oído que tú vas a hacer también un viaje —dijo Karkov, dejando al descubierto su mala dentadura al sonreír. El general se irritó enseguida.

—Yo también. Ahora es de mí de quien se habla. Y de todos nosotros. ¡Qué puerco chismorreo de comadres! Un hombre que supiera tener la boca cerrada en este país podría salvarlo con sólo que se creyera capaz.

—Tu amigo Prieto sabe tener la boca cerrada.

—Pero no cree que pueda ganarse la guerra. ¿Y cómo puede ganarse la guerra si no se cree en el pueblo?

—Busca tú la respuesta —dijo Karkov—. Yo me voy a dormir un rato.

Salió de la habitación llena de humo y de voces y se fue al dormitorio; se sentó en la cama y se quitó las botas. Como aún oía las voces, cerró bien la puerta y abrió la ventana. No se tomó el trabajo de desnudarse, porque tenía que salir a las dos de la madrugada para Colmenar, Cercedilla y Navacerrada, hasta el lugar del frente en que Golz iba a atacar.

Capítulo 33

Eran las dos de la madrugada cuando Pilar le despertó. Al sentir la mano en el hombro creyó al pronto que era María y, volviéndose hacia ella, le dijo: «Conejito». Pero la enorme mano de Pilar le sacudió hasta despertarle por completo. Echó mano a la pistola, que tenía pegada a su pierna derecha, desnuda, y en pocos segundos estaba él tan dispuesto como su propia pistola, a la que había descorrido el seguro.

Reconoció a Pilar en la oscuridad y, mirando la esfera de su reloj, en la que las dos agujas formaban un ángulo agudo, vio que no eran más que las dos, y dijo:

—¿Qué es lo que te pasa, mujer?

—Pablo se ha marchado.

Robert Jordan se puso los pantalones y se calzó. María no llegó a despertarse.

—¿Cuándo? —preguntó.

—Debe de hacer una hora.

—¿Y?

—Se ha llevado algunas cosas tuyas —dijo la mujer con aire desolado.

—¿El qué?

—No lo sé. Ven a verlo.

Anduvieron en la oscuridad hasta la entrada de la cueva y se agacharon para pasar por debajo de la manta. Robert Jordan siguió a Pilar hasta el interior, donde se mezclaban los olores de la ceniza, del aire cargado de humo y del sudor de los que allí dormían, alumbrándose con la linterna eléctrica para no tropezar con ninguno. Anselmo se despertó y dijo:

—¿Es la hora?

—No —susurró Robert Jordan—. Duerme, viejo.

Las dos mochilas estaban a la cabecera de la cama de Pilar, separadas del resto de la cueva por una manta que hacía de cortina. Del lecho se expandía un olor rancio y dulzón como el de los lechos de los indios. Robert Jordan se arrodilló y enfocó con la linterna las dos mochilas. Cada una de ellas tenía un tajo de arriba abajo. Con la lámpara en la mano izquierda, Robert Jordan palpó con la derecha la primera mochila. Era la mochila donde guardaba el saco de dormir y lógicamente tenía que hallarse medio vacía; pero estaba demasiado vacía. Había dentro aún algunos hilos, pero la caja de madera cuadrada había desaparecido. Igualmente la caja de habanos, con los detonadores cuidadosamente empaquetados. Y también la caja de hierro de tapa atornillada con los cartuchos y las mechas.

Robert Jordan metió la mano en la otra mochila. Estaba todavía llena de explosivos. Quizá faltara un paquete.

Se irguió y se quedó mirando a Pilar. Un hombre al que se despierta antes de tiempo puede experimentar una sensación de vacío cercana al sentimiento de desastre, y Jordan experimentaba esa sensación, multiplicada por mil.

—A eso llamas tú guardar mi equipo —dijo.

—He dormido con la cabeza encima y tocándolo con un brazo —aseguró Pilar.

—Has dormido bien.

—Oye —dijo Pilar—, se ha levantado a medianoche y yo le he preguntado: «¿Adónde vas, Pablo?». «A orinar, mujer», me dijo, y volví a dormirme. Cuando me desperté no sabía cuánto tiempo había pasado; pero, como no estaba, pensé que se había ido a echar un vistazo a los caballos, como de costumbre. Luego —prosiguió ella desconsolada—, como no volvía, empecé a inquietarme y toqué las mochilas para estar segura de que todo estaba en orden, y vi que estaban rajadas, y me fui a buscarte.

—Vamos —dijo Jordan.

Salieron y era aún noche tan cerrada que no se advertía la proximidad de la mañana.

—¿Ha podido escaparse con los caballos por un sendero distinto del que guarda el centinela?

—Hay dos senderos más.

—¿Quién está arriba?

—Eladio.

Robert Jordan no dijo nada hasta el momento en que llegaron a la pradera donde dejaban pastar a los caballos. Había tres mordisqueando la hierba. El bayo grande y el tordillo no estaban.

—¿Cuánto tiempo hace que salió, según tú?

—Debe de hacer una hora.

—Entonces no hay nada que hacer —dijo Jordan—. Voy a coger lo que queda de mis mochilas y me voy a acostar.

—Yo te las guardaré.

—¡*Qué va!* ¿Que vas a guardármelas tú? Ya me las has guardado una vez.

—*Inglés* —dijo la mujer—, siento todo esto lo mismo que tú. No hay nada que no hiciera para devolverte tus cosas. No tienes necesidad de insultarme. Pablo nos ha traicionado a los dos.

Mientras decía esto, Robert Jordan se dio cuenta de que no podía permitirse el lujo de mostrar la menor acritud, de que de ningún modo podía reñir con aquella mujer. Tenía que trabajar con ella en ese mismo día que comenzaba y del que ya habían pasado más de dos horas.

Puso una mano sobre su hombro:

—No tiene importancia, Pilar. Lo que falta no es muy importante. Improvisaremos algo que haga el mismo servicio.

—Pero ¿qué es lo que se ha llevado?

—Nada, Pilar; lujos que se permite uno de vez en cuando.

—¿Era una parte del mecanismo para la explosión?

—Sí, pero hay otras formas de producirla. Dime, ¿no tenía Pablo mecha y fulminante? Con toda seguridad, le habrían equipado con ello.

—Y se los ha llevado también —dijo ella acongojada—. Fui enseguida a ver si estaban, pero se los ha llevado también.

Volvieron por entre los árboles hasta la entrada de la cueva.

—Vete a dormir —dijo él—. Estaremos mejor sin Pablo.

—Voy a ver a Eladio.

—No vale la pena; se ha debido de ir por otro camino.

—Iré de todos modos. Te he fallado por mi falta de inteligencia.

—Nada de eso —dijo él—. Vete a dormir, mujer. Hay que ponerse en marcha a las cuatro.

Entró en la cueva con ella y volvió a salir, llevando entre los brazos las dos mochilas con mucho cuidado, de manera que no se cayera nada por las hendiduras.

—Déjame que te las cosa.

—Antes de salir —dijo él suavemente—. No me las llevo por molestarte, sino por dormir tranquilo.

—Necesitaré tenerlas muy temprano para coserlas.

—Las tendrás muy temprano —dijo—. Vete a dormir, Pilar.

—No —dijo ella—. He faltado a mi deber, te he fallado a ti y le he fallado a la República.

—Vete a dormir, Pilar —le dijo él con dulzura—. Vete a dormir.

Capítulo 34

Los fascistas ocupaban las crestas de las montañas. Luego había un valle que no ocupaba nadie, a excepción de un puesto fascista instalado en una granja, de la que habían fortificado algunas de sus dependencias y el granero. Andrés, que iba a ver a Golz con el pliego que le había confiado Robert Jordan, dio un gran rodeo en la oscuridad alrededor de ese puesto. Sabía que había una alambrada tendida para que quien tropezase con ella delatara su presencia disparando el fusil conectado al extremo del alambre, y la buscó en la oscuridad, pasó con cuidado por encima y emprendió el camino por la ribera de un arroyo bordeado de álamos, cuyas hojas se movían con el viento de la noche. Un gallo cantó en la granja en que estaba instalado el puesto fascista, y, sin dejar la orilla del arroyo, Andrés volvió los ojos y vio por entre los árboles una luz que se filtraba por el quicio de una de las ventanas de la granja. La noche era tranquila y clara, y Andrés se alejó del arroyo y comenzó a atravesar el prado.

Había cuatro parvas de heno en aquella pradera. Estaban allí desde los combates del mes de junio del año anterior. Nadie lo había recogido, y las cuatro estaciones que habían pasado habían aplastado las parvas y estropeado el heno.

Andrés pensó en la pérdida que suponía mientras pasaba por encima de un alambre, tendido entre dos parvas. Pero los republicanos hubieran tenido que subir el heno por la pendiente abrupta

481

del Guadarrama, que se levantaba detrás de la pradera, y los fascistas no lo necesitarían.

Los fascistas tienen todo el heno y el grano que quieren. Tienen muchas cosas, pensó. Pero mañana vamos a darles una buena paliza. Mañana por la mañana vamos a hacerles pagar lo del Sordo. ¡Qué bárbaros! Pero mañana habrá una buena polvareda en la carretera.

Tenía prisa por concluir su misión y estar de vuelta para el ataque de los puestos a la mañana siguiente. ¿Era verdad que quería estar de vuelta para el ataque, o trataba sólo de creérselo? No se le ocultaba la sensación de alivio que había experimentado cuando el *inglés* le dijo que fuera a llevar ese mensaje. Ciertamente, se había enfrentado con calma con la perspectiva de la mañana siguiente. Eso era lo que había que hacer. Había votado por lo del puente, y lo haría. Pero la liquidación del Sordo le había impresionado profundamente. Aunque, después de todo, había sido el Sordo; no habían sido ellos. Ellos harían lo que tenían que hacer.

No obstante, cuando el *inglés* le habló del mensaje que tenía que llevar, sintió lo mismo que sentía cuando, de muchacho, al despertarse por la mañana el día de la fiesta de su pueblo, oía caer la lluvia con tanta fuerza, que se daba cuenta de que la plaza estaría inundada y la capea no se celebraría.

Le gustaban las capeas cuando era muchacho y se divertía sin más que imaginar el momento en que estaría en la plaza bañada de sol y de polvo, con las carretas alineadas alrededor para cortar las salidas y convertirla en un espacio cerrado, viendo al toro entrar precipitándose de costado al salir del cajón, y frenar luego con las cuatro patas su impulso cuando quitaran la reja. Pensaba de antemano con deleite, y también con un miedo que le hacía sudar, desde que oía en la plaza el golpe de los cuernos del toro contra la madera del cajón en que había llegado encerrado, en el momento en que le vería salir, resbalando y luego frenando en medio de la plaza, con la cabeza levantada, dilatadas las aletas de la nariz, las orejas erguidas, cubierto de polvo y de salpicones secos de barro el pelaje negro, abiertos los ojos, unos ojos muy separados entre sí que no parpadeaban nunca y que miraban de frente bajo los anchos y pulidos cuernos, unos cuernos tan pulidos como los restos de un naufragio, pulidos a su vez por la arena, y con las puntas curvadas de tal forma, que su sola vista hacía palpitar el corazón.

Estaba pensando todo el año en el momento en que el toro aparecería en la plaza y en el momento en que todos le seguirían con la mirada, mientras el otro elegía al que iba a embestir repentinamente, bajo el testuz, el cuerno afilado, con un trotecillo corto que hacía que se pararan los latidos del corazón. Durante todo el año pensaba en ese momento cuando era muchacho; pero cuando el *inglés* le dio la orden de llevar el mensaje, había sentido lo mismo que al despertarse al ruido de la lluvia cayendo sobre los tejados de pizarra, sobre las paredes de piedra o sobre los charcos de las calles.

Había sido siempre muy valiente delante del toro en esas *capeas* de pueblo; tan valiente como el que más de su pueblo o de cualquier otro de los pueblos vecinos, y no hubiera faltado un solo año a la *capea* de su pueblo por todo el oro del mundo, aunque no iba a las de los otros pueblos. Era capaz de aguantar inmóvil a que el toro embistiese, sin esquivarle hasta el último momento. A veces agitaba un saco bajo su hocico para apartarle, por ejemplo, de un hombre que yacía en el suelo, y, con frecuencia, en circunstancias parecidas, le había cogido, tirándole de los cuernos, obligándole a volver la cabeza y abofeteándole, hasta que abandonaba a su víctima y se disponía a acometer por otra parte.

Hubo una vez en que se agarró al rabo del toro, retorciéndolo y tirando de él con todas sus fuerzas para apartarle del hombre que estaba en el suelo. Otra vez había agarrado con una mano el rabo del toro, retorciéndolo hasta poder asirse con la otra a un cuerno, y cuando el toro levantó la cabeza disponiéndose a embestirle, había retrocedido, girando con el toro, el rabo agarrado con una mano y el cuerno con la otra, hasta que la multitud se había echado sobre el animal y lo había acuchillado. En medio de la polvareda y del calor, entre el griterío, el hedor de los sudores de los hombres y las bestias y el olor a vino, Andrés era de los primeros que se arrojaban sobre el animal, y sabía lo que es sentir bajo el propio cuerpo al bicho, que se tambalea y cae. Echado sobre el lomo del animal, agarrado a un cuerno, con los dedos crispados alrededor del otro, seguía haciendo fuerza, mientras el toro le sacudía y le retorcía todo el cuerpo, hasta que parecía que le iba a arrancar de cuajo el brazo izquierdo; y él, echado sobre el enorme montículo, caliente, polvoriento y cuajado de pelo, con la oreja del toro sujeta entre los dientes en apretado mordisco, hundía el cuchillo una y otra vez en aquel cogote hinchado y curvo que le ensangrentaba los puños, y luego, cargando sobre la cruz el peso de su cuerpo, lo hundía y lo volvía a hundir.

La primera vez que había sujetado la oreja del toro entre los dientes, con las mandíbulas y el cuello crispados, para resistir las sacudidas, de forma que le era posible aguantarlas por grandes que fuesen, todo el mundo se había burlado de él. Pero, a pesar de burlarse, le respetaban enormemente, y año tras año había tenido que repetir la hazaña. Le llamaban el Perro de Presa de Villaconejos, y bromeaban diciendo que se comía a los toros crudos. Pero todo el pueblo se preparaba para verle repetir el lance, de manera que él sabía que todos los años saldría el toro y empezarían las embestidas y los revolcones, que todos se precipitarían para matarle y que él tendría que abrirse paso entre los otros y dar un salto para asegurar su presa. Luego, cuando todo hubiese acabado y el toro se hubiese quedado inmóvil, muerto, bajo el peso de los atacantes, Andrés se levantaría para alejarse, avergonzado de aquello de la oreja, pero feliz, al mismo tiempo, como el que más; y se iría por entre las carretas a lavarse las manos a la fuente de piedra, y los hombres le darían golpecitos en la espalda y le alargarían las botas de vino, diciendo:

—Bien por el Perro de Presa. ¡Viva tu madre!

O bien dirían:

—Eso es tener *cojones*. Año tras año.

Andrés se sentiría confuso, como vacío, orgulloso y feliz al mismo tiempo, los rechazaría a todos, se lavaría las manos y el brazo derecho, lavaría a fondo su cuchillo, y cogería una de las botas y se quitaría para un año el gusto de la oreja, a fuerza de beber y escupir el vino sobre los adoquines de la plaza, antes de levantar por fin la bota muy alta para hacer que el vino corriese por su garganta.

Así era como sucedían las cosas. Era el Perro de Presa de Villaconejos, y por nada del mundo hubiera faltado a la capea anual de su pueblo. Pero sabía también que no había sensación más dulce que la que le proporcionaba el ruido de la lluvia y la certidumbre de que no tendría que dar el espectáculo.

No obstante, será preciso que esté de vuelta, se dijo. No hay duda de que tendré que estar de vuelta para el ataque a los puestos y el puente. Mi hermano Eladio estará también, y Eladio es de mi misma sangre. Anselmo, Primitivo, Fernando, Agustín y Rafael estarán también, aunque éste sea un informal, las dos mujeres, Pablo y el *inglés*, aunque el *inglés* no cuenta, porque es un extranjero y cumple órdenes; todos estarán. Es imposible que escape yo, por culpa de un mensaje que por casualidad tengo que llevar. Ahora es preciso que yo entregue este papel lo antes posible a quien tengo que entregárselo, y luego que me dé prisa para volver a tiempo del ataque a los puestos, porque sería muy feo, por mi parte, no participar en esta acción a causa de este mensaje fortuito. Eso está muy claro. Y, por lo demás, se dijo, como quien se acuerda de repente de que también tiene su lado agradable un hecho del que sólo se ha visto el aspecto penoso, por lo demás, me sentiré contento matando a fascistas. Hace mucho tiempo que no hemos acabado con ninguno. Mañana puede ser un día de acción muy importante. Mañana puede ser un día de hechos decisivos. Mañana puede ser un día que valga la pena. Que llegue mañana y que yo pueda estar allí.

En ese instante, mientras trepaba, metido en la maleza hasta las rodillas, la pendiente escarpada que llevaba a las líneas republicanas, una perdiz levantó el vuelo de entre sus pies con un aleteo temeroso en medio de la oscuridad, y Andrés sintió un susto tan grande que se le cortó el aliento. Ha sido la sorpresa, pensó. ¿Cómo pueden mover las alas tan deprisa estos animalitos? Debía de estar empollando en estos momentos. Probablemente he pasado cerca del nido. Si no estuviéramos en esta guerra, ataría un pañuelo a un árbol cercano y volvería con luz del día para buscar el nido y podría llevarme los huevos y dárselos a empollar a una gallina, y cuando nacieran los pollitos podríamos tener perdigones en el gallinero, y yo los vería crecer, y cuando fueran grandes me servirían como reclamo. No los cegaría, porque estarían domesticados. Pero puede que se escaparan; probablemente se escaparían. Así que tendría que arrancarles los ojos de todas maneras. Pero no me gustaría hacer esto después de haberlos criado yo mismo; podría recortarles las alas o atarlos de una pata cuando los utilizase para reclamo. Si no estuviéramos en guerra, iría con Eladio a pescar cangrejos a ese arroyo que hay por detrás del puesto fascista. Hemos pescado cuatro docenas un día, en ese arroyo. Si vamos a la sierra de Gredos después de lo del puente, allí hay buenos arroyos de truchas y también de cangrejos. Confío en que iremos a Gredos. Podríamos pasarlo en Gredos de primera, en el verano y en el otoño; aunque haría un condenado frío en invierno. Pero puede que para el invierno hayamos ganado esta guerra.

Si nuestro padre no hubiera sido republicano, pensó, Eladio y yo seríamos soldados de los fascistas en este momento; y si fuéramos soldados con ellos, no sería la cosa tan complicada. Obedeceríamos las órdenes, viviríamos y moriríamos, y, a fin de cuentas, ocurriría lo que tuviera que ocurrir. Es más fácil vivir bajo un régimen que combatirlo.

Esta lucha clandestina es una cosa en la que hay muchas responsabilidades, se dijo. Mucho de que preocuparse, si uno quiere preocuparse. Eladio tiene más cabeza que yo. También se preocupa más que yo. Yo creo verdaderamente en la causa, pero no me preocupo. Sin embargo, es una vida en la que hay muchas responsabilidades.

Me parece que hemos nacido en una época muy difícil. Me parece que cualquier otra época debió de ser más fácil, pensó. Uno no sufre mucho porque está habituado a aguantar el sufrimiento. Los que sufren no pueden acomodarse a este clima. Pero es una época de decisiones difíciles. Los fascistas atacaron y, así, tomaron las decisiones por nosotros. Luchamos para vivir. Pero quisiera poder atar un pañuelo a ese arbusto, ahí detrás, y volver un día a coger los huevos, a hacerlos empollar por una gallina y ver a los perdigones en mi corral. Me gustaría hacer esas cosas sencillas y corrientes.

Aunque tampoco tienes casa ni corral, se dijo, y, por lo que hace a la familia, sólo tienes un hermano que va mañana al combate, y no posees nada más que el viento, el sol y unas tripas vacías en este momento. El viento apenas corre. Y no hay sol. Tienes cuatro granadas de mano en tu bolsillo; pero no sirven más que para tirarlas. Tienes una carabina a la espalda, pero no es buena más que para disparar balas. Llevas un mensaje que tienes que entregar. Y tienes una buena cantidad de estiércol que podrías donar a la tierra, pensó, sonriendo en medio de la noche. Podrías también ungirla orinándote encima. Todo lo que tienes son cosas que dar. Bueno, eres un fenómeno de filosofía y un hombre infortunado, se dijo, sonriendo de nuevo.

Pero, a pesar de todos estos nobles pensamientos, hacía poco que había tenido aquella sensación de alivio que siempre acompañaba al ruido de la lluvia en la aldea la mañana de la fiesta. Más allá, en la cima de la cresta, estaba la posición de las tropas gubernamentales, donde sabía que iba a ser interpelado.

Capítulo 35

Robert Jordan estaba nuevamente en su saco de dormir al lado de María, que aún dormía. Se volvió del otro lado y sintió el cuerpo esbelto de la muchacha contra su espalda, y este contacto se le antojó una ironía en aquellos momentos. Tú, tú, se decía furioso contra sí mismo. Sí, tú. Tú te habías dicho la primera vez que le viste que cuando se mostrara amistoso estaría a punto de traicionarte. Tú, tú, especie de imbécil. Tú, condenado cretino. Pero basta ya, tienes otras cosas que hacer.

¿Qué probabilidades hay de que haya escondido o arrojado las cosas en algún sitio? Ninguna, pensó. Además, no podrás encontrar nada en la oscuridad. Debe de habérselas llevado consigo. También se llevó dinamita. ¡Oh, el puerco, el canalla, el cerdo traicionero! Inmundo cochino. ¿No se pudo dar por satisfecho llevándose los detonadores y los fulminantes? Pero ¿cómo he sido yo tan cretino como para dejárselos a esa condenada mujer? El muy pillo y traicionero bastardo. El cochino *cabrón*. Basta, cálmate, se dijo.

Había que aceptar los riesgos y era lo mejor que podías hacer. Pero la has cagado, pensó, y estás de mierda hasta bien arriba. Conserva tu jodida sangre fría, acaba con tu cólera y deja de gemir como una damisela contra el Muro de las Lamentaciones. Se ha marchado. Rediós, se ha marchado. Al diablo ese puerco. Puedes abrirte paso entre la mierda, si quieres. Tienes que arreglártelas como puedas. Tienes que volar ese puente, así tengas que ponerte allí delante y… Bueno, basta ya con eso. ¿Por qué no consultas a tu abuelito?

Bah, a la mierda con mi abuelito y a la mierda con este país de traidores, y mierda para todos los españoles de cualquier bando, y que se vayan todos al diablo. Que se vayan todos a la mierda. Largo, Prieto, Asensio, Miaja, Rojo; todos. Me cago en ellos y que se vayan todos al diablo. Me cago en este jodido país de traidores. Me cago en su codicia y en su egoísmo y en su egoísmo y en su vanidad y en su traición. Mierda, y al diablo con todos ellos. Me cago en ellos aunque tenga que morir por ellos. Me cagaré en ellos aunque haya muerto por ellos. Me cago en ellos y al diablo con ellos. Dios, mierda para Pablo, Pablo que es todos ellos juntos. Dios tenga piedad de los españoles. Cualquiera de sus dirigentes los traiciona. El único hombre decente en dos mil años fue Pablo Iglesias. Y ¿quién sabe cómo se hubiese comportado en esta guerra? Me acuerdo del tiempo en que creía que Largo era un tipo decente. Durruti era un tipo decente, pero sus gentes le mataron en el Puente de los Franceses. Le mataron porque quería obligarlos a atacar. Le mataron en la gloriosa disciplina de la indisciplina. Los cochinos cobardes. Mierda para todos ellos. Y ese Pablo, que se lleva mis fulminantes y la caja de los detonadores. Mierda para él hasta el cuello. Pero no. Es él quien se ha cagado en nosotros. Siempre ha pasado lo mismo, desde Cortés y Menéndez de Avilés hasta Miaja. Fíjate en lo que Miaja hizo con Kleber. Ese cerdo calvo y egoísta. Ese estúpido bastardo de cabeza de huevo. Me cago en todos los cochinos, locos, egoístas y traidores que han gobernado siempre a España y dirigido sus ejércitos. Me cago en todos menos en el pueblo, y cuidado con él cuando llegue al poder.

Su rabia empezaba a disminuir a medida que exageraba más y más y esparcía más ampliamente su desprecio, llegando hasta tal límite de injusticia que ya ni él mismo se lo creía. Si es eso verdad, ¿qué has venido a hacer aquí? No es verdad, pensó, y tú lo sabes. Fíjate en todos los que son decentes.

No podía soportar ser tan injusto. Detestaba la injusticia tanto como la crueldad. Y siguió debatiéndose en la rabia que cegaba su entendimiento, hasta que, gradualmente, la rabia fue mitigándose, hasta que la cólera, roja, negra, cegadora y asesina fue disipándose, dejando su espíritu tan limpio, descargado y lúcido como el de un hombre después de haber tenido relaciones sexuales con una mujer a quien no ama.

—Y tú, tú, pobre conejito —dijo inclinándose sobre María, que sonrió en sueños y se apretó contra él—. Creo que si hubieras hablado hace un momento te habría pegado. ¡Qué bestia es un hombre enfurecido!

Se tumbó junto a ella y la tomó en sus brazos; apoyó la barbilla en su espalda y trató de imaginar con precisión lo que tendría que hacer y cómo tendría que hacerlo. En realidad, la cosa no era tan mala como había supuesto.

Verdaderamente, la cosa no es tan mala, pensó. No sé si alguien lo habrá hecho alguna vez; pero siempre habrá gente que lo haga de ahora en adelante en una zarabanda parecida. Si nosotros lo conseguimos y si ellos logran enterarse. Si se enteran de cómo lo hemos hecho. Si no, se preguntarán únicamente cómo lo hicimos. Somos demasiado pocos, pero de nada sirve preocuparse por ello. Volaré el puente con los que tenga. Dios, me alegro de no estar ya encolerizado. Es como cuando uno se siente incapaz de respirar en medio de una tormenta. Y enfurecerse es uno de esos condenados lujos que no puedo permitirme.

—Todo está arreglado, *guapa* —dijo en voz baja, contra la espalda de María—. Este incidente no te ha salpicado; ni siquiera has sabido nada de él. Nos matarán, pero volaremos el puente. No tienes por qué preocuparte. No es gran cosa como regalo de boda. Pero ¿no se dice que una buena noche de sueño no tiene precio? Has tenido una buena noche de sueño. Procura llevarte esto como un anillo de compromiso. Duerme, *guapa*. Duerme a gusto, amor mío. No te despertaré. Es todo lo que puedo hacer por ti en este momento.

Se quedó sosteniéndola entre sus brazos, con la mayor suavidad, oyendo su respiración regular y sintiendo los latidos de su corazón, mientras llevaba la cuenta del paso de los minutos en su reloj de pulsera.

Capítulo 36

Al llegar a la posición de las tropas gubernamentales, Andrés gritó. Es decir, después de echarse a tierra, por la parte que formaba una especie de zanja, dio voces hacia el parapeto de tierra y roca. No había línea continua de defensa, y hubiera podido pasar fácilmente a través de las posiciones en la oscuridad y deslizarse en el territorio gubernamental antes de tropezarse con alguien que le detuviera. Pero le pareció más seguro y más sencillo darse a conocer cuanto antes.

—*Salud* —gritó—. *Salud, milicianos*.

Oyó el ruido del cerrojo de un fusil al correrse y al otro lado del parapeto alguien disparó. Se oyó un ruido seco y un fogonazo amarillo que iluminó la oscuridad. Andrés se pegó contra el suelo al oír el ruido, con la cabeza fuertemente apretada contra la tierra.

—No disparéis, camaradas —gritó Andrés—. No disparéis. Quiero pasar.

—¿Cuántos sois? —gritó alguien desde el otro lado del parapeto.

—Uno. Yo solo.

—¿Quién eres tú?

—Andrés López, de Villaconejos. De la banda de Pablo. Traigo un mensaje.

—¿Traes fusil y equipo?

—Sí, hombre.

—No podemos dejar que pase nadie con fusil y equipo —dijo la voz—. Ni a grupos de más de tres.

—Estoy solo —gritó Andrés—. Es importante; dejadme pasar.

Podía oírlos hablar detrás del parapeto, pero no entendía lo que decían. Luego la voz gritó:

—¿Cuántos sois?

—Uno. Yo. Solo. Por amor de Dios.

Volvían a oírse las cháchas al otro lado del parapeto. Y de nuevo la misma voz:

—Escucha, fascista.

—No soy fascista —gritó Andrés—. Soy un *guerrillero* de la cuadrilla de Pablo. Vengo a traer un mensaje para el Estado Mayor.

—Es un chalado —oyó decir—; tírale una bomba.

—Escuchad —dijo Andrés—; estoy solo. Estoy completamente solo. ¡Me cago en los sagrados misterios, estoy solo, os digo! Dejadme pasar.

—Habla como un cristiano —dijo alguien, y oyó risas.

Luego otro dijo:

—Lo mejor será tirarle una bomba.

—No —gritó Andrés—; sería un error. Se trata de algo muy importante. Dejadme pasar.

Era por eso por lo que nunca le habían gustado aquellas excursiones de ida y vuelta por entre las líneas. Unas veces las cosas iban mejor que otras. Pero nunca eran fáciles.

—¿Estás solo? —repitió la voz.

—*Me cago en la leche* —repitió Andrés—. ¿Cuántas veces hace falta que te lo diga? ¡Estoy solo!

—Entonces, si es verdad que estás solo, levántate y sostén tu fusil por encima de la cabeza.

Andrés se levantó e izó con las dos manos su carabina por encima de su cabeza.

—Ahora, pasa por la alambrada. Te estamos apuntando con la *máquina* —dijo la voz.

Andrés estaba en la primera línea zigzagueante de alambre espinoso.

—Necesito las manos para pasar por en medio de los alambres —gritó.

—Hubiera sido más sencillo tirarle una bomba —dijo una voz.

—Déjale que baje el fusil —dijo otra voz—. No puede atravesar la alambrada con las manos en alto. Sé un poco razonable.

—Todos estos fascistas son iguales —dijo la primera voz—. Piden una cosa y detrás otra.

—Escuchad —gritó Andrés—. No soy fascista; soy un *guerrillero* de la banda de Pablo. Hemos matado nosotros más fascistas que el tifus.

—¿La banda de Pablo? No la conozco —dijo el hombre que parecía al cargo del puesto—. Ni a Pedro ni a Pablo ni a ningún santo apóstol. Ni a sus bandas. Échate al hombro el fusil y ponte a usar tus manos para atravesar la alambrada.

—Antes de que te descarguemos encima la *máquina* —gritó otro.

—*¡Qué poco amables sois!* —gritó Andrés.

—*¿Amables?* —le gritó alguien—. Estamos en guerra, hombre.

—Ya me lo parecía —dijo Andrés.

—¿Qué es lo que ha dicho?

Andrés oyó de nuevo el ruido del cerrojo.

—Nada —gritó—. No decía nada. No disparéis antes de que haya salido de esta puñetería de alambrada.

—No hables mal de nuestra alambrada —gritó alguien—. O te tiramos una bomba.

—*Quiero decir, qué buena alambrada* —gritó Andrés—. ¡Qué hermosos alambres! Buenos para un retrete. ¡Qué preciosos alambres! Ya llego, hermanos, ya llego.

—Tírale una bomba —dijo una voz—. Te digo que es lo mejor que podemos hacer.

—Hermanos —dijo Andrés. Estaba empapado de sudor y sabía que el que aconsejaba el uso de la bomba era perfectamente capaz de arrojar una granada en cualquier momento—. Yo no soy nadie importante.

—Te creo —dijo el hombre de la bomba.

—Tienes razón —dijo Andrés. Se abría paso prudentemente por entre los cables de la última alambrada y ya estaba muy cerca del parapeto—. Yo no soy nadie importante. Pero el asunto es serio. *Muy, muy serio.*

—No hay nada más serio que la libertad —gritó el hombre de la bomba—. ¿Crees que hay algo más serio que la libertad? —preguntó severamente.

—Pues claro que no, hombre —dijo Andrés aliviado. Sabía que tenía que habérselas con aquellos chiflados de los pañuelos rojos y negros—. *¡Viva la libertad!*

—*¡Viva la FAI! ¡Viva la CNT!* —le respondieron desde el parapeto—. *¡Viva el anarcosindicalismo* y la libertad!

—*¡Viva nosotros!* —gritó Andrés.

—Es uno de los nuestros —dijo el hombre de la bomba—. Y pensar que hubiera podido matarle con esto…

Miró la granada que tenía en la mano profundamente conmovido, mientras Andrés subía por el parapeto. Rodeándole con los brazos, con la granada siempre en las manos, de forma que quedaba apoyada en el omóplato de Andrés, el hombre de la bomba le besó en las dos mejillas.

—Me alegro de que no te haya ocurrido nada, hermano —le dijo—. Me alegro mucho.

—¿Dónde está tu oficial? —preguntó Andrés.

—Soy yo quien manda aquí —dijo un hombre—. Déjame ver tus papeles.

Se los llevó a un refugio y los examinó a la luz de una vela. Había el pequeño cuadrado de seda con los colores de la República y, en el centro, el sello del SIM. Había el *salvoconducto* con su nombre, su edad, su estatura, el lugar de su nacimiento y su misión, que Robert Jordan le había redactado en una hoja de su cuaderno de notas y sellado con el sello de caucho del SIM, y había, en fin, los cuatro pliegos doblados del mensaje para Golz, atados con un cordón, sellados con un sello de cera, timbrados con el sello de metal SIM, que estaba fijado a la otra extremidad del sello de caucho.

—Esto lo he visto ya —dijo el hombre que mandaba el puesto devolviéndole el trozo de seda—. Esto lo tenéis todos; ya lo conozco. Pero esto no prueba nada sin esto. —Cogió el *salvoconducto* y volvió a leerlo—. ¿Dónde has nacido?

—En Villaconejos —dijo Andrés.

—¿Y qué es lo que se cría allí?

—Melones —contestó Andrés—. Todo el mundo lo sabe.

—¿A quién conoces tú de por allí?

—¿Por qué? ¿Eres tú de por allí?

—No, pero he estado por allí. Soy de Aranjuez.

—Pregúntame lo que quieras.

—Háblame de José Rincón.

—¿El que tiene la bodega?

—Ése.

—Es calvo, con mucha barriga y bizco de un ojo.

—Entonces esto es válido —dijo el hombre devolviéndole el documento—. Pero ¿qué es lo que haces al otro lado?

—Nuestro padre se avecinó en Villacastín antes del Movimiento —dijo Andrés—. Allí, en el llano de la otra parte de las montañas. Fue allí donde le sorprendió el Movimiento. Yo peleo en la banda de Pablo. Pero tengo mucha prisa por llevar ese mensaje.

—¿Cómo van las cosas en las tierras de los fascistas? —preguntó el hombre que mandaba el puesto. No tenía ninguna prisa.

—Hoy ha habido mucho *tomate* —dijo orgullosamente Andrés—. Hoy ha habido mucha polvareda en la carretera todo el día. Hoy han aplastado a la banda del Sordo.

—¿Y quién es ese Sordo? —preguntó el otro en tono despectivo.

—Era el jefe de una de las mejores bandas de las montañas.

—Tendríais que veniros todos a la República y entrar en el ejército —dijo el oficial—. Hay demasiadas tonterías de guerrillas. Tendríais que veniros todos y someteros a nuestra disciplina libertaria. Y luego, si tuviéramos necesidad de guerrillas, ya se enviarían en la medida que fueran necesarias.

Andrés estaba dotado de una paciencia casi sublime. Había sufrido con calma el paso por entre la alambrada. Nada le había asombrado del interrogatorio; encontraba perfectamente normal que aquel hombre no supiera nada de ellos, ni de lo que hacían, y sabía que no quedaba más remedio que seguir la corriente. Estaba dispuesto a aguardar que todo aquello sucediera lentamente; pero quería irse ya.

—Escucha, *compadre* —dijo—, es posible que tengas razón. Pero tengo orden de entregar este mensaje al general que manda la 35ª División, que lanza una ofensiva de madrugada en estas colinas, y la noche está ya avanzada; es preciso que me vaya.

—¿Qué ofensiva? ¿Qué es lo que sabes tú de una ofensiva?

—No. No sé nada. Pero ahora tengo que irme a Navacerrada. ¿Quieres enviarme a tu comandante, que me facilitará un medio de transporte? Haz que me acompañe alguien que responda de mí para no perder el tiempo.

—Todo esto no me gusta nada —dijo el hombre—. Hubiera sido mejor pegarte un tiro cuando te acercaste a la alambrada.

—Has visto mis papeles, camarada, y te he explicado mi misión —le dijo pacientemente Andrés.

—Los papeles se pueden falsificar —dijo el oficial—. Cualquier fascista podría inventar una misión de este género. Te acompañaré yo mismo a ver al comandante.

—Bueno —dijo Andrés—. Pues ven. Pero vámonos enseguida.

—Tú, Sánchez, tú mandas en mi lugar —dijo el oficial—. Conoces la consigna tan bien como yo. Yo me llevo a este supuesto camarada a ver al comandante.

Se pusieron en marcha a lo largo de la trinchera menos profunda, abierta tras la cresta de la colina, y Andrés sentía que le llegaba en la oscuridad el olor de los excrementos depositados por los defensores de la colina en torno a los helechos de la cuesta. No le gustaban aquellos hombres, que eran como niños peligrosos: sucios, groseros, indisciplinados, buenos, cariñosos, tontos e ignorantes, aunque peligrosos siempre porque estaban armados. Él, Andrés, no tenía opiniones políticas, salvo que estaba con la República. Había oído hablar a veces a aquellas gentes y encontraba que lo que decían solía ser muy bonito, pero ellos no le gustaban. La libertad no consiste en no enterrar los excrementos que se hacen, pensó. No hay animal más libre que el gato; pero entierra sus excrementos. El gato es el mejor anarquista. Mientras no aprendan a comportarse como el gato, no podré estimarlos.

El oficial, que iba delante de él, se detuvo bruscamente.

—Sigues llevando tu *carabina* —dijo.

—Sí —contestó Andrés—. ¿Por qué no iba a llevarla?

—Dámela —dijo el oficial—. Podrías descerrajarme un tiro por la espalda.

—¿Por qué? —le preguntó Andrés—. ¿Por qué iba a dispararte un tiro por la espalda?

—Nunca se sabe —dijo el oficial—. No tengo confianza en nadie. Dame la carabina.

Andrés se la descolgó y se la entregó.

—Si tienes ganas de cargar con ella… —dijo.

—Es mejor así —dijo el oficial—. Así estamos más seguros.

Y descendieron por la colina en la oscuridad.

Capítulo 37

Así que Robert Jordan estaba acostado junto a la muchacha y miraba pasar el tiempo en su reloj de pulsera. Pasaba lenta, casi imperceptiblemente. El reloj era muy pequeño y no podía ver bien la manecilla que marcaba los minutos. No obstante, a fuerza de observarla y de concentrarse acabó por adivinarla y seguir su movimiento. La cabeza de la muchacha estaba bajo su barbilla y al moverla para mirar el reloj sentía el roce suave de la cabellera rapada, tan viva, sedosa y deslizante como el pelaje de una marta cuando, después de bien abierta la trampa, se saca al animalito y se le golpea delicadamente para levantarle la piel.

Se le hacía un nudo en la garganta cuando rozaba el cabello de María y al abrazarla experimentaba una sensación de dolor, de vacío, que desde la garganta le recorría todo el cuerpo. Con la cabeza baja y los ojos fijos en el reloj, donde la manecilla puntiaguda y fosforescente se movía lentamente por la parte superior izquierda de la esfera, apretó a María contra sí como para retardar el paso del tiempo. No quería despertarla, pero tampoco quería dejarla ahora que el tiempo se acababa. Posó los labios detrás de la oreja de la muchacha y fue corriéndolos a lo largo del cuello, sintiendo con delicia la piel lisa y el dulce contacto de los cabellos que crecían en la nuca. Veía la manecilla deslizarse por la esfera y apretaba a María con más fuerza, pasándole la punta de la lengua por la mejilla y luego por el lóbulo de la oreja, siguiendo las graciosas circunvoluciones hasta llegar al firme extremo superior. Le temblaba la lengua y el temblor se adueñaba del vacío doloroso de su interior, mientras veía la manecilla que señalaba los minutos formando un ángulo más agudo cada vez hacia el punto donde señalaría una nueva hora. Como ella seguía durmiendo, le volvió la cabeza y apoyó los labios sobre los suyos. Los dejó allí, rozando apenas su boca, hinchada por el sueño, y luego los paseó por la boca de la muchacha en un roce suave y acariciador. Se volvió hacia ella y la sintió estremecerse a lo largo de todo su cuerpo, ligero y esbelto. Ella suspiró en sueños y, dormida aún, se aferró a él, hasta que la tomó en sus brazos. Entonces se despertó, juntó sus labios con los de él, oprimiéndolos fuerte y firmemente, y él dijo:

—Pero el dolor…

—No hay dolor ahora —dijo ella.

—Conejito.

—No hables. No hables.

Estaban tan juntos, que mientras se movía la manecilla que marcaba los minutos, manecilla que él ya no veía, sabían que nada podría pasarle a uno sin que le pasara también al otro; que no podría pasarles nada sino eso; que eso era todo y para siempre, lo que había sido y el ahora y lo que estaba por llegar. Esto, lo que no iban a tener nunca, lo tenían. Lo tenían ahora y antes y ahora, ahora y ahora. Ah, ahora, ahora, ahora; este ahora único, este ahora por encima de todo; este ahora como no hubo otro, sino sólo este ahora y ahora es el profeta. Ahora y por siempre jamás. Ven ahora, ahora, porque no hay otro ahora más que ahora. Sí, ahora. Ahora, por favor, ahora; el único ahora. Nada más que ahora. ¿Y dónde estás tú? ¿Y dónde estoy yo? ¿Y dónde está el otro? Y ya no hay porqué; ya no habrá nunca porqué; sólo hay este ahora. Ni habrá nunca porqué, sólo este presente, y de ahora en adelante sólo habrá ahora, siempre ahora, desde ahora sólo un ahora; desde ahora sólo hay uno, no hay otro más que uno; uno que asciende, parte, navega, se aleja, gira; uno y uno es uno; uno, uno, uno. Todavía uno, todavía uno, uno que desciende, uno suavemente, uno ansiadamente, uno gentilmente, uno felizmente; uno en la bondad, uno en la ternura, uno sobre la tierra, con los codos pegados a las ramas de los pinos, cortadas para hacer el lecho, con el perfume de las ramas del pino en la noche, sobre la tierra, definitivamente ahora con la mañana del día siguiente que va a venir. Luego dijo en voz alta, puesto que lo otro estaba sólo en su cabeza y había permanecido en silencio:

—¡Oh, María, te quiero tanto! Gracias por esto.

María dijo:

—No hables. Es mejor no hablar.

—Tengo que decírtelo, porque es una cosa maravillosa.

—No.

—Conejito...

Ella le apretó fuertemente, desvió la cabeza y entonces él preguntó con dulzura:

—¿Te duele, conejito?

—No —dijo ella—. Es que te estoy agradecida porque he vuelto a estar en la *gloria*.

Se quedaron quietos, el uno junto al otro, tocándose desde el hombro hasta la planta de los pies, tobillos, muslos, caderas y hombros. Robert Jordan colocó el reloj de manera que pudiese verlo nuevamente, y María dijo:

—Hemos tenido mucha suerte.

—Sí —dijo él—; somos gentes de mucha suerte.

—¿No queda tiempo para dormir?

—No —dijo él—. Va a empezar todo enseguida.

—Entonces tenemos que levantarnos y comer algo.

—Muy bien.

—¿No estás preocupado por algo?

—No.

—¿De veras?

—No, ahora no.

—Pero ¿estabas preocupado antes?

—Sólo un instante.

—¿No podría ayudarte?

—No —contestó—; ya me has ayudado bastante.

—¿Por eso? Eso ha sido por mí.

—Ha sido por los dos —dijo él—. Nadie está nunca a solas en ese terreno. Ven, conejito, vamos a vestirnos.

Pero su mente, que era su mejor compañía, estaba pensando en «la gloria».

Ella había dicho «la gloria». Eso no tiene nada que ver con la *glory*, en inglés, ni con la *gloire* de la que los franceses hablan y escriben. Es algo que se encuentra sólo en el cante jondo y en las saetas. Está en el Greco y en san Juan de la Cruz, y, desde luego, en otros. Yo no soy místico; pero negar eso sería ser tan ignorante como negar el teléfono o el movimiento de la tierra alrededor del sol, o la existencia de otros planetas. ¡Qué pocas cosas conocemos de lo que hay que conocer! Me gustaría vivir mucho en lugar de morir hoy, porque he aprendido mucho en estos cuatro días sobre la vida. Creo que he aprendido más que durante toda mi vida. Me gustaría ser viejo y conocer las cosas a fondo. Me pregunto si se sigue aprendiendo o bien si no hay más que cierta cantidad de cosas que cada hombre puede comprender. Yo creía saber muchas cosas de las que, en realidad, no sé nada. Me gustaría tener más tiempo.

—Me has enseñado mucho, *guapa* —dijo en inglés.

—¿Qué dices?

—Que he aprendido mucho de ti.

—*¡Qué va!* —exclamó—. Tú sí que tienes educación.

Educación, pensó él. Tengo las primeras nociones de una educación. Los rudimentos más ínfimos. Si muero hoy será una pérdida, porque ahora conozco algunas cosas. Me pregunto si las has aprendido hoy porque el poco tiempo que te queda te ha hecho hipersensible. Pero la cantidad de tiempo no existe. Deberías ser lo suficientemente inteligente para saberlo. He vivido la experiencia de toda una vida desde que llegué a estas montañas. Anselmo es mi amigo más antiguo. Le conozco mejor de lo que conozco a Charles, de lo que conozco a Chub, de lo que conozco a Guy, de lo que conozco a Mike, y los conozco muy bien. Agustín, el malhablado, es hermano mío, y no he tenido nunca otro hermano que él. María es mi verdadero amor y mi mujer. Y no he tenido nunca un verdadero amor. Nunca he tenido una mujer. Ella es también mi hermana, y no he tenido nunca una hermana. Y mi hija, y no tendré nunca una hija. Odio tener que dejar algo tan bello.

Acabó de atarse las alpargatas.

—Encuentro la vida muy interesante —le dijo a María. Ella estaba sentada junto a él, en el saco de dormir, con las manos cruzadas sobre los tobillos. Alguien levantó la manta que tapaba la entrada de la cueva y vieron luz dentro. Era aún de noche y no había el menor atisbo del nuevo día, salvo que, al levantar la cabeza, Jordan vio, por entre los pinos, las estrellas muy bajas. El día llegaba rápidamente en esa época del año.

—¡Roberto! —exclamó María.

—Sí, *guapa*.

—En el trabajo de hoy estaremos juntos, ¿verdad?

—Después del comienzo, sí.

—¿Y al comienzo no?

—No. Tú estarás con los caballos.

—¿No podré estar contigo?

—No. Tengo que hacer un trabajo que sólo puedo hacer yo, y estaría preocupado por ti.

—Pero ¿volverás en cuanto lo acabes?

—Enseguida —dijo, y sonrió en la oscuridad—. Vamos, *guapa*, vamos a comer.

—¿Y tu saco de dormir?

—Enróllalo, si quieres.

—Claro que quiero —dijo ella.

—Déjame que te ayude.

—No. Déjame que lo haga yo sola.

Se arrodilló para extender y enrollar el saco de dormir. Luego, cambiando de parecer, se levantó y lo sacudió. Después volvió a arrodillarse de nuevo para alisarlo y enrollarlo. Robert Jordan recogió las dos mochilas, sosteniéndolas con precaución, para que no se cayera nada por las hendiduras, y se fue por entre los pinos, hasta la entrada de la cueva, donde pendía la manta pringosa. Y eran las tres menos diez en su reloj cuando levantó la manta con el codo para entrar en la cueva.

Capítulo 38

Ya estaban todos en la cueva; los hombres, de pie delante del fuego; María, atizando la lumbre. Pilar tenía el café listo en la cafetera. No había vuelto a acostarse después de haber despertado a Jordan, y estaba sentada en un taburete en medio del ambiente saturado de humo, cosiendo el rasgón de una de las mochilas. La otra estaba ya repasada. El fuego le iluminaba la cara.

—Come un poco más de cocido —le dijo a Fernando—. ¿Qué importa que tengas la barriga llena? No habrá médico para operarte si te coge el toro.

—No hables así, mujer —dijo Agustín—. Tienes una lengua de grandísima puta.

Estaba apoyado en el fusil automático, cuyos pies aparecían plegados junto al cañón, y tenía los bolsillos llenos de granadas; de un hombro le colgaba la bolsa con las cintas de los proyectiles y en bandolera llevaba una carga completa de municiones. Estaba fumándose un cigarrillo mientras sostenía en la mano una taza de café, que se llenaba de humo cada vez que se la acercaba a los labios.

—Eres una verdadera ferretería andante —le dijo Pilar—. No podrás ir más de cien metros con todo eso.

—¡*Qué va*, mujer! —replicó Agustín—. Es cuesta abajo.

—Para ir al puesto es cuesta arriba —dijo Fernando—. Antes de que sea cuesta abajo es cuesta arriba.

—Treparé como una cabra —dijo Agustín—. ¿Y tu hermano?

—preguntó a Eladio—. ¿Tu preciosidad de hermano ha desaparecido?

Eladio estaba de pie, apoyado en el muro.

—Calla la boca —le contestó.

Estaba nervioso y sabía que nadie lo ignoraba. Estaba siempre nervioso e irritable antes de la acción. Se apartó de la pared, se acercó a la mesa y empezó a llenarse los bolsillos de granadas, que cogía de uno de los grandes capachos de cuero sin curtir que estaban apoyados contra una pata de la mesa.

Robert Jordan se agachó junto a él delante del capacho. Tomó del capacho cuatro granadas. Tres eran del tipo Mills, de forma ovalada, de casco de hierro dentado, con una palanca de resorte sujeta por una tuerca conectada al dispositivo del que se tira para hacerla estallar.

—¿De dónde habéis sacado esto? —preguntó a Eladio.

—¿Eso? De la República. Fue el viejo quien las trajo.

—¿Qué tal son?

—*Valen más que pesan* —dijo Eladio.

—Fui yo quien las trajo —expuso Anselmo—. Sesenta de una vez, y pesaban más de cuarenta kilos, *inglés*.

—¿Las habéis utilizado ya? —le preguntó Jordan a Pilar.

—¿Que si las hemos usado? Fue con eso con lo que Pablo acabó con el puesto de Otero.

Cuando Pilar pronunció el nombre de Pablo, Agustín se puso a blasfemar. Robert Jordan vio el semblante de Pilar a la luz del fuego.

—Acaba con eso ya —dijo vivamente a Agustín—. De nada vale hablar.

—¿Han explotado siempre? —preguntó Jordan, sosteniendo en la mano la granada pintada de gris y probando el mecanismo con la uña del pulgar.

—Siempre —dijo Eladio—. No ha fallado ni una de todas las que hemos gastado.

—¿Y cómo son de rápidas?

—Lo que tardan en caer. Rápidas; bastante rápidas.

—¿Y esas otras?

Tenía en sus manos una bomba en forma de lata de conserva con una cinta enrollada alrededor de un resorte de alambre.

—Eso es una basura —contestó Eladio—. Explotan, sí; pero es un buen fogonazo, y nada de metralla.

—Pero ¿explotan siempre?

—¡*Qué va*, siempre! —dijo Pilar—. Siempre no existe, ni para nuestras municiones ni para las suyas.

—Pero dices que las otras estallan siempre.

—Yo no he dicho eso —contestó Pilar—. Se lo has preguntado a otro. Yo no he visto nunca un siempre en estos artefactos.

—Explotaron todas —afirmó Eladio—. Di la verdad, mujer.

—¿Cómo sabes tú que explotaron todas? Era Pablo el que las arrojaba. Tú no mataste a nadie cuando lo de Otero.

—Ese hijo de la gran puta —comenzó Agustín de nuevo.

—Calla la boca —dijo Pilar irritada. Luego continuó—: Todas valen, *inglés*; pero las dentadas son más sencillas.

Valdrá más que use una de cada en cada carga, pensó Jordan. Pero las dentadas deben de sujetarse mejor y son más seguras.

—¿Vas a arrojar bombas, *inglés*? —preguntó Agustín.

—¿Cómo no? —respondió Jordan.

Pero agachado allí, eligiendo las granadas, pensaba: Es imposible; no sé cómo he podido engañarme a mí mismo. Hemos estado todos perdidos desde el momento en que atacaron al Sordo, como lo estuvo el Sordo desde que dejó de navegar. Lo que pasa es que no quiero reconocerlo. Hace falta seguir adelante con un plan que es irrealizable. Eres tú quien lo ha concebido y ahora sabes que es malo. Ahora, a la luz del día, sabes que es malo.

Puedes perfectamente tomar uno de los dos puestos con la gente que tienes, pensó. Pero no puedes tomar los dos. No puedes estar seguro de tomarlos, quiero decir. No te engañes. No te engañes ahora a la luz del día. Pretender tomar los dos es imposible. Pablo lo ha sabido siempre. Probablemente tuvo siempre la intención de hacer la faena, pero supo que estábamos fritos cuando atacaron al Sordo. No puede uno contar con milagros cuando monta una operación. Vas a hacer que los maten a todos y tu puente no va a volar siquiera si no dispones de algo más de lo que tienes ahora. Harás que mueran Pilar, Anselmo, Agustín, Primitivo, el histérico de Eladio, ese sinvergüenza del gitano y el bueno de Fernando, y tu puente no volará. ¿Te crees que se obrará un milagro y que Golz recibirá el mensaje que le lleva Andrés y que lo detendrá todo? Si no se obra un milagro, vas a hacer que mueran todos por orden tuya. María también. Vas a matarla a ella también con tus órdenes. ¿No podrías sacarla de aquí, por lo menos a ella? Maldito sea Pablo.

No, no te enfades, se dijo. Enfadarse es tan malo como tener miedo. Pero en lugar de acostarte con tu amiguita deberías haberte ido a caballo por la noche con la mujer por esas montañas y tratar de reunir toda la gente que hubieses encontrado. Sí, y si me hubiese ocurrido algo, no estaría ahora aquí para volar el puente. Sí, eso es. Ésa es la razón de que tú no hayas ido. Y no podías enviar a nadie, porque no podías correr el riesgo de perderle y tener uno de menos. Tenías que conservar lo que tenías y discurrir un plan nuevo.

Pero tu plan apesta, se dijo. Apesta, te lo digo. Era un plan bueno para la noche y ahora es de día. Los planes hechos de noche no valen a la mañana siguiente. Lo que se piensa durante la noche no vale para el día. De manera que ahora sabes que todo eso no vale nada.

¿Y qué pasa si John Mosby era capaz de salir adelante de peripecias que parecían tan difíciles como ésta? Naturalmente que sí, pensó. Incluso más difíciles. Y además, no desestimes el elemento de la sorpresa. Piensa en ello. Piensa que si la cosa tiene éxito no será un mal trabajo. Pero no es así como hay que trabajar. No basta con que sea posible; es preciso que sea seguro. Naturalmente, tienes razón; pero mira lo que ha ocurrido. Todo esto anduvo mal desde el comienzo y estas cosas agrandan el desastre, al igual que va agrandándose una bola de nieve que rueda cuesta abajo sobre la nieve fresca.

Desde el suelo, donde estaba agachado cerca de la mesa, levantó sus ojos hacia María, que le sonrió. Él le devolvió la sonrisa de dientes para fuera y escogió cuatro granadas más, que se metió en los bolsillos. Podría destornillar los detonadores y valerme de ellos por separado, pensó. Pero no creo que la dispersión de los fragmentos sea un obstáculo. Se producirá inmediatamente, al mismo tiempo que la explosión de la carga, y no la dispersará. Al menos, creo que no lo hará. No, estoy seguro de que no lo hará. Un poco de confianza, se dijo. ¡Y tú que pensabas anoche lo maravillosos que erais tú y tu abuelo, y que tu padre era un cobarde! Ten ahora un poco de confianza en ti, hombre.

Sonrió de nuevo a María, aunque la sonrisa no iba más lejos de la superficie de su piel, que sentía tensa en las mejillas y en la boca.

Ella te encuentra maravilloso, se dijo. Yo me encuentro detestable. ¿Y la *gloria* y todas esas tonterías que se te habían ocurrido? Se te ocurren ideas estupendas, ¿eh? Tenías el mundo perfectamente estudiado y clasificado. Al diablo con todo ello.

Cálmate, pensó; no te enfades. Aunque eso es también una salida. Siempre quedan salidas para todo. Pero lo que ahora tienes que hacer es tragar mecha. Es inútil renegar de todo lo que ha sucedido sencillamente porque ha llegado el momento en que vas a salir perdiendo. No hagas como esa serpiente que cuando le rompen el espinazo se muerde la cola. Y no tienes el espinazo roto todavía, cerdo. Espera que te despellejen antes de echarte a llorar. Aguarda a que comience la batalla para montar en cólera. Hay muchas ocasiones para ello en una batalla. En una batalla, hasta puede serte de provecho, se dijo.

Pilar se acercó a él con la mochila.

—Aquí está. Ha quedado muy segura —dijo—. Estas granadas son muy buenas, *inglés*. Puedes tener confianza en ellas.

—¿Cómo te encuentras, mujer?

Ella le miró y movió la cabeza sonriendo. Jordan se preguntó hasta qué profundidad del rostro de Pilar alcanzaba su sonrisa. Le pareció que hasta una hondura considerable.

—Bien —dijo ella—. *Dentro de la gravedad*.

Luego dijo agachándose junto a él:

—¿Qué piensas, ahora que la cosa empieza de veras?

—Que somos muy pocos —respondió enseguida Jordan.

—Yo pienso lo mismo —dijo ella—; muy pocos.

Luego añadió, siempre en voz baja:

—La María puede guardar los caballos. No hace falta que me quede yo para eso. Les pondremos trabas. Son caballos de batalla y el tiroteo no los asustará. Yo iré al puesto de abajo y haré todo lo que debería haber hecho Pablo. Así seremos uno más.

—Bueno —dijo él—; suponía que lo querrías así.

—Vamos, *inglés* —le dijo Pilar mirándole a los ojos—, no te preocupes; todo irá bien. Recuerda que no se lo esperan.

—Sí —contestó Robert Jordan.

—Otra cosa, *inglés* —siguió Pilar todo lo quedito que le permitía su vozarrón—. Eso de la mano…

—¿Qué es eso de la mano? —preguntó él molesto.

—No te enfades, oye. No te enfades, muchacho. A propósito de eso de la mano… Todo eso no son más que trucos de gitana para darme importancia. Eso no es verdad.

—Déjalo estar —dijo él fríamente.

—No —dijo ella con voz ronca y cariñosa—. Es una mentira que te he dicho. No quisiera que anduvieses preocupado el día de la batalla.

—No estoy preocupado —contestó Jordan.

—Sí, *inglés* —le dijo—. Estás muy preocupado, y con razón. Pero estaremos todos bien, *inglés*. Hemos nacido para esto.

—No necesito un comisario político —dijo Jordan.

Ella volvió a sonreírle, con su enorme boca de labios gruesos y la hermosa franqueza de su rostro, y dijo:

—Te quiero mucho, *inglés.*

—No hace falta que me digas eso ahora —contestó—. *Ni tú, ni Dios.*

—Sí —dijo Pilar volviendo a bajar la voz—. Ya lo sé, pero quería decírtelo. Y no te preocupes; las cosas nos saldrán bien.

—¿Por qué no? —dijo Jordan, y sólo la superficie de su cara sonrió—. Naturalmente que nos las arreglaremos; todo irá bien.

—¿Cuándo salimos? —preguntó Pilar.

Jordan consultó su reloj.

—En cualquier momento.

Tendió una de sus mochilas a Anselmo:

—¿Cómo va eso, viejo? —preguntó.

Anselmo estaba acabando de tallar con el cuchillo una pila de cuñas que había copiado de un modelo que le había dado Jordan. Eran cuñas de repuesto, que llevaba por si pudieran serles necesarias.

—Bien —contestó el viejo meneando la cabeza—. Muy bien, hasta ahora. —Extendió la mano—. Mira —dijo sonriendo. Sus manos no temblaban.

—*Bueno, ¿y qué?* —le dijo Robert Jordan—. Yo puedo extender siempre la mano sin que me tiemble. Pero extiende un dedo.

Anselmo obedeció. El dedo temblaba. Miró a Jordan y meneó la cabeza.

—El mío también, hombre. —Y Jordan extendió un dedo—. Siempre me tiembla; es lo corriente.

—A mí, no —dijo Fernando. Extendió el índice para que lo viesen; luego el índice de la otra mano.

—¿Puedes escupir? —le preguntó Agustín, haciendo un guiño a Jordan.

Fernando carraspeó, y escupió orgullosamente en el suelo de la cueva; luego removió con el pie la tierra sobre el escupitajo.

—So mula asquerosa —le dijo Pilar—, escupe en el fuego, si quieres mostrarnos tu valentía.

—No hubiera escupido al suelo, Pilar, si no nos fuéramos de este lugar —explicó Fernando cortésmente.

—Ten cuidado donde escupes hoy —le dijo Pilar—. Podría ser en algún sitio que no vayas a abandonar.

—Ésa habla como un gato negro —dijo Agustín. Tenía una necesidad nerviosa de bromear, cosa que sentían todos, aunque de manera distinta.

—Estaba bromeando —dijo Pilar.

—Yo también —dijo Agustín—. Pero *me cago en la leche*; ya tengo ganas de que esto comience.

—¿Dónde está el gitano? —le preguntó Jordan a Eladio.

—Con los caballos —contestó Eladio—. Ahí le tienes, a la entrada de la cueva.

—¿Cómo está?

Eladio sonrió:

—Tiene mucho miedo —dijo. Le tranquilizaba hablar del miedo de los otros.

—Escucha, *inglés…* —empezó a decir Pilar.

Robert Jordan volvió sus ojos hacia ella y vio que se le abría la boca y que una expresión de incredulidad se desparramaba por todo su rostro; se volvió rápidamente hacia la entrada de la cueva, con la mano apoyada en la culata de la pistola. Apartando la manta con una mano, con el cañón de la ametralladora sujeto al hombro, Pablo estaba allí, pequeño, cuadrado, con el rostro mal afeitado, con sus pequeños ojillos porcinos, bordeados de rojo, que no miraban a nadie en particular.

—Tú —dijo Pilar incrédula—. Tú.

—Yo —dijo Pablo calmosamente. Y entró en la cueva—. *Hola, inglés* —dijo—. Tengo a cinco de la cuadrilla de Elías y Alejandro ahí arriba con los caballos.

—¿Y el fulminante y los detonadores? —preguntó Jordan—. ¿Y el resto del material?

—Lo he arrojado todo al fondo del río, por la parte de la garganta —dijo Pablo, que seguía sin mirar a nadie—. Pero he discurrido una manera para que salte la carga con una granada.

—Yo también —dijo Jordan.

—¿Tenéis algo de beber? —preguntó Pablo con aire cansado. Robert Jordan le tendió su cantimplora y Pablo bebió con avidez. Luego se limpió la boca con el dorso de la mano.

—¿Qué es lo que pasa? —preguntó Pilar.

—*Nada* —respondió Pablo secándose la boca—. He vuelto.

—¿Pero…?

—Pero nada. Tuve un momento de flojera. Me fui, pero he vuelto. *En el fondo, no soy cobarde* —dijo volviéndose hacia Jordan.

Lo que eres es otra cosa, pensó Jordan. Ya lo creo que lo eres, cerdo. Pero estoy contento de verte, hijo de puta.

—Cinco; eso fue todo lo que pude conseguir de Elías y de Alejandro —dijo Pablo—. No me he bajado del caballo desde que salí de aquí. Vosotros nueve, solos, no hubierais podido conseguirlo nunca. Nunca; lo comprendí anoche, cuando el *inglés* explicó el plan. Nunca. Ellos son siete y un cabo en el puesto de abajo. ¿Y si dan la alarma o se defienden? —Miraba a Robert Jordan—. Al marcharme, pensé que tú te darías cuenta de que era imposible y que no lo intentarías. Pero luego, cuando tiré tu material, cambié de parecer.

—Estoy contento de verte —dijo Jordan. Se acercó a él—. Nos arreglaremos con las granadas. Todo irá bien. Lo demás ya no tiene importancia.

—No —dijo Pablo—. No lo hago por ti. Tú eres un bicho de mal agüero. Tú tienes la culpa de todo. También de lo del Sordo. Pero después de tirar tu material me encontré muy solo.

—Tu madre… —dijo Pilar.

—Entonces fui a buscar a los otros para que pudiéramos hacerlo. He cogido a los mejores que pude encontrar. Los dejé ahí arriba para poder hablarte primero. Creen que soy el jefe.

—Tú eres el jefe —dijo Pilar—. Si lo deseas.

Pablo la miró y no dijo nada. Luego añadió simplemente, con toda calma:

—He pensado mucho después de lo del Sordo. Creo que si hay que acabar, es mejor acabar todos juntos. Pero a ti, *inglés*, te odio por habernos traído esto.

—Pero, Pablo... —Fernando, con los bolsillos atiborrados de bombas y los cartuchos en bandolera, estaba entretenido rebañando su plato de cocido con un pedazo de pan—. Pero, Pablo —dijo—, ¿no crees que la operación puede tener éxito? Anteanoche decías que estabas seguro.

—Dale más cocido —le dijo irónicamente Pilar a María. Luego, dirigiéndose a Pablo, con la mirada más suave—: Así que has vuelto, ¿eh?

—Sí, mujer —contestó Pablo.

—Bueno, pues sé bienvenido —dijo Pilar—. Ya pensaba yo que no podías estar tan acabado como parecías.

—Después de hacer una cosa así, se siente una soledad que no es soportable —dijo Pablo en voz baja.

—Que no es soportable —repitió ella burlona—. Que tú no puedes soportar durante un cuarto de hora.

—No te burles de mí, mujer; he vuelto.

—Bienvenido —repitió ella—. ¿No me has oído la primera vez? Bébete el café y vámonos. Tanto teatro me aburre.

—¿Es café eso? —preguntó Pablo.

—Por supuesto —dijo Fernando.

—Dame una taza, María —dijo Pablo—. ¿Qué tal te va? —le preguntó a la muchacha sin mirarla.

—Bien —replicó María, y le dio una taza de café—. ¿Quieres cocido? —Pablo rehusó con la cabeza.

—No me gusta estar solo —dijo Pablo hablando a Pilar como si los otros no estuvieran allí—. No me gusta estar solo, ¿sabes? Ayer, trabajando por el bien de todos durante el día, no me sentía solo. Pero esta noche, *hombre, ¡qué mal lo pasé!*

—Tu predecesor, el famoso Judas Iscariote, se ahorcó —dijo Pilar.

—No me hables así, mujer —dijo Pablo—. ¿No te das cuenta? He vuelto. No hables de Judas ni de cosas por el estilo. He vuelto.

—¿Cómo son los muchachos que has traído? —le preguntó Pilar—. ¿Has traído algo que valga la pena?

—*Son buenos* —dijo Pablo. Se atrevió a mirar a Pilar a la cara. Luego apartó la mirada—: *Buenos y bobos.* Dispuestos a morir y todo. *A tu gusto.*

Pablo miró de nuevo a Pilar a los ojos, y esta vez no apartó la mirada. Siguió mirándola de frente, con sus pequeños ojos porcinos, bordeados de rojo.

—Tú —dijo ella, y su voz ronca tenía de nuevo un tono de ternura—. Tú. Supongo que si un hombre ha tenido algo alguna vez, siempre le queda algo.

—*Listo* —dijo Pablo mirándola a la cara, ahora con firmeza—. Estoy dispuesto para lo que el día nos depare.

—Ya lo creo que has vuelto —dijo Pilar—. Ya lo creo; pero, *hombre*, ¡qué lejos has estado!

—Dame otro trago de esa botella —le dijo Pablo a Jordan—. Y después, vámonos.

Capítulo 39

Subieron la pendiente en la oscuridad, a través del bosque, hasta llegar al estrecho paso de la cima. Iban todos cargados con mucho peso, de modo que subían lentamente. Los caballos también llevaban cargas sujetas a las monturas.

—Podríamos soltar las cargas si hiciera falta con unos cuantos cortes —dijo Pilar—; pero, con todo, si conseguimos conservarlas, podremos instalar otro campamento.

—¿Y el resto de las municiones? —preguntó Jordan, al tiempo que ataba sus mochilas.

—Van en esas alforjas.

Robert Jordan sentía el peso de la mochila y en el cuello el roce de la chaqueta, cuyos bolsillos estaban repletos de granadas. Sentía el peso de la pistola, golpeándole la cadera, y el de los bolsillos del pantalón, cargados hasta rebosar, con las cintas del fusil automático. Aún con el gusto del café en la boca, llevaba el fusil en la mano derecha y con la izquierda se estiraba de cuando en cuando el cuello de la chaqueta para aligerar la tirantez de las correas de la mochila.

—*Inglés* —le dijo Pablo, que marchaba delante de él en la oscuridad.

—¿Qué hay, hombre?

—Esos que he traído creen que vamos a tener éxito, porque los he traído yo —dijo Pablo—. No digas nada para no desilusionarlos.

—Bueno —contestó Jordan—; pero procuremos tener éxito.

—Tienen cinco caballos, *¿sabes?* —dijo Pablo cautelosamente.

—Bueno —dijo Jordan—. Guardaremos todos los caballos juntos.

—Bien —dijo Pablo.

Y eso fue todo.

Ya me figuraba yo que no habías sufrido una conversión completa en el camino de Tarso, condenado Pablo, pensó Robert Jordan. No. Pero tu regreso ha sido realmente un milagro. Creo que no vamos a encontrar ninguna dificultad con tu canonización.

—Con esos cinco me ocuparé yo del puesto de abajo, igual que lo hubiera hecho el Sordo —dijo Pablo—. Cortaré los hilos y volveré al puente como convinimos.

Hemos hablado de todo eso hace menos de diez minutos, pensó Jordan. Me pregunto por qué ahora…

—Hay la posibilidad de que lleguemos a Gredos —añadió Pablo—. He pensado mucho en ello.

Me parece que has tenido una nueva inspiración hace unos minutos, pensó Jordan. Has tenido una nueva revelación. Pero no me convencerás de que yo haya sido invitado también. No, Pablo. No me pidas que lo crea. Sería demasiado.

Desde el momento en que Pablo había entrado en la cueva y había dicho que tenía cinco hombres, Jordan se sentía mejor. El regreso de Pablo había disipado la atmósfera trágica en la que toda la operación parecía desplegarse desde que había comenzado a nevar. Desde el regreso de Pablo, Jordan tenía la impresión, no de que su suerte hubiese cambiado, puesto que no creía en la suerte; pero sí de que toda la perspectiva del asunto había mejorado y que la cosa ahora se había vuelto posible. En lugar de la certidumbre del fracaso, sentía que la confianza iba subiendo en él como un neumático que se llena de aire gracias a una bomba. Al principio era casi imperceptible, como ocurre con la goma de los neumáticos que casi no se desplaza con los primeros soplos de aire, pero ahora llegaba a un ritmo constante, como la ascensión regular de la marea o la savia en un árbol, hasta que comenzó a percibir esa ausencia de aprensión que se convierte a menudo en una verdadera alegría antes de la batalla.

Era su don más preciado. La cualidad que le hacía apto para la guerra; esa facultad, no de ignorar, pero sí de despreciar el final, por desgraciado que fuera. Esa cualidad quedaba, no obstante, destruida cuando tenía que asumir responsabilidades por otros o cuando sentía la necesidad de emprender una tarea mal preparada o mal concebida. Porque en tales circunstancias no podía permitirse ignorar un final desgraciado, un fracaso. No era ciertamente una posibilidad de catástrofe para él mismo, que podía ignorar. Jordan sabía que él no era nada y sabía que la muerte no era nada. Lo sabía auténticamente; tan auténticamente como todo lo que sabía. En aquellos últimos días había llegado a saber que él, junto con otro ser, podía serlo todo. Pero también sabía que aquello era una excepción. Hemos tenido esto, pensó. He sido de lo más afortunado. Se me ha otorgado esto quizá porque nunca lo había pedido. Nadie puede quitármelo ni puede perderse. Pero eso es algo pasado, algo que ha concluido al despuntar el día, y ahora tenemos que hacer nuestro trabajo.

Y tú, se dijo, me alegro de ver que has encontrado algo que te ha estado faltando durante algunos momentos. Estabas muy bajo de forma. He sentido mucha vergüenza de ti allá abajo, durante algunos momentos. Sólo que yo era tú. Y no había otro yo para juzgarte. Estábamos los dos en baja forma. Tú y yo, los dos. Vamos, vamos. Deja de pensar como un esquizofrénico. Que piense uno detrás de otro, cada cual según su turno. Ahora estás muy bien. Pero, escucha, no tienes que estar pensando todo el día en la muchacha. No puedes hacer nada para protegerla, como no sea alejarla. Y es lo que vas a hacer. Va a haber, sin duda, muchos caballos si tienes que juzgar por los indicios. Lo mejor que puedes hacer por ella es hacer tu trabajo bien y rápido y salir de ahí, y pensar en ella sólo servirá para estorbarte. Así que no te pases todo el tiempo pensando en ella.

Después de decidirlo, esperó a que María le alcanzase con Pilar, Rafael y los caballos.

—Hola, *guapa* —le dijo en la oscuridad—. ¿Cómo te encuentras?

—Me encuentro bien, Roberto —le dijo ella.

—No te preocupes por nada —le dijo él. Y pasándose el arma a la mano izquierda, apoyó la derecha en el hombro de la muchacha.

—No me preocupo —dijo ella.

—Todo está muy bien organizado —prosiguió Jordan—. Rafael se quedará contigo y con los caballos.

—Me gustaría estar contigo.

—No. Es con los caballos como puedes ser más útil.

—Bueno —dijo ella—; me quedaré con los caballos.

En ese momento relinchó uno de los animales del claro que había más abajo de la abertura entre las rocas y respondió otro caballo con un relincho, cuyo eco fue agudizándose en trémolo hasta deshacerse bruscamente.

Robert Jordan distinguió delante de él, en la oscuridad, la masa de los nuevos caballos. Apretó el paso y alcanzó a Pablo. Los hombres estaban de pie, junto a sus monturas.

—*Salud* —dijo Jordan.

—*Salud* —respondieron en la oscuridad. No podía verles la cara.

—Éste es el *inglés* que viene con nosotros —dijo Pablo—; el dinamitero.

No respondieron. Quizá asintiesen en la oscuridad.

—Vamos, adelante, Pablo —dijo un hombre—. Pronto va a ser de día.

—¿Has traído más granadas? —preguntó otro.

—De sobra —respondió Pablo—; podréis cogerlas cuando dejemos los caballos.

—Bueno, pues en marcha —dijo otro—. Hemos estado aguardando aquí media noche.

—*Hola*, Pilar —dijo alguien al acercarse la mujer.

—*Que me maten* si no es Pepe —dijo Pilar en voz baja—. ¿Cómo va eso, pastor?

—Bien —contestó el hombre—. *Dentro de la gravedad.*

—¿Qué caballo llevas? —le preguntó Pilar.

—El tordillo de Pablo. Esto es un caballo.

—Vamos —dijo otro hombre—. Vamos. No sirve de nada ponerse a hablar aquí.

—¿Qué tal te va, Elicio? —preguntó Pilar cuando el así llamado se disponía a montar.

—¿Cómo quieres que me vaya? —repuso el otro bruscamente—. Vamos, mujer; tenemos mucho trabajo.

Pablo montaba el gran bayo.

—Callaos de una vez y seguidme. Os llevaré al lugar donde vamos a dejar los caballos.

Capítulo 40

Durante el tiempo en que Robert Jordan había estado durmiendo, cavilando en lo del puente y esperando junto a María, Andrés había avanzado muy lentamente. Hasta que llegó a las líneas republicanas, había atravesado los campos y las líneas fascistas con la velocidad que un campesino en buenas condiciones físicas y buen conocedor de la región podía hacerlo en la oscuridad. Pero al llegar al territorio de la República, las cosas cambiaron.

En teoría, hubiera bastado enseñar el salvoconducto que Robert Jordan le había entregado, con el sello del SIM y el mensaje que llevaba el mismo sello, para que se le dejara seguir su camino todo lo más rápidamente posible. Pero el primer tropezón lo tuvo con el jefe de la compañía de primera línea, que había acogido su misión con graves sospechas.

Había seguido al jefe de la compañía hasta el cuartel general del batallón, donde el jefe, que había sido barbero antes del Movimiento, se entusiasmó al oír el relato de su misión. Este comandante, llamado Gómez, maldijo al jefe de la compañía por su estupidez, dio unas palmaditas amistosas a Andrés en el hombro, le dio una copa de mal coñac y le dijo que siempre había deseado ser *guerrillero*. Luego despertó a uno de sus oficiales, le confió el mando del batallón y mandó a un ordenanza que fuera a despertar a su motociclista. En vez de enviar a Andrés al cuartel general de la brigada con el motorista, Gómez resolvió llevarle él mismo a fin de activar las cosas. Y con Andrés fuertemente asido al precario asiento de detrás, fueron zumbando y dando tumbos a lo largo de la estrecha carretera de montaña, llena de baches abiertos por las bombas, entre la doble hilera de árboles que los faros iban descubriendo y cuyos troncos, cubiertos de cal, presentaban las huellas de las balas y los cascos de las granadas que los habían averiado en los combates que habían tenido lugar en esa misma carretera el primer verano del Movimiento. Cuando llegaron al pequeño refugio de montaña, de techos demolidos, donde estaba instalado el cuartel general de la brigada, Gómez frenó como un corredor de carreras, apoyó el vehículo contra la pared de una casa, despertó de un empujón al adormilado centinela que estaba encargado de guardarlo y entró en la gran sala de paredes cubiertas de mapas, donde un oficial dormitaba con una visera verde sobre los ojos, ante una mesa provista de una lámpara, dos teléfonos y un ejemplar de *Mundo Obrero*.

El oficial levantó la vista hacia Gómez y dijo:

—¿Qué vienes a hacer aquí? ¿No has oído hablar nunca del teléfono?

—Debo ver al teniente coronel —dijo Gómez.

—Duerme —dijo el oficial—. Se veían los faros de esa bicicleta tuya a un kilómetro de distancia por la carretera. ¿Es que quieres provocar un bombardeo?

—Llama al teniente coronel —insistió Gómez—; es un asunto de extrema gravedad.

—Está durmiendo; ya te lo he dicho —replicó el oficial—. ¿Quién es esa especie de bandido que viene contigo? —preguntó, señalando a Andrés con un gesto.

—Es un *guerrillero* que viene del otro lado de las líneas con un mensaje de suma importancia para el general Golz, que dirige la ofensiva que al amanecer va a desencadenarse al otro lado de Navacerrada —explicó Gómez, grave y excitado al mismo tiempo—. Despierta al *teniente coronel*, por el amor de Dios.

El oficial le miró fijamente, con sus ojos de gruesos párpados sombreados por la visera de celuloide verde.

—Estáis todos locos —dijo—; no sé nada del general Golz ni de la ofensiva. Llévate a ese cazador y vuélvete a tu batallón.

—Despierta al *teniente coronel*, te digo —gritó Gómez. Y Andrés vio que apretaba la boca en gesto de resolución.

—Vete a la mierda —le dijo indolentemente el oficial, volviéndole la espalda.

Gómez sacó su enorme pistola Star de nueve milímetros y la apoyó sobre la espalda del oficial.

—Despiértale, cochino fascista —dijo—. Despiértale, o te mato.

—Cálmate —dijo el oficial—. Vosotros, los barberos, sois gente muy impresionable.

Andrés vio a la luz de la lámpara el rostro de Gómez alterado por el odio. Pero dijo solamente:

—Despiértale.

—Ordenanza —gritó el oficial con voz despectiva.

Un soldado apareció en la puerta, saludó y se fue.

—Su novia está con él —dijo el oficial, y se puso de nuevo a leer el periódico—. Con toda seguridad le va a encantar veros.

—Los individuos como tú obstaculizan todos los esfuerzos para ganar la guerra —le dijo Gómez al oficial del Estado Mayor.

El oficial no le prestaba ninguna atención. Luego, mientras proseguía su lectura, comentó, como hablando consigo mismo:

—¡Qué periódico tan curioso es éste!

—¿Por qué no lees *El Debate*? Ése es tu periódico —dijo Gómez, nombrando al principal órgano católico conservador publicado en Madrid antes del Movimiento.

—No olvides que soy tu superior y que un informe mío sobre ti llegaría muy lejos —dijo el oficial sin levantar la vista—. No he leído nunca *El Debate*; no hagas acusaciones falsas.

—No, tú leías el *ABC* —dijo Gómez—. El ejército está podrido con gente como tú. Pero esto no va a durar mucho. Estamos copados entre ignorantes y cínicos. Pero instruiremos a los unos y eliminaremos a los otros.

—«Purga» es la expresión que andas buscando —dijo el oficial sin molestarse en levantar la vista—. Hay aquí un artículo sobre las purgas de tus famosos rusos. Están purgando más que el aceite de ricino en estos tiempos.

—Llámalo como quieras —dijo Gómez furioso—. Llámalo como quieras, con tal que los individuos de tu calaña sean liquidados.

—¿Liquidados? —preguntó el oficial insolentemente, y como si hablara consigo mismo—: Ahí tienes una palabra que casi no se parece al castellano.

—Fusilados, entonces —dijo Gómez—; eso es buen castellano, ¿no? ¿Lo entiendes?

—Sí, hombre; pero no hables tan fuerte. Además del *teniente coronel*, hay otros durmiendo en este Estado Mayor, y tus emociones me aburren. Ésa es la razón de que siempre me haya afeitado solo. Nunca me ha gustado la conversación.

Gómez miró a Andrés y meneó la cabeza. Sus ojos brillaban con la humedad que provocan la rabia y el despecho. Pero sacudió la cabeza y no dijo nada, dejando todo aquello para un futuro más o menos próximo. Había ido dejando muchas cosas en el año y medio que llevaba en el puesto como jefe de batallón en la sierra. Al entrar el teniente coronel en pijama, Gómez se levantó y saludó.

El teniente coronel Miranda era un hombre bajo, de cara grisácea, que había estado en el ejército toda su vida, que había perdido el amor de su esposa en Madrid y el apetito en Marruecos y que se había hecho republicano al descubrir que no podía divorciarse —de recobrar la buena digestión no hubo ninguna posibilidad—; había entrado en la guerra civil como teniente coronel, y su única aspiración era terminarla con el mismo grado. Había defendido bien la sierra y quería que se le dejara tranquilo para seguir defendiéndola. Se encontraba mucho mejor en guerra que en paz, sin duda a causa del régimen dietético que se veía forzado a seguir; tenía una inmensa reserva de bicarbonato de sosa, bebía whisky todas las noches; su amante, de veintitrés años, iba a tener un niño, como casi todas las muchachas que se habían hecho *milicianas* en julio del año anterior, y al entrar en la sala respondió con un cabeceo al saludo de Gómez, y le tendió la mano.

—¿Qué te trae por aquí, Gómez? —preguntó; y luego, dirigiéndose al oficial sentado a la mesa, que era su ayudante, dijo—: Dame un cigarrillo, Pepe, por favor.

Gómez le enseñó los papeles de Andrés y el mensaje. El teniente coronel examinó rápidamente el *salvoconducto*, miró a Andrés, le saludó asimismo con la cabeza, sonrió y después se puso a estudiar ávidamente el mensaje. Palpó el sello, pasándole el índice, y por último devolvió el salvoconducto y el mensaje a Andrés.

—¿Es muy dura la vida en las montañas? —preguntó.

—No, mi teniente coronel —contestó Andrés.

—¿Te han señalado el lugar más próximo al Cuartel General del general Golz?

—Navacerrada, mi teniente coronel —dijo Andrés—. El *inglés* ha dicho que estaría en alguna parte cerca de Navacerrada, detrás de las líneas, a la derecha de aquí.

—¿Qué *inglés*? —le preguntó cortésmente el teniente coronel.

—El *inglés* que está con nosotros como dinamitero.

El teniente coronel asintió con la cabeza. No era más que uno de tantos fenómenos inesperados e inexplicables de la guerra. «El *inglés* que está con nosotros como dinamitero.»

—Será mejor que lo lleves tú en la moto, Gómez —dijo el teniente coronel—. Prepárale un salvoconducto enérgico para el Estado Mayor del general Golz; yo lo firmaré —le dijo al oficial de la visera de celuloide verde—. Escríbelo a máquina, Pepe. Ahí están los detalles. —Hizo un gesto a Andrés para que le entregara el salvoconducto—. Y ponle dos sellos. —Se volvió hacia Gómez—. Tendréis necesidad esta noche de un documento en regla. Así tie-

ne que ser. Hay que ser prudentes cuando se prepara una ofensiva.
Voy a daros algo todo lo enérgico que sea posible. —Luego, dirigiéndose a Andrés con toda amabilidad—: ¿Quieres algo? ¿Quieres algo de beber o de comer?

—No, mi teniente coronel —dijo Andrés—; no tengo hambre.
Me han dado un coñac en el último puesto de mando y si tomo algo
más acabaré por marearme.

—¿Has visto movimiento o actividad al otro lado de mi frente
cuando lo atravesaste? —preguntó cortésmente el teniente coronel
a Andrés.

—Estaba todo como siempre, mi teniente coronel; tranquilo,
tranquilo.

—¿No te he visto yo en Cercedilla hace cosa de tres meses? —preguntó el teniente coronel.

—Sí, mi teniente coronel.

—Ya me lo parecía. —El teniente coronel le golpeó amistosamente en la espalda—. Estabas con el viejo Anselmo. ¿Cómo está
Anselmo?

—Está muy bien, mi teniente coronel —respondió Andrés.

—Bueno; me alegro —dijo el teniente coronel. El oficial le
mostró lo que acababa de escribir a máquina; el teniente coronel lo
leyó y lo firmó—. Ahora tenéis que daros prisa —les dijo a Gómez
y a Andrés—. Mucho cuidado con la moto —le dijo a Gómez—.
Utiliza las luces. No puede pasar nada por una simple motocicleta,
y tienes que ser muy cuidadoso para que no os ocurra nada. Dadle
recuerdos al camarada general Golz de mi parte. Nos conocimos
después de lo de Peguerinos. —Les dio la mano a los dos—. Pon
los papeles en el bolsillo de tu camisa y abróchatela bien —dijo—.
Se coge mucho aire cuando se va en moto.

Cuando se fueron, abrió un armario, sacó un vaso y una botella, se sirvió un poco de whisky y llenó el vaso de agua, que tomó
de un botijo que había en el suelo, junto a la pared. Luego, con el
vaso en la mano, bebiendo a pequeños sorbos, se acercó al gran

mapa colgado en la pared y estudió las posibilidades de la ofensiva al norte de Navacerrada.

—Me alegro de que le toque a Golz y no a mí —dijo al oficial que estaba sentado delante de la mesa. El oficial no contestó y, cuando el teniente coronel levantó los ojos del mapa para mirarle, vio que estaba dormido con la cabeza sobre los brazos. El teniente coronel se acercó a la mesa y colocó los dos teléfonos de manera que rozasen la cabeza del oficial, uno a cada lado. Luego se volvió al armario, se sirvió un nuevo whisky con agua y de nuevo se puso a estudiar el mapa.

Sujetándose con fuerza al asiento, mientras Gómez bregaba con el motor, Andrés agachó la cabeza para sortear el viento, y la motocicleta comenzó su carrera, entre el estrépito de las explosiones del motor, hendiendo con sus luces la oscuridad de la carretera bordeada de álamos; la luz de los faros se hacía más suave cuando la carretera descendía por entre las brumas del lecho de un arroyo y más intensa cuando volvía a subir el camino. Frente a ellos, un poco más allá, en un cruce de caminos, el faro alumbró la masa de los camiones vacíos que regresaban de las montañas.

Capítulo 41

Pablo se detuvo y se apeó del caballo. Robert Jordan oyó en la oscuridad el crujido de las monturas y el pesado resoplar de los hombres según ponían pie a tierra, así como el tintineo de la brida de un caballo que sacudía la cabeza. El olor de los caballos, el olor de los hombres nuevos, olor agrio de personas sin aseo, acostumbradas a dormir vestidas, y el olor rancio, a leña ahumada, de los de la cueva, se confundió en uno solo. Pablo estaba de pie a su lado y le llegaba su olor a vino y a hierro viejo, semejante al gusto de una moneda de cobre cuando se mete en la boca. Encendió un cigarrillo, cuidando bien de cubrir la llama con sus manos, aspiró profundamente y oyó decir a Pablo en voz muy baja:

—Coge el saco de las granadas, Pilar, mientras atamos a los caballos.

—Agustín —dijo Jordan en el mismo tono—, Anselmo y tú venís conmigo al puente. ¿Tienes el saco de los platos para la *máquina*?

—Sí —dijo Agustín—; ¿cómo no?

Jordan se acercó a donde Pilar estaba descargando uno de los caballos, ayudada por Primitivo.

—Oye, mujer —susurró.

—¿Qué pasa? —le contestó ella, tratando de amoldar al mismo tono su ronca voz, mientras desataba una cincha.

—¿Has comprendido bien que no se debe comenzar el ataque mientras no oigas caer las bombas?

—¿Cuántas veces tienes que repetírmelo? —preguntó Pilar—. Te estás volviendo una vieja gruñona, *inglés*.

—Es sólo para estar seguro —dijo Jordan—; y después de la destrucción del puesto te repliegas sobre el puente y cubres la carretera desde arriba para proteger mi flanco izquierdo.

—Lo comprendí la primera vez que lo explicaste. ¿O es que necesito que me lo repitas constantemente? —susurró Pilar—. Ocúpate de tus asuntos.

—Que nadie haga ningún movimiento, que nadie dispare ni arroje una bomba antes de que se haya oído el ruido del bombardeo —dijo Jordan, siempre en voz baja.

—No me aburras más —contestó Pilar encolerizada—. Entendí muy bien todo eso cuando estuvimos en el campamento del Sordo.

Jordan se acercó a Pablo, que estaba atando los caballos.

—No he atado más que a los que podrían asustarse —explicó Pablo—. Los otros están atados de manera que basta con tirar de la cuerda para desatarlos, ¿lo ves?

—Bien.

—Voy a explicar a la muchacha y al gitano cómo tienen que hacer para manejarlos —dijo Pablo. Sus nuevos compañeros estaban de pie, apoyados en sus carabinas, formando un grupo aparte.

—¿Lo has entendido todo? —preguntó Jordan.

—¿Cómo no? —dijo Pablo—. Destruir el puesto, cortar los hilos, volver al puente. Cubrir el puente hasta que tú lo hagas saltar.

—Y no hacer nada hasta que no comience el bombardeo —insistió Jordan.

—Eso es.

—Bueno, entonces, buena suerte.

Pablo gruñó a modo de contestación. Luego dijo:

—Nos cubrirás bien con la *máquina* y con la otra *máquina* pequeña cuando volvamos, ¿eh, *inglés*?

—*De primera*. Os cubriré de primera.

—Entonces, eso es todo. Pero en ese momento tienes que llevar mucho cuidado, *inglés*. No resultará fácil si no estás al tanto.

—Cogeré la *máquina* yo mismo —dijo Jordan.

—¿Tienes mucha práctica? Porque no tengo ganas de que me mate Agustín, con todas las buenas intenciones que tiene.

—Tengo mucha práctica. Ya verás. Y si Agustín se sirve de una de las dos *máquinas*, me cuidaré de que dispare bien por encima de tu cabeza. Muy alto, siempre por encima de tu cabeza.

—Entonces, nada más —dijo Pablo. Luego dijo en voz baja, en tono de confianza—: No tenemos caballos para todos.

Este hijo de puta, pensó Jordan. Se creerá que no lo entendí la primera vez.

—Yo iré a pie —dijo Jordan—; los caballos son para ti.

—No, habrá un caballo para ti, *inglés* —dijo Pablo en voz baja—. Habrá caballos para todos nosotros.

—Eso es problema tuyo —dijo Jordan—. No tienes que contar conmigo. ¿Tienes bastantes municiones para tu nueva *máquina*?

—Sí —contestó Pablo—. Todas las que llevaba el jinete. No he disparado más que cuatro tiros para probarla. La probé ayer en las montañas.

—Entonces, vamos —dijo Jordan—; hay que estar allí muy temprano y escondernos bien.

—Vámonos todos —dijo Pablo—. *Suerte, inglés*.

Me pregunto qué es lo que planea ahora este bastardo, se dijo Jordan. Tengo la impresión de saberlo. Bueno, eso es cosa suya. A Dios gracias, no conozco a los nuevos.

Le tendió la mano y dijo:

—*Suerte*, Pablo. —Y se estrecharon la mano en la oscuridad.

Robert Jordan, al tender su mano, esperaba encontrarse con algo así como la mano de un reptil o la de un leproso. No sabía cómo era la mano de Pablo. Pero, en la oscuridad, aquella mano que apretó la suya, la apretó francamente y él devolvió la presión. Pablo tenía una buena mano en la oscuridad, y el contacto le dio a Jordan la impresión más extraña de todas las que había experimentado aquella madrugada. Tenemos que ser aliados ahora, pensó. Hay siempre muchos apretones de manos entre aliados, sin hablar de las declaraciones y de los abrazos. Por lo que respecta a los abrazos, me alegro de que podamos pasar sin ellos. Creo que todos los aliados son del mismo estilo. Siempre se odian *au fond*; pero este Pablo es un tipo raro.

—*Suerte*, Pablo —dijo, y apretó aquella extraña mano, firme, decidida y dura—. Te cubriré bien; no te preocupes.

—Siento haberte quitado el material —dijo Pablo—; fue una equivocación.

—Pero has traído lo que necesitábamos.

—No pongo esto del puente en contra tuya, *inglés*. Le veo buen fin —dijo Pablo.

—¿Qué estáis haciendo vosotros dos? ¿Os habéis vuelto *maricones*? —preguntó Pilar, surgiendo bruscamente al lado de ellos en la oscuridad—. No te faltaba más que eso —le dijo a Pablo—. Vamos, *inglés*, acaba con las despedidas, antes de que éste te robe el resto de tus explosivos.

—No me entiendes, mujer. El *inglés* y yo nos entendemos.

—Nadie te entiende; ni Dios ni tu madre —dijo Pilar—. Ni tampoco yo. Vete, *inglés*; despídete de la rapadita y vete. *Me cago en tu padre*; empiezo a creer que tienes miedo de ver salir el toro.

—Tu madre —replicó Jordan.

—Tú no has tenido jamás una —susurró alegremente Pilar—. Y ahora vete, que tengo muchas ganas de empezar de una vez y acabar con ello. Vete con tus hombres —le dijo a Pablo—. Cualquiera sabe el tiempo que va a durar su hermosa resolución. Tienes uno o dos que no cambiaría ni por ti. Llévatelos y vete.

Robert Jordan se echó la mochila al hombro y se acercó a los caballos para decir adiós a María.

—Adiós, *guapa*. Hasta pronto.

Tenía una sensación de irrealidad, como si todo lo que decía lo hubiera dicho ya antes, como si se tratara de un tren que se marcha y él estuviese en el andén de la estación.

—Adiós, Roberto —dijo ella—. Ten mucho cuidado.

—Pues claro —dijo él.

Inclinó la cabeza para besarla y su mochila se escurrió hacia delante, golpeándole en la nuca, de tal manera que con su frente dio contra la de la muchacha. También pensaba que esto había sucedido ya.

—No llores —dijo turbado, y no solamente por lo de la mochila.

—No lloro —respondió ella—; pero vuelve enseguida.

—No te preocupes cuando oigas los disparos. Oirás seguramente muchos disparos.

—Pues claro. Pero vuelve enseguida.

—Adiós, *guapa* —dijo con torpeza.

—*Salud*, Roberto.

Robert Jordan no se había sentido nunca tan joven desde que había subido al tren en Red Lodge para Billings, donde tendría que tomar el que iba a llevarle a la escuela por vez primera. Tenía mucho miedo de ir y no quería que se dieran cuenta, y en la estación, cuando el revisor iba a coger su maleta para subir al estribo, su padre le había abrazado, diciendo: «Que el Señor vele por ti y por mí mientras estemos separados». Su padre era un hombre muy piadoso y dijo eso de una forma sencilla y sincera; pero su bigote estaba húmedo, sus ojos estaban empañados de emoción y Jordan se sintió tan azorado por todo aquello, por el tono húmedo y religioso de la plegaria y por el beso del adiós paterno, que se había sentido de repente mucho mayor que su padre, y tan desolado de verle así que casi le resultó intolerable.

Después de la salida del tren se quedó en la plataforma de detrás y estuvo viendo la estación y el depósito de agua que se hacían cada vez más pequeños, y los raíles, cruzados por las traviesas, que parecían converger hacia un punto en el que la estación y el depósito se hacían minúsculos, mientras el rítmico resoplar del tren le iba alejando más y más.

El revisor le había dicho:

—Papá parecía sentir mucho que te fueras, Bob.

—Sí —había respondido, contemplando las matas de salvia que desfilaban a lo largo de los flancos polvorientos de la vía, entre los postes del telégrafo. Buscaba con la mirada los pájaros entre las matas.

—¿No te impresiona irte tan lejos a la escuela?

—No —había dicho él. Y era la verdad.

No hubiera sido verdad un poco antes, pero lo era en aquel momento, y sólo ahora, en el momento de esta separación, se había sentido tan joven como se sintió instantes antes de que el tren partiera. Se encontraba muy joven de repente, y también muy torpe, y decía adiós con toda la timidez de un colegial que acompaña hasta su puerta a una muchacha y no sabe si tiene que besarla. Entonces se dio cuenta de que no eran los adioses lo que le turbaba. Era el encuentro hacia el que se dirigía. Los adioses no hacían más que acrecentar la turbación que le infundía semejante encuentro.

Ya estás dándole otra vez, se dijo. Pero creo que no hay nadie que no se sienta a veces demasiado joven para hacerlo. Prefirió no darle un nombre a ese «hacerlo». Vamos, se dijo. Vamos, es demasiado pronto para tener ahora una segunda infancia.

—Adiós, *guapa* —dijo en voz alta—. Adiós, conejito.

—Adiós, Roberto mío —contestó ella.

Jordan se acercó a Anselmo y a Agustín, que esperaban, y les dijo:

—*Vámonos.*

Anselmo se echó la pesada carga al hombro. Agustín, que había salido completamente equipado de la cueva, estaba apoyado contra un árbol, con el cañón del fusil ametrallador asomando por encima de su carga.

—Bueno; *vámonos.*

Y los tres empezaron a bajar la colina.

—*Buena suerte*, don Roberto —dijo Fernando, al pasar los tres delante de él, en fila india, entre los árboles. Fernando estaba acurrucado en cuclillas no lejos de allí, pero hablaba con gran dignidad.

—*Buena suerte* para ti, Fernando —contestó Jordan.

—En todo lo que hagas —dijo Agustín.

—Gracias, don Roberto —dijo Fernando, sin atender las palabras de Agustín.

—Ése es un fenómeno, *inglés* —susurró Agustín.

—Lo es —dijo Jordan—. ¿Puedo ayudarte? Vas cargado como un mulo.

—Voy bien —dijo Agustín—; pero, hombre, me alegro de que esto empiece.

—Habla bajo —dijo Anselmo—; desde ahora, habla poco y bajo.

Descendieron por la ladera con precaución, Anselmo a la cabeza y Agustín detrás. Robert Jordan, que cerraba la marcha, pisaba con cuidado para no resbalar, sintiendo bajo la suela de cáñamo de sus alpargatas las agujas de pino. Al tropezar con una raíz extendió la mano y tocó el metal frío del cañón del fusil automático y de las patas del trípode. Luego fueron bajando de costado, trazando con la suela de sus alpargatas surcos en el bosque, al resbalar. Volvió a tropezar y, buscando apoyo en la corteza rugosa del tronco de un árbol, su mano encontró una incisión de la que chorreaba resina, y la retiró, pegajosa. Al fin remataron con la pendiente abrupta y arbolada y llegaron al lugar, algo más arriba del puente, donde Robert Jordan y Anselmo habían estado observando el primer día.

Anselmo se detuvo cerca de un pino, en la oscuridad, cogió a Jordan por la muñeca y susurró en voz tan baja que Jordan apenas le oyó:

—Mira, tienen el brasero encendido.

Se veía abajo un punto luminoso por la parte en que el puente daba a la carretera.

—Fue aquí donde estuvimos observando —explicó Anselmo. Cogió de la mano a Jordan y le llevó hasta el tronco de un pino para que viera una pequeña incisión hecha recientemente—. Hice esa señal mientras tú mirabas el puente. Es aquí, a la derecha, donde tú querías poner la *máquina*.

—La pondremos ahí.

—Bien.

Dejaron en el suelo la carga y Agustín y Robert Jordan siguieron a Anselmo hasta el lugar llano donde se elevaba un grupo de pinos pequeños.

—Aquí es —dijo Anselmo—. Justamente aquí.

—Desde aquí, a la luz del día —susurró Jordan a Agustín, escondido detrás de los árboles—, verás un trecho de carretera y el acceso al puente. Verás toda la extensión del puente y un pedazo de trecho de carretera del otro lado, antes del lugar donde la carretera gira en torno a las rocas.

Agustín no respondió.

—Estarás aquí, tumbado, mientras preparamos la explosión, y dispararás contra cualquiera que se acerque, tanto de arriba como de abajo.

—¿De dónde es esa luz? —preguntó Agustín.

—Es la de la garita del centinela de este lado del puente —susurró Jordan.

—¿Quién se encargará de los centinelas?

—El viejo y yo, como te he dicho; pero si no es así, tú disparas sobre las garitas y sobre ellos, si logras verlos.

—Sí. Ya me lo has dicho.

—Después de la explosión, cuando la gente de Pablo venga volviendo el recodo, tendrás que disparar muy alto, por encima de su cabeza, si les persiguen. Habrá que disparar muy alto en cuanto los veas, para evitar que les persigan. ¿Lo entiendes?

—¿Cómo no? Fue lo que me dijiste anoche.

—¿Se te ocurre alguna pregunta?

—No. Tengo dos sacos. Puedo llenarlos de tierra ahí arriba, donde no me vean, y traerlos aquí.

—Pero no caves por aquí. Tienes que estar bien escondido, como lo estábamos el otro día allá arriba.

—Sí, los llenaré en la oscuridad. Ya verás. No se podrá ver nada tal y como yo los coloque.

—Estás muy cerca, *¿sabes?* A la luz del día, este bosquecillo se ve muy bien desde abajo.

—No te preocupes, *inglés*. ¿Adónde vas tú?

—Voy allá abajo, con mi *máquina* pequeña. El viejo atravesará la garganta ahora, para ocuparse de la garita del otro lado del puente. La garita que mira en esa dirección.

—Entonces, nada más —dijo Agustín—. *Salud, inglés.* ¿Tienes tabaco?

—No puedes fumar. Estás demasiado cerca.

—No es para fumar. Sólo para tenerlo en la boca. Para fumar después.

Robert Jordan le tendió su pitillera y Agustín cogió tres cigarrillos, que puso en la vuelta de su gorra de pastor. Abrió el trípode y colocó el fusil ametrallador en batería entre los pinos. Luego comenzó a deshacer a tientas sus paquetes y a disponer su contenido en el lugar que le parecía más apropiado.

—*Nada más* —dijo.

Anselmo y Jordan se apartaron de él para volver junto a las mochilas.

—¿Dónde convendría dejarlas? —susurró Jordan.

—Aquí, creo yo. Pero ¿estás seguro de que podrás acercarte al centinela y acertarle con tu pequeña *máquina?*

—¿No es exactamente aquí donde estuvimos el otro día?

—En ese mismo árbol —susurró Anselmo en voz tan baja que apenas Jordan podía oírle. Sabía que hablaba sin mover los labios como había hecho el primer día—. Le hice una señal con el cuchillo.

Robert Jordan tenía de nuevo la sensación de que todo aquello había sucedido ya; pero ahora la causa era la repetición de una pregunta y de la respuesta de Anselmo. Había ocurrido lo mismo con

Agustín, que había hecho una pregunta sobre los centinelas cuando de antemano sabía la respuesta.

—Está lo bastante cerca; quizá demasiado cerca —susurró Jordan—. Pero la luz está a nuestra espalda. Estamos bien aquí.

—Entonces, cruzaré al otro lado de la garganta y me colocaré en posición —dijo Anselmo. Luego añadió—: Perdóname, *inglés*. Para que no haya ningún error. Por si me siento estúpido.

—¿Qué? —preguntó Jordan en voz muy baja.

—Repíteme una vez más lo que tengo que hacer.

—Cuando yo dispare, disparas tú. En cuanto elimines a tu hombre, atraviesa el puente y reúnete conmigo. Yo tendré las mochilas allá abajo y tú irás colocando las cargas de la forma que yo te diga. Te lo iré explicando todo con la mayor claridad. Si me sucediera algo, hazlo tú mismo tal como te lo he indicado ya. Haz las cosas despacio y bien, sujetando firmemente las cargas con las cuñas de madera y asegurando bien las granadas.

—Ahora, todo está claro —dijo Anselmo—. Lo recordaré todo. Ahora me voy. Mantente bien cubierto, *inglés*, cuando se haga de día.

—Cuando dispares —siguió diciendo Jordan—, apunta cuidadosamente y con calma. No pienses en él como en un hombre, sino como en un blanco, *¿de acuerdo?* No dispares al bulto, sino a un punto determinado. Si está de cara hacia ti, trata de tirar al centro del vientre. Si está vuelto de espaldas, apunta al centro de la espalda. Oye, viejo, si cuando yo dispare, tu hombre está sentado, se levantará un instante antes de echar a correr o agazaparse. Dispárale entonces. Si no se levanta, tírale igual. No esperes. Pero asegura bien tu puntería. Acércate a una distancia de cincuenta metros. Eres cazador, así que no tendrás ningún problema.

—Lo haré como me ordenas —contestó Anselmo.

—Sí, así lo mando —dijo Jordan.

Me alegro de haberme acordado de darle una orden, se dijo. Eso le ayudará y atenúa su responsabilidad. Eso espero, al menos un poco. Había olvidado lo que me dijo el primer día a propósito de matar.

—Eso es lo que ordeno —repitió—. Y ahora, vete.

—*Me voy* —dijo Anselmo—. Hasta pronto, *inglés*.

—Hasta pronto, viejo —dijo Robert.

Se acordó de su padre en la estación y de la humedad de aquel adiós y no dijo *salud*, ni hasta luego, ni buena suerte, ni nada parecido.

—¿Has limpiado el aceite del cañón de tu fusil, viejo? —susurró—. ¿Para que dispare sin desviarse?

—En la cueva los limpié todos con la baqueta —repuso Anselmo.

—Entonces, hasta pronto —dijo Jordan. Y el viejo se alejó sin ruido, deslizándose con sus alpargatas por entre los árboles.

Robert Jordan estaba tumbado boca abajo, sobre las agujas de pino que cubrían el bosque, esperando el primer estremecimiento de la brisa, que agitaría las ramas con el día. Sacó el cargador de la ametralladora y jugó con el cerrojo atrás y adelante. Luego volvió el arma hacia él y en la oscuridad se llevó el cañón a los labios y sopló dentro; sintió el sabor a grasa del metal al apoyar su lengua en los bordes. Apoyó su arma contra el antebrazo, con el almacén colocado de forma que ninguna aguja de pino ni ninguna ramita penetrase en él; sacó todas las balas del cargador con el dedo pulgar y las depositó sobre un pañuelo que había extendido en el suelo. Palpando cada una de las balas en la oscuridad, volvió a meterlas, una tras otra, en el cargador. Sentía el peso del cargador en su mano; lo metió en el arma y lo ajustó en su lugar. Tumbado boca abajo detrás del tronco de un pino, con el arma de través sobre el antebrazo izquierdo, miraba el punto luminoso que se divisaba abajo. En algunos momentos dejaba de verlo, y entonces sabía que el centinela estaba pasando frente al brasero. Robert Jordan, tumbado allí, aguardó a que se hiciera de día.

Capítulo 42

Durante el tiempo en que Pablo había vuelto a la cueva, después de haber recorrido los montes, y la banda había descendido hasta el lugar donde habían dejado los caballos, Andrés había hecho rápidos progresos hacia el Cuartel General de Golz. Al llegar a la carretera principal de Navacerrada, por donde descendían los camiones, se tropezaron con un control. Cuando Gómez exhibió el salvoconducto del teniente coronel Miranda, el centinela lo leyó a la luz de una linterna, se lo dio a otro hombre que estaba con él para que lo mirase, se lo devolvió y saludó:

—*Siga* —dijo—; pero apague las luces.

La motocicleta rugió nuevamente; Andrés volvió a aferrarse al asiento y siguieron a lo largo de la carretera, manejándose Gómez con habilidad entre los camiones. Ninguno de los camiones llevaba luces; era un convoy interminable. Había también camiones cargados que subían carretera arriba y que levantaban una polvareda que Andrés no podía ver en la oscuridad, aunque sentía que le golpeaba el rostro y podía haber hincado en ella los dientes.

Llegaron junto a la trasera de un camión y la motocicleta tamboreó unos instantes hasta que Gómez la aceleró, dejando atrás al camión y a otro, y a otro y a otros más, mientras a su izquierda seguía rugiendo la fila de camiones que volvían de la sierra. Detrás de ellos se encontraba un automóvil rasgando el ruido y el polvo producidos por los camiones con sus insistentes bocinazos. Encendió y apagó los faros varias veces, iluminando la nube de polvo amarillento, y se lanzó adelante, entre el chirrido de los engranajes forzados por la aceleración y el concierto discordante de su bocina amenazadora.

Más adelante el tráfico se había detenido y la motocicleta fue dejando atrás los camiones, las ambulancias, los coches del Estado Mayor y los carros blindados, que parecían pesadas tortugas de metal erizadas de cañones en medio del polvo que aún no había llegado a posarse, hasta que llegaron a otro control, que se encontraba en el lugar donde se había producido una colisión. Un camión no había visto detenerse al camión que lo precedía y había chocado con él, destrozando su parte posterior y desparramando por la carretera las cajas de municiones para armas ligeras que formaban su cargamento. Una caja se había roto al caer, y cuando Gómez y Andrés descendieron haciendo rodar su motocicleta delante de ellos, entre los vehículos inmovilizados, para enseñar sus salvoconductos, Andrés pisó los estuches de cobre de los millares de cartuchos esparcidos por el polvo. El segundo camión tenía el radiador completamente incrustado. El siguiente camión del convoy estaba pegado a la puerta trasera del segundo. Un centenar más se habían quedado inmovilizados detrás y un oficial, calzado con botas altas, corría remontando la fila y gritando a los conductores que retrocediesen para que pudieran sacar de la carretera el camión aplastado.

Había demasiados camiones para que ello fuese posible y pudieran retroceder los conductores, a menos que el oficial llegase hasta el final de la fila, que no cesaba de alargarse, y que le impedía avanzar. Andrés le vio correr, tropezando, con su linterna, gritando, blasfemando, y mientras tanto los camiones no dejaban de llegar.

Los hombres del control no querían devolverle el salvoconducto. Eran dos, con sus fusiles al hombro y linternas en la mano, y gritando también. El que sujetaba el salvoconducto atravesó la carretera para acercarse a un camión que bajaba y pedirle que fuese al próximo control, a fin de que se diera orden de retener a todos los camiones hasta que pudiera despejarse el embotellamiento. El conductor del camión escuchó lo que se le decía y prosiguió su camino. Luego, siempre con el salvoconducto en la mano, el hombre del control volvió a gritar al conductor del camión cuya carga se había desparramado.

—¡Déjalo y avanza, por amor de Dios, para que podamos quitar todo eso!

—Tengo rota la transmisión —explicó el conductor, inclinado sobre la parte trasera de su camión.

—Me cago en tu transmisión. ¡Adelante, te he dicho!

—No se puede andar con el diferencial machacado —dijo el conductor, siempre inclinado sobre la parte posterior del camión.

—Entonces, que te remolquen para que podamos sacar del camino esa porquería.

El conductor le lanzó una mirada furiosa mientras el hombre del control enfocaba con su linterna la parte trasera del camión.

—Adelante. Adelante —gritaba, aún con el salvoconducto en la mano.

—¿Y mi salvoconducto? —preguntó Gómez—. Mi salvoconducto. Tenemos prisa.

—Vete al diablo con tu salvoconducto —dijo el hombre. Se lo tendió y atravesó la carretera corriendo para detener un camión que descendía.

—Da la vuelta al llegar al cruce y ponte en posición para remolcar ese camión averiado —le dijo al conductor.

—Mis órdenes son…

—Me cago en tus órdenes. Haz lo que te he dicho.

El conductor puso en marcha el vehículo y siguió carretera adelante, perdiéndose de vista entre la polvareda.

Mientras Gómez ponía en marcha su motocicleta y avanzaba por la carretera, despejada en un largo trecho una vez rebasado el lugar de la colisión, Andrés, agarrado de nuevo a su asiento, pudo ver al hombre del control, que detenía otro vehículo, y al conductor, que sacaba la cabeza de la cabina para oír lo que le decía.

Corrían rápidamente, devorando la carretera, que ascendía regularmente hacia la sierra. Toda la circulación en el mismo sentido que llevaban ellos había quedado inmovilizada en el control y sólo pasaban los camiones que descendían, que pasaban y seguían pasando a su izquierda, mientras la motocicleta subía rápida y regularmente hasta que alcanzó la columna de vehículos que había podido pasar el control antes del accidente.

Siempre con las luces apagadas, rebasaron cuatro automóviles blindados y luego una larga fila de camiones cargados de tropas. Los soldados iban silenciosos en la oscuridad. Al principio Andrés sólo sentía su presencia por encima de él, en lo alto de los camiones a través del polvo. Luego un coche del Estado Mayor intentó abrirse paso haciendo sonar su bocina y encendiendo y apagando los faros en rápida sucesión, y Andrés vio a la luz de éstos a los soldados con los cascos de metal, los fusiles enhiestos y las ametralladoras, apuntando hacia el cielo sombrío, recortarse nítidamente en la noche para volver de nuevo a desaparecer cuando las luces de los faros se apagaban. Hubo un momento, al pasar cerca de un camión de soldados, en que pudo ver sus rostros tristes e inmóviles a la súbita luz. Bajo los cascos de metal, viajando en la oscuridad hacia algo que sólo sabían que era una ofensiva, cada uno de aquellos rostros iba contraído por una preocupación particular, y la luz los revelaba tal y como eran, de un modo como no hubiesen aparecido a la luz del día, porque se hubieran avergonzado de mostrarse así los unos a los otros, hasta el momento en que el bombardeo o la ofensiva comenzasen y nadie pensara ya más en la cara que tenía que poner.

Al pasar Andrés por delante de ellos, camión tras camión, con Gómez siempre hábilmente delante del coche del Estado Mayor, no se hizo semejantes reflexiones sobre aquellas caras. Pensaba solamente: ¡Qué ejército! ¡Qué equipo! ¡Qué motorización! *¡Vaya gente!* Míralos. Ése es el ejército de la República. Míralos, camión tras camión. Todos con el mismo uniforme. Todos con casco de metal en la cabeza. Mira esas *máquinas* apuntando para recibir a los aviones. ¡Mira qué ejército se ha organizado!, se decía.

Y la motocicleta pasaba ante los altos camiones grises repletos de soldados, camiones grises de cabinas cuadradas y horrorosos motores cuadrados, ascendiendo regularmente por la carretera, entre el polvo y la luz intermitente del coche del Estado Mayor que la seguía. La estrella roja del ejército aparecía al resplandor de los focos cuando éstos alumbraban la parte trasera de los camiones, o se dejaba ver en los flancos polvorientos, cuando la luz los barría, y los camiones rodaban, ascendían regularmente contra el aire cada vez más frío por la carretera, que ahora se retorcía y zigzagueaba, resoplando y gruñendo, algunos despidiendo humo a la luz de los faros. La motocicleta subía también con esfuerzo. Y Andrés, agarrado al asiento, pensaba mientras ascendía que aquel viaje en motocicleta era *mucho, mucho.* No había ido en motocicleta nunca hasta entonces, y ascendía por la montaña en medio de todo aquel movimiento que se encaminaba al ataque, y al subir se daba cuenta de que ya no era cosa de preguntarse si llegaría a tiempo para ocupar los puestos. En aquel tráfago y aquella confusión, podría tenerse por hombre afortunado si estaba de regreso al día siguiente por la noche. No había visto nunca una ofensiva ni los preparativos de una ofensiva, y mientras subían por la carretera, se maravillaba de la potencia y del tamaño de aquel ejército que había creado la República.

Corrían por una carretera que iba ascendiendo rápidamente por el flanco de la montaña y, al acercarse a la cima, la pendiente se hizo tan abrupta que Gómez le pidió que se bajase de la motocicleta, y juntos la empujaron hasta el final. A la izquierda, nada más pasar el punto más alto, había una curva donde los coches podían dar la vuelta y cambiar de dirección y se veían luces parpadeantes ante un gran edificio de piedra que se levantaba, grande y oscuro, contra el cielo nocturno.

—Vamos a preguntar dónde está el Cuartel General —le dijo Gómez a Andrés. Empujaron la motocicleta hasta llegar a donde

549

estaban los dos centinelas apostados delante de la puerta cerrada del gran edificio de piedra. Gómez estaba apoyando ya la motocicleta contra el muro cuando un motociclista con chaquetón de cuero se perfiló en el recuadro de una puerta que daba acceso al interior luminoso del edificio. Llevaba una cartera al hombro y un máuser golpeándole la cadera. Cuando la puerta se volvió a cerrar, el hombre buscó su motocicleta en la oscuridad, al lado de la entrada, la empujó hasta ponerla en marcha y salió zumbando carretera abajo.

Gómez se acercó a la puerta y se dirigió a uno de los centinelas:

—Capitán Gómez, de la 65ª Brigada —dijo—. ¿Puedes decirme dónde encontraré el Cuartel General del general Golz, comandante de la 35ª División?

—Aquí no es —dijo el centinela.

—¿Qué es esto?

—La comandancia.

—¿Qué comandancia?

—Pues la comandancia.

—¿La comandancia de qué?

—¿Quién eres tú para hacer tantas preguntas? —preguntó el centinela a Gómez en la oscuridad.

Allí, en lo alto del puerto, el cielo estaba muy claro y sembrado de estrellas, y Andrés, ahora que había salido de la polvareda, podía ver claramente en la oscuridad. Por debajo de ellos, donde la carretera torcía a la derecha, Andrés podía discernir claramente la silueta de los camiones y de los coches que circulaban dibujándose contra el horizonte.

—Soy el capitán Rogelio Gómez, del primer batallón de la 65ª Brigada, y pregunto dónde está el Cuartel General del general Golz —dijo Gómez.

El centinela entreabrió la puerta.

—Llamad al cabo de guardia —gritó hacia el interior.

En ese momento, un gran automóvil del Estado Mayor dio la

vuelta a la curva y se dirigió hacia el gran edificio de piedra, ante el cual aguardaban Andrés y Gómez a que apareciese el cabo de guardia. El coche se acercó y se detuvo ante la puerta.

Un hombre grande, viejo, pesado, con una gran boina caqui como la que llevan los *chasseurs à pied* del ejército francés, con un abrigo gris, un mapa en la mano y una pistola sujeta alrededor de su abrigo por una correa, salió del asiento posterior del coche, acompañado de otros dos hombres con uniforme de las Brigadas Internacionales.

El viejo habló en francés con su chófer, ordenándole que se apartase de la puerta y llevara el coche al refugio. Andrés no entendía el francés, pero Gómez, que había sido barbero, sabía algunas palabras.

Al acercarse a la puerta, con los otros dos oficiales, Gómez vio su rostro claramente a la luz y le reconoció. Le había visto en reuniones políticas y había leído con frecuencia artículos suyos traducidos del francés en *Mundo Obrero*. Reconoció las pobladas cejas, los ojos grises acuosos, el mentón y la doble papada, como pertenecientes a una de las primeras figuras de los grandes revolucionarios modernos de Francia: era el hombre que había encabezado el motín de la flota francesa en el mar Negro. Gómez conocía la importante posición política que ocupaba aquel hombre en las Brigadas Internacionales, y sabía que tal persona tenía que conocer dónde se encontraba el Cuartel General de Golz y podría encaminarlos. Lo que no sabía era en lo que aquel hombre se había convertido con el tiempo, las desilusiones, las amarguras domésticas y políticas y la ambición defraudada, y que dirigirse a él era una de las cosas más peligrosas que podían hacerse. Ignorando todo esto, se dirigió hacia el hombre, le saludó levantando el puño, y dijo:

—Camarada Marty, somos portadores de un mensaje para el general Golz. ¿Puede usted indicarnos la posición de su Cuartel General? Es urgente.

El anciano, grande y pesado, miró a Gómez inclinando la cabeza y escrutándole con toda la atención de sus ojos acuosos. Incluso en el frente, a la luz de una bombilla eléctrica desnuda y cuando acababa de hacer un viaje en un coche descubierto y en una noche fresca, su rostro gris tenía cierto aire de decrepitud. Su cara parecía modelada con esos desechos que se encuentran debajo de las garras de los leones muy viejos.

—¿Que tienes qué, camarada? —le preguntó a Gómez. Hablaba el español con un fuerte acento catalán. Echó una mirada de reojo a Andrés y volvió a fijar la vista en Gómez.

—Un mensaje para el general Golz, que tengo que entregar en su Cuartel General, camarada Marty.

—¿De dónde procede eso, camarada?

—De más allá de las líneas fascistas —dijo Gómez.

André Marty extendió la mano para tomar el mensaje y los otros papeles. Les echó una ojeada y se los guardó en el bolsillo.

—Arrestadlos —le dijo al cabo de guardia—; registradlos y traédmelos cuando yo lo ordene.

Con el mensaje en el bolsillo, el anciano penetró en el interior del gran edificio de piedra.

En el cuarto de guardia, Gómez y Andrés eran registrados por los soldados.

—¿Qué le pasa a ese hombre? —preguntó Gómez a uno de los guardias.

—*Está loco* —dijo el guardia.

—No; es una figura política muy importante —dijo Gómez—. Es el comisario jefe de las Brigadas Internacionales.

—*A pesar de eso, está loco* —dijo el cabo—. ¿Qué hacéis detrás de las líneas fascistas?

—Este camarada es un guerrillero de por allí —dijo Gómez mientras el hombre le registraba—. Trae un mensaje para el general Golz. Ten mucho cuidado con mis papeles. Guárdame bien el dinero, y esa bala, atada con un hilo; es de mi primera herida en el Guadarrama.

—No te preocupes —contestó el cabo—; estará todo en este cajón. ¿Por qué no me preguntaste a mí dónde estaba Golz?

—Quisimos hacerlo. Pregunté al centinela y él te llamó.

—Pero llegó el loco y le preguntaste a él. Nadie debería preguntarle nada. Está loco. Tu Golz está a tres kilómetros de aquí, a la derecha de estos peñascos, en lo alto de la carretera.

—¿No podrías dejar que nos fuéramos?

—No. Me va la cabeza. Tengo que conduciros a presencia del loco. Y además, él tiene tu mensaje.

—Pero ¿no podrías avisar a alguien?

—Sí —dijo el cabo—; se lo diré al primer responsable con quien me tropiece. Todos saben que está loco.

—Siempre le había tenido por una gran figura —comentó Gómez—. Por una de las glorias de Francia.

—Será una gloria y todo lo que tú quieras —dijo el cabo poniendo una mano sobre el hombro de Andrés—; pero está más loco que una cabra. Tiene la manía de fusilar a la gente.

—¿Fusilarla? ¿En serio?

—*Como lo oyes* —dijo el cabo—. Ese viejo mata más que la peste bubónica. Pero no mata a los fascistas, como hacemos nosotros. *¡Qué va!* Ni en broma. *Mata a bichos raros.* Trotskistas, desviacionistas, toda clase de bichos raros.

Andrés no comprendía nada de aquello.

—Cuando estábamos en El Escorial fusilamos a no sé cuántos tipos por orden suya —dijo el cabo—. Siempre nos tocaba a nosotros fusilar. Los de las brigadas no querían fusilar a sus hombres; sobre todo, los franceses. Para evitar dificultades, siempre fusilábamos nosotros. Nosotros fusilábamos a los franceses. Nosotros fusilábamos a los belgas. Nosotros fusilábamos a otros de distintas nacionalidades. De todas las clases. *Tiene la manía de fusilar a la gente.* Siempre por cuestiones políticas. Está loco. *Purifica más que el salvarsán.*

—Pero ¿le dirás a alguien lo de ese mensaje?

—Sí, hombre. Sin ninguna duda. Los conozco a todos en estas dos brigadas. Todos pasan por aquí. Conozco incluso a los rusos, aunque no hay muchos que hablen español. Impediremos a ese loco que fusile a españoles.

—Pero ¿y el mensaje?

—El mensaje también; no te preocupes, camarada. Sabemos cómo hay que gastarlas con ese loco. No es peligroso más que con sus compatriotas. Ahora ya le conocemos.

—Traed a los dos prisioneros —se oyó la voz de André Marty desde el interior.

—¿*Queréis echar un trago?* —preguntó el cabo.

—¿Cómo no?

El cabo cogió de un armario una botella de anís, y Gómez y Andrés bebieron. El cabo también. Se secó la boca con el dorso de la mano.

—*Vámonos* —dijo.

Salieron del cuarto de guardia con la boca ardiendo por efecto del anís que habían tomado entrecortadamente, con la tripa y el espíritu templados; atravesaron el vestíbulo y penetraron en la habitación donde Marty se encontraba sentado ante una larga mesa, con un mapa extendido delante de él y sosteniendo en la mano un lápiz rojo y azul, con el que jugaba a general. Para Andrés, aquello no era sino un incidente más. Había habido muchos aquella noche. Era siempre así. Si se tenían los papeles en regla y la conciencia limpia, no se corría peligro. Acababan por soltarle a uno, y se proseguía el camino. Pero el *inglés* había dicho que se dieran prisa. Sabía que no volvería a tiempo para lo del puente; pero tenía que entregar un mensaje, y aquel viejo detrás de la mesa lo guardaba en su bolsillo.

—Deteneos ahí —ordenó Marty sin levantar la vista.

—Escucha, camarada Marty —comenzó a decir Gómez, fortificada su cólera por los efectos del anís—; ya hemos sido estorbados una vez esta noche por la ignorancia de los anarquistas. Luego, por la pereza de un burócrata fascista. Y ahora lo estamos siendo por la desconfianza de un comunista.

—Cierra la boca —dijo Marty sin mirarle—. Esto no es una reunión pública.

—Camarada Marty, se trata de un asunto muy urgente —insistió Gómez—, y de la mayor importancia.

El cabo y el soldado que los escoltaban seguían con el más vivo interés la conversación, como si estuvieran presenciando una obra cuyos lances más felices, aunque vistos ya muchas veces, saboreaban con deleite por anticipado.

—Todo es de la mayor urgencia —dijo Marty—. Todas las cosas tienen importancia. —Levantó la vista hacia ellos, con el lápiz en la mano—. ¿Cómo supisteis que Golz estaba aquí? ¿Os dais cuenta de la gravedad que supone el preguntar por un general antes de iniciarse una ofensiva? ¿Cómo pudisteis saber que ese general estaría aquí?

—Cuéntaselo *tú* —le dijo Gómez a Andrés.

—Camarada general... —empezó a decir Andrés. André Marty no corrigió el error de grado—. Ese paquete me lo dieron al otro lado de las líneas...

—¿Al otro lado de las líneas? —preguntó Marty—. ¡Ah, sí!, ya os oí decir que veníais de las líneas fascistas.

—Me lo dio un *inglés* llamado Roberto, camarada general, que vino como dinamitero para lo del puente. ¿Entiendes?

—Continúa con tu cuento —dijo Marty, usando la palabra «cuento» como quien dijera «mentira», «falsedad» o «invención».

—Bueno, camarada general, el *inglés* me ordenó que a toda prisa se lo trajera al general Golz, que va a lanzar una ofensiva por estas montañas. Y lo único que te pedimos es podérselo llevar con toda la rapidez posible, si no tiene ningún inconveniente el camarada general.

Marty volvió a sacudir la cabeza. Miraba a Andrés, pero no le veía.

¡Golz!, pensaba con una mezcla de horror y de satisfacción, esa mezcla que es capaz de experimentar un hombre al saber que su peor rival ha muerto en un accidente de coche particularmente atroz, o que una persona que odiaba, y cuya probidad no se puso nunca en duda, acababa de ser acusada de desfalco. Que Golz fuese también uno de ellos… Que Golz mantuviera relaciones tan evidentes con los fascistas… Golz, a quien él conocía desde hacía más de veinte años. Golz, que junto con Lucacz había capturado el tren de oro aquel invierno en Siberia. Golz, que se había batido contra Kolchak, y en Polonia. Y en el Cáucaso, y en China. Y aquí, desde el primero de octubre. Pero había sido íntimo de Tukhachevsky. De Vorochilov también, ciertamente. Pero fue íntimo de Tukhachevsky. ¿Y de quién más? Aquí lo era de Karkov, desde luego. Y de Lucacz. Pero todos los húngaros eran intrigantes. Él detestaba a Gall. Acuérdate de eso, se dijo. Anótalo. Golz había detestado siempre a Gall. Pero sostenía a Putz. Acuérdate de eso, pensó. Y Duval es su jefe de Estado Mayor. Fíjate en lo que hay detrás de todo eso. Se le ha oído decir que Copic era un imbécil. Eso es algo definitivo. Eso es algo que cuenta. Y ahora, ese mensaje procedente de las líneas fascistas, pensaba. Solamente cortando las ramas podridas podría conservarse el árbol sano y vigoroso. Era necesario que la podredumbre quedara al descubierto para que pudiera ser destruida. Pero que tuviera que ser Golz… Que fuera Golz uno de los traidores… Sabía que no era posible confiar en nadie. En nadie. Nunca. Ni en la propia mujer. Ni en el hermano. Ni en el más viejo camarada. En nadie. Nunca.

—Lleváoslos y vigiladlos. —El cabo y el soldado se cruzaron una mirada. Para ser una entrevista con Marty, había sido poco ruidosa.

—Camarada Marty —dijo Gómez—, no procedas como un demente. Escúchame a mí, un oficial leal, un camarada. Ese mensaje tiene que ser entregado. Este camarada lo ha traído atravesando las líneas fascistas para entregárselo al camarada general Golz.

—Lleváoslos —ordenó Marty al centinela, expresándose con toda amabilidad. Los compadecía como seres humanos aunque fuese necesario liquidarlos. Pero era la tragedia de Golz lo que le obsesionaba. ¡Que haya tenido que ser Golz!, pensaba. Era preciso llevar enseguida el mensaje fascista a Varloff. No, sería mejor que él mismo se lo entregara a Golz y le observara en su reacción. ¿Cómo estar seguro de Varloff, si Golz mismo era uno de ellos? No. Era un asunto que requería grandes precauciones.

Andrés se dirigió a Gómez:

—¿Crees que no va a enviar el mensaje? —preguntó sin acabar de creerlo.

—¿No lo estás viendo? —dijo Gómez.

—*Me cago en su puta madre* —dijo Andrés—. *Está loco.*

—Sí —asintió Gómez—; está loco. Estás loco. ¿Me oyes? Loco —gritó a Marty, que estaba de espaldas a ellos, inclinado sobre el mapa, esgrimiendo su lápiz rojo y azul—. ¿Me oyes, loco asesino?

—Lleváoslos —volvió a decir Marty—. Sus mentes están desquiciadas bajo el peso de su enorme culpa.

Aquélla era una frase que al cabo le resultaba familiar. La había oído ya otras veces.

—¡Loco! ¡Asesino! —gritaba Gómez.

—*¡Hijo de la gran puta!* —gritaba Andrés—. *¡Loco!*

La estupidez de aquel hombre le exasperaba. Si era un loco, que le encerrasen, que le quitaran el mensaje de su bolsillo. Al diablo con aquel loco. La furia española empezaba a manifestarse, sobreponiéndose a su manera de ser calmosa y a su humor afable. Un poco más, y le cegaría.

Marty, con los ojos fijos en el mapa, meneó tristemente la cabeza mientras los guardias hacían salir a Gómez y a Andrés. Los guardias se divirtieron al oír cómo le insultaban; pero, en conjunto, la representación había resultado floja. Habían visto otras mucho mejores. A André Marty no le importaban las injurias. Muchos hombres le habían maldecido, al fin y al cabo. Sentía una sincera piedad por todos, en tanto que seres humanos. Era algo que se repetía a menudo, y ésa era una de las pocas ideas sanas que le quedaban y que fuera realmente suya.

Siguió sentado allí, con los ojos fijos en el mapa, hacia el que apuntaban también las guías de sus bigotes; aquel mapa que no comprendería nunca, con los círculos de color marrón finos como la tela de una araña. Podía discernir las cimas y los valles, pero no comprendía en absoluto por qué era preciso elegir esta cima o aquel valle. Pero en el Estado Mayor, donde, gracias al régimen de los comisarios políticos, podía intervenir como cabeza política de las brigadas, ponía el dedo sobre tal o cual lugar numerado, rodeado de un círculo marrón, en medio de las manchas verdes de los bosques, cortado por las líneas de las carreteras que corrían paralelas a las líneas sinuosas de los ríos, y decía: «Aquí. Éste es el punto vulnerable».

Gall y Copic, ambos hombres políticos y ambiciosos, asentían y, más tarde, hombres que nunca habían visto el mapa, y a quienes habían dicho el número de la cota antes de salir, treparían por las laderas en busca de su muerte, a menos que detenidos por el fuego de las ametralladoras ocultas entre los olivares no la alcanzasen jamás. Podía suceder asimismo que en otros frentes trepasen fácilmente para descubrir que no habían mejorado en nada su posición anterior. Pero cuando Marty ponía el dedo sobre el mapa en el Estado Mayor de Golz, los músculos de la mandíbula del general de cráneo lleno de cicatrices y rostro blanco se crispaban, mientras se decía para sí: Debería matarte, André Marty, antes de consentir que pusieras tu inmundo dedo sobre uno de mis mapas. Maldito seas por todos los hombres que has hecho morir mezclándote en cosas que no conocías. Maldito sea el día en que se dio tu nombre a la fábrica de tractores, a las aldeas, a las cooperativas, convirtiéndote en un símbolo al que yo no puedo tocar. Vete a otra parte a sospechar, a exhortar, a intervenir, a denunciar y a asesinar, y deja en paz mi Estado Mayor, se decía.

Pero en lugar de decirlo en voz alta, Golz se limitaba a apartarse de la inmensa mole inclinada sobre el mapa con el dedo extendido, los ojos acuosos, el mostacho de un blanco grisáceo y el aliento fétido, y decía: «Sí, camarada Marty; comprendo tu punto de vista; pero no está enteramente justificado y no estoy de acuerdo. Puedes pasar sobre mi cadáver, si lo prefieres. Sí, puedes convertirlo en una cuestión de partido, como dices. Pero no estoy de acuerdo».

Así pues, André Marty seguía en aquellos momentos sentado, estudiando su mapa, extendido sobre la mesa, a la luz cruda de una bombilla eléctrica sin pantalla suspendida por encima de su cabeza y, consultando las copias de las órdenes de ataque, trataba de buscar el lugar lenta, cuidadosa y laboriosamente sobre el mapa, como un joven oficial que tratara de resolver un problema en un curso preparatorio de Estado Mayor.

Hacía la guerra. Con su pensamiento mandaba las tropas; tenía derecho a intervenir y pensaba que ese derecho era un mando. De modo que seguía sentado allí, con el despacho de Robert Jordan a Golz en el bolsillo, mientras Gómez y Andrés esperaban en el cuarto de guardia y Robert Jordan estaba tumbado en el bosque, algo más arriba del puente.

Es más que dudoso que la misión de Andrés hubiera concluido de forma distinta si Gómez y él hubiesen podido seguir su camino sin los estorbos impuestos por André Marty. No había nadie en el frente con autoridad bastante para suspender el ataque. El mecanismo se había puesto en movimiento desde hacía demasiado tiempo para que se pudiera detener de golpe. Para iniciar una operación militar, cualquiera que sea su importancia, hay siempre mucha inercia. Pero una vez que esa inercia ha sido superada y que el mecanismo se ha puesto en marcha, es tan difícil detenerlo como lo fue desencadenarlo.

Aquella noche, el anciano, con su boina echada sobre los ojos, permanecía sentado ante la mesa mirando el mapa cuando la puerta se abrió y Karkov, el periodista ruso, entró, acompañado de otros dos rusos, vestidos de paisano, con gorra y chaqueta de cuero. El cabo de guardia lamentó tener que cerrar la puerta detrás de ellos. Karkov había sido el primer hombre de solvencia con quien había podido comunicarse.

—Tovarich Marty —dijo Karkov con su expresión cortés y desdeñosa, mostrando al sonreír su mala dentadura.

Marty se incorporó. No le gustaba Karkov; pero como Karkov era un enviado de *Pravda* y estaba en relación directa con Stalin, en esos momentos era uno de los tres hombres más importantes en España.

—Tovarich Karkov —contestó.

—¿Estás preparando la ofensiva? —preguntó insolentemente Karkov, haciendo un gesto hacia el mapa.

—La estoy estudiando —respondió Marty.

—¿Eres tú el encargado de dirigirla, o es Golz? —siguió inquiriendo Karkov suavemente.

—No soy más que un simple comisario, como sabes —dijo Marty.

—No —repuso Karkov—; eres muy modesto. Eres un verdadero general. Tienes tu mapa y tus prismáticos. ¿No has sido almirante alguna vez, camarada Marty?

—Fui condestable artillero —contestó Marty. Era mentira. En realidad, era pañolero de proa cuando se amotinó la armada. Pero le gustaba figurarse que había sido condestable artillero.

—¡Ah!, creía que habías sido pañolero de primera —dijo Karkov—. Siempre tengo los datos equivocados. Es propio de periodistas.

Los otros dos rusos no tomaron parte en la conversación. Miraban el mapa por encima del hombro de Marty y de vez en cuando cambiaban alguna que otra palabra en su lengua. Marty y Karkov, después de los primeros saludos, se habían puesto a hablar en francés.

—Es mejor que tus errores no lleguen a *Pravda* —dijo Marty.

Lo dijo bruscamente, tratando de recobrar el aplomo. Karkov

le deprimía. La palabra francesa es *dégonfler*, y Karkov le deprimía y le irritaba. Cuando Karkov hablaba, le costaba trabajo recordar su propia importancia dentro del comité central del partido en Francia. Le costaba trabajo recordar que también él era intocable. Pero Karkov parecía siempre tocarle ligeramente, cada vez que se le antojaba. Ahora, Karkov decía:

—Lo corrijo por lo general antes de enviar nada a *Pravda*. Tengo mucho cuidado con *Pravda*. Dime, camarada Marty, ¿has oído hablar de un despacho para Golz de uno de nuestros grupos de *partizans* que opera cerca de Segovia? Hay allí un camarada norteamericano, llamado Jordan, de quien deberíamos tener noticias. Se nos ha dicho que ha habido combates detrás de las líneas fascistas. Nuestro camarada ha debido de enviar un mensaje a Golz.

—¿Un norteamericano? —preguntó Marty. Andrés había dicho un *inglés*. De manera que era él quien estaba equivocado. Pero ¿por qué habían ido a buscarle aquellos idiotas?

—Así es —dijo Karkov, mirándole con desdén—; un joven norteamericano, no muy desarrollado políticamente; pero que se entiende muy bien con los españoles y tiene un expediente muy bueno como *partizan*. Entrégame el despacho, camarada Marty. Ya ha sido retenido bastante tiempo.

—¿Qué despacho? —preguntó Marty.

Era una pregunta estúpida, y lo sabía. Pero no era capaz de confesar tan deprisa que se había equivocado, e hizo la pregunta aunque sólo fuese para retrasar aquel momento de humillación, sin querer aceptar ninguna humillación.

—El despacho del joven Jordan para Golz que está en tu bolsillo —dijo Karkov a través de su mala dentadura.

André Marty se metió la mano en el bolsillo, sacó el despacho y lo puso sobre la mesa, mirando a Karkov directamente a los ojos. Muy bien, se había equivocado y no había nada que se pudiera hacer para remediarlo; pero no estaba dispuesto a sufrir ninguna humillación.

—Y el salvoconducto también —insistió Karkov suavemente.

Marty puso el salvoconducto al lado del despacho.

—Camarada cabo —llamó Karkov en español.

El cabo abrió la puerta y entró en la habitación. Echó una rápida mirada hacia Marty, que le devolvió la mirada como un viejo jabalí acosado por los perros. No había en su rostro huellas de miedo ni de humillación. Estaba sencillamente encolerizado y había sido acorralado provisionalmente. Sabía que aquellos perros no se harían jamás con él.

—Entrégales esos documentos a los dos camaradas del cuarto de guardia e indícales el camino para llegar al Cuartel General de Golz —dijo Karkov—. Ya han sido retenidos demasiado tiempo.

El cabo salió y Marty le siguió con la mirada, volviéndola después hacia Karkov.

—Tovarich Marty —dijo Karkov—, voy a averiguar hasta qué punto eres intocable.

Marty le miró de frente y no dijo nada.

—No hagas planes sobre lo que vas a hacer con el cabo —prosiguió Karkov—. No fue el cabo quien me habló. Vi a los dos hombres en el cuarto de guardia y me hablaron ellos. —Era mentira—. Espero que la gente siempre se dirija a mí. —Aquello era verdad, aunque había sido el cabo quien le había hablado. Pero Karkov creía en los beneficios que podían sacarse de su accesibilidad y en las posibilidades de humanizar las cosas por una intervención benévola. Era la única cosa en la que no era nunca cínico—. Ya sabes que cuando estoy en la URSS las gentes me escriben a *Pravda* si se comete una injusticia en una aldea del Azerbayán. ¿Lo sabías? «El camarada Karkov nos ayudará», dicen.

André Marty le miró sin que su rostro expresara más que cólera y disgusto. No tenía en su mente otra idea más que la de que Karkov había hecho algo contra él. Muy bien. Por mucho poder que tuviera, Karkov tendría que estar alerta en adelante.

—Esto es distinto —continuó Karkov—, aunque siempre se

trata de lo mismo. Voy a averiguar hasta qué punto eres intocable, camarada Marty. Me gustaría saber si no es posible cambiar el nombre de esa fábrica de tractores.

André Marty apartó los ojos y los fijó de nuevo en el mapa.

—¿Qué decía el joven Jordan en su mensaje? —preguntó Karkov.

—No he leído el mensaje —contestó Marty—. *Et maintenant fiche-moi la paix*, camarada Karkov.

—Bien —dijo Karkov—, te dejo entregado a tus tareas militares.

Salió de la habitación y se fue al cuarto de guardia. Andrés y Gómez se habían marchado ya. Se detuvo un instante mirando el camino y las cumbres que se perfilaban en la luz ceniciento de la madrugada. Hay que llegar allá arriba, pensó. Esto va a comenzar muy pronto.

Andrés y Gómez estaban de nuevo en la motocicleta, corriendo por la carretera, que poco a poco se iba iluminando por la luz del día. Andrés, agarrado al asiento, mientras la motocicleta trepaba por la carretera, en curvas cerradas, envuelta en una bruma gris, que descendía de lo alto del puerto, sentía la máquina deslizarse bajo él. Luego la sintió estremecerse y pararse. Se quedaron de pie, al lado de la motocicleta, en un trecho de carretera descendente envuelta en bosques. A su izquierda había tanques cubiertos con ramas de pino. Por todas partes había tropas. Andrés vio a los camilleros, con las largas varas de las camillas al hombro. Tres coches del Estado Mayor estaban alineados a la derecha, bajo los árboles, a un lado de la carretera y debajo de la enramada de pinos. Gómez llevó la motocicleta hasta apoyarla en un pino, junto a uno de los automóviles, y se dirigió al chófer que estaba sentado en el coche, con la espalda apoyada en un árbol.

—Yo os llevaré —dijo el chófer—. Esconde la *moto* y cúbrela con algunas de esas ramas —añadió, señalando un montón de ramas cortadas.

Mientras el sol comenzaba a asomar por las altas copas de los pinos, Gómez y Andrés siguieron al chófer, que se llamaba Vicente, al otro lado de la carretera, y llegaron, caminando entre los árboles por una pendiente, hasta la entrada de un refugio sobre cuyo techo se veían los hilos del teléfono y del telégrafo, que continuaban camino arriba. Quedaron aguardando mientras el chófer entraba con el mensaje, y Andrés admiró la construcción del refugio, que parecía un agujero desde el exterior de la colina, sin escombros alrededor, pero que en su interior era profundo, según podía ver desde la entrada, y los hombres se movían con holgura sin necesidad de agachar la cabeza para esquivar el grueso techo de maderas.

Por fin, Vicente, el chófer, salió.

—Está allá arriba, en lo alto de la montaña, donde se están desplegando las tropas para el ataque —dijo—. Se lo he dado al jefe del Estado Mayor. Aquí está el recibo que ha firmado.

—Entregó el sobre firmado a Gómez, que se lo entregó a Andrés, el cual le echó una ojeada y se lo metió en el bolsillo de su camisa.

—¿Cómo se llama el que ha firmado? —preguntó.

—Duval —dijo Vicente.

—Bien —dijo Andrés—. Es uno de los tres a quien podía entregárselo.

—¿Tenemos que aguardar respuesta? —preguntó Gómez a Andrés.

—Sería mejor; aunque, después de lo del puente, ni Dios sabe si podré encontrar a Jordan y a los otros.

—Venid conmigo a esperar a que vuelva el general —dijo Vicente—. Os buscaré un poco de café; debéis de estar hambrientos.

—¿Y esos tanques? —preguntó Gómez.

Pasaban junto a los tanques de color de barro, cubiertos de ramas, cada uno de los cuales había dejado un profundo surco al virar para apartarse de la carretera. Los cañones del 45 asomaban horizontalmente bajo las ramas y los conductores y los artilleros, enfundados en sus chaquetas de cuero y cubiertos con casco de acero, descansaban junto a los árboles tendidos en el suelo.

—Ésos son los de la reserva —dijo Vicente—. También esas tropas son de la reserva. Los que iniciarán el ataque están más arriba.

—Son muchísimos —dijo Andrés.

—Sí —asintió Vicente—; una división completa.

En el interior del refugio, Duval, sosteniendo con la mano izquierda abierto el mensaje de Robert Jordan, miraba su reloj de pulsera y volvía a leer la carta por cuarta vez, sintiendo cada vez que la leía que el sudor le goteaba por las axilas, mientras decía por teléfono:

—Dadme la posición de Segovia. ¿Ya se ha ido? Bueno, entonces dadme la de Ávila.

Continuó al teléfono. Pero no servía de nada. Había hablado con las dos brigadas. Golz había inspeccionando el dispositivo de la ofensiva e iba de camino a un puesto de observación. Llamó al puesto de observación, pero tampoco estaba.

—Dadme la base aérea número uno —dijo Duval, asumiendo repentinamente toda la responsabilidad. Tomaba sobre sí la responsabilidad de detenerlo todo. Era mejor detenerlo todo. No se podía lanzar un ataque por sorpresa contra un enemigo que lo esperaba. No se podía hacer eso. Era un asesinato. No se podía hacer. No se debía hacer. Pasara lo que pasara. Podían fusilarle, si querían. Iba a telefonear directamente a la base aérea y suspendería el bombardeo. Pero ¿y si todo ello no fuera más que un ataque de diversión? ¿Si sólo se propusiera atraer hacia el sector un considerable número de tropas enemigas y gran cantidad de material para operar con libertad en otra parte? Imaginó que sería por eso. Nunca se dice que se trata de un ataque de diversión a quienes lo llevan a cabo.

—Anule la comunicación con la base uno —le dijo al telefonista—. Deme el puesto de observación de la 69ª Brigada.

Estaba esperando todavía la primera comunicación cuando oyó los primeros aviones.

En aquel momento el puesto de observación respondió.

—Sí —dijo suavemente Golz.

Estaba sentado con la espalda contra unos sacos de arena y tenía los pies apoyados sobre una peña, y un cigarrillo colgando de una de las comisuras de los labios; mientras hablaba, miraba por encima de su hombro, observando el despliegue, de tres en tres, de los aviones plateados que cruzaban rugiendo la lejana cresta de la montaña, iluminados por los primeros rayos del sol. Los veía hermosos, resplandecientes, con los dobles círculos de las hélices que parecían batir la luz solar.

—Sí —respondió en francés, sabiendo que Duval estaba al otro extremo del hilo—. *Nous sommes foutus. Oui, comme toujours. Oui. C'est dommage. Oui.* Es una pena que haya llegado demasiado tarde.

Sus ojos, al ver llegar los aviones, se llenaron de orgullo. Veía las marcas rojas en las alas y contemplaba el avance firme, soberbio y rugiente de los aparatos. Así era como hubieran podido hacerse las cosas. Aquéllos eran verdaderos aviones. Se habían traído desmontados desde el mar Negro, en barco, cruzando los estrechos, cruzando los Dardanelos, cruzando el Mediterráneo; habían sido descargados cuidadosamente en Alicante, armados atentamente, probados. Se los había encontrado en perfectas condiciones y ahora volaban formando con minuciosa precisión uves agudas y puras; volaban altos y plateados en el sol de la mañana para ir a hacer saltar esas fortificaciones vecinas, haciéndolas volar por los aires, de forma que se pudiera avanzar.

Golz sabía que, en cuanto pasaran por encima, las bombas caerían como marsopas aéreas. Luego saltarían las crestas de los parapetos, se levantarían nubes rugientes de polvo y de piedra que desaparecerían en una misma masa. Luego avanzarían los tanques trepando por las dos laderas y, tras ellos, se lanzarían al ataque sus dos brigadas. Y si el ataque hubiera sido una sorpresa, las brigadas hubieran podido avanzar y proseguir su marcha, cruzando y siguiendo adelante, y pasar por encima, desplegándose, haciendo lo que había que hacer, y habría mucho que hacer, inteligentemente, con la ayuda de los tanques, con los tanques, que avanzarían y retrocederían cubriendo las propias líneas de fuego, y con camiones que llevarían las tropas de ataque hasta lo más alto adelantando y situando a las que encontrasen libre el camino. Así tendría que realizarse la operación si no se interponía la traición y cada cual hacía lo que debía hacer.

Allí estaban las dos cumbres, y allí estaban los tanques en marcha, y allí estaban aquellas dos buenas brigadas, dispuestas a salir del bosque, y en aquel momento llegaban los aviones. Todo lo que él tenía que hacer, lo había hecho de la debida forma.

Pero al ver los aviones, que volaban sobre su cabeza, sintió un malestar en el estómago, ya que sabía, después de haberle sido leído el mensaje de Jordan por teléfono, que no habría nadie en aquellas colinas. Las tropas enemigas se habrían retirado un poco más abajo, refugiándose en estrechas trincheras, para estar a salvo de las esquirlas, o estarían escondidas en los bosques, y cuando los bombarderos hubieran pasado, volverían a su antigua posición con sus ametralladoras y sus fusiles automáticos y con los cañones antitanques que Jordan había visto subir por la carretera, y sería la misma historia de siempre. Pero los aviones, avanzando ensordecedores, eran una prueba de cómo podía haber sido, y mientras los observaba, Golz respondió al teléfono: «No. *Rien à faire. Rien. Faut pas penser. Faut accepter*».

Golz seguía mirando los aviones con ojos duros y orgullosos, sabiendo cómo podrían haber ocurrido las cosas y cómo iban a suceder en cambio. Y, orgulloso por lo que pudiera haberse hecho, convencido de que hubiera podido hacerse bien, aunque nunca llegara a realizarse, dijo: «*Bon. Nous ferons notre petit possible*». Y colgó el teléfono.

Pero Duval no le oía. Sentado a la mesa, con el auricular en la mano, lo único que oía era el rugido de los aviones, mientras pensaba: Quizá sea esta vez, óyelos llegar, quizá los bombarderos lo hagan saltar todo, quizá podamos abrir una brecha, quizá nos manden las reservas que Golz ha pedido, quizá ésta sea la buena, quizá sea esta vez… Vamos. Vamos. Adelante.

Y el rugido de los aviones se hizo tan fuerte que ya ni él mismo lograba oír lo que pensaba.

Capítulo 43

Robert Jordan, tumbado detrás del tronco de un pino en la ladera de la colina que dominaba la carretera y el puente, miraba cómo amanecía. Siempre le había gustado aquella hora del día, y ahora la miraba, sentía como si él mismo fuese una parte del amanecer, como si fuese una porción de esa luz gris, de ese lento aclarar que precede a la salida del sol, cuando los objetos sólidos se oscurecen, el espacio se ilumina, las luces de la noche se amarillean y se esfuman a medida que avanza el día. Los troncos de los pinos detrás de él se divisaban claros y nítidos, la corteza oscura y con relieve, y la carretera brillaba bajo un velo de bruma. Estaba húmedo de rocío y el suelo del bosque era blando y sentía la dulzura de las agujas de pino hundiéndose bajo sus codos. Más abajo, a través de la bruma ligera que subía del lecho del río, podía divisar el puente de acero, erguido y rígido sobre el paso, con las garitas de madera de los centinelas a uno y otro extremo. Sin embargo, en tanto la miraba, la estructura que sostenía el puente era fina, casi aérea, envuelta en la niebla que flotaba sobre el agua.

Podía ver ahora al centinela que, de pie, en su garita, con la espalda vuelta, cubierto con un capote y un casco en la cabeza, se calentaba las manos en el bidón de gasolina agujereado que le servía de brasero. Robert Jordan oía el ruido del arroyo, que golpeaba más abajo, entre las rocas, y veía una ligera humareda gris levantarse de la garita del centinela.

Miró su reloj y se dijo: ¿Habrá llegado Andrés hasta Golz? Si vamos a volar el puente, quisiera respirar muy despacio, prolongar el paso del tiempo y sentirlo pasar. ¿Crees que habrá llegado Andrés? Y en ese caso, ¿renunciarán a la ofensiva? ¿Están todavía a tiempo de renunciar? *¡Qué va!* No te preocupes. Sucederá una u otra cosa. Tú no tienes que decidir nada. Y pronto sabrás lo que tienes que hacer. Imagina que la ofensiva fuera un éxito. Golz dice que puede tener éxito, que hay una posibilidad. Con nuestros tanques viniendo por esa carretera, los hombres llegando por la derecha, avanzando hasta más allá de La Granja, rodeando todo el flanco izquierdo del cerro... ¿Por qué no crees que alguna vez podamos ganar? Has estado tanto tiempo a la defensiva, que no eres capaz siquiera de imaginarlo. Claro. Pero eso era antes de que todo ese material subiese por la carretera. Eso era antes de la llegada de los aviones. No seas tan ingenuo. Pero recuerda que si nosotros aguantamos aquí, los fascistas se verán inmovilizados. No pueden atacar ningún otro país antes de haber acabado con nosotros, y no terminarán nunca con nosotros. Si los franceses nos ayudan, con sólo que dejen la frontera abierta, y si recibimos aviones de Norteamérica, no podrán jamás acabar con nosotros. Jamás, si recibimos ayuda, por poca que sea. Esta gente se batirá indefinidamente si está bien armada.

No, no se puede esperar aquí una victoria, pensó, al menos en muchos años. Éste no es más que un ataque para ir aguantando. No debes hacerte ilusiones sobre eso. ¿Y si se consiguiera hoy abrir realmente una brecha? Éste es nuestro primer gran ataque. No te ilusiones. Acuérdate de lo que has visto subir por la carretera. Tú has hecho en esto lo que has podido. Pero haría falta tener transmisores portátiles de onda corta. Con el tiempo, los tendremos. Pero no los tenemos todavía. Ahora dedícate a observar todo lo que te corresponda. Hoy no es más que un día como otro cualquiera de los que van a venir. Pero lo que suceda en los días venideros puede que dependa de lo que hagas hoy. Durante este año ha ocurrido así, y en el transcurso de esta guerra ha sido así en muchas ocasiones. Vaya, estás muy pomposo esta mañana, se dijo. Mira lo que viene ahora.

Vio a dos hombres envueltos en capotes y cubiertos con sus cascos de acero, que doblaban en aquel momento la curva hacia el puente con los fusiles a la espalda. Uno se detuvo en la orilla opuesta del puente y desapareció en la garita del centinela. El otro cruzó el puente a pasos lentos y pesados. Se detuvo para escupir en el río y luego avanzó hacia el extremo del puente más cercano a donde estaba Jordan. Cambió unas palabras con el otro centinela; luego, el centinela a quien relevaba se encaminó hacia el otro extremo del puente. El que acababa de ser relevado iba más deprisa de lo que había ido el otro. Sin duda, va a tomarse un café, pensó Jordan. Pero tuvo tiempo para detenerse y escupir al arroyo.

¿Será superstición?, se preguntó Jordan. Convendría que yo también escupiera al fondo de esa garganta, si soy capaz de escupir en estos momentos. No. No puede ser un remedio muy poderoso. No puede servir de nada. Pero tengo que probar que no sirve antes de irme de aquí.

El nuevo centinela entró en la garita y se sentó. Su fusil, con la bayoneta calada, quedó apoyado contra el muro. Robert Jordan sacó los gemelos del bolsillo y los ajustó hasta que el extremo del puente apareció nítido y perfilado, con su metal pintado de gris. Luego los dirigió hacia la garita.

El centinela estaba sentado con la espalda apoyada en la pared. Su casco pendía de un clavo y su rostro era perfectamente visible. Robert Jordan reconoció al hombre que había estado de guardia dos días antes en las primeras horas de la tarde. Llevaba el mismo gorro de punto que parecía una media. Y no se había afeitado. Tenía las mejillas hundidas y los pómulos salientes. Tenía las cejas pobladas, que se unían en medio de la frente. Tenía aire soñoliento, y Jordan le observó mientras bostezaba. Sacó luego del bolsillo una pitillera y un librillo de papel y lió un cigarrillo. Trató de valerse del encendedor, hasta que, al fin, volvió a guardárselo en el bolsillo y, acercándose al brasero, se inclinó, y sacando un tizón lo sacudió en la palma de la mano, encendió el cigarrillo y volvió a arrojar al brasero el trozo de carbón.

Robert Jordan, ayudado por los prismáticos Zeiss de ocho aumentos, estudiaba la cara del hombre apoyado en la pared, fumando el cigarrillo. Luego se quitó los prismáticos, los cerró y se los metió en el bolsillo.

No quiero verle más, se dijo.

Se quedó allí tumbado, mirando la carretera y tratando de no pensar en nada. Una ardilla lanzaba grititos sobre un pino, a sus espaldas, un poco más abajo, y Jordan la vio descender por el tronco, deteniéndose a medio camino para volver la cabeza y mirar al hombre que la observaba. Vio sus pequeños y brillantes ojillos y su agitada cola. Luego la ardilla se fue a otro árbol avanzando por el suelo, dando largos saltos con su cuerpecillo de patas cortas y cola desproporcionada. Al llegar al árbol se volvió hacia Jordan, se puso a trepar por el tronco y desapareció. Unos minutos después, Jordan oyó a la ardilla que chillaba en una de las ramas más altas del pino y la vio tendida boca abajo sobre una rama, moviendo la cola.

Robert Jordan apartó la vista de los pinos y la dirigió de nuevo a la garita del centinela. Le hubiera gustado meterse a la ardilla en un bolsillo. Le hubiera gustado tocar cualquier cosa. Frotó sus codos contra las agujas de pino, pero no era lo mismo. Nadie sabe lo solo que se encuentra uno cuando tiene que hacer un trabajo así, pensó. Yo sí que lo sé. Espero que la conejita salga con bien de todo. Pero déjate de esas cosas. Bueno, tengo derecho a esperar algo, y espero. Lo que espero es hacer saltar bien el puente y que ella salga con bien de todo esto. Bien. Eso es. Sólo eso. Es todo lo que quiero ahora.

Siguió tumbado allí, y apartando los ojos de la carretera y de la garita, los paseó por las montañas lejanas. Trata de no pensar en nada, se dijo. Estaba allí tumbado, inmóvil, viendo cómo nacía la mañana. Era una hermosa mañana de comienzos de verano y en esa época del año, a fines de mayo, la mañana nace muy deprisa. Un motociclista con casco y chaquetón de cuero y el fusil automático en la funda, sujeto a la pierna izquierda, llegó del otro lado del puente y subió por la carretera. Algo más tarde, una ambulancia cruzó el puente, pasó un poco más abajo de Jordan y siguió subiendo la carretera. Pero eso fue todo. Le llegaba el olor de los pinos y el rumor del arroyo, y el puente aparecía con toda claridad en aquellos momentos, muy hermoso a la luz de la mañana. Estaba tumbado detrás del pino con la ametralladora apoyada en su antebrazo izquierdo y no volvió a mirar a la garita del centinela hasta que, cuando parecía que no iba a suceder nada, que no podía ocurrir nada en una mañana tan hermosa de fines de mayo, oyó el estruendo repentino, cerrado y atronador de las bombas.

Al oír las bombas, el primer estampido, antes de que el eco volviera a repetirlo atronando las montañas, Robert Jordan respiró hondamente y levantó de donde estaba el fusil ametrallador. El brazo se le había entumecido por el peso y los dedos se resistían a moverse.

El centinela se levantó al oír el ruido de las bombas. Robert Jordan vio al hombre coger su fusil y salir de la garita en actitud de alerta. Se quedó parado en medio de la carretera iluminado por el sol. Llevaba el gorro de punto a un lado y la luz del sol le dio de lleno en la cara, barbuda, al elevar la vista hacia el cielo, mirando al lugar de donde provenía el ruido de las bombas.

Ya no había niebla sobre la carretera y Robert Jordan vio al hombre claramente, nítidamente, parado allí, contemplando el cielo. La luz del sol le daba de plano, colándose por entre los árboles.

Robert Jordan sintió que se le oprimía el pecho como si un hilo de alambre se lo apretase, y afianzando los codos, sintiendo entre sus dedos las rugosidades de la empuñadura, alineó la mira, colocada ya en el centro del alza, apuntó en medio del pecho al centinela y apretó suavemente el disparador.

Sintió el culatazo, rápido, violento y espasmódico del fusil contra su hombro, y en el puente, el hombre, sorprendido y alcanzado, cayó de rodillas y dio con la frente en el suelo. Su fusil cayó al mismo tiempo y se quedó allí, con uno de los dedos enredado en el gatillo y la muñeca doblada hacia delante. La bayoneta apuntaba a lo largo de la carretera. Robert Jordan apartó la vista del hombre que yacía en el suelo, doblado, y miró hacia el puente y al centinela del extremo opuesto. No podía verlo y miró hacia la parte derecha de la ladera, hacia el sitio donde estaba escondido Agustín. Oyó disparar entonces a Anselmo; y el tiro despertó un eco en la garganta. Luego le oyó disparar otra vez.

Al tiempo de producirse el segundo disparo le llegó el estampido de las granadas, arrojadas a la vuelta del recodo, más allá del puente. Luego hubo otro estallido de granadas hacia la izquierda, muy por encima de la carretera. Por fin oyó un tiroteo en la carretera y el ruido de la ametralladora de caballería de Pablo —clac clac clac— confundido con la explosión de las granadas. Vio entonces a Anselmo, que se deslizaba por la pendiente, al otro lado del puente, y cargándose la ametralladora a la espalda, cogió las dos mochilas que estaban detrás de los pinos y, con una en cada mano, pesándole tanto la carga que temía que los tendones se le salieran por los hombros, descendió corriendo, dejándose casi llevar, por la pendiente abrupta que acababa en la carretera.

Mientras corría, oyó gritar a Agustín:

—*Buena caza, inglés. Buena caza.*

Y pensó: Buena caza. Al diablo tu buena caza. Entonces oyó disparar a Anselmo al otro lado del puente. El estampido del disparo hacía vibrar las vigas de acero. Pasó junto al centinela tendido en el suelo y corrió hacia el puente, balanceando su carga.

El viejo corrió a su encuentro, con la carabina en la mano.

—*Sin novedad* —gritó—. No ha salido nada mal. *Tuve que rematarlo.*

Robert Jordan, que estaba arrodillado abriendo las mochilas en el centro del puente para coger el material, vio correr las lágrimas por las mejillas de Anselmo entre la barba gris.

—*Yo maté a uno también* —le dijo a Anselmo. Y señaló con la cabeza hacia el centinela, que yacía en la carretera, al final del puente.

—Sí, hombre, sí —dijo Anselmo—; tenemos que matarlos, y los matamos.

Robert Jordan empezó a descender por entre los hierros de la armazón del puente. Las vigas estaban frías y húmedas por el rocío y tuvo que descender con precaución, mientras sentía el calor del sol a sus espaldas. Se sentó a horcajadas en una de las traviesas. Oía bajo sus pies el ruido del agua golpeando contra el lecho de piedra y oía el tiroteo, demasiado tiroteo, en el puesto superior de la carretera. Empezó a sudar abundantemente. Hacía frío bajo el puente. Llevaba un rollo de alambre alrededor del brazo y un par de pinzas suspendidas de una correa en torno a la muñeca.

—Pásame las cargas, una a una, *viejo* —le gritó a Anselmo. El viejo se inclinó sobre la barandilla, tendiéndole los bloques de explosivos rectangulares, y Jordan se irguió para alcanzarlos; los colocó donde tenía que colocarlos, apretándolos bien y sujetándolos bien.

—Las cuñas, *viejo*; dame las cuñas.

Percibía el perfume a madera fresca de las cuñas recientemente talladas, al golpearlas con fuerza para afirmar las cargas entre las vigas.

Mientras trabajaba, colocando, afirmando, acuñando y sujetando las cargas por medio del alambre, pensando solamente en la demolición, trabajando rápida y minuciosamente, como lo haría un cirujano, oyó un tiroteo que llegaba desde el puesto de abajo, seguido de la explosión de una granada y luego de la explosión de otra, cuyo retumbar se sobreponía al rumor del agua, que corría bajo sus pies. Luego se hizo un silencio absoluto por aquella parte.

Maldita sea, pensó. ¿Qué les habrá pasado?

Seguían disparando en el puesto de arriba, demasiado tiroteo, y continuó sujetando dos granadas, la una al lado de la otra, encima de los bloques de explosivos, y enrollando el hilo en torno a las rugosidades, para sujetarlas bien, y retorciendo los alambres con las pinzas. Palpó el conjunto y después, para consolidarlo, introdujo otra cuña por encima de las granadas, a fin de que toda la carga quedara bien sujeta contra las vigas de acero.

—Al otro lado ahora, *viejo* —gritó a Anselmo. Y atravesó el puente por la armazón como un Tarzán condenado a vivir en una selva de acero templado, según pensó. Luego salió de debajo del puente hacia la luz, con el río sonando siempre bajo sus pies, levantó la cabeza y vio a Anselmo, que le tendía las cargas de explosivos. Tiene buena cara, pensó. Ya no llora. Tanto mejor. Ya hay un lado hecho. Vamos a hacer este otro, y acabamos. Vamos a volarlo como un castillo de naipes. Vamos. No te pongas nervioso. Vamos. Hazlo como debes, como has hecho el otro lado. No te embarulles. Calma. No quieras ir más deprisa de lo que debes. Ahora no puedes fallar. Nadie te impedirá que vuele uno de los lados. Lo estás haciendo muy bien. Hace frío aquí. Cristo, esto está fresco como una bodega y sin mugre. Por lo general, debajo de los puentes suele haber mugre. Éste es un puente de ensueño. Un condenado puente de ensueño. Es el viejo quien está arriba, en un sitio peligroso. No trates de ir más deprisa de lo que debes. Quisiera que todo ese tiroteo acabase.

—Alcánzame unas cuñas, *viejo*.

Este tiroteo no me gusta nada, se decía. Pilar debe de andar metida en algún lío. Algún hombre del puesto debía de estar fuera. Fuera y a espaldas de ellos, o bien a espaldas del aserradero. Siguen disparando. Eso prueba que hay alguien en el aserradero. Y todo ese condenado serrín. Esos grandes montones de serrín. El serrín, cuando es viejo y está bien apretado, está bien para parapetarse detrás. Pero tiene que haber todavía combatiendo varios de ellos. Por el lado de Pablo todo está silencioso. Me pregunto qué significa ese segundo tiroteo. Ha debido de ser un coche o un motociclista. Dios quiera que no traigan por aquí coches blindados o tanques. Continúa. Coloca todo esto lo más rápidamente que puedas, sujétalo bien y átalo después con fuerza. Estás temblando como una maldita mujer. ¿Qué diablos te ocurre? Quieres ir demasiado deprisa. Apuesto a que esa condenada mujer no tiembla allá arriba. Esa Pilar. Puede que tiemble también. Me suena a que está metida en un buen lío. Debe de estar temblando en estos momentos. Como cualquier otro en su lugar, pensó.

Salió de debajo del puente, hacia la luz del sol, y tendió la mano para coger lo que Anselmo le pasaba. Ahora que su cabeza estaba fuera del ruido del agua, oyó cómo arreciaba la intensidad del tiroteo y volvió a distinguir el ruido de la explosión de las granadas. Más granadas todavía.

—Han atacado el aserradero.

Es una suerte que tenga los explosivos en bloques y no en barras, pensó. ¡Qué diablos, es más limpio! Pero un condenado saco lleno de gelatina sería mucho más rápido. Sería mucho más rápido. Dos sacos. No. Con uno sería suficiente. Y si tuviéramos los detonadores y el viejo fulminante... Ese hijo de puta tiró el fulminante al río. Esa vieja caja que ha estado en tantos sitios. Fue a este río adonde la tiró ese hijo de perra de Pablo. Les está dando para el pelo en estos momentos.

—Dame algunas más, *viejo*.

El viejo lo hace todo muy bien, se dijo. Está en un sitio muy peligroso ahí arriba en estos momentos. El viejo sentía horror ante la idea de matar al centinela. Yo también; pero no lo pensé. Y no lo pienso ya en estos momentos. Hay que hacerlo. Sí. Pero Anselmo tuvo que hacerlo con una carabina vieja. Sé lo que es eso. Matar con arma automática es más fácil. Para el que mata, por supuesto. Es cosa distinta. Tras el primer apretón al gatillo, es el arma quien dispara. No tú. Bueno, ya pensarás en eso más tarde. Tú, con esa cabeza tan buena. Tienes una cabeza muy buena de pensador, viejo camarada Jordan. Vuélvete, Jordan, vuélvete. Te gritaban eso en el fútbol, cuando tenías la pelota. ¿Sabes que en realidad el río Jordán no es más grande que este riachuelo que está ahí abajo? En su origen, quiero decir. Claro que eso puede decirse de cualquier cosa en su origen. Se está muy bien bajo este puente. Es una especie de hogar lejos del hogar. Vamos, Jordan, recóbrate. Esto es una cosa seria, Jordan. ¿No lo comprendes? Una cosa seria. Aunque va siendo cada vez menos seria. Fíjate en el otro lado. *¿Para qué?* Ya estoy listo ahora, pase lo que pase. Así como vaya el Maine, así irá la nación. Así como vaya el Jordán, así irán esos condenados israelitas. Quiero decir, el puente. Como vaya Jordan, así irá el condenado puente. O más bien al revés.

—Dame unas pocas más, Anselmo —dijo. El viejo asintió—. Ya casi está —dijo Jordan. El viejo asintió de nuevo.

Mientras terminaba de sujetar las granadas con alambre, dejó de oír el tiroteo en la parte alta de la carretera. De repente se encontró con que el único ruido que acompañaba su trabajo era el rumor de la corriente. Miró hacia abajo y vio las hirvientes aguas blanquecinas despeñándose por entre las rocas, que poco trecho más abajo formaban un remanso de aguas quietas en las que giraba velozmente una cuña que, momentos antes, había dejado escapar. Una trucha se levantó para atrapar algún insecto, formando un círculo en la superficie del agua, muy cerca del lugar donde giraba la astilla. Mientras retorcía el alambre con la tenaza para mantener las dos granadas en su sitio, vio a través de la armazón metálica del puente la verde ladera de la colina iluminada por el sol. Hace tres días tenía un color más bien parduzco, pensó.

Salió de la oscuridad fresca del puente hacia el sol brillante, y gritó a Anselmo, que tenía la cara inclinada hacia él:

—Dame el rollo grande de alambre.

El viejo se lo tendió.

Por amor de Dios, se dijo, no dejes que se aflojen. Esto las sostendrá sujetas. Ojalá pudieras ensartarlas. Pero con la extensión de hilo que empleas quedará bien, pensó Jordan palpando las clavijas de las granadas. Se aseguró de que las granadas sujetas de lado tenían suficiente espacio para permitir a las cucharas levantarse cuando se tirase de las clavijas (el hilo que las mantenía sujetas pasaba por debajo de las cucharas), luego fijó un trozo de cable a una de las anillas, lo sujetó con el cable principal que pasaba por el anillo de la granada exterior, soltó algunas vueltas del rollo y pasó el hilo a través de una viga de acero. Por último, tendió el rollo a Anselmo:

—Sujétalo bien.

Saltó a lo alto del puente, tomó el rollo de las manos del viejo y retrocedió de espaldas tan deprisa como podía hacia el lugar donde el centinela yacía en medio de la carretera; sacó el alambre por encima de la balaustrada y fue soltando cable a medida que avanzaba.

—Trae las mochilas —le gritó a Anselmo sin detenerse, marchando siempre de espaldas. Al pasar se inclinó para recoger la ametralladora, que colgó otra vez de su hombro.

Fue entonces cuando, al levantar los ojos, vio a lo lejos, en lo alto de la carretera, a los que volvían del puesto de arriba.

Vio que eran cuatro, pero inmediatamente tuvo que ocuparse del hilo de alambre, para que no se enredara en uno de los salientes del puente. Eladio no estaba entre los que volvían.

Llevó el alambre hasta el extremo del puente, hizo un rizo alrededor del último puntal y luego corrió hacia la carretera, hasta un poyo de piedra, en donde se detuvo, cortó el alambre y le entregó el extremo a Anselmo.

—Sujeta esto, *viejo*. Y ahora, vuelve conmigo al puente. Ve recogiendo el alambre a medida que avanzas. No. Lo haré yo.

Una vez en el puente, soltó el enganche que había hecho unos momentos antes y, dejando el alambre de manera que ya no estuviese enredado en ninguna parte desde el extremo que unía las granadas hasta el que llevaba en la mano, se lo entregó de nuevo a Anselmo.

—Lleva esto hasta esa piedra que está allí. Sujétalo con firmeza, pero sin tirar; no hagas fuerza. Cuando tengas que tirar, tira fuerte, de golpe, y el puente volará. *¿Comprendes?*

—Sí.

—Llévalo suavemente, pero no lo dejes que se arrastre para que no se enrede. Sujétalo fuerte, pero no tires hasta que tengas que tirar de golpe. *¿Comprendes?*

—Sí.

—Cuando tires, tira de golpe, no poco a poco.

Mientras hablaba, Robert Jordan seguía mirando hacia la carretera, por donde llegaban los restos de la banda de Pilar. Estaban muy cerca ya y vio que a Fernando le sostenían Primitivo y Rafael. Parecía que le hubiesen herido en la ingle, porque se sujetaba el vientre con las dos manos, mientras el hombre y el muchacho le sostenían por las axilas. Arrastraba la pierna derecha y el zapato se deslizaba de costado, rozando el suelo. Pilar subía la cuesta camino del bosque, llevando al hombro tres fusiles. Jordan no podía verle la cara, pero ella iba con la cabeza erguida y andaba todo lo deprisa que podía.

—¿Cómo va eso? —gritó Primitivo.

—Bien, casi hemos acabado —contestó Jordan, gritando también.

No hacía falta preguntar cómo les había ido a ellos. En el momento en que apartó la vista del grupo estaban todos ya en la carretera, y Fernando meneaba la cabeza cuando los otros dos quisieron hacerle subir por la pendiente.

—Dadme un fusil y dejadme aquí —le oyó decir Jordan con voz ahogada.

—No, *hombre*; te llevaremos hasta donde están los caballos.

—¿Y para qué quiero yo un caballo? —contestó Fernando—. Estoy bien aquí.

Robert Jordan no pudo oír lo que siguieron diciendo, porque se puso a hablar a Anselmo.

—Hazlo saltar si vienen tanques —le dijo al viejo—, pero solamente si están ya sobre el puente. Hazlo saltar si aparecen coches blindados. Pero si los tienes ya del todo encima. Si se trata de otra cosa, Pablo se encargará de detenerlos.

—No voy a volar el puente mientras estés tú debajo.

—No te cuides de mí. Hazlo saltar en caso de que sea necesario. Voy a sujetar el otro alambre y vuelvo. Luego lo volaremos juntos.

Salió corriendo hacia el centro del puente.

Anselmo vio a Robert Jordan correr por el puente con el rollo de alambre debajo del brazo, las tenazas colgadas de la muñeca y la ametralladora a la espalda. Le vio trepar por la barandilla y desaparecer, con el hilo en la mano derecha. Anselmo se acurrucó detrás de un poyo de piedra y se puso a mirar la carretera y el terreno más allá del puente. A mitad de camino entre el puente y él estaba el centinela, que parecía más aplastado sobre la superficie lisa de la carretera ahora que el sol le daba en la espalda. El fusil estaba en el suelo con la bayoneta caída apuntando hacia Anselmo. El viejo miró más allá del puente, sombreado por los vástagos de la barandilla, hasta el lugar en que la carretera torcía hacia la izquierda, siguiendo la garganta, y volvía a torcer para desaparecer tras la pared rocosa. Miró la garita más alejada, iluminada por el sol, y luego, siempre con el hilo en la mano, volvió la cabeza hacia donde estaba Fernando hablando con Primitivo y el gitano.

—Dejadme aquí —decía Fernando—; me duele mucho y tengo una hemorragia interna. La siento cada vez que me muevo.

—Déjanos llevarte allí arriba —dijo Primitivo—. Échanos los brazos por el cuello, que vamos a cogerte por las piernas.

—Es inútil —dijo Fernando—; ponedme ahí detrás de una piedra. Aquí soy tan útil como arriba.

—Pero ¿y cuando tengamos que irnos? —preguntó Primitivo.

—Déjame aquí —dijo Fernando—; no se puede andar conmigo tal como estoy. Así tendréis un caballo más; estoy muy bien aquí. Y ellos no tardarán en llegar.

—Podemos subirte fácilmente hasta lo alto del cerro —dijo el gitano. Sentía a todas luces prisa por marcharse, como Primitivo. Pero como le habían llevado ya hasta allí, no querían dejarle.

—No —dijo Fernando—; estoy muy bien aquí. ¿Qué pasa con Eladio?

El gitano se llevó un dedo a la cabeza para indicar el lugar de la herida:

—Aquí —dijo—. Después de ti. Cuando cargamos contra ellos.

—Dejadme —dijo Fernando.

Anselmo veía que Fernando estaba padeciendo mucho. Se sujetaba la ingle con las dos manos. Tenía la cabeza apoyada contra el terraplén, las piernas extendidas ante él, y su cara estaba gris y sudorosa.

—Dejadme ya, haced el favor. Os lo ruego —dijo. Sus ojos estaban cerrados por el dolor y los labios le temblaban—: Estoy bien aquí.

—Aquí tienes un fusil y algunas balas —dijo Primitivo.

—¿Es mi fusil? —preguntó Fernando sin abrir los ojos.

—No. Pilar tiene el tuyo —dijo Primitivo—. Éste es el mío.

—Hubiese preferido el mío —dijo Fernando—; lo conozco mejor.

—Yo te lo traeré —dijo el gitano, mintiendo a conciencia—. Ten éste mientras tanto.

—Aquí tengo una buena posición —dijo Fernando—; tanto para cubrir la carretera como el puente. —Abrió los ojos, volvió la cabeza y miró al otro lado del puente; luego volvió a cerrarlos al sentir un nuevo acceso de dolor.

El gitano le golpeó amistosamente la cabeza y con el pulgar le hizo un gesto a Primitivo para marcharse.

—Volveremos a buscarte —dijo Primitivo. Y se puso a subir la cuesta detrás del gitano, que trepaba rápidamente.

Fernando se pegó al terraplén. Delante de él había una de las piedras blancas que señalaban el borde de la carretera. Tenía la cabeza a la sombra, pero el sol daba sobre la herida taponada y vendada y sobre sus manos arqueadas, que la cubrían. Las piernas y los pies también los tenía al sol. El fusil estaba a su lado y había tres cargadores que brillaban al sol junto al fusil. Una mosca se puso a pasearse por su mano, pero no sentía el cosquilleo por el dolor.

—Fernando —gritó Anselmo, desde el sitio donde estaba agazapado con el alambre en la mano. Había hecho una lazada en el extremo y se la había puesto alrededor de la muñeca—. ¡Fernando! —gritó nuevamente.

Fernando abrió los ojos y le miró.

—¿Cómo va eso? —preguntó Fernando.

—Muy bien —dijo Anselmo—. Dentro de un minuto vamos a hacerlo saltar.

—Me alegro. Si os hago falta, para lo que sea, decídmelo —dijo Fernando. Y cerró los ojos abrumado por el dolor.

Anselmo apartó la mirada y se puso a observar el puente.

Esperaba el momento en que el rollo de alambre fuese arrojado sobre el puente, seguido por la cabeza bronceada del *inglés*, que volvería a subir. Al mismo tiempo miraba más allá del puente para ver si aparecía algo por el recodo de la carretera. No tenía miedo de nada; no había tenido miedo de nada aquel día. Va todo tan rápido y tan normal, pensó. No me gustó matar al centinela y me impresionó; pero ahora ya ha pasado todo. ¿Cómo pudo decir el *inglés* que disparar sobre un hombre es lo mismo que disparar sobre un animal? En la caza sentí siempre alegría y nunca tuve la sensación de hacer daño. Pero matar al hombre causa la misma sensación que si se pega a un hermano cuando se es mayor. Y disparar varias veces para matarle… No, no pienses en ello. Te ha producido demasiada emoción y has llorado como una mujer, al correr por el puente. Ahora todo se ha acabado, se dijo. Y podrás tratar de expiar eso y todo lo demás. Ahora tienes lo que pedías ayer por la noche, al cruzar los montes, de regreso a la cueva. Estás en el combate, y sin más problema. Si muero esta mañana, todo estará bien.

Miró a Fernando, tendido contra el terraplén, con las manos arqueadas por encima del vientre, los labios azulados, los ojos cerrados, la respiración pesada y lenta, y pensó: Si muero, que sea deprisa. No, he dicho que no pediría nada si conseguía hoy lo que hacía falta. Así es que no pido nada. ¿Entendido? No pido nada de ninguna manera. Dame lo que te he pedido y abandono todo lo demás a tu voluntad.

Escuchó el fragor lejano de la batalla en el puerto, y se dijo: Verdaderamente, hoy es un gran día. Es preciso que me dé cuenta y que sepa qué clase de día es.

Pero no abrigaba ánimo ni entusiasmo en su corazón. Todo aquello había pasado y sólo quedaba la calma. Y ahora, agazapado detrás del poyo, con una lazada del alambre en su mano y otra alrededor de su muñeca y la gravilla del borde de la carretera bajo sus rodillas, no se sentía aislado, no se sentía solo en absoluto. Era uno con el alambre que tenía en la mano y uno con el puente, y uno con las cargas que el *inglés* había colocado. Era uno con el *inglés*, que trabajaba debajo del puente; era uno con toda la batalla y uno con la República.

Pero no sentía entusiasmo. Todo estaba tranquilo. El sol le daba en la nuca y en los hombros, y cuando levantó los ojos vio el cielo sin una nube y la pendiente de la montaña que se levantaba tras la garganta, y no se sintió dichoso, pero tampoco solo ni asustado.

En lo alto de la pendiente, Pilar, tumbada detrás de un árbol, observaba el trecho de carretera que descendía del puerto. Tenía tres fusiles cargados y tendió uno de ellos a Primitivo cuando éste se dejó caer a su lado.

—Ponte ahí —le dijo—, detrás de ese árbol. Tú, gitano, más abajo —y señaló un árbol más abajo—. ¿Ha muerto?

—No. Todavía no —dijo Primitivo.

—¡Qué mala suerte! —dijo Pilar—. Si hubiéramos sido dos más, no hubiera sucedido. Fernando tenía que haberse tumbado detrás de los montones de serrín. ¿Está bien donde le habéis dejado?

Primitivo meneó de lado a lado la cabeza.

—Cuando el *inglés* vuele el puente, ¿llegarán hasta aquí los pedazos? —preguntó el gitano detrás del árbol.

—No lo sé —dijo Pilar—; pero Agustín, con la *máquina*, está más cerca que tú. El *inglés* no le hubiera colocado allí si estuviera demasiado cerca.

—Me acuerdo de que cuando hicimos saltar el tren, la lámpara de la locomotora pasó por encima de mi cabeza y los trozos de acero volaban como golondrinas.

—Tienes recuerdos muy poéticos —dijo Pilar—. Como golondrinas. *¡Joder!* Oye, gitano, te has portado bien hoy. Ahora cuidado, no vaya a cogerte otra vez el miedo.

—Bueno, yo he preguntado solamente si llegarían hasta aquí los hierros, para saber si tendría que seguir detrás del tronco del árbol —dijo el gitano.

—Quédate ahí —dijo Pilar—. ¿A cuántos hemos matado?

—*Pues* a cinco. Dos, aquí. ¿No ves al otro, en el extremo del puente? Mira, fíjate. ¿Ves la garita? —Y señaló con el dedo—. Había ocho en el puesto de Pablo. Estuve vigilando ese puesto por orden del *inglés*.

Pilar soltó un bufido y luego dijo encolerizada:

—¿Qué le pasa a ese *inglés*? ¿Qué porquería está haciendo debajo del puente? *¡Vaya mandanga!* ¿Está construyendo un puente o va a volarlo?

Irguió la cabeza y miró a Anselmo agazapado detrás del poyo.

—¡Eh, *viejo*! —gritó—; ¿qué es lo que le pasa a ese puerco de *inglés*?

—Paciencia, mujer —gritó Anselmo, sosteniendo el alambre con suavidad aunque con firmeza entre sus manos—. Está terminando su trabajo.

—La gran puta, ¿por qué tarda tanto?

—*Es muy concienzudo* —gritó Anselmo—. Es un trabajo científico.

—Me cago en leche de la ciencia —gritó Pilar con rabia, dirigiéndose al gitano—. Que ese puerco lo vuele de una vez. María —gritó con voz ronca dirigiéndose a lo alto de la colina—. Tu *inglés...* —Y soltó una andanada de obscenidades a propósito de los actos imaginarios de Jordan debajo del puente.

—Cálmate, mujer —le gritó Anselmo desde la carretera—. Está haciendo un trabajo enorme. Ya acaba.

—Al diablo con él —rugió Pilar—. Lo importante es la rapidez.

En aquel momento oyeron el tiroteo más abajo, en la carretera, en el lugar en que Pablo ocupaba el puesto que había tomado. Pilar dejó de maldecir y escuchó atentamente.

—¡Ay! —exclamó—. ¡Ay, ay! ¡Ahora sí que se ha armado!

Robert Jordan oyó también el tiroteo cuando arrojaba el rollo de alambre por encima del puente y trepaba hacia arriba. Mientras apoyaba las rodillas en el borde de hierro del puente, con las manos extendidas hacia delante, oyó la ametralladora que disparaba en el recodo de más abajo. El ruido no era el del arma automática de Pablo. Se puso de pie y después, inclinándose, echó el alambre por encima del pretil del puente para ir soltándolo mientras retrocedía andando de costado a lo largo del puente.

Oía el tiroteo y, sin dejar de moverse, lo sentía golpear dentro de sí, como si hallara eco en su diafragma. A medida que retrocedía, fue oyéndolo más y más cercano. Miró hacia el recodo de la carretera. Estaba libre de coches, tanques y hombres. La carretera continuaba vacía cuando se hallaba a medio camino de la extremidad del puente. Seguía aún vacía cuando había hecho las tres cuartas partes del camino, desenrollando siempre el alambre con cuidado, para evitar que se enredara, y seguía aún vacía cuando trepó alrededor de la garita del centinela, extendiendo el brazo para mantener apartado el alambre de modo que no se enredase en los barrotes de hierro. Por fin llegó a la carretera, que continuaba vacía al otro extremo del puente, y subió rápidamente la cuesta de la cuneta, al borde de la carretera, con el gesto del jugador que intenta atrapar una pelota que viene muy alta, extendiendo siempre el hilo, y quedó casi frente a Anselmo, y la carretera seguía aún libre más allá del puente.

En ese preciso instante oyó un camión que bajaba y, por encima del hombro, lo vio acercarse al puente. Arrollándose el alambre en torno de su muñeca, le gritó a Anselmo:

—Hazlo saltar.

Y hundió los talones en el suelo, echándose hacia atrás con todas sus fuerzas para tirar del alambre. Se oía el ruido del camión al acercarse, cada vez más potente, y allí estaba la carretera, con el centinela muerto, el largo puente, el trecho de carretera, más allá, aún libre, y luego hubo un estrépito infernal y el centro del puente se levantó por los aires, como una ola que se estrella contra los rompientes, y Robert Jordan sintió la ráfaga de la explosión llegar hasta él en el mismo instante en que se arrojaba de bruces en la cuneta llena de piedras, protegiéndose la cabeza con las manos. Aún tenía la cara pegada a las piedras cuando el puente descendió de los aires y el olor acre y familiar del humo amarillento le envolvió mientras comenzaban a llover los trozos de acero.

Cuando los pedazos de acero dejaron de caer, aún seguía vivo, y levantó la cabeza y miró al puente. La sección central había desaparecido. La carretera y el resto del puente estaban sembrados de pedazos de hierro, retorcidos y relucientes. El camión se había detenido un centenar de metros más arriba. El conductor y los dos hombres que le acompañaban corrían buscando refugio.

Fernando seguía recostado en el terraplén y respiraba aún, con los brazos caídos a lo largo del cuerpo y las manos abiertas.

Anselmo estaba tendido de bruces detrás del poyo blanco. Su brazo izquierdo aparecía doblado debajo de la cabeza y el brazo derecho estaba extendido de frente. Aún llevaba el alambre arrollado a la muñeca derecha. Robert Jordan se levantó, atravesó la carretera, se arrodilló junto a él y vio que estaba muerto. No le volvió de cara por no ver de qué manera le había golpeado el trozo de acero. Estaba muerto, y eso era todo.

Jordan pensó que, muerto, parecía muy pequeño. Parecía pequeño con su cabeza gris, y Jordan se dijo: Me pregunto cómo podía llevar encima semejantes cargas, si era verdaderamente tan pequeño. Luego se fijó en la forma de las pantorrillas y en los gruesos muslos por debajo del estrecho pantalón de pana gris y en las alpargatas de suela de cáñamo, muy gastadas. Recogió la carabina y las dos mochilas, casi vacías, atravesó la carretera y cogió el fusil de Fernando. De un puntapié, apartó un trozo de hierro que había quedado en la carretera. Luego se echó los dos fusiles al hombro, sujetándolos por el cañón, y comenzó a subir la cuesta hacia los árboles. No volvió la cabeza para mirar atrás ni tampoco al otro lado del puente, hacia la carretera. Más abajo seguían disparando, pero ahora aquello no le preocupaba.

Los gases del TNT le hacían toser y sentía todo el cuerpo como anestesiado.

Cuando llegó junto a Pilar, tumbada detrás de un árbol, dejó caer uno de los fusiles, junto a los que ya estaban allí. Pilar echó un vistazo y vio que volvían a tener tres fusiles.

—Estáis colocados aquí demasiado arriba —dijo—; hay un camión en la carretera y no podéis verlo. Han creído que era un avión. Sería preferible que os apostarais más abajo. Yo voy a bajar con Agustín para cubrir a Pablo.

—¿Y el viejo? —preguntó ella, mirándole a la cara.

—Muerto.

Tosió de nuevo, convulsivamente, y escupió al suelo.

—Tu puente ha volado, *inglés* —dijo Pilar sin dejar de mirarle—. No olvides eso.

—No olvido nada —contestó—. Tienes una voz muy recia. Se te oía desde abajo. Grítale a María que estoy bien.

—Hemos perdido dos en el aserradero —dijo Pilar tratando de hacerle comprender la situación.

—Ya lo he visto —dijo Jordan—. ¿Habéis hecho muchas tonterías?

—Vete a hacer puñetas, *inglés*. Fernando y Eladio eran hombres también.

—¿Por qué no te vuelves con los caballos? —preguntó Jordan—. Yo puedo vigilar este trecho mejor que tú.

—No, tú tienes que cubrir a Pablo.

—Al diablo con Pablo. Que se cubra con *mierda*.

—No, *inglés*. Pablo ha vuelto. Ha luchado mucho ahí abajo. ¿No lo has oído? Ahora está luchando contra algún peligro. ¿No lo oyes?

—Le cubriré. Pero luego os iréis todos a la mierda. Tú y tu Pablo.

—*Inglés* —dijo Pilar—, cálmate. Yo he estado junto a ti y te he ayudado como nadie. Pablo te hizo daño, pero luego volvió.

—Si hubiera tenido el fulminante, el viejo no habría muerto. Hubiera podido volar el puente desde aquí.

—Y si esto, y si aquello, y si lo otro… —dijo Pilar.

La cólera, la sensación de vacío y el odio que había sentido cuando, al levantarse de la cuneta, había visto a Anselmo seguían dominándole. Y sentía también desesperación, esa desesperación que nace de la pena y que inspira a los soldados el odio suficiente para continuar siendo soldados. Ahora que todo había acabado, se sentía solo, abandonado y sin ganas de nada, y odiaba a todos los que tenía alrededor.

—Si no hubiera nevado… —dijo Pilar.

Y entonces, no de una manera súbita, como hubiera ocurrido tratándose de un desahogo físico, si, por ejemplo, Pilar le hubiera rodeado los hombros con el brazo, sino lentamente y de una forma reflexiva, empezó a aceptar lo que había pasado y a dejar que el odio se disipara. Claro, la nieve. Había sido la culpable de todo. La nieve. La nieve había jugado a otros una mala pasada también. Y al ver cómo sucedieron las cosas a los demás, al conseguir desembarazarse de sí mismo, de ese yo del que había que desembarazarse constantemente en una guerra, volvía a ver las cosas de una manera objetiva. En la guerra no había lugar para uno mismo, ser uno mismo era estar perdido. Y al olvidarse de sí mismo, oyó a Pilar decir:

—El Sordo...

—¿Qué dices? —preguntó.

—El Sordo...

—Sí —dijo Jordan, y sonrió con una sonrisa crispada, tensa, una sonrisa que le hacía daño en los músculos de la cara—. Perdóname. He hecho mal. Lo siento, mujer. Hagámoslo bien y todos juntos. Como tú dices, el puente ha volado.

—Sí, tienes que poner las cosas en su lugar.

—Voy a reunirme ahora con Agustín. Coloca a tu gitano más abajo, para que pueda ver la carretera. Dale estos fusiles a Primitivo y coge tú la *máquina*. Déjame que te enseñe cómo.

—Guárdate tu *máquina* —repuso Pilar—; no estaremos aquí mucho rato. Pablo tiene que llegar enseguida, y nos iremos.

—Rafael —llamó Jordan—, ven aquí a mi lado. Aquí. Bien. ¿Ves a esos que salen de la alcantarilla? Allí, más arriba del camión. ¿Los ves que se dirigen al camión? Pégale a uno de ellos. Siéntate. Hazlo con calma.

El gitano apuntó cuidadosamente y disparó, y mientras corría el cerrojo, para tirar el cartucho, Jordan comentó:

—Muy alto. Has dado en la roca de más arriba. ¿Ves el polvo que ha levantado? Procura apuntar medio metro más abajo. Ahora. Pero con cuidado. Corren. Bien. *Sigue tirando.*

—Le he dado a uno —dijo el gitano.

El hombre quedó tendido en medio de la carretera, entre la alcantarilla y el camión. Los otros dos no se detuvieron para recogerle. Se arrojaron a la alcantarilla y se quedaron agazapados allí.

—No les tires a ellos —dijo Jordan—. Apunta a lo alto de uno de los neumáticos delanteros del camión. De manera que, si no atinas, le des al motor. Bien. —Miró con los prismáticos—. Un poco bajo. Bien. Disparas muy bien. *¡Mucho! ¡Mucho!* Apunta a lo alto del radiador. En cualquier parte del radiador. Eres un campeón. Mira. No dejes pasar a nadie de ese punto. ¿Lo ves?

—Mira cómo le deshago el parabrisas —dijo el gitano, feliz.

—No. El camión ya está fastidiado —dijo Jordan—. Guarda las balas para cuando aparezca otro vehículo en la carretera. Empieza a disparar cuando lleguen frente a la alcantarilla. Trata de acertarle al conductor. Entonces, disparad todos —le dijo a Pilar, que había bajado acompañada de Primitivo—. Estáis muy bien colocados aquí. ¿Ves como esta elevación os protege el flanco?

—Vete a hacer tu trabajo con Agustín —dijo Pilar—. No hace falta que nos des una conferencia. Sé lo que es el terreno desde hace mucho tiempo.

—Coloca a Primitivo más arriba —dijo Jordan—. Allí. ¿Te das cuenta, hombre? Allí, por donde la pendiente se hace más abrupta.

—Acaba ya —dijo Pilar—. Vete, *inglés*. Tú y tu perfección. Aquí no hay ningún problema.

En aquel momento oyeron los aviones.

María llevaba mucho tiempo con los caballos, pero no le servían de consuelo. Ni ella a los caballos. Desde el paraje del bosque en que se encontraba, no podía ver la carretera ni el puente, y cuando el tiroteo comenzó pasó el brazo alrededor del cuello del gran semental bajo la frente blanca, que había acariciado y regalado a menudo cuando los caballos estaban en el cercado, entre los árboles, en el campamento. Pero su nerviosismo desazonaba al gran semental, que sacudía la cabeza con las ventanas de las narices dilatadas al oír el ruido de las explosiones de los fusiles y de las granadas. María no era capaz de quedarse quieta en un mismo sitio y daba vueltas alrededor de los caballos, los acariciaba, les daba palmaditas, y no conseguía más que exacerbar su nerviosismo y su agitación.

Intentó pensar en el tiroteo, no como una cosa terrible, que estaba sucediendo en aquellos momentos, sino imaginando que Pablo estaba abajo con los últimos que habían llegado y Pilar arriba con los otros, y que no tenía por qué inquietarse ni dejarse llevar por el pánico, sino tener confianza en Roberto. Pero no lo conseguía. Y todo el tiroteo de arriba y el tiroteo de abajo y la batalla que descendía del puerto como una tormenta lejana con un tableteo seco y el estallido regular de las bombas componían un cuadro de horror que casi le impedía respirar.

Más tarde oyó el vozarrón de Pilar que, desde abajo, desde el flanco del cerro, gritaba indecencias que no comprendía; y pensó: Dios mío, no; no hables así mientras él está en peligro. No ofendas a nadie. No provoques riesgos inútiles. No los provoques.

Luego se puso a rezar por Roberto, rápida y maquinalmente, como en el colegio, diciendo sus oraciones deprisa, todo lo deprisa que podía, y contándolas con los dedos de la mano izquierda, rezando decenas de veces cada una de las dos oraciones que repetía. Por fin el puente saltó y un caballo rompió las riendas después de espantarse, y se escapó por entre los árboles. María salió tras él para cogerle y le trajo temblando, estremeciéndose, con el pecho bañado en sudor, la montura torcida, y, mientras regresaba por entre los árboles, oyó el tiroteo más cercano y pensó: No puedo soportar esto mucho tiempo. No puedo aguantar más sin saber lo que pasa. No puedo respirar y tengo la boca seca. Tengo miedo y no sirvo de nada, y he asustado a los caballos y he cogido a éste por casualidad; porque tiró la montura al tropezar con un árbol y se enganchó en los estribos, y ahora que estoy reajustando la montura, Dios mío, no sé, no puedo soportarlo, te lo ruego. Que vaya todo bien; porque mi corazón y todo mi ser están en el puente. La República es una cosa, y el que tengamos que ganar esta guerra es otra. Pero, Virgen bendita, tráele del puente sano y salvo y haré todo lo que quieras. Porque yo no estoy aquí. No soy yo. Yo no vivo más que por él. Protégele, te lo pido, y entonces haré todo lo que quieras, y él no se opondrá. Y no será contra la República. Te lo ruego; perdóname, porque no entiendo nada en estos momentos; haré lo que esté bien hecho; haré lo que él diga y lo que tú digas, y lo haré con toda mi alma. Pero ahora no puedo soportar el no saber lo que pasa.

Luego ajustó la silla, estiró la manta, apretó las cinchas y oyó el vozarrón de Pilar que le llegaba de entre los árboles:

—María, María, tu *inglés* está bien. ¿Me oyes? Muy bien. *Sin novedad.*

María se agarró con las dos manos a la montura, apretó su cabeza rapada contra ella y rompió a llorar. Oyó el vozarrón que volvía a elevarse y, apartando el rostro de la montura, gritó entre sollozos:

—Sí, gracias. —Y luego, sin dejar de llorar, añadió—: Gracias. Muchas gracias.

Al oír los aviones levantaron todos la cabeza. Venían de la parte de Segovia, volando muy altos en el cielo, plateados a la luz del sol, ahogando con su zumbido los otros ruidos.

—Ahí están ésos —dijo Pilar—. Es lo que nos faltaba.

Robert Jordan le pasó el brazo por los hombros sin dejar de observarlos.

—No —dijo—. Ésos no vienen por nosotros. No tienen tiempo que perder con nosotros. Cálmate.

—Los odio.

—Yo también; pero ahora tengo que irme a buscar a Agustín.

Rodeó el cerro por entre los pinos, con el zumbido de los aviones sobre su cabeza, mientras desde el otro lado del puente demolido, más abajo, por la carretera, le llegaba el tableteo intermitente de una ametralladora pesada.

Se dejó caer junto a Agustín, que estaba tumbado en medio de un pinarejo detrás de la ametralladora, y vio que venían otros aviones.

—¿Qué pasa ahí abajo? —preguntó Agustín—. ¿Qué está haciendo Pablo? ¿No sabe que lo del puente ha acabado?

—Quizá esté atrapado ahí.

—Entonces, vámonos. Al diablo con él.

—Vendrá enseguida, si puede —dijo Jordan—. Deberíamos estar viéndole ya.

—Hace más de cinco minutos que no le oigo —dijo Agustín—. Más de cinco minutos. No. Mira. Escucha. Ahí está. Sí, es él.

Se oyó el tableteo del fusil automático de caballería. Primero, una serie breve de disparos. Luego otra y, enseguida, una tercera serie de disparos.

—Ahí está ese hijo de perra —dijo Jordan.

Vio llegar más aviones por el alto cielo azul limpio de nubes y observó la expresión de Agustín cuando éste levantó la vista hacia ellos. Luego miró hacia el puente destrozado y el trecho de carretera de más allá, que seguía despejado. Tosió, escupió y prestó oído al tableteo de la ametralladora pesada, que comenzaba a disparar al otro lado del recodo de la carretera. Parecía hallarse en el mismo sitio que antes.

—¿Qué ha sido eso? —preguntó Agustín—. ¿Qué es esa porquería?

—Ha estado disparando desde antes de que volara el puente —dijo Jordan.

Podía ver ahora la corriente de agua al mirar por entre los soportes descuajados del puente, y distinguía los restos del tramo central colgando en el vacío, semejantes a un mandil de hierro, retorcido. Oyó los primeros aviones, que estaban descargando sus bombas más arriba del puerto, y vio que acudían otros en la misma dirección. El ruido de los motores parecía llenar el alto cielo y, mirando con atención, distinguió los diminutos y ágiles cazas que iban detrás de ellos, describiendo círculos mucho más altos entre las nubes.

—No creo que ésos cruzaran las líneas el otro día —dijo Agustín—. Debieron de ir hacia el oeste y regresar enseguida. No se hubiera organizado una ofensiva de haberlos visto.

—La mayor parte de esos aparatos son nuevos —dijo Jordan.

Tenía la impresión de que algo que había comenzado con normalidad provocaba de golpe repercusiones enormes, desproporcionadas, gigantescas. Era como si se hubiera arrojado una piedra al agua, la piedra hubiese descrito un círculo y ese círculo se hubiera ido haciendo más grande, rugiendo, hinchándose, abriéndose en círculos más grandes hasta hacerse una montaña de olas. O como si se hubiera gritado y el eco hubiese respondido, desencadenando una tormenta aparatosa, una tormenta mortal. O como si se hubiera golpeado a un hombre, como si el hombre hubiese caído y como si a lo lejos hubieran aparecido otros hombres cargados de armas. Se alegraba de no encontrarse en lo alto del puerto con Golz.

Tumbado allí, junto a Agustín, mirando a los aviones que pasaban, escuchando el tiroteo, vigilando la carretera, esperaba que sucediera algo, aunque no sabía qué, y se sentía aún como anestesiado por la sorpresa de no haber muerto en el puente. Había aceptado de manera tan completa el morir, que ahora todo aquello se le antojaba irreal. Espabila, se dijo. Sácatelo de encima. Hay mucho, mucho, mucho que hacer todavía. Pero no lograba zafarse de aquella especie de anestesia, y sentía, de manera consciente, que todo aquello se estaba convirtiendo en algo parecido a un sueño.

Has tragado demasiado humo, pensó. Pero sabía que no era por eso. Se daba cuenta de hasta qué punto todo aquello era irreal a través de la realidad absoluta. Miró al puente; luego al centinela que yacía sobre la carretera, no lejos del sitio donde Anselmo yacía también; después, a Fernando, recostado en el terraplén, y luego volvió a mirar la carretera, suave y pardusca, hasta el camión reventado, y todo aquello le seguía pareciendo irreal.

Será mejor que te deshagas rápidamente de ese yo, se dijo. Eres como esos gallos de pelea, que nadie ve la herida que han recibido, y han empezado ya a enfriarse. Estupideces, pensó. Estás un poco atontado, eso es todo, y algo desinflado después de tanta responsabilidad; eso es todo. Tranquilízate.

Agustín le cogió del brazo para llamar su atención sobre alguna cosa. Miró al otro lado del desfiladero y vio a Pablo.

Vieron a Pablo desembocar, corriendo, por el recodo de la carretera. En el ángulo de rocas en que la carretera desaparecía le vieron detenerse, pegarse a la muralla rocosa y disparar con la pequeña ametralladora de caballería, que arrojaba al sol una cascada de cobre brillante. Vieron a Pablo agacharse y disparar otra vez. Luego, sin mirar hacia atrás, volvió a correr, pequeño, con las piernas torcidas y la cabeza inclinada camino del puente.

Robert Jordan apartó a Agustín y se hizo cargo de la gran ametralladora automática. Apuntó cuidadosamente hacia el recodo. Su fusil automático estaba en el suelo, a su izquierda. No le servía para disparar a aquella distancia.

Mientras Pablo corría hacia ellos, Jordan seguía apuntando hacia el recodo; pero nada apareció por él. Pablo, al llegar al puente, echó por encima del hombro una mirada rápida, giró hacia la izquierda y descendió por el desfiladero de la garganta, perdiéndose de vista. Jordan seguía vigilando el recodo, pero nada aparecía. Agustín se irguió sobre sus rodillas. Veía a Pablo deslizándose por el desfiladero como una cabra. Desde que Pablo apareció, el tiroteo había cesado.

—¿Ves algo por allá arriba, entre las rocas? —preguntó Jordan.

—Nada.

Jordan seguía vigilando el recodo. Sabía que el paredón era demasiado abrupto para que pudiera escalarse por aquella parte; pero más abajo la cuesta se hacía más suave y se podía subir dando un rodeo.

Si las cosas habían sido irreales hasta entonces, he aquí que, de repente, se hacían enteramente reales. Era como si el ocular de una máquina fotográfica hubiese encontrado repentinamente su foco. Fue entonces cuando vio el artefacto de hocico anguloso y torreta cuadrada, pintado de verde gris y marrón, con la ametralladora apuntada, dando la vuelta al recodo iluminado por el sol. Disparó, y oyó el ruido que hacía la bala al chocar contra la cubierta de acero. La pequeña tanqueta dio marcha atrás, refugiándose tras la muralla rocosa. Vigilando el recodo, Robert Jordan vio asomar nuevamente el morro del artefacto, luego el borde de la torreta y por último la torreta virar, hasta que el cañón de la ametralladora quedó enfilado a lo largo de la carretera.

—Parece un ratón saliendo de su agujero —dijo Agustín—. Mira, *inglés*.

—No está muy confiado —dijo Jordan.

—Ése es el bicho con el que Pablo estaba peleando —dijo Agustín—. Dispara otra vez.

—No. No puedo hacerle daño. Y no quiero que se dé cuenta de dónde estamos.

La tanqueta comenzó a disparar sobre la carretera. Las balas rebotaban contra el suelo y resonaban contra los hierros del puente. Era la misma ametralladora que habían oído disparar más abajo.

—*Cabrón* —dijo Agustín—. Ése es uno de sus famosos tanques, ¿no, *inglés*?

—Sí, es un bebé.

—*Cabrón*. Si yo tuviese un biberón lleno de gasolina, se lo tiraría encima y le prendería fuego. ¿Qué va a hacer, *inglés*?

—Dentro de poco se asomará de nuevo.

—Y ésos son los que meten tanto miedo —dijo Agustín—. Mira, *inglés*. Está matando otra vez a los centinelas.

—Ya que no tiene otro blanco —dijo Jordan—. Déjale.

Pero para sus adentros pensó: Búrlate de él, anda. Imagínate que eres tú, que vuelves a un territorio ocupado por los tuyos y te encuentras con que te disparan en la carretera principal; luego, con que salta un puente. ¿No creerías que estaba minado o bien que se trataba de una trampa? Claro que sí. Así que hace lo que tiene que hacer. Está aguardando a que aparezca alguien en su ayuda. Entretanto, distrae al enemigo. El enemigo somos sólo nosotros; pero él no puede saberlo. Mira al muy hijo de perra.

La tanqueta asomaba ligeramente el morro por el recodo.

Justo entonces Agustín vio aparecer a Pablo, saliendo del desfiladero, y le vio trepar, arrastrándose, con el barbudo rostro lleno de sudor.

—Ahí viene ese hijo de puta —anunció.

—¿Quién?

—Pablo.

Robert Jordan vio a Pablo y comenzó a disparar sobre la torreta camuflada de la tanqueta, hacia el punto donde sabía que tenía que estar la hendidura que servía de mira más abajo de la ametralladora. La tanqueta retrocedió, desapareció y Jordan recogió el fusil ametrallador, plegó las patas del trípode y se lo echó al hombro. El cañón estaba todavía caliente; tan caliente, que le quemaba la piel. Jordan lo echó hacia atrás, de forma que la culata descansara en la palma de su mano.

—Coge el saco de las municiones y mi pequeña *máquina* —gritó—, y vámonos corriendo.

Robert Jordan subió corriendo por entre los pinos. Agustín iba detrás de él y Pablo un poco más lejos.

—¡Pilar! —gritó Jordan—. Vamos, mujer.

Subían la empinada cuesta todo lo deprisa que podían. No podían correr mucho porque la pendiente era muy severa. Pablo, que no llevaba más carga que el fusil automático de caballería, llegó pronto hasta ellos.

—¿Y tu gente? —le preguntó Agustín a Pablo con la boca seca.

—Todos muertos —dijo Pablo. Apenas podía respirar. Agustín volvió la cabeza y le miró fijamente.

—Ahora tenemos suficientes caballos, *inglés* —dijo Pablo jadeando.

—Bueno —dijo Jordan. Este bastardo asesino, pensó—. ¿Qué os habéis encontrado?

—De todo —dijo Pablo respirando penosamente—. ¿Qué tal le fue a Pilar?

—Ha perdido a Fernando y al hermano...

—Eladio —dijo Agustín.

—¿Y tú? —preguntó Pablo.

—He perdido a Anselmo.

—Hay muchos caballos —dijo Pablo—; tendremos hasta para el equipaje.

Agustín se mordió los labios, miró a Jordan e hizo un movimiento con la cabeza. Debajo de ellos, oculto por los árboles, oyeron el tanque, que volvía a disparar sobre la carretera y el puente. Jordan volvió la cabeza.

—¿Qué fue lo que sucedió, entonces? —le preguntó a Pablo. Quería evitar mirar y oler a Pablo, pero quería oírle.

—No podía salir por allí con ese artefacto —dijo Pablo—. Estábamos atrincherados en el recodo de más abajo del puesto. Por fin, se alejó para ir en busca de no sé qué cosa, y yo escapé.

—¿Contra quién disparabas ahí abajo? —preguntó sin rodeos Agustín.

Pablo le miró, esbozó una sonrisa, se lo pensó mejor y no dijo nada.

—¿Fuiste tú quien los mató a todos? —preguntó Agustín.

Robert Jordan pensaba: No te metas en eso. No hay que meterse en eso por el momento. Han hecho todo lo que tú querías e incluso más. Ésta es una pelea de tribus. No te metas a juzgar a nadie. ¿Qué podías esperar de un asesino? Estás trabajando con un asesino. No te metas en eso. Ya sabías que lo era antes de empezar. No es ninguna sorpresa. Pero ¡qué cochino bastardo! ¡Qué cochino, inmundo bastardo!

Le dolía el pecho de la escalada y pensaba que iba a abrírsele en dos. Al fin, más arriba, entre los árboles, vio los caballos.

—Vamos —decía Agustín—. ¿Por qué no confiesas que fuiste tú quien los mató?

—Calla la boca —dijo Pablo—. He peleado mucho hoy y muy bien. Pregúntaselo al *inglés*.

—Y ahora sácanos de aquí —dijo Jordan—. Eres tú el que tenía un plan para sacarnos.

—Tengo un buen plan —dijo Pablo—; con un poco de suerte, todo irá bien.

Empezaba a respirar con más holgura.

—No tendrás intención de matarnos a nosotros, ¿eh? —preguntó Agustín—. Porque estoy dispuesto a matarte yo ahora mismo.

—Cállate —dijo Pablo—. Tengo que ocuparme de tus intereses y de los de la banda. Es la guerra. No se puede hacer lo que se quiere.

—*Cabrón* —dijo Agustín—; te llevas todos los premios.

—Dime qué ocurrió allá abajo —le dijo Jordan a Pablo.

—De todo —contestó Pablo. Respiraba trabajosamente, como si le doliera el pecho, pero podía hablar con claridad. Su cara y su cráneo estaban empapados de sudor, y tenía los hombros y el pecho también empapados. Miró a Robert Jordan con precaución, para ver si no se mostraba realmente hostil, y luego sonrió—: De todo —dijo—. Primero tomamos el puesto. Después apareció un motociclista. Después, otro. Después, una ambulancia. Luego, un camión. Y luego, el tanque. Un momento antes de que tú volaras el puente.

—¿Y luego?

—El tanque no podía alcanzarnos, pero tampoco podíamos salir porque dominaba la carretera. Por fin se marchó, y entonces pude salir.

—¿Y tu gente? —preguntó Agustín, buscando todavía camorra.

—Cállate —dijo Pablo mirándole a la cara, y su cara era la de un hombre que se había batido bien antes de que sucediera lo otro—. No eran de nuestra banda.

Podían ver ahora los caballos atados a los árboles. El sol les daba de lleno por entre las ramas y los animales, inquietos, sacudían la cabeza y tiraban de las trabas. Robert Jordan vio a María y un instante después la estrechaba entre sus brazos. La abrazó con tanta vehemencia, que el tapallamas del fusil ametrallador se le hundió en las costillas. María decía:

—Roberto, tú. Tú. Tú.

—Sí, conejito, conejito mío. Ahora nos iremos de aquí.

—¿Estás aquí de verdad?

—Sí, sí, de verdad.

No había pensado nunca que pudiera llegarse a saber durante una batalla que una mujer existía, ni que ninguna parte de uno mismo pudiera saberlo o responder a ello; ni que, si había realmente una mujer, pudiera tener pequeños senos redondos y duros apretados contra uno, a través de una camisa; ni que se pudiera tener conciencia de esos senos durante una batalla. Pero es verdad, pensó. Y es bueno. Es bueno. No hubiera creído jamás en esto, se dijo. La apretó contra él, fuerte, muy fuerte, pero no la miró, y le dio un cachete en un lugar donde no se lo había dado nunca, diciéndole:

—Sube a ese caballo, *guapa*.

Luego desataron las bridas. Robert Jordan había devuelto el arma automática a Agustín y había cogido su fusil ametrallador, cargándoselo al hombro. Sacó las granadas de los bolsillos para meterlas en las alforjas; luego metió una de las mochilas vacías en la otra y la ató detrás de la montura. Pilar llegó tan agotada por la cuesta, que no podía hablar más que por gestos.

Pablo metió en unas alforjas las tres maniotas que tenía en la mano, se irguió y dijo:

—¿*Qué tal*, mujer?

Ella le contestó haciendo un gesto con la cabeza, y todos montaron en los caballos.

Robert Jordan iba sobre el gran tordillo, que habían visto por vez primera la víspera, por la mañana, bajo la nieve, y sus piernas y sus manos sentían lo que valía aquel magnífico caballo. Llevaba alpargatas de suela de cáñamo y los estribos le quedaban un poco cortos. Llevaba el fusil al hombro, los bolsillos repletos de municiones, y, una vez montado, con las riendas sujetas bajo el brazo, cambió el cargador usado, echando de vez en cuando una mirada a Pilar, que aparecía en lo alto de una extraña pirámide de mantas y paquetes atados a la silla.

—Deja todo eso, por el amor de Dios —dijo Primitivo—. Te vas a caer y tu caballo no podrá aguantar tanta carga.

—Cállate —repuso Pilar—. Con todo esto podremos vivir en otra parte.

—¿Podrás cabalgar así, mujer? —le preguntó Pablo, ya encaramado al gran bayo, aparejado con una montura de *guardia civil*.

—Como cualquier lechero —dijo Pilar—. ¿Adónde vamos, hombre?

—Derechos, hacia abajo. Atravesaremos la carretera. Subiremos la cuesta del otro lado y nos meteremos por el bosque, por la parte más espesa.

—¿Atravesar la carretera? —preguntó Agustín, poniéndose a su lado, mientras hincaba las alpargatas en los flancos duros e inertes de uno de los caballos que Pablo había traído la noche anterior.

—Pues claro, hombre; es el único camino que nos queda —dijo Pablo.

Le entregó uno de los caballos de carga; Primitivo y el gitano llevaban los otros dos.

—Puedes venir a retaguardia, *inglés*, si quieres —dijo Pablo—. Cruzaremos muy arriba, para estar lejos del alcance de esa *máquina*. Pero iremos separados al cruzar la carretera y volveremos a juntarnos más arriba, donde el camino se hace más estrecho.

—Bien —dijo Jordan.

Descendieron entre los árboles hasta el borde de la carretera. Robert Jordan iba detrás de María. No podía ir a su lado por los árboles. Acarició su caballo con las piernas y lo mantuvo bien sujeto, mientras descendían rápidamente, deslizándose entre los pinos, guiando al animal con los muslos, como lo hubiera hecho con las espuelas de haberse encontrado en terreno llano.

—Oye, tú —dijo a María—. Ponte en segundo lugar cuando atravesemos la carretera. Pasar el primero no es tan malo como parece. Pero el segundo es mejor. Los que corren más peligro son los que van después.

—Pero tú…

—Yo pasaré muy aprisa. No habrá problema. Lo más peligroso es pasar en fila.

Veía la redonda y peluda cabeza de Pablo hundida entre los hombros mientras cabalgaba con el fusil automático cruzado a la espalda. Miró a Pilar, que iba con la cabeza descubierta, amplios los hombros, más altas las rodillas que los muslos, con los talones hundidos en los bultos que llevaba. Una vez se volvió ella a mirarle y movió la cabeza.

—Adelanta a Pilar antes de atravesar la carretera —le dijo Jordan a María.

Luego, mirando por entre los árboles, ahora más separados, vio la superficie oscura y brillante de la carretera por debajo de ellos, y, más allá, la ladera verde de la montaña. Estamos justamente por encima de aquella alcantarilla, observó, y un poco más acá del repecho a partir del que la carretera desciende hacia el puente en una pendiente larga. Estamos a unos ochocientos metros por encima del puente. Eso no está fuera del alcance de la Fiat de la tanqueta, si se han acercado al puente.

—María —dijo—, ponte delante de Pilar antes de que lleguemos a la carretera y sube deprisa por esa cuesta.

María volvió la cabeza para mirarle, pero no dijo nada. Él le devolvió la mirada para asegurarse de que le había entendido.

—¿*Comprendes?* —le preguntó.

Ella hizo un gesto afirmativo.

—Pasa delante —dijo.

La muchacha negó con la cabeza.

—¡Pasa delante! —repitió.

—No —respondió ella volviéndose hacia él y negando con la cabeza—. Me quedaré en el lugar que me corresponde.

Entonces Pablo hundió las espuelas en los ijares del gran bayo y se precipitó cuesta abajo, por la pendiente cubierta de hojas de pino, atravesando la carretera entre un martillar y relucir de cascos. Los otros le siguieron y Robert Jordan los vio atravesar la carretera y subir la cuesta cubierta de hierba y oyó la ametralladora que tableteaba desde el puente. Luego oyó un ruido que se asemejaba a un silbido —¡psiii-crac-bum!— seguido de un golpe sordo y una explosión, y vio levantarse un surtidor de tierra de la ladera y una nube de humo gris. ¡Psiii-crac-bum! Inmediatamente se repitió la escena y una nube de polvo y humo se levantó un poco más arriba, en la ladera.

Delante de él se paró el gitano al borde de la carretera, al abrigo de los últimos árboles. Miró la cuesta y luego se volvió hacia Jordan.

—Adelante, Rafael —dijo Jordan—. Al galope, hombre.

El gitano llevaba de las bridas al caballo cargado con los bultos, que se resistía a seguir adelante.

—Suelta a ese caballo y galopa —le dijo Jordan.

Vio a Rafael levantar la mano, cada vez más alto, como si se despidiera de todo y para siempre, mientras hundía los talones en los costados de su montura. La cuerda del otro se cayó y el gitano estaba ya a medio camino cuando Robert Jordan tuvo que entendérselas con el caballo de tiro, que, asustado, había retrocedido hasta topar con él. El gitano, entretanto, galopaba por la carretera y se oía el golpear de los cascos del caballo, según iba subiendo la cuesta.

¡Psiiiii-crac-bum! El proyectil seguía su trayectoria baja y Jordan vio al gitano sacudirse como un jabalí en fuga mientras la tierra se levantaba tras él en forma de un pequeño géiser negro y gris. Le vio galopar, más despacio ahora al llegar a la ladera cubierta de hierba, mientras la ametralladora le perseguía con sus disparos, que llovían alrededor, hasta que, por fin, llegó junto a los otros, resguardados por la colina.

No puedo llevar conmigo a este condenado caballo con la carga, pensó Jordan. Sin embargo, me gustaría mantenerlo a mi lado. Me gustaría ponerlo entre mí y esas cuarenta y siete milímetros con las que disparan. Por Dios, voy a tratar de llevarlo.

Se acercó al carguero, logró coger la soga y, con el caballo trotando detrás de él, subió unos cincuenta metros cuesta arriba entre los árboles. Allí se detuvo para observar la carretera hasta donde estaba el camión, hacia el puente. Vio que había hombres en el puente y detrás, en la carretera, algo que parecía un embotellamiento de vehículos. Buscó alrededor hasta que encontró lo que buscaba, se irguió en el caballo y rompió una rama seca de pino. Dejó caer la cuerda del carguero, le dirigió hacia la carretera y le golpeó con fuerza en la grupa con la rama de pino. «Adelante, hijo de perra», dijo, y lanzó la rama seca detrás de él cuando el caballo comenzó a atravesar la carretera y empezó a subir la cuesta. La rama volvió a golpearle y el caballo se lanzó al galope.

Robert Jordan subió una treintena de metros más arriba, hasta el límite extremo por donde podría cruzar sin encontrar la pendiente demasiado abrupta. El cañón disparaba llenando el aire con silbidos de obuses, tronaba y crepitaba levantando tierra por todas partes. «Vamos, tú, bastardo fascista», le dijo Jordan al caballo. Y lo lanzó por la pendiente. Luego se encontró al descubierto, cruzando la carretera, tan dura bajo los cascos del caballo, que la sentía resonar hasta los hombros, el cuello y los dientes. Después llegó a la cuesta blanda, donde los cascos del caballo se hundían, y mientras el animal trataba de afirmarse, tomaba impulso y seguía adelante, vio el puente desde un ángulo desde el que no lo había visto jamás. Lo veía de perfil, sin escorzos; en el centro tenía un boquete y detrás de él, en la carretera, se veía la tanqueta, y detrás de la tanqueta un tanque enorme con un cañón. Y el cañón disparó y hubo un fogonazo amarillento, tan brillante como un espejo, y el relámpago que fulguró al desgarrarse el aire pareció pasar justo por encima del largo pescuezo gris que tenía delante de él, y volvió la cabeza y vio un surtidor sucio de tierra levantándose en la colina. El carguero iba delante de él; pero corría demasiado hacia la derecha y perdía velocidad. Jordan, al galope, volvió de nuevo la mirada hacia el puente y vio la hilera de camiones detenidos junto al recodo, bien visible ahora que iba ganando altura, y volvió a ver nuevamente el resplandor amarillento y oyó el psiii y el bum de la explosión, pero la bomba cayó un poco corta, partiéndose los pedazos de metal en la tierra como si brotaran del lugar en que había caído el proyectil.

Vio a los otros al borde de la arboleda y dijo: «*¡Arre, caballo!*», y vio cómo el pecho del caballo se hinchaba con la pendiente abrupta y cómo estiraba el cuello y las orejas grises, e inclinándose le dio unas palmadas en el cuello húmedo y luego volvió los ojos hacia atrás, hacia el puente, y vio un nuevo fogonazo que salía del tanque pesado color de tierra allá abajo, en la carretera, y esta vez no oyó el silbido, sino que solamente le llegó el olor acre del estallido, como si hubiera reventado una caldera y se encontró bajo el caballo gris, que pateaba y forcejeaba mientras él hacía por zafarse del peso.

Se podía mover. Se podía mover hacia la derecha. Pero su pierna izquierda se le había quedado aplastada bajo el caballo, mientras él se movía hacia la derecha. Se hubiera dicho que tenía una nueva articulación, no la de la cadera, sino otra lateral que girase como una bisagra. Enseguida comprendió de qué se trataba. Entonces el caballo gris se irguió sobre las rodillas, y la pierna derecha de Jordan, que se había quedado desgajada del estribo, pasó por encima de la montura y se juntó con la otra. Se palpó con las dos manos la cadera izquierda y sus manos tocaron el hueso puntiagudo y el lugar donde hacía presión contra la piel.

El caballo gris se quedó parado junto a Jordan, que podía ver su jadeo agitado en las costillas. La hierba donde estaba sentado era verde, con florecillas silvestres. Miró hacia abajo, hacia la carretera, el puente y la garganta, y vio el tanque y aguardó el fogonazo. Se produjo enseguida y de nuevo sin acompañamiento de silbidos, y en el momento de la explosión, con el olor acre del explosivo, los terrones volando y el zumbido de la metralla, vio al gran tordillo recoger las patas traseras y sentarse tranquilamente, como si fuera un caballo de circo, a su lado. Y entonces, mirándolo, sentado allí, escuchó el ruido que el caballo hacía.

Luego Primitivo y Agustín le tenían cogido por las axilas y le arrastraban hasta lo alto de la cuesta, y la nueva articulación de su pierna hacía que ésta bailara según los accidentes del terreno. En un momento, un obús silbó por encima de sus cabezas, lo soltaron y cayó al suelo de bruces, pero el polvo se esparció algo más allá, la metralla se dispersó y volvieron a recogerle. Luego estaba al abrigo de unos árboles, cerca de los caballos, y vio que María, Pilar y Pablo le rodeaban.

María estaba arrodillada a su lado diciendo:

—Roberto, ¿qué te ha pasado?

Jordan, empapado de sudor, contestó:

—La pierna izquierda se ha roto, *guapa*.

—Vamos a vendarla —dijo Pilar—. Puedes montar en ése. —Y señaló a uno de los caballos cargueros—. Descargadlo.

Robert Jordan vio a Pablo negar con la cabeza y le hizo un gesto de asentimiento.

—Alejaos —dijo. Luego añadió—: Escucha, Pablo, ven aquí.

Su peludo rostro, mojado de sudor, se inclinó hacia él y Robert Jordan sintió de lleno el olor de Pablo.

—Dejadnos hablar —les dijo a María y a Pilar—. Tengo que hablar con Pablo.

—¿Te duele mucho? —preguntó Pablo inclinándose muy cerca de él.

—No. Creo que el nervio está destrozado. Escucha. Marchaos. Yo estoy listo, ¿te das cuenta? Quiero hablar un rato con la chica. Cuando te diga que te la lleves, llévatela. Ella se querrá quedar. Sólo voy a hablar con ella un momento.

—Te darás cuenta de que no tenemos mucho tiempo —dijo Pablo.

—Me doy cuenta. Creo que estaríais mejor en la República —dijo Jordan.

—No. Prefiero Gredos.

—Utiliza la cabeza.

—Háblale ahora —dijo Pablo—. No tenemos mucho tiempo. Siento lo que te ha pasado, *inglés*.

—Puesto que me ha pasado —dijo Jordan—, no hablemos más. Pero piénsalo bien. Tienes mucha cabeza. Utilízala.

—¿Y por qué no iba a utilizarla? —preguntó Pablo—. Ahora, habla deprisa, *inglés*; no tenemos tiempo.

Pablo se fue junto a un árbol y se puso a vigilar la cuesta, el otro lado de la carretera y el desfiladero. Miró también al caballo gris que había en la cuesta con una expresión de verdadero disgusto. Pilar y María estaban cerca de Robert Jordan, que se encontraba sentado contra el tronco de un árbol.

—Córtame el pantalón por aquí, ¿quieres? —le dijo Jordan a Pilar. María, acurrucada junto a él, no hablaba. El sol le brillaba en los cabellos y hacía pucheros, como un niño que va a llorar. Pero no lloraba.

Pilar cogió el cuchillo y cortó la pernera del pantalón de arriba abajo, a partir del bolsillo izquierdo. Jordan separó la tela con las manos y se miró la cadera. Quince centímetros por encima se veía una hinchazón puntiaguda y rojiza en forma de cono, y al palparla con los dedos sintió el hueso de la cadera roto bajo la piel. Su pierna extendida formaba un ángulo extraño. Levantó los ojos hacia Pilar. Había en su rostro una expresión parecida a la de María.

—*Anda* —le dijo—. Vete.

Pilar se alejó con la cabeza baja, sin decir nada, sin mirar hacia atrás, y Jordan vio que le temblaban los hombros.

—*Guapa* —le dijo a María cogiéndole las manos entre las suyas—. Oye. Ya no iremos a Madrid.

Entonces ella se puso a llorar.

—No, *guapa*; no llores. Escucha. No iremos a Madrid ahora; pero iré contigo a todas partes adonde vayas. ¿Comprendes?

Ella no dijo nada. Apoyó la cabeza contra la mejilla de Jordan y le echó los brazos al cuello.

—Escucha bien, conejito, lo que voy a decirte. —Sabía que

era preciso darse prisa y estaba sudando abundantemente, pero era preciso que las cosas fueran dichas y comprendidas—. Tú te vas ahora, conejito, pero yo voy contigo. Mientras viva uno de nosotros, viviremos los dos. ¿Lo comprendes?

—No, me quedo contigo.

—No, conejito. Lo que hago ahora, tengo que hacerlo solo. No podría hacerlo contigo. ¿Te das cuenta? Si tú te vas, también yo voy. ¿No lo ves? Siempre que haya uno, estamos lo dos.

—Me quedaré contigo.

—No, conejito. Escucha. Esto no podemos hacerlo juntos. Cada cual tiene que hacerlo a solas. Pero si te vas, yo me voy contigo. De esa manera, yo me iré también. Tú te vas ahora; sé que te irás. Porque eres buena y cariñosa. Te vas ahora para que nos vayamos los dos.

—Pero es más fácil si me quedo contigo —dijo ella—. Es mejor para mí.

—Sí. Por eso tienes que hacerme el favor de irte. Hazlo por mí, ya que puedes hacerlo.

—Pero es que no lo entiendes, Roberto. ¿Y yo? Irme es peor para mí.

—Claro que sí —dijo él—; para ti es más difícil. Pero yo soy tú ahora.

Ella no dijo nada.

Jordan la miró. Estaba sudando profusamente. Hizo un esfuerzo para hablar, deseando convencerla de una manera más intensa de lo que había deseado nunca en su vida.

—Ahora te irás por los dos —dijo—; no hay que ser egoísta, conejito, tienes que hacer lo que debes.

Ella negó con la cabeza.

—Ahora tú eres yo —siguió él—; seguro que te das cuenta, conejito. Escucha, conejito. Es verdad que así me voy contigo. Te lo juro.

Ella no dijo nada.

—Ahora lo comprendes —dijo—. Ahora veo que lo comprendes. Ahora vas a marcharte. Bien. Ahora te vas. Ahora has dicho que te ibas. —Ella no había dicho nada—. Ahora te voy a dar las gracias por irte. Ahora te vas tranquila y rápido y enseguida, y nos vamos los dos en ti. Ponme la mano aquí. La cabeza ahora. No, aquí. Muy bien. Ahora yo pondré mi mano aquí. Está muy bien. ¡Qué buena eres! Ahora no pienses más. Ahora vas a hacer lo que debes. Ahora obedecerás. No a mí, sino a los dos. A mí, que estoy en ti. Ahora te irás por los dos. Así es. Nos vamos los dos contigo ahora. Es así. Te lo he prometido. Eres muy buena si te vas, muy buena.

Llamó con la cabeza a Pablo, que le miraba de reojo desde detrás de un árbol, y Pablo se acercó. Pablo le hizo una seña a Pilar con el pulgar.

—Ya iremos a Madrid otra vez, conejito —siguió él—. De verdad. Ahora levántate y vete, y nos iremos los dos. Levántate. ¿No ves?

—No —dijo ella, y se agarró con fuerza a su cuello.

Jordan hablaba con mucha calma, aunque con una gran autoridad.

—Levántate —dijo—. Tú eres yo ahora. Tú eres todo lo que quedará de mí desde ahora. Levántate.

Ella se levantó lentamente, llorando con la cabeza baja. Luego volvió a dejarse caer enseguida a su lado y se levantó de nuevo, muy lentamente, muy pesadamente, mientras Jordan decía:

—Levántate, *guapa*.

Pilar la sujetaba por los brazos, de pie, junto a ella.

—*Vámonos* —dijo Pilar—. ¿No necesitas nada, *inglés*? —Le miró y movió la cabeza.

—No —dijo Jordan, y continuó hablando a María—. Nada de adioses, *guapa*, porque no nos separaremos. Espero que todo vaya bien en Gredos. Vete ahora mismo. Vete por las buenas.

Siguió hablando tranquilamente y con sensatez mientras Pilar arrastraba a la muchacha.

—No, no te vuelvas. Pon el pie en el estribo. Sí, el pie. Ayúdala a subir —le dijo a Pilar—. Levántala. Ponla en la montura.

Volvió la cabeza, empapado en sudor, y miró hacia la bajada de la cuesta y luego dirigió de nuevo la mirada al lugar donde la muchacha estaba montada en el caballo con Pilar a su lado y Pablo detrás.

—Ahora, vete —añadió—. Vete.

María fue a volver la cabeza.

—No mires hacia atrás —dijo Jordan—. Vete.

Pablo golpeó con una maniota al caballo en las ancas y María intentó deslizarse de la montura, pero Pilar y Pablo cabalgaban junto a ella y Pilar la sostenía. Los tres caballos subieron por el sendero.

—¡Roberto! —gritó María—. ¡Déjame quedarme contigo! ¡Deja que me quede!

—Estoy contigo —gritó Jordan—. Estoy contigo ahora. Estamos los dos juntos. Vete.

Y se perdieron de vista en el recodo del sendero mientras él se quedaba allí, empapado de sudor, mirando hacia un punto donde no había nadie.

Agustín estaba de pie junto a él.

—¿Quieres que te mate, *inglés?* —preguntó inclinándose hacia él—. *¿Quieres?* Es una cosa sin importancia.

—*No hace falta* —contestó Jordan—. Puedes marcharte; estoy muy bien aquí.

—*Me cago en la leche que me han dado* —gritó Agustín. Lloraba y no veía a Jordan con claridad—. *Salud, inglés.*

—*Salud*, hombre —dijo Jordan. Miró cuesta abajo—. Cuida bien de la rapadita, ¿quieres?

—No hay problema —dijo Agustín—. ¿Tienes todo lo que te hace falta?

—Hay muy pocas municiones para esta *máquina*; así que me quedo yo con ella —dijo Jordan—. Tú no podrías hacerte con más. Para la otra y la de Pablo, sí.

—He limpiado el cañón —dijo Agustín—. Se llenó de tierra al caer tú al suelo.

—¿Qué fue del caballo carguero?

—El gitano logró cazarlo.

Agustín estaba ya a caballo, pero no tenía ganas de marcharse. Se inclinó hacia el árbol contra el que Jordan estaba recostado.

—Vete, amigo —le pidió Jordan—. En la guerra suceden cosas como ésta.

—*¡Qué puta es la guerra!* —dijo Agustín.

—Sí, hombre, sí; pero vete.

—*Salud, inglés* —dijo Agustín cerrando el puño derecho.

—*Salud* —dijo Jordan—; pero vete, hombre.

Agustín dio media vuelta a su caballo, bajó el puño de golpe, como si maldijera, y subió por el sendero. Todos los demás estaban fuera del alcance de la vista desde hacía rato. Se volvió cuando el sendero se perdía entre los árboles y sacudió el puño. Jordan le hizo un ademán con la mano y luego Agustín desapareció también. Jordan se quedó mirando la pendiente cubierta de hierba, hacia la carretera y el puente. Estoy aquí tan bien como en cualquier otra parte. No vale la pena que corra el riesgo de arrastrarme sobre el vientre con este hueso tan cerca de la piel, y veo bien desde aquí.

Se sentía vacío y agotado a causa de la herida y de la despedida y tenía un sabor a bilis. Ahora, y por fin, ya no tenía problemas. De cualquier manera que hubieran sucedido las cosas y cualquiera que fuese el modo como ocurrieran ahora, ya no había para él ningún problema.

Ya se habían ido todos y se había quedado solo, recostado contra un árbol. Miró la verde ladera de la colina y vio el caballo gris que Agustín había rematado. Un poco más abajo de la cuesta, vio la carretera y, más abajo todavía, la porción arbolada. Luego miró al puente y a la otra orilla y observó los movimientos que había en el puente y en la carretera. Veía los camiones en la parte descendente de la carretera. La columna gris de los camiones aparecía entre el verdor de los árboles. Luego miró a la otra parte de la carretera, al lugar donde comenzaba a subir hacia lo alto del cerro, y pensó: Van a venir enseguida.

Pilar cuidará de ella mejor que nadie. Lo sabes, se dijo. Pablo debe de tener un buen plan; si no, no lo hubiese intentado. No tienes que preocuparte por Pablo. No sirve de nada pensar en María. Intenta creer en lo que le has dicho. Es lo mejor. ¿Y quién dice que no es verdad? Tú, no. Tú no lo dices, de la misma manera que no dirías que las cosas que han pasado no han pasado. Agárrate a lo que crees en estos momentos. No te hagas el cínico. El tiempo es muy corto y acabas de despedirte de ella. Cada cual hace lo que puede. Tú no puedes hacer nada por ti; pero quizá puedas hacer algo por otro. Bueno, hemos agotado nuestra suerte durante estos cuatro días. Cuatro días, no. Era por la tarde cuando llegué allí, y aún no es mediodía. En total, no hace más que tres días y tres noches. Haz la cuenta exacta. Tienes que ser exacto.

Creo que más te vale ir acomodándote, se dijo. Deberías resolverte a buscar un sitio desde donde pudieras ser útil, en vez de permanecer recostado contra este árbol como un vagabundo. Has tenido mucha suerte. Hay cosas peores que esto. A todos les llega, un día u otro. No sientes miedo porque sabes que tiene que ser así, ¿verdad? No, se dijo con sinceridad. Aunque es una suerte que el nervio haya quedado deshecho. Ni siquiera me doy cuenta de lo que tengo por debajo de la fractura.

Se tocó la pierna y era como si no formase parte de su cuerpo. Volvió a mirar a lo largo de la ladera y pensó: Siento tener que dejar todo esto, y ya está. Lamento muchísimo tener que dejarlo y espero haber hecho algo de utilidad. Lo he intentado con todo el talento de que era capaz. De que *soy* capaz, querrás decir. Eso es, *soy*.

He estado combatiendo desde hace un año por cosas en las que creo, se decía. Si vencemos aquí, venceremos en todas partes. El mundo es hermoso y vale la pena luchar por él, y siento mucho tener que dejarlo. Has tenido mucha suerte, se dijo, por haber llevado una vida tan buena. Has llevado una vida tan buena como la del abuelo, aunque no haya sido tan larga. Has llevado una vida tan buena como pueda ser la vida, gracias a estos últimos días. No vas a quejarte ahora, cuando has tenido semejante suerte. Pero me gustaría que hubiese un modo de transmitir lo que he aprendido. Dios, cómo estaba aprendiendo estos últimos días. Me gustaría hablar con Karkov. Eso sería en Madrid. Ahí, detrás de esas colinas y atravesando el llano, descendiendo nada más dejar las rocas grises y los pinos, la jara y la retama, a través de la altiplanicie amarillenta, se ve aparecer la ciudad, hermosa y blanca. Eso es tan verdad como las mujeres viejas de las que habla Pilar, que beben la sangre en los mataderos. No hay una cosa que sea la única verdad. Todo es verdad. De la misma manera que los aviones son hermosos, sean nuestros o de ellos. Al diablo si lo son, pensó.

Y ahora, tómalo con calma. Túmbate boca abajo mientras tengas tiempo. Oye ahora una cosa, pensó. ¿Te acuerdas de eso? De lo de Pilar y la mano. ¿Crees en esa patraña? No. ¿No crees, después de lo que ha pasado? No, no creo en eso. Pilar estuvo muy amable a propósito de eso esta mañana, antes de que empezase todo. Tenía miedo tal vez de que yo creyera en eso. Pero no creo. Aunque ella sí. Los gitanos ven algunas cosas. O bien sienten algunas cosas. Como los perros de caza. ¿Y las percepciones extrasensoriales? ¿Y las puñeterías? Pilar no quiso decirme adiós porque sabía que, si me lo decía, María no hubiera querido irse. ¡Qué Pilar ésa! Vamos, vuélvete, Jordan, se dijo.

Pero sentía pereza de intentarlo. Entonces se acordó de que llevaba la pequeña cantimplora en el bolsillo, y pensó: Voy a tomar una buena dosis de ese matagigantes, y luego lo intentaré. Pero la cantimplora no estaba en el bolsillo. Y se sintió mucho más solo sabiendo que no tendría siquiera ese consuelo. Tendría que haber contado con ello, pensó.

¿Crees que Pablo la ha cogido? No seas idiota; debiste de perderla cuando lo del puente. Vamos, Jordan, vamos. Tienes que decidirte, se dijo.

Cogió con las dos manos su pierna izquierda y tiró con fuerza, con la espalda todavía apoyada contra el árbol. Luego se tumbó y se sujetó la pierna para que el hueso roto no rasgara la piel, y giró lentamente sobre la rodilla hasta quedar de cara a la parte inferior de la pendiente. Luego, sujetándose siempre la pierna con las dos manos, apoyó la planta del pie derecho en forma de palanca sobre el izquierdo y, sudando abundantemente, dio la vuelta hasta que se quedó con la cara pegada al suelo. Se apoyó sobre los codos, estiró la pierna izquierda, acomodándola con un empujón de ambas manos, y apoyándose luego, para hacer fuerza, en el pie derecho, se encontró donde quería encontrarse, empapado en sudor. Se palpó el muslo con los dedos y lo encontró bien. El extremo fracturado del hueso no había perforado la piel y se encontraba hundido en la masa del músculo.

El nervio principal debió de quedar destrozado cuando ese maldito caballo se me cayó encima, pensó. La verdad es que no me duele nada. Sólo algunas veces, cuando cambio de postura. Eso debe de ser cuando el hueso pellizque alguna otra cosa. ¿No ves? ¿No ves qué suerte has tenido? Ni siquiera has tenido necesidad de emplear ese matagigantes, se dijo.

Alcanzó el fusil automático, sacó el cargador de la recámara y, buscando cargadores de repuesto en el bolsillo, abrió el cerrojo y examinó el cañón. Volvió luego a colocar el cargador en la recámara, corrió el cerrojo y se dispuso a observar la pendiente. Tal vez una media hora, pensó. Tómalo con calma.

Entonces miró la ladera de la montaña y miró los pinos e intentó no pensar en nada.

Miró el arroyo y se acordó de lo fresco y lo sombreado que se estaba debajo del puente. Me gustaría que llegaran ahora, se dijo. No quiero estar medio inconsciente cuando lleguen.

¿Para quién es más fácil la cosa? ¿Para los que creen en la religión o para los que toman las cosas por las buenas? La religión los consuela mucho, pensó, pero nosotros sabemos que no hay nada que temer. Morir sólo es malo cuando uno falla. Morir es malo solamente cuando se tarda mucho tiempo y hace tanto daño que uno se siente humillado. Ya ves: tú has tenido muchísima suerte. No te ha pasado nada parecido.

Es maravilloso que se hayan marchado. No importa nada ya, pensó, ahora que se han ido todos. Es como yo había dicho que sería. Es verdaderamente como yo lo había pensado. Piensa en lo diferente que hubiera sido de haber estado todos diseminados sobre esta cuesta, ahí donde está el tordillo. O si hubiéramos estado todos paralizados aquí esperando. No, se han marchado. Están lejos. Si la ofensiva, al menos, tuviera éxito… ¿Y qué más quieres? Todo. Lo quiero todo y aceptaré lo que venga. Si esta ofensiva no tiene éxito, otra lo tendrá. No me he fijado en qué momento han pasado los aviones. ¡Dios, qué suerte que haya conseguido hacerla marcharse!

Me gustaría hablar de esto con mi abuelo. Apuesto a que él nunca tuvo que adelantarse, reunirse con su gente y hacer una cosa parecida. Pero ¿cómo lo sabes? Quizá lo hiciera cincuenta veces. No, se dijo. Sé exacto. Nadie ha hecho cincuenta veces una cosa semejante. Ni siquiera cinco. Es posible que nadie haya hecho esto ni tan siquiera una vez. Bueno. Claro que sí lo habrán hecho.

Me gustaría que vinieran ahora. Me gustaría que vinieran inmediatamente, pensó, porque la pierna empieza a dolerme. Debe de ser la hinchazón. Estaba saliendo todo a las mil maravillas cuando el proyectil nos alcanzó. Pero es una suerte que no sucediera mientras estaba debajo del puente. Cuando una cosa empieza mal, siempre tiene que ocurrir algo. Tú estabas fastidiado desde que le dieron las órdenes a Golz. Tú lo sabías, y es probablemente eso lo que Pilar barruntó. Pero más adelante se organizarán mejor estas cosas. Deberíamos tener transmisores portátiles de onda corta. Sí, hay tantas cosas que debiéramos tener… Yo debería tener una pierna de recambio.

Sonrió penosamente, porque la pierna le dolía muchísimo en el punto en que se le había destrozado el nervio cuando la caída. ¡Oh, que lleguen!, se dijo. No tengo ninguna gana de hacer como mi padre. Si hace falta, lo haré, pero querría no tener que hacerlo. No soy partidario de hacerlo. No pienses en eso. No pienses de ninguna manera en eso. Me gustaría que esos bastardos llegaran. Me gustaría mucho que llegaran enseguida.

La pierna le dolía mucho. El dolor había empezado de golpe con la hinchazón, al desplazarse, y se dijo: Quizá debería hacerlo ahora mismo. Supongo que no soy muy resistente al dolor. Escucha: si hago esto ahora mismo, no lo malinterpretarás, ¿eh? ¿A quién hablas? A nadie, se dijo. Al abuelo, creo. No. A nadie. ¡Ah!, mierda, quisiera que llegasen.

Oye: tendré que hacer eso quizá, porque, si me desvanezco o algo así, no serviré para nada, y si me hacen volver en mí me harán una serie de preguntas y otras muchas cosas, y eso sería mal asunto. Es mucho mejor no dejarles hacerlo. De manera que ¿por qué no va a estar bien que lo haga enseguida para que todo termine? Porque, ¡oh, escucha!, sí, escucha… que lleguen ahora.

No sirves para esto, Jordan, se dijo. Decididamente, no sirves. Bueno, ¿y quién sí? No lo sé, y ahora tampoco me importa. Pero la verdad es que tú no sirves. No sirves para nada. ¡Ah, para nada, para nada! Creo que sería mejor hacerlo ahora. ¿No te parece?

No, no estaría bien. Porque hay todavía algunas cosas que puedes hacer. Mientras sepas lo que tienes que hacer, tienes que hacerlo, se dijo. Mientras te acuerdes de lo que es, debes aguardar. Así que, vamos, que vengan. ¡Que vengan!

Piensa en los que se han ido, se dijo. Piensa en ellos atravesando el bosque. Piensa en ellos cruzando un riachuelo. Piensa en ellos a caballo entre los brezos. Piensa en ellos subiendo la cuesta. Piensa en ellos acogiéndose a seguro esta noche. Piensa en ellos prosiguiendo camino. Piensa en ellos escondiéndose mañana. Piensa en ellos. ¡Maldita sea, piensa en ellos! Y eso es todo lo que puedo pensar acerca de ellos.

Piensa en Montana. No puedo pensar. Piensa en Madrid. No puedo. Piensa en un vaso de agua fresca. Muy bien. Así es como será. Como un vaso de agua fresca. Eres un embustero. No será nada. Eso es lo que será. Sólo nada. Entonces, hazlo. Hazlo. Hazlo ahora. Está bien hacerlo ahora. No, tienes que esperar. ¿A qué? Lo sabes muy bien. Así que espera.

No puedo esperar mucho, se dijo. Si espero mucho tiempo, voy a desmayarme. Lo sé porque he sentido tres veces que iba a desmayarme y he aguantado. Estoy aguantando muy bien. Pero no sé si podré seguir aguantando. Lo que creo es que tienes una hemorragia interna donde se ha seccionado el hueso. La has agravado al volverte de lado. Eso es lo que provoca la hinchazón y lo que te debilita y te pone a punto de desmayarte. Estaría bien hacerlo ahora. Verdaderamente, te digo, estaría bien.

¿Y si esperases y los detuvieras un momento o consiguieras acertar al oficial? Eso sería cosa distinta. Una cosa bien hecha puede…

De acuerdo, se dijo. Y permaneció tendido, inmóvil, intentando retener algo que sentía deslizarse dentro de sí, como cuando se siente que la nieve se desliza en la montaña, y se dijo: Ahora calma, calma. Déjame aguantar hasta que lleguen.

Robert Jordan tuvo suerte, porque vio justo entonces que la caballería aparecía por la arboleda y cruzaba la carretera. Los vio subir por la cuesta. Vio al soldado que se paraba junto al caballo gris y llamaba a gritos al oficial, que se acercó al lugar. Los vio examinar al animal juntos. Desde luego, lo reconocieron. Tanto él como el jinete faltaban desde bien temprano del día anterior.

Robert Jordan los divisó en la cuesta, cerca de él ahora, y más abajo del camino vio la carretera y el puente y la larga hilera de vehículos. Estaba enteramente lúcido y se fijó bien en todas las cosas. Luego alzó sus ojos al cielo. Había grandes nubarrones blancos. Tocó con la palma las agujas de los pinos sobre las que estaba tumbado y la corteza del pino tras el que se escondía.

Después se acomodó lo más confortablemente que pudo, con

los codos hundidos entre las agujas de pino y el cañón de la ametralladora apoyado en el tronco del árbol.

Cuando el oficial se acercara al trote, siguiendo las huellas que habían dejado los caballos de la banda, pasaría a menos de veinte metros del lugar donde Jordan se encontraba. A esa distancia no habría problema. El oficial era el teniente Berrendo. Había llegado de La Granja cumpliendo órdenes de acercarse al desfiladero, después de haber recibido el primer aviso del ataque al puesto de abajo. Habían galopado a marchas forzadas y luego habían tenido que retroceder, al encontrarse el puente volado, para atravesar la garganta un poco más arriba y descender rodeando los bosques. Los caballos estaban sudorosos y reventados, y había que obligarlos a trotar.

El teniente Berrendo, siguiendo el rastro de los caballos, subía la cuesta al trote, y en su rostro había una expresión seria y grave. Su ametralladora reposaba cruzada sobre la montura, apoyada en su antebrazo izquierdo. Robert Jordan estaba tumbado boca abajo detrás del árbol, conteniéndose con todo cuidado para que no le temblaran las manos. Aguardaba a que el oficial alcanzase el lugar alumbrado por el sol, donde los primeros pinos del bosque llegaban a la verde ladera cubierta de hierba. Podía sentir los latidos de su corazón golpeando contra el suelo cubierto de agujas de pino.

Índice